LA TERREUR DANS LA PEAU

DE ROBERT LUDLUM

Aux Éditions Grasset

SÉRIE « RÉSEAU BOUCLIER » :

OPÉRATION HADÈS, avec Gayle Lynds.
OBJECTIF PARIS, avec Gayle Lynds.
LE PACTE CASSANDRE, avec Philipp Shelby.
LE CODE ALTMAN, avec Gayle Lynds.
LE VECTEUR MOSCOU, avec Patrice Larkin.
LE DANGER ARCTIQUE, avec James Cobb.

LE COMPLOT DES MATARÈSE.
LA TRAHISON PROMÉTHÉE.
LE PROTOCOLE SIGMA.
LA DIRECTIVE JANSON.
LA STRATÉGIE BANCROFT.

Aux Éditions Robert Laffont

LA MÉMOIRE DANS LA PEAU.
LA MOSAÏQUE PARSIFAL.
LE CERCLE BLEU DES MATARÈSE.
LE WEEK-END OSTERMAN.
LA PROGRESSION AQUITAINE.
L'HÉRITAGE DE SCARLATTI.
LE PACTE HOLCROFT.
LA MORT DANS LA PEAU.
UNE INVITATION POUR MATLOCK.
LE DUEL DES GÉMEAUX.
L'AGENDA ICARE.
L'ÉCHANGE RHINEMANN.
LA VENGEANCE DANS LA PEAU.
LE MANUSCRIT CHANCELLOR.
SUR LA ROUTE D'OMAHA.
L'ILLUSION SCORPIO.
LES VEILLEURS DE L'APOCALYPSE.
LA CONSPIRATION IBEVAYNE.
LE SECRET HALIDON.
SUR LA ROUTE DE GANDOLFO.

KYLE MILLS

Série « COVERT ONE » *(d'après Robert Ludlum)* :

OPÉRATION ARÈS.

d'après

ROBERT LUDLUM

ERIC VAN LUSTBADER

LA TERREUR DANS LA PEAU

Le règne de Bourne

Traduit de l'anglais (États-Unis)
par FLORIANNE VIDAL

BERNARD GRASSET
PARIS

L'édition originale de cet ouvrage a été publiée par Grand Central Publishing, en 2014, sous le titre :
THE BOURNE ASCENDANCY

Couverture : © Lorado/Getty Images.

ISBN : 978-2-246-81095-7
ISSN : 1263-9559

Pour Victoria, comme toujours...

1

LES SEPT MINISTRES PÉNÉTRÈRENT DANS LE VASTE HALL de l'hôtel Al-Bourah, l'un des plus prestigieux de Doha. Sept ministres venus de Jordanie, de Syrie, du Qatar, d'Irak, du Liban, des Émirats arabes unis et du Yémen. Des hommes au visage sévère, transportant chacun une mallette équipée d'une chaîne reliée au poignet et d'une serrure à reconnaissance digitale. On les aurait pris pour des monarques, tant ils étaient majestueux ; cela dit, en termes de pouvoir, certains parmi eux n'avaient rien à envier aux souverains arabes du temps jadis. Plus solennels encore que leurs maîtres, plusieurs gardes du corps lourdement armés, lourdement musclés, se tenaient prêts à intervenir au moindre incident.

Après avoir franchi deux rangées de colonnes en marbre, les délégations passèrent sous des portiques high-tech financés par leurs gouvernements respectifs. Un dispositif de sécurité supervisé par une douzaine de mercenaires en treillis, spécialement recrutés pour l'occasion.

Gardes et ministres s'engouffrèrent dans deux ascenseurs. Parvenus au dernier étage, ils longèrent un couloir au sol revêtu d'une moquette épaisse, sous le regard vigilant d'autres mercenaires disposés à intervalles réguliers, jusqu'à la grande salle lumineuse prévue pour la réunion.

Les sept ministres prirent place autour de la table en bois de rose, déverrouillèrent d'une pression du pouce les mallettes renforcées acier et titane et en sortirent des dossiers marqués

TOP SECRET à l'encre rouge. De leur côté, les gardes du corps décapsulèrent des bouteilles d'eau fraîche, burent une première gorgée et remplirent sept verres préalablement lavés par des personnes de confiance. Après quoi, avec une précision toute militaire, ils reculèrent d'un pas et se figèrent derrière l'épaule droite de leurs patrons respectifs.

Entre les bouteilles d'eau, étaient posés de gros cendriers en verre taillé. Quatre ministres allumèrent des cigarettes dont ils aspirèrent goulûment la fumée.

Derrière eux, au-delà des vitres blindées, Doha rôtissait sous le soleil matinal. Tels des nuages de fumée translucide, des ondes de chaleur léchaient les flancs des tours de verre et d'acier. Au-delà de la majestueuse Corniche, la baie qui avait donné son nom à la ville étincelait comme un tapis de diamants.

En tant que représentant du pays hôte, le ministre qatari ouvrit la séance.

« Nous sommes rassemblés aujourd'hui pour tenter de résoudre un problème majeur. » L'homme n'était pas bien grand mais son costume officiel lui donnait une certaine allure. « Durant les dix-huit derniers mois, plusieurs cargaisons d'armes de guerre ont été acheminées vers des pays africains – des pays qui se distinguent par leur production pétrolière mais aussi par leurs gisements gaziers, leurs mines de diamants, d'uranium et leurs terres rares. »

Le ministre s'interrompit pour prendre une gorgée d'eau. Tout en buvant, il regarda chacun de ses homologues, l'un après l'autre. « En ce qui concerne les nations non représentées à cette conférence…, poursuivit-il. N'ayant toujours pas constitué de gouvernement stable, l'Égypte n'a pu dépêcher de représentant s'exprimant au nom du peuple tout entier. Pour ce qui est de l'Arabie Saoudite et de l'Iran, leur participation n'aurait aucun sens puisque ces deux pays font justement l'objet de cette rencontre. » Il s'éclaircit la gorge. « Quant à Israël, je n'ai pas besoin d'en dire plus.

— Les Israéliens sont tous des terroristes, cracha le ministre irakien. C'est par la terreur qu'ils ont fondé leur prétendue nation. Depuis 1948, ils n'ont pas cessé d'opprimer le peuple palestinien en employant les méthodes terroristes que nous connaissons tous. »

Le ministre du Qatar le regarda fixement, attendant une suite qui ne vint pas. « Tout à fait », finit-il par répondre. Puis il se tourna vers les autres. « Nous avons mis nos meilleurs enquêteurs sur l'affaire mais nous ignorons toujours d'où proviennent ces cargaisons. Nous savons simplement qu'il s'agit d'armes ultramodernes, probablement létales, destinées à des groupuscules locaux, autrement dit des cellules terroristes dont l'unique vocation est de semer la mort. » Il sortit un iPad de sa mallette et tapota l'écran. Sur le mur d'en face s'afficha la liste de leurs ennemis avec mention des forfaits dont ils s'étaient rendus coupables – tueries, destructions de biens matériels, asservissement d'enfants, de jeunes adultes – et les taux de réussite de leurs divers programmes d'endoctrinement.

« Comme vous pouvez le constater, ces pourcentages sont incroyablement élevés. » Il souligna les chiffres avec un pointeur laser. « On a affaire à des populations extrêmement pauvres, privées de tout droit civique, qui se laissent aisément embrigader contre la promesse du paradis pour eux et d'une belle somme d'argent pour leur famille. Les recrues tombent comme des mouches mais c'est sans importance puisqu'il y a sans cesse de nouveaux candidats au martyre. » Il éteignit l'écran. « Ces données viennent conforter les critiques émises par l'Occident contre l'islam radical : c'est une idéologie qui méprise la vie humaine et l'avilit. »

Le ministre des Émirats se leva. « Ce cycle infernal doit s'arrêter », déclara-t-il. Contrairement au ministre qatari, c'était un homme de haute stature, au port altier, presque majestueux. Des yeux sombres, une peau brune, tannée comme ces vieux cuirs qui se craquellent mais résistent aux assauts du temps. Il écrasa son poing sur la table. « Les terroristes prolifèrent, saccagent tout sur leur passage, et c'est nous qui payons les pots cassés. Nous devons éradiquer la violence qui détruit nos peuples. »

Ayant délivré son message, il se rassit. Le ministre du Qatar et la plupart de ses homologues approuvèrent en branlant du chef. Le ministre syrien, lui, se contenta de les observer d'un œil acéré.

Profitant d'une pause, l'homme quitta la salle et se rendit aux toilettes situées au bout du couloir. Après s'être assuré qu'il était seul, il glissa une cale en bois sous la porte, se planta devant un miroir, rajusta la prothèse en latex qui épaississait son nez, puis retira les bouts de plastique gonflant ses joues. En dernier lieu, il souleva sa barbe postiche et rajouta quelques points de colle par-ci par-là.

Jason Bourne avait presque du mal à se reconnaître.

Ce qui signifiait que son maquillage était assez réussi pour abuser l'observateur le plus méfiant. Bourne avait vécu plusieurs années sur un pécule placé dans le coffre d'une banque à Zurich. Une fois ces fonds épuisés, il avait dû se trouver d'autres moyens d'existence.

Au cours de l'année précédente, il avait loué ses services au plus offrant. Son métier consistait à remplacer des ministres, des hommes d'affaires, lors de réunions diplomatiques ou commerciales se déroulant dans des zones dangereuses. Pour pallier les risques d'attentat sur leur personne, ces messieurs recouraient à des doublures, des « forgerons », comme on les appelait dans le jargon professionnel. Bourne avait obtenu de tels succès dans ses nouvelles fonctions qu'en l'espace de douze mois, ses économies s'étaient reconstituées à l'identique ou presque.

Il sortit un téléphone portable équipé d'un brouilleur d'appels – entrants et sortants – et pressa une touche de recomposition rapide. Dès qu'il reconnut la voix de Sara Yadin, il lui débita *in extenso* ce qu'il venait d'apprendre sur les groupuscules terroristes sévissant en Afrique.

« À plus tard », dit-il avant de raccrocher.

D'habitude, il réservait à ses commanditaires les infos confidentielles glanées en réunion. S'il avait fait une exception ce jour-là, c'était pour de bonnes raisons : non seulement Sara était la femme qu'il aimait, mais elle travaillait pour le Mossad, agence dirigée par son père Eli Yadin, lequel se trouvait être également un grand ami à lui. En bref, Bourne leur avait transmis ces données parce qu'il craignait pour leur sécurité à tous les deux.

Il sourit à son reflet, replaça soigneusement ses prothèses de joues, vérifia son aspect une dernière fois et retourna dans la salle de conférences.

*

En dehors des mercenaires qui l'arpentaient, le hall de l'Al-Bourah était aussi désert qu'une ville fantôme. Aucun client ne franchissait ses portes, aucune limousine ne parcourait l'allée semi-circulaire qui reliait l'hôtel à la Corniche, elle-même étrangement dépeuplée. Rien ne devait passer entre les mailles du filet de sécurité. Derrière les comptoirs de réception, les jeunes employés, hommes et femmes, avaient le plus grand mal à étouffer leurs bâillements. Rien à faire, nulle part où aller. Comme on leur avait interdit de discuter entre eux, ils ne pouvaient même pas échanger les habituels potins sur les célébrités qui fréquentaient leur établissement, une activité qui en temps normal les aidait à tromper l'ennui.

Les mercenaires eux-mêmes commençaient à trouver le temps long. Parfois, ils lançaient des œillades furtives en direction des hôtesses d'accueil. Au bout d'un moment, l'une d'entre elles, une très jolie fille, passa de l'autre côté du comptoir en granit. Elle tenait un plateau surmonté de petites tasses à thé. Tous les regards convergèrent sur sa fine silhouette. Plus elle s'approchait d'eux, plus leur méfiance initiale se muait en concupiscence. Le sourire provocateur de la jeune femme n'y était pas pour rien.

Elle fit la distribution. Les hommes burent sans se faire prier, tous sauf un qui, malgré son insistance, refusa obstinément la tasse qu'elle lui tendait. Très vite, ses camarades se mirent à tanguer, comme sous l'effet de l'alcool. Puis ils s'affaissèrent sur le sol de marbre poli. Voyant cela, le mercenaire valide eut juste le temps de lever son arme semi-automatique. Le concierge l'abattit à bout portant d'une balle dans la tempe.

La détonation tint lieu de signal. Les terroristes déguisés en employés d'hôtel traversèrent le hall à toute vitesse pour s'emparer des armes tombées à côté des cadavres.

Les quatre gardes postés à l'extérieur firent irruption par la porte à tambour. Accueillis par de courtes rafales tirées avec une grande précision, ils s'écroulèrent parmi les éclats de verre. Le rez-de-chaussée était à présent aux mains des terroristes.

L'un d'eux prononça quelques mots dans son portable. Trente secondes plus tard, trois énormes SUV de marque américaine s'arrêtaient devant l'hôtel. Seize hommes en sortirent. Les premiers arrivés finirent d'abattre la porte à tambour, ce qui permit au reste de la troupe et à leur vénéré leader de s'engouffrer dans le hall jonché de cadavres.

La phase 1 de l'attaque s'était déroulée sans accroc.

*

Au dernier étage, dans la salle de conférences, la discussion entre ministres venait de reprendre.

« Nous avons tout lieu de penser que l'État juif se cache derrière ce trafic d'armes, disait le ministre irakien. J'imagine très bien le Mossad soutenant des cellules terroristes dans le but de déstabiliser les pays dont il ne peut tirer profit. »

Plusieurs ministres acquiescèrent en chœur. Celui du Qatar se leva et se tourna vers Bourne. « Ministre Qabbani, pouvons-nous connaître votre opinion sur le sujet ? »

Bourne hocha la tête. « C'est assez facile de tout mettre sur le dos d'Israël. Personnellement, je préfère regarder la situation en face. Qui a vraiment intérêt à armer ces groupuscules ? Il me semble que certains auraient plus à y gagner que le Mossad.

— Qui cela, par exemple ? grommela l'Irakien.

— Pourquoi pas l'Iran ? Ou la Russie ?

— La Russie ?

— La Chine gaspille ses ressources naturelles plus vite qu'aucune autre nation au monde. Au cours des cinq dernières années, elle a versé des pots-de-vin à tous les chefs d'État africains, du moins à ceux dont le sous-sol regorge de pétrole, de gaz et d'uranium. Elle est en passe d'investir la totalité du continent. À la place de la Russie, j'essaierais de lui mettre des bâtons dans les roues. Et pour ce faire, quoi de mieux que financer des factions ayant pour objectif de fragiliser les gouvernements des pays en question ?

— En ce qui concerne la Russie, notre estimé collègue a parfaitement raison », intervint le ministre émirati, tandis que l'Irakien reniflait de mépris. « Vous désapprouvez, ministre Boulos ?

— Avec la plus vive énergie.

— Si j'ai bonne mémoire, la Russie fait partie de vos clients, n'est-ce pas ? »

L'Irakien se hérissa. « C'est la Chine qui possède le plus de parts dans notre industrie pétrolière.

— Raison pour laquelle le Kremlin vous a demandé de faire voter des lois destinées à entraver son avancée, répliqua Bourne. Un service grassement rémunéré, si je ne m'abuse. »

La tête du ministre émirati pivota d'un quart de tour, comme celle d'un faucon. « Est-ce vrai, Boulos ?

— Bien sûr que non ! » vociféra l'Irakien sans convaincre personne.

Reportant son attention sur Bourne, l'Émirati demanda : « À supposer que nous retenions votre hypothèse, que préconisez-vous ? »

*

À cet instant, les terroristes sortirent en masse des ascenseurs et des cages d'escalier pour envahir le couloir du dernier étage. Parmi les mercenaires qui protégeaient les lieux, trois étaient à leur solde. Voyant surgir leurs complices, ils se jetèrent sur les vrais gardes du corps. L'un d'entre eux fut poignardé à mort. Deux autres périrent dûment garrottés. Le reste de l'équipe fut rapidement liquidé par les nouveaux venus qui, guidés par leur chef, s'arrêtèrent ensuite devant les portes closes de la salle de conférences.

*

À l'intérieur, Bourne poursuivait son exposé. « Depuis la scission du FSB, les méthodes d'espionnage russes sont devenues beaucoup plus agressives, aussi bien sur le plan défensif qu'offensif. Mes contacts au sein de l'organisation affirment que le FSB-2 s'est rendu coupable de… »

Les portes s'ouvrirent à la volée. Les armes crachèrent aussitôt. De courtes rafales tirées par quatre hommes masqués. Les ministres du Qatar, des Émirats et de Jordanie tombèrent les premiers dans une explosion de sang et de matière cervicale. Puis les quatre terroristes refermèrent derrière eux pour terminer tranquillement ce qu'ils avaient commencé.

Bourne, qui s'était jeté à plat ventre parmi les morts, se releva brusquement et balança sa mallette blindée sur l'un des agresseurs. Dans le même geste, il saisit un gros cendrier en cristal qu'il écrasa sur le front d'un autre, lequel bascula en arrière, le visage en sang.

Les deux restants étaient en train d'achever les ministres irakien, libanais et yéménite. Ce dernier sortit un pistolet de sa mallette mais n'eut pas le temps de s'en servir. Entre-temps, Bourne avait récupéré l'arme automatique de sa première victime.

Il mit un genou à terre, visa et pressa la détente, faisant un troisième mort parmi les assaillants. Le quatrième réagit une fraction de seconde trop tard. La rafale l'atteignit à mi-corps et faillit le couper en deux.

Une brume écarlate flottait dans l'air. Bourne alla vérifier les fonctions vitales de chacun des ministres. Ils étaient tous morts.

Sans lâcher son arme, il tourna le dos au carnage, poussa les portes et tomba sur le gros de la troupe, à savoir le chef djihadiste nommé El Ghadan – le « Lendemain » – et son escorte, une douzaine d'individus armés jusqu'aux dents.

El Ghadan fit un pas en avant, confisqua son fusil, lui arracha sa barbe, son faux nez, et dit en souriant : « Bonjour, monsieur Bourne. »

PREMIÈRE PARTIE

2

EL GHADAN LUI MONTRA LE CHEMIN. « Veuillez me suivre. »

Bourne ne desserrait pas les dents, ne faisait aucun geste.

« C'est donc vrai ce qu'on raconte sur vous, ricana El Ghadan. Vous êtes une vraie tête de mule. » Son sourire n'était qu'une balafre. « Fouillez-le. »

Un grand costaud aux yeux noirs brûlants de haine sortit des rangs et lui fit subir une fouille en règle. Puis il recula en secouant la tête.

« Bon, retournons sur la scène de crime. »

Un autre homme attrapa Bourne par les deux bras et sans ménagement l'entraîna dans la salle repeinte en rouge sang.

« Un, deux, trois, quatre meurtres », compta El Ghadan à mesure qu'il découvrait les cadavres de ses hommes. Il rejoignit Bourne et se planta devant lui. Le djihadiste n'était pas très grand mais il avait les épaules larges. En comparaison, ses hanches étaient curieusement étroites. Une taille de danseur, songea Bourne. Mais le rapprochement s'arrêtait là car en lui, tout était rude, voire grossier. Son visage couvert de cicatrices d'acné, ses mains puissantes comme celles d'un travailleur manuel. Sans doute avait-il grandi à la dure dans une famille de Bédouins, au fin fond du désert.

« Tous des martyrs. » À sa manière de regarder au loin entre ses paupières mi-closes, on aurait dit qu'il parlait du futur et non du présent. D'où son nom de guerre, peut-être. « Mais cela ne vous absout pas de les avoir tués. »

Sans l'avoir jamais rencontré, Bourne connaissait El Ghadan pour avoir étudié son dossier chez Treadstone. Mais quand il s'agissait d'établir un profil psychologique, d'éclairer la personnalité d'un sujet donné, les rapports de renseignement manquaient trop souvent de précision. Parfois, ils étaient même carrément faux. Or, pour espérer vaincre des fanatiques comme El Ghadan – qui était de loin le pire de tous –, il fallait d'abord comprendre comment ils fonctionnaient. À partir de cet instant, Bourne décida de se concentrer exclusivement sur lui.

« Vous ne craignez pas une intervention de la police ? demanda-t-il.

— La police. » El Ghadan partit d'un rire rauque, aussi sec que le vent du désert. « La police de Doha est à ma botte. »

Bourne nota l'arrogance dont il avait émaillé sa réplique. Quand un adversaire se croit à ce point maître d'une situation, qu'il vous écrase de son mépris, vous détenez sur lui un certain avantage. Bourne ajouta ce trait de caractère à la précieuse base de données qu'il était en train de constituer.

Sur un claquement de doigts de leur bien-aimé leader, deux hommes traînèrent Bourne jusqu'à un siège couvert de sang et le firent asseoir. Après quoi, El Ghadan étendit le bras ; son lieutenant déposa une tablette sur sa paume ouverte.

El Ghadan alluma l'écran et le tourna vers Bourne. Une séquence vidéo défilait déjà. On y voyait Soraya Moore, sa fille et son mari – Aaron Lipkin-Renais, fonctionnaire au Quai d'Orsay –, assis côte à côte, les mains nouées dans le dos. Soudain, la petite fille âgée de deux ans à peine éclata en sanglots.

Bourne ressentit un tel choc que son estomac se crispa douloureusement. Soraya Moore et lui étaient de vieilles connaissances. Leurs relations avaient connu des hauts et des bas mais ils s'appréciaient. Ils avaient même été très proches, pendant un temps. Comment El Ghadan avait-il pu les capturer, elle et sa famille ? Ce type était encore plus dangereux qu'il ne l'avait cru.

Soraya regardait droit devant elle. Bourne ne l'avait pas revue depuis plus de trois ans mais il savait qu'elle avait abandonné la codirection de Treadstone à la suite de son mariage avec Lipkin-Renais, et qu'elle était ensuite partie pour Paris afin de prendre un nouveau départ. Sonya venait de naître. Malgré l'éloignement, Soraya restait à jamais gravée dans la mémoire de Bourne.

Elle avait toujours été d'une beauté fascinante – héritée de sa mère égyptienne. C'était étrange, songea Bourne, mais la détresse qui l'accablait à présent semblait rehausser la noblesse de ses traits – soulignant la courbe de ses pommettes, agrandissant les yeux sombres en forme d'amande qu'il voyait luire d'une colère froide mêlée d'une atroce appréhension. La connaissant, Bourne savait qu'en cet instant, elle ne songeait qu'à son mari et à sa fille. Leur sécurité était le premier de ses soucis.

Contrairement à Soraya qui fixait la caméra, Lipkin-Renais avait la tête tournée, comme s'il observait quelque chose ou quelqu'un situé hors-champ.

La salle de conférences puait la mort. El Ghadan pointa son index calleux sur la tablette. « Vous les connaissez, n'est-ce pas ? »

Bourne continuait d'analyser les inflexions de sa voix.

El Ghadan répondit à sa place. « Oui, pour ce qui est de la femme, j'en suis sûr. Elle s'appelle Soraya. Soraya Moore. Elle codirige Treadstone – ou plutôt, codirigeait. »

Il semble très fier de son savoir, songea Bourne. D'où cette attitude conquérante rappelant celle du gorille mâle faisant étalage de sa supériorité en se frappant la poitrine. Mais sous la forfanterie, se cachait quelque chose de plus subtil, comme une joie maligne, une jubilation dont Bourne aurait bien aimé saisir la cause.

« C'est bizarre qu'elle vous ait préféré ce Français, vous ne trouvez pas, Bourne ? Cela dit, ça peut se comprendre. Vous auriez fait un mari exécrable et un pitoyable père de famille. »

Ce besoin de rabaisser l'autre est un signe d'insécurité, voire de peur, songea Bourne. Mais de quoi El Ghadan avait-il peur ?

« À ce propos, vous avez vu la petite Sonya ? Quelle charmante enfant ! À cet âge-là, ils sont si purs, si innocents. Pas vrai, Bourne ? En plus, elle ressemble à sa mère. Je parie qu'elle sera aussi belle, peut-être plus, quand elle atteindra l'âge adulte. »

Nous y voilà, se dit Bourne.

« *Si* elle l'atteint. »

Bourne ne décrochait pas un mot.

« Emmenez-le », ordonna El Ghadan.

On enfonça une cagoule sur sa tête et on l'entraîna sans ménagement dans le couloir jonché de cadavres, direction l'ascenseur. Parvenu au rez-de-chaussée, il traversa le hall où s'était déroulé le premier massacre, monta dans l'un des véhicules garés devant l'entrée. Il eut juste le temps de sentir la piqûre dans son bras. La drogue produisit son effet en l'espace de quelques secondes. Quand le SUV démarra, il était déjà inconscient.

*

Quand il se réveilla, Bourne sentit d'abord une plage de calme. Puis les récents événements lui revinrent brusquement à l'esprit.

Il était assis, chevilles et poignets attachés, sur une chaise en bois munie d'un dossier à barreaux, dans une petite pièce dépourvue de fenêtre. Un homme montait la garde près de la porte. Un tapis afghan couvrait en partie l'un des murs en ciment.

El Ghadan occupait une chaise semblable à la sienne, sur sa droite. Entre eux, un guéridon en marqueterie de forme octogonale incrusté d'un caractère arabe en nacre. Bourne nota la posture d'El Ghadan : légèrement alangui, jambes croisées. Il voulait paraître décontracté mais son pied ne cessait de battre la mesure. Quand il leva la main, l'un de ses hommes sortit de la pièce et revint chargé d'un plateau qu'il déposa sur la petite table. Il y avait là deux tasses de café, un pot de crème, un sucrier et une assiette de dattes roulées dans de la poudre de coco.

« Je vous en prie, servez-vous », proposa El Ghadan avant de secouer la tête comme pour s'excuser. « Désolé. » Il souleva l'une des tasses. « Café ? Non. » Il but une gorgée. « Des dattes alors ? » Il en choisit une et la goba.

Puis il lécha les miettes de noix de coco collées sur ses doigts. « J'ai besoin d'un service. Et je suis pressé.

— Vous avez l'argent et le personnel nécessaires. »

El Ghadan ignora sa remarque. « Dans une semaine, votre président débarquera à Singapour dans le but de négocier un traité de paix entre Israéliens et Palestiniens. Un événement historique. » Il se pencha et poursuivit en chuchotant : « Ce traité ne tient qu'à un fil. Si Potus n'est pas là pour arrondir les angles, il ne verra pas le jour. Vous ferez donc en sorte que le président n'arrive jamais au Golden Palace de Singapour où la signature doit avoir lieu.

— Vous avez perdu l'esprit.

— C'est votre réponse ? » El Ghadan attendit vainement que Bourne en dise davantage. « Dans ce cas, je vais vous donner une leçon d'humilité. »

Comme si tout était réglé d'avance, un homme entra en poussant un chariot surmonté d'une batterie de 24 volts. Un long fil de cuivre s'enroulait autour de son épaule. Ses mains étaient protégées par de gros gants en caoutchouc. Il s'arrêta près de Bourne, fit glisser le rouleau de cuivre le long de son bras et relia une extrémité à l'un des pôles de la batterie.

Bourne regardait la scène avec le détachement que lui avaient appris son entraînement Treadstone et ses nombreuses expériences sur le terrain. L'homme dévida la bobine en s'arrangeant pour que le fil fasse plusieurs fois le tour du torse de Bourne, puis s'accroupit, se tourna vers son chef et lui signala qu'il était prêt.

« Voilà ce qui va se passer, dit El Ghadan. Rachid va connecter ce câble à l'autre pôle de la batterie. Vous recevrez une décharge de 24 volts. Vous n'en mourrez pas, bien sûr. Mais je n'ai pas l'intention de vous tuer. À quoi servirait de donner une leçon à un cadavre ? En revanche, vous allez souffrir. Le courant paralysera vos muscles intercostaux et, si Rachid n'y prend pas garde, s'il laisse le câble relié à la batterie un peu trop longtemps, vous commencerez à manquer d'air. L'asphyxie sera longue et pénible. » Il hocha la tête. « Montre-lui, Rachid. »

L'homme approcha le fil du deuxième pôle. Bourne s'était préparé au pire mais quand le courant électrique lui passa au travers du corps, il ressentit une douleur telle qu'il sursauta malgré lui. Un gigantesque étau referma ses mâchoires sur son thorax, comprimant ses poumons jusqu'à ce que ses yeux s'emplissent de larmes.

Rachid éloigna le fil de cuivre. Bourne s'écroula sur lui-même. Une sueur glaciale dégoulinait le long de son cou, s'insinuait entre ses paupières irritées, inondait ses aisselles, son ventre. Il devait à tout prix rester conscient, garder le contrôle, ne serait-ce qu'un minimum. Sinon…

Rachid envoya une deuxième décharge. La pièce perdit ses couleurs, les sons leur netteté. Bourne ne pouvait plus tenir sa tête droite. Son menton heurta sa poitrine trempée. Son esprit n'était qu'un amas de pensées décousues. Il devait se rappeler une chose. Mais laquelle ?

La troisième fois, il tomba dans la confusion la plus totale. Sa cage thoracique semblait sur le point d'exploser sous la pression. Dans deux secondes, ses côtes brisées transperceraient son cœur comme autant de poignards. L'espace autour de lui devint rouge, puis noir.

*

« Comment ça va ? » La voix d'El Ghadan flottait dans les ténèbres comme celle d'un spectre. « De retour parmi nous ? »

On avait éteint les lumières. Bourne s'appliquait à respirer posément, malgré les spasmes qui agitaient sa poitrine dès que l'air y pénétrait. Il avait l'impression d'être passé sous un train de marchandises. Des doigts lui saisirent le menton. On lui braqua une lampe dans la figure. On le força à ouvrir les paupières.

« Les pupilles sont normales, dit une voix inconnue. Il récupère étonnamment vite.

— Ça ne me surprend guère. » Bourne identifia de nouveau la voix d'El Ghadan. « Le deuxième acte va pouvoir commencer. »

Quelqu'un écarta le tapis suspendu au mur et un flot de lumière se répandit dans la pièce. Cette soudaine clarté provenait d'une salle mitoyenne, visible à travers un miroir sans tain. Ébloui, Bourne cligna les yeux pour tenter d'apercevoir ce qu'elle contenait, mais le regretta aussitôt. C'était la cellule qu'El Ghadan lui avait montrée sur l'écran de la tablette. Là, devant lui, ligotés sur des chaises, il y avait Soraya, Sonya et Lipkin-Renais.

Bourne discernait vaguement le profil d'El Ghadan près de lui, de l'autre côté du guéridon. « La gamine paraît terrifiée, Bourne.

— Sonya », articula Bourne. Sa bouche était totalement sèche, sa langue semblait avoir doublé de volume. Il essaya de déglutir. « Elle s'appelle Sonya. »

El Ghadan changea de position, sa chaise grinça. « Et elle le sera encore davantage dans un instant. »

Bourne tourna vivement la tête vers lui. Le terroriste rayonnait littéralement. « Ne faites rien de stupide.

— Il n'y a rien de stupide là-dedans. » El Ghadan haussa les épaules. « C'est vous le responsable, pas moi. »

Il fit un signe. Au même instant, Lipkin-Renais devint très pâle. Bourne vit un homme armé d'un pistolet entrer dans le cadre du miroir sans tain. Sonya hurla, son petit corps se mit à trembler, comme frappé par un brusque accès de fièvre. Horrifiée, Soraya écarquilla les yeux ; elle avait compris ce qui allait se produire.

De part et d'autre du miroir, Soraya et Bourne hurlèrent en même temps. « Non ! »

Sonya poussa un long cri suraigu.

« Pourquoi vous faites ça ? » demanda Bourne d'une voix brisée.

El Ghadan se carra au fond de sa chaise comme s'il s'apprêtait à regarder un bon film. « Profitez du spectacle, Bourne. Votre leçon d'humilité se poursuit. »

Le pistolet cracha. Le crâne de Lipkin-Renais explosa. Du sang, des fragments d'os et de cervelle jaillirent et retombèrent en pluie sur Soraya.

*

El Ghadan alla se planter en face de Bourne. Son corps faisait écran mais Bourne entendait toujours les hurlements déchirants que poussaient Soraya et sa fille.

« Un poids supplémentaire sur votre conscience déjà bien chargée. »

Il joignit les mains en croisant les doigts comme un prêtre avant une homélie. « Je vais vous dire ce qui arrivera si vous refusez encore de vous soumettre. Sonya mourra la première, devant les yeux de sa mère. Après quoi, on conduira Soraya dans une cellule spéciale. Quand elle en sortira, elle aura tout perdu : sa volonté, sa personnalité, jusqu'à son âme. Alors, j'interviendrai personnellement. Et lorsque j'en aurai fini avec elle, la femme que vous avez connue ne sera plus qu'un tas de viande sanguinolent. »

Il se pencha, les mains toujours croisées devant lui et, malgré les gémissements de Soraya et les sanglots de Sonya, poursuivit d'une voix dépourvue de tout affect : « Je me suis laissé dire que vous étiez expert en la matière, monsieur Bourne. »

Il fit un pas de côté, révélant de nouveau la scène qui se déroulait dans l'autre pièce. Soraya tentait désespérément d'atteindre la petite fille en larmes, de la serrer contre elle. Mais bien sûr, c'était impossible, ses liens l'en empêchaient.

« Je vous en prie, hurla-t-elle à l'homme qui venait d'abattre son mari. Je veux seulement la prendre dans mes bras. » Elle plongea son regard dans les yeux secs de son tortionnaire, qu'on entrevoyait à travers la fente du foulard couvrant sa tête et son cou. « Je vous en supplie !

— Tu devrais te réjouir, répondit l'homme. Ton enfant aurait pu mourir sous les bombes d'un drone envoyé par les Américains.

— Combien de temps mettra-t-elle pour crever, à votre avis ? reprit El Ghadan. Quatre jours ? Une semaine ? Cette femme m'a l'air particulièrement coriace. Qu'en dites-vous, monsieur Bourne ? Imaginez. Pendant une semaine, les mouches se poseront sur sa chair à vif et s'en nourriront.

— Ça suffit », dit Bourne.

El Ghadan pencha la tête. « Vraiment ? Je vous préviens, il n'y aura pas de deuxième chance.

— Dites-moi ce que je dois savoir. »

El Ghadan lâcha un grand soupir. « Avec plaisir. » Il reprit sa place sur la chaise et, le buste tendu vers l'avant, prononça d'une voix tranquille, comme s'il discutait avec un ami : « N'oubliez jamais cela, Bourne : vous m'appartenez désormais. Esprit, corps et âme. »

3

Lorsque Camilla Stowe pénétra dans l'Aile Ouest, la ville de Washington était encore plongée dans la nuit. Camilla n'avait jamais été une grosse dormeuse, même étant enfant. Mais depuis que le président Magnus l'avait intégrée à son cercle rapproché en tant que chef du Secret Service, elle ne s'accordait plus qu'une heure ou deux de sommeil par nuit. Ce rythme lui convenait. « Je dormirai quand je serai morte », avait-elle coutume de dire.

Cette jolie rousse aux yeux verts, à la peau laiteuse criblée de taches de rousseur, était l'une des personnes les plus enviées au sein du Beltway, autrement dit l'élite politico-médiatique faisant la pluie et le beau temps à Washington. Quel que fût leur bord politique, les mâles influents qui y gravitaient se transformaient en créatures lubriques dès qu'ils apercevaient son joli visage et les courbes de son corps délicat. Ceux qui ne la connaissaient pas prenaient à tort son apparente fragilité physique pour un signe de faiblesse.

Son père, citoyen britannique et dernier rejeton d'une famille d'aristocrates ayant bâti leur immense fortune en s'ingéniant à répandre les bienfaits de la Couronne en Inde et sur le continent africain, avait tenu à ce qu'elle soit scolarisée en Angleterre. Pourtant, dès que l'occasion s'était présentée, Camilla était partie aux USA rejoindre sa mère et s'engager dans l'armée américaine. Au temps de sa jeunesse, Carla Stowe avait été pilote de chasse chez les Marines. À l'époque où Camilla l'avait retrouvée, elle passait pour l'une des meilleures instructrices de vol. Les élèves se bousculaient à ses cours. Ils voulaient tous obtenir une tranche de son savoir et de son expérience de terrain.

Camilla avait choisi d'intégrer le corps des Marines, elle aussi, mais en tant que lieutenant des Renseignements. Elle avait fait ses armes dans différents points chauds, comme la corne de l'Afrique, l'Afghanistan et l'Irak où elle s'était rendue à deux reprises. Promue capitaine, elle avait été aussitôt recrutée par la CIA dont elle avait claqué la porte au bout de dix-huit mois, au prétexte que l'Agence traitait son personnel féminin de manière déplorable. Un coup d'éclat qui lui avait valu d'être remarquée par le Président en personne, lequel était à la recherche d'une personne efficace et intègre, capable de mettre de l'ordre dans un Secret Service entaché par des affaires douteuses, de balancer un grand coup de pied dans la fourmilière et de lui restituer les commandes d'une machine qui avait d'abord été conçue pour assurer sa sécurité personnelle, autant dans sa vie publique que privée. Sur les cinq candidats au poste, Camilla était la seule femme.

Magnus avait pris sa décision au bout de dix minutes d'un entretien qui avait néanmoins duré plus d'une heure et demie. En fait, il n'avait tout bonnement pas eu envie de la laisser partir. À la fin, il lui avait offert la place et elle l'avait acceptée. Par la suite, il déclara à son directeur de cabinet, Howard Anselm, avoir décelé en elle un noyau d'acier capable de plier sans se rompre. « Camilla correspond précisément à ce dont l'Aile Ouest a besoin. »

Peu après cet entretien d'embauche, Potus l'invita à déjeuner, autrement dit à déguster un repas préparé par son chef cuisinier personnel.

Magnus était marié et père de famille. Dans les premiers temps de son mandat, son épouse, une personne particulièrement télégénique, avait provoqué des crises d'urticaire chez les plus conservateurs en s'affichant dans des robes sans manches mettant en valeur ses bras et ses épaules – parties de son individu dont elle pouvait être fière, au demeurant. Mais comme elle se comportait avec beaucoup d'élégance et se fichait des moqueries, ses plus acerbes contempteurs se retrouvèrent assez vite sur le banc de touche d'où ils continuèrent à émettre parfois quelques grognements assourdis. Le couple avait deux enfants, une fille adolescente et un garçon plus jeune. L'un et l'autre savaient s'exprimer devant les caméras et ne craignaient ni les questions ni la foule.

Et malgré tout cela, Potus s'enticha de Camilla. Howard Anselm et Marty Finnerman, sous-secrétaire à la Défense, furent les premiers à s'en rendre compte. Ce qui se comprenait aisément puisqu'ils passaient le plus clair de leur temps dans le bureau du Président.

Comme ils ignoraient toutefois si Potus et Camilla avaient déjà couché ensemble ou s'ils étaient sur le point de le faire, ils résolurent de s'allier pour mieux surveiller les tourtereaux et couper court à un éventuel scandale.

Lorsque, ce matin-là, Camilla entra dans l'Aile Ouest, la ville était encore endormie. Noreen, la nouvelle assistante d'Anselm – aussi jeune et belle que la précédente –, l'informa que son boss était déjà arrivé. De fait, la porte au bout du couloir était ouverte et les lumières allumées. Une délicieuse odeur de café lui chatouilla les narines, comme si Anselm avait voulu l'attirer dans son antre avant qu'elle ne rejoigne le Bureau ovale.

« Vous avez dormi ici, Howard ? dit Camilla en entrant.

— Je ne vois pas l'intérêt de rentrer chez moi en ce moment », répondit-il sans lever les yeux de son travail. Il entamait la phase terminale d'un divorce mouvementé. « Ce sommet pour la Paix occupe tout mon temps, de toute façon. »

Il cessa d'écrire, posa son stylo et remua les doigts pour les dégourdir. Anselm n'utilisait pas les nouveaux moyens de communication. Il y avait renoncé depuis l'affaire Snowden. Trop risqués à son goût, quoi qu'en disent les cyber-gardiens. Dans le service, tous ses collaborateurs respectaient la consigne. Ils rédigeaient leurs brouillons à la main et tapaient la version finale de leurs documents sur une bonne vieille machine à écrire. Retour vers le futur. Chacune possédait sa signature personnelle, aussi facilement identifiable qu'une empreinte digitale. Telle est leur qualité première, répétait Anselm à qui voulait l'entendre. Donc, si par hasard un mémo se perdait dans la nature, on pouvait aisément remonter jusqu'à la machine qui avait servi à le taper. « L'imprécision de la mécanique », avait-il dit à Camilla. Pour une fois, elle avait suivi ses conseils. Depuis lors, son propre personnel était prié d'oublier les courriers électroniques et autres imprimantes.

Anselm leva les yeux. « Servez-vous. » Elle fonça sur la machine à café et se prépara un triple expresso. « Et vous, quels sont vos projets ? demanda-t-il en la contemplant d'un air pensif.

— Vous les connaissez, Howard. » Elle ouvrit le petit frigo, versa une bonne dose de crème allégée dans sa tasse en porcelaine blanche, laquelle arborait le blason présidentiel de chaque côté de l'anse. « Je vous les ai soumis voilà dix jours. L'affaire sera bientôt réglée. On a viré les mecs qui fréquentaient ces prostituées colombiennes. Le reste de la bande est sous les verrous en attendant les conclusions de l'enquête. » Elle ajouta du sucre, touilla et prit une gorgée. « Mmmm. Mon cerveau fonctionne déjà beaucoup mieux. »

Elle se tourna vers lui. Anselm était un petit bonhomme grassouillet, avec des bras et des jambes trop courts pour sa taille et des cheveux blonds clairsemés qu'il coiffait sur le côté pour cacher les trous. Il avait les épaules tombantes, un visage de bulldog et un nez de boxeur. Il arborait toujours le même accoutrement, y compris durant les grosses chaleurs : un costume en laine épaisse, d'horribles bretelles noires et de grosses godasses que les mauvaises langues, mais pas qu'elles, prétendaient munies de talonnettes. Si l'on ajoutait à cela une expression constamment pincée et un manque absolu d'humour, on obtenait le portrait du parfait bureaucrate : moitié intrigant, moitié rond-de-cuir.

« Mais je ne vous apprends rien, Howard. Du nouveau ? »

Il lui fit signe de s'asseoir. Ce jour-là, elle portait un élégant tailleur beige assorti à ses escarpins, un chemisier en soie grise et un bracelet en or tout simple. Un foulard Hermès s'enroulait négligemment autour de son cou, tel un serpent apprivoisé.

Il attendit qu'elle prenne place et absorbe encore une dose de caféine. « J'aimerais que vous vous rendiez disponible la semaine prochaine, voire au-delà.

— Disponible ? Mais pourquoi ? »

Sa réponse était prête.

« Certaines informations nous sont parvenues. » Anselm leva sa tasse et prit le temps d'observer la jeune femme à travers ses lunettes rondes à monture dorée.

Au lieu de montrer son agacement, Camilla avala les dernières gouttes de son café et retourna se servir. Quand le breuvage fut passé, elle le goûta, puis revint s'asseoir. Après quoi, estimant qu'elle l'avait laissé poireauter assez longtemps, elle lança : « Et si vous m'en disiez plus ?

— On a un problème à Doha, dit-il comme s'il parlait du temps. Un incident majeur impliquant les ministres de sept nations arabes, réunis pour une conférence au sommet.

— Ça ne m'évoque rien.

— La nouvelle n'a pas encore été transmise aux agences de presse et autres termites du net.

— Il faudra le faire à un moment ou à un autre.

— Potus tient à profiter de cette petite longueur d'avance. »

Camilla le regarda par-dessus sa tasse. « Que s'est-il passé exactement ?

— Six ministres abattus, ni plus ni moins. Ainsi qu'une douzaine de gardes du corps et quatre djihadistes.

— Seigneur. Savons-nous quel… ?

— Le commando était conduit par El Ghadan en personne, aux dires de nos informateurs.

— El Ghadan ? Il n'a pas refait surface depuis plus d'un an.

— Oui mais entre-temps, ses fidèles, la Brigade du Lendemain, n'ont pas chômé. Ils ont commis des attentats en Somalie, au Congo, en Irak, en Syrie, en Inde, au Pakistan et en Indonésie – un peu partout sur cette foutue planète. Ce type est une catastrophe nucléaire à lui tout seul.

— J'ai lu les rapports. Pourquoi réapparaîtrait-il tout à coup ? »

Anselm se composa une expression énigmatique. Un vrai sphinx. « Excellente question. »

Camilla attendit. Son double expresso refroidissait. Comme son interlocuteur ne donnait plus signe de vie, elle crut bon de le relancer. « Et le septième ministre ? »

Derrière ses lunettes, les yeux d'Anselm visèrent un bref instant les papiers étalés devant lui, puis se relevèrent. « Un certain Qabbani. Le représentant de la Syrie.

— Qu'est-il devenu ?

— Disparu. Envolé. » Anselm lui jeta un regard sombre. « Sauf qu'en réalité, ce n'était pas du tout le ministre Qabbani. Potus l'a appelé tout à l'heure. Qabbani n'a jamais quitté Damas et il se porte comme un charme.

— Mais alors, que…

— Un forgeron. »

Camilla secoua la tête. « Je vous demande pardon ?

— Un forgeron, répéta Anselm en détachant les syllabes. Une doublure, quoi. Ces gens-là sont payés pour prendre la place de leurs employeurs dans certaines circonstances et leur éviter de se faire trouer la peau. »

Camilla se rencogna dans son fauteuil et siffla entre ses dents. « Un métier dangereux.

— Surtout pour l'employeur si jamais le forgeron s'appelle Jason Bourne. »

Camilla sursauta. Quelques gouttes de café giclèrent et retombèrent dans sa soucoupe. « Quoi ?

— Nous pensons que Bourne travaille main dans la main avec El Ghadan. »

Elle secoua la tête. « Ça cadre mal avec le personnage.

— Peut-être, mais il n'y a pas d'autre explication. Sinon, comment ce commando aurait-il pu accéder à la conférence, alors que les lieux étaient hautement sécurisés ? Bourne maîtrise parfaitement les techniques d'infiltration, c'est connu. El Ghadan savait que Bourne se cachait sous les traits de Qabbani, autrement il l'aurait descendu lui aussi. Et comment l'aurait-il su à moins que Bourne ne le lui ait dit ? Tous les ministres sont morts sauf lui. Vous connaissez El Ghadan aussi bien que moi. Il n'est pas du genre à laisser des témoins en vie. Cela signifie qu'il n'avait pas l'intention de tuer Bourne. Conclusion : El Ghadan et Bourne sont complices sur ce coup.

— Même si ce que vous dites était vrai…

— Je vous affirme que c'est vrai. Jason Bourne fait ce qu'il veut, quand il le veut. Personne n'est plus nocif que lui, Camilla.

Pour nous, il constitue une menace permanente. Potus est très inquiet.

— Bon, admettons. Mais expliquez-moi pourquoi El Ghadan ferait équipe avec lui. D'après son dossier, il n'aime pas trop partager le pouvoir. Il l'a prouvé à maintes reprises. »

Anselm se pencha vers elle. Les lumières au plafond se reflétèrent sur les verres de ses lunettes, les rendant opaques un bref instant. « Certes. Mais d'après l'info qui vient de tomber dans l'escarcelle de la NSA, El Ghadan projette un attentat d'une ampleur telle que même lui ne peut le réaliser sans l'aide d'une tierce personne.

— Qu'est-ce que… ? » Comme un vent glacial, une bouffée d'angoisse s'engouffra dans la pièce. Camilla posa la main sur sa bouche. « Oh mon Dieu ! Le sommet pour la paix à Singapour. »

Anselm montra enfin ses dents. Une rangée de petites perles étincelantes qui disparurent presque aussitôt derrière ses lèvres fines. « L'attaque de Doha n'était qu'un galop d'essai. Ils ont fait irruption dans l'hôtel, descendu les gardes et ensuite, ils ont porté le coup de grâce. Ils avaient forcément un complice à l'intérieur. » Il leva l'index comme un professeur sur sa chaire. « Peu de gens le savent mais Bourne est passé maître dans l'art du déguisement. C'est le meilleur. »

Camilla le fixait intensément, presque hypnotisée.

« Durant des années, reprit-il, nous avons employé tous les moyens possibles et imaginables pour le traquer et lui appliquer enfin le châtiment qu'il mérite ô combien. Quoi d'étonnant à ce qu'aujourd'hui, il cherche à détruire le représentant suprême du pays qui a juré sa perte. Le président des États-Unis. »

Il plia ses petits bras, coudes vers l'extérieur, prit appui sur le bureau et se pencha vers Camilla. « C'est une histoire de vengeance, ma chère. Un point c'est tout. » Il la débarrassa de sa tasse, de sa soucoupe, et les posa devant lui. « Nous devons l'arrêter. La menace que Bourne fait peser sur notre pays doit cesser une bonne fois pour toutes. C'est le mandat que Potus nous a donné.

— Nous ?

— La Compagnie a échoué lamentablement. La NSA n'a pas fait mieux. Même Treadstone s'y est cassé les dents, avant d'être démantelée suite à la démission de Soraya Moore et à l'incident qui a failli coûter la vie à Peter Marx. Potus estime que le temps est venu de faire preuve d'inventivité.

— Ce qui veut dire ?

— Bourne a un point faible. Il a tendance à voler au secours des personnes en détresse.

— Qu'avez-vous en tête, Howard ?

— Voilà le topo sur la question. » Anselm lui tendit un volumineux dossier.

« Mon Dieu, quel pavé !

— Les chefs d'état-major ont tous planché dessus. »

Elle ouvrit le registre. « Pour qu'ils aient consenti à travailler ensemble, ce projet doit avoir quelque chose de spécial. »

Anselm sourit. « Effectivement, il est spécial, Camilla. Je dirais même très spécial. »

Elle lut les premières lignes et leva les yeux, déroutée. « Attendez une minute. Ça veut dire que…

— Oui, c'est bien de vous dont il est question, Camilla. Nous avons échafaudé un scénario autour de votre personne. En résumé, vous avez pour mission de vous rendre sur le terrain et d'éliminer Jason Bourne. »

4

ELI YADIN, DIRECTEUR DU MOSSAD, naviguait vent debout, toutes voiles déployées, pour profiter pleinement des conditions météo favorables. Il pilotait seul son voilier, un sloop de trente-trois pieds qui croisait au large de Tel-Aviv, à environ un mille des côtes. Le soleil jouait à cache-cache entre les cumulus. Yadin tourna les yeux vers sa fille Sara et lui sourit. Il lui avait proposé cette sortie en mer pour célébrer dignement la fin de sa convalescence. Quelques mois auparavant, elle était passée à deux doigts de la mort à cause d'une blessure à l'arme blanche. Le père et la fille avaient cassé la croûte et partagé une bouteille de rosé. Ils avaient même piqué une tête.

Yadin entendit un téléphone sonner – pas son portable, le satellite. Ils échangèrent un regard inquiet comme s'ils pressentaient un malheur. Confiant les cordages à Sara, il descendit dans la cabine pour répondre à l'appel.

C'était l'agent du Mossad en poste à Doha.

« Monsieur le directeur, un officier du Quai d'Orsay a été précipité hors d'un véhicule devant l'ambassade de France. »

Un accès de panique lui noua aussitôt les entrailles. Et si c'était lui… « Mort ou vif ?

— Il lui manquait la moitié du crâne.

— Donc ce n'est pas l'œuvre d'un professionnel.

— Probablement pas. »

Yadin regarda par le hublot. Tel-Aviv semblait si distante. Et pourtant, aussi loin qu'il aille, son monde finissait toujours par le retrouver. Il redoutait de poser la question qui lui brûlait les lèvres.

« Son nom ?

— Aaron Lipkin-Renais. Je sais que nous n'avions que des rapports épisodiques avec ce ressortissant français, mais j'ai jugé que la nouvelle était assez importante pour…

— Vous avez bien fait. » Yadin ferma les yeux un court instant. Merde, pensa-t-il, merde et merde. « Allez-y, dites-moi tout. »

*

« Sara ! cria-t-il. Sara ! »

Avec le vent qui soulevait ses cheveux, le soleil qui faisait briller ses yeux, elle n'avait jamais été aussi belle, songea Yadin. Il l'aimait tant.

« Qu'y a-t-il ? » Elle bloqua les cordages et le rejoignit à la barre.

Quand il lui raconta ce qu'il s'était passé, Sara fut émue aux larmes. « Comment ? bredouilla-t-elle. Que lui est-il arrivé ?

— Aaron n'avait pas donné signe de vie depuis deux jours. Sa femme et sa fille non plus. L'enfant avait été malade ; on a d'abord cru qu'ils étaient partis se reposer quelque part. Son bureau a tenté de le joindre en urgence. Sans résultat. Au bout de douze heures d'absence, on a interrogé ses collègues. Il ne leur avait rien dit. En fait, ils avaient disparu tous les trois sans laisser de trace.

— Et sur ces entrefaites, on retrouve son cadavre sur le perron de l'ambassade de France à Doha ? » Sara secoua la tête. « Ça n'a aucun sens. » Elle s'assit sur une lisse en teck. « Que sont devenues sa femme et sa fille ?

— On l'ignore, dit Eli. Elles n'ont pas réapparu depuis. »

Sara détourna les yeux sans prendre la peine d'écarter les mèches brunes qui lui barraient le visage.

« Je sais qu'Aaron et toi étiez proches. » Comme elle ne renchérissait pas, Eli poursuivit. « Votre relation a changé après son mariage ? »

Elle lui décocha un regard acéré. « Elle aurait dû ? »

Eli haussa les épaules. « Quand un homme se marie et devient père de famille, il a d'autres priorités.

— Tu es mal placé pour dire ça, Abba. »

Ce fut à son tour de la regarder sévèrement. « Tu m'en veux encore ?

— Comment pourrais-je t'en vouloir, Abba ? Tu es le meilleur homme que je connaisse.

— Sara.

— Maintenant, Aaron est mort. Et personne ne sait où se trouvent sa femme et sa fille. »

Eli redressa le cap tout en réfléchissant. « Nous avons là un profond mystère à élucider. »

Sara se redressa, les pieds fermement campés sur les lattes du pont. On voyait qu'elle retenait ses larmes. « Abba, je veux en savoir davantage. Je pars pour Doha. »

Eli n'essaya même pas de discuter. Il vira de bord afin de regagner la côte. Il ne bondissait pas de joie à l'idée que sa fille se rende au Qatar, mais il connaissait ce ton et savait qu'elle ne changerait pas d'avis.

*

« Sonya ! »

Silence.

« Sonya ! »

La lumière remplaça brusquement l'obscurité. Sonya courut se réfugier dans ses bras en sanglotant. « Ma chérie, je suis là. » Soraya souleva la petite fille, la serra tendrement contre elle et se mit à la bercer. « Sonya, je suis là. Tout va bien. Tout va bien », chantonna-t-elle.

*

On leur avait permis de quitter la pièce pour se rendre à la salle de bains, sous la garde d'un djihadiste bien sûr. L'homme resta avec elles pendant qu'elles se lavaient. On leur avait fourni du savon, des serviettes. Elles se séchèrent puis elles passèrent aux toilettes et enfin regagnèrent leur cellule sous bonne escorte.

Soraya aurait voulu chasser les images atroces qui tournaient en boucle dans sa tête. Le cadavre d'Aaron s'écroulant comme un pantin désarticulé entre elle et Sonya. Une vision qui ne cessait de lui rappeler – comme s'il en était besoin – le pouvoir absolu dont étaient investis leurs ravisseurs. Aaron était mort. Qu'avaient-ils fait de son pauvre corps ? Dieu seul le savait. Elle pensait constamment à lui. Quelle horreur ! Aaron n'existait plus, il était passé en un clin d'œil de vie à trépas. Elle ne parvenait pas à affronter cette réalité. Soraya était une femme solide, aussi bien physiquement que mentalement, elle avait suivi le programme Treadstone, eu comme professeurs les meilleurs agents de terrain, et pourtant, s'il n'y avait pas eu Sonya, elle aurait certainement déjà craqué. Mais non, elle devait rester forte pour sa fille. Rien d'autre ne comptait. Elle devait la consoler, la rassurer, lui répéter que tout allait s'arranger. Et quand ce cauchemar serait terminé, quand elles seraient toutes les deux en sécurité loin d'ici – où que fût cet *ici* – il serait temps pour elle de pleurer son mari. Ainsi donc, fidèle à sa formation quasi militaire, elle repoussa la douleur aux tréfonds de son esprit et donna un tour de clé.

« Ma chérie, dit-elle en tâchant d'affermir son timbre. Je suis là. Il ne t'arrivera rien.

— Maman ! »

Cette petite voix, qu'elle connaissait autant que la sienne, était si frémissante d'angoisse qu'elle en eut le cœur brisé.

« Je ne te voyais plus, maman.

— J'étais à côté de toi, ma puce. Je n'ai pas bougé.

— Je ne te voyais plus ! » répéta Sonya, comme font tous les bambins.

Mon Dieu, donnez-moi la force, pria Soraya. Faites que je puisse la protéger et je vous adorerai pour l'éternité. « Si jamais les lumières s'éteignent encore, tu n'auras qu'à écouter ma voix. Elle te guidera, mon cœur, et tu me trouveras.

— Je n'y arriverai pas !

— Mais si, mon cœur. Tu te souviens de Shéhérazade ? Et des histoires qu'elle racontait au roi Shahryar. Je te les chantais en farsi, le soir, pour t'endormir.

— Oui, je me souviens des histoires, maman.

— Je le sais, mon trésor. Ta mémoire est comme un fleuve au cours majestueux. Rappelle-toi la chanson de Dinarzade dans la Caverne du Djinn. Il faisait sombre dans cette caverne, non ?

— *Très* sombre.

— Si sombre que Dinarzade ne voyait rien du tout.

— Et elle n'avait même pas de lampe. Et dehors, c'était la nuit, une nuit noire, sans étoiles et sans lune. »

Soraya sourit intérieurement. Sonya était si douée pour son âge. « Oui. Mais Dinarzade voulait retrouver son chemin. Alors, qu'est-ce qu'elle a fait ?

— Elle a entendu le vent souffler dans la caverne. Et elle a suivi le bruit du vent.

— Et ensuite ?

— Elle a trouvé la grande maison du djinn.

— Comment ?

— Parce que sa voix ressemblait à celle du vent. »

Soraya se mit à chanter en farsi : *« Je viendrai à toi quand la lune sera pleine comme un melon bien mûr/Quand les arbres frémiront et se plieront à ma volonté/Quand la nuit t'accueillera en son berceau/Je viendrai/Je te prendrai dans mes bras et t'emporterai vers des rivages inconnus. »* Sa voix se brisa presque. « Maintenant, dis-moi, ma puce, est-ce que ma voix ressemble à celle du vent ?

— Oui, maman.

— Alors tu la suivras, et dans l'obscurité tu me trouveras. Et comme le génie l'a fait pour Dinarzade, je te protégerai du mal. »

Au bord des larmes, Soraya chanta la suite de l'histoire. *« Car je suis le soleil et je suis la lune/Les étoiles m'obéissent/Nul n'ose se dresser devant moi/Car je suis l'air, la mer et le ciel/Quand tu es près de moi/Quand tu es contre moi/Tu es dans les bras de Dieu. »*

*

« Donc, tu as accepté.

— Oui monsieur, j'ai accepté. »

Le président Magnus fronça les sourcils. « Pour l'amour du ciel, Camilla, ne m'appelle pas monsieur quand nous sommes seuls. »

Les lèvres pleines de Camilla s'ourlèrent d'un sourire félin. « Comme tu voudras, Bill. »

Ils étaient assis dans l'un des deux canapés du Bureau ovale. À leur droite, sur le sol, l'aigle emblématique de la Présidence flamboyait au centre du magnifique tapis bleu, histoire de rappeler à ceux qui entraient ici qu'ils étaient dans l'antre sacré du pouvoir.

« Tu as lu le dossier, j'imagine.

— Oui.

— De A à Z.

— Je l'ai appris par cœur. Il est assez complexe.

— Pas étonnant. Le sommet a lieu dans une semaine. Tu vois le problème.

— Pourquoi ne pas le reporter ? Ou au moins changer de lieu. »

Magnus secoua la tête. « Trop tard. En plus, les négociations de paix sont déjà engagées. Ça fait plus de cinquante ans que le monde attend ce moment. Je ne laisserai pas une menace terroriste perturber le dernier acte de cet événement historique.

— Bien sûr. C'est juste que…

— Je sais. » Potus soupira. « Pourquoi as-tu accepté, Camilla ? J'ignorais que Howard était si persuasif.

— Tu me connais, Bill. Je suis profondément patriote. Je souhaite avant tout défendre mon pays. Et je ferai l'impossible pour te protéger. En tant que chef du Secret Service, c'est mon boulot.

— Qu'en est-il de tes troupes ?

— J'ai fait du ménage comme tu l'as demandé. En plus, Warren s'est montré extrêmement utile. Il m'a assistée du début jusqu'à la fin. Je pense qu'il me remplacera efficacement durant mon absence. »

Visiblement, les qualités de Warren, son adjoint, n'intéressaient guère Potus. « Que désires-tu ? »

Elle esquissa une moue pensive, une expression dont elle ignorait qu'elle ajoutait à son charme. « Sois sincère, je t'en prie, ce ne sont pas mes désirs qui te préoccupent.

— *Nos* désirs, alors. »

Elle le regarda dans les yeux et souffla doucement. Potus était un homme impressionnant à tous points de vue : grand, costaud, viril. Les femmes l'adoraient, les hommes l'enviaient. Son talent d'orateur n'avait d'égal que sa capacité à communiquer avec tout un chacun, dirigeants étrangers, législateurs, femmes et hommes de la rue. Il avait remporté les dernières élections haut la main et, chose assez rare pour être signalée, restait en bonne position dans les sondages bien qu'il fût à mi-mandat et ne bénéficiât plus de l'état de grâce. C'était comme si William Magnus n'était pas concerné par les habituelles fluctuations de la vie politique.

« Howard m'a sorti le grand jeu, ce matin, reprit Camilla. C'était trop drôle.

— Laisse-moi deviner. Il t'a fait le coup de la cafetière. »

Elle s'esclaffa ; il se mit à rire avec elle.

« Viens par ici, dit-il en tapotant le coussin qui les séparait.

— Ce n'est pas une bonne idée. »

Un nuage passa sur le visage du Président ; ses yeux gris s'assombrirent.

« Tu me repousses sans arrêt, ronchonna-t-il.

— On dirait un petit garçon capricieux.

— J'ai certains besoins. Et je ne suis pas le seul, tout le monde fonctionne ainsi. C'est le propre de l'être humain.

— Le propre de l'animal, tu veux dire. »

Il haussa les épaules, passa la main dans son épaisse chevelure grisonnante. « Quelle différence ?

— Aucune, en ce qui te concerne. »

Il secoua la tête, chercha un endroit où poser ses mains et ne trouva que Camilla. « Tu connais l'objectif caché de cette mission, j'imagine. C'est un stratagème malsain inventé par Howard et Marty pour nous séparer.

— Peut-être pas si malsain que tu le dis.

— Tu parles sans savoir. »

Le téléphone sur le bureau se mit à sonner mais le Président ne bougea pas.

« Tu ne vas pas répondre ? » dit Camilla pour la forme.

Magnus contemplait le drapeau américain planté près de la fenêtre. « J'étais en train de me demander... »

La sonnerie se tut ; il n'y avait plus le moindre bruit dans la pièce. Les réducteurs de son et les brouilleurs de surveillance à modulation de fréquence rendaient le silence assourdissant.

« J'étais en train de me demander, reprit Potus, ce que ça ferait si je te prenais nue, drapée dans cette bannière.

— Tu vois ? répliqua-t-elle. Heureusement que Howard et Marty se préoccupent de tes intérêts. »

Quand il se tourna vers elle, son visage trahissait une légère hostilité. Magnus pouvait changer d'humeur d'une seconde à l'autre. C'était l'une des premières choses qu'elle avait apprise à son sujet.

« Et toi ? » fit-il.

Elle réfléchit un instant. « Pour être honnête, j'ignore si mes intérêts sont conciliables avec ça.

— *Ça.* » Il était presque agressif, à présent. « Tu n'oses pas prononcer le mot.

— Il y a tant de mots pour désigner ce que nous avons fait. »

Sa colère retomba aussi vite qu'elle était apparue. « Tu ne veux pas venir près de moi et me faire une petite gâterie ? dit-il en souriant.

— C'est justement ce que j'essaie de te dire, Bill. Je n'ai pas l'intention de devenir la maîtresse cachée du Président. Je ne veux pas qu'on me traîne dans la boue et qu'on me traque jusqu'à la fin de mes jours. Monica Lewinsky a dû fuir le pays, bon sang !

— Tu n'es pas Monica Lewinsky.

— Clinton et elle ne l'ont fait qu'une seule fois.

— C'est ce qu'on raconte.

— Nous aussi on l'a fait une seule fois et heureusement, on ne s'est pas fait prendre.

— Ça n'arrivera pas, Camilla.

— Tu risquerais d'être destitué. Ce pays est tellement puritain. » Elle secoua la tête. « Non, une fois c'est déjà trop. »

Il semblait sincèrement touché. « Tu ne penses pas ce que tu dis.

— Bien sûr que non, Bill. Et pourtant si. Je le pense absolument. » Elle changea de position sur le canapé. « Allons, nous sommes trop intelligents pour commettre une pareille bêtise.

— Le cœur a ses raisons que la raison ignore.

— Le cœur n'a rien à voir là-dedans, Bill. »

Il sourit tristement, reprit sa tête de petit garçon boudeur. « Bon d'accord. Je respecte ton choix. » Puis, redevenant sérieux, il ajouta sans la regarder vraiment : « Écoute, Camilla, promets-moi que tu feras attention à toi.

— Comme toujours. »

Il hocha la tête. « Oui, je sais, mais ce coup-ci… c'est différent. Il s'agit de Jason Bourne.

— Ce type a fait tourner la CIA en bourrique durant des années, sans parler de la NSA et de toi-même. Mais ce n'est qu'un homme – un homme seul. Et l'ordre de mission Black Queen dit vrai : il n'y a pas d'autre moyen de le coincer. Tu es trop bien protégé pour qu'il tente une attaque à l'intérieur de l'hôtel. Même s'il parvenait à entrer, il n'irait pas plus loin.

— Donc, ça se passera la veille du sommet, quand je serai au Thoroughbred Club, dans la loge présidentielle, pendant les épreuves hippiques auxquelles je dois assister avec les autres chefs d'État. Il profitera du relâchement général, de l'ambiance festive, et tout et tout. »

Elle sourit. « Et bien entendu, il ne se méfiera pas de moi. Il s'attendra à affronter quelqu'un d'autre : un homme, un tueur professionnel à la solde du département de la Défense. Tu peux en être sûr.

— Et je le suis. » Il se renfrogna soudain. « Mais, Cam, cette formation accélérée…

— … est essentielle à ma couverture. En tant que jockey, j'aurai accès aux locaux fréquentés par le personnel du club. Or c'est là que Bourne va très certainement s'infiltrer. C'est sa spécialité, je l'ai lu dans le dossier. Il va se fondre dans la masse, se faire passer pour un employé. C'est comme ça que je vais pouvoir le localiser. »

Le visage de Magnus se crispa. « Je suis bien placé pour savoir que ton charme fait des merveilles.

— Qui a parlé de charme ?

— Eh bien, tu commences par le séduire et après, tu le tues. On n'attrape pas les mouches avec du vinaigre. Les bonnes vieilles méthodes sont toujours aussi efficaces. Depuis Mata-Hari et même…

— Bill, pour l'amour du ciel !

— C'est un compliment, bon sang ! »

Camilla esquissa un sourire chargé de malice. « Il est temps que ça se termine, une bonne fois pour toutes. » Une affirmation revêtant sans doute plusieurs significations.

Magnus fronça les sourcils. « Il se peut que l'opération s'avère plus complexe que l'ordre de mission ne le prévoit.

— Qu'entends-tu par là ?

— Ces documents ne sont qu'un pâle reflet de la réalité. Quand on les lit, tout paraît net, clair et sans bavures. Si tu fais *ceci*, il se passera *cela*. C'est quasiment mathématique. Mais sur le terrain, les choses ne s'enchaînent pas aussi facilement. Sur le terrain, c'est le foutoir, et ceux qui croient aveuglément en la logique ne font pas de vieux os. Au moment de clamser, ces gens-là se demandent pourquoi leur mission a foiré vu qu'ils ont tout fait comme dans le manuel. Mais c'est trop tard. Dans la réalité, il y a sans arrêt des centaines d'imprévus qui, par définition, échappent aux rédacteurs des ordres de mission.

— Je serai prudente, Bill. Je te l'ai promis.

— Je veux que tu reviennes saine et sauve, avec ou sans la tête de Bourne. Mais s'il te plaît, ne le dis pas à Howard.

— J'ai pour principe de ne jamais rien dire à Howard.

— Brave fille. » Il hocha la tête. « Tu es vraiment sûre de vouloir y aller ?

— Bill, dit-elle en se levant, si j'avais une bite, tu me poserais cette question ? »

Avant d'ouvrir la porte, elle se retourna et lui dit d'un air triste : « Tu vois comme les sentiments sont toxiques ? Au lieu de rester concentré sur la situation à gérer, chacun de nous tremble pour la vie de l'autre. »

5

SE RÉVEILLER À DOHA et SE DÉCOUVRIR SEUL et privé d'espoir était une terrible expérience.

« Si vous tentez quoi que ce soit pour les libérer, avait dit El Ghadan avant que la cagoule ne l'aveugle à nouveau et qu'on l'emmène Dieu sait où, soyez certain que vous ne les reverrez jamais. »

Se réveiller à Doha et se découvrir seul et privé d'espoir était une terrible expérience.

« Si vous tentez quoi que ce soit pour les libérer, avait répété El Ghadan avant qu'ils ne l'abandonnent aux portes du désert, soyez certain qu'elles mourront à petit feu. »

La chaleur était intense. Le soleil éblouissant fabriquait des mirages. Bourne plissa les paupières. Un oryx d'Arabie se découpait dans la lumière blanche. Il vit son corps laiteux, ses pattes d'ébène et le triangle noir collé sur son museau. L'oryx le fixa d'un air docte, comme s'il pensait : pauvre idiot. Puis il jeta sa tête en arrière pour mieux exprimer son dédain. Ses longues cornes droites semblèrent racler le ciel.

Bourne cligna les yeux. La gazelle s'effaça. Alors, il se redressa et sortit tant bien que mal du fossé poussiéreux dans lequel ses ravisseurs l'avaient balancé. Prenant la direction de la ville, il marcha pendant des heures, jusqu'à ce qu'un camionneur s'arrête. Trempé de sueur, il grimpa dans la cabine.

« Qu'est-ce que tu fais ici, au beau milieu de nulle part ? demanda l'homme avant d'enclencher une vitesse.

— Je discutais avec un oryx », répondit Bourne, le regard braqué sur les gratte-ciel qui miroitaient au loin, dans un brouillard de chaleur.

*

Situé dans le quartier Al Luqta à Doha, le musée de l'Armée n'était pas ouvert au public. Ceux qui souhaitaient le visiter devaient présenter une lettre de recommandation. Mais cette règle ne s'appliquait pas au dénommé Abdul Aziz, Zizzy pour les intimes.

Abdul Aziz vivait comme un pacha. Mais pas un pacha des temps modernes, si tant est qu'il en existe. Disons plutôt que son existence était semblable à celles des souverains ottomans d'autrefois. Il aurait eu tort de se priver puisque son empire commercial couvrait un territoire aussi vaste que celui des anciens sultans et qu'il lui rapportait presque autant d'argent. Encore que rien ne fût comparable aux incommensurables richesses des Ottomans. À part celles qui dormaient dans les coffres du Vatican, bien sûr.

Zizzy jonglait avec talent entre modernité et tradition. Comment accomplissait-il ce tour de force métaphysique ? Nul ne le savait, pas même sa famille. Mais tous ceux qui le connaissaient appréciaient son extraordinaire capacité à défier les lois de la gravité.

Jason Bourne faisait partie de ces gens-là. Il l'avait rencontré par hasard quelques années auparavant, lors d'une mission dans le Sinaï. Zizzy visitait un terrain de plusieurs hectares qu'il espérait acheter. Au même moment, Bourne traversait ce terrain à la poursuite d'un groupe terroriste qui venait de commettre un attentat dans une église copte, tuant presque une centaine de fidèles dont une majorité de femmes et d'enfants.

Faisant preuve de son adresse au tir, Zizzy avait abattu l'un des assassins resté en arrière pour guetter Bourne et le tuer. Pour cela, il s'était servi d'un fusil de précision, un AWM L115A3, sans doute le meilleur sur le marché. Une balle, un mort. Telle était la devise des snipers – une devise que Zizzy respectait à la lettre, si l'on en croyait ses performances.

Parmi ses autres qualités figuraient la loyauté, un sens de l'humour à toute épreuve et une grande ouverture d'esprit ; par exemple, il ne voyait pas systématiquement dans chaque Occidental un ennemi juré de l'Islam. Par ailleurs, il exécrait le fanatisme religieux et ses parangons qui, disait-il, ne faisaient que pervertir les préceptes du Coran pour mieux servir leurs ambitions personnelles. « L'Islam est une religion de paix », se plaisait-il à répéter avec une hargne suffisante pour tenir à distance une troupe de chacals affamés.

Mais à force de professer la tolérance, Zizzy finissait par se sentir étranger dans son propre pays. Un peu comme Bourne. C'était peut-être aussi pour cela que les deux hommes avaient immédiatement accroché.

Après que le camionneur l'eut déposé en ville, Bourne regagna l'hôtel où il était descendu sous l'identité du ministre Qabbani. Il prit une longue douche, d'abord à l'eau chaude puis à l'eau froide. Mais quand il voulut se sécher, le contact de la serviette sur sa peau lui provoqua un terrible élancement. L'effet calmant de l'eau chaude l'avait incité à croire qu'il échapperait aux contrecoups de la torture qu'il avait subie. Grave erreur. La douleur le transperçait de part en part, lui broyant la poitrine comme si le câble en cuivre était toujours enroulé autour.

Il alla ouvrir le coffre-fort de sa chambre, d'où il sortit un petit sac à dos qu'il contempla un bon moment pendant que défilaient dans son esprit les événements désastreux de ces dernières vingt-quatre heures : on l'avait démasqué, Sonya et Soraya croupissaient dans une cellule et le pauvre Aaron était décédé. Une fois de plus, la même scène d'horreur s'afficha devant ses yeux. Le crâne explosant comme un melon trop mûr, le sang, les morceaux de cervelle. Au prix d'un gros effort de volonté, Bourne bloqua ces images toxiques et les refoula tout au fond de sa mémoire. Puis il prit son téléphone.

Zizzy le rejoignit devant les portes du musée. Un vieillard ratatiné au regard fou les fit entrer. C'est peut-être d'avoir passé trop de temps parmi cette incroyable collection d'armes allant du XVIe siècle à nos jours qu'il est devenu ainsi, se dit Bourne en l'observant.

Les épées occupaient la place d'honneur. La plupart d'entre elles avaient appartenu aux grandes familles régnantes du Moyen-Orient. On y trouvait notamment celle du roi Fayçal d'Arabie Saoudite. Mais l'arme que Zizzy préférait entre toutes n'était autre que le poignard de Lawrence d'Arabie. Le joyau de la couronne, d'après lui. À chacune de ses visites, il venait lui rendre hommage.

« Un grand bonhomme, ce Lawrence, déclara Zizzy, planté devant la vitrine. Le seul Britannique à avoir apprécié à sa juste valeur la philosophie des Sept Piliers de l'Islam. Bien sûr, ses compatriotes le tenaient pour fou. Ils disaient de lui qu'il était devenu arabe. Quelle bande d'abrutis. Ils n'ont jamais rien pigé. »

Il désigna la dague glissée dans son fourreau, sa lame recourbée comme une pantoufle de houri. « Elle n'a l'air de rien, pas vrai ? Si tu la voyais sur un étal dans un bazar, tu passerais sans t'arrêter. Tu n'imaginerais pas qu'elle représentait l'avenir de l'Islam dans le désert. Et pourtant, c'était le cas. »

Revenu de son envolée lyrique, Zizzy se tourna vers Bourne. Il avait un air grave, presque inquiet. « Mon ami, que s'est-il passé ? »

*

« Tout ce que je possède est à toi. Tu n'as qu'à demander. »

Les deux hommes étaient installés dans un café qui appartenait à Zizzy, comme le reste de la vaste galerie marchande où ils se trouvaient. Bourne le remercia d'un signe de tête. « J'apprécie ta générosité. »

L'établissement décoré comme un palais des Mille et Une Nuits faisait tache au milieu des boutiques ultramodernes qui l'entouraient. Parmi la foule attablée à l'intérieur, on remarquait autant d'Occidentaux que de Qataris. C'était un haut lieu de la gastronomie et les grands hôtels de Doha le recommandaient chaudement à leur clientèle. La communauté des expatriés y avait établi son QG, si bien qu'il y régnait constamment un terrible brouhaha. Ce qui était bien pratique pour s'entretenir en toute discrétion.

Contrairement à Bourne qui était vêtu à l'occidentale, Zizzy portait le costume traditionnel – *thoube* bleu clair, pantalon large en coton blanc. Un agal noir enroulé deux fois autour de sa tête maintenait son keffieh à petits carreaux noirs et blancs. Indiquant les origines bédouines de Zizzy, deux pampilles pendaient de cette cordelette dont les nomades se servaient autrefois pour entraver les pattes des dromadaires durant la nuit.

On commença par leur servir du thé à la menthe, puis on leur apporta un si grand nombre de petites assiettes remplies de préparations parfumées qu'il ne resta bientôt plus de place sur la table. Quand ils furent à nouveau seuls, Zizzy lui demanda : « Dis-moi ce qui t'amène dans ma grande cité.

— Le boulot.

— Ah oui, le boulot. » Zizzy hocha la tête. « Tu devrais penser à autre chose de temps en temps. » Il étala un peu d'houmous sur un triangle de pita doré à point et mâcha d'un air pensif. « Mange, mon ami. Ne reste pas à jeun ! Il n'y a rien de plus nocif. »

Zizzy semblait tout droit sorti d'un conte oriental. Des yeux globuleux, un nez en bec d'aigle, un visage tanné par le vent et le soleil, un front large et bombé comme une proue de navire. Quand il souriait, ce qui lui arrivait souvent, ses dents luisaient comme des petites pierres de sucre.

Voyant que Bourne touchait à peine à la nourriture, il s'écria : « Parfois, je me fais du souci pour toi, Jason. Je crains de retrouver un de ces jours ton cadavre desséché à moitié enfoui au pied d'une dune. » Il éclata de rire. « Mais après, je me dis qu'un dur-à-cuire dans ton genre ne peut pas mourir comme ça. » Il choisit une énorme datte, se rencogna dans son fauteuil et ajouta : « Bon, dans quoi t'es-tu encore fourré ? »

Bourne lui raconta ce qu'il s'était passé à l'hôtel Al-Bourah, avant et après le massacre. Puis il posa un téléphone portable sur la nappe. « El Ghadan m'a donné ça. Chaque soir à minuit, il m'enverra une vidéo de Soraya et de Sonya tenant le journal du jour.

— Une preuve de vie. »

Bourne acquiesça. « L'appareil est équipé d'un GPS impossible à désactiver.

— Donc, il peut suivre chacun de tes déplacements. » Zizzy secoua la tête. « Il t'a bien piégé. C'est une catastrophe, Jason. Une vraie catastrophe. » Il semblait avoir perdu l'appétit. « Comment puis-je t'aider, mon ami ? demanda-t-il en écartant les mains.

— Sur l'instant, je n'ai songé qu'à les libérer, malgré l'avertissement explicite d'El Ghadan. Mais après, je me suis ressaisi et j'ai pris un peu de recul.

— C'est bien. Tu disposes de sept jours avant le démarrage du sommet de Singapour, sept jours avant qu'El Ghadan s'en prenne à ton amie et à sa fille. Sept jours avant qu'il remodèle le monde à son image. »

Un flot d'amertume se déversa dans la poitrine de Bourne. C'était difficile à accepter mais il fallait se rendre à l'évidence : toutes les personnes ayant compté dans sa vie s'étaient retrouvées à un moment ou à un autre exposées à un danger mortel. Certaines n'en avaient pas réchappé. « Zizzy, j'ai besoin d'en savoir un maximum sur lui.

— Ce n'est pas une mince affaire, mon ami. Le passé d'El Ghadan est un mystère aussi insondable que sa véritable identité. » Zizzy tira sur sa lèvre inférieure, comme il avait tendance à le faire dès qu'il réfléchissait intensément. « Eh bien, je connais peut-être quelqu'un qui pourra t'aider. » Il regarda sa montre. « Et avec un peu de chance, il sera joignable d'ici peu. »

*

« Certains disent qu'il est jordanien, d'autres omanais. Pour moi, il n'est ni l'un ni l'autre. »

L'homme qui venait de s'exprimer ainsi mesurait à peine un mètre cinquante. Il avait une grosse tête, un nez crochu, des oreilles d'éléphant et un halo de cheveux blancs aussi broussailleux qu'un buisson de ronces. Son prénom, Nebuchadnezzar, s'abrégeait en Nebby. Malgré l'âge, son regard était resté vif et malicieux.

Bourne et Abdul Aziz étaient assis sur le tapis rond qui trônait au centre du salon de Nebby. Depuis les fenêtres de son petit appartement situé dans les faubourgs de la ville, il pouvait observer le désert, disait-il – mais qu'y avait-il à observer dans cette incommensurable étendue de sable battue par les vents ? Mystère. D'après Zizzy, le vieillard vendait des renseignements, un métier comme un autre. Mais comme Zizzy l'avait dépanné à plusieurs reprises, Bourne bénéficierait gratuitement de ses services.

Le thé fut servi par une jeune femme brune et souriante. Sur les étagères autour d'eux s'alignaient divers objets témoignant d'une vie longue et passionnante, parmi lesquels des coquillages de Zanzibar, des sculptures namibiennes, des figurines éthiopiennes, d'étranges poupées vaudoues fabriquées en Ouganda et ressemblant à des bébés empaillés, des carreaux de faïence, des céramiques marocaines. Bourne repéra également un bâton de chef masaï et un curieux poisson des abysses, parfaitement naturalisé. Une collection immense et étourdissante dont chacune des pièces semblait diffuser une énergie venant en droite ligne du passé aventureux de son propriétaire.

Avec la grâce d'une nurse anglaise, Nebby leva sa tasse, but une gorgée et la reposa avant de reprendre son discours là où il l'avait interrompu. « Ni l'un ni l'autre, assurément. Pour moi, El Gadhan est iranien. Et je vais vous dire pourquoi. À l'inverse de ces extrémistes qui détestent les Saoudiens autant que les Américains, sa fureur est uniquement dirigée contre les États-Unis et Israël. »

Puis il se mura dans le silence, si bien qu'au bout d'un moment, Bourne dut l'inciter à poursuivre. « Que pouvez-vous m'apprendre d'autre ?

— Ça ne vous suffit pas ? » Nebby pencha la tête de côté comme un oiseau contemple sa mangeoire avant d'y piquer une graine. « Non, évidemment. Un homme dans votre position a besoin d'en savoir davantage. » Il leva un doigt comme pour évaluer la direction du vent. « J'ai entendu une histoire, mais ce sera à vous de déterminer si elle est vraie. Elle concerne le fils d'El Ghadan. Bon, ce qui la rend intéressante c'est que ce monsieur, bien que marié, est un coureur de jupons invétéré. La chose est connue dans certains milieux. Il est donc fort possible qu'il ait semé des rejetons un peu partout. Pourtant, toujours d'après la rumeur, El Ghadan n'aurait qu'un seul fils légitime. Le jeune homme, qui devrait avoir une petite vingtaine d'années aujourd'hui, s'est enfui du domicile paternel à l'âge de seize ans. Depuis, El Ghadan n'a cessé de le rechercher. Sans résultat. » Nebby éclata d'un rire sardonique. « Vous imaginez ? Un gosse fait une fugue et le grand, le puissant El Ghadan est incapable de le retrouver.

— Que sait-on de ce garçon ? demanda Bourne.

— Pratiquement rien, reconnut Nebby, mais inutile d'être grand clerc pour comprendre qu'il se cache à la vue de tous. Raison pour laquelle les hommes envoyés par son père n'ont jamais pu le localiser. Ils cherchent aux mauvais endroits.

— C'est-à-dire ? »

Nebby finit son thé. « Eh bien, si j'étais lui, je me serais engagé dans une cellule terroriste – sous un nom d'emprunt, bien sûr. Une cellule proche de celles que dirige son père.

— Comme ? »

Nebby haussa les épaules. « On sait que parfois El Ghadan s'allie avec tel ou tel individu susceptible de servir ses intérêts. Actuellement, ce pourrait bien être Ivan Borz.

— Le trafiquant d'armes ? »

Nebby confirma d'un signe de tête.

« Vous savez où se trouve Borz en ce moment ?

— D'après les bruits, il est au Waziristan et il collabore avec les troupes d'El Ghadan. »

*

« J'ai faim, dit Zizzy. Pas toi ? »

Zizzy l'emmena dans un magnifique restaurant dont il connaissait le propriétaire. C'était le coup de feu mais l'ami de Zizzy leur donna sa meilleure table, leur apporta un pot de thé blanc aiguilles d'argent et leur débita un long discours avant de prendre congé avec un sourire et une petite courbette.

« Désolé, Jason, dit Abdul Aziz. Je crois que notre visite chez Nebby n'a pas été très utile.

— Détrompe-toi. N'importe quel élément d'information sur ce personnage peut se révéler utile. Maintenant, je sais que son fils a disparu et qu'il le cherche partout.

— De quoi faire pression sur lui, peut-être ?

— À condition que ce jeune homme existe réellement, répondit Bourne. Et que je puisse le trouver. »

Ils firent une pause dans la discussion, le temps de passer commande.

« Ce qui m'inquiète le plus pour l'instant, reprit Bourne quand le serveur s'éloigna, c'est qu'El Ghadan savait que j'étais la doublure du ministre Qabbani.

— Tu crois que Qabbani est en cheville avec lui ?

— Peut-être. Il avait remué ciel et terre pour organiser cette réunion ministérielle.

— Et pourtant, il a préféré t'envoyer à sa place.

— Ce qui ne signifie rien en soi. Je l'ai bien observé quand il m'a reçu dans son bureau. Il m'a paru sincère, sinon je n'aurais pas accepté.

— Si ce n'est pas Qabbani, qui t'a trahi ?

— C'est ce que je dois m'employer à découvrir. Pour cela, j'ai besoin d'entrer discrètement dans les locaux du ministère syrien de l'Intérieur. »

Zizzy sourit de toutes ses dents. « Tu sais, j'ai très envie de revoir Damas.

— Cette ville est un immense champ de bataille, Zizzy. »

Zizzy lui adressa un clin d'œil. « Justement. » Il sortit son portable. « Je demande à mon pilote de dresser un plan de vol et de faire chauffer les moteurs. »

*

Peu après qu'on les eut servis, Bourne vit un jeune homme entrer dans le restaurant et scruter chaque client avant de s'installer à une table écartée en prenant soin de ne pas croiser son regard.

« Nous avons de la compagnie », dit Bourne. Zizzy hocha la tête sans même demander pourquoi son ami avait brusquement changé de conversation. « À quatre heures, dans l'angle.

— Seul ? dit Zizzy sans se retourner.

— Oui, enfin dans le restaurant, du moins.

— El Ghadan met ses menaces à exécution. Tant mieux ; ça signifie qu'il est prévisible, qualité plutôt rare chez un terroriste. Si on peut prévoir ses mouvements, on peut aussi les devancer. »

Bourne secoua la tête. « Avec le portable qu'il m'a donné, il n'a pas besoin de me faire suivre. »

Zizzy fronça les sourcils. « Alors, pour qui travaille notre ami là-bas ?

— Nous aurons bientôt la réponse. Mais pour l'instant, j'aimerais savoir pourquoi tu prends le risque de m'accompagner à Damas.

— Tu es venu me chercher, Jason, tu te souviens ?

— J'ai besoin de ton aide, pas de toi.

— Pourtant… » Zizzy haussa les épaules. « Comment dire ? Je regrette le bon vieux temps. Écoute, Jason, c'est mon avion.

— Bon d'accord, nous irons à Damas ensemble, répliqua Bourne. Tu m'aideras à entrer dans le ministère. Et après, tu partiras.

— Jason. Je ne veux pas manquer le plus drôle.

— Et moi, je ne veux pas te mettre en danger.

— Sauf erreur, je crois que c'est à moi d'en décider. »

Bourne ne répondit rien.

« Et pour ce qui est de ma sécurité, il est un peu tard pour t'en soucier. Si tu es dans le collimateur d'El Ghadan, je lui suis également. Par conséquent, nous avons intérêt l'un comme l'autre à quitter Doha le plus vite possible.

— Je suis désolé. »

Zizzy renifla. « À quoi serviraient les amis s'ils n'avaient pas le droit de se faire trouer la peau à votre place ? » Puis, remarquant l'expression sinistre de Bourne, il éclata de rire. « Allons. Je sais de source sûre que je vivrai jusqu'à un âge très avancé et que j'aurai le temps de faire sauter mes arrière-petits-enfants sur mes genoux arthritiques. »

6

CAMILLA DÉBARQUA À LA LAITERIE munie d'un sac de voyage contenant quelques effets personnels. Le service de sécurité la photographia, prit ses empreintes. La Laiterie n'était qu'à quinze cents mètres de la Ferme mais n'avait pas du tout la même vocation. La Ferme entraînait les nouvelles recrues, organisait des stages de remise à niveau pour les agents de terrain, leur présentait les dernières innovations en termes d'armement et de techniques de surveillance, tandis que la Laiterie s'adressait davantage aux officiers de renseignement de haut niveau ayant besoin d'un entraînement spécial pour des missions qui l'étaient encore plus.

Ces deux institutions avaient toutefois un point commun : elles étaient perdues au fin fond de la campagne virginienne mais on pouvait s'y rendre par hélicoptère en une poignée de minutes, depuis la base de Langley. La Laiterie s'appelait ainsi parce qu'il s'agissait d'une véritable exploitation agricole accueillant un troupeau de vaches laitières dont s'occupaient un certain nombre de spécialistes de l'élevage bovin. Inutile de préciser que le directeur de la Compagnie avait personnellement choisi chacun des membres du personnel, qu'ils soient au service des humains ou des animaux hébergés sur place.

La Laiterie se dressait au cœur d'un paysage bucolique – vertes collines, bosquets d'arbres feuillus – traversé de quelques routes peu fréquentées, que seules les vaches avaient le temps d'apprécier à sa juste valeur, les autres ayant un agenda trop rempli pour lui accorder davantage qu'un coup d'œil de temps à autre.

La mission Black Queen prévoyait que Camilla se présente à un dénommé Hunter Worth, l'officier chargé de sa formation. Elle découvrit au dernier moment qu'en réalité, Hunter Worth était une femme au visage d'ange mais au caractère bien trempé, digne d'un sergent instructeur des Marines. D'ailleurs, Camilla n'allait pas tarder à apprendre que Hunter avait effectivement servi dans ce corps d'élite et que – à l'instar de sa propre mère – elle avait piloté des avions de chasse avant qu'une malencontreuse blessure ne l'oblige à réorienter sa carrière.

« Comment vous êtes-vous blessée ? lui demanda d'emblée Camilla.

— En tombant d'un arbre.

— Quoi ? Vous plaisantez.

— J'aimerais.

— Que s'est-il passé ?

— J'ai été assez stupide pour relever un défi. Il avait plu toute la nuit, l'écorce glissait. Patatras, fin de l'histoire.

— Désolée.

— Ne le soyez pas. J'adore la Laiterie.

— Ce ne serait pas un peu… » Elle fit un geste englobant l'espace autour d'elles : « … monacal, comme vie ?

— Pas si on a Hulu Plus, Netflix et iTunes.

— Vous voulez dire… ?

— Ouais, *Breaking Bad, NCIS, The Big Bang Theory.*

— Ah oui, génial, s'esclaffa Camilla. Et la musique ?

— J'écoute des tas de trucs.

— Lana del Rey ? Arctic Monkey ? Lorde ?

— Ouais, entre autres. »

Elles éclatèrent de rire.

Camilla secoua la tête. « Piloter des avions ne vous manque pas ?

— Si, c'est dur de s'en passer, dit Hunter en retrouvant son sérieux. Votre mère a dû vous le dire ?

— Oui, en effet.

— Bref, reprit Hunter, ce que je fais ici m'amuse presque autant, et puis, bon, on ne peut pas voler toute sa vie, après tout.

Mieux vaut raccrocher les gants quand on est encore au top. Moi, en tout cas, je trouve que c'est préférable.

— Vous avez vraiment l'esprit de compétition.

— Pas vous ? »

Camilla soupesa sa question. « Je suppose que oui. Je n'y ai jamais tellement réfléchi.

— Vous devez l'avoir, dit Hunter, sinon vous ne seriez pas là. »

C'était un compliment, Camilla le comprenait. Mais elle ne voyait pas trop à qui il s'adressait : à elle ou à Hunter elle-même ? À moins que ce ne soit à la Laiterie.

« Vous êtes comment avec les chevaux ? » rembraya Hunter. Elle ne lui avait pas encore montré sa chambre, ni offert un rafraîchissement. Elle ne lui avait même pas proposé d'entrer dans le bâtiment. En fait, elles étaient toujours au bord de la piste d'atterrissage, là où Hunter était venue l'accueillir à sa descente d'hélicoptère et où Camilla l'avait rejointe à petites foulées, pliée en deux pour échapper au souffle des rotors.

« Je ne les crains pas, si c'est ça la question », répondit Camilla.

Hunter portait un jean, des bottes et une chemise en denim aux manches retroussées sur des avant-bras dorés, criblés de taches de rousseur. Elle avait des cheveux bruns très courts, des yeux gris aux paupières tombantes et une poigne plus qu'énergique, comme avait pu le constater Camilla en lui serrant la main. « C'est exactement la question. »

Elles traversèrent un genre de campus universitaire, à savoir un vaste terrain planté de gazon parfaitement tondu. Au centre, Camilla remarqua un buisson de roses, à chaque coin un pommier sauvage aux branches noueuses. Elle trimbalait toujours son sac de voyage.

Les deux femmes passèrent entre deux bâtiments de brique avant de déboucher sur une prairie semée de fleurs sauvages, au-delà de laquelle on apercevait une grange, un râtelier garni de vélos de course et de montagne, et enfin deux grands manèges circulaires cernés de rondins comme dans les westerns. Le premier avait un sol en terre battue, le second également mais il était aménagé en parcours d'obstacles, avec des barrières rouges et blanches de formes et hauteurs variées, placées à intervalles réguliers.

En s'approchant, Camilla aperçut une immense piste ovale de l'autre côté de la grange. Elle renifla l'odeur des chevaux, entendit les mouches bourdonner. Hunter l'entraîna dans l'écurie où plusieurs employés semblaient attendre leur arrivée.

« Vous avez déjà monté ? demanda-t-elle.

— Quand j'étais plus jeune, je montais à cru. »

Hunter leva un sourcil. « Vous parlez d'équitation ou de sexe ? »

Camilla se mit à rire. « Des deux.

— L'équitation à ce niveau c'est pas de la rigolade. » Elle tendit un doigt. « Posez votre sac là-bas, à côté de la porte. »

Hunter l'emmena vers les stalles, toutes occupées. Elles passèrent de l'une à l'autre, Hunter s'assurant que Camilla reste près des chevaux pour voir la façon dont ils réagissaient à sa présence.

« Si vous vous présentez face à lui, l'animal se dérobera, dit-elle en s'arrêtant devant une jument baie. Si vous arrivez par-derrière, vous aurez droit à une ruade. Et si vous recevez le sabot dans la poitrine, vous êtes morte. » Elle tapota gentiment le chanfrein de la jument. « Contrairement à nous, ils ont les yeux de chaque côté de la tête. Il faut s'en souvenir au moment de les aborder. Un cheval doit d'abord vous voir arriver puis vous sentir. Si vous le surprenez, il aura peur et refusera d'obéir.

— C'est dingue, s'écria Camilla. Je ne pourrai jamais apprendre tout ça en une semaine.

— Vous n'avez pas le choix. En tant que jockey, vous aurez accès à tous les points névralgiques du Thoroughbred Club, ce qui vous permettra de débusquer Bourne avant qu'il n'assassine le Président. Faites-moi confiance, vous allez vite progresser avec moi et quand vous partirez pour Singapour, vous serez devenue une cavalière accomplie. » Elles se trouvaient à présent devant l'avant-dernière stalle. « Camilla, je vous présente Starfall. » C'était un alezan au front orné d'une tache blanche en forme de diamant.

Hunter lui caressa les naseaux. « Il vous a vue, il vous a reniflée. Maintenant, je vais retirer ma main et vous poserez la vôtre à la place. » Camilla s'exécuta. Le nez de Starfall était doux comme du velours.

« Starfall, dit Hunter, je te présente Camilla. »

Le cheval secoua la tête, dilata ses naseaux et souffla. Camilla éclata de rire. Elle était conquise.

*

Pour sortir du restaurant, Bourne et Zizzy se faufilèrent entre les tables. Bourne en profita pour faire un crochet par celle de l'homme qui les observait. Il lisait le journal. Sur la première page, un gros titre annonçait une découverte macabre. Un citoyen français avait été trouvé mort devant l'ambassade de France à Doha. L'identité de la victime, tuée par balle, ne serait divulguée qu'une fois la famille informée.

« Puis-je vous aider ? » demanda Bourne.

Le jeune homme émergea de sa lecture. « Shalom, monsieur Bourne. Je m'appelle Levi Blum. »

Le Mossad, songea Bourne.

« Que faites-vous ici, monsieur Blum ?

— Appelez-moi Levi, je vous en prie. Eli Yadin m'a chargé de vous transmettre ses amitiés.

— Laissez tomber l'hébreu, dit Bourne en lui désignant Zizzy d'un regard insistant. Zizzy, je te présente Levi. »

Zizzy sourit jusqu'aux oreilles et dit en arabe : « Je peux t'attendre dehors.

— Non, reste », répondit Bourne en passant à l'anglais. Il retint son ami par le bras et se tourna vers l'agent israélien. « Alors ? »

Blum plia son journal et le posa sur la table. « J'ai ordre de vous conduire quelque part. En lieu sûr. » Il persistait à s'exprimer en hébreu.

« Pas le temps.

— Quelqu'un veut absolument vous voir, monsieur Bourne. Un ami.

— Je vous ai dit…

— C'est urgent. » Comme Bourne ne répondait pas, Blum marqua une légère hésitation avant d'ajouter : « C'est à propos de… » Il désigna l'article en première page.

Bourne le regarda, hocha la tête, Blum se leva, jeta deux ou trois billets sur la table.

Zizzy fronça les sourcils. « Que… ?

— J'ai une course à faire, lança Bourne.

— Jason, tu ne peux pas. Pas avec ce fichu portable qui enregistre tous tes mouvements. »

Bourne lui tendit le sac à dos qu'il avait sorti du coffre de l'hôtel. « L'appareil est dedans. Monte dans l'avion et attends-moi, veux-tu ?

— D'accord, mais…

— Ne t'inquiète pas, mon ami. Avec Levi, je ne crains rien.

— Non, lui je m'en fiche. » Zizzy agita l'index. « Je pensais à l'autre bâtard. » Il voulait parler d'El Ghadan.

Bourne sourit d'un air sinistre. « Vas-y. Je ne serai pas long. »

7

SARA YADIN ATTENDAIT BOURNE dans l'arrière-boutique d'un tailleur de diamants. L'homme, qui était un ami de son père, rendait parfois de petits services au Mossad, transmettant des messages à ses agents ou leur fournissant des planques en cas de besoin.

Sara était entrée clandestinement dans le pays. Sur ses papiers, elle était Martine Heur, citoyenne québécoise, négociante en diamants et fervente catholique. L'étoile de David qu'elle portait habituellement autour du cou était cachée sur elle, dans un endroit où personne n'irait la chercher.

Pour tromper l'ennui, elle regardait faire le maître-joaillier. L'homme n'était pas jeune. Il avait le dos voûté, les cheveux blancs et de profondes rides sur le visage. Mais ses mains étaient fermes et leurs gestes précis. On aurait dit qu'elles bougeaient d'elles-mêmes tandis que, penché sur le minuscule étau, il peaufinait la taille de la pierre en y mettant tout son cœur.

« Madame, dit-il en tournant les yeux vers elle. La plupart de mes joyaux n'ont pas votre beauté. »

Sara éclata de rire. « Il y en a donc qui la surpassent ? »

Il sourit. La pointe du ciseau toucha la pierre et en détacha un fragment si infime qu'on ne voyait pas la différence.

« Je ne pratique pas la flatterie. » Il posa ses ustensiles et desserra l'étau. « Au contraire, je dis toujours la vérité. » Il fit pivoter son tabouret et quand il fut en face d'elle, lui montra le diamant tout neuf posé au creux de sa paume. « Dans mon métier, on apprend vite que la vérité est une condition indispensable à la réussite. Combien de marchands ont dû fermer boutique et se faire oublier parce qu'ils n'étaient que des escrocs, des voleurs ? On ne supporte pas ce genre d'individus, chez nous. » Il haussa les épaules. « Il arrive même que certains d'entre eux finissent mal. »

Elle pinça la pierre entre deux doigts. « Mais vous savez tout cela, ajouta-t-il, puisque vous êtes de la partie. N'est-ce pas ? »

Ils échangèrent un sourire.

*

« Arrêtez-moi ici. J'en ai pour un instant », dit Bourne en descendant de voiture. Ils avaient roulé pendant une vingtaine de minutes avant qu'il ne demande à Blum de se garer au bord du trottoir.

Bourne entra dans une boutique de téléphonie, quelques mètres plus loin, et acheta un portable prépayé. Quand il ressortit, il s'éloigna encore un peu et, tournant le dos à Blum, composa un numéro qu'il connaissait par cœur malgré sa longueur.

« Deron, dit-il quand son correspondant décrocha.

— Jason ! Je n'ai plus de tes nouvelles depuis... un sacré bout de temps. » Deron avait toujours la même voix grave et le même accent oxfordien. « Où tu es ? À Washington ? Tu devrais passer me voir. » Deron vivait dans la partie nord-est de la capitale, autrement dit le ghetto noir. Il avait assez d'argent pour se payer un appartement dans un quartier chic mais en revenant de Londres après ses études aux Beaux-Arts, il avait choisi de s'établir là où il avait grandi. Depuis, il employait l'essentiel de sa fortune à empêcher que les gamins pauvres ne basculent dans la criminalité. Ses premiers millions, il les avait gagnés en copiant des tableaux de maître et en les vendant comme des originaux, tantôt à des particuliers tantôt à des musées auprès desquels il se faisait passer pour un expert. Puis il s'était lassé du monde de l'art et, comme il était incapable de rester sans rien faire, il avait mis ses talents au service d'une clientèle triée sur le volet, désireuse d'acquérir des armes de pointe fabriquées sur mesure. Bourne en faisait partie. Deron peignait toujours mais juste pour le plaisir. Bourne se souvenait d'avoir admiré une réplique de *La Joconde*, plus vraie que la vraie, suspendue dans le salon de son ami, au-dessus de la cheminée. Non seulement Deron imitait fidèlement le style de l'artiste, mais il savait aussi rendre son monde intérieur.

« Je ne suis même pas sur le continent américain », répondit Bourne avant de lui parler du portable remis par El Ghadan. « Voilà ce dont j'ai besoin, poursuivit-il. Trouve-moi un moyen de leurrer ce GPS. Je veux qu'El Ghadan me croie ailleurs que là où je suis.

— Pas de problème, fit Deron. Récemment, des étudiants de l'université du Texas ont mis au point un système de ce genre et ils ont réussi à détourner un super yacht de huit millions de dollars sans que ni le capitaine ni aucun membre de l'équipage s'aperçoive de l'embrouille.

— Tu sais comment ils ont fait ? »

Deron s'esclaffa. « Tu plaisantes ? J'avais trouvé le truc six mois avant eux. Bon, pour commencer, j'ai besoin de quelques infos. Le numéro de série du portable, la version du système d'exploitation et du noyau, la bande de base. »

Les ayant mémorisées au préalable, Bourne lui fournit les indications demandées.

« OK. Je m'y mets tout de suite.

— Combien de temps ça va prendre ?

— Une chose après l'autre. D'abord, je vais envoyer un certain nombre de signaux GPS civils de faible puissance. Ils finiront par supplanter le signal satellite originel et je pourrai entrer. Après cela, je te contacterai et tu me diras où tu veux que tes copains croient que tu te trouves. En tout, l'opération ne devrait pas dépasser douze heures.

— Merci Deron.

— Tu me remercieras en m'invitant à dîner quand tu reviendras.

— Ça marche.

— Juste une dernière précision, Jason. Ce commutateur de GPS possède une durée de vie relativement courte. À un moment donné, il deviendra piratable et, pour peu que tu aies affaire à un bon informaticien bien équipé, on pourra de nouveau te localiser.

— Je dispose de combien de temps ?

— Malheureusement, c'est impossible à prévoir. Il y a trop de variables. D'un autre côté, ça peut aussi ne jamais se produire. »

Ils se dirent au revoir. Bourne rangea son nouveau portable et remonta en voiture à côté de Blum qui l'attendait en pianotant nerveusement sur le volant.

*

« Il est beau, dit Sara en rendant le diamant au joaillier.

— Beau ? s'écria l'homme sur un ton faussement outré. Il est magnifique, vous voulez dire ! Dix carats, un blanc exceptionnel. Enfin !

— Combien ça vaut ?

— Cette merveille vous coûtera 1 400 000 dollars américains. Sans la monture, évidemment. » Il leva l'index. « Mais pour vous, je pourrais faire un effort. »

Sara se remit à rire. « Quel charmeur ! »

Il cligna de l'œil. « C'est mon gagne-pain. »

À cet instant, quelqu'un frappa à la porte de derrière. Après ce premier coup, la personne enchaîna par deux longs, un court et trois longs.

Le joaillier se leva. « Il est temps que je regagne ma boutique. Les clients m'attendent. » Il lui prit la main et s'inclina. « Ce fut un plaisir, chère madame. Repassez me voir quand vous aurez décidé de vous marier.

— Vous pensez que c'est pour bientôt ?

— Je pense que vous n'êtes pas venue que pour affaires. »

Sara sentit son pouls s'accélérer. « D'où tenez-vous cela ? »

Il sourit. « Ma chère, je peux entendre battre le cœur de ce diamant, alors vous imaginez bien que le vôtre n'a pas de secret pour moi. »

Sara attendit qu'il eût disparu pour aller ouvrir. Levi était avec Bourne.

Sara laissa entrer ce dernier puis bloqua le passage en tendant le bras en travers de la porte. « C'est une conversation privée.

— Tu ne dois pas rester seule avec un étranger, objecta l'agent du Mossad. C'est contraire au protocole.

— Ce n'est pas un étranger. »

Blum fronça les sourcils. « Me cacherais-tu quelque chose, Rebeka ? » Ses collègues du Mossad la connaissaient uniquement sous ce nom. De même, ils ignoraient qu'elle était la fille d'Eli Yadin. Pour tout le monde, Sara Yadin était morte.

Elle le regarda droit dans les yeux. « Surveille la ruelle, Levi. »

Il obtempéra, mais à contrecœur. Bourne referma et posa son dos contre la porte. Sara se plaça devant lui et attendit qu'il parle. Elle avait organisé ce rendez-vous après que Blum, durant leur premier entretien, lui avait parlé du massacre à l'hôtel Al-Bourah.

Comme il ne se décidait pas, Sara prit l'initiative : « Aaron est mort.

— Tu le connaissais ? »

Elle hocha la tête. « C'était un ami. Et un collaborateur occasionnel, selon l'expression consacrée.

— Ça veut dire que vous parliez peinture, musique ou cinéma devant un verre et qu'entre deux, il te refilait des tuyaux.

— Oui, de temps en temps. Cet arrangement nous convenait à tous les deux.

— Vraiment ? Quel était son intérêt ?

— Tu n'ignores pas qu'Aaron était juif par sa mère. Il se disait très inquiet de la montée de l'antisémitisme en France. Il répétait que lorsqu'il fonderait une famille, il quitterait le pays. »

Bourne la regardait avec une telle insistance que Sara se demanda si elle avait bien fait de dire cela. Elle venait de lui révéler une facette d'elle-même qu'il ne connaissait pas. Peut-être pensait-il qu'elle avait agi de même avec lui. En tout cas, il était temps de passer à un autre sujet.

« Levi m'a prévenue dès mon arrivée, rembraya-t-elle. Comment as-tu fait pour échapper au massacre ? »

Bourne lui décrivit l'attaque du commando.

« Soraya et toi…

— Nous avons travaillé ensemble, la coupa-t-il.

— Vous étiez proches.

— Ça remonte à loin. Une autre vie.

— Sont-elles blessées ?

— Non, pour le peu que j'aie pu voir. » Dans son récit, il avait délibérément omis la séance de torture qu'El Ghadan lui avait infligée. Sara avait assez de soucis comme ça.

Elle se tenait si près de lui qu'elle sentait son souffle sur sa joue, et cette odeur qui émanait de lui et qu'elle aimait tant. Elle s'apprêtait à lui demander si El Ghadan l'avait blessé, mais elle se ravisa. Lors des deux semaines qu'ils avaient passées côte à côte après son séjour à l'hôpital, Sara avait découvert un homme bien plus doux et tendre qu'elle ne l'avait imaginé. Un an s'était écoulé depuis, et voilà qu'ils se retrouvaient ensemble sur le terrain. Et, en zone rouge, qui plus est, en territoire ennemi. Mieux valait rester stoïque, cacher ses émotions. Elle savait que tout relâchement de sa part serait perçu comme une faiblesse. Et elle ne voulait surtout pas le décevoir.

« Bon d'accord. » Elle hocha la tête. « On commence par là. »

*

« La deuxième chose à savoir à propos des chevaux, dit Hunter en menant Starfall par la bride vers le manège en terre battue, c'est qu'ils n'ont rien dans la caboche. Oubliez le cheval savant de Roy Rogers et toutes les balivernes que Hollywood nous a servies durant des décennies. Les chevaux sont des animaux grégaires. Ils ont besoin d'un chef. S'ils sentent que vous avez peur ou que vous hésitez, c'est la catastrophe.

— La catastrophe ?

— Ils n'en font qu'à leur tête. Ils s'arrêtent quand ils veulent, se mettent à brouter, à gambader, bref c'est du grand n'importe quoi. En fait, ils sont foncièrement paresseux. » La voix de Hunter était aussi dure et sèche que la paume de sa main. On aurait pu croire qu'elle fumait trois paquets par jour ou qu'elle avait subi une opération du larynx. « Donc, le mot d'ordre est *fermeté*. » Elle frappa la petite selle anglaise du plat de la main. « Avant même qu'on l'enfourche, un cheval sait ce qu'on attend de lui, où on veut qu'il aille et à quelle allure – pas, trot, galop. » Ses yeux gris se braquèrent sur Camilla. Elle avait un regard blasé mais surtout empli de sagesse, comme si elle avait mené d'innombrables batailles. « Compris ? »

Camilla acquiesça.

« Starfall vous aime bien, renchérit Hunter. Je l'ai vu dès le départ. C'est un hongre, puissant, rapide – le contraire absolu d'une bête de somme. Regardez sa finesse, ses longues pattes parfaitement proportionnées. Un magnifique cheval de course. Comme celui que vous monterez le grand jour. » Elle donna une tape affectueuse sur le flanc de Starfall. « Nous démarrerons avec lui et ensuite je vous donnerai une bête plus rétive. Vous allez devoir vous familiariser avec toutes sortes de montures. Là où vous irez, vous n'aurez pas le choix. »

Camilla sentit son cœur s'emballer. « Vous allez m'apprendre à gagner ? Vraiment ? »

Hunter la regarda bizarrement, comme si elle discernait la peur que Camilla dissimulait au fond d'elle-même.

« Une chose après l'autre, ma chérie. Allez hop, à cheval. Et rappelez-vous, on monte par la gauche, toujours par la gauche. »

*

Après que Bourne lui eut claqué la porte au nez, Levi Blum regarda à droite et à gauche. Constatant qu'il était seul dans la ruelle, il sortit de sa poche un petit boîtier noir qu'il colla sur le battant. Puis il chaussa des écouteurs sans fil, connecta le Bluetooth et manipula le cadran équipant le boîtier. En quelques secondes, l'oreille électronique capta les deux voix derrière la porte. Blum activa la fonction enregistrement.

« Le problème c'est El Ghadan. D'où sort-il tous ces renseignements sur toi ? » La voix de Rebeka lui parvenait forte et claire.

« C'est ce que j'ai l'intention de découvrir. » Celle de Bourne était parfaitement audible.

Rebeka : « Tu as moins de sept jours devant toi. Comment vas-tu…

Bourne : Ça me regarde.

Rebeka : Tu ne vas quand même pas tuer le président des États-Unis ?

Bourne : Ai-je le choix ? Si je désobéis, Soraya et Sonya mourront. El Ghadan a été très explicite. »

Il y eut un long blanc. Blum avait des fourmis dans la jambe gauche. Il passa sur l'autre.

Rebeka : « Tu peux faire autrement, tu le sais.

Bourne : Non je ne sais pas.

Rebeka : Tu pourrais les retrouver et…

Bourne : El Ghadan a déjà paré à cette éventualité.

Rebeka : Je sais, mais… »

Autre silence.

Bourne : « Je vois à quoi tu penses. Dis-moi une chose, si c'était Aaron qu'El Ghadan retenait captif, que ferais-tu ?

Rebeka : Ce qu'il conviendrait de faire. Le Mossad ne négocie pas avec les terroristes.

Bourne : Et s'il en mourait ?

Rebeka : Alors tant pis.

Bourne : La vie d'une enfant de deux ans est en jeu.

Rebeka : Je suis au courant.

Bourne : Tu es aussi impitoyable que le Dieu d'Abraham.

Rebeka : C'est ainsi que j'ai été élevée. C'est ainsi que je dois être. Mon peuple n'a pas le choix. Ça t'étonne ?

Bourne : Pas le moins du monde. »

Nouveau silence. Enfin, pas vraiment. Blum eut beau tenter d'améliorer la qualité de la réception, il n'obtenait que des bruits confus, comme un frottement de tissus. Ou plus exactement un genre de sifflement. Il s'imagina deux serpents en train de discuter.

Il sursauta presque en réentendant la voix de Rebeka. « Donc, c'est tout. »

D'après le volume, elle se tenait juste derrière la porte. Blum retira le boîtier en toute hâte, arracha ses écouteurs et fit disparaître le tout dans la poche de son pantalon.

Déjà la porte s'ouvrait. Rebeka sortit. Bourne resta en arrière. Ils se quittèrent sans un adieu.

« Par ici », dit Rebeka en entraînant Blum dans la ruelle. Bourne partit dans l'autre direction.

« Quels sont les ordres ? demanda Blum en courant pour la rattraper.

— Rester en dehors de ce merdier. »

8

« TOUT VA BIEN ?, DEMANDA ZIZZY quand il vit Bourne apparaître dans la cabine rutilante, toute en cuir et en chrome, du Gulfstream G650.

— Rien ne va depuis que je suis ici », lâcha Bourne en s'asseyant face à lui.

Notant sa mine sinistre, Zizzy répondit : « La présence du Mossad dans ma ville ne me dit rien qui vaille.

— Ne t'inquiète pas. Pas de coup d'État en vue, ni même d'invasion.

— Ouf, tant mieux. » Zizzy sortit son téléphone pour autoriser le décollage. « Attache-toi. »

Bourne se cala au fond de son siège et ferma les yeux. Le gémissement des moteurs grimpa dans les aigus, le pilote débloqua les freins et l'avion alla se placer en bout de piste.

« Tu sais, je me fais du souci pour toi, dit Zizzy quand ils furent en vol.

— Qui est ton contact au ministère ? » demanda Bourne comme s'il n'avait pas entendu.

Zizzy le dévisagea, espérant comprendre d'où venait le problème. N'y parvenant pas, il finit par répondre : « C'est un cochon, puisque tu tiens tant à le savoir. Il ressemble à un cochon et se comporte comme tel. Il est riche comme Crésus, dégénéré comme Caligula, il boit en cachette et je ne te parle pas de son harem. Des filles et des garçons, tous mineurs. »

Bourne ouvrit les yeux. « J'ignorais que tu fréquentais ce genre d'individus. »

Zizzy éclata de rire. « On croise pas mal de tordus quand on bosse dans les affaires. Et crois-moi, en ce qui me concerne, ce Nazim Hafiz est une vraie bénédiction. Grâce à lui, mon commerce tourne rond et sans accroc, même si tout fout le camp à Damas.

— De quel commerce parles-tu, Zizzy ?

— Toujours pareil : platine, palladium, mes métaux stratégiques habituels. Cela dit, je me suis lancé dans le titane dernièrement, un truc léger, solide, pour les voitures, les avions. Le titane, c'est l'avenir. »

Bourne déglutit pour déboucher ses oreilles. « Comment Hafiz considère-t-il les Occidentaux ?

— Il ne peut pas les voir en peinture, reconnut Zizzy. Mais comme tu es mon ami, il fera une exception.

— Je ne veux pas courir le risque. »

Zizzy héla un steward et commanda du thé marocain bien sucré. « Allons ! Jason ! Il n'aura pas le choix.

— Bien sûr que si. Tout le monde a le choix. »

Zizzy considéra Bourne d'un œil torve. « Je m'assurerai qu'il ne l'a pas. Ça fait partie du jeu.

— Ce n'est pas un jeu. »

La réponse cinglante de Bourne le laissa perplexe. « Qu'est-ce qui te prend, Jason ? »

Bourne se contenta de le fixer sans rien dire.

« Pour l'amour d'Allah, explique-moi ce qui se passe. »

Bourne détourna les yeux. Quand il les posa de nouveau sur lui, Zizzy lut dans son regard une infinie tristesse. « Il y a environ un an, j'ai perdu quelqu'un de proche. J'ai essayé de la sauver mais je n'ai pas pu. Ensuite… je ne sais pas, je n'éprouvais plus d'intérêt pour la vie clandestine. À force de persuasion, on m'a amené à accepter une mission visant à éliminer l'assassin de cette femme. Après cela… » Il haussa les épaules. « Après cela, je me suis lancé dans le métier de forgeron.

— Jusqu'au jour où cette nouvelle menace s'est dressée devant toi. » Le thé arriva, le steward remplit deux petits verres ornés d'arabesques dorées, Zizzy en tendit un à Bourne et prit l'autre d'un air rêveur. « Tu sais, mon ami, il y aura toujours quelqu'un ou quelque chose qui te ramènera à la vie clandestine, comme tu dis. Les choses fonctionnent ainsi. Tu as vécu trop longtemps parmi les ombres. Tu t'imagines passant le reste de tes jours en pleine lumière, au milieu des civils ?

— Les civils ont une vie eux aussi. »

Zizzy se pencha vers lui. « Oui, mais le monde dans lequel ils évoluent n'est pas bâti pour toi. Ne te fais pas d'illusions, mon ami. Cette vie-là ne conviendrait à aucun de nous deux. »

Bourne réfléchit un instant ; on voyait à son air que cette conversation le mettait mal à l'aise. « Je ne veux pas me présenter à Hafiz sous les traits d'un Occidental. »

Zizzy écarta les mains. « Alors comme ça, tu me crois incapable de lui tenir la bride ?

— Pourquoi tenter le diable alors que rien ne nous y oblige ? »

*

Une demi-heure plus tard, Bourne s'endormit et rêva de Soraya et de Sonya. Elles se baignaient dans une eau peu profonde, au bord d'une mer immense. Soraya tenait sa fille dans ses bras pour la maintenir à la surface. De temps en temps, une vague plus forte les submergeait. Sonya toussait, crachait, puis se mettait à rire en tournant la tête à droite et à gauche comme si elle ne comprenait pas et cherchait à voir la chose qui les avait bousculées.

Bourne lui-même n'était pas avec elles. C'est fréquent dans les rêves. Il tenait la place de l'observateur. Le soleil brillait, les inondait de sa lumière, donnait à l'écume des vagues une blancheur aveuglante. Mais Bourne ne profitait pas de cette clarté. Il était tapi dans l'ombre – une ombre permanente. La métaphore était évidente, même pour le Bourne du rêve : Soraya avait vécu dans l'ombre avec lui mais avait décidé d'en sortir. Elle avait choisi la lumière. La vie civile.

À peine eut-il pris conscience de la barrière qui s'était dressée entre eux qu'une forme sombre apparut sur la mer, aussi grosse qu'une épave de navire. Mais ce n'était pas un navire.

La chose s'approchait à toute vitesse de la femme et de l'enfant. Une menace mortelle, imminente. Bourne voulut crier mais – son larynx était-il paralysé, la barrière trop haute ? – Soraya n'entendait pas. Il se mit à courir vers elle sans parvenir à l'atteindre, alors même qu'il voyait nettement la scène se dérouler devant ses yeux. Personne à part lui n'avait conscience du danger. Il aurait voulu se jeter à l'eau, remuer ciel et terre jusqu'à la dernière seconde pour les sauver d'une fin atroce. Mais il n'y avait rien à faire.

Quand l'ombre les recouvrit, Sonya eut la même expression qu'au moment où son père était mort devant ses yeux d'une balle dans la tête. Sauf qu'à présent, ce n'était plus Sonya, ce n'était plus Soraya. Bourne était en train d'assister à l'exécution de Sara, et la petite fille qu'elle tenait dans ses bras n'était autre que l'enfant qu'il n'avait jamais eu avec elle.

Bourne se réveilla en sursaut. Négligeant le regard interloqué de Zizzy, il se leva et se dirigea vers les toilettes d'un pas chancelant.

Après avoir aspergé son visage trempé de sueur, il resta quelques secondes à s'observer dans le miroir. Après tout, songeait-il, il s'était senti à l'aise dans le rôle du ministre Qabbani, pour le peu de temps que cette expérience avait duré. Ne plus être Jason Bourne, se faire passer pour un autre lui procurait un réel bien-être. Était-ce pour cette raison qu'il tenait tant à rencontrer Hafiz caché sous un déguisement ?

Lorsqu'il regagna son siège, Zizzy le dévisagea d'un air anxieux en lui tendant un verre d'eau glacée. « Tu l'as toujours dans la peau », conclut-il en le regardant boire goulûment.

Bourne posa le verre. « Qui cela ?

— La femme que tu as tenté de sauver ; celle qui a été tuée.

— En quoi ça t'inquiète ?

— Nous nous rendons dans une zone de guerre – dois-je te le rappeler ? Ma vie est en jeu autant que la tienne. Si cette histoire te hante au point que tu hurles dans ton sommeil, je suis en droit de me demander si tu es vraiment en pleine possession de tes moyens.

— Ce n'est rien. Oublie ça.

— Vivre avec une morte accrochée à ses basques, ce n'est pas rien, mon ami. Je suis bien placé pour le savoir. »

Bourne se rappelait à présent. Autrefois, la sœur de Zizzy était tombée amoureuse d'un ingénieur danois. Leur frère aîné s'était arrangé pour que l'homme soit expulsé du pays, puis il avait assassiné la jeune fille. Et pour cet acte odieux, on l'avait félicité comme un grand défenseur de l'Islam. Fou de colère, Zizzy avait aussitôt rompu toute relation avec sa famille. Depuis lors, il ne leur avait plus adressé la parole, ne s'était même pas rendu à l'enterrement de son père ni à celui de sa mère, quelques années plus tard.

« Le jour où elle a compris que notre frère était au courant, lui avait confié Zizzy, ma sœur est venue me voir en cachette. Elle m'a dit : “Je l'aime, je veux l'épouser. Il a promis de m'emmener loin de cet enfer.” Des larmes roulaient sur ses joues. “Je veux vivre ma vie. Toi seul peux me comprendre. Mon frère, je te supplie de nous aider. Je te supplie de me protéger. J'ai si peur.” Et moi, qu'est-ce que j'ai fait ? J'ai continué mon petit bonhomme de chemin, je me suis collé la tête dans le sable en me racontant que notre frère n'était pas capable d'une telle barbarie, que je n'avais pas été élevé dans ce genre de famille. Et puis, du jour au lendemain, l'ingénieur danois est parti et ma sœur est morte. “C'est comme si rien n'avait eu lieu, m'a dit mon frère. J'ai effacé la honte qu'elle avait jetée sur notre famille.” »

Bourne lui demanda : « T'es-tu rendu sur la tombe de ton frère ?

— Pourquoi j'aurais fait ça ? »

Le frère aîné avait disparu deux ans plus tard, dans des circonstances mystérieuses. Zizzy l'avait-il assassiné ? Bourne ne lui avait jamais posé la question, et Zizzy s'était bien gardé de lever le doute.

« Je l'ai creusée de mes propres mains, ajouta-t-il comme s'il venait de s'en souvenir. C'est largement suffisant. »

Il y eut un silence pesant.

« Je n'aurais pas dû évoquer le sujet », finit par avouer Zizzy. Manifestement, il avait compris pourquoi Bourne l'avait interrogé sur son frère. « J'ai eu tort.

— Laisse tomber. »

Mais Zizzy en avait trop dit. « Oui, c'est vrai, reprit-il d'une voix si ténue que Bourne dut tendre l'oreille. Je l'ai tué. » Il le regarda au fond des yeux. « Il le fallait. Pour ma sœur. Je ne l'avais pas protégée quand elle était en vie. Je devais le faire après sa mort.

— Je comprends. »

Zizzy expulsa l'air qu'il retenait dans ses poumons. Son souffle ressemblait au frémissement du vent sur le sable du désert. « Ça ne m'étonne pas, sachant ce que tu as fait pour cette femme. »

Il se pencha et lui tendit la main. « On est d'accord ? »

Bourne la prit dans la sienne. « Plus que jamais. »

*

Blum poussa un grand soupir en voyant Rebeka s'éloigner. Quelque chose en elle l'indisposait. Comme si sa présence l'obligeait à s'interroger sur sa propre duplicité. C'est absurde, songea-t-il en tournant au coin de la rue pour s'engager entre les étals d'un marché très animé. Il se sentait coupable, certes, mais ce n'était pas une raison pour la croire investie de pouvoirs surnaturels.

Son superviseur l'avait averti. Dans le contexte où il se trouvait, c'était normal d'avoir mauvaise conscience. Pour étouffer les remords, il suffisait de prendre un peu de recul, de se souvenir du compte ouvert pour lui dans une vénérable banque de Gibraltar et de la somme que ses employeurs y déposaient chaque mois comme convenu. Un pécule qui lui permettrait, le moment venu, de fuir la double vie qui lui causait tant de stress et d'angoisses. L'homme avait su trouver les mots. Il lui avait même planté le décor : Blum allongé sur une plage du Pacifique Sud, un pétard à la main, une ravissante créature dans les bras, et rien d'autre à faire que manger, boire, nager, dormir, planer et baiser. « Tu peux avoir tout cela », lui avait-il dit. Pourtant, au fil du temps, Blum avait commencé à lui soutirer des infos utiles pour le Mossad et à constituer son propre réseau local tout en semant assez de leurres pour qu'aucun de ses deux employeurs n'apprenne l'existence de l'autre. Mais comment faire parvenir ces infos au Mossad ? On le surveillait de si près qu'il n'avait toujours pas trouvé de solution.

Se glissant entre un vendeur de tissus et un atelier de chaudronnerie, il sortit le téléphone avec lequel il avait enregistré la conversation dans la boutique du joaillier. Les données audio étaient stockées sur une carte micro SD 64Gb. Blum savait qu'il était à la croisée des chemins. Jusqu'à présent, il n'avait fourni à l'ennemi que des renseignements sans grande valeur ; juste de quoi endormir son superviseur. Mais ce qu'il y avait sur cette carte était d'un autre acabit. S'il ne faisait rien, il deviendrait immédiatement suspect. S'il lui transmettait les données, il trahirait le pays où il avait grandi. Il savait depuis le début que ce choix cornélien lui tomberait dessus un jour ou l'autre. Deux possibilités s'ouvraient à lui. Mais quelle était la bonne ?

Le marché continuait à bruire autour de lui, les gens vaquaient à leurs occupations, faisaient des achats, discutaient, riaient. Blum se sentait coupé d'eux, comme s'il évoluait dans un autre espace-temps. Il les voyait, les entendait, mais restait en dehors, à part – il était l'Autre et cet isolement l'étouffait.

Lui qui s'était laissé bercer par des fantasmes de carte postale depuis le jour de son recrutement par l'ennemi commençait à mesurer l'étendue de sa naïveté. Ce qu'il venait de faire n'était rien moins qu'un acte de trahison envers Israël. Cela dit, il avait encore un moyen de s'en sortir. Mais dans ce cas, il pouvait dire adieu aux plages paradisiaques et aux nymphettes en bikini. La route qu'il emprunterait serait jonchée de périls. Et la mort l'attendrait peut-être au bout.

Il garda la carte SD au creux de sa main durant quelques secondes encore, puis la laissa tomber par terre, posa son talon dessus et la réduisit en menus morceaux. Après quoi, il sortit de sa cachette et s'éloigna, le cœur rempli d'effroi. S'arrêtant devant un étal, il s'acheta une poignée de pistaches grillées et les picora tout en s'engageant plus profondément dans les allées sinueuses du marché.

Un moment plus tard, il s'immobilisa brusquement, se précipita dans un coin sombre et vomit par terre.

9

CAMILLA AVAIT MAL PARTOUT, même dans des endroits dont elle avait oublié l'existence. Si Starfall l'avait piétinée, elle n'aurait pas autant souffert. Quand elle s'en ouvrit à Hunter, cette dernière lui répondit : « D'où l'utilité des bains chauds et des massages », avant d'ajouter en la tutoyant comme une vieille camarade de régiment : « Va falloir t'habituer, ce n'est qu'un début. »

Camilla se plaignait pour la forme. En fait, elle était ravie de constater les progrès qu'elle avait accomplis en si peu de temps. À la fin de la journée, alors que le crépuscule repeignait en bleu sombre les montagnes de Virginie, elle avait fait un dernier tour de manège. Starfall s'était mis à caracoler joyeusement, répondant au doigt et à l'œil. Les doutes qu'elle nourrissait quelques heures auparavant avaient laissé place à une totale jubilation. Comme Hunter l'avait prédit, sentir cette masse de muscles entre ses jambes procurait une enivrante impression de puissance. Soudain, elle eut envie de se lancer dans la bataille, de pourfendre ses ennemis et de galoper droit devant elle, jusqu'aux premiers contreforts que la nuit grignotait déjà.

Bien sûr, elle s'en abstint, mais, comme si Hunter lisait dans ses pensées, elle eut quand même droit à une remontrance quand elle finit par mettre pied à terre.

« Ne te laisse pas aveugler par tes émotions. » Elle prit Starfall par la bride, le fit sortir du manège et le ramena au paddock. « Tu y arriveras ?

— Oui.

— Ne perds pas de vue que tu es toi et que ton cheval est un cheval. En dépit des apparences, Starfall n'est qu'un moyen de transport. Si tu perds ton objectivité, tu oublieras quel est le but final. Et aussi sûr que deux et deux font quatre, tu finiras par te blesser, peut-être grièvement. Tu dois rester concentrée, te souvenir de tout ce que je vais t'enseigner. Et quand le moment viendra, tout ira bien pour toi. Tu en sortiras indemne, je te le promets. »

À sa grande surprise, après la douche chaude et le massage promis, on vint lui annoncer que Hunter l'attendait dans l'écurie. La journée de cours n'était pas encore terminée. Il s'agissait maintenant d'apprendre à brosser Starfall et à le nourrir. Quand l'heure du dîner arriva, on les servit – encore une surprise – dans la grange elle-même. Les deux femmes mangèrent au milieu des chevaux.

Après quoi, Camilla se dit qu'il était temps d'aller dormir. Mais très vite, elle comprit que Hunter avait autre chose en tête.

Une balade nocturne.

« Nos délais sont hyperserrés, expliqua Hunter. Il est donc essentiel que tu passes un maximum de temps avec les chevaux avant de partir sur le terrain. » Elle ramena Camilla vers les stalles. « Tu seras entourée de professionnels du sport hippique. Oublie ça ne serait-ce qu'un instant et tu seras démasquée. Ces gens-là reniflent les amateurs à un kilomètre de distance. Mon boulot consiste à te donner l'air plus vraie que nature. »

Elle sourit. « Quand tu as débarqué ce matin, tu m'as demandé si on aurait assez de temps pour te préparer à la bataille. » Avec un sourire encore plus grand, elle ouvrit la stalle de Starfall. « Ma chérie, crois-moi, quand tu t'en iras d'ici, tu n'auras aucun souci à te faire. »

*

S'étant de nouveau glissée dans la peau de Rebeka, Sara Yadin ouvrit la portière de sa voiture de location, s'installa au volant mais ne démarra pas aussitôt. Elle passa un moment à regarder devant elle, les yeux dans le vague, en repensant aux dernières minutes de son entretien avec Bourne.

Elle avait été sur le point de lui avouer qu'elle partait à la recherche de Soraya et de Sonya mais, au même instant, il l'avait prise dans ses bras et embrassée langoureusement. Puis il lui avait murmuré à l'oreille : « Surtout, n'essaie pas de les libérer. Ne t'approche pas d'El Ghadan. »

Elle avait tenté de s'écarter pour le regarder au fond des yeux mais il l'avait retenue contre lui. « Il s'attend à ce qu'on l'attaque de front. » Les paroles de Bourne résonnaient dans sa tête. « Il a tout prévu, crois-moi.

— Alors quoi ? répondit-elle à mi-voix. Je ne vais pas me tourner les pouces pendant que…

— Personne ne te le demande, et moi encore moins. Tu es bien trop précieuse pour rester à ne rien faire.

— Que proposes-tu ?

— Fouille, renseigne-toi sur lui. C'est le lieu idéal pour cela.

— Tous les services secrets de la planète s'y sont cassé les dents.

— Oui, mais ici tu es au Qatar, au centre de la toile.

— Tu penses que le Qatar est son territoire ?

— Ça fait un an que je travaille comme forgeron. El Ghadan aurait pu me piéger à maintes reprises et il ne l'a pas fait. À sa place, aurais-tu attendu la rencontre de Doha ?

— Il s'agissait d'une opération délicate, nécessitant une logistique complexe. Il fallait sécuriser l'hôtel, corrompre le personnel, dégager le secteur. Et la police…

— Oui. La police. C'est par là qu'on doit commencer. »

La police, songeait à présent Rebeka. El Ghadan n'aurait jamais pu investir l'hôtel Al-Bourah s'il n'avait eu des complices au sein de la police.

Elle remonta ses lunettes de soleil sur son nez, tourna la clé de contact, engagea une vitesse et s'inséra dans la circulation.

Bourne avait raison. Il était temps de creuser dans le jardin d'El Ghadan.

*

Sauf en cas de crise à la Maison-Blanche, Howard Anselm et Marty Finnerman avaient coutume de souper ensemble trois fois par semaine. Comme ils étaient du genre routinier, ils fréquentaient toujours le même restaurant de la 22e Rue Nord-Ouest, le RNR Steak, lequel faisait partie des derniers établissements à la mode auprès des tenants du pouvoir politique. Ils y allaient surtout parce que le patron, Richard Reinaldo, était un vieil ami de Finnerman et qu'il leur gardait toujours une table, même lorsqu'il y avait foule. Souvent, il les rejoignait pour trinquer quand ils avaient fini de discuter boulot. Et chaque fois, il leur concoctait un menu spécial, si bien qu'ils n'avaient jamais besoin de consulter la carte.

Il faisait une chaleur d'enfer, à Washington. Anselm et Finnerman poussèrent un soupir de soulagement en entrant dans la salle climatisée aux lumières tamisées. Reinaldo les accueillit en personne et les escorta jusqu'à leurs sièges en velours. Sur les murs gris tourterelle virant parfois au jaune pâle, des tableaux d'époque indéterminée et de facture douteuse s'intercalaient entre des appliques en cuivre.

C'était toujours Finnerman qui choisissait le vin. Il commanda un rosé argentin et la conversation démarra.

Elle se déroulait selon un rythme invariable, la plupart du temps. Finnerman, le grand architecte de la Sécurité nationale, lançait le sujet. Anselm écoutait et se permettait un commentaire à l'occasion. Ce soir-là, exception à la règle, Anselm attaqua bille en tête.

Il se pencha vers son compagnon et dit en plissant le front : « Marty, je pense qu'on devrait reporter le sommet pour la paix. »

Finnerman ouvrit des yeux ronds. « Tu as perdu la tête ? On ne peut pas se le permettre. Tu le sais aussi bien que moi. Ça fait plus d'un an qu'on bosse sur le planning. »

Anselm lécha ses lèvres sèches. « Je crains que nous n'ayons poussé Camilla dans le grand bain.

— Évidemment que nous l'avons poussée dans le grand bain. C'était le but de l'opération. Qu'est-ce qui te prend tout à coup ?

— J'ai reçu un appel de Hunter. »

Finnerman grommela. « Hunter ! »

La bouteille arriva, le sommelier la déboucha et se mit en devoir d'exécuter le fameux rituel qu'Anselm trouvait toujours aussi pénible et prétentieux : renifler le bouchon, verser un doigt de rosé dans le verre de Finnerman, regarder patiemment ce dernier faire tourner le vin, le renifler, le refaire tourner et enfin le goûter. Anselm ne put s'empêcher de grincer des dents.

« Je sais ce que tu penses d'elle, reprit-il quand ils se retrouvèrent seuls. Mais pour ce qui est d'entraîner les chevaux c'est la meilleure de la Laiterie.

— Et notre meilleure gouine après Janet Napolitano. »

Anselm leva son verre. Le rosé était rafraîchissant mais un peu trop minéral à son goût. « Tu sais ce qu'on dit au sujet des homophobes endurcis.

— Oui je sais, mais vas-y, fais-toi plaisir.

— Aurais-tu des éphèbes dans ton placard, Marty ?

— Très drôle », cracha Finnerman.

Anselm posa son verre. « Je ne plaisante pas. Si c'est le cas, mieux vaut le dire maintenant, qu'on puisse régler le problème avant qu'il ne retombe sur Potus.

— Arrête avec ça, dit Finnerman sur un ton acide.

— Je sais, tu ne veux pas d'homos au Pentagone. Comment tu fais ? Tu mets un détecteur à l'entrée pour…

— Ça suffit !

— Alors, fais un effort et écoute-moi quand je t'expose mes inquiétudes. »

L'entrée arriva. Des pinces de crabe trônant parmi une myriade de petits légumes.

« D'accord, d'accord. » Finnerman s'empara du casse-noix. « Mais bon sang, Howard. » Il brisa la carapace avec une énergie peu commune.

Anselm se permit un sourire discret.

« Je m'inquiète pour la suite.

— La suite ?

— D'après Hunter, Camilla fait des merveilles.

— Et alors ?

— Et si elle s'en sortait ? »

Finnerman plongea un gros morceau de chair rosâtre dans une coupelle remplie de beurre fondu. « C'est impossible. On a tout verrouillé.

— Mais si elle s'en sortait quand même ? »

Finnerman soupira. « Tu comptes en venir au sujet ou tu préfères attendre que je sois sénile ?

— Il faut élargir la mission du *dinger* », répondit Anselm en recourant au terme désignant un tireur d'élite dans le jargon militaire.

Finnerman trancha la chair de crabe d'un coup de dents. « Dans quel sens ?

— Il doit les supprimer tous les deux – Bourne *et* Camilla. »

Tout en mâchant, Finnerman fixa son regard sur Anselm. « Tu ne plaisantes pas.

— Tu me connais, Marty. »

Finnerman posa sa fourchette d'un geste lent, presque théâtral, et d'un signe, congédia le serveur qui venait leur demander si tout allait bien. « Putain de merde.

— Cela paraît évident, dit Anselm. Si l'on regarde le tableau dans son ensemble. »

Finnerman se cala au fond de son siège. « Le tableau dans son ensemble. Tu veux parler des menaces potentielles pointées par nos vieux potes de Gravenhurst. N'oublie pas, l'initiative de Potus en faveur de ce sommet pour la paix repose sur leurs avis.

— Non, je parle de Potus et de sa poule.

— Nom d'un chien, Howard, cette fille est le cadet de nos soucis. »

Les yeux d'Anselm étincelaient. « Elle représente une tentation permanente. Tu connais Magnus. »

Finnerman était ouvertement agacé, à présent. « Je sais, tu estimes que ta priorité consiste à lui éviter toute tentation, mais bon sang, essaie de te concentrer sur l'essentiel.

— Et pourtant un grain de sable suffirait à gripper tout le mécanisme. Voilà pourquoi j'ai choisi Camilla pour cette mission : je voulais qu'elle quitte Washington, qu'elle se retrouve en mauvaise posture, qu'elle s'autodétruise. » À force de s'échauffer, Anselm oubliait ce qu'il y avait dans son assiette. « Mais depuis le coup de fil de Hunter, je commence à douter. Et si Camilla déjouait mes prévisions ? Si elle survivait ? D'où mon idée de recourir à quelqu'un qui serait déjà sur place. Quelqu'un qui s'arrangerait pour qu'elle ne revienne jamais de Singapour.

— Le *dinger.* »

Anselm acquiesça. « Le dinger lui fera mordre la poussière.

— Il n'y a pas d'autre moyen ? » Finnerman connaissait déjà la réponse mais il avait toujours besoin d'une double garantie.

« Pas si nous voulons boucler la boucle. Pas si nous voulons protéger Potus.

— Tu es vraiment un phénomène, Howard.

— Tu sais que j'ai raison. »

Anselm empoigna sa fourchette pour attaquer les pinces. Finnerman réfléchit encore une seconde, puis l'imita.

10

UN ÉPAIS NUAGE NOIR FLOTTAIT AU-DESSUS DE DAMAS. Le Gulfstream amorçait sa descente. Le pilote avait reçu deux messages de la tour de contrôle, leur conseillant une autre piste. Un obus était tombé près de celle qui était prévue pour l'atterrissage et le cratère fumait encore.

On voyait filer les balles traçantes, on les entendait pétarader autour des bâtiments de l'aéroport dont la plupart des vitres avaient déjà été soufflées par les explosions. Des soldats armés de fusils d'assaut occupaient le terrain. Les odeurs piquantes de la cordite et de la poussière montant des décombres se mêlaient aux relents de sueur qui émanaient des corps soumis à la peur.

« Pas d'inquiétude, dit le pilote en les escortant sur les quelques mètres qui les séparaient du terminal. Une bonne partie de la ville est encore debout. »

Mais il y avait des sacs de sable entassés un peu partout. Des balles sifflaient comme des moustiques puis se perdaient dans l'espace.

« Appelez-moi quand vous voudrez repartir, ajouta l'homme en arrivant devant le bâtiment. Avec un peu de chance, l'avion sera toujours en un seul morceau. » Il éclata de rire, mais ce n'était pas vraiment une plaisanterie.

*

La climatisation était HS. Le système électrique ne valait guère mieux. Visiblement stressé, l'agent des services d'immigration affecté au contrôle des visas empocha la liasse que Zizzy lui tendait et tamponna leurs passeports sans même regarder les deux voyageurs. On aurait dit que la peur lui avait ôté toute énergie.

« Chaque jour, les rebelles deviennent plus intrépides, leur dit le chauffeur de taxi. La ville est déchirée entre les différentes factions. » C'était un homme maigre d'une bonne cinquantaine d'années, au visage tanné et aux yeux bleus. « Je croyais avoir tout vu mais l'année qui vient de s'écouler a battu des records. L'enfer sur Terre. » Il fit une embardée pour éviter deux véhicules entièrement calcinés. L'un d'eux s'était encastré dans un arbre dont le feuillage avait brûlé. Un corps était à moitié sorti de l'épave. Ça sentait la chair grillée, une odeur infâme, à vomir.

« Si voulez mon avis, reprit l'homme, vous devriez faire demi-tour et ficher le camp d'ici pendant qu'il est encore temps. »

L'hôtel Shahakbik était plutôt correct – enfin, il l'avait été avant qu'un tir d'obus n'endommage l'une de ses ailes. Le reste du bâtiment semblait plus ou moins intact. Il possédait même un générateur qu'on allumait quatre ou cinq fois par jour, pendant les coupures.

On leur attribua deux chambres adjacentes donnant sur une cour intérieure plantée d'arbres verdoyants, figuiers et tilleuls, de bougainvillées et de buissons de roses odorantes. Des balcons aux balustrades en treillage couraient le long des façades. La lumière du soleil baissa brusquement. Une nappe de fumée noire changea le jour en nuit. De temps à autre, une puissante déflagration faisait trembler les cadres sur les murs ; à un moment, un bout de plâtre se détacha et tomba sur la descente de lit.

Bourne s'allongea tout habillé et contempla le plafond, jusqu'à ce que ses yeux se ferment et que le sommeil l'emporte.

*

Soraya releva la tête. Une lumière vive l'aveuglait. Tout à l'heure, quand il faisait encore noir, elle était tombée d'épuisement et avait sommeillé quelques minutes sans toutefois oublier la présence de sa fille à ses côtés. Sonya se réveilla en hurlant de terreur.

« Sonya ! » Soraya ne voulait pas crier, ne voulait pas donner à ses ravisseurs le plaisir d'entendre sa détresse. Mais elle était mère avant tout et n'avait d'autre souci que la sécurité de son enfant. Sa volonté de vivre fluctuait en fonction des chances de survie de Sonya.

Mon Dieu, priait-elle en silence, disposez de moi comme vous le souhaitez mais faites que Sonya en réchappe et que son existence soit longue et heureuse. Elle répétait ces mots comme une incantation depuis qu'elles étaient enfermées dans le noir, depuis qu'elle n'avait plus rien d'autre à penser.

« Qu'est-ce que vous voulez ? dit-elle en essayant vainement de percer l'intense clarté. Pourquoi vous nous gardez ici ? »

Pour seule réponse, elle perçut un bourdonnement mécanique. Puis une silhouette se matérialisa. Un homme s'avançait, non pas vers elle, mais vers Sonya.

« Qu'est-ce que vous faites ? demanda-t-elle, affolée. Je vous interdis de la toucher ! »

La seconde d'après, Sonya atterrit sur ses genoux.

« Maman ! Maman ! » Le corps chaud et humide de l'enfant se pressa contre le sien, ses petits bras se refermèrent autour de son cou. En sentant sa joue mouillée contre son visage, elle ne put retenir ses larmes. Elle était prête à mourir, à se sacrifier pour que sa fille puisse vivre. Mais elle se ressaisit bien vite. Si elle mourait, qui protégerait Sonya ?

Soraya rassembla ses dernières forces et murmura à l'oreille de l'enfant qui s'agitait sur ses genoux : « C'est un jeu, mon cœur. Il faut qu'on joue toutes les deux. Si on joue, tout ira bien. Tout finira par s'arranger. Nous rentrerons chez nous et les choses redeviendront comme avant.

— Et papa ? demanda Sonya. Papa ne rentrera pas à la maison avec nous, hein maman ? »

Ma fille comprend trop de choses, songea Soraya. Je dois lui apprendre à maîtriser son intellect, pour sa propre sauvegarde. Et soudain, une nouvelle vague de terreur et de désespoir la submergea : et si je ne sortais jamais d'ici ? Si *nous* ne sortions jamais d'ici ?

« Maman, qu'y a-t-il ? Pourquoi tu trembles ?

— Je… » Soraya ravala sa peur. « Maman a un peu froid.

— Alors, je vais te serrer très fort. Pour te réchauffer. »

Puis Soraya sentit qu'on l'éloignait d'elle. Sonya se mit à hurler. « Rappelle-toi ce que je t'ai dit, mon cœur », lui lança Soraya, et aussitôt, l'enfant se calma. On la reposa sur les genoux de sa mère, face à la lumière.

« Tiens-toi tranquille », ordonna une voix sévère. Soraya se demanda à laquelle des deux cette injonction s'adressait.

Peu après, elle entendit un froissement de papier. En plissant les yeux, elle finit par distinguer les contours flous d'un corps humain. Un homme tenait un journal ouvert devant elle. Une deuxième silhouette passa dans son champ visuel. Un autre homme, muni celui-ci d'une caméra, qu'il braqua d'abord sur la première page du journal puis sur elle et Sonya. Abrutie par la peur et le manque de données sensorielles, Soraya devait faire de gros efforts pour réfléchir.

« Parle », dit la voix.

Elle tourna la tête vers l'objectif. « Écoutez, nous… sommes…

— Ça suffira ! »

Une preuve de vie, songea-t-elle. Et soudain, elle saisit la raison de leur incarcération. Ces gens n'agissaient pas pour l'argent. Non, il n'y avait qu'une seule explication plausible : elles étaient une monnaie d'échange. Ils voulaient obtenir quelque chose de quelqu'un. Mais de qui ? Qui parmi ses connaissances pouvait avoir une telle valeur à leurs yeux qu'ils prenaient la peine de les capturer, elle et sa famille ? Puis elle comprit. Le meurtre de son mari avait juste servi à prouver qu'ils ne plaisantaient pas, qu'ils avaient l'intention d'aller jusqu'au bout.

Mais encore une fois, à qui espéraient-ils forcer la main ?

La réponse s'afficha dans son esprit, aussi éclatante que la lumière des projecteurs braqués sur elles.

Bourne.

*

Bourne n'émergea qu'en sentant le soleil ramper sur son visage comme un insecte furtif. Il avait rêvé de ténèbres, de regards brillant dans le noir. Des yeux qui se rapprochaient et lui donnaient envie de s'enfuir à toutes jambes. Sauf qu'il ne pouvait pas fuir – il était ligoté sur une chaise. Dans son rêve, une lumière s'alluma et il se découvrit emmailloté dans un genre de cocon constitué de câbles à haute tension. Le courant qui passait à l'intérieur bourdonnait aussi fort qu'un essaim d'abeilles, grimpant dans les aigus. Puis la douleur le percuta, contracta les muscles de son dos, lui coupa le souffle...

Bourne ouvrit les yeux et, non sans mal, parvint à s'ancrer dans la réalité. Il se redressa sur son lit et jeta un coup d'œil au portable qu'El Ghadan lui avait remis. Un message était arrivé durant son sommeil.

Il visionna la courte bande vidéo, lut la date imprimée sur le journal et découvrit enfin les visages de Soraya et de Sonya. Soraya regardait l'objectif d'un air hagard, son visage baigné de sueur et de larmes. L'enfant pleurait mais on n'entendait rien ; le son était coupé. Soudain, quelqu'un le rétablit et Bourne reconnut la voix de Soraya, rauque et impérieuse. Quelqu'un lui intima le silence, l'écran passa au noir. Fin du film.

Bourne resta un moment prostré, comme si un trou noir aspirait ses pensées. Puis il se ressaisit et refit défiler la vidéo. Cette fois, il examina l'espace autour, à la recherche d'indices susceptibles de lui révéler le lieu où elles étaient détenues. Mais le cadre était trop serré, on ne voyait presque rien derrière elles.

Alors, il brancha les écouteurs fournis avec le téléphone jetable et se concentra sur la bande son.

Quand l'image disparut à nouveau, il jeta le portable sur le lit comme s'il l'avait mordu. Il se dirigeait vers la salle de bains quand l'appareil se mit à vibrer. Sachant qui l'appelait, il se dépêcha de répondre.

« Que faites-vous à Damas ? demanda El Ghadan.

— Je cherche le bon artificier.

— Ah, vous allez utiliser une bombe ? »

Bourne se tourna vers la fenêtre, regarda dehors la ville blanchie par le soleil. C'était déjà l'après-midi ; il avait manqué le petit déjeuner et le déjeuner. Des avions de chasse passèrent au-dessus de l'hôtel. Il vit la fumée de leur sillage s'enrouler comme un serpent céleste. « Je n'aime pas qu'on me surveille pendant que je travaille.

— Va falloir s'y habituer, répliqua El Ghadan. Je traque le moindre de vos mouvements. »

Le portable retomba sur le lit défait. Bourne se déshabilla et passa un quart d'heure sous la douche en essayant de se vider l'esprit, de ne penser à rien. Mais les visages de Soraya et de Sonya imprimés sur sa rétine ne faisaient qu'attiser sa colère. Et la colère lui dictait de retourner illico à Doha pour trouver l'endroit où elles étaient emprisonnées et ensuite… Quoi ? En agissant ainsi, il signerait leur arrêt de mort. L'eau chaude se déversait sur lui, inondant son visage, sa tête, martelant ses épaules et son dos. Du calme, s'ordonna-t-il. Sois patient. Seule la patience pourra les sauver.

11

TRENTE MINUTES PLUS TARD, BOURNE ENTRAIT dans la chambre de Zizzy.

« La preuve de vie est arrivée à minuit, dit-il en brandissant le portable.

— Pile à l'heure. Elles vont bien toutes les deux ? »

Bourne hocha la tête.

Pendant que Zizzy tentait de contacter le ministre Hafiz, Bourne transporta son sac à dos dans la salle de bains et sortit la veste roulée à l'intérieur. Les produits de maquillage et les postiches étaient cousus dans la doublure. Il ôta ses vêtements pour éviter les taches.

Un tir de mortier secoua l'immeuble. Bourne dut s'interrompre le temps que la vibration cesse. Il est tombé pas loin, pensa-t-il. Zizzy passa la tête par la porte. « C'est parti. On a rendez-vous dans une heure. Ça te laisse assez de temps ? »

Bourne acquiesça. Zizzy retira sa tête et, un instant plus tard, mit à la radio à fond. Une musique agaçante mais qui avait l'avantage de couvrir les rafales d'armes automatiques.

Au bout de vingt minutes, Bourne émergea de la salle de bains, méconnaissable. Il portait une tunique large et un foulard sur la tête. Sa barbe avait tellement poussé depuis quelques jours qu'il n'avait plus besoin de postiche.

« En quoi es-tu déguisé ? demanda Zizzy en éteignant la musique. Tu me fais penser à un guerrier tchétchène. »

*

La traversée de Damas ressemblait à ces rêves étranges que donne la fièvre. Des rues bordées de maisons cossues, des mosquées aux minarets élancés, des boutiques vendant des tissus de soie, des objets en acier damassé, et puis brusquement plus rien, sauf des immeubles éventrés, des véhicules écrasés. Ils passèrent devant un panneau de signalisation tellement criblé de balles qu'il était illisible. Une femme assise sur un trottoir, la tête dans les mains, hurlait sa douleur. Ses cris évoquaient le bruit des sirènes lors des raids aériens. De gros panaches de fumée répandaient des odeurs d'essence et de mazout. Ils franchirent un boulevard grouillant de monde. Bourne dénombra une douzaine de voitures calcinées dont les carcasses noircies ne pouvaient même pas servir d'abris. Puis ils retrouvèrent des quartiers épargnés par la violence et la destruction, où la vie semblait se dérouler normalement, comme un défi au malheur qui étouffait le pays chaque jour davantage.

Des Mercedes circulaient à côté des tanks et des camions blindés. Ils se retrouvèrent coincés dans un embouteillage. Deux jeeps de l'armée barraient le passage. Leurs occupants, armés jusqu'aux dents, vérifiaient les papiers des conducteurs. À cause du cratère dans la chaussée, tous les véhicules devaient se masser sur la droite, ce qui ralentissait d'autant plus les opérations.

Plusieurs avions militaires traversèrent le ciel comme des traits d'argent.

Quand vint leur tour de franchir le barrage, ils n'eurent qu'à invoquer le nom du ministre Hafiz pour qu'on leur fasse signe de circuler. Une fois passé le poste de contrôle, leur chauffeur retrouva sa langue. Dénicher un taxi par téléphone n'avait pas été une mince affaire, mais Zizzy y était parvenu et la liasse de billets qu'il lui avait mise sous le nez devant l'hôtel avait achevé de le convaincre.

« Les promesses d'amnistie lancées par Assad ont incité un grand nombre de rebelles à rejoindre les rangs du gouvernement, déclara-t-il, surtout depuis que les espoirs d'intervention occidentale ont été anéantis. Et pendant ce temps, nos enfants continuent à mourir à cause des bombes, des voitures piégées et Dieu sait quoi encore. C'est comme ça partout en Syrie, mais surtout à Alep. Croyez-moi, Damas est un paradis à côté d'Alep. » Il secoua la tête d'un air pitoyable. « Chaque jour, le chaos s'étend un peu plus, et le chaos engendre le mal. À la dévastation s'ajoute la terreur. Mon malheureux pays est devenu le plus vaste repaire de djihadistes au monde. »

Il les déposa au pied du bâtiment massif abritant le ministère de l'Intérieur et celui de l'Industrie. L'immeuble orné d'une belle façade sculptée était défendu par des troupes armées de fusils AK-47 et de lance-roquettes. On apercevait plusieurs nids de mortier derrière les sacs de sable entassés sur le pourtour. Des véhicules étincelants – Mercedes, BMW, grosses motos – étaient garés en file dans un coin, attendant l'apparition de tel ou tel ministre.

Zizzy invoqua de nouveau le nom d'Hafiz. Ils présentèrent leurs papiers. Parmi les nombreux passeports rangés dans le fameux sac à dos, Bourne avait choisi celui établi au nom d'un certain Youssouf Al Khatib. L'un des soldats gardant l'accès du ministère activa son talkie-walkie, prononça quelques mots et fit un signe de tête à son collègue, lequel s'écarta pour leur permettre d'entrer.

Le hall de réception s'élevait sur trois niveaux et il y faisait aussi froid qu'à Boston en plein hiver. Ne manquait que la neige. Ils prirent l'ascenseur avec un garde armé qui, soupçonneux à l'excès, les reluqua jusqu'au dernier étage.

Le ministre Hafiz, un homme mince et élégant, était assis derrière un bureau Louis XIV qui n'aurait pas déparé au château de Versailles. Ajouté aux deux fauteuils de même style et au somptueux tapis persan qui complétaient un mobilier par ailleurs fort clairsemé, il servait sans doute à impressionner le visiteur de base. Rien ici ne laissait soupçonner la bataille qui faisait rage à l'extérieur, hormis peut-être quelques grains de plâtre répandus sur le parquet.

Hafiz se leva comme un ressort lorsqu'il vit entrer Zizzy. Il se porta à sa rencontre, le sourire aux lèvres. Son costume taillé dans un tissu léger ne lui allait pas très bien, comme s'il l'avait pris dans le placard du voisin en s'habillant le matin. Le soleil qui entrait par une fenêtre et projetait sur lui ses rayons obliques traversés de poussière rehaussait le noir de ses yeux tout en soulignant la courbure de son nez. Ses cheveux gominés étaient coiffés en arrière. Derrière la vitre, on apercevait une mosquée et son minaret ouvragé, dressé comme l'étendard de la victoire. C'était l'heure de l'appel à la prière.

Quand Zizzy eut fait les présentations, au lieu de les inviter à s'asseoir, Hafiz leur demanda de le suivre. Ils sortirent du bureau l'un derrière l'autre, passèrent devant une secrétaire concentrée sur son ordinateur, longèrent un grand couloir et se retrouvèrent sur le palier de l'escalier de secours. Le ministre attendit que la porte métallique se fût refermée. Les murs en béton de la cage d'escalier emmagasinaient la chaleur. On se serait crus dans un four, mais aucun des trois hommes ne semblait le remarquer.

« Ça devient glauque, là dehors, dit Zizzy en montrant du pouce la fenêtre qui aurait été sur sa gauche s'ils étaient restés dans le bureau du ministre.

— Être alaouite de nos jours n'est pas une partie de plaisir, grommela Hafiz. Comme leur pays n'était plus qu'un champ de ruines après le passage des Américains, les sunnites irakiens ont débarqué par milliers en Syrie. Et que s'est-il passé ? Ce qui devait se passer. Rupture d'équilibre. Vous pensez que les rebelles veulent la démocratie ? Quelques-uns peut-être. Mais tout le reste n'est qu'une bande de terroristes. Des islamistes irakiens pour la plupart, mais il y a aussi le groupe al-Nosra soutenu par Al-Qaïda, le Hezbollah et la Brigade du Lendemain dirigée par ce cinglé d'El Ghadan – des djihadistes qui se nourrissent du chaos actuel tout en l'aggravant. »

Il mit les mains dans les poches de son pantalon, geste qui fit remonter ses épaules et souligna les défauts de son veston. « Vous savez ce qui nous arrivera, à nous autres Alaouites, si jamais les sunnites prennent le pouvoir ? Ils nous colleront contre un mur et nous mettront douze balles dans la peau. Je n'exagère pas. »

Il étira son cou par-dessus la rampe pour tenter de voir jusqu'au rez-de-chaussée, comme s'il craignait la présence d'un ennemi tapi dans l'ombre. Visiblement rassuré, il se retourna vers Bourne et Zizzy. « L'Occident déteste Bachar mais peu de gens connaissent son parcours. Il part étudier en Angleterre. Il s'y installe, trouve du travail et ne veut plus entendre parler de la Syrie. Seulement voilà, son frère aîné – qui devait hériter du pouvoir – précipite sa décapotable à 250 000 dollars contre un rond-point et meurt dans l'accident. Résultat, Bachar doit rentrer au pays, contraint et forcé. »

Hafiz haussa les épaules. Son visage prit une expression encore plus sinistre. « C'était un réformateur. Pendant cinq ans, il a donné au peuple syrien un avant-goût de la liberté. Puis la guerre est arrivée et, avec elle, les réfugiés irakiens. Les membres de la vieille garde paternelle lui ont mis le couteau sous la gorge. Soit il muselait les sunnites soit il y passait. Avait-il le choix ? En conséquence, il a non seulement dû renoncer à ses réformes mais il s'est mis à persécuter les sunnites irakiens – tortures, exécutions et j'en passe. Si bien qu'aujourd'hui nous en sommes à plus de cent mille morts parmi cette population.

— Quand le mauvais génie sort de la bouteille…, fit Zizzy sur un ton lourd de sous-entendus.

— Tu l'as dit, répliqua Hafiz d'un air écœuré. Entre les rebelles d'un côté et les djihadistes de l'autre, qu'est-ce qu'on peut faire à part résister avec les moyens du bord ? Mais j'ai bien peur que la partie soit perdue d'avance.

— Raison pour laquelle je suis là, dit Zizzy. Je me propose de t'emmener loin d'ici, avec ta famille, avant qu'il ne soit trop tard.

— Il est déjà trop tard. Je te remercie pour ton aide, Zizzy, mais Damas est ma ville. Je ne l'abandonnerai pas aux pillards. »

Zizzy laissa passer un blanc pour mieux souligner la gravité de la situation. « Je comprends, Nazim. » Puis il désigna Bourne. « Néanmoins, puisque nous sommes entre nous, pourrais-je te demander un petit service ? »

Hafiz écarta les mains. « Si la chose est en mon pouvoir. Je t'écoute.

— En fait, ce service serait pour mon ami, Youssouf Al Khatib. »

Hafiz se tourna vers Bourne et l'examina avec un vif intérêt. « Comment puis-je vous aider, Youssouf ?

— Vous connaissez le ministre Qabbani, j'imagine. »

Hafiz hocha la tête. « Naturellement. Nous travaillons sur des domaines différents mais nos chemins se croisent de temps à autre. Lors des réunions budgétaires, par exemple. » Il plissa les yeux. « Vous n'ignorez pas qu'il y a eu un grave incident à Doha, dernièrement. Et que Qabbani serait mort s'il n'avait pas eu la bonne idée d'engager un forgeron qui s'est rendu au sommet à sa place.

— Vous êtes au courant, donc.

— Évidemment. » Un faible sourire joua sur les lèvres d'Hafiz. « Qabbani s'est battu bec et ongles pour obtenir les crédits nécessaires au recrutement de sa doublure. »

Intéressant, songea Bourne. « Monsieur le Ministre, d'après vous, pourquoi une telle insistance ? » Un agent moins aguerri aurait peut-être ajouté : « Savait-il qu'un incident allait se produire ? » Mais Bourne voulait voir si Hafiz parviendrait de lui-même à cette conclusion.

« Pour être honnête, Qabbani n'avait aucune envie d'assister à ce sommet. Mais ne pouvant se dérober ouvertement à ses obligations, il a pris l'option forgeron. D'après lui, il était plus en sécurité ici à Damas qu'à Doha. Les faits lui ont donné raison.

— Remarquable intuition, dit Bourne.

— Je ne suis pas sûr qu'il s'agisse d'une intuition.

— Que voulez-vous dire ? »

Hafiz jeta un nouveau coup d'œil au bas de la cage d'escalier avant de répondre. « Ce n'est peut-être rien, mais des bruits circulent… » Il s'interrompit. « C'est juste une rumeur sans fondement, je ne sais pas si…

— S'il vous plaît, monsieur le Ministre. »

Hafiz prit un instant pour réfléchir. « Eh bien, d'après radio moquette, le sommet de Doha cachait autre chose.

— Vous avez des détails ? »

Hafiz poussa un soupir. « Ce sommet n'aurait été qu'un prétexte pour réunir les ministres mais dans un autre but.

— Lequel ? »

Hafiz haussa les épaules. « Quelqu'un ici, dans ces bureaux, devait pressentir qu'un massacre allait se produire. Depuis qu'il fournit des armes et du matériel aux rebelles syriens, nous avons inscrit le Qatar sur notre liste noire. »

Bourne lança un rapide coup d'œil à Zizzy avant de renchérir : « Les dossiers du ministère contiennent peut-être certains indices qui expliqueraient ce pressentiment. »

Hafiz fronça les sourcils. « J'en doute.

— Des emails personnels ? Des rendez-vous ? Des trous dans l'emploi du temps ministériel ?

— Je n'en sais rien. Mais ça devrait être assez facile à vérifier. »

Il repassa dans le couloir climatisé et refit le chemin à l'envers, suivi de ses deux visiteurs. Une fois revenu dans son bureau, il traversa le tapis persan pour regagner son fauteuil.

« J'ai accès à toutes les communications électroniques ou presque, dit-il. Et ce que je ne peux obtenir directement… »

Il y eut un bruit de verre brisé, des éclaboussures de sang, le corps d'Hafiz pivota sur lui-même et s'écroula sur le tapis.

12

DANS LES MÉTIERS DU RENSEIGNEMENT, glaner des infos sur telle ou telle cible n'était pas l'activité la plus prestigieuse. En réalité, la plupart des agents de terrain s'arrangeaient pour la refiler à des sous-fifres. Sauf qu'en l'occurrence, il ne s'agissait pas uniquement de remuer la merde, il fallait aussi faire preuve d'intuition, d'où la difficulté. Pour Sara Yadin, cette difficulté se trouvait multipliée par deux du simple fait qu'elle était une femme dans un pays arabe. Heureusement, la société qatarie était un tantinet moins intolérante vis-à-vis des femmes que celle d'Arabie Saoudite par exemple. À Riyad, elle n'aurait jamais pu exécuter sa mission.

Mais il en fallait davantage pour la décourager. Sara n'avait peur de rien. Même ses quelques rares détracteurs – ceux qui lui reprochaient d'avoir les dents longues – étaient obligés de l'admettre.

Commencer par ce qu'on sait – telle était la devise que lui avait serinée ses instructeurs – et creuser jusqu'à obtenir quelque chose.

Si son père ne lui avait pas interdit de se rendre à Doha, c'était uniquement parce qu'elle possédait un certain nombre de contacts et de correspondants fiables dans cette ville. Cela dit, comme elle avait passé plusieurs mois à l'hôpital, les liens qu'elle entretenait avec eux s'étaient forcément distendus. Le premier qu'elle appela se trouvait à l'étranger, le deuxième n'avait pas d'infos et le troisième se remettait d'une attaque. Elle passa donc au quatrième, un nommé Hassim, propriétaire du Vongole, un restaurant étoilé situé sur la Croisette, une avenue chic en bord de mer.

Comme Hassim n'y était pas, elle se rendit directement chez lui. L'homme habitait une villa jaune pâle protégée par une enceinte au sommet de laquelle dépassaient, agitées par le vent du désert, les plus hautes branches des palmiers-dattiers qui poussaient dans le parc. La maison avait deux étages, un toit en tuiles et, devant l'entrée, un portique ombragé. La Rolls gris métallisé de Hassim était garée dans l'allée. Sara s'arrêta à côté, descendit de voiture et, marchant d'un bon pas afin d'échapper à la chaleur accablante, se réfugia sous le portique. Elle sonna.

Elle s'attendait à voir apparaître l'un de ses serviteurs, mais ce fut Hassim en personne qui vint lui ouvrir.

« Tu m'attendais ? dit Sara, ne plaisantant qu'à moitié.

— Il se trouve que je t'ai vue arriver, dit-il en s'effaçant pour qu'elle entre. C'est un plaisir, Rebeka, encore que ta démarche me semble légèrement imprudente.

— Je sais, mais j'avais besoin de te voir rapidement. »

Il hocha la tête. « Bon, dans ce cas… »

Elle le suivit à travers le hall de forme octogonale jusque dans une immense pièce de réception. Hassim était un petit homme tiré à quatre épingles dont la famille avait fait fortune dans l'industrie du pétrolière. En fin stratège, il avait anticipé le déclin des carburants fossiles et choisi de diversifier ses activités. Le Vongole était son troisième restaurant à Doha, le plus récent et le plus réputé, même si les deux autres affichaient complet chaque soir.

« Puis-je t'offrir un verre ? Un jus de fruits bien glacé, peut-être ?

— Merci, Hassim. » Elle n'avait pas de temps à perdre mais refuser eût été impoli. « Va pour un jus de fruits. »

Il s'approcha d'un buffet, ouvrit le petit frigo encastré à l'intérieur, sortit un pichet couvert de givre et remplit deux verres à orangeade. Ils burent en silence.

« Alors, dit-il enfin, comment puis-je t'aider ? »

Sara lui rapporta en quelques mots ce que Bourne lui avait appris sur le massacre de l'hôtel Al-Bourah, que les journaux locaux et les chaînes de télé qataries avaient passé sous silence.

« Tout cela me porte à croire que cet attentat n'aurait pu avoir lieu sans la complicité des forces de l'ordre, conclut-elle.

— Et tu veux que je te donne un nom.

— Sinon je ne me serais pas précipitée chez toi. »

Hassim acquiesça, mais il semblait dubitatif. « Ce n'est pas si simple.

— Je ne vois pas où est la difficulté. » Elle posa son verre vide et le fixa intensément. « Les plus hauts gradés de la police viennent dîner au Vongole presque tous les jours. Sans parler de l'entourage de l'émir. Tu as forcément appris quelque chose.

— Je n'ai pas dit le contraire. » Mais il avait du mal à la regarder dans les yeux.

« Hassim. » Elle fit un pas vers lui. « Qu'est-ce qui se passe ?

— Certaines choses ont changé.

— Lesquelles exactement ?

— Peut-être du côté de l'émir, je ne sais pas. » Il lui jeta un regard à la dérobée, se lécha les lèvres. « D'abord, les rebelles syriens reçoivent davantage de financements.

— Ça n'a rien de très nouveau.

— Sauf que l'argent ne leur parvient pas directement mais transite par un intermédiaire qui l'utilise pour leur acheter des armes – du moins c'est ce que croient l'émir et son entourage. »

Sara fit encore un pas vers Hassim. L'angoisse qui émanait de lui était aussi prégnante qu'une odeur nauséabonde. « Mais la vérité…

— … est différente, avoua-t-il en se léchant encore une fois les lèvres. Écoute, je…

— Tu veux plus d'argent ? Je t'en trouverai. Une prime.

— De l'argent. » Il partit d'un rire nerveux. « Non. Tu n'y es pas.

— Alors quoi, Hassim ? Que puis-je te donner en échange de ta coopération ?

— Une assurance.

— Accordée.

— Une protection. »

Elle hocha la tête. « Pas de problème. » De quoi a-t-il tellement peur ? songea-t-elle.

« Et promets-moi qu'on m'exfiltrera dès que j'en ferai la demande.

— Promis.

— L'argent tombe dans l'escarcelle du fameux intermédiaire. Des sommes faramineuses.

— Tu l'as déjà dit, Hassim. Qui est cet intermédiaire ? Un marchand d'armes ? Si c'est le cas, je le connais certainement.

— Oui, tu le connais, bien sûr. C'est El Ghadan. »

Sara en resta bouche bée. El Ghadan n'avait pas seulement des complices chez les flics qataris, mais aussi au sein du gouvernement lui-même ! Pas étonnant que Hassim ait tant hésité avant de parler.

Elle prit le temps de se ressaisir, puis articula : « Qui est son contact au sein de la police, Hassim ?

— J'imagine qu'il en a plusieurs.

— Tu en as déjà beaucoup dit, s'impatienta-t-elle. Ne t'arrête pas en si bon chemin.

— Bon d'accord. » Hassim prit un air dégoûté. Était-ce à cause des révélations qu'il s'apprêtait à faire ou parce qu'il avait honte de lui ? Impossible à dire. « Mais d'abord, je dois passer un coup de fil. » Il se leva. « Je reviens tout de suite. »

Sara le regarda quitter la pièce. Elle aurait aimé le suivre pour écouter ce qu'il disait à son interlocuteur, mais elle n'osait courir le risque. Elle avançait sur le fil du rasoir. Au moindre faux pas, elle risquait de perdre le peu qu'elle avait obtenu.

Pour tromper son impatience, elle se mit à arpenter la pièce en examinant les bibelots qu'elle contenait. Un cendrier en cristal taillé par-ci, une statuette en bronze par-là. Elle saisit un coquillage rose comme l'intérieur d'une oreille et découvrit avec surprise qu'il s'agissait d'un moulage en résine. Le retournant, elle vit à la surface un minuscule poinçon doré, lui aussi en forme de coquillage.

Elle le reposait lorsque Hassim refit son apparition. « Ça n'a pas été facile mais j'ai l'info.

— Alors pourquoi cette réticence que je perçois dans ta voix ? »

Hassim s'éclaircit la gorge. « Je suis devenu un honnête restaurateur pendant ton absence. Et mes affaires marchent très bien. C'est tout ce qui m'intéresse aujourd'hui.

— Alors, c'est fini entre nous ? »

Il la regarda avec un mélange de tristesse et de soulagement. « Ce renseignement est le dernier que je te donne, Rebeka. J'ai déjà pris trop de risques. »

Sara se crispa intérieurement. « Je comprends ton point de vue, Hassim. Mais on ne démissionne pas si facilement.

— Pourtant c'est ce que je fais. » Il la défia du regard. « Je te file cette info et après on arrête. C'est comme ça.

— À prendre ou à laisser, si je comprends bien ? »

Il se lécha les lèvres et fit oui de la tête.

Sara respira un bon coup, expira lentement et dit : « C'est bon.

— J'ai ta parole ?

— Oui.

— Il s'appelle Khalifa Al Mohannadi. Il est colonel de police et travaille au Centre de commandement tactique national, ici à Doha.

— Le CCTN, marmonna Sara en réfléchissant. Il est donc censé combattre le terrorisme. Tu es sûr de toi ? Ta source est fiable ?

— À 100 %.

— Un colonel du CCTN copine avec El Ghadan. Quelle blague !

— Si c'est une blague, elle n'est pas drôle, répondit Hassim, surtout pour mon pays. »

Sara avait le regard dans le vague, mais son esprit fonctionnait à plein régime. « Le Qatar a toujours su maintenir le cap malgré les tempêtes qui secouent en permanence le Moyen-Orient. Pourquoi tout à coup s'acoquinerait-il avec le plus dangereux des terroristes en activité ? »

13

En évitant de passer dans l'axe de la fenêtre, Zizzy se précipita vers Hafiz qui gisait sur le sol.

« Il est mort ? lui demanda Bourne en regardant dehors.

— Il respire encore.

— Reste auprès de lui. » Bourne avait déjà atteint la porte.

« Où vas-tu ? » Mais il était parti.

*

L'une des motos garées devant le ministère avait ses clés sur le contact. Bourne l'enfourcha et démarra sans laisser aux gardes le temps de réagir. La barrière était baissée. Le voyant arriver à pleine vitesse en faisant de grands gestes, les soldats en faction la levèrent juste assez haut pour qu'il passe en se baissant. Après quoi, il fonça en direction de la mosquée d'où était parti le tir, d'après ses calculs.

En arrivant sur place, il ralentit et fit plusieurs fois le tour de l'édifice, histoire d'étudier la configuration des lieux. Commettre un acte violent à l'intérieur d'une mosquée était strictement interdit par la loi coranique, mais il savait que cette prohibition n'était pas de nature à dissuader les rebelles qui plaçaient les nécessités de la lutte armée au-dessus de tout le reste, et encore moins les djihadistes pour qui la mort représentait l'apothéose de leur combat.

Il savait également que le tireur resterait encore un moment sur place. Pour deux raisons. Premièrement, s'il se dépêchait de partir, il risquait d'attirer l'attention des fidèles en prière, voire de susciter leur colère. Deuxièmement, il se croyait en sécurité dans sa planque. Comment aurait-il pu imaginer qu'un homme l'avait repéré et s'était lancé à sa recherche ? Bourne n'avait assisté au meurtre du ministre Hafiz que par le plus grand des hasards. Et peu de gens avaient l'œil assez exercé pour localiser un sniper d'après son angle de tir.

Le jour baissait. Le soleil avait disparu derrière la ligne des toits. Dans le ciel, passèrent deux chasseurs rentrant d'une mission de pilonnage. Volant assez haut pour capter les derniers rayons, ils scintillaient comme des étoiles filantes.

Bourne regarda les fidèles se lever, rouler leur tapis de prière et se diriger vers la sortie où les attendaient leurs chaussures. Parmi la foule qui se dispersait, un seul individu l'intéressait.

Quand il ne resta quasiment plus personne dans la salle, il le vit. C'était un grand type, bâti comme un lutteur. Il avait des cheveux bruns et bouclés ainsi qu'une grosse barbe qu'il peignait avec les doigts tandis que ses yeux fouillaient l'espace autour de lui. Sans doute par habitude.

Bourne tourna la tête et se pencha pour demander à un gamin qui passait par là de lui indiquer l'institut d'informatique de Bostan Addour. L'enfant l'ignorait mais c'était sans importance. Bourne voulait seulement échapper à la vigilance du sniper.

Quand il se releva, Bourne nota la taille inhabituelle du tapis de prière que l'homme transportait roulé sous son bras. C'est là qu'il cache les pièces de son fusil, se dit-il. Il ressemblait à un loup, peut-être à cause de son regard oblique, de ses gestes précis, mesurés. Sa peau sombre était criblée de minuscules cicatrices, comme s'il avait survécu à une épidémie de variole, étant enfant.

Bourne lui emboîta le pas. L'homme monta dans une voiture cabossée, une Skoda de couleur marron qui venait de s'arrêter devant la mosquée. Bourne démarra sa moto et suivit le véhicule en conservant une distance de sécurité. Le soir tombait. Des ombres bleues s'étalaient sur la chaussée comme des chiens épuisés. Les bombardements avaient cessé pour un temps, et un calme surnaturel enveloppait la ville. Pour les habitants, blottis sous les porches ou regardant craintivement vers le ciel, ce silence était plus inquiétant que les tirs au mortier ou à l'arme automatique. Savoir que tout pouvait recommencer à n'importe quel moment était une forme de torture particulièrement redoutable. Nul n'en sortait indemne.

La Skoda s'enfonça dans un dédale de ruelles étroites, bordées de maisons en parpaings dont les façades brutes étaient couvertes de graffitis célébrant tantôt les victoires des rebelles tantôt celles des djihadistes. Au loin, telles des nuées de lucioles, des lumières par milliers s'allumaient sur le flanc des collines.

La voiture finit par s'engager dans une rue mal éclairée, plus misérable encore que les précédentes. Sur la gauche, Bourne remarqua une série de bâtiments de grande taille, sans ouverture sur l'extérieur. Des entrepôts, supposa-t-il. La moitié d'entre eux tenaient encore debout mais avaient subi de gros dommages, les autres étaient en ruine.

La planque idéale, songea-t-il en voyant la Skoda s'arrêter devant un hangar apparemment abandonné. Le sniper descendit aussitôt, laissant sur le siège le tapis de prière et son sinistre contenu. Le chauffeur redémarra sans se presser.

Arrivé devant une porte en bois vermoulu, l'homme frappa une série de coups – un code sans doute. Deux secondes après, la porte s'ouvrit puis se referma vivement derrière lui. Bourne gara la moto une centaine de mètres plus loin, puis alla cogner à son tour. Dès que le battant pivota, Bourne projeta son bras en avant. Il frappa le portier à la base du cou puis l'assomma en le précipitant tête la première contre le mur.

Quand l'homme fut à terre, il le fouilla méthodiquement. D'abord, il trouva un couteau à lame courbe puis un pistolet automatique russe, un Stechkin datant de Mathusalem. Le vestibule étroit débouchait sur un espace nettement plus vaste sentant le moisi, la crasse et la sueur rance. Des cuves en métal s'alignaient le long du mur de gauche. À droite, deux caisses traînaient par terre. En dehors de cela, l'entrepôt était vide. Bourne renifla une forte odeur de gaz d'échappement, comme si un moteur avait tourné ici peu de temps auparavant.

Tout au fond, un escalier en bois presque aussi raide qu'une échelle de meunier grimpait jusqu'à un bureau dont les fenêtres donnaient sur l'intérieur du hangar. Bourne aperçut la silhouette du sniper derrière une vitre. Il était en grande conversation avec deux hommes à peine visibles.

Bourne courut vers la gauche, colla son dos au mur et progressa en se cachant entre les cuves. Un liquide noir et visqueux salissait par endroits le sol en ciment. De l'huile de moteur. Encore une preuve que des poids lourds transitaient par ce local de manière régulière.

Les hommes dans le bureau à l'étage discutaient avec une telle animation qu'aucun des trois n'avait l'idée de regarder en bas. Plié en deux, Bourne continuait à progresser entre les cuves, quand tout à coup le chauffeur de la Skoda surgit par-derrière, armé d'un couteau qu'il comptait lui planter entre les côtes – au niveau des poumons, de préférence.

Mais Bourne l'avait senti venir. Il se retourna au moment précis où l'autre s'apprêtait à frapper. Il lui bloqua le poignet, dévia la lame et, dans le même geste, fit pivoter son adversaire qui, emporté par son élan, se retrouva par terre. Sans attendre qu'il revienne de sa surprise, il le frappa à la clavicule du tranchant de la main et d'un revers envoya le couteau valser à plusieurs mètres.

L'homme était maigre, tout en muscles. Comme s'il ne ressentait pas la douleur, il récupéra prestement son poignet et, de son épaule osseuse, repoussa Bourne contre les cuves qui vacillèrent sur leur base. Il en attrapa une et l'écrasa sur l'omoplate de Bourne qui s'écroula sur les genoux. Deux secondes plus tard, il sortait un Tokarev de sa poche et le visait au front.

Il allait presser la détente quand Bourne leva le Stechkin et lui mit une balle dans le ventre. L'homme recula en titubant, essaya de répliquer mais en vain. Le projectile tiré de bas en haut lui avait déchiré les entrailles avant de se loger dans son cœur. Ses yeux se révulsèrent, il tomba à la renverse sur le ciment graisseux.

L'écho de la détonation se répercuta longuement dans l'espace caverneux du hangar, alertant les trois hommes à l'étage. Ils se précipitèrent aux fenêtres et Bourne sauta dans l'escalier.

Il monta les marches deux à deux, atteignit la porte et la défonça d'un coup d'épaule.

Au même instant, le bureau explosa.

14

DE L'AVEU MÊME DE HASSIM, le colonel Khalifa Al Mohannadi, qui occupait de hautes fonctions administratives au sein du CCNT, n'avait rien d'un bureaucrate. Il en était même le contraire absolu. Il avait spécialement recruté trois sergents qui se relayaient nuit et jour pour assurer le traitement des tonnes de paperasse qui se déversaient quotidiennement dans son service. Lui-même n'avait pas tenu une semaine à ce rythme. Constamment assailli par tel ou tel solliciteur, il avait fait fabriquer des tampons en caoutchouc portant sa signature et les avait généreusement distribués à ses employés qui s'en servaient en son absence, c'est-à-dire souvent.

Débarrassé de ces fastidieuses contraintes, il pouvait se consacrer pleinement aux activités qui l'intéressaient, au nombre desquelles figuraient la pratique du golf et la fréquentation des casinos. Les jeux d'argent étant prohibés au Qatar, le colonel s'envolait fréquemment pour Dubaï afin d'assouvir sa passion – toujours selon Hassim. Mais comme il passait malgré tout l'essentiel de son temps à Doha, on avait plus de chances de le croiser du côté du Doha Golf Club.

Bien évidemment, les deux parcours étaient fermés la nuit. En revanche, le club house restait illuminé jusqu'à une heure tardive, en partie grâce aux resplendissantes sommités locales qui s'y retrouvaient pour dîner et déguster quelques bons cigares sur l'immense terrasse surplombant le dix-huitième trou. En fait, il valait mieux s'y rendre dans la soirée, avait précisé Hassim, car le colonel n'aimait rien tant que se pavaner devant les élites de Doha pour jouir des murmures qui se déclenchaient sur son passage et des œillades que lui décochaient les jolies femmes. Il était célibataire et se servait de ce statut comme d'un filet de pêche pour attraper une nouvelle conquête toutes les semaines. Si l'envie lui en prenait, il pouvait néanmoins en garder une pendant un mois.

Sara le repéra dès que les portes en bois de teck s'ouvrirent devant elle. Dans la première salle, tout n'était que marbre et gypse. Au centre, une fontaine diffusait une fraîcheur bienfaisante. Un peu plus loin, elle aperçut non pas une, mais deux cascades se déversant sur une paroi d'albâtre sculptée à la main.

Le colonel avait un physique impressionnant – grand, mince, des jambes d'escrimeur, longues et musclées, des épaules carrées, un dos bien droit. Son épaisse chevelure bouclée était d'un noir brillant, agrémenté de quelques fils d'argent sur les tempes. Il discutait avec un charmant jeune homme tout en promenant autour de lui ses yeux couleur café. Sans doute à la recherche d'une femme, supposa Sara.

Quand son regard vagabond se fixa sur sa personne, elle ressentit comme un choc. Elle n'avait jamais connu pareille sensation. C'était comme si elle était nue devant lui. Deux secondes après, sa surprise laissa place à la colère. Elle se sentait humiliée, salie.

En bonne professionnelle, elle se ressaisit rapidement et marcha vers lui en adoptant un regard similaire, auquel elle ajouta une nuance de défi. De quoi l'intriguer et susciter son intérêt, se dit-elle.

Son intuition se révéla parfaitement juste, comme d'habitude. Telle une mangouste face à un cobra, elle continua de le fixer jusqu'à ce qu'il s'excuse auprès de son interlocuteur et la rejoigne d'un pas assuré. Sous son veston Valentino, il portait une chemise en soie crème exagérément ouverte sur le torse. Sara, quant à elle, avait fait le tour des boutiques de luxe avant d'arrêter son choix sur une tenue bleu nuit en soie shantung de chez Vera Wang. Une robe élégante mais sobre avec de fines bretelles, et une veste courte assortie, histoire de ménager les susceptibilités religieuses. La robe fendue sur le côté découvrait juste ce qu'il fallait de jambe pour être provoquante sans tomber dans le vulgaire. Suivant le même raisonnement, elle avait pris des escarpins à petits talons.

« Bonsoir, dit-il. Je m'appelle Khalifa Al Mohannadi. »

Elle lui tendit la main. Sa poigne était aussi sèche que sa voix.

« Martine Heur, répondit Sara en français du Québec.

— Bienvenue au Doha Golf Club.

— C'est vous le propriétaire ? »

Khalifa gloussa. « Non, madame, vous faites erreur.

— On m'avait dit que le propriétaire était un homme grand, mince et beau.

— Je comprends votre méprise, fit-il en se rengorgeant. Dois-je vous conduire auprès de lui ? C'est un ami.

— Non, dit Sara sans le quitter des yeux. Pas maintenant. »

Le sourire conquérant de Khalifa révéla une rangée de dents blanches et solides. « Puis-je vous offrir un verre ?

— Avec plaisir. »

Il inclina la tête avec courtoisie et l'emmena dans une autre pièce, moins vaste et meublée comme un salon arabe. Sofas, causeuses et fauteuils en velours étaient regroupés autour de plusieurs tables basses. Sara s'installa de telle façon que Khalifa dut prendre le siège en face d'elle, ce qui laissait la table entre eux, comme une barrière. Un serveur s'approcha.

« Avez-vous dîné ? demanda le colonel. Ils ont une excellente carte.

— Du thé suffira, merci. » À ce stade, il eût été prématuré de lui accorder toute une soirée. Laisse-les mariner, lui avait enseigné son père.

Le colonel commanda du thé, se carra dans son fauteuil, posa ses coudes sur les accoudoirs, et croisa les doigts d'un air méditatif. Il avait des mains de pianiste, ou d'étrangleur, des ongles manucurés. Au coin de son œil gauche, elle nota une petite cicatrice livide se détachant sur sa peau brune.

« Puis-je vous demander ce qui vous amène à Doha ? reprit Khalifa.

— Les diamants. J'en achète, j'en vends.

— Où est basée votre société ?

— Le siège est à Amsterdam.

— Amsterdam. » Il leva la tête pour contempler le plafond. « Quelle belle ville.

— Vous connaissez ? »

Il replongea vers elle. « Non, pas très bien.

— Dommage. » Elle comprenait qu'il l'interrogeait sans en avoir l'air, mais ignorait s'il fallait s'en réjouir ou s'en inquiéter. Peut-être procédait-il ainsi avec toutes les femmes qu'il convoitait. Détail intéressant, il n'avait encore mentionné ni son grade militaire ni même le fait qu'il était dans l'armée. « Vous devriez y retourner un de ces jours. »

Le thé arriva sur un plateau d'argent repoussé ; il y avait tout le nécessaire : deux tasses, deux soucoupes, un sucrier, un pot à lait et une petite assiette contenant des tranches de citron artistiquement présentées. Le garçon se pencha pour servir mais Khalifa le congédia d'un geste.

Il s'en chargea lui-même. « De la crème ? Du citron ?

— Du citron, je vous prie.

— Alors, comment vont les affaires ? » demanda-t-il en lui tendant sa tasse.

Elle adopta une expression soucieuse. « Tout se passait pour le mieux. Mon carnet de rendez-vous était plein. Mais depuis l'attentat, on dirait que mes clients se cachent. Plus personne n'a envie d'acheter des diamants ni quoi que ce soit d'approchant. »

Khalifa hocha doctement la tête. « Oui, une vraie tragédie. Mais soyez assurée qu'il s'agit d'un incident isolé. Sans lendemain. »

Sara soupira. « J'aimerais bien que mes clients partagent votre assurance. Malheureusement ce n'est pas le cas, ils sont terrifiés.

— Il y a partout des risques aujourd'hui dans le monde arabe. Je suis désolé que votre activité pâtisse de cette attaque terroriste.

— Ce n'est pas la première fois que ça m'arrive. »

Le colonel leva un sourcil. « Ah bon ?

— Oui. Voilà trois ans… » Sara prit une gorgée de thé, se brûla, posa la tasse et la soucoupe sur le plateau, puis se redressa sur son siège et mit sagement ses mains l'une sur l'autre. L'ayant appâté avec la promesse d'une histoire pouvant l'intéresser, elle décida de patienter un peu avant de poursuivre.

« J'ai un contact au Botswana, reprit-elle enfin. Je le connais depuis longtemps. C'est un ami autant qu'un partenaire d'affaires. Voilà trois ans, nous avons failli nous faire tuer par un commando venu d'Afrique du Sud.

— Je me félicite que vous en ayez réchappé.

— Mon ami a perdu un bras. »

Il pencha légèrement la tête. « J'en suis navré, Martine. Vraiment. »

Le tour était joué, songea Sara. Elle venait de passer du statut de suspecte qu'on interroge à celui de conquête potentielle. Rien de tel qu'un récit de bataille pour rapprocher deux soldats.

« Maintenant, dit-il en lui prenant la main, vous êtes obligée de dîner avec moi. »

Sara fit semblant de regarder sa montre. « Mais je...

— Non, non, j'insiste. » Il lui sourit comme à un copain de régiment. « Je vous garantis que le restaurant auquel je pense n'a pas d'équivalent dans tout le Moyen-Orient. Et pendant que nous mangerons, je vous régalerai de quelques anecdotes. Vous allez adorer. »

*

Le souffle de l'explosion arracha la porte du bureau. Mais c'était une porte ancienne en bois massif, épaisse d'une quinzaine de centimètres. Elle protégea Bourne à la manière d'un bouclier. Projeté en arrière, il dut s'agripper à la rampe pour ne pas dégringoler jusqu'au bas de l'escalier. Des planches s'envolèrent et retombèrent avec fracas sur les marches, au milieu des éclats de verre propulsés dans tous les sens. Bourne dérapa mais se rétablit en cachant son visage derrière son bras.

Après quoi, il se précipita dans le bureau ravagé par les flammes. Malgré la fumée, il aperçut une porte au fond. Franchissant d'un bond une chaise tombée dont le dossier était en feu, il saisit la poignée en protégeant sa main avec le tissu de sa chemise.

La porte donnait sur un escalier en colimaçon qui semblait plonger jusqu'au sous-sol. Il dévala les marches métalliques en se guidant sur les bruits de bottes qu'il percevait en contrebas. Il s'arrêta juste un instant pour déterminer combien ils étaient. Il identifia trois pas différents.

Trois hommes : le sniper et les deux individus qui discutaient avec lui dans le bureau avant qu'il n'explose. Il retira ses chaussures et se remit à descendre. Plus bas, à quelques mètres sous ses pieds, une ampoule grésillait au bout d'un fil. Il n'y avait plus aucun bruit, mais des ombres vacillaient comme des flammes sur le point de s'éteindre.

Bourne suivit du regard le fil qui sortait de l'ampoule jusqu'au point où il disparaissait dans le plafond entre deux tuyaux parallèles. Les trois hommes étaient sûrement tapis au pied de l'escalier, à le guetter. Ils attendraient le temps nécessaire pour savoir s'il était vivant ou mort ou trop grièvement blessé pour les suivre. C'est ainsi qu'il aurait agi à leur place.

Bourne était encore dans le noir, mais dans quelques marches l'ampoule éclairerait ses jambes. Il renfila ses chaussures, calcula la distance qui le séparait des tuyaux et s'élança. Il resta une demi-seconde accroché, au-dessus de ses ennemis, puis il lâcha prise et atterrit entre eux.

Profitant de l'effet de surprise, il renversa le premier et frappa le deuxième à la gorge. Quand le premier se releva en s'appuyant au mur, Bourne lui brisa le sternum d'un coup de pied bien appliqué. L'homme retomba et ne bougea plus.

Mais déjà le deuxième l'attrapait par-derrière en lui faisant une clé au cou. Bourne recula, l'entraînant vers le mur. Le choc fut si violent que l'homme en eut le souffle coupé. Bourne saisit l'avant-bras toujours pressé sur sa gorge et le tordit de manière à briser l'articulation du coude.

L'homme hurla de douleur. De sa main valide, il chercha le pistolet glissé dans sa ceinture. Bourne lui attrapa la tête à deux mains et l'écrasa sur son genou replié. Le menton craqua, l'homme poussa un gémissement, ses yeux se révulsèrent. Il s'écroula.

Aucun des deux n'est le sniper, découvrit Bourne après vérification. Entendant une porte claquer, il se mit à courir mais dut s'arrêter au bout de quelques foulées. Les tortures infligées par les sbires d'El Ghadan l'avaient gravement diminué. En règle générale, il résistait à la douleur bien mieux que le commun des mortels mais nul, pas même lui, n'avait jamais frôlé la mort par asphyxie sans en garder des séquelles. Au prix d'un gros effort, il s'engagea dans le couloir obscur et grimpa deux volées de marches en bois, mais trop lentement pour rattraper le fuyard. Il avait mal. Sa poitrine se contractait, comme broyée par un poing gigantesque. Alors, il s'arrêta, au bord de la nausée et, de rage, cogna du poing contre le mur en béton.

Franchissant une porte métallique, il se retrouva dans une ruelle déserte. Un moteur s'alluma non loin de là. Il y eut un crissement de pneus sur le macadam, et puis plus rien, à part les grondements, soupirs et autres vrombissements de la ville soumise au couvre-feu.

Bourne se retrancha à l'intérieur. Son portable bourdonna. Un texto de Deron. *J'y suis. Attends instructions.* Enfin une bonne nouvelle. Bourne lui indiqua le lieu que devait pointer le GPS du portable qu'il venait de pirater. Maintenant qu'il n'était plus sous surveillance, il pouvait regagner Doha et reprendre les recherches. Cette idée l'effleura un instant mais, finalement, il se ravisa. Les vies de Soraya et de Sonya étaient trop précieuses pour qu'il tente une pareille folie. À la moindre erreur de sa part, El Ghadan leur infligerait une mort horrible. Bourne ne prendrait pas ce risque. Non, décida-t-il, il poursuivrait sur la voie qu'il s'était tracée. Il suivrait les méandres du labyrinthe jusqu'au cœur du réseau d'El Ghadan et, peut-être, à force de chercher, trouverait-il une faille, un moyen de pression susceptible d'entraîner la libération de Soraya et de sa fille.

Il retourna auprès des deux terroristes couchés par terre, dont un seul était encore vivant. Il s'accroupit, l'empoigna et le redressa avant de lui balancer une gifle. Quand l'homme ouvrit les yeux, il lui en mit une autre pour obtenir son attention.

« Le sniper. Qui est-ce ? Où est-il allé ? »

Le terroriste le regardait sans le voir.

« Tu finiras par parler, gronda Bourne. Tu ne pourras pas faire autrement. »

L'homme demeurait impassible.

Bourne sortit le poignard confisqué au chauffeur dans l'entrepôt. Sa lame courbe réfléchit un instant la lumière de l'ampoule au plafond.

« Dans deux minutes, tu seras plus bavard. »

En réalité, l'opération prit quatre minutes mais, tout bien considéré, songea Bourne, le jeu en valait la chandelle.

15

KHALIFA AL MOHANNADI AVAIT PRÉVU d'emmener Sara au Red Pearl, un restaurant occupant le rez-de-chaussée d'un palace bâti sur une île privée. Pour cela, ils prirent place à bord d'une vedette qui, après cinq minutes de trajet, se glissa entre deux pontons munis de lampadaires électroniques. Et Sara pénétra dans un autre monde.

Pour accéder au cœur même de l'établissement, le bateau devait longer une rivière artificielle que des projecteurs teintaient d'un dégradé de rouges. Ils passèrent sous une structure nacrée en forme de coquillage, puis accostèrent. Deux employées en uniforme, sans doute recrutées pour leur physique de mannequin, les accueillirent avec des sourires radieux, les aidèrent à descendre et les menèrent jusqu'à leur table placée au bord d'un lagon peuplé de poissons exotiques dont les écailles irisées scintillaient comme des joyaux dans un coffre englouti.

« Alors ? demanda Khalifa après qu'ils furent assis. Qu'en dites-vous ?

— Il n'y a rien de tel à Amsterdam, répondit Sara en regardant autour d'elle.

— Ni nulle part ailleurs, proclama-t-il avec fierté. Pas même à Dubaï. »

On leur servit des salades aux fruits de mer puis des langoustes que le restaurant faisait venir par avion de Zanzibar, précisa Khalifa, car c'étaient « les meilleures du monde ». De fait, Sara les trouva délicieuses.

Elle savait parfaitement gérer ce type de situation. Il s'agissait d'entretenir une conversation mondaine tout en flirtant sans en avoir l'air. Ce qu'elle fit durant la première moitié du repas. Mais, au bout d'une heure et demie, elle dut se résoudre à constater qu'elle n'en savait pas davantage sur Khalifa que ce qu'il avait bien voulu lui révéler au club de golf. Tout comme elle, l'homme était expert dans l'art de parler pour ne rien dire.

Toutefois, patiente comme une araignée, elle ne désespérait pas d'entendre les « anecdotes » promises. Elle le sentait aussi méfiant qu'une bête sauvage. À la moindre maladresse de sa part, il se murerait dans un silence dont même elle serait incapable de le faire sortir.

« Comment s'appelait votre contact au Kenya ? demanda-t-il à brûle-pourpoint.

— Au Botswana », corrigea-t-elle, sachant que l'erreur était volontaire. Il s'était donc aperçu qu'elle n'avait donné aucun nom.

« Oui, au Botswana. Au temps pour moi. »

Les carapaces vides des langoustes gisaient au fond de l'assiette creuse posée au centre de la table. Des fragments de chair rose et blanche y adhéraient encore, ici et là.

« J'ai tendance à diviser les gens en trois catégories, reprit-il comme s'il changeait de sujet. Ceux à qui on fait confiance, ceux dont on se méfie et ceux qu'on tue.

— Vous portez un regard plutôt cynique sur vos contemporains. » Elle faillit ajouter : Ne serait-ce pas un regard de soldat ? Mais elle n'était pas censée connaître sa profession.

Il haussa les épaules. « Notre regard est modelé par nos expériences, non ?

— Jusqu'à un certain point.

— Je ne suis pas d'accord, rétorqua-t-il avec un geste de dénégation. Absolument pas. »

Le serveur emporta leurs assiettes sales, revint avec la carte des desserts et s'éclipsa, le temps qu'ils choisissent.

Sara s'engouffra dans l'ouverture que Khalifa venait de lui ménager. « Vous avez éveillé ma curiosité. À quel genre d'expériences faites-vous allusion ?

— Je vous trouve bien curieuse. »

Elle haussa les épaules à son tour. « Je ne rencontre pas tous les jours des hommes qui parlent de tuer leur prochain, et encore moins avec cette désinvolture. »

Il la regarda dans les yeux. « Amsterdam est une oasis de paix dans un monde déchiré par la guerre. Au Moyen-Orient, même ici à Doha, la paix est un luxe.

— Vous vous moquez de moi ?

— Pas du tout. J'essaie d'atteindre la vérité. »

Moi aussi, songea Sara, mais c'est compliqué avec quelqu'un d'aussi buté. « Dois-je en conclure que vous avez déjà tué ?

— Si je l'ai fait, c'était pour une bonne raison.

— Vous ne m'avez pas dit votre profession, Khalifa. »

Il sourit. « Homme d'affaires.

— Je ne cesse de rencontrer des hommes d'affaires. À quel genre appartenez-vous ?

— Au genre qui réussit, dit-il avant de baisser les yeux sur la carte des desserts. Une petite douceur pour finir la soirée ? »

*

Hunter se resservit du café. Elle l'aimait fort, noir et sans sucre. « Quand tu seras là-bas, je veux que tu entres en contact avec quelqu'un. »

Camilla la regarda, assise de l'autre côté de la table, son morceau d'omelette suspendu entre son assiette et sa bouche. « Où ça là-bas ? »

Hunter enfourna la moitié d'un toast beurré surmonté d'une bonne épaisseur d'œufs brouillés. « Là où tu vas. » Elle mastiqua et déglutit en mimant un effort exagéré. « À Singapour. »

Camilla glissa sa fourchette entre ses lèvres. Elle avait mal dans les cuisses et au bas du dos, et même si Hunter lui avait promis le contraire, elle craignait que ces douleurs persistent. Dehors, il faisait encore sombre mais le soleil allait bientôt se lever.

« Pourquoi ?

— Il s'appelle Jimmie Ohrent. Il prendra soin de toi. »

Camilla fronça les sourcils. « Je n'ai pas besoin de chaperon. Merci beaucoup. »

Hunter avala une gorgée de café en fermant à demi les yeux, comme une lionne en maraude. En réalité, cette expression indiquait seulement qu'elle comptait reprendre du bacon. « Si j'ai bien saisi, tu es la créature d'Howard Anselm.

— D'où tiens-tu cette drôle d'idée ?

— De Howard en personne. »

Camilla en eut le souffle coupé. « Howard Anselm est chef de cabinet, pas directeur de la CIA. » Elle secoua la tête. « De toute façon, je bosse au Secret Service.

— Mais tu es sur une propriété de la Compagnie. » Hunter se leva, traversa la pièce avec son assiette, se resservit du bacon et revint s'asseoir. Après avoir dévoré une tranche en deux coups de dents, elle reprit : « Je sais pour qui et pour quoi tu bosses.

— Tiens donc ! » s'exclama Camilla, piquée au vif.

Sans modifier le moins du monde son comportement, Hunter poursuivit : « Je peux te poser une question ? Tu le connais bien, ce Howard Anselm ? »

Camilla haussa les épaules. « Oui, plutôt bien. »

Hunter pinça les lèvres. « Ma pauvre chérie.

— Qu'est-ce que cela signifie, enfin ? »

Hunter essuya la graisse sur ses lèvres et se leva. « Allons à l'écurie. »

Camilla était trop soufflée pour faire un geste.

« Allez, viens, dit Hunter. Bouder ne te ressemble pas. »

*

Sur le chemin, la pluie se mit à tomber. Ce n'était guère plus qu'un crachin, mais la grisaille qui enveloppait la Laiterie avait quelque chose de déprimant. Camilla sentait l'humidité pénétrer jusque dans ses os. Elle avait l'impression d'être tombée au fond d'un trou. Ce sentiment d'impuissance la contrariait au plus haut point.

Hunter la regarda seller Starfall. « Je connais Howard Anselm depuis belle lurette, dit-elle. Il se sert de moi comme d'une éponge, pour nettoyer les saletés que les autres laissent derrière eux. Lui compris. »

Camilla ajusta la sous-ventrière. « Je ne vois pas en quoi cela me concerne.

— Tu fais encore la tête, apparemment. » Elle ouvrit la stalle d'à côté, fit sortir un cheval nommé Dagger et le prépara. « Quoi que tu en penses, je t'assure que ça te concerne. Et ça concerne aussi Potus. »

Camilla suspendit son geste. Son cœur battait fort. « Que... que veux-tu dire par là ?

— Que ce petit malin d'Anselm a tout mijoté avec son copain Marty Finnerman.

— Howard disait que c'étaient les chefs d'état-major qui... »

Hunter ricana. « Ouais, bien sûr. »

Camilla s'accrocha à la crinière de Starfall, comme si elle craignait que ses genoux ne se dérobent. « En clair, ça veut dire quoi ?

— Camilla, ma chérie, ton patron – le type qui te dirige pour de vrai, celui qui tire les ficelles – a décidé que tu représentais un danger pour son patron à lui. Raison pour laquelle il t'envoie à l'autre bout du monde.

— C'est absurde. Il m'envoie à l'endroit même où Bill doit se rendre. Pourquoi ne pas me laisser aux États-Unis, s'il a tellement peur ?

— Tu es la chef du Secret Service et ton boulot consiste à rester auprès de Potus. Tu seras donc à Singapour en même temps que lui, mais pas avec lui. Nos deux petits génies y ont veillé puisque tu es censée débusquer et éliminer Jason Bourne. Non seulement tu n'auras pas le temps de communiquer avec Potus, mais cette mission te fera courir un danger mortel. » Hunter fit un pas vers elle. « Écoute-moi. Si jamais tu arrives à trouver Bourne – et c'est loin d'être gagné – dis-toi bien qu'il te tuera avant que tu aies le temps de dire ouf. »

Camilla ouvrit la bouche, mais ne retrouva la parole qu'au bout de deux secondes. « Combien de personnes sont au courant ? articula-t-elle d'une voix tenant à la fois du soupir et du croassement.

— De ce qui se passe entre toi et Potus ? Nous trois : Howard, Finnerman et moi. »

Camilla posa son front sur l'encolure de Starfall comme pour puiser un peu de sa force. « Oh mon Dieu.

— Ça pourrait être pire.

— Pourquoi ne pas se contenter de me virer ?

— Et risquer d'entacher la réputation de Potus ? Sans parler d'essuyer ses foudres. Primo, c'est lui-même qui devrait te virer. Deuxio, ça ne t'empêcherait pas de rester à Washington, c'est-à-dire à deux pas de la Maison-Blanche. Et tu serais d'autant plus accessible que tu n'intéresserais plus les médias. »

Mon Dieu, pensa Camilla, elle a raison. « Je suis une paria, celle qu'on cache dans un trou perdu, loin des regards. »

Hunter la fixa d'un air étrange, dans lequel Camilla lut de la pitié. C'était effrayant, personne ne l'avait jamais regardée comme ça.

Starfall frappa le sol de son antérieur droit et dressa la tête en reniflant. Pour le calmer, Camilla posa la main à plat sur son nez duveteux. Puis elle vit son propre reflet à l'intérieur de son gros œil brun.

Elle repassa dans sa tête la conversation qu'elle venait d'avoir, mais sous un angle différent, et une pensée germa en elle. Elle la vit se matérialiser comme ces ampoules qui s'allument au-dessus des personnages de bandes dessinées.

« Tu ne portes pas vraiment Anselm dans ton cœur. Je me trompe ? »

Hunter grimaça un sourire. « Une ordure qui me prend pour une éponge et toi pour une cible vivante ? Non, ce mec, je ne peux pas l'encadrer. »

*

Sara s'excusa. Sa vessie était pleine. Peut-être à cause du jus de fruits que j'ai bu chez Hassim, se dit-elle. Mais ça faisait des heures. Non, c'était sûrement parce que Khalifa la rendait nerveuse. Une pensée qui la déstabilisa encore plus. Elle n'avait pas travaillé depuis plus d'un an. Du moins, pas sur le terrain. Elle se sentait rouillée, déphasée. Mais elle allait vite se ressaisir. Il existait pas mal de remèdes à son problème, et elle connaissait le mode d'emploi de chacun d'eux.

Une employée l'escorta, précaution qu'elle jugea inutile jusqu'à ce qu'elle découvre le parcours labyrinthique qui aboutissait aux toilettes. Seule et sans un plan des lieux, elle se serait sans doute perdue.

La pièce était aussi vaste qu'une salle de café. Ce qui cadre avec le reste, songea-t-elle. Ici aussi elle aurait pu se perdre, car les murs étaient revêtus pour les uns de miroirs, pour les autres de dalles de marbre blanc si brillantes qu'on s'y reflétait pareillement ou presque.

En sortant de la cabine qu'elle avait choisie parmi une dizaine, Sara marcha vers les lavabos garnis de coupelles contenant de minuscules savonnettes roses joliment enveloppées. Elle en prit une, déchira l'emballage et ouvrit le robinet. La savonnette avait la forme d'un coquillage. Rose comme l'intérieur d'une oreille, pensa-t-elle en la retournant dans sa main. À l'instar du moulage en résine trouvé dans le salon de Hassim, elle portait au revers un minuscule poinçon gravé à la feuille d'or.

*

Le crachin s'était mué en un brouillard épais voilant le soleil levant. Les champs de la Laiterie étaient nimbés d'une lumière grise et terne comme une robe de mariée défraîchie. Les sabots des chevaux disparaissaient sous les traînées de brume qui rampaient au ras de l'herbe humide de rosée, comme une vapeur descendue des collines.

Au lieu d'emmener Camilla sur le manège ou la piste ovale, Hunter avait choisi d'explorer les terres situées au sud de la Laiterie. Les deux femmes cheminaient côte à côte, au petit galop, suivies par le chant des oiseaux et la stridulation des criquets, auxquels l'humidité conférait une tonalité sourde et mystérieuse. Hunter brisa le silence.

« Première chose à comprendre : Howard Anselm est l'homme le plus puissant de Washington.

— Allons, fit Camilla, sceptique. Plus puissant que Potus ?

— Deuxième chose : Potus est affligé d'une terrible addiction que l'opinion publique ne doit surtout pas connaître. Et c'est un multirécidiviste. » Hunter tourna la tête. Camilla vit luire ses yeux dans le demi-jour. « Tu n'es pas la première, Camilla, et tu ne seras pas la dernière. Mais le poste que tu occupes fait de toi la plus dangereuse.

— Je ne compromettrai jamais la réputation de Bill.

— Oui, mais voilà le problème. Tu l'as appelé "Bill". Le président des États-Unis. Personne n'appelle William Magnus "Bill", sauf…

— Je comprends, dit Camilla dont le cœur se mit à battre trop vite à son goût. Mais c'est fini entre nous. Bill – Potus et moi avons rompu avant mon départ.

— Tu lui as dit que c'était fini.

— Oui.

— Seulement voilà, il est le Président. Ce ne sera fini que lorsqu'il l'aura décidé. »

Camilla laissa vagabonder son regard sur les collines tachetées d'ombre. « C'est déprimant, quand on y pense.

— Donc, c'est peut-être une bonne chose que tu quittes le pays.

— Sauf si ce que tu dis sur Anselm est vrai.

— Certes, mais rassure-toi. Je te protégerai.

— Que sais-tu d'autre à son sujet ? »

Hunter la considéra d'un œil critique. « Tu veux vraiment que je t'en dise davantage ?

— Je n'aurais pas demandé sinon. »

Elles venaient de pénétrer aux confins de la propriété. Quelques mètres plus loin, se trouvaient des fortifications discrètes et autres mesures de sécurité qu'il valait mieux ne pas voir. Les deux femmes tirèrent sur la bride de leurs chevaux et bifurquèrent en direction de l'ouest. Ni l'une ni l'autre n'avait envie de rentrer à l'écurie.

« Howard a toujours vécu à Washington, dit Hunter. Son père était sénateur, sa mère est juge à la Cour suprême. Les deux branches de sa famille sont intimement liées à l'exercice du pouvoir central. À sa sortie de Yale, Howard a aussitôt intégré Gravenhurst, le groupe de réflexion le plus conservateur du Beltway, comptant parmi ses membres quelques-uns des politiciens, économistes, industriels, juristes et communicants les plus influents du pays.

— Oui, j'ai entendu parler de Gravenhurst. Ses origines et ses objectifs sont aussi impénétrables que ceux d'une loge maçonnique. »

Hunter hocha la tête. « C'est dans ce cadre qu'Anselm a rencontré Magnus. Il a organisé un rendez-vous avec lui, et ce qu'il a vu lui a beaucoup plu. Mais vraiment beaucoup. Alors, il a décidé de l'accompagner dans son ascension, tout en le protégeant contre ses pires instincts. Magnus est un homme brillant, un fin politique, personne n'ose le nier, mais c'est aussi un fameux queutard.

« Howard a d'abord tenté de le défaire de ses mauvaises habitudes. Mais il s'y est cassé les dents, et le désastre a été évité de justesse. Alors, il a opté pour une autre tactique.

— Celle qui consiste à nettoyer derrière Magnus. »

Hunter acquiesça. « Il n'avait pas le choix.

— Et c'est là que tu entres en scène.

— Tu connais Anselm. Tu sais qu'il n'aime pas se salir les mains. Pour faire le ménage dans ses écuries, il engage des professionnels.

— Pourquoi toi ? »

Hunter sourit malicieusement. « J'ai commis quelques écarts au cours de ma vie – des erreurs de jeunesse, pourrait-on dire. Quand j'étais pilote dans la marine.

— Il te fait chanter ? »

Hunter partit d'un rire bref. « Le chantage est le plus véniel des péchés qui rongent son âme noire, crois-moi. »

Elles venaient d'arriver à la lisière d'un petit bois touffu où les chevaux ne semblaient pas enclins à pénétrer tant il y faisait sombre. Des filets de brume dansaient entre les arbres d'inquiétantes sarabandes. D'un commun accord, elles firent demi-tour et regagnèrent les zones bâties.

Camilla se pencha sur l'encolure de Starfall et planta les talons dans ses flancs. Quand il partit au galop, elle se laissa un instant griser par sa puissance.

16

BOURNE APPELA ZIZZY. « Rendez-vous à l'entrée du souk Midhat Pacha. Porte de Bab Sharki. »

Il était parvenu au-delà de l'épuisement, au-delà de la faim. Il ne savait même plus à quand remontait son dernier vrai repas. Sara lui manquait terriblement, et son esprit harassé, un esprit qu'il ne maîtrisait plus vraiment, était assailli par des peurs inhabituelles pour lui. Il ressentait encore les affres de l'asphyxie. Et ces images qui défilaient devant ses yeux : le regard vide de Soraya, la détresse de son enfant, le crâne d'Aaron, déformé jusqu'au grotesque par l'impact destructeur de la balle.

De gros nuages, dont le ventre s'éclairait à chaque explosion de missile, roulaient au-dessus des quartiers désertés. La trêve était terminée. Quelque part, non loin de là, il entendit les premiers échos d'une fusillade à l'arme légère.

Bourne marchait dans Damas, parcourant les rues et les avenues, entre des ruines tantôt fumantes, tantôt abandonnées depuis longtemps par leurs occupants, même par les chiens. Il commençait à apercevoir les lumières chaudes du grand souk, comme une promesse d'espoir face aux éclairs bleu acier qui déchiraient la ville.

Zizzy l'attendait, silhouette solitaire se découpant sur l'arrière-fond animé du marché. Sans un mot, ils s'enfoncèrent dans les allées, entre les étals d'épices, de confiserie, les échoppes des artisans travaillant le cuir et, bien sûr, l'acier de Damas. Ils s'arrêtèrent dans un café où des vieillards discutaient des mérites de la guerre. Les uns étaient pour le gouvernement, d'autres défendaient la rébellion, mais tous déploraient l'invasion de leur pays bien-aimé par les troupes djihadistes.

Bourne et Zizzy s'installèrent à une table dans le fond, d'où l'on voyait aussi bien les passants que les gens qui entraient ou sortaient de l'établissement. Un serveur se présenta aussitôt. Ils commandèrent des assiettes de mezze et du thé à la menthe.

Zizzy jeta un coup d'œil sur les habits déchirés de Bourne, mais ne fit aucun commentaire. « Hafiz est dans le coma. Dommage, il aurait pu te fournir la preuve que Qabbani transmettait des infos à El Ghadan.

— J'en doute », répondit Bourne après un silence.

Plusieurs petites assiettes arrivèrent sur la table. Ils y puisèrent à leur gré, mangeant en silence, sans faire de gestes inutiles, comme des soldats en campagne.

« Qabbani n'a rien à voir là-dedans, dit enfin Bourne. Contrairement à ton vieux copain Hafiz.

— Quoi ?

— Le tir est parti du minaret de la mosquée. »

Zizzy ne releva pas. « Comment sais-tu que Hafiz jouait sur deux tableaux ?

— Il a manœuvré comme un pro, dit Bourne en surveillant l'allée devant le café. Tu n'as pas compris qu'il mettait l'accent sur Qabbani pour mieux se faire oublier ?

— Et si Hafiz disait la vérité ?

— Personne ne dit la vérité dans cette histoire. » Il reprit une bouchée de houmous. « Rappelle-toi, je travaillais pour Qabbani. Bien sûr, Hafiz n'était pas au courant de cela. Il n'avait aucun moyen de savoir que je connaissais les intentions de Qabbani concernant le sommet. Des intentions dont Qabbani m'avait informé puisque j'y allais à sa place.

— Je ne pige pas. Pourquoi Qabbani t'aurait-il confié ses intentions ?

— Parce que je devais parler en son nom. Il avait passé un accord séparé avec le ministre du Yémen. »

Zizzy plissa les yeux. « En quoi consistait cet accord ?

— Qabbani vend des armes. C'est ainsi qu'il arrondit ses fins de mois.

— Comme s'il n'était pas suffisamment payé ! ricana Zizzy.

— Pour les individus comme Qabbani, rien n'est jamais suffisant.

— Ce qui devrait le placer en tête sur ta liste des suspects, non ?

— Tout au contraire. Le sommet était une couverture bien commode pour lui. Il ne voulait surtout pas faire de vagues et encore moins perdre son partenaire d'affaires. C'était même la pire chose qui pouvait lui arriver. » Il repoussa son assiette. « Quel est le pronostic pour Hafiz ? »

Zizzy haussa les épaules. « Les médecins, tu sais, dès qu'ils ouvrent la bouche, on s'aperçoit qu'ils ne savent pas grand-chose.

— Retourne à l'hôpital. Quand Hafiz se réveillera, je veux que tu lui poses certaines questions.

— S'il se réveille », grommela Zizzy.

*

En regagnant la salle de restaurant via les couloirs qu'elle avait empruntés à l'aller, Sara prit le temps de peaufiner sa tactique. Étant à présent certaine que le Red Pearl appartenait à Hassim, elle en venait à se demander si Khalifa l'y avait emmenée à dessein ou s'il s'agissait d'une simple coïncidence. Mais une espionne expérimentée comme elle, habituée à fouiller derrière les apparences, ne croyait pas aux coïncidences.

Il fallait donc en déduire que Hassim et Khalifa se connaissaient. Mais de quelle nature étaient leurs liens ? En tout cas, Hassim lui avait menti et c'est ce qui l'inquiétait le plus. Pour autant, il n'était pas forcément en cheville avec El Ghadan. Mais pourquoi l'avait-il orientée vers Khalifa ? Et devait-elle supposer – en mettant les choses au pire – qu'il l'avait dénoncée ? Autrement dit, Khalifa savait-il qu'il dînait avec un agent du Mossad ? Si tel était le cas, elle courait un danger mortel et imminent.

Une grande partie des risques inhérents à son métier était liée à l'existence de ces personnes sans lesquelles il serait impossible de l'exercer : à savoir les informateurs. Ces derniers pouvaient vous rester fidèles durant de nombreuses années mais, pour obtenir un tel résultat, il fallait s'occuper d'eux constamment, les flatter, leur graisser la patte, les rassurer... Bref, faire en sorte qu'ils se sentent en confiance. Sinon, ils s'angoissaient pour un oui pour un non, tombaient en dépression et finissaient par craquer. Et comme par hasard, à l'instant même où ils vous filaient entre les pattes, le clan adverse rappliquait, soit pour les recruter s'ils avaient un peu de valeur, soit pour les liquider.

Elle doutait fort que Hassim fût en passe d'être assassiné, quoi qu'il ait fait dans le passé. L'homme était trop puissant, trop influent, trop bien informé pour ne pas être utile à quelqu'un. Et ce quelqu'un était probablement Khalifa Al Mohannadi.

En attendant son retour, le colonel s'amusait à fixer une charmante jeune femme qui marchait au bord de l'eau, de l'autre côté du lagon. Sara avait choisi de revenir par un autre chemin afin de pouvoir l'observer discrètement avant de rejoindre leur table. Son expérience lui avait appris qu'une cible ou un contact potentiel gagnait à être étudié à son insu, dans un moment de relâchement. On glanait ainsi des informations fort instructives rien qu'en analysant son expression, sa posture ou le mouvement de ses yeux.

En l'occurrence, Khalifa semblait parfaitement détendu. Son visage était dépourvu de cette assurance confinant à l'autosatisfaction qui se remarque chez les séducteurs ayant ferré une proie. Elle ne décelait pas non plus dans son attitude cette tension particulière du mâle qui s'apprête à conclure. Khalifa avait plutôt l'aspect d'un type qui se sait au bon endroit au bon moment. Un sinistre pressentiment la saisit à la gorge, l'étouffant presque. Il l'avait percée à jour, cela paraissait évident, et Hassim y était nécessairement pour quelque chose.

Le café qu'il était en train de boire dégageait un arôme si puissant qu'elle le renifla avant même de regagner sa place.

« J'en prendrais bien un peu », lança-t-elle de loin au garçon, lequel la regardait approcher d'un air onctueux, digne d'un croque-mort.

— Tout de suite, madame. »

Sa tasse était pleine au moment où elle s'assit.

« Il m'est venu une idée, dit Khalifa. Je possède un hors-bord et j'attendais que la lune soit pleine pour faire une petite balade de nuit. » Sa tête pivota. Le sourire qu'il arborait semblait plaqué sur son visage comme un masque de comédie. « Je me disais que ce serait bien agréable de la faire avec vous, Martine. »

Une main de glace se referma sur son estomac. Elle crut vomir.

Sara jeta un œil sur sa montre. « Il se fait tard. »

Le sourire de Khalifa resta collé à sa place. « Vous me feriez un grand honneur.

— J'ai plusieurs rendez-vous demain, dont un en début de matinée.

— Allons, allons. » Il se leva en écartant les bras. « Je ne vous ai même pas raconté mes fameuses anecdotes. » Il lui tendit la main au-dessus de la table. « Je vous assure qu'elles méritent de veiller un peu. Elles vous plairont, vous verrez. »

Sara se leva à son tour. « Vous ne demandez pas l'addition ?

— C'est réglé. »

Devait-elle en déduire qu'il avait payé pendant qu'elle était aux toilettes ou qu'il avait table ouverte dans ce restaurant ?

Dès qu'elle posa sa main sur la sienne, Sara se sentit entraînée irrésistiblement. Elle contourna la table. Quand ils sortirent sous le clair de lune, il ne semblait toujours pas décidé à la lâcher.

*

Camilla brossait Starfall en lui murmurant des mots doux ; décidément, ils s'entendaient à merveille. Ayant terminé avant elle, Hunter longea les stalles et s'arrêta à la porte de la grange. Les brumes matinales avaient été chassées par le vent. À présent, le soleil brillait entre les nuages.

« C'est toujours la même histoire. » Hunter se retourna vers Camilla. « Nous contre eux. Tu ne trouves pas ? »

Camilla posa la brosse, planta un baiser sur le nez de Starfall et, tout en s'essuyant les mains avec un torchon, rejoignit Hunter sur le seuil du bâtiment.

« De quoi tu parles ? » demanda-t-elle.

Hunter soupira. « Des hommes. Quand ils ne profitent pas de nous, ils essaient de nous manipuler et de nous faire porter le chapeau.

— J'ai eu pas mal d'expériences désagréables mais…

— Tout ça pour prouver leur supériorité, l'interrompit Hunter. Surtout depuis que nous commençons à montrer nos muscles, si je puis dire, un peu partout dans le monde. » Elle prit une bonne bouffée d'air. « Tu crois peut-être que l'augmentation des viols collectifs en Inde et ailleurs n'est qu'une coïncidence ? » Elle secoua la tête, comme si elle dialoguait avec elle-même. « Les hommes ont peur. Les hommes ont toujours eu peur des femmes mais, jusqu'à présent, ils avaient les moyens – sur le plan légal, surtout – de les tenir en laisse, en état d'infériorité, de servitude. »

Camilla réfléchit un instant. « Pourquoi ont-ils si peur de nous ? »

Hunter sourit en retroussant les manches de sa chemise en jean. « Parce qu'ils ne comprennent pas comment on fonctionne et parce qu'ils ne peuvent se passer de nous. L'homme n'est pas fait pour le célibat – pas plus que les animaux. » Ses yeux pétillèrent. « Il suffit de creuser dans le passé de la plupart des prêtres pour en avoir la preuve. »

Camilla songea à Bill Magnus et à Howard Anselm, aussi sournois et manipulateurs l'un que l'autre. Elle venait de réaliser à quel point ces hommes se ressemblaient, comme s'ils étaient taillés dans le même bois, liés par un pacte de loyauté qui ne s'étendait à personne d'autre et surtout pas aux femmes. Magnus avait beau être marié et père de deux beaux enfants, il collectionnait les aventures. Aimait-il son épouse ? Difficile à dire, étant donné qu'il la cocufiait dès qu'il en avait l'occasion. Peut-être que lui-même n'en savait rien. En fait, il n'était fidèle qu'à son cher Anselm, et le resterait jusqu'à ce que la mort les sépare. Telle était l'amère vérité.

*

« Fais taire cette petite pisseuse, ordonna l'homme masqué. Sinon, c'est moi qui m'en chargerai. »

Le cœur de Soraya s'emballa. Elle le sentait pulser jusque dans ses tempes et son cou. « Elle a faim, dit-elle. Vous ne la nourrissez pas assez. »

Le djihadiste lui balança une gifle.

« Tu n'as qu'à la nourrir toi-même. Donne-lui le sein.

— Elle a deux ans et je n'ai pas de lait.

— Dommage. »

Soraya serra les dents. Elle ne devait pas se laisser gagner par la colère, ni par le désespoir. Conserve ton sang-froid, se répétait-elle, quoi qu'ils te fassent subir.

« Si vous voulez qu'elle cesse de pleurer, reprit-elle, il faut lui donner à manger et à boire. »

Entendant la porte s'ouvrir, elle se tourna et vit un autre homme masqué entrer dans la cellule faiblement éclairée – heureusement, elle n'était plongée dans le noir total que durant la nuit. S'adressant au premier, il lui ordonna de s'en aller, ce qu'il fit non sans réticence. Après quoi, il approcha un verre d'eau des lèvres de Soraya.

« Sonya d'abord. »

Il fit boire l'enfant sous les yeux reconnaissants de sa mère, alla remplir le verre et l'inclina devant la bouche de Soraya. Elle le vida d'un trait. L'homme s'éclipsa quelques minutes et revint avec un bol de pois chiches bouillis et un quignon de pain sec qu'il déposa sur ses genoux.

« Merci », souffla Soraya. Ce mot lui coûtait, mais elle devait le prononcer. L'homme avait fait quelque chose pour elle, même si ce n'était presque rien. Par son geste, il avait brisé la routine de leur détention.

« Vous tenez le coup ?

— D'après vous ? »

Sa voix possédait une tonalité différente. Ou peut-être se faisait-elle des idées. Dans une telle situation, on s'accrochait au moindre fragment d'espoir, contre toute raison. Non, se corrigea-t-elle en prenant une cuillerée de pois chiches pour la glisser entre les lèvres de Sonya. L'espoir et la raison n'étaient pas antagoniques. L'espoir était même la plus rationnelle des émotions. C'était lui qui nous maintenait en vie. On devait le cultiver en prévision du jour où tout le reste nous serait confisqué. Comme à présent.

Pendant que Sonya mastiquait avec entrain, Soraya leva les yeux vers leur geôlier et lui demanda : « Vous avez des enfants ?

— Allah ne m'a pas accordé cette bénédiction.

— Oui, c'est vrai. Les enfants sont une bénédiction. Et pourtant, vous faites souffrir ma fille.

— Nous avons ordre de ne pas vous faire de mal. »

Il lui reprit le bol vide. « Quand vous aurez besoin d'utiliser les toilettes, appelez-moi.

— Votre nom ? »

Mais le djihadiste était déjà dans le couloir. La porte se referma derrière lui. Quand elle entendit claquer le verrou, Soraya grimaça malgré elle.

17

« TU CONNAIS LE GOLDEN HORN, ZIZZY ? Un night-club.

— Ici, à Damas ? Absolument pas.

— Ça ne m'étonne guère. » Bourne regarda par la vitre du taxi bringuebalant. « C'est devenu un établissement clandestin.

— Qu'il y ait la guerre ou pas, on n'empêchera jamais les jeunes de s'amuser.

— Et les djihadistes de tuer. »

La tête de Zizzy pivota si brusquement que ses vertèbres craquèrent.

« C'est au Golden Horn que nous trouverons le sniper qui a descendu Hafiz. » Il inclina la tête. « On est presque devant l'hôpital. Je te dépose et on se rejoint à l'hôtel.

— Quand ? »

Le taxi s'était arrêté. Bourne se pencha pour ouvrir la portière de Zizzy de l'intérieur. « À mon retour. »

*

Le Golden Horn, dont Zizzy n'avait jamais entendu parler – et pour cause – se nichait au fin fond d'un quartier abandonné, dans la cave d'une aciérie détruite par les bombardements. Il n'y avait pas un chat dans le secteur. Donc personne ne vit Bourne descendre du taxi et traverser la cour en ciment craquelé envahie par les mauvaises herbes.

Au loin, les faisceaux des projecteurs illuminaient le ciel nocturne. Bourne était perdu au milieu de nulle part, et pourtant il percevait le bruit des bottes dans le silence de la nuit. Il entendit également des rafales de mitraillette, d'abord courtes, sporadiques, et ensuite plus longues, comme si les tireurs avaient trouvé leur cible. Une bombe explosa, faisant trembler le sol. Un panache de fumée noire s'éleva paresseusement au-dessus des toits, plongeant la zone dans l'obscurité.

On lui avait conseillé d'entrer dans l'usine, ou ce qu'il en restait, par l'ouest. Maintenant, il comprenait pourquoi : les autres issues étaient soit bloquées par des éboulements, soit murées. Telle une carcasse de dinosaure, un gros camion gisait sur le flanc, détruit par des bombes incendiaires qui avaient dû le projeter en l'air comme un ressort. Il n'était plus qu'un amas de ferraille méconnaissable ; ses roues, ses phares, sa colonne d'embrayage, son moteur, tout avait disparu. Des chiens jaunes en avaient fait leur tanière. Quand Bourne passa devant, les bêtes redevenues sauvages le fixèrent intensément. Certaines grondèrent en montrant les crocs, d'autres se mirent à aboyer.

À l'intérieur de l'usine, il découvrit un dédale de corridors, de mezzanines écroulées, de bureaux sans plafond, parfois sans murs. Il y avait des tas de gravats un peu partout, mais pas âme qui vive. Derrière lui, le ciel prit une teinte rouge sang. Il sentit l'appel d'air et, une fraction de seconde plus tard, une nouvelle déflagration ébranla le sol.

Il venait de trouver le passage menant à la cave. L'escalier était déblayé, hormis quelques éclats de ciment et de verre, sans doute laissés là pour donner le change. Bourne descendit jusqu'au palier et attendit. Dès qu'il s'engagea sur la deuxième volée de marches, il perçut les pulsations de la musique électronique. D'abord le grondement des basses, puis les envolées de la mélodie. Une voix déformée par la réverbération se mit à brailler les paroles d'une chanson, ou les derniers cris d'un condamné, c'était selon.

La lumière des ampoules au pied de l'escalier rappelait les rougeoiements incandescents qui incendiaient le ciel au-dessus de la ville. En bas, Bourne découvrit un espace à peine plus grand que le palier de l'entresol et une porte métallique aussi cabossée que si un rhinocéros furieux s'était jeté dessus, corne en avant.

Devant la porte, deux silhouettes tiraient sur des cigarettes. Leurs regards endormis se posèrent sur Bourne. Il entendit le déclic d'un percuteur. L'une des deux ombres le menaçait d'un revolver. Une arme assez vieille pour avoir été fabriquée pendant la révolution russe.

« Tu viens pour affaires ? » L'ombre était de genre masculin mais, soit elle avait treize ans, soit elle avait oublié de muer.

« Je viens voir Furuque. » C'était le nom que Bourne avait obtenu dans l'entrepôt, à force de persuasion.

« Qui ?

— Il est pas là, dit l'autre au même instant.

— Merde ! s'écria le premier.

— Mettez-vous d'accord, les gars, dit Bourne. Je sais qu'il est là. Je viens de lui parler. » Il passa devant les duettistes sans leur laisser le temps de répliquer ni a fortiori de l'arrêter.

Le son le frappa comme un coup de poing. Ils avaient mis le volume à fond. Comme on pouvait s'y attendre, la salle était bourrée d'adolescents sautant à pieds joints sans trop se préoccuper du rythme. Il renifla le parfum du shit, mêlé aux odeurs aigres qui émanaient des corps en sueur. Vers la gauche, il repéra le bar. Un grand comptoir où l'alcool coulait à flots. Apparemment, cette boîte ne respectait aucun des interdits qui avaient cours dans le pays.

Bourne fendit la foule. Encore une fois, il allait devoir s'armer de patience. De toute façon, Il n'avait pas le choix. Qu'aurait-il pu tenter au milieu d'une telle cohue ? Décidant de procéder par élimination, il se mit à arpenter l'espace en le divisant en carrés de plus en plus serrés.

Au bout de vingt harassantes minutes, n'ayant toujours pas localisé Furuque, il se dirigea vers le bar pour terminer son inspection. C'est alors que la porte des toilettes s'ouvrit à la volée. Deux jeunes gens franchirent le seuil, main dans la main, encore auréolés du plaisir qu'ils venaient de se donner. Bourne eut juste le temps d'apercevoir la rangée de lavabos et, plus loin, le profil du fameux Furuque qui discutait avec deux hommes coiffés de kufis en laine. Pour en avoir le cœur net, Bourne alla entrebâiller la porte.

Puis il entra, se posta devant le premier lavabo, ouvrit le robinet et, tout en se lavant les mains, épia la conversation. Pour se faire comprendre malgré le vacarme, le sniper parlait lentement, en détachant ses mots.

Bourne perçut quelques bribes : « incroyants… combattre le *taghout*… » Dans la terminologie musulmane, le terme *taghout* désignait tout ce qu'on pouvait adorer en dehors d'Allah – autrement dit, les fausses divinités ou le Diable. « Seul le Coran restera inchangé, préservé pour l'éternité par ses saints protecteurs après que les autres livres prétendument sacrés auront fini en poussière… Juifs, Américains… infidèles… responsables de l'exil, de la destruction… le sang versé en Palestine doit être vengé… suivez l'appel de l'Islam… soumettez-vous à ses lois… redresser les injustices… mieux vaut mourir mille fois que vivre dans les chaînes… »

Furuque était tellement absorbé par son discours de propagande qu'il ne voyait rien à part ses deux vis-à-vis. Bourne s'apprêtait à lui sauter dessus quand soudain, la musique s'arrêta. Tout de suite après, il entendit des bruits de bottes derrière la porte des toilettes, des voix tonitruantes qui hurlaient des ordres. Une descente de l'armée, manifestement. Puis il y eut des tirs au fusil automatique, des cris de stupeur, de douleur, d'agonie. Certains lancèrent des imprécations mais les armes les réduisirent au silence.

La clameur parvint jusqu'aux oreilles des jeunes enfermés dans les toilettes. Abrutis par la drogue et le sexe, ils se précipitèrent sans comprendre qu'ils se jetaient dans la gueule des loups qui avaient investi la piste de danse, la transformant en un champ de bataille couvert de sang et de cadavres où les sanglots des blessés s'élevaient en un chant lugubre et déchirant.

L'armée syrienne ne faisait pas de prisonniers.

18

Le bateau de Khalifa était une vedette rapide, longue de trente pieds et disposant à sa poupe d'une plate-forme de plongée située au ras de l'eau. Il était amarré en amont de la rivière artificielle qu'ils avaient empruntée pour accéder au Red Pearl.

À l'instant précis où le colonel la fit monter à bord, Sara comprit que tout avait été calculé d'avance. Depuis qu'elle avait franchi la porte de la villa de Hassim, elle avait sans le savoir suivi un parcours censé aboutir ici, sur ce hors-bord.

D'ailleurs, Hassim en personne était là, devant elle. Rien d'étonnant à cela, se dit Sara, puisque c'est lui le propriétaire. Il ne pipait mot, n'osait même pas affronter son regard. Il faisait semblant d'être absorbé par le pilotage de la vedette qui remontait le cours d'eau en direction de la mer.

Quand ils arrivèrent à l'embouchure, Sara constata que Hassim ne mettait pas le cap sur Doha. Pas pour l'instant, en tout cas. Les deux hommes avaient un problème et le colonel ferait certainement de son mieux pour le résoudre.

Sur les eaux sombres du golfe Persique, on apercevait de loin en loin des tankers en provenance ou à destination du détroit d'Ormuz. Aucun navire de plaisance ne se risquait à emprunter cette route maritime reliant les puits de pétrole du Moyen-Orient aux ports occidentaux. Donc, leur présence passerait inaperçue. Et au cas fort improbable où des garde-côtes les intercepteraient, Khalifa et Hassim n'auraient qu'un mot à dire pour les renvoyer d'où ils venaient.

« Asseyez-vous », ordonna le colonel en lui montrant un coussin en plastique blanc. Puis, se tournant vers Hassim : « C'est bon, ralentis. On est au large. »

Sara savait ce que cela signifiait. Ils comptaient la noyer.

À sa grande surprise, elle vit Khalifa s'asseoir à côté d'elle comme s'ils faisaient la balade romantique au clair de lune promise au restaurant.

« Quel calme, vous ne trouvez pas ? » D'un grand geste du bras, il embrassa l'espace autour d'eux. « Nous sommes seuls en pleine mer. Nul ne saura jamais ce qui s'est passé sur ce bateau. » Il lui sourit. « Tous les mots, tous les actes… seront perdus pour toujours, noyés dans les eaux du golfe. Et en ce qui nous concerne tous les trois, cette nuit n'aura jamais existé. Une page arrachée à un livre d'histoire. »

Il se tourna vers Hassim pour lui donner encore un ordre. « Ça suffit. Coupe les gaz et jette l'ancre. »

Il se leva, alla ouvrir un casier servant à ranger le matériel, et en sortit plusieurs grosses chaînes d'acier. Sara frissonna comme si elle en ressentait d'avance le contact glacé sur sa peau. Elles étaient si lourdes qu'elles l'entraîneraient rapidement jusqu'à des profondeurs abyssales. Elle n'avait aucune chance d'en réchapper. Elle croisa les jambes et se pencha discrètement pour toucher l'étoile de David qu'elle portait attachée à sa cheville gauche par une chaînette en or. Ce geste lui procura un certain réconfort, tout en lui rappelant qu'elle avait déjà failli mourir une fois. L'histoire se répétait mais, ce coup-ci, elle risquait de toucher à sa conclusion.

Ayant éteint le moteur, Hassim jeta l'ancre par-dessus bord. Le bateau à l'arrêt se balança doucement sur les vagues qui clapotaient contre la coque. À part cela, on n'entendait aucun bruit. Pas un oiseau dans le ciel. Les mouettes avaient trouvé un refuge pour la nuit.

J'aimerais pouvoir en dire autant, songea Sara. Elles ont de la chance, ces mouettes !

Un éclair déchira l'horizon. Un orage de chaleur. Sara s'attendit à un coup de tonnerre, mais rien ne se produisit. Peut-être avait-elle rêvé, peut-être cet éclair provenait-il d'un univers parallèle. Elle se sentait bizarre, comme si son esprit avait quitté son corps et qu'il se tenait là, à quelques centimètres, observant la scène sur le point de se dérouler.

La fin du monde, du sien tout au moins.

Hassim se tourna vers le colonel. « Et maintenant, qu'est-ce qu'on fait ? »

Khalifa frotta l'une contre l'autre ses mains salies par la boue couvrant les chaînes. Elles étaient vieilles et rouillées comme s'il les avait récupérées dans les décombres d'un garage.

« Maintenant, dit-il en sortant un pistolet CZ-99, on fait le ménage. »

Khalifa pressa la détente.

*

Profitant de la bousculade, Bourne se précipita vers Furuque mais fut bloqué par les jeunes qui sortaient en masse des cabines. Seul Furuque n'avait pas cédé à la panique. Avec la souplesse d'un serpent, il se faufila jusqu'au mur du fond, brisa une vitre d'un coup de coude et se glissa dehors.

Derrière la porte, les fusils tiraient à présent en continu. Il y eut encore quelques cris, puis ils diminuèrent peu à peu, et enfin se turent complètement.

Bourne s'approcha des deux garçons que Furuque venait de laisser en plan. Il en saisit un par le dos de sa chemise et, prenant la foule à rebours, l'entraîna jusqu'à la fenêtre, le poussa au travers et sauta après lui.

Ils se retrouvèrent dans un genre de tranchée étroite, ayant sans doute servi à entreposer des caisses en des temps meilleurs. À présent, elle était remplie de décombres. Sur l'une de ses hautes parois en béton, était fixée une échelle métallique qui grimpait vers la rue. Le jeune homme partit dans ce sens mais Bourne le retint en le plaquant contre le mur. Au même instant, une torche s'alluma. Son faisceau éclaira le fond de la tranchée, remonta vers la fenêtre brisée et rampa jusqu'à l'échelle. Un homme cria, la torche s'éteignit. Le bruit des bottes sur le ciment s'éloigna progressivement, puis on entendit crisser des embrayages. Les véhicules de l'armée s'éloignèrent.

Quand le silence fut revenu, Bourne donna le signal. Le jeune homme le suivit jusqu'à l'échelle. Bourne s'y engagea le premier et, parvenu au sommet, jeta un coup d'œil aux alentours. Le terrain devant l'usine était aussi désert qu'à son arrivée. Nul ne saurait jamais ce qui venait de se passer là-dessous – à moins qu'une personne ait la malencontreuse idée de descendre dans le club et tombe sur les cadavres amoncelés. Des cadavres de gosses que des soldats adultes avaient dépouillés de leur courte existence.

Bourne se pencha vers le garçon et lui fit signe de le suivre sur l'échelle. Quand il émergea de la tranchée, il lui tendit une main secourable.

Ils restèrent longtemps accroupis parmi les herbes folles. Un chien entra dans leur champ de vision, la truffe collée au sol, s'arrêta devant un bloc de béton et leva la patte. Sans doute renifla-t-il leur présence car il tourna son fin museau dans leur direction et fouilla les buissons de ses yeux jaunes. Puis il grogna, et s'en fut sans demander son reste.

Mais ce chien n'était pas le seul être vivant dans les parages. Soudain, une silhouette sortit de l'ombre et percuta Bourne de plein fouet, le projetant en arrière vers le bord de la tranchée.

Bourne le renifla, le toucha, et finit par voir son visage sous la lumière provenant de la fenêtre brisée en contrebas.

C'était Furuque, le sniper.

*

La détonation l'assourdit l'espace d'un instant.

Sara se jeta sur le côté mais la balle ne lui était pas destinée. Hassim l'avait reçue en plein cœur.

« Mon Dieu ! hurla-t-elle. Pourquoi vous l'avez tué ?

— On ne peut pas se fier à un type qui change de bord comme de chemise. » Le colonel rangea le pistolet dans son étui. « Surtout qu'il en savait long. »

Sara se rappela le discours qu'il lui avait tenu pendant le dîner. Pour lui, les êtres humains se classaient en trois catégories. Il l'avait bel et bien prévenue, même si elle n'avait pas percuté sur l'instant. Elle se reprocha sa bêtise et se jura qu'on ne l'y reprendrait plus. Son cerveau fonctionnait mieux, tout à coup. Elle commençait à récupérer ses anciens réflexes. Mais il était peut-être trop tard.

Il revint s'asseoir près d'elle. Maintenant qu'elle avait retrouvé ses esprits, Sara voyait clairement l'arme qu'il cachait au niveau de l'aisselle. Comment avait-elle fait pour ne pas la remarquer ? Le corps de Hassim roulait sur le pont au gré de la houle. À chaque passage, la flaque de sang grossissait. Mais Khalifa n'avait pas l'air de s'en soucier.

« Bon, dit-il avec un gros soupir. Qu'est-ce que je vais faire de vous ? »

Sara faillit répondre : Que voulez-vous dire ? Mais elle s'abstint. Elle avait commis assez d'erreurs pour la soirée. « Que vous a-t-il raconté ?

— Que vous étiez juive. » Les larges épaules de Khalifa se soulevèrent avant de retomber. « C'est déjà énorme, non ? »

Oui, songea-t-elle amèrement, pour ces fanatiques, c'était amplement suffisant.

Le colonel posa son regard sur Hassim. « Sans vous, cet homme serait encore en vie.

— C'est pourtant vous qui l'avez tué.

— Parce que vous l'aviez perverti.

— Il s'en était chargé lui-même.

— Vraiment ! s'écria le colonel, indigné. Allez debout ! Mettez-le à l'arrière. »

Sara traîna le cadavre jusqu'à la plate-forme de plongée. Sans prendre la peine de se lever, Khalifa l'aidait en poussant avec le pied.

« Revenez par ici. »

Sauter à l'eau n'était pas envisageable. Ils étaient trop loin des côtes. Se jeter sur Khalifa ? C'était exactement ce qu'il espérait ; elle le voyait dans son regard malsain. Pas question de lui faire ce plaisir.

« Je ne lui ai pas mis le couteau sous la gorge, reprit-elle.

— Je m'en doute. Ce n'est pas dans vos méthodes. » Il pinça ses lèvres charnues et lui dit de se rasseoir. « Saleté de juifs ! Non contents de nous avoir pris nos terres, vous avez poussé les Américains à massacrer nos familles. Les Américains sont comme la vermine, ils infectent tout ce qu'ils touchent. Ils corrompent, ils salissent. » Il cracha sur le pont. En se mélangeant au sang de Hassim, sa salive vira au rose. « Je vous ai toujours détestés, vous les juifs, et aujourd'hui plus que jamais.

— Dommage pour vous. »

Le colonel grogna. « De nous deux, c'est toi qui vas mourir, sale juive. » Il se leva brusquement et dégaina son arme. « Déshabille-toi.

— Je ne me déshabille que devant les gentlemen. »

Khalifa la frappa sur la joue avec le canon de son pistolet. Le coup, moins violent qu'elle aurait pu s'y attendre, la projeta quand même hors de son siège. Elle tomba à genoux. Le métal lui avait déchiré la peau. Elle saignait. Il s'approcha, lui retira sa veste courte, fit glisser les bretelles de sa robe.

« Et prends ton temps. Ondule des hanches, tu dois savoir faire ça !

— Enfin, colonel, je suis 100 % kasher. » Elle dressa le buste sans prendre la peine d'essuyer le sang qui dégoulinait sur sa robe. « Trop pure pour des gens comme vous. »

Il rugit, la saisit par un bras, manquant de lui déboîter le coude. « Tais-toi, hurla-t-il en braquant son pistolet. Et obéis.

— Sinon quoi ? Vous allez me tirer dessus ? » Ses prunelles brillaient comme des diamants noirs. Elle le regarda dans les yeux. « Je préfère une balle que ce à quoi vous pensez.

— Pas si je te la tire dans un genou, avant de passer à l'autre. Quand ils seront en bouillie, je m'occuperai de tes autres articulations. Tu mourras très lentement dans des souffrances inimaginables, je te le garantis. »

Sara supposa qu'il était coutumier de ce genre de menaces – et qu'il les mettait souvent à exécution. Droite comme une statue, les épaules et le dos nus, elle laissa passer quelques secondes, histoire de préserver encore un peu de sa dignité.

« Vas-y, roule des hanches, ordonna Khalifa. Fais ça dans les règles.

— Vous aimez les films pornos, on dirait.

— Je préfère le snuff, répliqua-t-il en embrassant le canon de son arme. Arrête de faire ta mijaurée. Allez, bouge ton cul, sale juive. Tu t'y connais, je le sais. Vous êtes toutes des chiennes, de toute façon. »

Dans un soupir, elle laissa glisser le haut de sa robe, laquelle resta coincée au niveau des hanches. Le vent du large fit dresser la pointe de ses seins. Prise de nausée, elle repoussa le tissu avec ses deux mains et la robe tomba autour de ses chevilles.

Khalifa avait du mal à cacher son excitation. « Pas de sous-vêtements.

— Inutile, par cette chaleur. »

Elle cherchait à le distraire, histoire de gagner du temps. Mais elle aurait pu s'en dispenser. Khalifa ne la regardait plus. Elle se retourna pour voir ce qu'il fixait ainsi.

Sara cria malgré elle. Le corps de Hassim était agité de soubresauts comme s'il revenait à la vie. Peut-être n'est-il que blessé, songea-t-elle. Non, impossible ; il avait pris une balle dans le cœur. Un nouveau frisson le parcourut, l'attirant encore plus près du bord. Et c'est alors qu'elle vit émerger une nageoire dorsale. Hassim était étendu sur le flanc, le bras gauche plongé dans la mer. Les mâchoires du requin se refermèrent, le cadavre glissa et se remit à gigoter de plus belle. La curée avait commencé. Le sang attira d'autres squales qui profitèrent du festin jusqu'à ce que le corps de Hassim ne soit plus qu'un amas de membres déchiquetés.

« Pauvre Hassim, dit Khalifa. C'est de ta faute ce qui lui arrive. » Il se tourna vers Sara. « Laisse cette robe », ordonna-t-il en la reprenant par le coude pour l'entraîner vers la plate-forme de plongée. Les restes humains reconnaissables avaient disparu dans l'eau bouillonnante. Seuls des fragments de chair flottaient çà et là. Khalifa l'obligea à s'avancer jusqu'au bord.

« Saute. »

Sara se retourna vers lui, affolée. « Non. Vous ne pouvez pas faire ça. » Il était un peu tard pour lui sauter à la gorge. « Je vais danser... »

Khalifa appuya sa paume sur le sternum de Sara et la poussa si violemment qu'elle perdit l'équilibre. Elle hurla, bascula en arrière, tomba dans la mer. Quand elle remonta à la surface en recrachant l'eau qu'elle avait avalée, le colonel se tenait accroupi à la poupe, le visage penché vers elle, souriant comme une divinité bienveillante.

L'attrapant par les cheveux, il lui appuya sur la tête. En repassant sous l'eau, elle vit de grandes formes oblongues glisser entre des nuages de sang. D'immondes filaments lui effleurèrent les joues.

Puis elle reçut un choc terrible. Un requin bouledogue de presque quatre mètres venait de la heurter. Le cuir de son flanc, rêche comme du papier de verre, lui avait arraché un bout de peau au niveau des côtes. Elle vit son propre sang se mêler aux traînées rouges déjà présentes, attirant des squales toujours plus nombreux. Ils l'avaient repérée.

DEUXIÈME PARTIE

19

Le requin fonçait sur Sara, la gueule entrouverte, les dents encombrées de déchets sanguinolents qui flottaient comme des algues filaires. Devant son nez, elle vit passer un gros os d'où pendaient encore des bouts de chair, sans doute un fémur ayant appartenu au peu regretté Hassim. Sara s'en empara et l'agita à bout de bras. Le point d'impact était plus important que la rapidité du geste. Encore fallait-il agir au bon moment. La tête de l'os s'abattit à point nommé sur le museau du requin et lui causa autant de douleur que de surprise. Il fit aussitôt demi-tour et s'en alla chercher ailleurs une nourriture moins récalcitrante.

Au lieu de remonter pour aspirer une goulée d'air, Sara décida de se laisser couler plus profondément. Quand elle sentit que Khalifa lâchait prise, elle leva un bras, le saisit par le poignet et s'y suspendit.

Voyant sa tête émerger, Khalifa se pencha pour l'enfoncer à nouveau mais n'eut pas le temps de terminer son mouvement. Sara jaillit hors de l'eau en brandissant l'étoile de David qu'elle venait d'arracher de sa cheville. Les six pointes dorées brillèrent un instant sous la lune puis elles se plantèrent dans l'œil droit de Khalifa.

L'homme recula en hurlant. Toujours accrochée à son poignet, Sara se hissa en poussant avec les pieds sur la coque glissante. Quand, au prix de terribles efforts, elle finit par atterrir sur le pont, Khalifa se précipita vers elle comme un taureau furieux. Le choc risquait fort de lui couper le souffle. Aussi attendit-elle qu'il soit à un mètre d'elle pour avancer la jambe et balayer sa cheville d'appel. Emporté par son élan, il s'étala en travers du plat-bord, le haut du corps suspendu au-dessus de l'eau.

Il essaya quand même d'empoigner Sara pour éviter de basculer ou, pire, pour l'entraîner dans sa chute. Mais elle devança son geste, planta le pouce dans son œil crevé puis tira un bon coup sur la chaîne en or. L'étoile ressortit, entraînant avec elle l'humeur vitreuse. Khalifa poussa un grand cri et chercha de nouveau à l'agripper.

Sara fit un pas de côté, se pencha en avançant l'épaule et, rassemblant ses dernières forces, le percuta de plein fouet.

Khalifa tomba dans un grand plouf accompagné d'éclaboussures. Peu après, une nageoire triangulaire apparut et mit le cap sur la tête qui venait de ressortir. Alourdi par ses vêtements trempés, Khalifa avait du mal à se maintenir en surface.

« À l'aide ! » hurla-t-il.

Elle baissa les yeux vers lui. Sa joue, ses côtes brûlaient littéralement.

« Je t'emmerde, cracha-t-elle.

— Aaaah, non ! »

Khalifa se tordit dans une étrange convulsion. Le squale venait de lui arracher un bout de chair. Il hurla, puis on le vit tressauter comme un pantin désarticulé. Le requin l'avait coincé entre ses mâchoires et agitait sa gueule d'avant en arrière.

D'autres se joignirent à la curée. Le colonel Khalifa resta en surface un bref instant, le bras levé, le poing crispé de douleur. Puis l'eau se mit à bouillonner, sa bouche vomit du sang et il disparut dans les profondeurs pour ne jamais réapparaître.

*

Couché sur le dos, Bourne craignait d'étouffer sous le poids de Furuque à califourchon sur lui. Subitement, il se revit dans la salle de conférences de l'hôtel Al-Bourah, il sentit de nouveau les câbles enroulés autour de sa cage thoracique, les décharges électriques, l'asphyxie. Il haletait. Une brume grisâtre apparut à la limite de son champ de vision. Derrière, il y avait Soraya et Sonya, prisonnières, impuissantes, terrifiées.

Furuque était déchaîné. Il le frappait avec une violence hystérique, comme s'il cherchait avant tout à décharger sur lui sa rage et sa rancune, comme s'il voulait se venger des privations, des injustices qu'il estimait avoir subies.

Quoi de plus redoutable qu'un adversaire n'ayant plus rien à perdre sinon sa vie au service d'Allah ? Surtout pour un homme moralement et physiquement diminué comme l'était Bourne à cet instant. El Ghadan l'avait brisé. Pire encore, il avait réussi à exploiter sa seule faiblesse et s'était insinué dans son esprit, le piratant de l'intérieur.

Telles étaient les pensées qui traversaient la tête de Bourne pendant qu'il se faisait battre comme plâtre. Soudain, il s'aperçut que sa tête et ses épaules étaient suspendues au-dessus du vide. Furuque avait sans doute l'intention de le balancer sur les tiges de métal rouillées et les blocs de béton déchiquetés dont les angles aigus se dressaient au fond de la tranchée, trois mètres plus bas.

Le visage haineux de Furuque était à vingt centimètres du sien. Bourne voyait les miettes de nourriture accrochées à sa barbe épaisse comme des araignées à leur toile. Son haleine empestait, rancie par la bile qui lui rongeait l'estomac.

Bourne ne pouvait pas bouger les bras car le sniper était agenouillé dessus. Il chercha un autre moyen de se défendre. Feignant de perdre connaissance, il rabattit sa tête en arrière. Tout à sa joie mauvaise, Furuque accompagna son mouvement et se pencha sur lui. Quand il fut assez proche, Bourne banda les muscles de son cou et d'un coup de tête lui enfonça le cartilage du nez jusqu'aux sinus.

Terrassé par le choc et la douleur, Furuque recula vivement. Bourne se tortilla, dégagea ses épaules et profitant du déséquilibre de son adversaire, l'entraîna vers le vide. L'homme vacilla un instant au-dessus de la tranchée. Son nez saignait abondamment. Bourne exerça une deuxième poussée, Furuque bascula mais, juste avant, il eut le réflexe de l'attraper par sa chemise.

Les deux hommes tombèrent l'un sur l'autre. L'omoplate de Furuque se brisa contre une arête de béton. Bourne effectua un roulé-boulé et termina sa course sur un tas de décombres. Le souffle coupé, il resta longtemps allongé sur le dos, incapable de faire un geste.

Quand il trouva enfin la force de se mettre à quatre pattes, Furuque gisait près de lui, les yeux grands ouverts, le regard figé pour l'éternité. Bourne examina le corps pour tenter de comprendre ce qui lui était arrivé. L'homme avait rebondi sur le bloc de béton et s'était empalé sur des tiges de coffrage.

Bourne récupérait peu à peu. Il grommela, écœuré par tant de malchance. Il aurait pu le faire parler, lui soutirer le nom de son commanditaire, et aussi la raison qui l'avait poussé à assassiner le ministre Hafiz. Mort, Furuque ne lui était d'aucune utilité.

Il se leva, encore un peu étourdi et, à pas lents, regagna l'échelle fixée dans la paroi de la tranchée. Mais à peine eut-il posé le pied sur le premier barreau qu'il entendit du bruit au-dessus de lui. Le jeune homme qu'il avait aidé à sortir des toilettes se tenait accroupi près du bord.

Il souriait en visant la tête de Bourne avec le Stechkin confisqué au terroriste dans l'entrepôt.

*

Sara était assise nue sur le pont parmi les flaques de sang. Pour un navire de plaisance, il mérite mal son nom, songea-t-elle, au bord de la crise de nerfs. Puis elle éclata d'un rire suraigu, le rire d'une folle. Regarder la mort en face était une chose. Échapper de justesse à une bande de requins affamés en était une autre. Elle replia les jambes et serra les bras autour de ses genoux en se balançant lentement d'avant en arrière.

Dans la main gauche, elle tenait encore sa chère étoile de David, salie par la substance gluante qui s'était écoulée de l'œil de Khalifa. Elle aurait voulu la nettoyer, voir briller ses six petites pointes sous la clarté des étoiles. Mais elle était comme paralysée. Et par-dessus le marché, elle tremblait comme une feuille.

Un coup de tonnerre retentit dans le lointain, au milieu du golfe Persique. Sara parvint à tourner la tête vers le sud. Les étoiles avaient disparu derrière des nuages plus sombres que la nuit elle-même, zébrés par des éclairs blancs. L'air était de plus en plus lourd et moite, l'odeur de la pluie comme celle d'une épice pulvérisée au-dessus des vagues. Une puissance titanesque, venue des profondeurs, gonflait la mer. À cette latitude et en cette saison, les tempêtes étaient particulièrement redoutables.

Sara prit conscience du danger. Elle devait lever l'ancre au plus vite et filer pleins gaz vers le port. Ce bateau était conçu pour la navigation côtière par temps calme. Jamais il ne supporterait des creux de plus de deux mètres.

La menace imminente l'aida à sortir de son hébétude. Sans chercher à couvrir sa nudité, elle se rendit à la proue, hissa l'ancre, la balança sur le pont, puis s'assit aux commandes et mit le contact.

L'énorme moteur hors-bord s'éveilla en rugissant. Sara alluma le GPS, localisa la côte et appuya sur le bouton marqué HOME. L'engin calcula l'itinéraire. Puis elle abaissa la manette des gaz et le bateau s'élança à la manière d'un étalon pressé de rejoindre l'écurie.

Cette manifestation d'énergie pure lui donna un coup de fouet. Elle caressa le tableau de bord en ébène de Macassar. Le contact du bois laqué sous ses doigts lui procura un curieux plaisir.

Filer à pleine vitesse pour échapper à la tempête avait quelque chose d'exaltant. Sara se sentait nettement mieux. Elle avait vaincu la mort, renversé une situation très mal engagée, et maintenant elle était là, aux commandes d'une vedette de grand luxe, les jambes bien plantées sur le pont, ivre de puissance et nue comme un ver.

Une pensée étrange lui effleura l'esprit. Elle était de nouveau sur le terrain, au cœur de l'action. La mort la guettait à chaque pas, et pourtant, elle se sentait en sécurité. Elle connaissait toutes les ficelles de son métier, et ce savoir, cette expertise dont elle se savait investie donnaient plus que toute autre chose un sens à son existence. Ces derniers mois, elle avait vécu dans un demi-sommeil. Et voilà qu'elle s'était enfin réveillée.

Le vent soufflait de plus en plus fort. Ce n'était pas encore un ouragan mais on le sentait arriver. Des trombes de pluie fermaient l'horizon derrière elle. À la proue, comme un rang de perles scintillantes, les lumières de la côte l'attiraient, l'invitaient à chercher refuge dans le port de Doha.

Elle disposait de quelques minutes. Il était temps pour elle de renfiler sa robe et sa veste. De nettoyer son étoile de David. De retourner à la civilisation.

20

Le président des États-Unis, William Magnus, était d'une humeur massacrante. À tel point que Howard Anselm lui-même n'osait pas le déranger, craignant de se faire envoyer sur les roses.

Potus se tenait devant l'une des fenêtres du Bureau ovale. Il faisait nuit sur la capitale. Les projecteurs entourant la Maison-Blanche soulignaient la blancheur des barrières en béton armé qui la protégeaient des attaques terroristes. Ce spectacle ne faisait qu'aggraver son cafard. Il se sentait dans une prison.

Il se tenait raide comme une statue ou comme l'une des sentinelles qui patrouillaient dans le terrain cerné de hautes grilles peintes en noir. Presque caché par la bannière étoilée dont il avait rêvé que Camilla s'enveloppe, quelques jours auparavant, il essayait de mettre un peu d'ordre dans ses idées. La journée avait été longue. Réunions, appels téléphoniques, discussions, et une ribambelle de rendez-vous limités à un quart d'heure chacun, montre en main.

Il s'en voulait tellement d'avoir raté l'occasion de la baiser drapée dans cette fichue bannière. La frustration le bouffait de l'intérieur, comme un ténia. Elle avait refusé, certes. Et après ? Les femmes disaient toujours non, c'était dans leur nature. Il en connaissait un rayon sur les femmes. Il savait que chez elles, non signifiait oui la plupart du temps, du moins pour ce qui était du sexe. Elles aimaient passer pour des êtres réservés, voire chastes, mais dès qu'on brisait leur carapace de porcelaine, elles se révélaient tout aussi vicieuses que n'importe quel homme – parfois plus.

Magnus se tenait les mains dans le dos, le menton en avant. Une chatte c'est comme le temps, pensa-t-il. Quand ça mouille dehors, il faut rentrer.

La blague était si drôle qu'il en oublia un instant ses tracas. Il gloussa et pensa de nouveau à Camilla. Pourquoi refusait-elle de poursuivre leur relation ? Avec elle, il avait pris son pied comme jamais auparavant. Et il savait qu'elle s'était bien éclatée, elle aussi. Alors, pourquoi voulait-elle rompre ? Le précédent Monica Lewinsky ? Un prétexte bien commode. Il s'était entouré de toutes les précautions possibles et imaginables pour éviter qu'une semblable catastrophe leur tombe dessus. Il était l'homme le plus puissant du monde libre – du monde tout court. Le pouvoir attirait les femmes comme les hommes la beauté. C'était quoi son problème, bon sang ?

Il poussa un soupir à fendre l'âme. Alors, que devait-il faire ? Il le savait pertinemment mais ne pouvait s'y résoudre. Il n'était plus un adolescent boutonneux, merde. Mais au fond de lui, sa décision était déjà prise.

Avec un dernier soupir, il abandonna son poste de vigie et alla s'asseoir à son bureau. Puis il déverrouilla un tiroir et en sortit un ordinateur portable ultraléger. L'écran s'alluma ; il cliqua sur l'icône en forme d'œil. Des images de télésurveillance s'affichèrent. Elles montraient la chambre de Camilla à la Laiterie.

Et elle était là, dans le plus simple appareil, sortant de la salle de bains, auréolée d'un nuage de vapeur – parfumée, imaginait-il –, se frictionnant les cheveux avec une serviette blanche. Ah, pensa-t-il, j'adorerais être à la place de cette serviette. Le cœur du Président battait la chamade. Il s'enfonça dans son fauteuil en étouffant un cri proche du sanglot.

Oui, il avait envie de la baiser, mais pas seulement. Il voulait être auprès d'elle. Il l'aimait ! Lui, le président des États-Unis, un homme marié, avec deux enfants, un chien et l'affection du peuple américain.

Il ferma les yeux, cacha son visage dans ses mains. Son cœur lui faisait mal à force de cogner comme un fou dans sa poitrine.

Brusquement, il tendit son bras droit et balaya tout ce qu'il y avait sur son bureau, y compris l'ordinateur où défilait cette vidéo répréhensible, malsaine, accusatrice. L'appareil vola à travers la pièce et, comme de bien entendu, alla se fracasser contre un mur.

Dans la seconde, une troupe d'agents du Secret Service fit irruption dans le Bureau ovale.

« Dehors ! brailla Magnus. Sortez d'ici et foutez-moi la paix ! »

Dix minutes plus tard, quand Howard Anselm fut informé de l'incident, il comprit que le plus dur restait à venir.

*

« *Assalam alaykum*, dit Bourne au jeune homme qui braquait sur lui le vieux pistolet russe. Je m'appelle Youssouf Al Khatib. »

En réponse, il eut droit à un grand sourire. « Moi c'est Eisa. Merci de m'avoir sauvé la vie. »

Bourne empoigna les montants de l'échelle. Quand il émergea de la tranchée, Eisa lui remit le Stechkin.

« Il vous faut quelque chose de mieux que cette vieille pétoire, Youssouf. »

Bourne fit disparaître le pistolet dans l'une de ses poches. « Sortons d'ici avant que l'armée syrienne ne revienne. »

Ils traversèrent le terrain vague semé de décombres. Les rues étaient toujours aussi vides et, de nouveau, Bourne reconnut ce silence étrange qui stagnait régulièrement sur Damas, tel un nuage de grêle. Certains quartiers brillaient de mille feux comme dans n'importe quelle autre ville du monde. D'autres étaient plongés dans le noir, soit par manque d'électricité, soit parce que leurs habitants préféraient se cacher. Puis les bombardements reprirent aux abords de la ville, éclairant le ciel de nuit.

Eisa gardait la tête baissée. « Pourquoi Furuque vous a-t-il attaqué ?

— Une vengeance familiale », mentit Bourne.

Eisa acquiesça. « Ma famille aussi est divisée. » Il maniait bizarrement la langue arabe. Comme s'il avait un accent. Un accent ni vulgaire ni ampoulé. Plutôt neutre, plat.

« D'où viens-tu ?

— De Pittsburgh, répondit Eisa. Aux États-Unis. »

Bourne frissonna. « L'autre gars, celui qui était avec toi, c'était un Américain lui aussi ?

— Oui, comme tous les jeunes convoqués à la séance de recrutement ce soir. Nous sommes de vrais croyants. Nous avons rejoint le djihad. »

Bourne prit le temps de digérer la nouvelle. « Ça fait combien de personnes en tout ?

— Je ne sais pas. Je verrai tout à l'heure. »

Bourne accusa le choc. Bien sûr, il n'ignorait pas que certains Américains adhéraient à la cause djihadiste, mais apprendre qu'ils débarquaient en Syrie par contingents entiers lui fit l'effet d'une douche froide. « C'est Furuque qui vous a recrutés ? demanda-t-il en démarrant la moto.

— Non, dans le club, il nous faisait sa propagande. Je suis venu de mon propre chef. Enfin, je veux dire par l'intermédiaire d'un ami sur Internet.

— Facebook ?

— Trop voyant. On s'est connus sur un forum de jeux en ligne. On est fans de jeux tous les deux. Bref, peu à peu, on s'est mis à parler d'autre chose. C'est un solitaire, il n'a pas d'amis.

— Pourquoi ?

— Il a fugué. Son père le cherche depuis des années. Il se sert d'un faux nom, et tout.

— Quel est ce nom ?

— Je n'ai pas le droit de le dire. Vous travaillez peut-être pour son père. Il paraît que c'est quelqu'un de très puissant. »

Bourne se mit à rire. « Tranquillise-toi. Je ne travaille pour personne. »

Ils arrivèrent à un carrefour doté d'un feu de circulation qui ne fonctionnait que par intermittence, comme le reste de la ville.

Eisa dévisagea Bourne. « J'ai rendez-vous avec lui.

— Il est membre du Front al-Nosra ?

— Non. Lui c'est la Brigade du Lendemain. »

L'armée d'El Ghadan. « Furuque devait vous emmener là-bas ? »

Eisa hocha la tête. « Le point de rendez-vous se trouve dans le quartier ouest. Le parc Nairabein, en face de la place de la Bataille de Zee Qar. J'étais censé y aller avec lui ce soir.

— Tu sais comment t'y rendre ? »

Eisa fit signe que non. « Je suis arrivé hier seulement. »

Bourne sentit le portable d'El Ghadan bourdonner au fond de sa poche, lui indiquant qu'il était minuit et qu'une nouvelle preuve de vie venait de lui parvenir. Au moins, songea-t-il pour se consoler, El Ghadan ignore désormais où je me trouve.

« Je t'emmène, dit Bourne, le cœur battant. Ces séances de recrutement sont souvent chaotiques. Dis-moi le nom de ton ami. Je t'aiderai à le trouver.

— Aachir, avoua le garçon. Il s'appelle Aachir. »

*

La vedette de Hassim se remplissait d'eau de pluie, mais Sara n'était plus très loin du port. De nouveau, elle se félicita d'avoir passé une bonne partie de son enfance sur le bateau de son père. La navigation était comme une seconde nature chez elle.

Ayant trouvé une place où accoster, elle noua soigneusement les amarres et entreprit de rincer le pont à grande eau. Puis elle balança les chaînes au fond du bassin, et pour finir se pencha sur le plat-bord afin de nettoyer son étoile de David. En se relevant, elle remarqua la présence d'un objet tombé sous un banc. Elle le ramassa. C'était le portable de Khalifa.

Quand elle sauta sur le quai, l'averse avait redoublé d'intensité. Le capitaine du port surgit d'un bâtiment coiffé d'un toit en pente, ouvrit un grand parapluie, courut à sa rencontre et la ramena vers son bureau. C'était un petit homme dodu et chauve, avec un dos rond et des mains rouges en pinces de homard.

Il lui offrit un siège, puis s'en alla prendre sur une pile deux grandes serviettes-éponges qu'il gardait à disposition pour ce genre d'occasion. Il les déplia, l'en recouvrit presque entièrement et alla préparer du thé. Quelques minutes plus tard, il revint avec un verre fumant. « Que s'est-il passé, madame ? » demanda-t-il en s'asseyant face à elle.

Sara, qui s'attendait à ce qu'on l'abreuve de questions, avait prévu de mettre en avant les conditions météo.

« Nous avons été surpris par l'orage. Apparemment, Hassim avait oublié d'activer le radar. Ou alors il était peut-être en panne, je ne sais pas trop. » Elle prit une gorgée de thé, regarda l'homme en battant des cils et ajouta : « Merci, ça fait du bien. »

Il balaya ses remerciements d'un revers de main. L'inquiétude se lisait sur son visage. Dans un tiroir de son bureau, il prit une grande boîte en métal cabossée renfermant des produits de premiers secours, choisit à l'intérieur un flacon d'alcool, un autre contenant une solution iodée et des pansements. En dernier lieu, il sortit un petit miroir qu'il posa devant elle. Il n'avait donc pas l'intention de la toucher. Son attitude respectueuse la consola un peu des humiliations que Khalifa lui avait fait subir avant d'essayer de la tuer.

Sara nettoya sa joue entaillée. L'homme n'avait pas remarqué les profondes éraflures qu'elle avait au niveau des côtes, souvenir de sa rencontre avec le requin bouledogue. Elle le laisserait dans l'ignorance. Cette blessure-là était particulièrement douloureuse, mais fort heureusement l'eau de mer avait fait office d'antiseptique.

« Qu'est devenu Hassim ? » demanda-t-il gentiment.

Sara poussa un soupir à fendre l'âme, puis elle évoqua l'image la plus angoissante qu'elle put trouver : elle barbotant dans la mer infestée de requins. Les larmes lui vinrent tout naturellement. Le naturel payait mieux, lui avait-on enseigné.

« Allons, allons, madame, souffla le capitaine du port en se balançant d'avant en arrière comme s'il priait. Prenez votre temps. »

Elle lui jeta un regard éperdu de reconnaissance et reprit une gorgée de thé. « Il y avait un autre homme à bord. En fait, c'est lui qui m'avait invitée. Nous avions dîné au Red Pearl, il se faisait tard mais il a voulu faire un tour en mer pour admirer le clair de lune. Moi je… je n'étais pas d'accord, mais il a tellement insisté… » Elle aurait préféré ne pas citer le nom de Khalifa, mais on les avait vus monter dans le bateau de Hassim. Elle baissa la tête en feignant la honte. « Vous savez comment sont les hommes parfois …

— Oui, madame. » Le chef du port prit un air consterné. « Je sais. » Il s'essuya les lèvres. « Madame, qui était ce monsieur avec vous et Hassim ?

— Il s'appelait Khalifa. Khalifa Al Mohannadi. »

L'homme se redressa sur son siège. « Le colonel Al Mohannadi ? »

Sara ouvrit des yeux étonnés. « Un colonel ! J'ignorais. Il n'a même pas dit qu'il était dans l'armée.

— L'armée… pas vraiment », marmonna-t-il.

Sara pencha la tête. « Comment ?

— Rien, madame. » Il évacua le sujet d'un revers de main. « Rien du tout. Continuez, je vous prie. »

Sara lui servit l'histoire qu'elle avait échafaudée en chemin : l'orage s'était abattu sur eux si soudainement et avec une telle force que ses deux compagnons n'avaient pu réagir à temps. Une vague avait emporté Hassim alors qu'il se tenait à la proue. Khalifa, ce héros, avait tenté de le repêcher mais, hélas, lui aussi était passé par-dessus bord.

« C'est une terrible tragédie, dit-il en se levant pour la resservir. Connaissez-vous quelqu'un à Doha ? Une personne que je pourrais appeler ? »

Elle montra le portable de Khalifa. « Je m'en chargerai. »

L'homme hocha la tête. « Comme vous voudrez. » Il fit signe qu'il devait sortir. « Désolé, j'ai deux ou trois petites choses à faire. Je ne serai pas loin si vous avez besoin de moi.

— Merci pour votre gentillesse », dit Sara.

Une fois seule, elle appela Levi Blum. Comme il ne répondait pas, elle lui laissa un message en lui demandant de venir la chercher illico presto.

Puis elle se mit à fouiller dans le portable de Khalifa, passant en revue ses dernières communications. Ce faisant, elle tomba sur une chose qui lui fit dresser les cheveux sur la tête.

*

Levi était encore au lit quand son portable se mit à vibrer. Comme il n'était pas seul, il se dispensa de répondre. Darlene était avec lui ou, plus précisément, sous lui. Ils s'étaient rencontrés presque huit mois auparavant, au Nite Jewel, une boîte sélect fréquentée par des expatriés mais aussi des personnes voyageant pour leurs affaires et cherchant à nouer des liens en tout genre.

Darlene lui avait immédiatement tapé dans l'œil. Malheureusement, elle sortait avec un type basané, un Indien que Blum avait pris en grippe dans la seconde et dont la mollesse ne faisait qu'accentuer l'ambivalence sexuelle. Le genre d'individu que Blum méprisait profondément. Par ailleurs, l'Indien en question était plein aux as, une qualité que Darlene trouvait fascinante chez un homme. Mais cela, Blum ne l'avait appris que plus tard.

Elle n'était pas seule dans son cas. Depuis qu'il habitait Doha, Blum ne cessait de rencontrer ce type de femmes, superbes mais vénales. C'était fort regrettable car lui-même ne roulait pas sur l'or. Alors, il se contentait de rêver d'elles, la nuit, seul dans son lit.

Il avait beau se montrer spirituel et charmant, elles ne lui accordaient jamais un regard. Darlene comme les autres. Cette situation le déprimait tant qu'il avait songé à utiliser son réseau local pour fouiller dans le passé de l'amant mollasson. Il n'était toutefois jamais passé à l'acte ; le Mossad n'aurait pas apprécié qu'un de ses agents détourne à son profit les biens du gouvernement israélien.

Cela dit, Levi ne comptait pas lâcher l'affaire. Et pour arriver à ses fins, le seul moyen consistait à devenir riche. En fait, il était mûr pour passer à l'ennemi. Blum savait qu'on le surveillait, qu'on le suivait en permanence mais sans agressivité, bien au contraire. Il se souvenait du moment précis où il en avait pris conscience. C'était à l'intérieur d'un centre commercial. Il avait surpris un visage familier dans le reflet d'une vitrine. Il était entré dans la boutique, comme si de rien n'était, avait choisi une chemise et s'était dirigé vers la caisse. Et de nouveau, il avait senti ce regard insistant posé sur lui.

Après cette pénible expérience, il ne rêva plus de Darlene ni d'aucune de ces femmes splendides qui gravitaient comme des étoiles lointaines autour de la piste du Nite Jewel. Il se mit à rêver des cinq hommes qui le filaient nuit et jour, chacun son tour selon un rythme aléatoire. Une méthode fort habile qui leur évitait mieux qu'une autre de se faire repérer.

Il n'avait plus qu'à attendre. Puis un jour, quelqu'un l'aborda sur un ton aimable, comme un vieil ami, et lui fit une proposition trop alléchante pour qu'il la repousse. C'était la chance de sa vie, l'occasion qu'un agent de terrain attend sans trop y croire. Travailler pour deux maîtres était un jeu dangereux, assurément, mais il avait envie d'essayer.

Comme de bien entendu, grâce à cette rentrée d'argent, il put conquérir Darlene – misérable triomphe mais triomphe quand même, surtout pour un homme qui n'avait jamais eu de succès auprès des femmes. Ayant enfin remporté le gros lot, il n'avait pas l'intention de gâcher une seule minute du temps que lui consacrait Darlene. Seulement voilà, ce fichu portable recommençait à faire des siennes. Et cette deuxième sonnerie qu'il avait lui-même choisie le renseigna sur l'identité de la personne qui cherchait à le joindre.

Il grogna, se retira, puis roula sur le côté pour attraper l'appareil posé sur la table de chevet. Mais Darlene ne l'entendait pas ainsi. Elle accompagna son mouvement, prit son sexe dans sa bouche et, avant que Blum comprenne ce qui lui arrivait, se mit à le lécher sur toute sa longueur, toujours plus vite, en émettant ces petits râles qui l'excitaient au plus haut point.

Il ferma les yeux, sentant monter l'extase. Sa tête ne fonctionnait plus, son sens du devoir l'avait abandonné. L'orgasme arriva si vite que lui-même en fut surpris. Son corps s'arc-bouta sur le lit et il déchargea par à-coups dans la gorge de Darlene qui, pour l'encourager, produisit un soupir interminable.

Tout de suite après, il alluma son portable et vérifia le nom de l'appelant. Il n'avait pas laissé de message, ce qui n'était guère étonnant. Mais quand il consulta l'appel précédent et qu'il entendit la voix de Rebeka lui demander de venir la chercher à la marina de toute urgence, son cœur rata un battement.

Il se leva péniblement et se dirigea vers la salle de bains. Ses lèvres étaient engourdies comme si une abeille l'avait piqué. Il tourna le robinet d'eau chaude, pénétra dans la cabine de douche et entreprit de se savonner. Au bout de deux minutes, Darlene le rejoignit et se frotta contre son dos.

Blum dut se faire violence mais parvint à résister. Après tout, il y avait des choses plus importantes que s'envoyer en l'air avec Darlene. Il sortit précipitamment de la cabine et se sécha en deux temps trois mouvements.

« Tu as vu l'heure ? Où vas-tu comme ça ? demanda-t-elle avec une moue lascive. Tu as rendez-vous avec une autre ? »

21

BOURNE LAISSA EISA DANS UN CAFÉ OUVERT LA NUIT puis composa le numéro de Zizzy et lui demanda de rappliquer aussi vite que possible avec une série d'objets dont il lui fournit la liste.

En descendant du taxi, vingt minutes plus tard, Zizzy lui annonça d'un air lugubre : « Hafiz est mort. » Il remit au chauffeur une poignée de pièces et lui dit d'attendre.

« Son assassin aussi, répondit Bourne en rangeant les fameux objets dans les multiples poches du pantalon qu'il portait sous sa tunique. Zizzy, je veux que tu quittes l'hôtel, que tu appelles ton pilote et que tu rentres à Doha.

— Sans toi ? balbutia Zizzy. Tu es fou ?

— Rien n'est encore prouvé », rétorqua Bourne.

Zizzy le regarda longuement, puis renonça. « Et toi ? gémit-il, sincèrement inquiet. Où vas-tu ?

— Moins tu en sauras mieux ça vaudra. Maintenant, fais ce que je te dis.

— Mais enfin…

— Va-t'en, ordonna Bourne. Tu en as assez fait. »

*

Avec Eisa derrière lui sur la selle, Bourne traversait les rues de Damas battues par le vent et la pluie.

Le parc Nairabein était petit, entouré de véhicules en stationnement et cerné sur trois côtés d'immeubles d'habitation. Il présentait néanmoins quelques avantages. D'abord, il était toujours désert au petit matin, et ensuite, il se situait dans les quartiers ouest, donc en dehors des zones visées par les belligérants, du moins jusqu'à nouvel ordre.

Eisa savait par Furuque le sniper que les recruteurs de la Brigade du Lendemain y avaient établi leur QG. Un choix judicieux car ce lieu était horrible ; certes, il y poussait bien quelques arbres mais ils étaient séparés par des murs en béton surmontés de barreaux en forme de croissant. Et depuis quelque temps, avec la fermeture des derniers chantiers de construction, il servait surtout de garage aux engins de terrassement dont on ne savait plus que faire.

La pluie s'était muée en crachin. Bourne laissa la moto place de la Bataille de Zee Qar. Eisa et lui traversèrent une rue peu fréquentée et entrèrent dans le parc où se dressait une estrade de fortune. Devant elle, une foule composée de jeunes gens ; juchés dessus, trois hommes, tout de blanc vêtus, la tête emmaillotée dans des chèches qui ne laissaient paraître que les yeux et la bouche. Celui du milieu, le chef visiblement, prononçait un discours. Les deux autres tenaient des fusils d'assaut, comme la douzaine d'individus qui patrouillaient dans le parc.

*

Un garde surgit de l'ombre pour leur barrer le passage. Bourne prononça le nom de Furuque, posa la main sur l'épaule d'Eisa en le présentant comme sa dernière recrue et raconta comment il l'avait sauvé lors de l'attaque lancée par les forces gouvernementales.

Le terroriste les guida vers le public disposé en demi-cercle aux pieds de l'orateur qui aurait pu se passer de micro tant sa voix était puissante.

« Nous devons suivre l'exemple des Frères musulmans qui ne cessent de progresser en Occident », déclamait-il pendant que Bourne et Eisa se frayaient un chemin entre les jeunes gens captivés. « Ils s'implantent, se fondent dans la masse. C'est une méthode djihadiste. Vous autres, *ikhwan* » – terme originellement employé par les Saoudiens, pouvant se traduire par *frères* et, par extension, *frères d'armes* – « devez comprendre que votre tâche consiste à saper la civilisation occidentale, à détruire de l'intérieur sa misérable structure jusqu'à ce qu'elle s'écroule et que la parole d'Allah triomphe de toutes les fausses religions. »

Ses yeux étincelaient de ferveur. C'était un homme de haute taille au visage fermé à double tour. À l'instar de tous les démagogues, il se servait de sa voix comme d'une arme, contondante à certains moments, tranchante à d'autres.

« Si nous ne comprenons pas cela, poursuivit-il, c'est que nous ne sommes pas prêts à relever le défi, que nous ne sommes pas encore dignes d'accomplir le djihad. Soyons dignes, mes frères, préparons-nous à vivre et à mourir en musulmans. C'est notre destinée, il n'y en a pas d'autre. »

Bourne étudia le visage des jeunes qui l'entouraient. Ils étaient fascinés, Eisa compris. Un terrible pressentiment se fit jour en lui, que la suite du discours vint confirmer.

« *Ikhwan*, la mission que nous avons préparée pour vous, en Amérique du Nord, est une mission juste, une mission solide. Elle se découpe en cinq phases. Phase une : établir discrètement des zones de commandement sur tout le territoire. Phase deux : apparaître peu à peu sur la scène publique… jusqu'à constituer un cabinet fantôme. Phase trois : monter en puissance puis combattre les règles établies et les tenants du pouvoir. Phase quatre : s'entraîner au maniement des armes à l'intérieur du pays et à l'étranger, en prévision de l'heure H. Phase cinq : entrer en conflit ouvert avec les gouvernements via des pressions politiques. Et enfin, s'emparer du pouvoir et instituer un régime islamique. »

L'orateur s'interrompit. Il promena son regard sur le public en s'arrêtant sur chaque visage tourné vers lui. « Vous êtes ici pour entreprendre la phase quatre. »

*

Aux premières heures de la matinée, la Corniche de Doha était totalement déserte. Dressés comme des flèches scintillantes, les gratte-ciel alignés le long de la baie immense évoquaient un gigantesque décor de carnaval conçu par des extraterrestres venus du futur. Mais après tout, le gouvernement lui-même n'avait-il pas pour devise « Le futur est au Qatar » ?

Si elle s'était écoutée, Sara aurait dormi pendant douze heures d'affilée. Mais ce serait pour plus tard. Actuellement, elle marchait sur la Corniche en observant un chalutier qui suivait la côte dans le même sens qu'elle, tandis que son équipage préparait les filets de pêche. Soudain, le bateau changea de cap et s'éloigna vers le large. Cette scène lui rappela ses récentes mésaventures. L'espace d'un instant, elle revécut sa cuisante – au sens propre – confrontation avec le requin.

Elle avait demandé à Blum de s'arrêter au bord du trottoir puis, sans ajouter un mot, elle était descendue et avait poursuivi à pied. Soudain, elle l'entendit courir dans sa direction. Elle tenait en main le portable de Khalifa.

Quand il arriva à sa hauteur, Blum osa enfin la questionner : « À te voir, on dirait que tu rentres du front. Je pourrais savoir ce qui t'est arrivé, ce soir ? »

Pour toute réponse, elle pressa la touche de rappel du dernier numéro. Trois secondes plus tard, le portable de Blum sonnait. Par réflexe, il le sortit de sa poche et prit la communication.

« Allô ? »

Sara lui colla le portable du colonel sous le nez. « Khalifa est mort, Levi. Voilà ce qui m'est arrivé ce soir. »

Le regard de Blum passa d'un appareil à l'autre. « *Ben zona.* » Salopard.

« Je ne te le fais pas dire. Que lui as-tu raconté sur mon compte ?

— Rien. Je te jure. Il était déjà au courant. »

Hassim, pensa-t-elle. « Tu étais de mèche avec Hassim. »

Sur l'horizon, le chalutier n'était plus qu'une tache perdue au milieu des tankers qui avançaient en file comme une colonie de fourmis.

« Ça fait partie du boulot, dit-il en passant nerveusement la langue sur ses lèvres. Laisse-moi t'expliquer.

— Quel boulot, Levi ? Quel boulot, putain ? »

Sa voix était assez puissante pour qu'elle n'ait pas besoin de crier. Il grimaça. « *Kusemec !* » Bon Dieu de merde !

« Si tu comptes t'expliquer, fais-le maintenant.

— Je préfère attendre que tu te calmes. J'ai peur que tu m'arraches les yeux. »

Elle l'attrapa par le bras et l'obligea à se tourner vers elle. « Les yeux et le reste. Allez, accouche. »

Le visage de Blum devint tout blanc, puis il s'arrondit et se mit à trembloter comme le reflet de la lune dans l'eau. Des éclairs passèrent devant les yeux de Sara. Je voyage à la vitesse de la lumière, se dit-elle.

L'instant d'après, un gouffre noir s'ouvrait sous ses pieds. Elle bascula, et sa chute dura très longtemps.

*

« Non, ce soir tu monteras Dixon », déclara Hunter en entraînant Camilla loin de la stalle occupée par Starfall.

L'écurie était éclairée comme pour un grand événement. Les deux femmes marchèrent jusqu'au fond. Les voyant s'arrêter devant lui, l'étalon noir leva la tête. Ses yeux luisaient, ses naseaux dilatés captaient l'odeur de Camilla. Il découvrit ses dents de devant.

« Charmant », dit Camilla.

Un sourire malicieux joua sur le visage de Hunter. « Fais-le sortir et prépare-le. »

Dès que Camilla retira la lanière qui maintenait la porte fermée, Dixon recula en secouant la tête et en reniflant. Une attitude clairement hostile.

« Il a déjà été monté ? » demanda-t-elle.

Hunter éclata de rire. « Oui, par moi. Tu veux que je le selle ? »

Camilla leva la main. « Pour quoi faire ?

— Bravo, ma petite ! » Hunter fit un pas en arrière et s'appuya contre une cloison.

Camilla entra, voulut attraper le cheval par la bride et faillit y laisser ses doigts.

« J'y crois pas ! »

Hunter resta de marbre, les bras croisés sur sa poitrine. « Tu sais comment on doit s'y prendre, Cam. Alors, vas-y, fais-le sortir. »

Camilla hocha la tête et se plaça dans le champ de vision de Dixon. Elle sourit, lui parla doucement comme elle le faisait d'habitude avec Starfall, tout en surveillant le gros œil bombé qui l'observait intensément. Le cheval fit un pas de côté et la coinça contre la paroi de la stalle.

« Hunter ! » appela Camilla sans oser élever la voix. Son cœur battait dans sa gorge. Elle tendit le cou mais Hunter était invisible. Elle l'avait laissée seule avec Dixon.

S'efforçant de respirer plus posément, Camilla se mit à chantonner au creux de son oreille le genre de berceuse qu'on réserve aux bébés colériques. « Allons, allons, mon grand, toi et moi on va devenir amis, je le sais, je le sens, le courant passe entre nous. Oui, tu le sens aussi, n'est-ce pas ? » Sans cesser de psalmodier, elle leva tout doucement sa main, la posa sur la joue de Dixon, et descendit lentement le long de sa mâchoire. « Voilà, tu vois, on est bien là tous les deux, on va faire une petite balade rien que toi et moi, on va s'amuser, tu vas voir, hein mon grand, ça va te plaire, je t'assure. »

Le gros œil continuait à l'examiner, Camilla continuait à fredonner, et soudain, comme par magie, Dixon la libéra. Elle ne bougea pas aussitôt. Elle prit le temps de respirer profondément, puis de lui caresser les naseaux. Dixon renifla sa main en penchant la tête.

Quand elle le sentit prêt, elle l'empoigna par la crinière, s'élança et atterrit à califourchon sur son dos. En sortant de l'écurie, elle tomba sur Hunter et sa propre monture qui l'attendaient pour une promenade sous les étoiles.

*

La séance d'endoctrinement était finie. Les djihadistes poussèrent les jeunes recrues américaines vers deux grands camions militaires bâchés. Bourne ne lâchait pas Eisa. Ils se placèrent en bout de file. Du bétail qu'on mène à l'abattoir, songea Bourne.

Le premier camion fut vite rempli. On passa au deuxième. Quand vint le tour d'Eisa, quelqu'un lui tendit la main pour l'aider à grimper. Bourne voulut suivre mais on le saisit par le bras.

« Par ici », dit l'homme armé qui venait de faire ce geste. Il l'escorta de l'autre côté du camion où se trouvaient l'orateur et deux gardes du corps.

« *La ilaha illa Allah* », lança le djihadiste. Il n'y a pas d'autre Dieu qu'Allah. « Il paraît que tu es un ami de Furuque.

— Furuque est mort. Il parlait avec Eisa et un autre jeune quand le club a été attaqué par l'armée.

— Attaqué ? Pourquoi cela ?

— Je l'ignore.

— Dis-moi ton nom, s'il te plaît. »

Bourne obéit.

« Youssouf Al Khatib, répéta l'autre. Furuque ne m'a jamais parlé de toi. » Il frotta la petite touffe de poils qui pointait sous sa lèvre couleur rubis. « Et j'ignorais que Furuque avait des amis.

— D'abord, j'aimerais savoir ton nom maintenant que tu connais le mien. »

L'homme le fixa un long moment. « Abou Faraj Khalid.

— Je n'ai jamais prétendu être un ami de Furuque, Abou Faraj Khalid. C'est toi qui l'as dit. Les snipers n'ont pas d'amis, tout le monde sait cela. Ce sont des loups solitaires.

— Hum. Tu m'as l'air bien au courant, Youssouf Al Khatib.

— Moi aussi, je suis sniper. C'est comme ça que j'ai rencontré Furuque. » Il sourit. « On faisait partie de la même corporation, si je puis dire. »

Faraj se caressait la barbe sans le lâcher des yeux. « Eh bien, je trouve ton histoire intéressante, mon frère. Si elle est vraie.

— Pourquoi elle ne le serait pas ?

— Oui, pourquoi ? » Faraj claqua des doigts. L'un de ses gardes du corps colla son fusil entre les mains de Bourne.

« C'est un AK-47, fit remarquer ce dernier. Que veux-tu que je fasse avec ça ? Que j'abatte ces arbres rachitiques ?

— Et ton arme, où est-elle ? répliqua Faraj.

— Je l'ai laissée derrière moi quand j'ai pris la fuite. J'avais le choix entre mon fusil et Eisa. J'ai pensé qu'une recrue avait plus de valeur.

— *Mashalla.* » Telle est la volonté d'Allah.

« *Allahu Akbar* », répondit Bourne. Allah est grand.

« Dis-moi, Youssouf, quelle est cette arme que tu as laissée derrière toi ?

— Un AWM L115A3. »

Faraj pencha la tête. « Un fusil américain ?

— Britannique. » L'homme feignait l'ignorance pour mieux le tester.

La grande bouche de Faraj s'ourla d'un sourire carnassier. D'un autre claquement de doigts, il se fit apporter une deuxième arme, la tint quelques instants entre les mains, puis la tendit à Bourne.

C'était le fusil de précision qu'il venait d'évoquer. Bourne l'attrapa d'un geste assuré, enleva la sécurité, vérifia qu'une cartouche .300 Winchester Magnum était engagée dans la chambre et que c'était une vraie balle. Puis il remit la sécurité.

Faraj désigna un réverbère au loin, dont l'ampoule clignotait comme si elle allait griller. Bourne estima la distance à cinq cents mètres, c'est-à-dire bien en dessous de la portée maximale d'un AWM. Mais les conditions n'étaient pas idéales ; les nappes de brouillard qui flottaient encore sur le parc avaient tendance à voiler la lumière du réverbère, lui donnant l'aspect d'une lune triste jouant à cache-cache derrière les nuages.

Bourne prit appui contre le flanc du camion, colla son œil à la lunette en se concentrant uniquement sur l'ampoule, attendit que la brume s'effiloche comme une bande de gaze. Dès que la lumière réapparut, il pressa lentement la détente. La détonation retentit et, un quart de seconde plus tard, l'ampoule explosait.

Faraj était aux anges.

« Excellent ! Magnifique ! »

Il reprit le fusil et le jeta à l'un de ses hommes. « Tes talents pourraient nous être utiles. Ça t'intéresse ?

— Cela va sans dire. Sinon, je n'aurais pas traversé toute la ville pour ramener ta brebis au bercail.

— Ma brebis ? Ah oui, tu veux parler de la recrue ! » Abou Faraj Khalid écarta les bras et serra Bourne sur son cœur. « *As-salam alaykum wa rahmatu, akhoya, Allahi wa barakatuhu* », proclama-t-il. Que la paix soit avec toi, mon frère, qu'Allah te bénisse et te garde en sa miséricorde.

22

QUAND SARA ÉMERGEA, ELLE SENTIT D'ABORD LA CHALEUR sur son visage. Puis elle aperçut de la lumière et enfin une fenêtre par laquelle entrait le soleil levant.

« Allez le prévenir qu'elle est réveillée », dit une voix masculine. Peu après, le visage de Levi Blum entra dans son champ visuel.

« Que… » Les mots ne sortaient pas. Elle avait les lèvres sèches, la langue râpeuse.

« Tiens, bois. » Blum lui souleva la tête pour l'aider à aspirer au moyen d'une paille.

L'eau était glacée. Elle but comme un oiseau, par petits coups. Quand elle en eut assez, elle fit signe qu'on retire le verre.

Cette fois, elle put parler. « Que s'est-il passé ? Où suis-je ?

— Chez notre médecin. » Le Mossad avait du personnel soignant sur toutes ses zones d'opération. « Tu t'es évanouie au beau milieu d'une phrase. Comme je ne savais que faire, je t'ai conduite ici. Et j'ai été bien inspiré. Tu as une sale blessure au côté, Rebeka. Que t'est-il arrivé ? »

Elle lui raconta la balade cauchemardesque sur le bateau de Hassim, le meurtre de ce dernier par Khalifa, et ce qui s'était ensuivi. « Le requin m'a méchamment entamé la peau, dit-elle pour conclure.

— Oui, je comprends, répondit-il. Mais il y a autre chose. Le docteur a trouvé une plaie plus ancienne en dessous, et pas totalement guérie. »

Sara ferma les yeux. Dans le feu de l'action, elle n'avait pas réalisé que le requin l'avait blessée à l'endroit même où elle s'était fait poignarder l'année précédente à Mexico.

« Tu as perdu beaucoup de sang. Je suppose que tu ne t'en étais pas aperçue », poursuivit Blum.

Brusquement, elle essaya de s'asseoir. « Le portable, dit-elle, affolée. Où est le portable de Khalifa ?

— Ici. » Blum le lui tendit. Puis il entassa des oreillers dans son dos. « Il était sur la table de chevet. Tu as cru que je l'avais pris ?

— Franchement oui, je l'ai cru. »

Blum hocha la tête. « Je ne t'en veux pas. » Il croisa les mains sur ses cuisses, comme un collégien dans la salle d'attente du proviseur.

« Tu bossais pour Khalifa, dit-elle. Et Khalifa a tenté de me tuer. C'est la fin de ta carrière au Mossad, Levi. Tu peux me croire.

— Je sais, Rebeka. Les apparences jouent contre moi. Mais avant de me juger, s'il te plaît, écoute ce que j'ai à dire.

— Aucune excuse ne peut justifier ce que tu as fait.

— Oui, je comprends, reprit-il en branlant du chef. À ta place, je réagirais pareillement. Mais je crois aussi que je prendrais le temps de peser le pour et le contre. »

Sara poussa un long soupir. « Bon, d'accord, tu as trois minutes.

— Mais…

— Emploie-les à bon escient, Levi.

— OK, fit-il en déglutissant. C'est vrai, le colonel Khalifa a fait appel à moi. Mais sache qu'il me surveillait depuis quelque temps déjà.

— Quoi ?

— Oui, parfaitement. Je me suis fait griller dès l'instant où j'ai atterri à Doha. Ne me demande pas comment ni à cause de qui. Je l'ignore. Quand il est venu me voir, j'ai compris que je n'avais pas le choix. Soit je faisais ce qu'il demandait, soit j'abandonnais le navire. Or, pour moi, la deuxième solution était inenvisageable. Foutre en l'air ma mission aurait entraîné un renvoi immédiat.

Alors, je me suis dit, quitte à devenir agent double, pourquoi ne pas aller plus loin ?

— Dois-je entendre que tu espérais collecter des infos sur Khalifa pour le compte du Mossad ?

— Exactement.

— Mais tu ne l'as pas fait.

— Des infos, j'en ai pas mal, Rebeka. Seulement, je n'ai jamais osé les transmettre. Khalifa épiait mes moindres faits et gestes. Le risque était trop grand.

— Dans ce cas, tu aurais dû te retirer du jeu.

— Et tirer un trait sur cette mine de renseignements ? De toute façon, il m'aurait fait arrêter dès que j'aurais mis un pied dans l'aéroport. »

Sara le dévisagea froidement. « Combien, Levi ?

— Pardon ? » Quand on le prend de court, Blum ressemble à un oiseau sur le point de s'envoler, songea-t-elle.

« Combien d'infos lui as-tu transmises ?

— Le strict minimum. Juste de quoi donner le change.

— Quel degré d'importance ?

— Des broutilles par-ci par-là. Tu vois ce que je veux dire.

— Tu lui as livré des agents ?

— Sûrement pas. » Il haussa ses maigres épaules. « De toute façon, il s'intéressait à autre chose.

— A quoi ?

— À nos opérations au Pakistan occidental.

— Au Pakistan occidental. Vraiment ? » répéta-t-elle, dubitative.

Blum confirma d'un signe de tête, ce qui l'énerva encore plus.

« Il disait qu'il voulait juste se tenir au courant. Rien de plus.

— Et tu l'as cru ?

— Tu n'as qu'à appeler Tel-Aviv. Tu verras si l'un de nos collègues a été compromis.

— J'appellerai, fais-moi confiance. »

La tête de Blum continuait à osciller de haut en bas comme la pomme d'Adam d'un ivrogne assoiffé. « Je peux te le garantir. Que personne n'a été compromis, je veux dire.

— Donne-moi une liste, Levi. Tout de suite.

— Je savais que tu allais me demander ça. J'ai consulté mes fichiers cryptés via l'ordinateur du médecin et j'ai imprimé ceux qui concernent cette affaire. »

Il lui tendit une enveloppe. Sara ignorait presque tout des opérations menées par le Mossad au Pakistan occidental. Le contenu de l'enveloppe se résumait à peu de chose. Elle parcourut la liste des renseignements que Blum avait transmis à Khalifa. En effet, il s'agissait uniquement de rapports de surveillance concernant la région du Waziristan.

« Très bien, dit-elle en soupesant les feuillets comme un essayeur estimant la valeur d'une pépite. Tentons le coup.

— Bien sûr, c'était pour moi l'occasion de me faire un paquet de fric mais, d'un autre côté, je me suis dit qu'en gagnant la confiance de Khalifa, je découvrirais peut-être ce qui lui avait permis de me démasquer si rapidement. »

Sara sentit son estomac se nouer. « Il y a une balance dans les rangs du Mossad.

— J'ai pensé comme toi. C'est l'hypothèse la plus logique, non ? Mais ensuite, quelque chose m'a fait changer d'avis. » Il jeta un coup d'œil sur sa montre. « Mes trois minutes sont passées. »

Sara grimaça un sourire. « Continue, Levi. Ne sois pas stupide. Mais j'espère pour toi que ça vaut le coup.

— Tu ne seras pas déçue, crois-moi.

— N'en rajoute pas trop. Contente-toi de déballer la marchandise. »

On le sentait plus détendu, il reprenait confiance en lui. « Voilà ce qui s'est passé. Khalifa tenait à ce qu'on se rencontre toutes les semaines et dans un lieu différent chaque fois, par mesure de sécurité. En fait, on tournait entre cinq restaurants, des endroits chic et toujours dans l'après-midi, pendant la fermeture. Bref, un jour, je suis arrivé en avance et j'ai vu Khalifa en grande discussion avec un homme entouré de quatre gorilles. Ces types ne faisaient partie ni de la police, ni de l'armée, ni des renseignements qataris.

— Qui étaient-ils ?

— Des militaires, ou plutôt des ex-militaires. Des Tchétchènes.

— Quoi ? » Sara eut un mouvement de recul ; sa tête s'enfonça dans les oreillers. « Tu es sûr de ce que tu dis ?

— À cent pour cent. J'ai pris des photos avec mon portable. »

Il sortit l'appareil, chercha les clichés en question et les lui montra. Khalifa, assis à une table dans un lieu peu éclairé – l'un des fameux cinq restaurants –, s'entretenait avec son vis-à-vis dont on ne voyait qu'une partie de la silhouette plongée dans l'ombre. Une autre photo montrait les quatre gardes. En effet, ce n'étaient pas des Arabes.

« Les images sont vraiment nettes. Comment as-tu fait à cette distance et avec si peu de lumière ? »

Il réprima un sourire de contentement. « Mon smartphone est d'une qualité exceptionnelle. Quarante et un mégapixels. Le meilleur sur le marché. Il fonctionne même dans la pénombre. Et sans flash. »

Sara hocha la tête d'un air absent. Puis elle se pencha de nouveau sur les photos. Ces hommes ne pouvaient être que des gardes du corps. Plus elle observait leurs visages, plus elle sentait monter en elle une sensation de malaise. Elle avait l'impression de glisser sans pouvoir s'arrêter sur une couche de glace de plus en plus fine.

« Passe aux suivantes, insista Blum. J'ai trouvé des trucs intéressants, à force de creuser. »

Les autres clichés provenaient d'Interpol. On y retrouvait les mêmes individus, classés comme extrêmement dangereux. Ensuite, Sara tomba sur une image en gros plan. Malgré la mauvaise définition, elle reconnut l'interlocuteur de Khalifa.

« Ivan Borz, dit-elle dans un souffle.

— Le seul et l'unique. »

La glace avait cédé ; Sara s'enfonçait dans l'eau glacée. « Oh, mon Dieu.

— Ivan Borz est le plus gros trafiquant d'armes après Viktor Bout. Mais depuis que Bout est sous les verrous, Borz est devenu numéro un mondial.

— Borz n'a pas que ce terrain de chasse, n'est-ce pas ? »

Blum acquiesça. « On l'appelle également l'Homme-Pavot. Ce qui en dit long sur ses autres activités. En fait, il a la haute main sur le trafic mondial d'opium et d'héroïne. » Il récupéra son portable. « Mais je ne crois pas que Khalifa ait jamais eu l'ambition de pénétrer aucun de ces deux secteurs. S'il fricote avec Borz c'est pour une tout autre raison. »

Sara considéra Blum avec attention. À présent, elle regrettait de l'avoir condamné si vite. « Continue, dit-elle.

— Borz et El Ghadan entretiennent des rapports très étroits. En réalité, Borz est le maître espion d'El Ghadan.

— Donc, si El Ghadan a pu accéder à l'hôtel Al-Bourah, ici à Doha, c'est parce que Borz l'avait mis en contact avec Khalifa.

— Oui. Et moi je surveillais Borz à travers Khalifa.

— Tu as trouvé quelque chose ?

— Borz prépare un truc énorme pour dans pas longtemps. Raison pour laquelle il a demandé qu'on me tienne à l'œil. Il ne veut aucune intervention, aucune perturbation. Genre, ne réveillons pas le chat qui dort. Il veut juste s'assurer que nous ne lui mettrons pas de bâtons dans les roues. » Blum fronça les sourcils. « Et maintenant que Khalifa est mort, comment va-t-on faire pour savoir ce que Borz manigance ? »

*

Faraj proposa à Bourne de s'asseoir à côté de lui, à l'avant du deuxième camion. Quand ils démarrèrent, le soleil levant traçait des lignes de sang dans le ciel. Le convoi s'ébranla. En chemin, ils croisèrent d'autres véhicules calcinés. Les cyclistes s'écartaient prudemment sur leur passage. Les piétons s'arrêtaient pour les regarder foncer à travers les rues, comme une armée de démons.

Dans un autre quartier, les bombardements reprirent. Sans doute pour faire diversion, supposa Bourne. De quoi occuper les troupes gouvernementales le temps que Faraj et ses hommes arrivent à destination.

« Sans nous ton pays est perdu », cria Faraj pour se faire entendre malgré le grondement du moteur et le grincement de l'embrayage.

Bourne lui avait fait croire qu'il était syrien, natif de Lattaquié sur la côte méditerranéenne.

« Mon père et mon frère ont été tués. Tous les deux en même temps. Ma mère ne s'en est jamais remise. La douleur l'a rendue folle. »

Faraj opina en se grattant la barbe. « Le genre de tragédie qui se produit couramment. Or, les tragédies ne devraient pas être des choses courantes.

— Elles le sont de nos jours. Surtout ici.

— Parle-moi de ta ville, parle-moi de Lattaquié.

— C'est une ville portuaire, très animée en ce moment. » Il avait choisi Lattaquié parce que les contrats passés entre Zizzy et Hafiz portaient souvent sur des marchandises transitant par son port de commerce. « Mais elle est aussi sous la menace de l'État islamique en Irak et au Levant. »

Faraj lui décocha un regard en coin. « Cette branche irakienne d'Al-Qaïda représente la plus grosse menace pour ton pays, et pour nous aussi. L'EI a tenté de fusionner avec le Front Al-Nosra mais, grâce à notre intervention, cette alliance n'a pas pu se faire. Tu sais pourquoi on combat l'EI ? L'EI a pour devise "de Diyâlâ à Beyrouth". Ça veut dire qu'il veut reconquérir l'ancien empire ottoman et, ce faisant, éliminer les groupes djihadistes moins radicaux que lui. Autrement dit, nous et Al-Nostra, entre autres. Comparés à ces gens-là, nous sommes des agneaux. »

Bourne jugea préférable d'abonder dans le sens de Faraj. « Mon père et mon frère ont été tués alors qu'ils combattaient l'EI dans le nord. On a d'abord subi les Turcs, puis les Israéliens, puis les Américains, et maintenant ces Irakiens fanatiques. C'est Alep et Raqqa qui ont le plus souffert de leurs exactions. Là-bas, ils ont assassiné, kidnappé, torturé à tours de bras. Il fallait faire quelque chose.

— Ils sont morts en martyrs. Une mort à laquelle nous aspirons tous. » Faraj se redressa sur son siège et se peigna la barbe d'un air absent. « L'avenir qui nous attend n'a rien de réjouissant, mon ami. Les pays riches nous laissent croupir depuis des décennies. Nous ne serons jamais en mesure de les rattraper et encore moins de suivre leur rythme. Nous sommes les soldats d'une époque révolue, les preux chevaliers de l'Islam. Nous cherchons à inverser la marche du monde, mais on a bien vu, en Arabie Saoudite, en Tunisie, au Maroc, et surtout ici et en Égypte, que le monde moderne rejette la charia. »

Bourne n'aurait jamais imaginé entendre un discours d'une telle lucidité dans la bouche d'un leader djihadiste. « Alors, que devons-nous faire ?

— Continuer le combat. Après tout, nous gagnerons peut-être. Lors de la guerre de Sécession, le Nord a dû sacrifier trente pour cent de ses soldats pour remporter la victoire contre le Sud. Ces hommes avaient pourtant des raisons de vivre. Les nôtres n'en ont pas. La pauvreté, l'absence de perspectives ont créé une génération qui n'a rien à perdre, ou si peu. En se joignant à notre cause, ils espèrent trouver la gloire. »

Il fixa Bourne d'un œil féroce. « Et ils sont nombreux, mon ami, si nombreux à vouloir mourir pour notre cause. Les Américains ne pourront jamais les tuer tous. Cette guerre finira mal pour eux. »

Ils avaient déjà franchi la limite ouest de la ville. Bourne saisissait à présent le double intérêt du parc Nairabein comme lieu de recrutement. Ils quittèrent la grand-route et s'éloignèrent de l'interminable procession de poids lourds qui roulaient en sens inverse.

Les deux camions se dirigèrent dans un premier temps vers le sud, puis virèrent au sud-ouest à travers la campagne.

« Dis-moi, demanda Faraj, es-tu prêt à quitter Damas ? Es-tu prêt à quitter ta patrie ?

— Oui, si c'est pour me mettre à ton service, Abou Faraj Khalid.

— Bien. »

Quelques instants plus tard, Bourne sortit son portable prépayé et accéda au serveur du Mossad. Il avait reçu de la part de Sara un message crypté qu'il passa une dizaine de minutes à décoder mentalement. Ce message contenait des informations très précieuses. L'ayant lu, il le supprima, vida l'historique, puis éteignit le téléphone et le remit dans sa poche.

En levant les yeux, il croisa le regard insistant de Faraj. « Une lettre d'amour ? »

Bourne éclata de rire. « Si j'avais une femme, je la ferais souffrir. »

Faraj approuva d'un hochement de tête. Entre guerriers, on se comprenait à mi-mot.

Peu après, ils s'arrêtèrent devant une haute barrière grillagée. Des hommes en armes apparurent ; Faraj les salua. L'un d'entre eux ouvrit le portail et le referma après que le convoi eut pénétré dans l'enceinte.

Ils tournèrent tout de suite à gauche. Ce que Bourne avait d'abord pris pour un terrain d'entraînement était en fait une piste d'envol. Un Boeing C17 était stationné au bout, prêt à embarquer sa cargaison par l'énorme trappe qui béait à l'arrière.

Les camions se rangèrent au niveau de la soute ; les troupes au sol aidèrent les recrues à descendre, puis les escortèrent jusque dans l'avion. Faraj et Bourne attendirent la fin de l'embarquement. Après quoi, Faraj s'entretint un moment avec le pilote et le navigateur. À cause des patrouilles aériennes qui sillonnaient le ciel depuis le début de la matinée, ils avaient dû revoir le plan de vol.

« Où allons-nous ? demanda Bourne en suivant les trois hommes vers le cockpit.

— On rentre chez nous », répondit Faraj sans ralentir.

Mais en escaladant la passerelle, Bourne vit par-dessus l'épaule du pilote leur véritable destination inscrite sur le plan de vol rectifié. Il ignorait d'où étaient originaires Faraj et ses acolytes, mais ce n'était certainement pas du Waziristan. Cette région du Pakistan occidental devait plus probablement leur servir de refuge.

23

« DÈS QUE LES HOMMES DE KHALIFA ont appris sa mort, ils ont cessé de me surveiller.

— Tu en es sûr ? » demanda Sara.

Blum hocha la tête. « Sinon, je ne t'aurais pas conduite dans ce lieu. »

Elle le considéra d'un air suspicieux. « Tu es déjà venu ici depuis ton arrivée à Doha ?

— C'est la première fois.

— Quand même, imagine qu'ils aient remplacé les types qui te suivaient par d'autres que tu ne connais pas. Une deuxième vérification ne ferait pas de mal.

— C'est nous les espions, dit Blum. Mais qui espionne les espions ? »

Le médecin du Mossad les avait reçus dans l'appartement qu'il partageait avec son épouse, une femme grassouillette au caractère enjoué. Elle leur offrit de quoi se sustenter puis sortit leur acheter des vêtements comme s'ils étaient ses propres enfants. « Nos deux fils font leurs études en Angleterre, avait-elle expliqué à Sara, avant d'ajouter, comme en confidence : J'aurais tant aimé avoir une fille. »

Blum revint en annonçant qu'aucun individu suspect ne traînait dans le voisinage. Soulagée, Sara reprit sa lecture. Le rapport ne contenait pas uniquement des infos sur Khalifa. Les faits et gestes de ses six lieutenants y étaient également passés au crible.

« C'est de la bombe, Levi », s'exclama-t-elle en levant les yeux.

Blum frétillait comme un chiot attendant qu'on lui lance une balle. « Croustillant, pas vrai ? »

Ce n'était certes pas des secrets militaires, mais Sara voyait déjà comment elle pouvait exploiter les détails scabreux émaillant la vie intime de quatre hommes sur les six étudiés.

« Comment as-tu pu dénicher tout ça alors qu'ils ne te lâchaient pas d'une semelle ? demanda-t-elle, impressionnée.

— C'est moi qu'ils surveillaient, pas mon réseau. J'ai constitué une équipe de cinq personnes parfaitement intègres ayant pour point commun une haine viscérale envers ce gouvernement corrompu. » Il avait cessé de s'agiter. « Grâce à eux, j'avais les coudées franches.

— Pour accroître ta fortune personnelle, compléta Sara.

— Ça faisait partie de ma couverture. Il fallait bien que je donne le change, répliqua Blum sur le ton qu'aurait employé un vieil espion du temps de la Guerre Froide. En plus, il m'arrivait souvent de travailler alors qu'ils me croyaient en pleine débauche.

— Au Nite Jewel. »

Il hocha la tête. « Mes anges gardiens n'étaient pas très à l'aise dans cette boîte. Comme tu peux l'imaginer.

— Tu viens de me donner une idée. » Elle rechercha parmi les pièces du dossier. « Ce type-là, dit-elle en désignant le lieutenant Mahmoud Tamer. Je veux que tu l'appelles pour lui fixer rendez-vous ce soir au Nite Jewel. »

Blum parut hésiter. « Je n'avais de relation qu'avec Khalifa. Tamer ne me connaît pas personnellement. Pourquoi viendrait-il ?

— Il viendra, lui assura-t-elle. Tu n'auras qu'à lui dire que tu sais qui a tué son patron. »

*

Soraya se réveilla en sursaut à cause de la vive lumière qui emplissait la pièce. Elle était enfermée depuis des jours. Avec le temps, elle avait appris à se dominer, à surmonter la peur et l'angoisse du lendemain. Mais c'était difficile ; parfois elle devait se répéter que leurs geôliers n'étaient que des hommes – des hommes dangereux certes, mais faits de chair et de sang comme tout le monde.

Ayant suivi l'entraînement Treadstone dans sa totalité, elle était armée physiquement et mentalement pour résister à des situations extrêmes comme l'enlèvement, l'incarcération ou la torture. Pourtant, aucun entraînement au monde ne préparait une mère à voir souffrir son enfant.

Raison de plus pour garder l'esprit clair. Elle disposait de beaucoup de temps entre les repas, quand Sonya dormait. Et ce temps, elle l'employait à réfléchir.

Où était-elle ? Toujours à Doha puisqu'on ne les avait pas déplacées après le meurtre de son mari.

Deuxième question : combien étaient-ils à les surveiller ? Trois hommes différents étaient entrés dans leur cellule. Ils étaient masqués mais elle les reconnaissait à leur odeur corporelle. El Ghadan en avait-il disposé d'autres à l'extérieur ?

Troisième question : cet endroit était-il un entrepôt, une forteresse, une maison particulière ? La réponse n'était connue que des djihadistes eux-mêmes.

Sara se leva de sa chaise en bois, fit le tour de la pièce aveugle où elles étaient enfermées, s'immobilisa devant la porte et, comme par réflexe, tourna la poignée.

Les lumières s'éteignirent. Sonya se mit à hurler.

« Maman !

— Je suis là, mon cœur. » Soraya battit en retraite. « Rappelle-toi ce que je t'ai dit. Ma voix est la voix du vent. Tu n'as qu'à la suivre. »

Dès qu'elle s'éloigna de la porte, la lumière se ralluma. Sonya courut se jeter dans ses bras. Elle tremblait. Soraya la porta jusqu'à la chaise, s'assit et la posa sur ses genoux. Tout en la consolant, elle réfléchit à ce qui venait de se produire.

La brusque extinction des lumières n'était pas une coïncidence. On les observait. Sans doute par le miroir fixé dans le mur du fond. Mais peut-être aussi par d'autres moyens. Son regard glissa le long des arêtes entre les murs et le plafond. D'abord, elle ne vit rien, puis enfin, elle nota une fissure dans le plâtre. Et dans cette fissure, l'extrémité d'un câble à fibre optique, un œil minuscule et froid posé sur elles.

La porte s'ouvrit. On leur apportait le petit déjeuner.

À l'extérieur, un autre jour venait de poindre.

*

Le soleil n'était plus qu'une ligne incandescente posée sur l'horizon lorsque Dixon se débarrassa de sa cavalière. Elle traversait une prairie au grand galop. Un petit bois de chênes apparaissait sur sa gauche. À droite, le sol s'inclinait vers une fondrière où poussaient des fleurs sauvages.

Un petit renard roux jaillit de la chênaie et leur coupa la route. Surpris, Dixon pila net. Camilla n'eut pas le temps de réagir, les rênes lui glissèrent des mains et elle s'envola par-dessus le col de sa monture. Par bonheur, elle pensa à amortir sa chute en se ramassant sur elle-même, si bien qu'elle se réceptionna sur l'épaule et termina par une roulade. Elle en eut le souffle coupé, mais s'en tira indemne.

Légèrement hébétée, elle resta un moment allongée sur le dos à contempler le ciel tacheté de blanc. Une autre scène, ancienne mais curieusement similaire, s'afficha dans son esprit. Camilla avait dans les huit ans et, comme à présent, l'après-midi touchait à sa fin. Elle courait à travers champs avec sa grande sœur Beatriz, le regard braqué sur le saule pleureur marquant la ligne d'arrivée. Elle savait qu'au-delà de son feuillage vert tendre, il y avait un étang en contrebas, peuplé de grenouilles et de ces curieux insectes appelés gerridés qui possèdent six longues pattes anguleuses, comme tracées à la règle.

Camilla était sur le point de gagner – elle avait six foulées d'avance sur sa sœur, sept – quand un lapin déboucha devant elle. Voulant l'éviter, elle se prit le pied dans une ronce et s'étala de tout son long. Sonnée par le choc, elle passa quelques secondes couchée dans l'herbe épaisse en s'efforçant de reprendre son souffle et ses esprits. Ses genoux écorchés lui faisaient un mal de chien mais elle ne pleurerait pas.

Finalement, elle se releva en s'appuyant sur les coudes et jeta un coup d'œil autour d'elle. Elle s'attendait à trouver Beatriz à proximité, la regardant d'un air inquiet. Mais non, sa sœur aînée avait allègrement franchi la ligne d'arrivée. Et maintenant, elle sautait à pieds joints, les bras levés en signe de victoire. « J'ai gagné ! J'ai gagné ! J'ai gagné ! » hurlait-elle, tout excitée. Sa voix suraiguë couvrait le bourdonnement des insectes et le chant des oiseaux. Camilla s'apprêtait à l'appeler, lui demander de l'aide, mais elle se ravisa. Beatriz se fichait de ce qui lui était arrivé ; personne ne la cherchait. Son cœur se brisa. Elle fondit en larmes.

Camilla entendit des bruits de sabots. Hunter approchait. Elle faillit lui dire de rester où elle était, qu'elle ne voulait pas de son aide et encore moins de sa pitié. Elle n'avait besoin de rien ni de personne ; elle était adulte maintenant, elle savait se débrouiller seule, merci beaucoup. Lui revinrent en tête les paroles de la reine Élisabeth Ire, qu'elle avait lues quelque part étant enfant : *dans la confiance j'ai trouvé de la trahison.*

Les secondes passèrent. Camilla regardait toujours le ciel en psalmodiant les mots de la reine, quand la grosse tête de Dixon apparut au-dessus d'elle. Comme s'il s'inquiétait, le cheval renifla puis s'ébroua. Dans son œil limpide, elle vit qu'il comprenait plus de choses que ne le prétendait Hunter.

« Ça va, Dixon, je t'assure », lui dit-elle.

Elle se mit à genoux. Le cheval baissa la tête pour se laisser caresser.

« C'est pas grave, Dixon. Je ne suis pas fâchée. Tu ne voulais pas que je tombe, tu as été surpris, c'est tout. Je vais bien, tu vois ? » Elle se redressa lentement, le prit par l'encolure, colla sa joue contre la sienne. Il hennit et secoua la tête de haut en bas comme pour dire oui.

« On est copains, murmura-t-elle. Je te le jure. »

Puis, le serrant encore plus fort, elle s'accorda quelques larmes d'auto-apitoiement. Elle se sentait perdue dans ce monde dominé par les hommes. Peut-être aurait-elle dû choisir une autre carrière. Mais laquelle ? Devenir gestionnaire de fortune, comme le souhaitait son père ? Ou pilote comme sa mère et se retrouver à cinquante ans instructrice de vol après avoir gâché les meilleures années de sa vie ? Ou chirurgien comme sa sœur Beatriz qui avait divorcé deux fois, bossait à s'en rendre malade et n'avait plus le goût à rien ? Camilla frissonna. Non, elle ne voulait pas de ces vies-là.

La confiance, songea-t-elle. La confiance qu'on place dans une bête n'est jamais trahie ni déçue. Elle résiste contre vents et marées.

« Tu t'es fait mal ? » lança Hunter. Elle s'était arrêtée à bonne distance, par délicatesse. « Dois-je appeler une ambulance ? »

Camilla secoua la tête sans se retourner. « Je vais bien. » Sa voix était claire et sonore. « Nous allons bien tous les deux. »

*

Il faisait encore noir dans la pièce quand Soraya entendit la porte s'ouvrir en grinçant. Soraya identifia l'homme à son odeur. Elle devina également ce qu'il leur apportait à manger.

Elle attendit en respirant le plus lentement possible. La lumière s'alluma ; elle plissa les yeux. Sonya dormait encore, blottie sur ses genoux. D'instinct, elle lui fit de l'ombre avec le bras.

« C'est à vous que j'ai parlé hier, n'est-ce pas ? dit-elle au nouveau venu dont les yeux apparaissaient à peine entre les couches de tissu. Dites-moi votre nom. Ce sera plus facile pour discuter.

— Déplace l'enfant, ordonna-t-il.

— Elle dort. Laissez-la tranquille. »

Après une courte hésitation, il posa le plateau-repas sur la paume tendue de Soraya. « Appelle-moi Islam. »

Soraya se mit à manger. « Vous ne sortez jamais d'ici, on dirait, fit-elle entre deux bouchées. Vous devez détester ce lieu presque autant que nous.

— Oui… enfin, c'est normal quand on est enfermé pendant des jours. Je ne suis pas habitué.

— Qui l'est ? »

Il se pencha vers elle. Il sentait la sueur et le tabac froid. Ces types sont tous fâchés avec l'eau et le savon, songea Soraya. Elle-même ne s'était pas lavée depuis plus de deux jours. Sonya non plus. Cette pensée la déprima ; elle mit son mouchoir dessus. Elle devait rester positive, pour leur bien à toutes les deux. C'était le seul moyen de tenir le coup.

« Pourquoi tu fais la grimace ? demanda-t-il avant de s'emporter. C'est mon odeur qui te dérange, chienne d'infidèle ? C'est ça ? »

La main de Soraya s'arrêta à mi-chemin de sa bouche. Ces brusques changements d'humeur faisaient partie du quotidien des otages. La chose était connue. Il en fallait plus pour l'impressionner. En revanche, Sonya réveillée en sursaut par les éclats de voix se mit à trembler en cherchant le regard de sa mère, puis celui du djihadiste.

« Maman ? gémit-elle.

— Tout va bien, mon cœur, dit Soraya sur un ton apaisant. Ce n'est rien.

— Comment ça, rien ? Je vois bien que je te dégoûte, brailla Islam en lui arrachant le plateau.

— Islam, je ne sais pas ce que vous voulez dire. »

Il se pencha davantage. Son nez touchait presque le sien. « Il ne t'est jamais venu à l'esprit que c'était toi qui puais ? Je ne supporte pas l'odeur qui se dégage de toi. J'ai envie de vomir chaque fois que j'entre ici. »

Elle avait commis une grave erreur en laissant paraître ses sentiments, ne serait-ce qu'un instant. Elle montra le plateau. « Je peux le garder, s'il vous plaît ? Pour nourrir Sonya. »

Islam approcha son visage de celui de la petite fille, mais c'est à Soraya qu'il s'adressa. « Désormais, tu souriras quand j'entrerai ici. Compris ?

— Oui, d'accord, répondit Soraya en se forçant pour sa fille. Je vous le promets. »

Mais c'était trop tard. Sonya pleurait à gros sanglots.

24

« PROCÉDONS PAR ORDRE, DIT ELI YADIN. D'abord, je vous ordonne de quitter Doha. Au moment où nous parlons, je suis en train de monter une équipe d'extraction avec l'aide du Kidon.

— Monsieur le Directeur, je ne pense pas que ce soit une bonne idée », répondit Sara.

Elle avait demandé à Blum d'acheter deux portables prépayés pour qu'ils puissent téléphoner sans risquer d'être écoutés par les espions de Khalifa. Le colonel était mort mais ses consignes continuaient à s'appliquer, elle en était sûre. Pour commencer, elle avait appelé son père via un réseau brouillé. Elle avait juste eu le temps de lui faire son rapport qu'il avait raccroché.

Une heure passa avant qu'il ne rappelle. Ce laps de temps lui avait permis d'encoder le renseignement obtenu par Blum, à savoir la connexion entre El Ghadan, Khalifa Al Mohannadi et Ivan Borz, et de l'envoyer sur une messagerie privée hébergée par un serveur crypté auquel Bourne avait accès en permanence.

« Je me fiche de ce que vous pensez. C'est moi qui commande, aboya-t-il dans son oreille dès qu'elle eut décroché. Je n'aurais jamais dû vous envoyer là-bas, Rebeka. » Quand elle était en opération, il la vouvoyait et l'appelait par son pseudo. Elle-même n'aurait jamais songé à lui donner du papa.

« Et nous n'aurions jamais su que ces trois-là magouillaient ensemble, répliqua-t-elle.

— Ce qui me préoccupe dans l'immédiat c'est la mort de Khalifa. Non seulement ce type était colonel mais il travaillait pour le Centre de commandement tactique du Qatar. Excusez du peu. Et, d'après ce que vous m'avez dit, des témoins vous ont vue monter dans le bateau avec lui. Le capitaine du port peut vous identifier. Les sbires de Khalifa vont remuer ciel et terre pour vous retrouver. » On entendit un froissement de papier. « Le commando du Kidon est prêt à partir. Ils seront sur place dans trois heures. En attendant, restez à l'intérieur et ne vous approchez pas des fenêtres. »

Eli s'éclaircit la gorge, comme pour éviter de s'étrangler de rage. « Maintenant, passez-moi ce connard de Blum. »

Sara ouvrit la bouche pour répondre, mais rien ne sortit. Quand son père se mettait dans des états pareils, personne ne pouvait le raisonner. Permettre à sa fille d'intégrer les rangs du Mossad n'avait peut-être pas été sa meilleure idée, songea-t-elle avec tristesse. Elle tendit l'appareil à Blum.

« Tiens, prends », lui dit-elle sèchement.

Blum attrapa le portable comme s'il s'agissait d'une bombe à retardement. On aurait même pu craindre qu'il ne le balance par la fenêtre. N'importe quoi plutôt que d'essuyer les foudres du directeur Yadin.

« Écoute-moi, espèce de petite merde, normalement je devrais ordonner à Rebeka de te descendre sur-le-champ. Mais comme nos équipes ont confirmé tes renseignements – dans les grandes lignes –, je crois que je vais te garder encore un peu.

— Merci, monsieur le Directeur.

— Ne me remercie pas, Blum. Tu es sous surveillance. Nous avons rapatrié le personnel en poste au Waziristan, incendié la résidence. À cause de toi, il faudra tout recommencer à zéro.

— Je ne pouvais pas prendre le risque de vous contacter. Rebeka vous l'a dit.

— Il y a toujours un moyen, Blum, pour peu qu'on se donne la peine de réfléchir. Mais toi, tu es un gros paresseux. Je l'ai toujours su. C'est pour ça qu'on t'a envoyé à Doha, où il ne se passe jamais rien.

— Jusqu'à présent.

— Je t'ai demandé ton avis ?

— Non monsieur.

— La question que je me pose est la suivante : Est-ce seulement de la paresse ou est-ce que tu es cinglé ?

— Peut-être un peu des deux, monsieur le Directeur, fayota Blum. Mais j'ai quand même risqué ma vie en doublant Khalifa. Ce mec était malin comme un singe.

— Ça n'excuse rien, fit Yadin. Ton cas reste à l'étude, Blum. Écoute bien ce que je dis. J'ai annoncé à Rebeka que l'équipe d'extraction était en chemin. Mais c'était juste pour lui ficher la trouille.

— Ben, c'est pas gagné, répondit Blum en regardant sa compagne à la dérobée.

— Là, pour une fois, tu as raison. Rebeka n'a peur de rien. Mais cette qualité se retourne souvent contre elle. Donc, je te donne pour mission de la protéger.

— Quoi ?

— Tu as réussi à te sortir d'une situation terriblement délicate. J'en conclus que tu possèdes certaines compétences. À présent, il n'est plus question de toi mais de Rebeka. Je te la confie, prends soin d'elle comme de la prunelle de tes yeux. Si elle meurt, quelles que soient les circonstances, je jure que je t'abandonne au milieu du désert sans eau et sans nourriture. On est d'accord, Blum ?

— Je comprends, monsieur le Directeur.

— J'espère bien. Maintenant, repasse-la-moi. »

Rebeka récupéra le portable. « Je crois que les récents événements nous ont créé une magnifique opportunité, ici à Doha.

— Qu'est-ce à dire ? » répliqua Yadin.

Elle lui narra l'affaire dans ses moindres détails, grâce à ce sens aigu de l'observation qui la plaçait au-dessus des autres agents de terrain.

Cinq heures plus tard, l'imprimante du médecin se remit à cracher du papier.

*

Le C17 décolla puis vira sur l'aile direction nord-est. Penché vers son hublot, Bourne voyait le long des routes d'interminables colonnes de réfugiés. Ces gens fuyaient Damas en transportant leurs maigres affaires sur des chariots ou des véhicules surchargés, pour rejoindre les camps montés à la hâte dans les pays limitrophes, parmi lesquels, comble d'ironie, figurait l'Irak. Faraj donna un ordre au pilote. Ce dernier mit cap à l'est.

Peu après, Faraj se leva et, se tenant aux dossiers des sièges, alla s'accroupir près de Bourne. « Écoute, Youssouf, mon ami, on vient de me transmettre une info. Je vais te montrer un truc. Je veux que tu voies de tes yeux ce qui se passe dans ton malheureux pays. »

Le C17 descendit jusqu'à ce que les maisons se découpent nettement sous leurs yeux. Ils étaient en train de survoler la Ghouta, un faubourg de Damas. Les habitants par centaines couraient comme des fourmis pour échapper à un tir de barrage. Les missiles produisaient un bruit assourdi au moment de l'impact. Quelle sorte d'explosif contiennent-ils ? se demanda Bourne.

La réponse arriva bien vite. En éclatant, les projectiles dégageaient des tourbillons de poussière qui se répandaient partout dans les rues, fauchant tout le monde sur leur passage. Les gens tombaient les uns après les autres, se griffaient le visage, se contorsionnaient en happant l'air de leurs bouches béantes. Et les nuages toxiques recouvraient leurs corps en ondulant comme un serpent à mille têtes.

Le serpent les dévora tous : les hommes, les femmes qui couraient en serrant leurs enfants contre elles. Une femme enceinte bascula en arrière et resta couchée sur le sol en se tenant le ventre. Elle fut piétinée par la foule paniquée. Pour échapper à la mort, les gens n'hésitaient pas à écraser ceux qui semblaient avoir déjà succombé. Mais quoi qu'ils fassent, leur sort était scellé. Porté par le vent, le serpent empoisonné se déplaçait plus vite qu'eux.

Quand l'avion vira de nouveau pour s'éloigner vers le nord, Faraj reprit la parole : « C'est l'armée de ton pays qui fait ça,

Youssouf, les soi-disant protecteurs de la Syrie. Non content de bombarder les siens, ce gouvernement leur balance du gaz sarin, une arme de destruction massive. »

Bourne était à deux doigts d'attraper un parachute et de sauter. Mais qu'aurait-il pu faire contre une armée ? Il resta donc assis, à remâcher sa colère et son impuissance, pendant que l'avion poursuivait sa route, loin de cet odieux massacre.

« Voilà ce à quoi nous sommes confrontés, dit Faraj. Chaque jour, de nouvelles atrocités. Et pas seulement ici en Syrie. C'est pareil au Yémen, en Irak, en Iran ; la liste est interminable. » Il agrippa l'épaule de Bourne. « Voilà pourquoi nous luttons, par tous les moyens possibles, afin d'appliquer la volonté d'Allah aux musulmans du monde entier.

— Tu disais que tu rentrais chez toi.

— Chez moi ? Les gens comme moi n'ont pas de patrie. On nous déplace, on nous expulse. Nous sommes des parias. La terre de notre enfance nous a été confisquée, et depuis, nous errons éternellement sans pouvoir nous réfugier nulle part, sauf dans les marges de la société.

— Mais tu as un plan. »

Un éclat sombre passa dans les yeux de Faraj. « Un plan, oui. On a mis des années à le monter et maintenant, il est sur le point de porter ses fruits. Je ne te mentirai pas, Youssouf, c'est un projet audacieux que seuls des laissés-pour-compte, des hommes n'ayant rien à perdre pouvaient concevoir.

« Mais aujourd'hui, nous sommes prêts à le mettre à exécution. Notre heure est venue. Le Grand Satan connaîtra bientôt le goût amer de la défaite. »

*

Il y avait presque trois mille kilomètres entre Damas et le Waziristan. Le C17, un appareil qui ne brillait pas par sa rapidité, progressait vaille que vaille dans le ciel encombré de nuages. Bourne ne s'était pas encore remis du terrible spectacle auquel il avait assisté. De toutes les horreurs qu'il avait pu voir au cours de sa vie – même s'il avait oublié un bon nombre d'entre elles – ce gazage figurait parmi les pires. Le droit international avait interdit l'usage des armes chimiques voilà de nombreuses années. C'était un crime impardonnable, comme empoisonner l'eau d'un puits, et qui méritait la plus sévère des punitions. Bourne enrageait de ne rien pouvoir faire, lui qui passait sa vie à expier un passé qui lui échappait constamment en s'efforçant de sauver ses semblables. Il se savait impuissant mais ne pouvait se résoudre à l'inaction. Il regarda Faraj assis de l'autre côté de l'allée centrale et se dit qu'il existait sans doute un moyen de l'utiliser pour trouver le défaut dans la cuirasse d'El Ghadan.

Il le rejoignit et s'accroupit comme Faraj l'avait fait alors qu'ils survolaient la Ghouta. « Certaines choses ne sont plus aussi simples qu'autrefois, dit-il en forçant la voix pour se faire entendre malgré le bruit des moteurs et les vibrations de l'avion.

— Mais non, tu te trompes, répondit platement Faraj. Il y a nous et il y a le grand Satan. Point barre. »

Bourne répliqua : « Cette haine proclamée envers le grand Satan masque la complexité du problème. »

Faraj leva ses sourcils broussailleux. « Et ce problème, quel est-il ?

— L'Islam lui-même. Le monde musulman est comme un soldat découpé en plusieurs morceaux qui se combattent depuis des siècles. Les Sunnites s'opposent aux Chiites, les Alaouites aux Sunnites. En plus de cela, il y a les Saoudiens qui mangent à tous les râteliers et suscitent la haine et la peur de tous les autres, les Irakiens, les Afghans, les chefs pashtounes du Pakistan occidental cachés dans leurs montagnes, les Pendjabis qui ne plient devant personne. La liste est longue. Le Grand Satan n'est pas seul responsable de ce bain de sang, Faraj. Nous devons assumer nos erreurs, nous aussi.

— Tu as de drôles d'idées, Youssouf, grogna Faraj.

— Ces drôles d'idées pourraient être utiles, en ce moment. Crois-moi, elles sont le fruit d'une réflexion que j'ai entreprise voilà bien longtemps.

— Tu parles comme un chef. Pas comme un sniper solitaire.

— Peut-être que la solitude m'a donné le temps de concevoir ces drôles d'idées, justement.

— Cherches-tu à les imposer aux autres ?

— Je n'en ai pas le pouvoir, Faraj. Et pas l'intention non plus.

— Alors, comment espères-tu les répandre ? »

Bourne sourit. « En les exposant à ceux qui tiennent les rênes. À ceux qui ont de l'influence. Comme toi, Faraj. » Il faillit ajouter « Ou comme El Ghadan », mais c'eût été prématuré. Et il devait éviter à tout prix d'éveiller les soupçons de cet homme foncièrement méfiant.

« Quel est ton but, en fin de compte ? insista Faraj.

— Je vais te le dire, mais d'abord, permets-moi de te poser une question, répondit Bourne après une hésitation feinte, car il savait précisément comment aborder le sujet. Pourquoi vas-tu te cacher au Waziristan ?

— Pour accomplir la dernière étape de notre plan, loin des yeux du Grand Satan.

— Dans une région bombardée chaque jour par une demi-douzaine de drones américains ? » Bourne secoua la tête. « Non, je ne te crois pas. »

Faraj le fusilla du regard. Bourne comprit qu'il avait poussé le jeu un peu trop loin. Mais il n'avait pas d'autres cartes en main.

« Donne-moi ta version, puisque tu es si malin, marmonna son interlocuteur.

— Vous êtes cernés par de puissants groupes djihadistes. Tu parlais de l'EI tout à l'heure, mais il y en a des tas d'autres : Al-Qaïda, le Front al-Nosra, les Frères musulmans, le KOMPAK d'Indonésie, Ansar Al-Charia en Lybie, le Front islamique en Syrie, le Hamas, le Hezbollah… Dois-je poursuivre ? Non, c'est inutile. C'est ça votre problème. À les entendre, on croirait qu'ils poursuivent tous le même but que vous. Mais est-ce vrai ? En réalité, ils ne partagent ni vos méthodes ni votre rhétorique, et ils n'ont aucun intérêt à vous laisser grandir. »

Faraj acquiesça d'un air docte. « Tu dis vrai, Youssouf.

— Ça te plaît d'aller te planquer au Waziristan ?

— Tu as déjà mis les pieds là-bas ? »

Bourne sourit. « C'est ce que je pensais. J'ai une proposition à te faire.

— Ça ne m'étonne pas. » Faraj se gratta la barbe. « Mais je ne suis pas le mieux placé pour te répondre.

— Ah bon ? Pourtant tu es le chef.

— Le chef de ce que tu as vu, le chef de ce que tu verras quand nous atterrirons. Mais la Brigade du Lendemain n'a qu'un seul homme à sa tête : El Ghadan.

— Sera-t-il au Waziristan ? »

Faraj le regarda fixement, puis détourna la tête.

*

« Tu es sûr de cela ? demanda Howard Anselm.

— C'est du renseignement brut, répondit Marty Finnerman, provenant des postes d'écoute que le département de la Défense possède à Jérusalem et sur les hauteurs du Golan. »

Nous y voilà, songea Anselm en relisant le texte imprimé noir sur blanc.

« La Knesset a adopté le projet visant à poursuivre les implantations israéliennes dans les Territoires occupés. Depuis, le nombre d'attentats à la bombe commandités par le Hamas à Tel-Aviv a atteint un niveau record. Cinquante-cinq morts rien que durant la semaine qui vient de s'écouler. »

Finnerman et Anselm s'étaient donné rendez-vous dans une salle SITCOM du Pentagone. Ils avaient baissé les lumières. Sur les huit écrans qui les entouraient défilaient toutes sortes de documents : des listes de personnel, des mouvements de troupes, des cartes interactives de pays comme l'Irak, l'Afghanistan, l'Égypte ou la Syrie, des images captées par des drones de surveillance ou des caméras au sol, mais aussi un nombre hallucinant de séquences vidéo prises sur les lignes de front de ces mêmes pays au moyen de téléphones portables.

Finnerman se pencha vers Anselm. « Les choses se déroulent comme l'avaient prédit nos collègues de Gravenhurst. Nous ne voulons pas la paix. Les membres de Gravenhurst, anciens ou actuels, constituent l'axe politico-industriel autour duquel ce pays fonctionne. Franchement, la notion de compromis n'entre pas dans notre vocabulaire. Et les efforts de Potus en faveur des pourparlers de paix se solderont par un échec.

— Raison pour laquelle nous avons élaboré un plan d'urgence dont l'application repose sur l'échec de ce sommet. »

Finnerman hocha la tête. « Nous savons toi et moi que Gravenhurst a correctement estimé la situation. La Syrie est la porte vers l'Iran, et que cela nous plaise ou non, l'Iran sera la prochaine étape de notre guerre contre le terrorisme. En neutralisant la Syrie, nous priverons l'Iran de son principal allié dans la propagation du djihadisme. Il s'agit d'une étape essentielle pour assurer la sécurité du monde entier – à commencer par celle des États-Unis qui, d'après Gravenhurst, n'ont jamais connu de menace aussi forte, même au moment du 11 Septembre. »

Une grimace de dégoût déforma le visage de Finnerman. « Nous n'avons presque plus de troupes en Irak, et bientôt, nous quitterons l'Afghanistan. Résultat, nous nous retrouvons avec sur les bras l'équivalent de six cent cinquante milliards de matériel militaire high tech. Il est grand temps de l'employer à écraser notre véritable ennemi. »

Anselm secoua la tête. « Tu sais ce que Potus répondra. Les gens en ont ras-le-bol de la guerre. Et c'est un euphémisme.

— C'est à l'administration de leur faire comprendre leur erreur, de leur expliquer que leurs moyens de subsistance, leurs vies mêmes, celles de leurs enfants et de leurs petits-enfants dépendent de notre intervention en Syrie.

— Les Russes ont rendu ce genre de discours difficile à faire passer.

— On n'aura qu'à montrer le président russe tel qu'il est. Un simple opportuniste. Ce ne sera pas bien compliqué. Tout le monde le déteste, de toute façon. On peut compter sur l'appui de CNN et de Fox, sans parler du *Washington Post* et d'un bon nombre de blogueurs liés aux milieux conservateurs et religieux. Ceux-là m'obéissent au doigt et à l'œil. Ajoute à cela les sénateurs et les membres du Congrès possédant des intérêts dans notre complexe militaire. » Finnerman sourit jusqu'aux oreilles. « Là, tu es dans ton élément, Howard. De la rigueur, monsieur ! La rigueur est à l'ordre du jour.

— Peut-être, mais il reste à convaincre Potus, insista Anselm. C'est notre problème depuis le départ. »

Finnerman fit son sourire de renard. « De ce côté, le destin est intervenu en notre faveur. Regarde ça. » Il désigna le moniteur placé au centre, où venait d'apparaître une image arrêtée, prise par une caméra de surveillance.

« L'un de nos postes de surveillance au Moyen-Orient vient d'envoyer cette captation. »

On discernait deux hommes à l'intérieur du cadre.

« La définition est vraiment dégueulasse, fit remarquer Anselm. Qui est-ce ? »

Finnerman pointa la télécommande vers l'écran. « L'homme à gauche c'est Abou Faraj Khalid, un Syrien, l'un des dirigeants de la Brigade du Lendemain.

— Un lieutenant d'El Ghadan.

— Oui. » Finnerman branla du chef. Depuis que cette info lui était parvenue, son indignation ne faisait que grandir. « Et l'homme à côté de lui…

— Un autre Syrien, apparemment.

— Oui, apparemment. » Finnerman pressa un bouton de la télécommande. L'image originelle glissa vers la gauche et un gros plan du deuxième individu s'afficha sur la droite. « Je lance le logiciel de reconnaissance faciale », annonça-t-il en appuyant sur une deuxième touche. Une douzaine de triangles blancs recouvrit les zones clés du visage et se mirent à clignoter si rapidement qu'on voyait juste un brouillard lumineux.

« Arrête, Marty, ça me file la migraine.

— Patience. » Le brouillard se dissipa, les triangles se figèrent. « Voilà, on y est. » Le gros plan retravaillé vint se placer à la gauche de l'écran tandis qu'à droite s'incrustait une nouvelle photo, le portrait de Jason Bourne. Les triangles blancs se remirent à fourmiller, tantôt sur le visage de Bourne, tantôt sur celui du Syrien non identifié. « Ce type, c'est Bourne. Son déguisement est excellent, je l'avoue, mais ce logiciel de reconnaissance faciale est capable de cibler les contours d'un visage sous n'importe quel maquillage.

— Bourne, articula Anselm, fasciné.

— En compagnie d'un chef terroriste parmi les plus dangereux. »

Un sourire rampa sur le visage d'Anselm. « C'est donc vrai.

— Eh oui. Nous tenons enfin la preuve qui nous manquait pour rallier Potus à notre cause : Bourne est de mèche avec El Ghadan. »

25

SARA SE FRICTIONNAIT LES CHEVEUX avec une serviette éponge.

« Je te préfère comme ça, dit Blum. En noir corbeau. »

Sara lui décocha un regard cinglant. « Ne te monte pas le bourrichon.

— Pas d'angoisse. » Il éclata de rire. « Les filles aux cheveux courts, c'est pas mon style. »

Sara ricana et se tourna vers le miroir. La coupe était plutôt réussie. C'était la femme du médecin qui avait officié pendant que Blum descendait au supermarché acheter la teinture et les produits de maquillage dont Sara lui avait donné la liste.

Elle avait changé de tête, effectivement. Une transformation moins radicale que si Jason s'en était chargé, mais qui lui convenait assez. Dès qu'elle enfilerait la tenue traditionnelle composée d'une abaya et d'un hijab noirs, tout le monde la prendrait pour une vraie Qatarie. Autre détail essentiel, elle devrait aussi réduire la longueur de ses pas. La femme du médecin l'aida à peaufiner quelques détails, puis à ajuster les pièces de vêtements qu'elle s'était procurées à son intention.

Sara et Blum étaient prêts à sortir dans la rue.

En sentant l'air sur son visage, Sara eut l'impression d'avoir été enfermée pendant des jours. La lune soulignait d'un trait d'argent la courbe de la Corniche. Ils marchaient côte à côte comme des amoureux admirant la splendeur des gratte-ciel qui scintillaient dans la nuit. Une vedette rapide traversa la baie, à leur droite, laissant dans son sillage une traînée d'écume phosphorescente. Sara frémit au souvenir de sa lutte mortelle sur le bateau de Hassim.

Le Nite Jewel faisait partie de ces établissements qui mettaient une limousine à la disposition de leurs meilleurs clients. Blum passa un coup de fil et, trente minutes de promenade plus tard – l'heure approchant de leur rendez-vous avec le lieutenant Tamer –, le véhicule de courtoisie se rangea le long du trottoir.

Le Nite Jewel se trouvait à un jet de pierre de la Corniche, sur une rue secondaire mais commerçante. Comme son nom le laissait prévoir, sa façade brillait de mille feux. Des tubes LED clignotaient sous la marquise protégeant l'entrée, repeignant les clients aux couleurs de l'arc-en-ciel.

La limousine freina en douceur. Blum descendit le premier, suivi par Sara dans son costume traditionnel. Le portier le connaissait. Il le salua d'un signe de tête respectueux et ouvrit la lourde porte argentée.

À l'intérieur, il faisait moins clair que dans la rue. Sara dut attendre que ses yeux s'adaptent à la pénombre pour s'apercevoir qu'ils longeaient un couloir au plafond noir, percé de points lumineux comme des étoiles minuscules disséminées à travers la voûte céleste. Quant aux murs, comprit-elle juste avant d'arriver au bout, ils étaient tapissés d'un papier à motifs bleu nuit.

Lorsqu'ils débouchèrent dans la salle elle-même, Sara ne put cacher sa stupéfaction. L'architecte ayant conçu la décoration intérieure du Nite Jewel devait adorer les films de gangster des années 1930. Les tables étaient disposées en fer à cheval sur trois niveaux tandis que sur la scène jouait un orchestre de jazz constitué de cinq musiciens.

Chaque table formait un îlot d'intimité, avec sa lampe à franges projetant une lumière rose sur la nappe et le téléphone rétro servant à contacter, si on le désirait, les clients assis alentour. Tandis qu'on les conduisait vers celle que Blum avait réservée, Sara vit que la plupart étaient occupées par des personnes seules, surtout des femmes.

Blum avait choisi une table au centre du troisième et dernier niveau. Mahmoud Tamer y était déjà installé devant ce qui ressemblait à un club-soda avec de la glace. C'était un homme taciturne au regard intense, à la peau grêlée et aux épaules tombantes. Il est laid mais pas forcément idiot, songea Sara qui s'était toujours gardée de juger quiconque au premier regard.

Tamer ne la vit pas approcher, car elle marchait derrière Blum. Quand il se leva pour saluer ce dernier, elle constata à quel point un uniforme pouvait donner de l'allure, voire de la gravité, à l'homme le moins élégant. Il n'y avait qu'à prendre l'exemple de Mussolini.

Tamer étudia Blum de la tête aux pieds, comme s'il était une tête de bétail.

« Lieutenant, s'écria Blum en jouant l'enthousiasme.

— Blum, répondit l'autre, je devrais vous faire arrêter.

— Pour quel motif ?

— Peu importe. J'ai le choix.

— Ce ne serait guère prudent, ni même sage.

— Je n'ai pas envie d'être prudent, ce soir.

— Votre chef est porté disparu. » Blum hocha la tête. « Je comprends. »

Tamer se pinça la lèvre inférieure comme pour en retirer un brin de tabac. « Ça m'étonnerait, mais asseyez-vous quand même. »

Voulant garder la maîtrise de la discussion, Blum resta debout. « Il y a un temps pour les menaces et un temps pour la négociation.

— Le commandement tactique ne négocie pas. Je veux cette femme, Martine Heur, la diamantaire canadienne qui a été vue alors qu'elle montait sur le bateau de Hassim en compagnie du colonel Khalifa. Le capitaine du port prétend qu'elle est la seule survivante.

— Martine Heur a quitté le Qatar, c'est tout ce que je peux vous dire.

— Ce qui est peu, fit Tamer dans un rictus. Vraiment très peu.

— Bien au contraire, répliqua Blum sans hausser le ton, c'est plus que vous n'en saviez voilà cinq minutes. »

Tamer le foudroya du regard comme il l'aurait fait avec un soldat insolent. Mais voyant que Blum ne bronchait pas, il finit par en rabattre. « Dans ce cas, pourquoi sommes-nous ici à nous regarder en chiens de faïence ? Vous me faites perdre mon temps.

— Et votre temps est tellement précieux. » Blum pencha la tête. « Bien, asseyons-nous. »

Tamer soupira d'exaspération, mais obéit. Quand Blum s'assit à son tour, le Qatari leva brusquement les yeux, surpris de constater la présence d'une femme si près d'eux. Sara avait fait en sorte qu'il ne la découvre qu'au tout dernier moment.

« Qu'est-ce que c'est que ça ? » s'indigna Tamer.

Avant qu'il puisse faire un geste, Sara s'assit entre les deux hommes. Tamer recula comme si elle avait la lèpre.

« Je ne peux pas être assis à côté d'une femme, dit-il en grimaçant.

— Mais si, vous allez y arriver », répondit Blum.

Le lieutenant renifla. « Qui êtes-vous pour me donner des ordres ? »

Tamer voulut se lever mais Sara empoigna le scalpel qu'elle avait emprunté au médecin et le planta dans le tissu de son pantalon. La lame rata la cuisse de deux millimètres et se ficha dans l'assise du siège. Tamer poussa un cri étouffé qui passa inaperçu car, au même instant, sur la scène, le saxo produisit à peu près le même.

« Voilà qui est mieux », dit Blum.

Épinglé comme un papillon sur une plaque de liège, Tamer se contentait de fixer sa voisine d'un air furibond.

Soudain, le téléphone en bakélite noir posé sur la table se mit à sonner. Blum jeta un coup d'œil à Sara qui décrocha.

« Par Dieu tout-puissant, hurla la voix dans son oreille, vous venez de signer votre arrêt de mort. »

26

COMME DE COUTUME, IL FAISAIT À PEINE JOUR lorsque Camilla descendit pour le petit déjeuner. Elle chercha Hunter dans la cuisine et, à sa place, trouva un individu aux cheveux coupés en brosse et au regard vide qui se comportait comme un bonimenteur de foire.

« Salut, lança-t-il avec un accent grasseyant. Vincent Terrier.

— Quoi ? Terrier comme un fox terrier ?

— Je suis votre nouvelle nounou. »

Camilla n'aimait ni le bonhomme ni son attitude. « Je n'en ai pas besoin. »

Il haussa les épaules. « On n'a pas toujours le choix. »

Elle survola le menu dactylographié d'un œil distrait. « Où est passée Hunter ?

— Partie. » Il montra ses dents de devant. Ça ne présage rien de bon, pensa Camilla.

Terrier choisit des flocons d'avoine, qu'il appelait du porridge, « avec du lait mais pas de sucre ». Camilla frissonna intérieurement. Elle commanda la même chose que d'habitude – deux œufs pochés, des tartines de pain blanc – même si la faim qui la tenaillait en entrant n'était plus qu'un souvenir.

« Vous êtes à moi maintenant », ricana Terrier sans autre motif que se montrer désagréable.

Sa façon de s'exprimer l'horripilait autant que ce qu'il venait de dire. Il parlait d'elle comme d'un objet qu'il aurait acheté, une voiture ou une montre. Quand on les servit, Terrier se jeta sur son bol de porridge comme s'il n'avait rien avalé depuis des jours.

« Suis-je sous surveillance ? demanda-t-elle.

— Vous devriez l'être ? » répondit-il entre deux cuillerées.

C'était l'un des chiens de garde d'Anselm, l'homme contre lequel Hunter avait promis de la protéger. Et maintenant Hunter était partie. Pouf ! Disparue. Elle faillit s'étrangler de colère. Terrier et son maître lui sortaient par les yeux. Elle en avait assez de cette mascarade. Or, dixit John Le Carré, ceux qui en ont assez en veulent toujours davantage. « J'exige de savoir ce qu'est devenue Hunter. »

Terrier continuait de dévorer son écœurante bouillie sans répondre ni même lever le nez de sa gamelle.

Elle se pencha vers lui. « Vous m'avez entendue ?

— Vos œufs refroidissent. »

Elle attrapa son assiette et en renversa le contenu sur les flocons d'avoine de son voisin d'en face, lequel s'interrompit, le temps d'observer le gâchis qui stagnait au fond de son bol. Puis il posa délicatement sa cuillère sur les jaunes éclatés et déclara sans s'énerver : « Ici, à la Laiterie, on ne pose pas ce genre de questions.

— Je suis Camilla Stowe, dit-elle en appuyant sur chaque syllabe. Je pose les questions que je veux, là où je veux. »

Il se rencogna au fond de son siège et, pour la première fois, la regarda droit dans les yeux. « Si vous y tenez…

— Je veux récupérer mon officier traitant.

— Je crains que ce ne soit… »

Elle se leva et sortit du réfectoire, pensant qu'elle se sentirait mieux dans la fraîcheur du petit matin. Mais en fait, ce fut tout le contraire. Le départ de Hunter l'affectait plus qu'elle ne l'aurait imaginé.

*

Soraya aimait sa fille plus que sa propre vie. Et pourtant, elle n'avait pas ce qu'on appelle la fibre maternelle. Répondre aux besoins d'un petit enfant exigeait d'elle un effort considérable.

La naissance de Sonya avait totalement bouleversé son quotidien. Pour une femme comme elle, ayant servi des années dans les services secrets, une telle reconversion n'avait rien d'évident. Elle en concevait une certaine culpabilité, sentiment qui souvent l'écrasait sous son poids. Aujourd'hui plus que jamais, bien entendu. Elle s'en voulait de n'avoir pas su protéger Sonya et Aaron des retombées toxiques de son passé. Les remords la rongeaient de l'intérieur comme une créature vivante lovée au creux de ses entrailles.

« Maman, dit Sonya de sa voix flûtée, parle-moi des djinns. »

Grâce à Sonya, Soraya s'était découvert un talent de conteuse. Talent dont elle usait à présent pour tisser un voile de calme et d'optimisme autour d'elle et de sa fille. Elle espérait ainsi les protéger d'Islam et de ses comparses. Elle avait toutefois dans l'idée que le jeune homme pourrait un jour lui être utile. Non pas qu'elle se fît la moindre illusion, elle connaissait trop bien la mentalité des djihadistes. Mais elle avait réussi à établir un contact avec lui et à lui faire dire son prénom. C'était déjà beaucoup. Depuis, elle se disait qu'ayant sorti la tête de l'eau, elle parviendrait peut-être à atteindre l'autre bout de la piscine, là où elle avait pied.

Mais pour l'instant, il s'agissait de replonger dans le monde merveilleux qui n'appartenait qu'à elles. Sonya aimait tant le personnage du djinn qu'elle lui réclamait sans cesse d'autres aventures. « Il était une fois, un djinn qui vivait seul au milieu du désert de Gobi, dans un lieu que ses frères avaient fui depuis bien longtemps. »

Assise sur ses genoux, Sonya pressait son petit corps contre le sien. « Pourquoi il n'est pas parti avec les autres, maman ?

— Parce que, mon petit trésor, le père de ce djinn était enterré sous la dune où il avait vécu, et qu'il ne pouvait se résoudre à l'abandonner.

— Il ne voulait pas quitter son papa.

— C'est exact, mon trésor.

— Moi non plus, je ne voulais pas quitter mon papa. »

Des larmes roulèrent sur les joues de Soraya.

« Maman ?

— Oui ma chérie.

— Le djinn peut tout faire, n'est-ce pas ?

— Oui.

— Je voudrais que le djinn soit ici, maman. » La voix de Sonya devint plus ténue que jamais. « Comme ça, il pourrait faire revenir papa. »

*

« Rejoignez-moi, dit la voix au téléphone. Venez seule. »

Sara raccrocha lentement le combiné en bakélite et, sans quitter des yeux le lieutenant Tamer, souffla à Blum : « Quelqu'un nous observe. J'y vais. »

Blum changea de position sur son siège, mais eut la présence d'esprit de ne pas tourner la tête. « Tu crois que c'est prudent ?

— Je n'ai pas le choix. » Sara nota le léger rictus sur le visage de Tamer. « Vous ne sourirez plus quand je reviendrai, je vous le garantis.

— *Si* vous revenez. »

Blum se pencha et lui murmura : « Qui est-ce ?

— Je te le dirai bientôt. » Elle récupéra le scalpel et approcha ses lèvres de l'oreille de l'officier. « Si tu m'obliges encore à me servir de cette lame, je te promets que tu passeras un mauvais quart d'heure. »

Elle se leva et se dirigea tranquillement vers la table que l'homme au téléphone lui avait indiquée, au même niveau qu'eux mais à l'extrémité du fer à cheval. Sa lampe à franges était éteinte, comme convenu.

Il était seul, caché dans l'ombre. Sans dire un mot, Sara s'installa face à lui. Elle l'avait reconnu.

« Le Nite Jewel n'est pas le genre de lieu que vous fréquentez d'habitude, El Ghadan.

— Vous savez mon nom, mais moi j'ignore le vôtre.

— C'est bien ainsi. Rien ne presse.

— Vous parlez l'arabe qatari mais vous n'êtes pas née ici. » Il plissa les yeux comme pour s'aider à réfléchir. « Vous n'êtes pas non plus américaine. »

Sara s'accorda un sourire. « Je doute que vous m'ayez fait venir pour échanger ce genre de banalités. »

El Ghadan croisa les mains sur la table devant lui. « Alors, dites-moi pourquoi je vous ai fait venir ?

— Il était évident que votre toutou irait rapporter à son maître que mon ami l'avait convoqué ici.

— Simple précaution.

— Certes. » Sara avait du mal à supporter son regard brûlant. Ces fanatiques se ressemblent tous, pensa-t-elle. Mais on ne devait pas le sous-estimer pour autant. Elle connaissait son passé, et surtout elle savait avec quelle habilité il avait piégé Bourne en se servant de Soraya et de sa famille. Pour lui, la psychologie était une arme comme une autre ; ce qui le rendait d'autant plus dangereux. « Et maintenant nous voilà face à face. »

S'ensuivirent quelques secondes de silence. Le quintet faisait une pause. Un léger murmure se répandit à travers la salle. Ici et là, des femmes semblables à des oiseaux de paradis quittèrent leur perchoir pour voleter jusqu'à la table de tel ou tel client ayant sollicité leurs services par téléphone. L'atmosphère chargée de sensualité formait un étonnant contraste avec l'impitoyable confrontation qui se déroulait dans un coin mal éclairé du troisième étage.

« Il y a un mystère que j'aimerais éclaircir, reprit enfin El Ghadan.

— Lequel ? Il en existe tant. »

Son visage demeurait impassible, mais la sourde animosité qui enflait en lui l'obligeait à serrer les poings à s'en faire blanchir les articulations. « Khalifa est porté disparu. Présumé mort. Il travaillait pour moi. Je veux savoir ce qui est arrivé. »

Nous y voilà, songea Sara. « Aussi étrange que cela paraisse, j'ai l'intention de vous aider.

— En avez-vous le pouvoir ?

— Votre navire prend l'eau, El Ghadan. »

Un clignement de paupières révéla son étonnement. « Comment cela ?

— Vous disiez que Khalifa travaillait pour vous.

— Exact.

— C'était un rouage important dans votre engrenage djihadiste. »

El Ghadan secoua la tête comme s'il perdait patience. « Et alors… ?

— Vous êtes un homme intègre, c'est évident. Intègre dans le sens où vous agissez uniquement en fonction de vos convictions. »

Visiblement, El Ghadan comprenait de moins en moins où elle voulait en venir. « D'abord, vous vous opposez à moi et maintenant, vous essayez de m'avoir par la flatterie ? »

Sara lui fit un sourire enchanteur. « Pas du tout, dit-elle en se penchant un peu vers lui. Je ne vois pas ce que la flatterie m'apporterait. Non, je vous mets en garde. »

El Ghadan se redressa brusquement. « En garde ?

— Les objectifs de Khalifa différaient des vôtres. Lui, c'était l'argent qui l'intéressait. Et pour peu qu'on y mette le prix, il était capable de se vendre à n'importe qui. »

El Ghadan plissa les yeux. « Et… ?

— Il allait vous donner aux Israéliens.

— N'importe quoi, cracha El Ghadan. Je le connaissais bien.

— Pas suffisamment. »

Le moment était venu de sortir son atout. Elle posa sur la table le rapport de renseignement que Blum et son réseau local avaient méticuleusement forgé. Le document listait les voyages qu'avait effectués Mahmoud Tamer entre Doha et Beyrouth au cours des derniers mois. Le lieutenant était un indécrottable flambeur. Il déboursait des sommes folles pour s'offrir le grand frisson autour des tables de jeu et finissait ses soirées dans les bras de prostituées de luxe.

« Vous savez aussi bien que moi que la solde d'un officier ne permet pas ce train de vie », dit-elle pour tout commentaire.

El Ghadan la regarda sans comprendre. « Quel rapport avec Khalifa ?

— Tamer était l'un de ses hommes de main. Cela dit, les autres ne valent pas mieux, et je peux vous en fournir la preuve. Vous avez entendu parler de la théorie du ruissellement, j'imagine. Les lieutenants de Khalifa ramassaient les miettes qui tombaient de sa table. Ils étaient tous mouillés. C'est ainsi que Khalifa s'assurait de leur loyauté.

— Je ne vous crois pas, s'obstina El Ghadan.

— Normal, c'est trop énorme », dit-elle en poussant vers lui un autre document. Il s'agissait du rapport que le Mossad avait fabriqué à la demande de son père. Sur une feuille de calcul étaient consignées les dates et les heures des virements que Khalifa avait effectués vers un compte ouvert à son nom dans une banque des Îles Caïman. L'élément le plus compromettant se trouvait à la page suivante : un ordre de transfert émanant d'un compte fantôme détenu dans l'une des six ou sept banques de Tel-Aviv liées au Mossad. Le compte aux Îles Caïman existait bel et bien, on avait juste antidaté les relevés. Tout était vrai dans ce montage, sauf la participation de Khalifa. Au cas fort improbable où El Ghadan enverrait l'un de ses hommes sur place avec une photo de Khalifa Al Mohannadi, le directeur de la banque de Grand Caïman dirait que oui, c'était bien l'individu qui avait ouvert un compte chez lui à telle date, et oui, c'était effectivement sa signature. Le Mossad ne laissait rien au hasard.

Dans un soudain accès de dégoût, El Ghadan repoussa le dossier sur la table. « Comment Khalifa est-il mort ?

— Des mains de Hassim, le propriétaire du bateau. » Autre mensonge nécessaire, songea Sara. Le jour où elle cesserait de mentir aux djihadistes, elle n'aurait plus qu'à changer de métier. « Hassim avait découvert que Khalifa et ses hommes étaient pourris jusqu'à la moelle. Une tempête approchait mais, au lieu de rentrer au port, ils ont commencé à se battre. Comme des chiffonniers. Ils étaient si étroitement agrippés l'un à l'autre qu'à un moment, ils ont perdu l'équilibre et sont tombés à l'eau. »

El Ghadan mit un petit moment à digérer la nouvelle. « D'où vous tenez tout ça ? demanda-t-il enfin.

— La femme qui était sur le bateau avec eux, la femme qui a survécu…

— La soi-disant Martine Heur.

— C'est une amie. Une amie d'enfance. On est comme deux sœurs, elle et moi. Mieux que des sœurs, vu qu'il n'y a aucun passif familial entre nous, vous voyez ce que je veux dire. »

El Ghadan plissa les yeux. « Bien sûr, ce n'est pas son vrai nom.

— Quelle importance que ce soit son nom ou pas ? »

Il la regarda intensément. « Vous savez pourquoi.

— Vous ne pouvez rien contre elle, croyez-moi, répondit platement Sara. En plus, Martine vous a rendu un fier service. Et moi aussi. » Elle se tourna discrètement vers la table où Tamer était assis avec Blum. « Je vous laisse nettoyer vos écuries. »

À ces mots, elle se leva pour partir. Le quintet venait d'entamer un morceau de Lerner et Loewe quand elle entendit la voix d'El Ghadan résonner dans son dos. Elle fit volte-face.

« Comment puis-je vous contacter ? répéta-t-il.

— Pourquoi voudriez-vous me contacter ?

— Pour obtenir des infos sur les Israéliens, par exemple. Qu'en dites-vous ? »

27

LE WAZIRISTAN N'AVAIT RIEN D'UNE DESTINATION touristique. À le voir sur une carte, il donnait plutôt l'impression d'un bout de désert coincé entre l'Afghanistan et le Pakistan qu'aucun de ces deux pays n'osait revendiquer. Bordée par le district de Peshawar, cette région inhospitalière hérissée de montagnes souvent infranchissables, habitée depuis des siècles par des tribus pachtounes, servait à présent de refuge à des groupes djihadistes particulièrement redoutables, parmi lesquels des Talibans et des combattants d'Al-Qaïda. Les Waziris, qui eux-mêmes n'étaient pas des tendres, voyaient d'un très mauvais œil la présence chez eux de ces diverses factions et s'efforçaient de les tenir à distance les unes des autres, de peur qu'elles ne s'entre-déchirent à la manière des poissons combattants siamois, et ne causent la ruine du pays tout entier.

Le C17 décrivit un cercle au-dessus de la piste en terre, descendit comme s'il tombait et se posa sans douceur juste à temps pour ne pas emboutir la paroi de granite qui se dressait au bout. De la fumée se dégagea de ses pneus surchauffés, ses freins hurlèrent comme les fantômes des ancêtres waziris.

Ils se trouvaient au creux d'une immense cuvette située à très haute altitude, d'où cet air incroyablement pur et léger qui les accueillit à la sortie de l'avion. Le ciel était d'un bleu intense, presque sombre. Vers l'est, des nuées orageuses s'accrochaient aux sommets, projetant par intermittence des gerbes d'électricité, suivies de grondements si puissants qu'ils faisaient penser à des tambours titanesques résonnant à travers la vallée.

Les hommes de Faraj déchargèrent la cargaison pendant que les jeunes recrues américaines se dégourdissaient les jambes ou soulageaient leur vessie – à bord du C17, il n'y avait aucun confort et encore moins de toilettes. Les bâtiments alignés près de la piste ressemblaient à des abris temporaires que des filets de camouflage rendaient invisibles depuis le ciel.

Bourne vit des hommes en émerger. Ils étaient bien différents de ses compagnons de voyage. Des Tchétchènes, se dit-il en repensant au message crypté de Sara confirmant le renseignement fourni par Nebby : une ligne invisible reliait Khalifa, El Ghadan et Ivan Borz, le trafiquant d'armes tchétchène qui avait habilement récupéré la clientèle de Victor Bout.

Faraj vint interrompre ses cogitations. « Nous sommes au milieu de nulle part. Loin de toute civilisation. Les montagnes du Pakistan occidental grouillent de réfugiés, expulsés des villes de l'est pour des motifs religieux ou ethniques. Ils sont devenus des parias à force d'être traités comme tels. »

À l'entendre parler ainsi, Bourne se rappela que Faraj et bon nombre de ses homologues utilisaient couramment le statut de paria pour asseoir leur propagande et se présenter comme des victimes, des exclus qui n'avaient plus grand-chose à perdre puisqu'on leur avait déjà tout pris. Rejoignez-nous, disaient-ils, venez grossir nos rangs et brandissez comme une bannière l'injustice qui vous a été faite. Tel était le véritable message que Faraj et consorts voulaient transmettre par leurs prêches. Tous les grands discours sur Allah et le Grand Satan n'étaient que des prétextes bien commodes. Sans le Grand Satan, sur qui feraient-ils peser la responsabilité de leur condition ? Faraj se revendiquait paria parce que, en dehors de cela, il n'était rien.

« Mais tu as un plan, non ? répondit Bourne. Ou plutôt tu exécutes celui d'El Ghadan. C'est lui la tête pensante, n'est-ce pas ? Et si ce plan fonctionne, El Ghadan et toi ne serez plus jamais des parias. Si c'est bien cela votre objectif, sache que je suis des vôtres. »

Faraj tourna son regard vers les nouvelles recrues que ses hommes faisaient mettre en rang. « Décidément, Youssouf, j'ai du mal à te cerner. Es-tu un sniper, un philosophe ou un guerrier ?

— Peut-être tout cela à la fois.

— Et si tu étais encore autre chose ? »

Bourne sourit. « Je t'ai montré ce que je savais faire avec un fusil.

— Et avec ta langue également. Sur ce plan, Furuque ne t'arrivait pas à la cheville.

— Furuque était juste un pion sur un échiquier.

— Mais pas toi.

— Tu devras en décider par toi-même, Abou Faraj Khalid. »

Faraj l'observa un instant, comme s'il pesait le pour et le contre. Puis il dit : « Viens » et, sans ajouter un mot, se dirigea vers les baraquements.

« Attends-moi ici », ordonna-t-il en arrivant devant celui du milieu. Il baissa la tête et entra. Derrière eux, les apprentis djihadistes étaient maintenant bien alignés. On remit un AK-47 à chacun. Peu après, Faraj réapparut et lui fit signe de le suivre à l'intérieur.

Bourne pénétra dans un espace bas de plafond, tenant à la fois de la hutte indienne et de la tente de consul romain. Un homme était assis sur une chaise pliante derrière un bureau fait d'un métal ressemblant à de l'aluminium où s'étalaient plusieurs cartes topographiques, plans de ville et autres dessins d'architecture, des réseaux d'égouts notamment. Ils étaient couverts de notes, de flèches, de points d'interrogation, tout cela tracé au crayon à papier. Comme un plan de bataille, songea Bourne avant de reconnaître la ville sur laquelle Borz avait jeté son dévolu : Singapour.

*

Deux farouches Tchétchènes bâtis comme des armoires à glace se tenaient de chaque côté du bureau, en serre-livres, leurs yeux mi-clos braqués sur Bourne. On aurait dit que pour eux, Faraj n'existait pas.

L'homme assis dressa la tête, retira ses lunettes de lecture et les posa sur les cartes. C'était un individu robuste, avec un torse de lutteur, un cou de taureau et des bras étonnamment courts. Ses jambes le sont tout autant, constata Bourne en le voyant se lever et contourner le bureau, non pas pour accueillir son hôte mais pour cacher de son corps les documents étalés.

Bourne reconnut Ivan Borz d'après les photos illustrant les articles qu'il avait lus sur lui et son empire florissant.

Pendant que Faraj faisait les présentations, Bourne put l'étudier à loisir. Son nez large semblait avoir encaissé plusieurs fractures. Ses oreilles étaient minuscules, haut perchées, ses avant-bras couverts d'une épaisse toison noire, son crâne dégarni. Il possédait des yeux peu ordinaires, aussi gris que les nuages flottant sur les montagnes du Waziristan, profondément enfoncés dans leurs orbites, cernés de noir et pochés en dessous. Son regard fixe, ne trahissant aucune émotion, le rangeait d'office dans la catégorie des grands psychopathes et des assassins de sang-froid.

Il claqua des doigts. « Papiers. »

Bourne lui tendit son passeport établi au nom de Youssouf Al Khatib.

« C'est un sniper de première force, osa préciser Faraj.

— Je t'ai demandé ton avis ? » répliqua Borz. Sa voix aussi était étrange, à la fois puissante et comme étranglée. On aurait dit qu'il s'était fait un gargarisme avec des éclats de verre.

Faraj se tut. Ce silence en disait long sur les relations entre les deux hommes.

« Laisse-nous », lança négligemment Borz.

Faraj coula un regard vers Bourne et tourna les talons.

« Tu sais ce que tu as à faire, Faraj », dit Borz juste avant qu'il ne sorte, escorté par les deux gorilles tchétchènes.

Resté seul avec Bourne, Borz prit un paquet de cigarettes sur son bureau encombré et, sans le quitter des yeux, en sortit une, l'alluma, et aspira la fumée d'un air méditatif. Puis il fit claquer le passeport au creux de sa paume.

« Je te connais, Youssouf ?

— On ne s'est jamais rencontrés.

— Vraiment ? Tu es sûr qu'on ne s'est pas déjà croisés quelque part ? » Puis sans prévenir, il se mit à parler russe. « Tu t'appelles vraiment Youssouf Al Kateb ? »

Bourne le regarda bêtement, comme s'il ne pigeait rien. « Vous pourriez parler arabe ? Vous vous débrouillez très bien. »

Borz répéta sa question, en arabe cette fois.

« Oui, c'est mon nom. »

Le Tchétchène changea complètement de sujet. « Faraj, tu le connais bien ?

— Non, à peine », répondit Bourne du tac au tac. Il s'attendait à subir ce genre d'interrogatoire. « On a un peu discuté quand on était à Damas et ensuite plus longuement dans l'avion.

— Que penses-tu de lui ?

— Je t'ai dit que je le connaissais mal.

— Justement. » Borz croisa les bras sur sa poitrine. « Tu ne lui dois rien. J'ai tendance à me fier à mon instinct et mon instinct me dit que tu n'as rien d'un idéologue. Ni d'un mouton de Panurge. J'ai raison ?

— En effet. » Sans le vouloir, Borz venait de lui fournir une information fort précieuse : Borz n'était guidé par aucune croyance. C'était un homme lucide, un pragmatique qui suivait l'odeur de l'argent où qu'elle le mène. Et le fait qu'il considère Bourne comme un esprit frère pouvait se révéler décisif dans ce pays perdu, inaccessible aux puissances détentrices de la loi et de l'ordre.

« Dans ce cas, tu peux me dire ce que tu fiches avec lui ?

— Pure coïncidence. J'ai été pris dans un raid de l'armée syrienne en même temps qu'un homme à lui et deux jeunes gens qu'il avait recrutés. J'ai réussi à m'échapper avec l'un d'entre eux. Comme il était perdu dans Damas, je l'ai conduit jusqu'au lieu de rassemblement. Quand il a su que je savais tirer, Faraj m'a demandé de les accompagner.

— Moi, je crois que tu es un espion », répondit Borz sans changer de ton.

Cette façon de passer du coq à l'âne en revenant constamment au sujet principal était une méthode d'interrogatoire bien connue. On s'en servait pour séparer le vrai du faux.

« Tu cherches à me provoquer ou c'est encore ton fameux instinct ? répondit Bourne platement. Et, d'après toi, j'espionnerais pour le compte de qui ?

— Les Israéliens, je dirais. Le Mossad avait du personnel dans la région. Ils sont partis voilà quelques jours. Tu pourrais être un remplaçant.

— Je pourrais, répondit Bourne. Mais ce n'est pas le cas.

— On est au moins sûrs d'un truc : tu n'es pas américain. »

Comment Borz en est-il arrivé à cette conclusion ? se demanda Bourne.

« Donc, si je comprends bien, tu as suivi Faraj sans te poser de questions. »

Nouveau passage du coq à l'âne.

« Pas vraiment, dit Bourne avec un sourire. Je courais beaucoup de risques à Damas. Alors, quand Faraj m'a proposé de partir à l'étranger, je me suis dit que ça tombait bien.

— En d'autres termes, tu as agi par calcul. »

Bourne hocha la tête. « Par nécessité, oui.

— Par pragmatisme aussi. Nul n'est mieux placé que moi pour en juger. » Sa cigarette était presque consumée mais Borz ne prit pas la peine de secouer la cendre qui s'accumulait au bout. « Tu as étudié les probabilités. » Il hoqueta comme s'il venait d'avaler son mégot. « Si nous discutions de ces probabilités. »

À cet instant, un bruit inquiétant parvint aux oreilles exercées de Bourne. Ce n'était ni le vent qui dévalait les montagnes ni les braillements des hommes de Borz, lesquels avaient cessé quelques minutes plus tôt.

Bourne eut tout juste le temps de hurler « À terre ! », de se jeter sur Borz et de glisser avec lui sous le bureau métallique, que tout explosait autour d'eux. La terre trembla, des débris en tout genre se fichèrent dans les cloisons, puis le baraquement lui-même se désintégra et un mur incandescent se dressa vers le ciel en rugissant.

*

Camilla galopait plein ouest. Au bout d'un kilomètre, elle sentit le froid. De gros nuages apparurent et se mirent à filer dans le ciel comme s'ils avaient le diable aux trousses. Les feuillages s'agitaient sous les rafales. Il n'allait pas tarder à pleuvoir.

Elle dirigea sa monture vers un bois de bouleaux qui se profilait au nord. L'espace d'un court instant, le soleil tenta une percée, puis ses éclats d'or et d'argent furent à nouveau balayés par le front orageux.

Avant de pénétrer dans le petit bois, Camilla aperçut un cavalier sur sa gauche, caché dans l'ombre d'un chêne centenaire. Elle se demanda si c'était Terrier ou un autre agent dépêché par Howard Anselm, peut-être à la demande de Bill. L'avait-on jugée indigne de confiance ? Allait-on lui retirer sa mission à Singapour ? À moins qu'ils n'aient tout bonnement décidé de l'éliminer. Tout à coup, elle se sentit terriblement seule et vulnérable. Si elle se faisait virer – ou abattre – personne n'en saurait jamais rien. Elle disparaîtrait, aussi sûrement que si l'océan l'avait engloutie. Camilla frémit malgré elle.

Quand elle passa entre les bouleaux, le cavalier s'éloigna du grand chêne, comme pour la rejoindre. Son cœur rata un battement, puis elle reconnut Dagger.

Tournant l'encolure de Dixon, Camilla repartit sous la pluie, suivie par Hunter qui se rangea bientôt à côté d'elle.

« Qu'est-ce que tu fais ici ? demanda Camilla. On m'a dit que tu étais partie.

— Dans quelque temps, quand tu auras quitté la Laiterie, on te racontera toutes sortes de choses. La plupart seront fausses. Tu devras savoir lesquelles. »

Camilla la contempla, sidérée. « Ça veut dire que ce connard de Terrier était un test. »

Hunter lui fit son sourire craquant. « Tu as tout compris. »

D'un commun accord, elles bifurquèrent en direction du bois de bouleaux. Puis elles mirent pied à terre sous un bouquet d'arbres assez touffus pour les protéger de l'averse.

Autour d'elles, les branches argentées ondulaient sous le vent mais Camilla se sentait bien. Ce spectacle de la nature détrempée la renvoyait à des souvenirs d'enfance. Elle revit la cabane dans les bois – une simple hutte, à vrai dire – qu'elle avait bâtie de ses propres mains et qui lui servait de refuge lorsqu'elle ne supportait plus le voisinage de sa sœur et de son père.

« J'ai promis de te protéger, dit Hunter. Et j'étais sincère.

— Je sais. »

Elles se tenaient tout près l'une de l'autre. Aux odeurs des chevaux et du cuir mouillé se mêlait un parfum plus intime, celui de la peau bronzée de Hunter.

« Nous avons conclu un pacte, dit-elle.

— Oui, c'est vrai. »

Hunter plaqua sa paume sur la nuque de Camilla et lui donna un baiser. Ses lèvres entrouvertes, douces comme des pétales de rose, avaient un goût d'abricot. Les deux femmes s'écartèrent l'une de l'autre.

« Désolée, dit Hunter en regardant Camilla au fond des yeux.

— Ce n'est pas grave, bredouilla Camilla, un peu décontenancée. Tu as suivi ton instinct, j'imagine. »

Hunter partit d'un rire de gorge. « Il y a tellement de choses que j'apprécie en toi.

— Je ne suis pas lesbienne.

— Que tu sois lesbienne ou hétéro n'a aucune importance.

— Ah bon ?

— Pas pour moi, en tout cas. » Hunter avait prononcé ces paroles avec une réelle tendresse.

Camilla voulut l'embrasser à son tour. Elle avança les lèvres un peu maladroitement, comme un petit oiseau sur le point de prendre son envol, mais Hunter la retint en l'attrapant par les bras.

« Cam, est-ce que tu me fais confiance ?

— Oui.

— Alors, c'est que tu es folle, dit Hunter en cherchant ses yeux. Je t'ai menti.

— À quel sujet ?

— Je n'ai jamais été pilote. J'ai dit ça parce que j'avais lu dans ton dossier que ta mère l'était. Pour briser la glace plus rapidement. »

Camilla ne répondit pas. Son cœur battait fort, comme s'il était sur le point d'exploser. Elle revit sa sœur sautant de joie sur la ligne d'arrivée sans lui prêter la moindre attention alors qu'elle-même était couchée dans l'herbe, blessée. Ensuite, elle revit son snobinard de père et ce sourire ironique qu'il arborait constamment et qu'elle était la seule à remarquer, apparemment.

Elle repensa au mépris dont il les avait accablées, sa mère et elle, avant de les abandonner pour une riche héritière, une comtesse qui possédait plusieurs résidences, à Rome et sur la Côte d'Azur.

« J'ai été méchante, dit Hunter. Anselm aime les méchantes filles parce qu'il peut les contrôler. C'est en Mongolie que j'ai appris à monter. J'étais en mission pour le compte d'une société de sécurité sous contrat avec le Pentagone. J'avais trouvé ce job après m'être fait renvoyer du corps des Marines pour avoir résisté à un sergent qui essayait de me violer. »

Camilla secoua la tête. « Je ne comprends pas. Tu n'avais rien à te reprocher.

— Attends, je vais t'expliquer, promit Hunter. D'abord, il faut que tu saches ce que je faisais en Mongolie. On m'avait envoyée avec une petite équipe dans la région de Bayan Olgii, à la frontière ouest du pays, pour espionner les cellules islamistes qui sévissaient à l'est du Kazakhstan. Mais très vite, je me suis aperçue que le véritable but de cette opération consistait à intercepter le trafic de drogue organisé entre la Russie et la Chine par un Tchétchène nommé Ivan Borz. Borz s'était récemment converti à la vente d'armes, mais le plus gros de sa fortune venait du narcotrafic.

« Dans ma grande naïveté, je pensais qu'on nous demanderait de détruire son réseau. En fait, pas du tout. Nos patrons voulaient juste une part du gâteau. En gros, il s'agissait d'entrer en contact avec Borz et de lui faire comprendre qu'il avait besoin de nous pour la sécurité de son commerce.

— Et alors ?

— Alors, il a payé. C'était plus commode pour lui, j'imagine. En nous tuant, il risquait d'attirer encore plus l'attention sur ce pipeline qui fonctionnait si bien et depuis si longtemps.

— Donc, tes patrons l'ont eu au chantage.

— Ils ont fait pire encore. »

Pour échapper à la pluie qui redoublait d'intensité, Hunter passa sous des feuillages plus serrés où les chevaux ne pouvaient pas aller. Impatiente d'en savoir davantage, Camilla la suivit.

« Comme j'avais fait des merveilles en Mongolie, ils m'ont envoyée en Irak. C'était ma récompense, ajouta-t-elle avec un regard narquois. Je n'y allais pas pour protéger un haut gradé ni établir un rapport de menace, contrairement à ce que disait mon ordre de mission. Moi et mes trois collègues étions censés réaliser une autre interception. À ceci près que cette mission-là n'était pas seulement immorale, elle était surtout contraire aux intérêts de notre pays. Crois-moi si tu veux, Cam, mais il s'agissait de mettre la main sur les millions de dollars qui entraient en Irak, bien enveloppés dans du film plastique, en provenance du Trésor américain, et de détourner ce fleuve de fric vers les caisses de nos employeurs basés à Washington.

— Mais comment Howard Anselm a-t-il entendu parler de toi ? Il a découvert le trafic et s'en est servi pour te faire chanter ? »

Hunter éclata d'un rire rauque, aussi effrayant que son regard. « Si seulement. Eh bien non. Anselm faisait partie des dirigeants de la fameuse société de sécurité. C'était lui qui fournissait les renseignements confidentiels dont ils avaient besoin pour leurs lucratives magouilles. »

Camilla eut l'impression de recevoir un coup de poing dans le ventre. Elle dut s'adosser à un arbre pour tenter d'endiguer la nausée qui l'envahissait.

« Ces gens sont des monstres, articula Hunter. Ils ont été façonnés par le système capitaliste et sont devenus aussi pervers que lui. Ils raflent tout ce qui leur passe sous la main, et les autres n'ont qu'à aller se faire voir. Tel est leur credo. »

Camilla sentait sa présence à quelques centimètres d'elle, son souffle sur sa joue.

« Et par-dessus le marché, ils se posent comme les champions de la morale, les gendarmes du monde. Ils osent nous donner des leçons de patriotisme. C'est une sinistre plaisanterie, une abomination. Voilà le degré de corruption auquel a abouti le libéralisme effréné en vigueur dans ce pays. »

D'un geste délicat, elle fit pivoter Camilla vers elle. « J'ai besoin de ton aide, Cam. Pour combattre ces monstres et les abattre une bonne fois pour toutes.

— Mon aide ?

— Oui, fit Hunter d'une voix vibrante. Qui est mieux placé que toi pour lancer un message au monde entier ? »

28

UN SILENCE ASSOURDISSANT RÉGNAIT sur l'aérodrome de fortune que les deux explosions concomitantes avaient transformé en un monceau de décombres ravagé par les flammes. Dans ce qu'il restait du baraquement, la chaleur était si intense que Bourne en sentait la morsure sur ses lèvres et le dos de ses mains. Ivan Borz était évanoui à côté de lui. La déflagration avait arraché à l'une des cloisons une plaque de tôle qui était venue couper en deux le bureau métallique. Mais Bourne avait eu raison de se jeter dessous. Ce bureau leur avait sauvé la vie. Un autre problème se posait à présent. S'ils ne sortaient pas très vite de cette gangue de métal chauffée à blanc, ils risquaient fort de mourir calcinés. Et comme personne ne semblait venir à leur secours, Bourne ne devrait compter que sur lui-même.

Il traîna Borz par les pieds, puis s'agenouilla pour le hisser sur son épaule comme font les pompiers. C'est alors qu'il remarqua sur le sol une feuille de papier à moitié brûlée. L'un des plans de Singapour que Borz étudiait lorsqu'il était entré avec Faraj. Il la plia et la glissa dans la poche de son pantalon taché de suie. Après quoi, il souleva Borz et fonça droit devant lui à travers le brasier.

Il avait choisi le chemin le plus rapide mais aussi le plus dangereux, semé de fragments de métal tordus et de foyers d'incendie encore actifs. Avec toutes les caisses de munitions et autres matériels de guerre stockés dans les baraquements, une explosion secondaire pouvait se produire à tout instant. Et de cela, il ne réchapperait pas.

La semelle de ses bottes commençait à fondre, ses plantes de pieds à griller. Malgré la douleur, il s'ouvrit un chemin parmi les éclats de verre, les tôles déformées, les câbles sectionnés, les flammèches brillant dans l'ombre comme des regards démoniaques et la multitude de craquements et de gémissements que produit le métal soumis à l'action du feu. Sur son épaule, Borz se mit à remuer.

Bourne faillit tomber car, au même instant, il franchissait péniblement un monticule de verre brisé. Il tangua, recouvra l'équilibre, repositionna son fardeau et repartit, encouragé par les volutes de fumée noire qu'il apercevait devant lui. Il y était presque. Deux secondes plus tard, alors qu'il franchissait le dernier brasier, sa tunique s'enflamma.

Il posa Borz et se roula dans la poussière pour étouffer les flammes. Le Tchétchène commençait à émerger en clignant les yeux. Ses deux gardes du corps se précipitèrent.

« Il est juste sonné, leur dit Bourne.

— Va chercher du secours », cria l'un d'eux. L'autre s'éloigna en courant.

Bourne prit enfin la mesure du désastre. Le C17 n'était plus qu'une épave noircie, coupée en deux. La piste d'atterrissage avait disparu, comme arrachée par une main gigantesque qui l'aurait ensuite broyée et jetée au sol. Au milieu, s'ouvrait un cratère fumant au fond duquel reposait la queue du C17. Mais c'étaient les zones entourant la piste qui avaient le plus souffert. Une fumée noire soufflée par le vent des cimes se dégageait en larges tourbillons d'un amoncellement de débris recouverts de cendres autant que de sang. Les hurlements des blessés s'élevaient comme des vagues au-dessus des décombres.

Les hommes encore valides parmi les troupes de Borz et de Faraj s'employaient à allonger les cadavres les uns à côté des autres. Bourne les rejoignit. Il dénombra au moins une centaine de morts ; certains avaient les membres arrachés, d'autres de grands trous dans la poitrine. En arrivant près de l'effroyable charnier, il reconnut Eisa, le visage brûlé, les yeux comme écarquillés de stupeur.

Le cœur serré, Bourne poursuivit son macabre décompte en promenant son regard sur chacune des victimes. Il lui semblait que toutes les recrues américaines étaient là, couchées à même le sol. Les Tchétchènes avaient sorti leurs portables. Ils prirent des vues d'ensemble puis s'agenouillèrent pour photographier chaque visage, l'un après l'autre. Ils arboraient une mine sombre mais ne semblaient guère traumatisés.

L'un des hommes de Faraj se tenait penché au-dessus du cadavre d'Eisa. Sentant qu'on le regardait, il leva les yeux. Bourne ne l'avait jamais vu. Il était très jeune et il pleurait.

« *Allahu Akbar* », entonna-t-il. Allah est grand. « Tu es blessé ?

— *Alhamdulillah wa shukru lillah* », répondit Bourne. Loué et remercié soit Allah. « Non, ça va. » Il s'accroupit à côté de lui. « J'ai rencontré Eisa à Damas. Et toi, tu le connaissais ?

— Pas très bien mais nous étions amis. » Il tourna la tête vers Bourne. « Je m'appelle Aachir Al Kindi. » Il était grand, très brun et n'avait pas plus de vingt ans. Ses yeux noirs brillaient d'intelligence. Ses lèvres aux commissures relevées lui donnaient un air sympathique et légèrement moqueur.

« Youssouf Al Khatib, se présenta Bourne.

— C'est toi le sniper que Faraj a recruté juste avant que nous quittions Damas ? On a beaucoup parlé de toi dans l'avion. » Son regard était de nouveau posé sur Eisa.

« En bien, j'imagine.

— Ils disent que tu arraches le bec d'une alouette à un kilomètre de distance.

— Les nouvelles circulent vite. » Bourne pensait aux jeunes Américains tués dans le bombardement et au pauvre Eisa, tout particulièrement. « Tu veux qu'on enterre notre ami ensemble ? »

D'abord, Aachir ne répondit rien, puis il hocha la tête. Ils déplacèrent le corps. Aachir trouva deux pelles et ils se mirent à creuser.

« On n'a pas de drap pour l'envelopper, dit Aachir. Ni d'imam pour dire les prières.

— J'ai déjà enterré pas mal de camarades, répondit Bourne. Je connais les prières. »

Aachir s'appuya sur sa pelle. « Merci, Youssouf. »

Ils se remirent au travail.

« Faraj est-il blessé ? demanda Bourne au bout d'un moment.

— À l'épaule gauche. Ce n'est rien comparé à… » Sa gorge se serra.

Ils déposèrent Eisa au creux de sa tombe, Bourne prononça les prières et jeta la première pelletée de terre.

Quand il retrouva Borz à l'endroit où il l'avait laissé, l'infirmier avait fini de panser ses blessures et lui faisait passer les tests oculaires permettant de diagnostiquer les traumatismes crâniens. Borz congédia l'homme aussitôt qu'il vit Bourne s'accroupir près de lui. Ses gardes du corps l'aidèrent à se redresser.

« Merci, dit-il en russe avant de passer à l'arabe. Sans toi, j'y serais resté.

— C'est ton bureau qui nous a sauvés. » Bourne désigna les cadavres d'un geste du menton. « Toutes les recrues sont mortes, le C17 est détruit. Que s'est-il passé ?

— Des drones américains », dit Borz en grimaçant. Il fit signe à ses hommes de l'aider à se lever. « Tu as enterré un jeune.

— C'était un ami d'Aachir.

— Tu n'aurais pas dû faire ça. » Il haussa les épaules. « Bon, viens avec moi. »

Ils se dirigèrent vaille que vaille vers le cinquième baraquement, le seul à être encore debout. À l'entrée, Bourne découvrit des pupitres et des chaises en bois comme dans une salle de classe et, au fond, une série de lits en fer.

Les gardes leur amenèrent deux chaises. Ils s'assirent. L'infirmier qui les avait suivis tendit deux comprimés et un verre d'eau à Borz, contrôla rapidement les réflexes de Bourne, puis sortit en toute hâte pour aller soigner les blessés. Borz but l'eau mais broya les comprimés sous le talon de sa botte.

Quand il reprit la parole, sa voix avait retrouvé toute sa fermeté. « Ce qui s'est passé devait se passer.

— Je ne comprends pas, répondit Bourne en fronçant les sourcils.

— On s'est arrangés pour que les Américains obtiennent les coordonnées de ce campement, ainsi que la date et l'heure idéales pour lancer l'attaque. Un drone tueur, Youssouf, envoyé pour m'assassiner. J'avais tout prévu, sauf qu'il y en aurait deux. Ces salauds voulaient vraiment m'avoir. D'ailleurs, ils auraient réussi si tu n'avais pas été là. »

Bourne comprit alors pourquoi Borz avait spontanément exclu qu'il soit un espion américain : les États-Unis n'auraient pas dépêché l'un des leurs sur une zone qu'ils s'apprêtaient à bombarder.

« Tu as voulu ce massacre ? Pourquoi ? »

Borz sourit. « Tu m'as l'air d'un type intelligent, Youssouf. Creuse-toi la tête. »

Soudain, Bourne revit les troupes tchétchènes photographiant les victimes avec leurs portables. Les soldats comptaient diffuser ces images sur la toile afin que le monde entier sache que les Américains avaient causé la mort d'une centaine de leurs ressortissants. Un scandale de dimension internationale. Ce serait la fin du programme drone, lequel comptait déjà de nombreux adversaires aux États-Unis. Quant au Président, son image serait à tout jamais flétrie.

« Pousser les Américains à bombarder d'autres Américains. J'avoue que c'est brillant », dit Bourne en cachant son dégoût. Eisa et ses camarades étaient donc condamnés d'avance. On les avait juste recrutés pour servir de chair à canon, de pièces à conviction dans une affaire particulièrement sordide débouchant sur un gigantesque coup de pub. Force était de reconnaître que Bourne avait affaire à deux remarquables tacticiens.

« En effet, reconnut Borz, et quel que soit l'angle où l'on se place. Écoute, ces jeunes avaient parcouru des milliers de kilomètres pour se joindre à nous. Ils croyaient aveuglément en notre cause. Comme disent les Iraniens, “Servir c'est mourir”. Nous avons tenu nos promesses. Ils ont bu le nectar du martyre.

— Tu connais les Iraniens ?

— Les connaître c'est beaucoup dire, répliqua Borz en haussant les épaules. Nous faisons des affaires ensemble de temps à autre. Le moins possible. Ces gens-là sont – comment dire ? – imprévisibles. Ils n'en font qu'à leur tête. »

Il regarda ailleurs, comme s'il pensait à autre chose. Une chose beaucoup plus importante. « J'aurais préféré conserver l'avion, reprit-il. Malheureusement, il a fallu le sacrifier. Cette perte va nous compliquer la vie. On va devoir faire la route à pied et, pour éviter les mauvaises rencontres, obtenir au préalable l'autorisation du chef de la tribu locale, Khan Abdali.

— Ça pose un problème ? » demanda Bourne.

Borz émit un étrange jappement. « Un problème ? C'est le moins qu'on puisse dire. Cet Abdali est une vraie teigne. Je ne serais pas étonné qu'il nous envoie balader. En plus, ces péquenauds parlent un dialecte dérivé du pachtoune. J'espérais que Faraj viendrait avec un interprète mais…

— Ne t'inquiète pas, dit Bourne. Je parle waziri. »

*

« Le consumérisme poussé à son paroxysme a sonné le glas du capitalisme. » Hunter parlait vite, presque sans respirer. « Voilà où en est l'Amérique aujourd'hui. »

L'averse s'était calmée, remplacée par un léger crachin. Les derniers nuages s'étiraient comme une gaze à travers le ciel plus serein. Les deux femmes cheminaient côte à côte, comme dans un western hollywoodien. Il leur manquait juste une paire de colts à la ceinture.

« Il n'y a qu'à entendre nos soi-disant experts en économie. Ces gens-là crient par-dessus les toits que depuis la crise de 1929, la seule façon de renouer avec la prospérité c'est de consommer toujours plus. »

Le soleil rouge pulsait comme un cœur géant. Il dégageait encore de la lumière, mais plus guère de chaleur. Un oiseau poussa un cri d'alarme et s'envola à tire-d'aile pour se réfugier dans les futaies tandis que, très haut dans le ciel, un faucon faisait sa ronde. Les deux chevaux ralentirent au même instant, sans que leurs cavalières se soient concertées.

« La démocratie n'est plus qu'un lointain souvenir. Elle est morte d'un excès de corruption. » Hunter jeta un coup d'œil à Camilla. « Tu te refuses à l'admettre mais, au fond, tu sais que j'ai raison. Depuis le 11 Septembre, nous vivons sous un régime autoritaire déguisé – et encore, pas très bien – en démocratie. Le Patriot Act n'est rien d'autre qu'un texte d'inspiration fasciste foulant aux pieds nos droits fondamentaux. Je veux dire, qu'est-ce que l'Amérique exporte à part du Coca-Cola et des films en 3D ? Le militarisme. L'impérialisme. Elle colonise la terre entière en plantant le drapeau du consumérisme partout où elle s'installe. Elle répand la corruption, elle trahit les populations qui espèrent en elle. Il faut que ça cesse. Il n'y a pas d'autre solution pour les gens qui croient encore en la justice, comme toi et moi. »

Hunter posa la main sur le bras de Camilla. Les chevaux s'arrêtèrent en reniflant.

« Potus et Anselm t'ont trahie, reprit Hunter d'une voix plus douce. Mais tu n'es pas seule. » Elle planta son regard dans celui de Camilla. « Quand on reçoit un mauvais coup, on a le choix entre rester à terre en attendant que ça passe ou se relever pour contre-attaquer. »

Camilla fronça les sourcils. « Je ne sais pas trop, Hunter. Me battre contre des hommes aussi puissants...

— C'est possible. » Hunter reprit sur un ton plus animé : « Depuis des décennies, l'Amérique s'embourbe dans des conflits perdus d'avance qui assèchent ses finances et divisent l'opinion. Nos partis politiques se radicalisent de plus en plus. Prends l'Irak. Depuis qu'on y a mis les pieds, ce pays est devenu le centre névralgique d'Al-Qaïda. Il s'est même doté d'un gouvernement islamiste. La guerre en Afghanistan n'a fait que renforcer le pouvoir des Talibans. Aujourd'hui, avec l'Iran et la Syrie, c'est le pays qui exporte le plus de djihadistes. Et je ne te parle pas de la Lybie. La ville de Benghazi est entre les mains d'Al-Qaïda. La France et la Grande-Bretagne ont fait la preuve de leur impuissance, voire de leur désintérêt. Résultat, l'Amérique n'a plus d'alliés dignes de ce nom dans sa guerre contre le terrorisme. Alors, pourquoi persiste-t-elle ? Quand elle prétend maintenir l'ordre et la sécurité dans le monde, en réalité elle ne cherche qu'à imposer ses valeurs toxiques. Ce n'est un mystère pour personne, sauf pour les Américains eux-mêmes.

« Où est notre prétendue culture, aujourd'hui ? Sur les affiches où s'exhibe la famille Kardashian ? Chez Miley Cyrus qui se montre à poil en train de faire des grimaces ? Ou Jay-Z qui insulte son public tout en engrangeant des millions de dollars ? Les adultes lisent des livres pour enfants. Au lieu de faire des films, Hollywood achète des franchises. Quant à la télé, pour survivre, elle en est réduite à exploiter le filon de la honte et de l'humiliation. Les gens courent dans tous les sens, font mille choses à la fois, puis avalent des pilules pour dormir et recommencent le lendemain matin. L'Amérique est au bord du gouffre. La partie est terminée. L'illusion est sur le point de se dissiper. » Ses mains se crispèrent autour des bras de Camilla. « Soit tu ne fais rien et tu restes leur victime, soit tu agis pour que ça change. À toi de choisir, Cam. »

*

« Je suppose qu'Islam n'est pas votre vrai nom », dit Soraya.

Le jeune homme haussa les épaules. « Quelle importance ? On est tous les mêmes. »

Elle leva la tête. « C'est ce qu'on vous a appris ? Que vous êtes interchangeables ?

— Un homme n'est ni plus ni moins important qu'un autre.

— C'est aussi valable pour El Ghadan ? Non, bien sûr. El Ghadan est le chef. Entre vous et lui c'est comme le jour et la nuit. »

Islam se tenait si près d'elle que Soraya devina son sourire malgré le foulard qui couvrait sa bouche.

« Tu cherches à saper son autorité ? Ne te fatigue pas. Et à l'avenir, garde tes opinions pour toi. »

Soraya le regardait attentivement pendant qu'il parlait.

« Bon, dit-il. Sonya a fini de manger. À toi maintenant. »

Il a appelé l'enfant par son prénom, nota Soraya. Un désagréable frisson lui parcourut l'échine. C'était encore une méthode à eux pour tenter de créer un semblant d'intimité avec les otages. Le syndrome de Stockholm. Elle ne connaissait que trop bien ce phénomène psychologique qui faisait partie du programme de contre-interrogatoire instauré par Treadstone, programme dont les regrettables conséquences sur les individus auxquels il était appliqué avaient poussé les autorités à prononcer sa suppression. Elle savait aussi comment y résister.

« Laisse-moi tranquille, Islam. »

Il maugréa et se pencha vers elle. « C'est quoi ton problème ?

— Je vous en prie, je préfère être seule. » Elle détestait supplier mais, en l'occurrence, c'était nécessaire. « Je ne me sens pas bien.

— Pas bien ? Qu'est-ce que tu as ?

— J'ai besoin de sommeil.

— Tu viens de te réveiller.

— Oui, je sais. Mais ça ne va pas fort. Je n'ai pas faim. »

Il s'accroupit pour la regarder au fond des yeux. « Tu es pâle. »

Elle le fixa sans répondre.

« Très bien, dit-il. Je te laisse. Je repasserai dans une ou deux heures. Si besoin, je ferai venir un médecin. » Puis il ajouta, comme s'il venait d'avoir une idée : « C'est sûrement ton mari qui te manque.

— Je vous en prie. » Soraya ferma les paupières pour mieux retenir ses larmes.

« On est en guerre, Soraya. Lui, c'était un ennemi. Mais pas toi, ni ta fille. »

Sara ouvrit les yeux. « Alors, laissez-nous partir. »

Islam sourit, mais son sourire n'exprimait rien. Comme si son endoctrinement avait tué toute humanité en lui. C'est effrayant, pensa-t-elle en frémissant, dans une autre vie, ce jeune homme aurait eu un boulot, un foyer, des parents qu'il aurait retrouvés chaque soir autour d'une table bien garnie, et qui sait, une petite amie avec laquelle il aurait passé d'agréables moments en toute discrétion. Au lieu de cela, il était ici, face au néant, avec pour seule ambition de devenir un martyr. Décidément, quelque chose ne tournait pas rond en ce bas monde pour que des hommes tels que lui se lèvent par milliers comme une armée de golems marchant au pas vers une mort certaine sans la moindre émotion.

Elle frissonna violemment.

« Qu'y a-t-il ? demanda Islam. Tu te sens mal ? »

Oui, je me sens mal, songea Soraya, parce que j'ai participé à ce processus infernal – de mon plein gré. Quel bilan devait-elle en tirer ? Déjà, ses quelques années de mariage se dissolvaient dans sa mémoire, comme si elles appartenaient à la vie d'une inconnue croisée dans la rue. En revanche, elle se souvenait précisément de l'époque où elle bossait pour Treadstone. Chaque décision, chaque rencontre, chaque opération, chaque heure de chaque mission sur le terrain étaient gravées en elle et le resteraient jusqu'à son dernier souffle. Son cœur se serra, elle venait de comprendre que malgré tous les efforts qu'elle déployait pour ne pas craquer, cette incarcération la minait plus qu'elle ne l'aurait cru. Si seulement elle avait été seule, sans Sonya. Si seulement le ciel était vert et pas bleu, comme dans les histoires qu'elle inventait pour sa fille.

« Soraya ?

— Ce n'est rien, Islam. »

Il ne la croyait pas. C'était évident, malgré ce foulard qui lui cachait le visage. Tant mieux, se dit-elle, il commence à se rapprocher de moi.

29

SARA BÉNÉFICIAIT D'UN BON ALIGNEMENT DE PLANÈTES. Elle avait sévèrement châtié le superviseur de Levi Blum et, grâce aux méthodes peu orthodoxes mais très efficaces de ce dernier, avait pu pénétrer dans le cercle rapproché d'El Ghadan.

Pourtant, son expérience du terrain lui commandait de modérer son enthousiasme. Au fond d'elle-même, elle sentait que quelque chose clochait. Un peu comme la princesse de la fable qu'un petit pois empêche de dormir malgré les matelas de plume entassés par-dessus. Elle marchait seule, le long de la Corniche balayée par le vent, sans pouvoir se départir de l'angoisse mortelle que lui causait le sort affreux du pauvre Aaron et de sa famille toujours aux mains des djihadistes.

Elle avait franchi bien des obstacles mais, à présent, elle se sentait bloquée, incapable d'avancer davantage – Bourne lui ayant formellement déconseillé toute tentative de libération – mais aussi de reculer. Surtout pas maintenant qu'elle était tout près de sa cible.

Les paroles de son père lui revenaient en mémoire avec une étrange netteté. Combien de fois lui avait-il répété que naviguer trop près du vent était peut-être jubilatoire mais très risqué ? Et voilà qu'elle se trouvait exactement dans ce cas de figure. À trop naviguer près du vent, avec El Ghadan, elle pouvait chavirer à tout moment et périr noyée.

Elle portait encore son voile, même s'il lui était à présent indifférent qu'on la voie nu-tête. Grâce à leur ligne ultrasécurisée, elle avait joint son père pour lui exposer la situation. En retour, il lui avait envoyé deux documents à transmettre à El Ghadan. Elle se demandait par lequel elle allait commencer lorsqu'une grosse voiture américaine, un SUV noir, se rapprocha du trottoir en roulant au pas.

Le véhicule s'arrêta. Immédiatement la portière côté passager s'ouvrit, laissant apparaître un jeune homme mince, vêtu à l'occidentale. Sara lui trouva une certaine prestance. Mais le fait qu'il n'ait pas une tête de terroriste ne prouvait absolument rien, bien au contraire.

Il sourit, lui ouvrit la porte arrière et demanda : « Des armes ?

— À Doha ? » Sara écarta les bras. « Vous plaisantez.

— Alors, montez », dit-il avec ce léger dédain qu'elle remarquait chez les hommes d'ici quand ils s'adressaient à elle.

Elle se pencha et grimpa sur la banquette en cuir havane. L'habitacle du SUV lui parut aussi vaste qu'un salon. À l'autre bout, trônait El Ghadan. Il a vraiment l'air d'un sultan de l'ancien empire ottoman, songea-t-elle.

« Bonsoir, Ellie Thorson, dit-il en se servant du nom qu'elle lui avait donné au Nite Jewel. Vous allez bien ? »

Elle rit. « Vous n'êtes pas très doué pour les mondanités, décidément. »

El Ghadan fit la grimace. « Comment me suis-je trahi ?

— Votre manque de sincérité.

— Je vais améliorer ça.

— Ne vous donnez pas cette peine. »

Le SUV s'éloigna du trottoir et se mit à rouler lentement, comme s'il était posé sur des rails courant le long de la baie en forme de croissant. Le chauffeur semblait n'avoir aucune destination particulière à l'esprit. Pas encore, du moins.

El Ghadan regardait par la vitre. « Ellie Thorson n'existe pas. » Il se tourna vers elle et l'observa attentivement. « Pouvez-vous m'expliquer ?

— Je n'en vois pas la nécessité.

— Je n'aime pas traiter avec des gens dont j'ignore l'identité.

— Je n'aime pas traiter avec des djihadistes, répondit Sara sans hausser le ton, et pourtant je le fais. Nous formons un drôle de tandem.

— Pardon ?

— Rien.

— Quel est votre vrai nom ?

— J'imagine qu'étant enfant, on ne vous appelait pas El Ghadan.

— Vous devez me le dire.

— Mon anonymat est la garantie de mon efficacité », conclut-elle, raide comme une statue.

El Ghadan pesait chacune des paroles qui sortaient de sa bouche.

« J'ai des infos pour vous, reprit-elle. Soit nous faisons affaire soit on en reste là. » Elle haussa les épaules. « C'est vous qui avez besoin d'un œil sur les Israéliens.

— J'en avais un. Enfin, pas moi. Khalifa. Il utilisait l'individu qui vous a conduite au Nite Jewel.

— Blum. » Elle hocha la tête. « Il voulait que j'enquête sur le lieutenant de Khalifa. »

El Ghadan grommela : « Je crois qu'il attendait aussi que vous le protégiez. »

Sara s'accorda un léger sourire. « Peut-être bien.

— Ce qui ne plaide guère en sa faveur, en tant que sémite et en tant qu'homme. »

Sara choisit de ne pas relever.

El Ghadan soupira. « Je pourrais très bien vous enlever pour vous torturer.

— Évidemment, vous pourriez. Mais avant cela, demandez-vous à quoi je peux vous servir. Vous avez fait le ménage dans vos rangs ? Oui ? Non ? Vous n'avez qu'à reprendre Blum, si vous préférez. Khalifa lui faisait confiance et voilà où ça l'a mené. »

El Ghadan ferma à demi les paupières. « Êtes-vous en train de me dire que c'est Blum qui a éliminé Khalifa ?

— Je suis en train de vous dire que vous n'en saurez jamais rien. Vous avez vraiment l'intention de miser sur Blum ?

— En fait, la maison de Khalifa était rongée par les termites.

— Bienvenue dans le monde réel. »

Il secoua la tête. « Vous êtes trop intelligente pour une femme. »

Sara parvint à se maîtriser, mais son sourire se pétrifia comme si elle avait croisé Méduse. « Au nom des femmes du monde entier, je considère ces paroles comme une offense.

— Le simple fait de vous avoir à côté de moi dans cette voiture est une offense encore plus grande à mes yeux. » El Ghadan découvrit sa dentition. « Maintenant montrez-moi ce document.

— Et une femme qui espionne pour vous, ça ne vous gêne pas ? »

Il détourna les yeux. « Vous allez m'annoncer un prix, j'imagine. »

Sara le lui fournit, consciente qu'il était exorbitant. Cela dit, les renseignements bon marché n'intéressaient personne.

El Ghadan claqua des doigts. Le jeune homme assis à l'avant lui tendit une mallette en peau d'autruche. El Ghadan fit rouler la serrure à barillet sous son doigt, ouvrit le couvercle, compta l'argent et déposa les liasses sur le siège, entre Sara et lui. Puis il lui jeta un regard interrogateur.

Sara lui remit une partie du dossier que son père lui avait envoyé – un document ultrasecret que le directorat Scrivener du Mossad avait fabriqué de toutes pièces. El Ghadan en prit connaissance, lut une seconde fois, puis replia la feuille et la fit disparaître dans un repli de sa tunique, sans faire de commentaires. Les lumières qui défilaient derrière les vitres du SUV projetaient sur les vagues des éclats faisant songer à des poissons volants. Elle aurait tant aimé être ailleurs, respirer l'air de la mer, le plus loin possible de ce monstre qui l'effrayait plus qu'elle ne voulait l'admettre.

Il lui remit une partie des billets posés sur la banquette et rangea le reste dans la mallette. « L'autre moitié quand le renseignement sera validé.

— Il vaut de l'or.

— Voilà ce que nous allons faire, reprit-il, imperturbable. J'ai le choix entre Blum et vous, n'est-ce pas ?

— Le choix ? répliqua-t-elle. Je ne vous suis pas très bien, franchement. » Elle était épuisée. Elle avait abattu ses cartes d'un seul coup et maintenant c'était à qui raflerait la mise.

« Eh bien, si ce renseignement se révèle exact, je vous croirai. Et dans ce cas, Blum devra être éliminé. Je le ferai descendre, comme les lieutenants de Khalifa. »

*

On donna à Bourne une tunique neuve qui lui allait plus ou moins bien. En revanche, il refusa de changer de pantalon car il aurait été obligé de transférer ce qu'il avait dans ses poches. Pendant qu'il s'habillait, Ivan Borz s'entretint avec Faraj. Il lui ordonna de garder le site pendant son absence, puis fit signe à Bourne d'embarquer à bord de la seule Jeep n'ayant subi aucun dommage. Aachir, le jeune homme qui avait discuté avec Bourne après le bombardement, était déjà au volant. Lorsque Bourne et Borz furent installés à l'arrière, il démarra et partit vers l'ouest. Il conduisait bien et avec concentration, comme s'il savait où ils se rendaient et quel chemin emprunter. Il a dû s'y rendre précédemment avec Borz, se dit Bourne.

À peine visibles derrière les nuages, les montagnes bleues et pourpres aux crêtes déchiquetées se cabraient sur l'horizon comme des chevaux sauvages. L'air était vif, presque piquant.

« Nous sommes sur le territoire des Massoud, dit Borz. Dans ce pays, les tribus se haïssent mutuellement. Nul ne peut se déplacer sans un sauf-conduit délivré par un grand chef. » Il cracha dans la poussière. « Comme en Allemagne sous ces putains de nazis. » Se tournant vers Bourne, il ajouta : « Tu sais comment ils fonctionnent, j'imagine, vu que tu parles leur charabia.

— Les Waziri craignent le déshonneur plus que la mort. Ils préfèrent mentir, tricher, voler ou s'enfuir que subir une défaite. À cause de cela, les étrangers font souvent l'erreur de les prendre pour des lâches. Alors que c'est tout le contraire.

— Comment espères-tu t'y prendre ?

— Il faut devenir comme eux, répondit Bourne. Sinon on n'existe même pas. »

Borz lui décocha un bref regard. « Tu peux m'en dire un peu plus ? »

*

« Grands dieux, s'écria Potus. Mais c'est une catastrophe ! »

Sa main tremblait pendant qu'il lisait le rapport que Marty Finnerman avait rapporté du Pentagone. Avec eux dans la pièce, se trouvaient Anselm et Vincent Terrier, l'agent de terrain dont le réseau avait pisté le C17 de Faraj jusqu'à la vallée reculée du Waziristan où régnait la tribu des Massoud.

Le soleil matinal dardait ses rayons obliques à travers les vitres du Bureau ovale. Les blocs de béton alignés sur le pourtour du secteur ouvert au public, dont la Maison-Blanche faisait partie, étaient plongés dans une pénombre qui les rendait plus sinistres encore.

« Une centaine de morts – rien que de jeunes Américains », fit Potus en relevant les yeux. Anselm, Finnerman et Terrier avaient l'air de trois hiboux empaillés cloués devant son bureau. « Comment va-t-on justifier ça, nom de Dieu, Marty ? C'est comme si mon programme drone venait de me péter à la figure.

— Peut-être pas », répondit Anselm, sachant que plus vite ils lui exposeraient leur tactique et plus sûrement ils le détourneraient de la voie désastreuse en termes d'image sur laquelle il était engagé. « D'abord, on publie la liste des chefs terroristes que les drones ont éliminés. On répète encore et encore que la sécurité du pays en sortira renforcée. »

Finnerman prit le relais. « Ensuite, on met l'accent sur le fait que ces jeunes Américains étaient non seulement des transfuges mais aussi des traîtres à leur patrie.

— On se sert du fait qu'ils ont été recrutés ici, poursuivit Anselm. On exhibe le recruteur, on diffuse des photos de lui dans la presse, sur fond d'articles expliquant que son réseau complotait contre les États-Unis mais que, fort heureusement, nous l'avons démantelé.

— Est-ce vrai ? » Potus regarda Finnerman, puis Anselm. « L'avons-nous capturé ? Avons-nous démantelé son réseau ?

— Ce sera le cas au moment où nous diffuserons ces infos, répondit Finnerman sur le ton ferme et apaisant qui fonctionnait à merveille sur le Président. Terrier s'en occupe. N'est-ce pas, Vinnie ? »

Terrier acquiesça. « Vous pouvez compter sur moi, monsieur. »

Anselm fit un grand geste. « Vous voyez ? L'essentiel c'est de prendre les devants et de transformer un incident potentiellement dommageable en un événement positif, illustrant la politique que ce gouvernement mène en continu depuis des années afin de garantir la sécurité du pays. »

Potus essuya la sueur qui perlait sur sa lèvre supérieure. « Mais ces jeunes…

— … étaient des traîtres, le coupa Finnerman. Et en temps de guerre, les traîtres sont sommairement exécutés.

— Voilà le point que nous mettrons en avant, renchérit Anselm, en se penchant pour que ses paroles entrent bien dans la tête du Président. Ces citoyens américains se sont engagés en toute connaissance de cause. Ils ont été recrutés ici, puis ils sont partis en Syrie pour bénéficier d'un entraînement prodigué par un terroriste notoire, Abou Faraj Khalid.

— Que le réseau de Terrier a suivi pas à pas depuis Damas jusqu'au Waziristan, enchaîna Finnerman, où nos drones ont dû intervenir pour éviter que ces mêmes citoyens américains ne rentrent au pays après leur lavage de cerveau et ne viennent grossir les rangs des groupuscules terroristes établis sur notre territoire.

— Quand notre offensive médiatique sera terminée, dit Anselm, conservateurs et libéraux vous célébreront comme un héros. J'irai même jusqu'à parier que le Tea Party sera satisfait. »

*

« Et ensuite, dit Finnerman quand il se retrouva seul avec Anselm dans le bureau de ce dernier, nous passerons aux choses sérieuses. »

Anselm hocha la tête. « Faisons en sorte que Potus tire son épingle du jeu lorsque le sommet pour la paix se cassera la figure, la semaine prochaine.

— Dès que Jason Bourne sera abattu à Singapour après avoir tenté d'assassiner le Président, nous publierons la photo de lui aux côtés de Faraj. Cela suffira pour convaincre Potus et le Congrès que la guerre est le seul moyen de sauver le pays et le monde libre. »

30

KHAN ABDALI ÉTAIT À LA FOIS TRÈS GRAND et incroyablement maigre, avec de longs bras noueux, des épaules osseuses. Un vrai squelette ambulant. À cause de sa peau sombre comme du teck, à la fois épaisse, grainée et ridée, on avait du mal à lui donner un âge, entre cinquante et soixante-dix ans. Sur sa tunique et son pantalon large, blancs tous les deux, il portait une veste bleue brodée d'emblèmes tribaux. Son turban jaune était aussi volumineux que sa tête. Mais le plus remarquable en lui c'étaient ses yeux durs, profondément enchâssés dans leurs orbites. Deux billes d'agate étincelantes qui lui donnaient une présence presque surnaturelle.

Il les rejoignit aux abords du village, flanqué de six hommes lourdement armés. Des barbus enturbannés portant des tuniques blanches, des vestes noires et des fusils d'assaut. Derrière eux, un groupe de maisons cubiques en parpaings, parfois blanchies à la chaux, cernées de murs décrépits. Garés en file, on apercevait également plusieurs camions en piteux état ayant sans doute parcouru des centaines de kilomètres dans la montagne, d'où la couche de poussière et de boue qui les recouvrait. Des enfants s'amusaient à grimper dedans tandis qu'au-dessus d'eux, juchées sur un promontoire, deux sentinelles à demi cachées par des murets braquaient leurs AR-15 sur les visiteurs, au cas où.

Bourne exécuta le salut traditionnel, main sur le cœur. Visiblement surpris, Khan Abdali s'avança et lui rendit la politesse.

« Tu connais notre pays ? demanda-t-il.

— J'ai vécu trois ans ici.

— Pourquoi es-tu parti ?

— À cause d'une femme.

— Oh oh ! s'esclaffa Khan Abdali en rejetant la tête en arrière. Tu l'as emmenée avec toi ?

— Oui. Je l'ai enlevée à un chef de la tribu Tori Khel.

— Pouah ! Les Tori Khel sont tous des chiens ! » Et pour souligner sa remarque, Khan Abdali cracha par terre. « Il s'est lancé à tes trousses ?

— Je l'ai laissé venir », répondit Bourne.

Khan Abdali leva ses sourcils broussailleux. « Vraiment ?

— Oui. Quand on s'est retrouvés face à face, j'ai réussi à l'embrouiller en lui faisant croire que j'étais un djinn, que j'avais jeté un sort à cette femme et que s'il ne lâchait pas l'affaire, je l'envoûterais lui aussi et qu'il mourrait dans d'atroces souffrances. »

Khan Abdali pleurait de rire. Il passa quelques secondes plié en deux, et quand enfin il reprit son souffle, ce fut pour déclarer en hoquetant : « Mon cher Youssouf, je connais peu d'hommes aussi courageux et malins que toi. Sache que tu es le bienvenu dans notre village, bien que tu sois accompagné de ce Tchétchène mal dégrossi. »

Dans la maison du chef, on leur servit du thé, des olives et une galette de pain à la saveur douceâtre. Sur les tapis afghans couvrant le sol de la pièce de réception étaient disposées des lampes en cuivre pareilles à celles qui emprisonnent les djinns des légendes. De nombreuses photos en noir et blanc ornaient les murs, on y voyait des hommes, des enfants – sans doute ceux de Khan Abdali – mais aucune femme. Bourne n'en fut pas autrement surpris, sachant que chez les Waziris, les femmes étaient si précieuses qu'on les plaçait même au-dessus de la religion. Ces gens n'étaient pas des fanatiques et n'avaient que mépris pour les fous de Dieu qui avaient investi leurs montagnes et leurs vallées. Si les différentes tribus ne s'unissaient pas pour les en chasser, c'est qu'elles étaient déjà trop occupées à se faire la guerre entre elles. De plus, sur un territoire aussi vaste et si faiblement peuplé, cent ou deux cents gêneurs passaient facilement inaperçus. À condition qu'ils ne causent pas de nuisances et ne sollicitent pas de faveurs.

« Tu as de beaux enfants, Khan Abdali, dit sobrement Bourne. Mes félicitations. »

Le chef sourit de fierté, découvrant deux dents en or séparées par du vide. « Enfants et petits-enfants, Youssouf, mon frère.

— Allah t'a comblé de bienfaits.

— Puisse sa lumière bienfaisante nous éclairer à jamais. »

Pendant que les trois hommes mangeaient, assis en tailleur, Aachir appuyé contre un mur promenait son regard fiévreux sur la scène, comme pour la graver dans sa mémoire. Tout en bavardant, Bourne essayait de glaner des informations sur les conflits tribaux en cours dans cette partie du Waziristan. Et, du coin de l'œil, il surveillait Borz qui, ne comprenant rien à la conversation, commençait à montrer des signes de lassitude. À un moment, il dut même lui demander de se calmer.

« Ton ami a un visage dur, fit remarquer Khan Abdali. Un visage conforme à son attitude impatiente.

— Ces Tchétchènes ! s'exclama Bourne. Ils sont impétueux de nature. »

Khan Abdali acquiesça d'un air docte, tout en reversant du thé dans le verre de Bourne. « C'est la tragédie qui affecte tous les êtres humains. Ils foncent tête baissée jusque dans leur tombe. » Il pencha discrètement la tête. « Et le jeune Arabe ?

— Il s'appelle Aachir Al Kindi et je le trouve plutôt amical. Mais je ne sais pas grand-chose de lui.

— Je l'ai déjà vu par ici. Il a de meilleures manières que le Tchétchène.

— Aucune comparaison.

— Tu lui apprendras peut-être notre langue.

— Oui certainement, si nous avons le temps. »

Le chef hocha la tête, apparemment satisfait. « Le Tchétchène, que veut-il de moi, Youssouf, mon frère ?

— Il souhaite obtenir un sauf-conduit pour lui et ses hommes.

— Pour aller où ?

— Vers l'ouest, en Afghanistan. »

Khan Abdali poussa un grand soupir. « Je n'aime pas beaucoup les Afghans, et encore moins les Talibans. L'ingérence américaine leur a permis d'affermir leur emprise sur le pays. Je désapprouve leur idéologie malfaisante. Ils utilisent la religion comme un gourdin pour assommer les pauvres gens autour d'eux.

— Mon ami considère les Talibans comme ses ennemis, dit Bourne. Tu peux me croire. »

Khan Abdali pencha la tête pour mieux observer Borz. « Si je l'aide à passer en Afghanistan, il tuera des Talibans ? »

Bourne se tourna vers Borz. « Le chef veut que tu descendes des Talibans.

— Quoi ?

— C'est ce qu'il demande en échange des sauf-conduits. Des têtes de Talibans. »

Borz ricana.

« Prends garde, l'avertit Bourne.

— J'ai pas que ça à faire. Le temps presse, Youssouf.

— Je te conseille d'accepter, Borz. Sinon, il ne lâchera rien. »

Borz réfléchit. « Dis-lui que je suis d'accord.

— Si c'est faux, je ne lui dirai rien.

— Comment pourra-t-il le savoir puisque demain nous aurons quitté son pays de merde ?

— Le Waziristan vous a accueillis sur son sol, vous a fourni un abri. Et vous, en guise de remerciements, vous avez attiré des drones américains. Alors, maintenant, tu vas lui donner ta parole. Et il aura ses têtes de Talibans. »

Borz lui jeta un regard assassin. « C'est bien toi qui as dit que ces mecs mentaient comme des arracheurs de dents. Où est le problème ? »

Bourne se retint de lui balancer une gifle. « J'ai dit qu'il leur arrivait de mentir pour échapper à leurs ennemis, expliqua-t-il, optant pour la pédagogie. Pour l'instant, ils tolèrent ta présence mais ils pourraient bien changer d'avis. Franchement, Khan Abdali n'a pas grand-chose à faire de toi. Si je n'étais pas là, il t'aurait déjà envoyé paître. »

Borz expira l'air qu'il retenait dans ses poumons. « Très bien, j'accepte. Mais qu'il aille pourrir au fin fond de l'enfer. »

Bourne se retourna vers le chef. « Khan Abdali, mon ami manque de savoir-vivre mais c'est un homme d'honneur et ses intentions sont bonnes. Il te donne sa parole qu'après avoir passé la frontière, il coupera des têtes de Talibans. »

Le chef se caressa pensivement la barbe. « Je suis d'accord, Youssouf, mon frère, ce Tchétchène manque de savoir-vivre. Comme c'est ton ami, je veux bien lui donner un sauf-conduit. Deux de mes meilleurs guerriers partiront avec vous. Ils vous guideront jusqu'en Afghanistan et vous aideront à couper les têtes des Talibans. »

Et ils forceront Borz à tenir parole, compléta Bourne en lui-même. Il sourit et remercia abondamment Khan Abdali pour sa générosité.

Avant de partir, Khan Abdali prit Bourne à part. « Je vois la trahison rôder autour de toi. » Son haleine sentait les dattes et les olives. « Je te souhaite une longue vie. » Il saisit sa main droite, la retourna, paume vers le haut, et y déposa un objet métallique, petit mais lourd. Bourne ferma le poing. « C'est un *chīlai*, dit le chef. Un bracelet qui sert de talisman et d'arme en même temps. Il contient un *mangèr*.

— Un serpent ? »

Khan Abdali eut un sourire rusé. « Ce serpent n'est pas plus gros que l'ongle de ton doigt, Youssouf, mon frère. Mais il est enduit d'un poison très violent. Le *mangèr* te protégera quand tu te croiras perdu.

— Merci, Khan Abdali. » Bourne glissa le bracelet à son poignet gauche. « Tu es un homme très généreux – et très sage. »

Le chef hocha la tête. « Fais bon voyage, mon frère. »

La Jeep démarra dans un bruit de casserole. Un nuage de poussière se forma derrière elle, faisant disparaître le village et ses habitants.

*

Vincent Terrier était assis sur l'une des banquettes en skaï du Jake's World, un petit restaurant perdu dans la campagne virginienne, dont la déco tout en chrome et pastel imitait les snack-bars des années 1950. Ses fenêtres panoramiques offraient une vue imprenable sur le parking et l'autoroute. De l'extérieur, il ressemblait à un vieux juke-box couché sur le flanc. Les réverbères plantés dehors s'allumèrent à l'instant même où la nuit délogea le crépuscule et prit possession des lieux.

Tout en piochant dans une tarte aux pommes sans saveur, accompagnée d'un jus de chaussettes tiédasse, Terrier s'amusait à évoquer le célèbre tableau d'Edward Hooper représentant les clients d'un établissement new-yorkais très semblable au Jake's World, pendant la crise de 1929. *Nightawks* restituait magistralement le vide existentiel que Terrier avait connu toute sa vie durant. Il avait grandi à Detroit dans une cité HLM pouilleuse. Victime de la maladie mortelle qui ravageait la classe ouvrière, son père avait travaillé dans l'industrie automobile jusqu'à ce qu'on le licencie et que son usine se transforme en hangar désaffecté. Quant au jeune Terrier, il incarnait à lui seul l'échec du système scolaire américain. Après deux ou trois années passées dans une université d'État où il avait trompé l'ennui en prenant de la drogue, il s'était mis à chercher du travail. Sauf que du travail, il n'y en avait pas à deux cents kilomètres à la ronde. Enfin, rien de sérieux du moins. Pour gagner de quoi remplir sa seringue, il avait fait la plonge pendant quelque temps, puis creusé des tombes pour un croque-mort sadique.

Faute de perspectives d'avenir, Terrier avait fini par s'engager dans l'Armée. Il avait même rempilé à trois reprises, le temps de visiter la corne de l'Afrique, l'Irak, et plus récemment, l'Afghanistan. Un beau jour, au cœur des montagnes afghanes servant de places fortes à l'ennemi, il avait été touché par la grâce. En pénétrant dans les cavernes perchées près des sommets, il avait découvert un spectacle atroce. Des femmes, des enfants, certains âgés d'un an à peine, affamés, en haillons. Des innocents qui le regardaient avec leurs yeux creusés, comme des vieillards ayant perdu tout espoir.

Ayant lui-même connu la misère dans son enfance, Terrier réalisa soudain à quel point ces gosses étaient vulnérables face aux islamistes qui les recrutaient par milliers sans leur laisser le temps de grandir. Ces salopards leur offraient à la fois un but et un avenir : ils les nourrissaient, les habillaient, leur donnaient un toit, des armes et, dans le même temps, leur instillaient jour après jour le poison du fanatisme. Pour ces gamins, c'était une question de survie ; la haine donnait du sens à leur existence et la perspective du martyre la promesse que leur mort serait bénéfique autant pour eux-mêmes que pour leur famille. Terrier n'était plus le même, à son retour d'Afghanistan. Mais contrairement à ses camarades qui tentaient de se réinsérer dans la vie civile, il postula au ministère de la Défense. Grâce à ses qualités intellectuelles et à son expérience sur le terrain, il fut immédiatement recruté. On lui fit suivre une formation de six mois à la Ferme, de trois mois à la Laiterie, puis on l'envoya en mission dans les zones chaudes du Moyen-Orient où il avait si longtemps roulé sa bosse. Terrier connaissait les dialectes, la psychologie des autochtones : c'était l'arme idéale.

Ses supérieurs – jusqu'au sommet de la hiérarchie – se déclarèrent pleinement satisfaits de ce collaborateur qui remplissait sans faillir chacun de ses objectifs. Au bout d'un certain temps, Marty Finnerman, qui n'avait pas son pareil pour flairer les talents, le repéra, l'intégra à sa meute personnelle et lui confia des missions consistant à surveiller les faits et gestes de l'ennemi, mais aussi à anticiper ses tactiques toujours fluctuantes.

Et c'est ainsi que Terrier finit par être introduit dans le saint des saints, c'est-à-dire dans l'aile ouest, pour faire son rapport devant Potus en personne.

L'assiette de Terrier luisait sous les néons. De sa tarte aux pommes, il ne restait qu'un peu de croûte graisseuse. Une voiture de taille gigantesque s'engagea sur le parking. C'était une Chrysler Imperial bleu foncé, modèle 72, comme neuve. Terrier leva la main pour appeler la serveuse et lui demanda deux cafés.

Quand les gros phares de l'Imperial s'éteignirent, les néons de la salle se reflétèrent sur son énorme calandre. Une silhouette descendit du véhicule, gravit prestement les marches en ciment et poussa la porte du Jake's World.

*

Hunter regarda autour d'elle et, repérant Terrier, se glissa sur la banquette en face de lui au moment même où les tasses arrivaient. Elle portait un jean sale, des bottes de cow-boy, une chemise en denim et une veste en daim qu'elle ne prit pas la peine de retirer.

« Chouette ta veste. Il manque juste les franges, se moqua-t-il.

— Moi aussi je t'emmerde, ricana Hunter.

— Tu ne pouvais pas choisir une bagnole moins voyante ? Genre Honda ou Chevy ? »

Hunter prit une gorgée de café. « Tu adores mon Imperial. »

En effet, il l'adorait. À ses yeux, elle représentait l'Amérique triomphante d'autrefois. Une Amérique qui n'existait plus que dans les films. La voir lui faisait chaud au cœur, le rassurait. Et il se disait que, décidément, ils avaient raison de suivre la voie qu'ils s'étaient fixée.

« Comment ça se présente à la Laiterie ? demanda-t-il.

— Je te trouve bien modeste, ce soir, répondit Hunter en l'observant d'un œil critique. Surtout après une performance aussi remarquable. Camilla a tout gobé.

— Et tu en as profité ?

— Qu'est-ce que tu crois ?

— Bon. » Il posa ses mains à plat sur la table. « Que penses-tu d'elle ?

— Elle fera l'affaire. Elle a le profil parfait. Mais tu le sais déjà puisque c'est toi qui as murmuré son nom à l'oreille de Finnerman. Son connard de père incarne à lui seul tout ce qui déconne dans l'Amérique consumériste.

— C'est une fille lucide. Je lui tire mon chapeau. » Terrier descendit la moitié de son café, bien qu'il fût déjà presque froid. « Dis-moi, sera-t-elle prête à temps pour Singapour ?

— Cesse de t'inquiéter. »

Hunter repoussa la tasse dans laquelle elle venait de tremper les lèvres. Terrier ne put lui donner tort.

« Camilla est une jeune femme bourrée de talents, dit-elle. Ses capacités d'apprentissage sont proprement stupéfiantes. »

Ce fut au tour de Terrier de lui décocher un regard critique. « Tu m'en diras tant.

— Je ne couche pas avec elle.

— Pas encore, répliqua-t-il avec un rire dénué de sous-entendus. Il te reste deux jours pour arranger ça. »

Hunter lui fit un grand sourire. « Que se passe-t-il dans le monde autour de la Laiterie ? »

Il lui remit une enveloppe kraft. « Pour notre amie mutuelle.

— Vraiment ?

— De quoi sceller l'accord.

— Magnifique. » Hunter posa l'enveloppe près d'elle sur la banquette. « Bon, très bien. »

Terrier se pencha au-dessus de la table. « Les gros bonnets projettent de couvrir leur bévue en Afghanistan en travestissant la vérité. Et ils vont employer les grands moyens – les jeunes qui sont morts dans le bombardement ont été recrutés sur le sol national avant de partir en Syrie de leur propre chef.

— J'imagine qu'ils vont les accuser de trahison envers leur pays.

— Exact. Ils diront qu'ils étaient de redoutables djihadistes, endoctrinés par Faraj, et qu'ils représentaient un danger grave et imminent pour l'Amérique, bla bla bla.

— Ça peut marcher. »

Il hocha la tête. « Je le pense aussi. » Il haussa les épaules. « Mais peut-être que non. J'entends déjà les réactions outragées des pays étrangers. Et je ne te parle pas du lobby anti-drone.

— Que nous soutenons de toutes les manières possibles et imaginables. »

Terrier baissa la voix. « Il y a mieux. Finnerman veut que je constitue un réseau local comme les terroristes l'ont fait avec ces jeunes.

— C'est une blague ? » dit Hunter.

Terrier hocha la tête. « Oui, mais on est seuls à le savoir.

— Tu as trouvé une cible ? »

Il sourit. « Quelle question. »

*

Hunter l'ignorait mais, quand elle avait sorti l'Imperial de la grange, un VTT manquait sur le râtelier à l'extérieur. C'était

Camilla qui l'avait pris. Sur le petit chemin surplombant la route, elle avait mis pied à terre pour regarder passer la grosse voiture. Comme la nuit était claire, on voyait parfaitement ses feux arrière. Camilla savait qu'au bout de sept ou huit kilomètres, elle n'arriverait plus à la suivre. Mais quelque chose lui disait que Hunter n'irait pas si loin.

Bien entendu, on ne sortait pas de la Laiterie comme on le voulait – pas plus qu'on y entrait, d'ailleurs. Et pour passer les contrôles, Camilla aurait dû montrer ses accréditations, ce qui était hors de question. Elle avait donc résolu d'agir en toute discrétion en disparaissant des écrans radars durant quelques minutes.

Lors d'une récente promenade à cheval, elle avait repéré une brèche dans le grillage qui cernait la Laiterie comme les murailles d'un château fort. C'est par là qu'elle espérait s'échapper. Elle avait d'abord songé à prendre Dixon, mais y avait renoncé à cause du bruit que feraient ses sabots et du fait que son absence de l'écurie ne passerait pas inaperçue. Un vélo avait l'avantage d'être silencieux et maniable. Quand, arrivée devant la brèche, elle s'aperçut que Dixon n'aurait jamais pu la franchir, Camilla se félicita doublement de son choix. En fait, un grand cerf avait tenté de sauter par-dessus le grillage et s'était mortellement empalé sur ses barbillons acérés. La barrière s'était affaissée sous son poids mais sans rompre le circuit électronique – un défaut de fabrication, sans doute. Camilla n'eut qu'à soulever son vélo pour le faire passer par-dessus le pauvre animal. À un moment, toutefois, pour ne pas perdre l'équilibre, elle dut s'accrocher à ses bois et, ce faisant, sentit sous ses doigts la puissance qui émanait encore de sa dépouille. Elle eut une brève pensée pour lui. Cette mort était aussi absurde, aussi inutile que celle d'un soldat sur un champ de bataille. Puis elle assura sa prise, passa de l'autre côté, et le remercia pour son aide.

L'Imperial avait pris beaucoup d'avance. C'était prévisible mais pas bien grave car sa destination semblait évidente, à présent : un petit restaurant qui brillait comme un juke-box dans la nuit.

Camilla remonta le col de sa veste de cuir, se mit à pédaler de toutes ses forces et arriva sur le parking cinq ou six minutes après Hunter. Faisant le tour du bâtiment, elle aperçut, entre deux bennes à ordures, trois ratons laveurs bien gras qui lui jetèrent un regard peu amène depuis leur cachette. Camilla braqua sur eux sa torche pour les faire décamper.

Puis elle mit pied à terre et posa son vélo contre les marches d'un escalier menant aux cuisines. Personne ne la vit entrer, le personnel ayant trop à faire pour remarquer qui que ce soit. Elle atteignit le couloir des toilettes avant qu'ils aient levé le nez de leurs casseroles.

Hunter était là, un peu plus loin, assise dans un box face à un homme qu'elle ne reconnut pas aussitôt.

Quand, ayant fait un pas de côté, Camilla identifia l'individu, elle sentit un frisson glacé ramper le long de son dos, comme un serpent caché sous sa chemise. Vincent Terrier, l'homme que Hunter avait prétendu haïr. Et à voir l'expression de leurs visages, cette conversation semblait de nature hautement confidentielle.

Camilla s'écarta encore un peu afin d'avoir la bouche de Terrier dans son axe de vision. Elle était assez douée pour lire sur les lèvres. Incroyable, on dirait qu'il a les mêmes opinions qu'elle. Terrier lui a servi de rabatteur. Il a fait en sorte que je coure me réfugier dans ses bras, se dit-elle en essuyant la sueur froide qui perlait à la racine de ses cheveux.

31

Il y avait tellement d'étoiles filantes au-dessus de la vallée des Massoud au Waziristan que le ciel était presque blanc par endroits. Pas un bourdonnement d'insecte, pas un cri d'oiseau ne venait perturber le silence magique de la nuit. Bourne se tenait près de la carcasse du C17. L'air était encore chargé des relents de l'incendie. Ça sentait les câbles brûlés, le métal calciné, le plastique fondu. Mais l'odeur la plus insupportable entre toutes était celle de la chair humaine carbonisée.

« Moi non plus, je n'arrive pas à dormir. »

Bourne se retourna et vit Aachir marcher vers lui d'un pas chaloupé, les mains dans les poches, la tête légèrement enfoncée entre ses épaules étroites. Le jeune homme s'arrêta pour regarder la piste détruite d'un air lugubre. « Je ne m'attendais pas à vivre cela.

— À quoi tu t'attendais, alors ? »

Aachir soupira. « En fait, je n'ai pas eu le temps d'y réfléchir. J'étais trop occupé à préparer ma fuite.

— Tu fuyais quoi ? »

Aachir laissa passer quelques secondes, puis répondit de manière indirecte. « J'avais une amie. On ne se fréquente pas entre hommes et femmes, chez nous – de toute façon, c'est interdit. Bref, elle et moi on arrivait quand même à se voir, mais toujours en secret. Seulement voilà, il y a des gens qui adorent colporter les ragots et espionner les jeunes célibataires. Des mouchards qui n'ont rien d'autre à faire qu'appliquer la charia, dénoncer les autres et brandir le marteau de la justice. » Il eut un rire amer. « Le marteau du sexisme, devrait-on dire. »

Bourne était tout ouïe. Cette histoire contredisait l'idée qu'il se faisait d'Aachir. En fait, le jeune homme était tout sauf un fondamentaliste. Mais alors, que faisait-il dans la bande de Faraj ?

« Ça restera entre nous, hein Youssouf ?

— Évidemment. Comme je disais hier à Borz, je suis un pragmatique, pas un zélote.

— Contrairement à Faraj et à El Ghadan qui ne jurent que par le djihad. » Sa voix, de même que son expression, se teinta de mélancolie. Comme un saxophone jouant une mélodie en mode mineur. « Ils continueront à tuer jusqu'à ce qu'ils meurent à leur tour.

— Et toi, que cherches-tu, Aachir ?

— La liberté, je crois. » Il haussa les épaules. « Encore que j'ignore ce que cela signifie réellement. »

La plupart des gens n'en savent rien non plus, songea Bourne. Chacun d'entre eux subissait les contraintes de la vie qu'il s'était choisie. Était-il prisonnier pour autant ?

Ils cheminèrent côte à côte sans se regarder. Il était toujours plus facile de parler de ses problèmes personnels à un étranger qu'à un proche.

« Que fais-tu ici ? » demanda Bourne.

Aachir écarta les bras. « Tu connais une meilleure cachette ?

— Tu ne pourras pas te cacher ici éternellement, fit remarquer Bourne. Tu sais qu'on va partir dès que les blessés seront stabilisés.

— L'Afghanistan, le Pakistan, c'est du pareil au même. » Aachir fit un geste vague. « Où veux-tu que j'aille, Youssouf ? Aux États-Unis ? Dans ce pays qui a déversé des tonnes et des tonnes de napalm, de phosphore, de bombes à fragmentation, de missiles et tout ce que l'industrie de l'armement a fabriqué de plus mortel sur des millions de pauvres Vietnamiens, Cambodgiens, Irakiens, Pakistanais, Afghans, sans parler des Libyens et des Yéménites ? » Il secoua la tête. « Non. Je préfère encore rester ici avec Faraj.

— Comme tu l'as dit toi-même, nous ne sommes à l'abri de rien. Faraj et El Ghadan sont résolus à détruire leurs ennemis quitte à se détruire eux-mêmes. Tu veux finir sur le bas-côté d'une route ou dans une fosse comme ces jeunes qu'on a enterrés en bordure de la piste ? Non, tu n'as pas envie de ça. Alors, rentre chez toi et termine ce que tu as laissé en plan là-bas. »

Aachir secoua la tête, sans cesser de marcher vers les montagnes, loin du champ de massacre où la puanteur de la mort le disputait à celle de la chaux vive. « Tu ne comprends pas.

— Explique-moi. »

Aachir préféra changer de sujet. « Ils disent que tu es un excellent tireur d'élite. Est-ce que c'est vrai ?

— C'est vrai.

— Pourquoi tu as choisi ce métier ? »

Bourne réfléchit un instant. « Maîtriser un savoir-faire – n'importe lequel – a quelque chose de gratifiant.

— Tu veux bien m'apprendre ? »

Bourne acquiesça. « Si tu le souhaites. »

Aachir pencha la tête en le regardant du coin de l'œil. « Et toi, Youssouf, qu'est-ce que tu fais ici ?

— Je suis un marginal, répondit Bourne sans mentir. Je ne me sens chez moi nulle part. En fait, je suis différent des autres ; j'ai des intérêts très particuliers.

— Comme regarder la guerre à travers une lunette de visée.

— Oui, mais ça, c'est venu après. »

En plus du tir de précision, Bourne maîtrisait bien d'autres talents. Par exemple, il lui suffisait d'écouter les questions, les silences, les hésitations de ses interlocuteurs pour deviner leurs secrets les plus intimes.

Aachir fronça les sourcils et lui demanda : « Alors, parle-moi d'avant.

— J'avais la sensation de dériver sur une mer infinie.

— Loin de la terre où mes parents… », fit Aachir en pensant tout haut.

Bourne saisit la balle au bond. « Ils sont si terribles ?

— Ma mère s'est mise à pleurer quand j'ai tenté de lui expliquer. Et mon père, je n'ai même pas essayé. Sa déception était posée là, entre nous, comme une tierce personne.

— Donc, tu ne lui as rien dit. »

Aachir eut un petit rire triste. « Mon père devient sourd quand il ne veut pas entendre. »

Bourne avait croisé trop d'hommes de ce genre. À vrai dire, le monde dans lequel il évoluait en était saturé. « Quel pays as-tu fui ?

— Quelle importance ? »

Cette conversation les rapprochait inexorablement. C'était un phénomène courant : deux inconnus se rencontraient dans des circonstances extrêmes et se liaient d'amitié.

« Tu parles avec l'accent yéménite », dit Bourne.

Aachir hocha la tête. « Tu as l'oreille fine, Youssouf. Et toi, tu es syrien, paraît-il. De quelle région ? »

Bourne sentait qu'il était temps de réduire la distance qui les séparait encore. « Je l'ignore. »

Aachir se mit à rire. « C'est impossible.

— J'ai reçu une balle. » Bourne lui montra la cicatrice. « Je suis tombé à l'eau, des pêcheurs m'ont repêché et m'ont conduit chez un médecin qui a soigné mon corps mais n'a rien pu faire pour mon esprit. Je souffre d'amnésie. Je n'ai aucun souvenir de ma vie avant cet incident. »

Aachir se tourna vers lui, et le regarda dans les yeux pour la première fois depuis le début de leur déambulation, depuis qu'ils avaient commencé à parler de choses essentielles pour l'un comme pour l'autre. « Tu as oublié ton père et ta mère ? Tu ne sais pas si tu avais une famille ?

— Exact.

— Et ton nom ?

— Je l'ai choisi. » Bourne fit un geste. « Je donnerais n'importe quoi pour être comme toi, savoir où je suis né, où j'ai grandi, qui sont mes parents, mes frères, mes sœurs, mes tantes, mes oncles, mes cousins. Où est ma maison. Toi qui possèdes tout cela, tu as tort de le rejeter. C'est un bien trop précieux. » Il se pencha vers lui. « Écoute, je vais te confier un secret. Ce que j'ai dit à Faraj sur mon passé, je l'ai inventé de toutes pièces. »

Aachir secoua la tête. « Ne t'inquiète pas. Je ne parle jamais à Faraj. Il est comme mon père, incapable de comprendre quoi que ce soit. »

Ils se remirent à marcher. Au bout d'un moment, Aachir s'arrêta et racla le sol du bout de sa botte. Il s'apprêtait à dire quelque chose, mais se ravisa. Au lieu de cela, il leva les yeux vers le ciel étoilé où se découpaient les montagnes. « D'après toi, Youssouf, qu'est-ce que je fais ici ?

— Bonne question, Aachir. Maintenant que je te connais mieux, je crois pouvoir y répondre. Tu fais ce que toutes les personnes intelligentes font à ton âge. Tu cherches à savoir qui tu es. »

Aachir éclata de rire, mais Bourne ne comprit pas pourquoi.

*

Sara se savait suivie. Un homme devant, deux derrière. Il y avait aussi une voiture, évidemment. C'était prévisible, donc elle ne s'inquiétait pas outre mesure. Une autre chose la rassurait : leur nombre. Cela signifiait qu'El Ghadan était effectivement basé à Doha, comme elle l'avait parié, et par voie de conséquence que Soraya et Sonya se trouvaient encore dans les parages. Le fait de les sentir près d'elle la rassérénait, bien qu'elle n'ait pas l'intention d'enfreindre les ordres de Jason. Il avait exigé qu'elle se tienne à l'écart. Mais lui-même avait forcément un plan d'attaque. Ne rien savoir était frustrant. Pourtant elle avait fini par accepter cette situation. C'était mieux pour elle, mieux pour tout le monde, surtout depuis qu'elle avait pris contact avec El Ghadan. Il était impératif que le chef djihadiste n'ait pas le moindre soupçon à son égard. La vie des otages en dépendait.

Elle tourna à droite, passa sous un porche sculpté et pénétra dans le souk. Il y avait un monde fou dans les allées bordées d'échoppes formant le rez-de-chaussée de constructions anciennes à un étage, les unes en pierre ocre, les autres en calcaire chaulé. Une douce brise agitait les marquises colorées ombrageant les seuils. On y trouvait toutes sortes de marchandises – depuis les épices jusqu'aux objets en cuivre martelé, en passant par les tapis et les babioles pour touristes – fabriquées sur place ou bien en Chine, à meilleur coût mais selon des critères édictés par les Qataris. Accablés d'ennui, des perroquets rouges, bleus, jaunes ou verts caquetaient sur leurs perchoirs, tiraient paresseusement sur leurs chaînes, interpellaient les passants pour solliciter leur compagnie ou au moins quelque graine à déguster.

Une voiture ne servait à rien dans un souk. C'était l'une des raisons pour lesquelles Sara avait choisi d'entrer là, l'autre étant qu'elle devait y retrouver Blum. Blum qu'elle avait discrédité auprès d'El Ghadan pour que ce dernier renonce à l'utiliser et reporte son attention sur elle. La première partie du plan s'était déroulée avec une facilité déconcertante. Sara trouvait ça louche. Elle le savait d'expérience : quand les choses semblent aller trop bien, il faut s'attendre à ce qu'elles déraillent brusquement.

À présent, c'était elle qu'El Ghadan tenait en laisse. Quand Sara avait compris qui était l'homme du Nite Jewel, elle n'avait eu de cesse que de parvenir à gagner sa confiance. Une décision prise en quelques secondes, mais qui s'était révélée payante. La deuxième partie du plan consistait à renvoyer Blum dans l'ombre afin qu'il puisse œuvrer en sous-main.

Bien sûr, elle savait que dans pas longtemps, elle devrait le tuer pour faire plaisir à El Ghadan. Il n'avait encore rien demandé mais il le ferait bientôt, tant il était furieux d'avoir dû accepter qu'une femme espionne le Mossad pour lui.

Tuer Blum ne lui posait aucun problème ; tuer Levi c'était autre chose. Elle se raccrochait à ce genre de blague corpo pour se remonter le moral. Le métier d'agent double n'avait rien d'une sinécure, loin s'en fallait. Sara était habituée à mener une double vie – si tant est qu'on puisse s'y habituer. Mais aujourd'hui, c'était une triple vie qu'elle devait assumer, et cela relevait de l'exploit. On devait se tenir constamment sur ses gardes, diviser son esprit en compartiments parfaitement étanches, au risque de voir son déguisement se découdre et révéler la vérité cachée dessous.

Telles étaient les pensées qui l'occupaient tandis qu'elle parcourait le vaste souk comme une touriste en balade, le but du jeu consistant à promener ses gardiens sans jamais les quitter des yeux. Avec un peu de chance, entre l'ennui et la chaleur, ils tomberaient en léthargie, comme les perroquets sur leur perchoir.

Sara visita plusieurs boutiques, s'achetant ici un foulard en soie, là un brûle-encens en bronze couvert d'une couche de vert-de-gris, plus loin un charmant bol en terre cuite. Ses emplettes terminées, elle s'assit à la terrasse d'un café et passa quarante minutes à siroter un expresso tellement corsé qu'il aurait fait un excellent produit à récurer son brûle-encens.

Un rayon de soleil caressait son visage. Elle pencha la tête en arrière pour mieux en profiter et, ce faisant, repéra Blum au premier étage du bâtiment d'en face. En réalité, elle le vit deux fois car il sautait d'un balcon à l'autre pour rejoindre discrètement leur point de rendez-vous. À ses mouvements précautionneux, elle comprit qu'il était au courant pour la filature. D'ailleurs, pas une seule fois il ne tourna la tête dans sa direction.

Elle soupira, aspira les dernières gouttes de son café, jeta quelques pièces sur la table, rassembla ses paquets et leva le camp, toujours escortée de ses trois ombres, une devant, deux derrière. Quel manque d'imagination, se dit-elle. Comme des invités qui s'incrustent, ils commençaient à faire partie du décor tout en devenant franchement importuns.

Toujours aussi décontractée, elle entra dans un magasin de vêtements. Puis, chez un artisan qui fabriquait de jolis bijoux en argent, elle craqua pour un gros bracelet tape-à-l'œil qu'elle accrocha aussitôt à son poignet gauche. N'ayant pas le temps de marchander, elle le paya trois fois son prix, mais tant pis.

En ressortant de la boutique, elle fit en sorte que ses anges gardiens remarquent ses nouveaux achats et surtout l'énorme bracelet qui scintillait au soleil. Après quoi, elle repassa sur l'allée principale remplie de touristes et de badauds, sachant qu'ils auraient le plus grand mal à la repérer dans la cohue. D'ailleurs, celui de devant venait de décrocher. À présent, c'était une question de timing. Sara pressa le pas et se fondit dans la foule.

Deux minutes plus tard, elle se réfugiait sous un porche ombragé. Après s'être débarrassée de ses sacs de courses dans un renfoncement tendu de toiles d'araignée, elle gravit d'un pas léger l'étroit escalier menant à l'étage.

Pendant ce temps, sur l'allée centrale, les trois individus se précipitaient sur une femme encombrée de paquets et portant le bracelet d'argent que Sara, profitant de la bousculade, lui avait subrepticement glissé au poignet gauche. La femme se retourna, stupéfaite, mais pas autant qu'eux.

Sara déboucha sur un balcon, suivit le chemin que Blum avait emprunté quelques minutes plus tôt et trouva ce dernier assis au premier étage d'un café, l'un des plus anciens du souk.

Avisant une table voisine de la sienne, non loin de la balustrade, elle se posa et commanda encore un expresso plus une assiette de gâteaux aux amandes pour s'éviter les brûlures d'estomac.

« Ça avance ? demanda Blum.

— Je prépare ton exécution. »

Il grimaça. « Ça fera mal ?

— Imagine un homard plongé dans une marmite d'eau. On allume en dessous, la chaleur augmente peu à peu, le homard s'endort et rêve de ce dont rêvent les homards. »

Ils parlaient si doucement que leurs voix étaient noyées sous les conversations des autres clients et les harangues des boutiquiers en contrebas.

Elle se pencha et haussa le ton pour dire : « Pardon, je peux vous emprunter le sucre ? »

Blum lui tendit son sucrier. Sara prit les trois sachets plantés au milieu et le lui rendit. « Merci. »

À la place des trois sachets, Blum vit un minuscule tube de dentifrice, comme ceux que l'on trouve dans les hôtels.

« Première pression, dit-elle en repassant au murmure.

— C'est tout ? »

Elle acquiesça. « Oui. Et toi, où en es-tu ?

— Tout est prêt. »

Elle ferma à demi les yeux. « Tu es sûr ?

— Sûr de chez sûr.

— Personne ne t'a suivi ?

— Personne. » Blum tendit le cou pour regarder par-dessus la balustrade la foule qui ondoyait en bas. Dans le même geste, il empocha le tube de dentifrice. Sara aperçut ses gardiens. Ils s'étaient séparés pour augmenter leurs chances de la retrouver. Blum sourit comme un chat fourré. « Je ne sais pas ce que tu lui as raconté mais El Ghadan ne s'intéresse plus du tout à moi.

— Parfait, dit-elle. Dans ce cas, c'est le moment. »

Blum hocha la tête, paya son café, se leva et descendit un escalier qui donnait sur une ruelle à l'arrière. Quant à Sara, elle resta encore un moment à croquer des biscuits aux amandes tout en songeant à la mort imminente de Levi Blum.

32

« Dinarzade était perdue dans un océan d'étoiles. » Soraya tenait Sonya sur ses genoux. L'enfant sommeillait contre sa poitrine. « Elle est restée loin de chez elle pendant très longtemps.

— Comme nous, maman ?

— Oui, mon cœur, comme nous. » Soraya déglutit.

« Comment elle s'est perdue dans les étoiles ?

— Un méchant sorcier lui avait jeté un sort. Il était jaloux de sa beauté et voulait la lui prendre. Comme Dinarzade a dit non, il l'a enfermée dans une prison dont personne ne pouvait s'échapper. Enfin, c'est ce qu'il prétendait.

— Mais elle a pu s'échapper, dis, maman ?

— Patience, ma chérie. Pour le savoir, tu dois attendre la fin de l'histoire.

— Maman, j'ai envie de faire pipi. »

Soraya leva la tête et appela Islam. Le plan qu'elle avait conçu débutait par un passage aux toilettes.

Un moment plus tard, elle entendit un bruit de serrure. Islam entra et posa sur elle son regard sombre.

« Ça ne va pas mieux, Soraya ?

— Non, répondit-elle. Et Sonya doit aller aux toilettes. »

Il l'aida à se lever. Tous ces jours sans bouger avaient affaibli son corps et affecté son équilibre. Elle avait bien tenté de faire un peu d'exercice, au moins quelques pas dans la cellule, mais Islam était intervenu comme s'il avait deviné ses intentions.

Comment pouvait-elle espérer s'enfuir de cette prison si elle était incapable de courir avec Sonya dans les bras ? Ce problème la terrifiait.

Soraya prit sa fille par la main et sortit de la pièce, Islam à ses côtés. La porte des toilettes était la première sur la droite dans le couloir. Comme à son habitude, Islam entra avec elles. Soraya avisa une cabine équipée d'une cuvette, y pénétra avec Sonya et referma.

« Tu veux que j'appelle le docteur, Soraya ? » demanda Islam, planté près du lavabo.

Soraya fit semblant de vomir puis se releva et répondit : « C'est juste un truc que je ne digère pas. Je me passerai de docteur, mais tu peux peut-être m'aider. »

Elle l'entendit marcher vers la porte. Quand il s'arrêta, Soraya fit signe à sa fille de se tourner vers le fond de la cabine. Elle retira le verrou, Islam ouvrit et reçut un coup de poing au menton. Sa tête partit en arrière, cogna contre le battant, et il tomba sur les genoux, à moitié assommé.

Soraya attrapa sa fille, enjamba Islam et se précipita vers la sortie. Mais Sonya n'était pas d'accord. Elle se débattit tant et si bien que sa mère dut la poser. Dès qu'elle fut par terre, l'enfant fit demi-tour pour rejoindre Islam qui reprenait ses esprits.

« Sonya, qu'est-ce que tu fais ? cria Soraya. Reviens ici !

— Islam est blessé, maman. Il faut l'aider ! »

Islam releva la tête. Quand il glissa son bras autour de la petite fille, Soraya faillit hurler de désespoir.

La liberté était là, derrière cette porte. Mais ce n'était qu'un mirage. Islam se mit debout, prit Sonya par la main et passa devant Soraya sans lui accorder un regard, sachant qu'elle ne s'enfuirait jamais seule.

Deux hommes armés les attendaient devant la cellule.

« Tu vois, de toute façon, tu n'avais aucune chance », dit Islam en entrant avec elles.

Il tenait toujours Sonya par la main. En tremblant, Soraya regagna sa chaise et croisa les mains sur ses genoux, comme une écolière. Islam se dressa devant elle, Sonya serrée contre sa cuisse.

« Maman ? »

Sonya était au bord des larmes, sa lèvre inférieure tremblait. « Allons, mon cœur, souffla Soraya. Islam a quelque chose à nous dire.

— Comme je me préoccupe de votre bien-être, commença-t-il, et pour te montrer que je ne suis pas l'animal que tu imagines, je vais te donner le choix. Soit tu promets de ne plus jamais recommencer…

— Soit ? demanda-t-elle, méfiante.

— Soit j'emmène Sonya dans une autre cellule. Et tu ne la reverras que lorsque tout sera fini. »

Soraya prit sa fille et la serra contre son cœur. Islam n'essaya pas de l'en empêcher.

« Maman, murmura l'enfant. Nous sommes perdues dans les étoiles ? »

Les yeux brillants de larmes, Soraya leva la tête vers leur ravisseur. « Je vous le promets », dit-elle précipitamment.

*

« Maintenant, je vais t'apprendre à tomber. »

Juchée sur Dagger, Hunter pivota sur sa selle et chercha le regard de Camilla. Ce matin-là, il y avait de la brume et pas un souffle de vent. Il régnait un calme étrange sur la campagne, comme avant une tempête. Les limites de la Laiterie étaient encore plongées dans l'ombre. Les deux cavalières étaient passées sur la grande piste ovale, avec ses sept couloirs et ses barrières blanches, ce qui signifiait que l'entraînement de Camilla touchait à sa fin.

« Tu n'es pas obligée de gagner la course, dit Hunter. Ton principal objectif consiste à trouver Bourne et à le tuer. Le reste vient en second. Mais tu auras des jockeys professionnels autour de toi. Tu devras passer pour l'une des leurs et te montrer aussi bonne qu'eux, voire meilleure, si j'ai un conseil à te donner. »

Camilla avait passé la nuit à compter les moutons et à tenter de démêler le réseau de mensonges qui l'emprisonnait comme une nasse. Mais elle n'était pas plus avancée. Finnerman et Howard lui avaient donné mission de supprimer Bourne. Or, à en croire Hunter, c'était pour mieux se débarrasser d'elle ; en gros, ils l'envoyaient au casse-pipe. Une chose au moins était sûre, Hunter avait pour elle des projets autrement différents. Tant qu'elle séjournerait à la Laiterie, Camilla avait décidé de dire amen à tout. En revanche, dès qu'elle aurait quitté le pays, ce serait chacun pour soi et le diable pour tous. Elle en avait marre d'être la marionnette des uns et des autres, depuis Potus jusqu'à Hunter. Il était temps qu'elle prenne sa vie en main, et quoi de mieux pour cela qu'être seule sur le terrain, avec juste ses yeux et ses oreilles pour se guider. Quand elle songeait à sa carrière, à son dévouement, aux efforts qu'elle avait déployés pour grimper les échelons, d'abord dans l'armée puis dans les renseignements – tout cela dans l'espoir de devenir une femme libre, juchée au sommet de la chaîne alimentaire –, elle mesurait à quel point elle s'était fourvoyée. Maintenant, elle voyait la vérité en face. À quelque hauteur qu'elle s'élève, c'étaient toujours les hommes qui tiraient les ficelles, toujours les hommes qui jouaient la musique et elle qui dansait.

Mais c'en était fini de tout cela, elle ne se laisserait plus berner, se promit-elle en regardant les timides lueurs de l'aube caresser les champs et les vallons de la Laiterie.

« Je ne tomberai pas, dit Camilla.

— Non, bien entendu. Mais vois-tu, on m'a chargée non seulement de t'entraîner mais d'assurer ta sécurité en cas de chute. »

Camilla hocha la tête, peu convaincue.

« OK. Voilà comment on doit faire », dit Hunter en partant au galop.

Elle se tenait presque couchée sur l'encolure de Dagger, le postérieur légèrement levé, comme l'écuyère accomplie qu'elle était. Au premier virage, elle fit un vol plané, atterrit sur l'épaule droite, roula sur elle-même et se releva sans effort.

Elle siffla son cheval qui la rejoignit près de la barrière en trottinant. Camilla donna un petit coup de talons, Dixon partit au pas et s'arrêta près de Hunter, si près que Camilla renifla l'odeur de son shampooing au citron mêlée à celles des chevaux.

« À ton tour maintenant, lança Hunter en enfourchant Dagger. Le bout de tes pieds dans les étriers. Première règle : tu les dégages juste avant de passer par-dessus l'encolure. Deuxième règle : tu attends le virage ; ton cheval tourne à gauche, tu tombes à *droite*, le plus loin possible de ses sabots. Troisième règle : tu te décontractes. C'est plus facile à dire qu'à faire, je sais, mais tu n'as qu'à te souvenir de ton entraînement au corps à corps. Quatrième règle : tu atterris sur l'épaule droite. Tu roules, tout simplement. Tu te laisses porter par ton élan. Ça se passera bien, tu verras. » Elle hocha la tête. « D'accord ? On essaie ? »

Camilla planta ses talons dans les flancs de Dixon. L'étalon partit au galop sans qu'elle ait à insister. Il sortit du premier virage, accéléra sur la ligne droite. Hunter les suivait à quelques foulées pour surveiller la manœuvre et lui porter assistance, en cas de besoin.

Parvenue à la moitié de la ligne droite, Camilla calcula le point précis où la chute devait se produire. Ce serait peu avant le sommet de l'ellipse, quand Dixon amorcerait son virage à gauche.

Camilla se prépara mais, au moment de sauter, son pied gauche resta coincé dans l'étrier une demi-seconde de trop. Déséquilibrée, elle voulut s'accrocher au pommeau de la selle. Comme il n'y en avait pas, sa main se referma sur le vide. En tombant, elle se retint à l'étrier et parcourut quelques dizaines mètres ainsi, le bout de ses bottes raclant la terre.

Quand Dixon décrocha sur la gauche avant d'entamer la dernière ligne droite, le corps de Camilla se mit à vriller. Elle voulut plier les jambes mais le cheval allait trop vite. C'est alors qu'un bras puissant s'enroula autour de sa taille. Au même instant, elle entendit Hunter hurler : « Lâche ! Lâche ! »

Elle avait si peur qu'elle dut se faire violence pour obéir. Dès qu'elle eut lâché prise, elle se sentit soulevée de terre. Hunter lui fit décrire un mouvement tournant, si bien qu'elle se retrouva assise à califourchon derrière elle. Une position inconfortable mais sans danger. Dixon avait ralenti. Il se retourna, repéra sa cavalière et revint au petit trot. Camilla se pencha pour l'attraper par la bride.

Hunter attendit que Camilla descende de cheval pour lui dire : « Ce n'est pas tout à fait comme ça que je voyais l'exercice. La prochaine fois, assure-toi que le bout de tes bottes est bien positionné dans les étriers. Allez, remets-toi en selle. On recommence.

Je ne veux pas que tu aies le crâne fendu à cause de moi. Un cheval peut faire ça d'un seul coup de sabot. Vlan ! »

*

Sara finissait par connaître la Corniche comme sa poche. Devant elle, la longue promenade épousait la courbe de la baie. Elle marchait avec, au creux des reins, cette sensation familière due à la présence d'un pistolet. Le .38 qu'El Ghadan lui avait remis contenait des balles à réservoir de mercure, mortelles pour peu que le tireur soit proche de sa cible, qu'il sache viser ou pas. L'arme et ses munitions étaient spécialement étudiées pour que Blum n'ait aucune chance d'en réchapper.

Il était minuit passé. Des mèches de brouillard surgissaient de la mer comme des créatures vivantes poussées vers le rivage par le vent d'est. La silhouette de Blum se découpait sur fond de gratte-ciel éclairés au néon. Le SUV noir roulait derrière elle, assez loin pour rester discret. À l'intérieur, El Ghadan, son chauffeur et deux gardes du corps.

Pour cet ultime rendez-vous, le chef djihadiste n'avait prévu ni plan B ni aucune des sauvegardes qu'il plaçait habituellement autour de lui, comme un champ de mines.

En arrivant près de Blum, Sara esquissa un sourire volontairement glacial. On les observait, on les écoutait peut-être. Ils allaient devoir déployer tous leurs talents de comédiens. De quoi convaincre les plus incrédules.

« Cette fois, tu as franchement déconné, lui dit-elle. Il n'y avait aucune raison de liquider Khalifa.

— C'était un sale con, répliqua Blum, adoptant d'emblée le registre de la colère. Il m'a fait vivre un enfer.

— Il aurait pu te fournir de précieux renseignements. Tu as péché par impatience, Blum. Tu as fait passer tes sentiments personnels avant le boulot. Pas terrible pour un agent de terrain expérimenté. »

Blum mima l'agressivité. « Comment tu sais tout ça ?

— Qu'est-ce que tu crois ? Par Martine, bien sûr.

— Elle n'avait pas le droit de te le dire.

— Martine est grillée à cause de tes bêtises. Elle a même failli y laisser sa peau. Maintenant c'est moi qui m'y colle. »

Blum fit un pas vers elle. D'agressive, son attitude était devenue belliqueuse.

« Fais gaffe ! l'avertit-elle.

— Arrête de me pomper l'air, tu veux ? C'est toi qui bousilles tout, pas moi.

— Je n'ai pas le choix, Blum. Tu as raté ta mission. » Sara posa la main sur le pistolet glissé dans sa ceinture. « Mais moi, je ne raterai pas la mienne. »

Dans le même geste, elle empoigna le .38, visa et pressa la détente. La force de l'impact le prit par surprise. Une tache de sang s'épanouit sur sa poitrine, à droite. Projeté en arrière, il perdit l'équilibre et bascula dans l'eau en faisant de grands moulinets avec les bras.

El Ghadan descendit du SUV sans attendre l'arrêt, se précipita vers Sara, lui prit son arme, vérifia qu'elle n'avait pas remplacé les munitions à pointe creuse par des balles à blanc et fit signe à ses hommes restés dans le véhicule.

Les deux gorilles dévalèrent les marches de la jetée et, avec des gaffes, ramenèrent le corps de Blum à la surface. Puis, sous le regard de Sara et d'El Ghadan, penchés au-dessus d'eux, ils le hissèrent sur les pierres de la rive.

« Alors ? » demanda El Ghadan.

L'un des gardes s'accroupit et posa deux doigts sur la carotide de Blum. « Il est mort, annonça-t-il en levant les yeux vers son chef.

— Lestez-le et qu'il retourne d'où il vient. »

Les deux hommes mirent des cailloux et des bouts de ciment dans les poches de son pantalon, puis se redressèrent et, d'un coup de pied, le poussèrent dans l'eau.

Sara n'eut même pas le temps de dire une prière. Blum avait déjà coulé à pic.

33

« DINARZADE ERRAIT DANS L'OCÉAN D'ÉTOILES... », chantonnait Soraya. Elle se tut en voyant entrer leur gardien. « Islam », dit-elle calmement, bien que son cœur se soit mis à battre comme un fou. Depuis qu'elles vivaient captives, leur quotidien était réglé comme du papier à musique. Islam venait toujours à heures fixes. Cette visite impromptue était d'autant plus inquiétante. « Ravie de vous voir », ajouta-t-elle en s'efforçant de paraître aimable.

Le djihadiste attrapa une chaise par son dossier, la posa à deux mètres d'elle et s'assit.

« Comment tu te sens ?

— Bien », répondit-elle, trop cordialement à son goût. Elle se fit violence pour ne pas se mordre la lèvre.

Islam souriait. Qu'elle arrive à deviner son expression malgré le foulard n'en finissait pas de la surprendre.

« Je sais que je n'obtiendrai jamais la vérité. Même si ta vie en dépendait. » Il regarda ses mains posées sur ses cuisses, puis leva les yeux vers elle. « Bon, si tu veux quelque chose...

— Vous savez ce que je veux.

— Demande-moi une chose que je peux te donner. »

Sonya s'agita sur les genoux de sa mère, mais ne dit rien, comme chaque fois que deux adultes discutaient. Les entendre parler sur ce ton devait la perturber, mais Soraya ne pouvait rien faire pour y remédier. « C'est pour me dire ça que vous êtes là ?

— Oui. »

Il la fixa intensément. Sous le tissu, le sourire avait disparu.

« Je n'en crois rien.

— Ah bon ? Alors pourquoi, d'après toi ?

— C'est vous qui voulez quelque chose, Islam. Je me demande bien ce que c'est ? » Comme il restait muet, Soraya se mit à fredonner. « "Mon nom est Ismaël. Il y a de cela quelques années – peu importe combien –, n'ayant plus un sou vaillant ni rien qui me retînt à terre, je me suis embarqué pour voir le monde dans sa partie liquide."

— Je déteste la mer, l'interrompit Islam. Je ne veux pas en entendre parler.

— C'est l'histoire d'Ismaël, un jeune homme dont le prénom ressemble au vôtre, et de son capitaine, un certain Achab.

— Je t'ai dit que…

— Le capitaine Achab avait une obsession, comme El Ghadan. La sienne s'appelait Moby Dick, la grande baleine blanche qui avait autrefois emporté sa jambe et coulé son bateau.

— Ça ne m'intéresse pas.

— Attendez, je suis sûre que la fin vous plaira. Un beau jour, Achab trouve sa baleine blanche – ou plutôt la baleine trouve Achab : c'est ce que pensent la plupart des lecteurs, y compris moi. La baleine tue Achab, détruit son nouveau bateau et tout l'équipage hormis Ismaël, le seul être raisonnable sur ce navire gouverné par un fou, le seul qui restera en vie pour raconter cette histoire. »

La ressemblance entre Ismaël et lui ne semblait guère impressionner le jeune homme. « C'est un truc écrit par un Occidental – rien à voir avec moi. Je préfère la chanson de tout à l'heure.

— Ce n'est pas une chanson. C'est une légende, un mythe.

— Dans quelle langue chantais-tu ?

— En farsi. C'est l'histoire de Dinarzade qui errait parmi les étoiles. »

Telle est donc la raison de sa visite, songea Soraya. Il m'a entendue chanter. Encore un pas qu'il fait vers moi. C'est bien, je l'attire dans mon orbe.

« Tu peux la dire en arabe ? Je ne connais pas le farsi.

— Comme vous voudrez. » Quand elle se remit à psalmodier, sa voix avait changé, les inflexions propres à l'arabe étant bien différentes de celles émaillant la langue perse. « Dinarzade errait depuis longtemps. Pourtant, dans l'océan d'étoiles, le temps n'existait pas. Il n'y avait ni jour ni nuit. Le soleil ne se levait ni ne se couchait. Il errait comme errait Dinarzade, perdu dans un autre monde, un autre ciel, beaucoup beaucoup plus petit que celui où brillaient toutes ces étoiles.

« La prison de Dinarzade était belle, mais c'était quand même une prison. Une prison sans murs ni barreaux car l'océan d'étoiles était infini. Durant ses errances, Dinarzade n'avait jamais croisé âme qui vive. Elle était seule dans sa prison.

« Du moins le pensait-elle. »

Soraya installa Sonya plus confortablement sur ses genoux et regarda Islam à la dérobée. Il semblait captivé.

« Un jour – impossible de dire lequel puisque dans cette prison le temps n'existait pas – Dinarzade a vu que quelque chose bougeait en dessous, poursuivit Soraya. Au début, c'était juste un frémissement, une onde parcourant l'espace, si ténue qu'elle crut avoir rêvé. La deuxième onde l'engloba tout entière, comme le souffle d'un djinn.

« Une chose inconnue grandissait dans le vide sous ses pieds. Une chose qui montait vers elle en cachant les étoiles. Elles s'éteignaient les unes après les autres. Alors, Dinarzade vit une lueur métallique clignoter dans le ciel. Mais ce n'était pas du métal. C'était une écaille de poisson – un poisson d'une taille si gigantesque qu'avec ses yeux elle ne pouvait en voir qu'un minuscule fragment.

« Il s'approchait. Au bout d'un moment, Dinarzade se dit qu'il était plus vaste que l'espace infini dans lequel il flottait. Son nom était Bahamut et, à l'en croire, les sept océans auraient pu tenir à l'aise dans une seule de ses narines.

« Sur le dos de Bahamut était juché un taureau blanc. Sur le taureau se dressait une montagne couleur rubis. Au sommet de la montagne vivait un séraphin. Sais-tu ce qu'est un séraphin, mon trésor ? Un séraphin est un ange.

— J'aime les anges, maman. »

Soraya fit un sourire à sa fille en espérant qu'Islam le prenne aussi pour lui. « Tout le monde les aime, ma chérie. »

Elle inspira profondément, puis relâcha son souffle peu à peu. « Dinarzade supplia le séraphin de la libérer de la prison où une force maligne l'avait jetée. Et sais-tu ce que le séraphin lui a répondu ?

— Non, quoi maman ?

— Le séraphin a dit : "Je vois que tu es perdue." Et se penchant sur elle avec une expression indéchiffrable, il ajouta : "Toi seule peux te libérer, Dinarzade." Le séraphin s'approcha dans un battement d'ailes aussi doux que celui d'une abeille se posant sur une fleur. Dinarzade le regarda au fond des yeux et ne vit que sa propre image.

« Alors, le séraphin murmura du bout des lèvres : "Trouve-toi et tu seras libre." »

*

Juste après avoir reçu la balle à blanc et basculé dans la baie, Blum mordit la petite pastille rouge que Rebeka lui avait donnée dans le souk, scellée sous l'opercule du tube de dentifrice. Sa peur était aussi tangible qu'une bête tapie au creux de son ventre. Il ne voulait pas mourir. Quoi de plus normal ? C'était une réaction naturelle.

Il savait pertinemment qu'il ne mourrait pas, et pourtant ses fonctions corporelles faiblissaient déjà, son rythme cardiaque ralentissait, sa pression sanguine baissait. Il passa en revue les gestes que Rebeka avait faits tout en marchant sur la Corniche, à l'insu des quatre passagers du SUV qui roulait huit cents mètres derrière elle. Elle avait sorti une balle du .38 prêté par El Ghadan et l'avait jetée dans les vagues argentées pour insérer à sa place une balle à blanc prise dans la réserve du médecin du Mossad. Puis elle avait remis le pistolet dans sa ceinture et s'était dirigée vers le point de rendez-vous dont ils étaient convenus.

Et maintenant il s'enfonçait dans les eaux de la baie.

Le monde se refermait sur lui, la mort surgie des profondeurs le serrait entre ses grands bras sombres. Il voulait hurler mais s'il ouvrait la bouche, il risquait de se noyer. Il voulait hurler : Je suis perdu ! Aidez-moi, je vous en supplie !

Ce fut la mort qui lui vint en aide.

*

Les plongeurs du *Kidon* avaient reçu des ordres stricts. Ils devaient intervenir à un instant bien précis. Tout reposait sur le timing. Quand Blum toucha l'eau pour la deuxième et dernière fois, ils le rejoignirent à grands coups de palmes, le prirent dans leurs bras comme deux séraphins, retirèrent les cailloux qui lestaient ses poches puis l'entraînèrent dans un endroit sûr où ils pourraient le réanimer.

*

Camilla attendit que son cheval arrive au sommet du virage, sauta, se reçut sur l'épaule droite et roula sur elle-même, les muscles relâchés. Une chute parfaite. Elle avait brillamment réussi mais cela ne lui faisait ni chaud ni froid. Elle entendait Hunter applaudir en criant « Bravo ! Bravo ! » mais n'éprouvait aucune fierté.

Bien au contraire. Abîmée dans un océan de tristesse, elle se sentait atrocement seule, perdue au milieu d'un désert peuplé de mirages. Des gens prétendaient vouloir l'aider, lui offrir leur amitié, mais ils mentaient tous. Ce n'étaient que des pièces sur un échiquier ; des rois, des reines, des fous, des cavaliers entre lesquels Camilla se déplaçait comme un pion venant renforcer la position de tel ou tel avant d'être sacrifié pour le gain de la partie.

Camilla connaissait bien cette sensation d'abandon. Durant leur enfance, sa sœur et elle avaient navigué entre leurs deux parents qui se les refilaient comme des patates chaudes. Elle se rappelait ses déambulations à travers l'immense villa de la comtesse ; elle revoyait les dîners fastueux servis par un bataillon de domestiques ; elle ressentait encore l'écœurement qui la saisissait devant ce luxe ostentatoire, ces excès en tout genre dans lesquels son père se vautrait tel un porc dans sa fange.

Assise contre un piquet de la barrière bordant la piste, Camilla eut une soudaine révélation. C'était elle l'unique cause de ses malheurs, elle qui reproduisait constamment les déboires de son enfance. Sans doute parce que la solitude et le rejet lui étaient plus familiers que toute autre chose. Ayant compris cela, elle réalisa qu'elle était totalement, irrémédiablement à côté de ses pompes.

Hunter mit pied à terre et mena Dixon par la bride jusqu'à l'endroit où Camilla était prostrée. Le cheval la renifla ; elle caressa ses naseaux veloutés. Il secoua la tête pour l'inciter à se lever. Ce qu'elle fit.

Tout sourire, Hunter lui donna une franche poignée de main. « C'était parfait, dit-elle, sincèrement ravie. Maintenant, on va pouvoir travailler à te faire gagner. »

Hunter lui avait-elle menti sur tout ? Même quand elle avait juré de veiller sur elle ? Sans doute, songea-t-elle. Certainement. Elle n'est pas différente de ma sœur, de mon père. La trahison, je commence à connaître. Potus, Howard Anselm, Marty Finnerman, Terrier, Hunter. Comment tous ces gens pouvaient-ils être fourbes à ce point ? Comment faisaient-ils pour cloisonner leur esprit et changer de rôle en fonction des circonstances ? Dans l'Armée et, plus tard, dans le Secret Service, on lui avait appris à protéger ses semblables, pas à les tromper ni à leur jouer la comédie comme cette bande de vampires qui se repaissaient des sentiments d'autrui.

Tandis qu'elle serrait la main de Hunter, Camilla se vit tout à coup sous la forme d'un petit poisson bien dodu plongé malgré lui dans une mer infestée de requins.

34

LE LENDEMAIN MATIN, AU LIEU DE SE METTRE EN ROUTE, les troupes reçurent l'ordre d'attendre jusqu'au soir. Et ce, pour deux raisons. D'abord, les blessés avaient encore besoin de repos. Ensuite, Borz avait appris, par un moyen que Bourne n'était pas parvenu à déterminer, qu'un drone survolait le secteur pour évaluer les dégâts causés la veille. Borz jugeait donc préférable de se déplacer seulement la nuit, du moins jusqu'à ce qu'ils aient franchi les cols montagneux marquant la frontière avec l'Afghanistan.

Fidèle à sa promesse, Khan Abdali leur avait prêté deux de ses meilleurs guerriers, des hommes très grands, très maigres, au port majestueux et à la peau tannée par le soleil. En plus des incontournables armes automatiques et autres cartouchières, ils arboraient à la ceinture des épées larges et courbes comme des cimeterres. Bourne savait que les tribus waziri réglaient leurs différends avec ces épées-là, selon une tradition qui remontait à la nuit des temps.

Peu communicatifs, voire taciturnes, les deux hommes faisaient tache dans l'équipe. S'il leur arrivait de boire, en revanche, ils n'acceptaient aucune nourriture, préférant se rabattre sur leurs propres provisions : des galettes de blé sans levain, comme du pain azyme, du fromage aussi blanc que de la craie et encore plus sec que leur pain. Leur présence perturbait tout le monde, à part Bourne, mais c'était Faraj qui les supportait le moins, il les prenait pour des espions.

« Je n'aime pas qu'on me surveille, dit-il à Bourne. Ces types ne causent que des problèmes.

— Rester enfermé toute la journée ne plaît à personne, répondit Bourne. Et encore moins à eux. »

À cause du prétendu drone de surveillance américain, il était interdit de se montrer à l'extérieur. Faraj voulait faire croire qu'il ne restait aucun survivant. Les Jeeps elles-mêmes étaient sous abris.

Il n'avait que faire des Waziris et de leur bien-être. « Ne les quitte pas des yeux », ordonna-t-il en s'éloignant.

Aachir avait tellement insisté que Bourne consentit à lui enseigner le tir de précision. Ils sortirent discrètement sous la clarté aveuglante du soleil et passèrent une bonne partie de la journée à s'entraîner.

« Un sniper qui se fait repérer est un sniper mort, dit Bourne en guise d'introduction. Il se fera descendre avant même d'appuyer sur la détente. »

Bourne le conduisit vers un amas de rochers. Ils s'accroupirent. Tout en parlant, Bourne observait sur l'horizon les différentes pistes aboutissant dans la vallée. Avec son visage bruni et sa grosse barbe, il n'avait plus besoin de maquillage pour incarner son personnage. Il était Youssouf Al Khatib.

Quand il fut certain que personne ne viendrait les déranger, il présenta l'AWM L115A3 à son élève. « Maintenant, je te demande la plus grande attention. D'abord, sache que cette arme est la meilleure dans sa catégorie. »

Bourne épaula et tira sur une buse, histoire de lui montrer le maniement. Quand vint son tour, Aachir rata ses deux essais. Bourne lui conseilla d'être patient, puis il se figea et, la seconde d'après, le plaqua au sol. Une ombre passa sur eux, comme celle d'un oiseau gigantesque. La chose ne produisait aucun bruit. Elle les survola une deuxième fois, toujours dans un silence absolu, presque insoutenable.

Ils restèrent immobiles pendant vingt bonnes minutes après que le drone eut effectué son dernier passage. Ensuite, comme il n'y avait plus de rapaces dans le ciel, Bourne rassembla des cailloux de différentes tailles et les disposa en monticules éloignés de cinq cents à mille mètres du point de tir. Aachir reprit l'entraînement.

Quand ils regagnèrent les baraquements, Bourne eut à peine le temps de ranger son fusil que Faraj se précipitait vers lui, le bras gauche bandé, serré contre le torse. De minuscules taches de sang perçaient la gaze.

« Tu n'aurais pas dû sortir, dit-il sans préambule.

— Je suis allé tirer avec Aachir.

— Tu comptais abattre le drone ? répliqua Faraj aussi sec. J'avais donné des ordres. Imagine qu'on vous ait vus ou filmés ? Tu as compromis la sécurité de l'équipe.

— Les snipers sont invisibles par définition », lui fit remarquer Bourne.

Faraj continua sur sa lancée. « Tu n'aurais pas dû l'emmener.

— Il voulait essayer. »

Faraj lui jeta un regard cinglant. « Crois-moi, ce garçon ne sait pas ce qu'il veut.

— Il a fait beaucoup de progrès aujourd'hui. Laisse tomber, Faraj.

— Tu sembles lui porter un grand intérêt », dit l'autre en plissant les paupières.

Bourne lui jeta un bref coup d'œil. Il savait que Faraj lui enviait sa relation avec Borz. « Si tu le dis. Il est un peu paumé. Je lui apprends à tirer, c'est tout.

— S'il est paumé, observa Faraj, apprendre à manier un fusil de précision ne l'aidera pas à résoudre ses problèmes. »

Bourne s'essuya les mains avec un chiffon qu'il posa ensuite sur une table. « Quels problèmes ?

— Finalement, tu ne le connais pas si bien que je pensais », lâcha Faraj avant de lui tourner le dos.

*

Le dîner se déroula dans une atmosphère électrique. Tout le monde savait que le départ était programmé pour minuit, d'où l'ambiance. Les conditions météo étaient idéales : des nuages lourds et menaçants masquaient la lune et les étoiles. Durant le repas, le vent des montagnes se réveilla en hurlant comme une cohorte de damnés. Il en fallait davantage pour impressionner les hommes de Khan Abdali et les Tchétchènes de Borz. En revanche, Faraj et ses troupes n'en menaient pas large.

Aachir se glissa sur le banc où était assis Bourne, posa son écuelle et se mit à manger aussi naturellement que s'ils avaient été deux vieux camarades de chambrée.

« Comment je m'en sors ? Dis-moi la vérité ?

— Tout le monde peut apprendre le tir de précision, répondit Bourne. Mais pour être un vrai sniper, il faut certaines qualités.

— Que je n'ai pas ?

— Je n'ai jamais dit cela. D'ailleurs, je ne le saurai qu'après t'avoir vu tirer sur des cibles vivantes – et mouvantes.

— J'ai tué des buses.

— Je te parle d'êtres humains. » Bourne repoussa son assiette ; il n'avait plus faim. « Tu dois savoir observer ta cible, anticiper ses mouvements – sa direction, sa vitesse de déplacement. Des choses qu'on n'apprend que sur le terrain.

— Pour cela, nous allons au bon endroit. » Aachir reposa bruyamment sa fourchette. Lui aussi avait perdu l'appétit.

« L'Afghanistan n'est un bon endroit pour personne, sauf pour ceux qui veulent mourir. »

Bourne se leva, Aachir l'imita. Ils sortirent. Le vent avait cessé de hurler mais l'air glacé était chargé d'humidité.

« La pluie va nous ralentir, dit le jeune homme.

— Elle ne ralentira pas les Waziris. Quant à nous, il faudra qu'on tienne le rythme, sinon… »

Aachir ouvrit la bouche, la referma et regarda ailleurs. Encore une fois, Bourne eut l'impression qu'il s'apprêtait à lui avouer quelque chose mais que cette chose ne voulait pas sortir. Elle était coincée dans sa gorge comme une arête de poisson. Il se dit que le moment venu, Aachir finirait par parler.

« Tu as une femme, Youssouf ? Des enfants ?

— Non, je n'ai personne. Que moi-même. »

Ils passèrent devant les restes du C17, puis longèrent la fosse commune où reposaient les dépouilles des jeunes Américains – ceux qu'El Ghadan avait recrutés pour servir de chair à canon. À la fébrilité du départ s'ajouta une profonde mélancolie.

Aachir mit les mains dans les poches de son pantalon. « J'essaie d'imaginer ce que ça fait de ne pas se rappeler sa famille, son enfance, sa jeunesse.

— Laisse tomber, répondit Bourne. Et profite de la chance que tu as.

— Tu ne comprends pas.

— Les gens ne se comprennent jamais. »

Aachir le regarda à la dérobée. « Tu le penses vraiment ? »

C'était le blackout dans tout le campement ; on n'avait même pas le droit de fumer à l'extérieur. Il faisait tellement sombre que les deux hommes se voyaient à peine, mais l'énergie qui émanait d'eux leur suffisait amplement.

Aachir reprit sans attendre la réponse. Peut-être la connaissait-il déjà. « J'ai trois sœurs – *j'avais* trois sœurs, devrais-je dire. Elles sont mortes aujourd'hui. Des missiles, des drones, je ne sais pas. Je suis le seul garçon – et je n'ai jamais été à la hauteur.

— C'est ce que dit ton père ? demanda Bourne. Ou c'est ce que tu penses ?

— Quelle importance ? De toute façon, pour mon père, je n'existe pas. »

Il y avait une si grande tristesse dans sa voix que Bourne se sentit obligé de répondre : « Je suppose que ta mère n'est pas comme lui.

— Ma mère ? Elle ne s'intéresse qu'à la cuisine, au ménage et à l'éducation des enfants. Elle n'a pas d'autre but dans sa vie. Et c'était pareil pour sa mère avant elle. Maintenant qu'elle n'a plus d'enfants à élever, elle est complètement perdue.

— Tu pourrais retourner auprès d'elle.

— Je ne suis pas un enfant ! répliqua Aachir.

— Mais on dirait que tu es le seul capable de la comprendre, d'apaiser son chagrin.

— Et mon chagrin à moi, qui l'apaisera ? »

Aachir ne pleurnichait pas. C'était un cri de désespoir. Malheureusement, Bourne n'avait aucune réponse à lui fournir ; il n'en avait déjà pas pour lui-même.

*

Vincent Terrier arriva peu avant Howard Anselm pour la traditionnelle réunion matinale dans le bureau de Finnerman au Pentagone.

« On a reçu les photos haute définition », dit Finnerman aussitôt qu'Anselm fut installé sur une chaise en métal munie d'un dossier en rotin. Le confort du personnel n'était pas la priorité, au Pentagone.

D'un signe de tête, Finnerman passa le relais à Terrier qui se mit en devoir d'étaler sur son bureau une douzaine de clichés format 11 x 14, uniquement des gros plans. Pendant qu'Anselm les étudiait, Terrier se chargea du commentaire.

« Le drone est passé à trois reprises au-dessus du campement de Faraj. Son C17 a été détruit. »

De l'index, Anselm tapota deux clichés. « Brisé en deux, je vois. »

Terrier dodelina de la tête comme un chien qu'on flatte. « Exact. Et le QG de Faraj n'est plus qu'un tas de cendres. Avec un peu de chance, il était dedans.

— Humm, dit Anselm. Je ne vois aucune activité.

— Ils sont tous morts », confirma Finnerman.

Anselm leva les yeux. « Les Américains aussi ?

— Les traîtres, vous voulez dire », le corrigea Terrier.

Anselm pointa un doigt sur lui. « Arrête de sourire comme ça, tu veux ?

— Vinnie a raison, Howard, intervint Finnerman. L'attaque aérienne est un succès total.

— Je ne vois pas de cadavres, fit remarquer Anselm.

— Ils ont tous cramé, répondit Terrier. Ils étaient dans le QG de Faraj.

— Et cette petite butte qu'on voit ici ? On dirait de la terre fraîchement retournée. Des survivants auraient donc enterré les morts ? J'aimerais qu'on aille voir sur place. » Anselm se rencogna au fond de son siège. « Marty, pourquoi ne pas contacter nos amis du Mossad ? Tu disais qu'ils ont des troupes dans le secteur.

— Ils avaient. » Apparemment, Terrier adorait mettre son grain de sel. « Nous ignorons pourquoi mais il n'en reste plus un seul au Waziristan. »

Anselm fronça les sourcils. « Ça ne me plaît pas. En sauraient-ils plus que vous ? »

Finnerman produisit un rire forcé mais on voyait à son regard que la question l'embarrassait. Anselm comprit vite pourquoi.

« J'ai parlé à Eli Yadin ce matin même, expliqua Finnerman. Je lui ai demandé pourquoi ils n'avaient pas jugé bon de nous informer. » Il posa les mains à plat sur son bureau et se pencha en avant. « Vous savez ce qu'il a dit ? Qu'il ne se passait rien d'intéressant au Waziristan, que tout était calme.

— Autrement dit, il t'a menti », conclut Anselm.

Finnerman grimaça comme s'il venait de renifler un poisson pourri. « Ce ne serait pas la première fois, ni la dernière.

— Mais ce mensonge intervient à un moment crucial pour nous, lança Terrier, aussi fébrile que son homonyme canin.

— Si j'étais directeur du Mossad, j'éviterais de faire des cachotteries à un soi-disant allié, surtout actuellement », reprit Anselm.

Terrier leva les yeux. « Soi-disant ? »

Finnerman secoua la tête. « Pas maintenant, Howard. »

Anselm écarta les mains. « Pourquoi pas maintenant ? dit-il en se tournant vers Terrier. Tout s'est fait dans le plus grand secret, mais la Knesset a donné son feu vert à l'extension des colonies au-delà de la Ligne Verte, la frontière de 1967. La toute dernière en date se trouve dans la vallée du Jourdain que les ultras tiennent à garder sous contrôle militaire, au prétexte qu'il s'agit de leur zone tampon orientale. Le Premier ministre a promis à Potus qu'il ne signerait pas cette nouvelle loi. Sauf que les chantiers ont déjà démarré. Ce qui apporte de l'eau au moulin de ceux qui prétendent que le sommet pour la paix n'est qu'une vaste fumisterie. Les Juifs orthodoxes ont affirmé leur soutien à la frange la plus conservatrice de la Knesset afin de mieux verrouiller la politique du pays. »

Anselm s'appuya contre son dossier et se mit à contempler le plafond. « Vous savez, dans un monde parfait…

— Nous ne vivons pas dans un monde parfait, l'interrompit Finnerman. Tu le sais mieux que quiconque : ce monde est foncièrement imparfait.

— Et ça ne va pas en s'améliorant, marmonna Terrier.

— Comment ? » demanda Finnerman.

Terrier secoua la tête. « Rien.

— Si nous en avons terminé avec ces considérations philosophiques… » Anselm retira un fil imaginaire posé sur sa cuisse. « La stratégie de Potus n'a jamais été aussi bien mûrie, c'est ce qu'a dit le Premier ministre israélien. »

Terrier regarda ses deux interlocuteurs l'un après l'autre. « Alors… qu'est-ce qu'on fait ? Comment ce sommet peut-il encore se tenir ?

— Il va se tenir, répondit Anselm, parce qu'il doit se tenir. »

Terrier ouvrit la bouche et la referma dans un claquement. « Vous voulez dire…

— Oui, dit Anselm, c'est un énorme coup de com. Pour maintenir le *statu quo* et permettre à chacun de sauver la face.

— Et pour éviter que les organisations travaillant au "processus de paix" ne boivent la tasse, ajouta Finnerman. Ce qui priverait des milliers de personnes de leur gagne-pain et ces organisations de leurs bénéfices. »

Sans oublier vos bénéfices à vous, songea amèrement Terrier, puisque vous détenez des parts de ces organisations, lesquelles sont toutes dirigées par Gravenhurst et n'en finissent pas de s'enrichir grâce à cette gigantesque arnaque qu'ils appellent "processus de paix". Si vous saviez combien je vous hais.

« L'essentiel, conclut Anselm, c'est que le sommet profite à tous ceux qui l'ont organisé. Et quand les gens réaliseront que les négociations ne débouchent sur rien de concret, nous pourrons leur dire : "Potus a essayé, il est allé plus loin que ses prédécesseurs depuis dix ans. Gloire à notre héros." »

Finnerman éclata de rire. « Et ces idiots recommenceront à se bouffer le nez, comme ils l'ont toujours fait. »

35

LE COMMANDO ARABE ET TCHÉTCHÈNE leva le camp à minuit pile. Des nuages chargés de pluie traversaient le ciel d'encre, poussés par un vent toujours plus violent. Mais l'orage qui menaçait ne minait pas le moral des troupes, bien au contraire, car le mauvais temps diminuait les risques d'embuscade.

Eux qui étaient fréquemment soumis à une discipline quasi militaire pouvaient désormais se déplacer librement, sans pour autant quitter des yeux leurs guides waziris. Ces derniers marchaient en direction des montagnes sur les pentes desquelles stagnait une brume blanchâtre, un étrange phénomène atmosphérique qui semblait montrer le chemin de l'Afghanistan.

Dans ce désert de rocaille, Bourne n'avait rien d'autre à faire que songer à Soraya et à Sonya. Faute de réseau, il ignorait si El Ghadan avait envoyé la vidéo quotidienne. El Ghadan avait beau dire, le temps jouait contre elles, évidemment. Leurs chances de rester en vie diminuaient chaque jour davantage. Et ce, même si Bourne se conformait à ses directives.

Le fait qu'il ait une idée en tête ne lui apportait qu'un piètre réconfort, une minuscule lueur d'espoir. Pourtant il devait s'y raccrocher comme il s'accrochait à ce fragment de plan qu'il cachait au fond de sa poche. Ils se rendaient à Singapour, certes, mais comment Borz et Faraj comptaient-ils les y emmener ? Mystère. Encore fallait-il qu'ils survivent aux Talibans.

Bourne décida de remiser ses doutes et de penser exclusivement à sauver son amie et sa fille. Pour y arriver, il aurait fait l'impossible.

Au sortir de la vallée, le sol se mit à grimper sous leurs pieds, le chemin devint plus caillouteux. Bientôt, ils atteignirent les premiers contreforts. Le sentier que les deux Waziris avaient choisi d'emprunter serpentait entre des parois rocheuses bordées de précipices et d'affleurements impressionnants.

Après trois heures de marche, la piste disparut brutalement, rendant impossible la progression sans l'aide de leurs guides. Visiblement, Faraj n'acceptait pas cette dépendance. Borz, au contraire, semblait s'en moquer éperdument ; imperturbable, il continuait d'avancer dans les pas des deux guerriers squelettiques, attitude qui ne faisait qu'aggraver l'humeur de Faraj. On sentait la colère monter en lui un peu plus à chaque pas. Depuis que le C17 avait atterri au Waziristan, il avalait couleuvre sur couleuvre. Sa patience était à bout.

Ils ne marchaient plus, ils escaladaient, accrochés au flanc de la montagne comme des lézards sur un mur. Devant eux, les Waziris s'élevaient vers les nuages sans effort apparent.

Une heure plus tard, il se mit à pleuvoir. Une averse glaciale qui les transperça en quelques secondes. Les hommes de Khan Abdali continuèrent comme si de rien n'était. Les Tchétchènes prirent exemple sur eux. Faraj et ses troupes suivirent sans se plaindre, habitués qu'ils étaient aux environnements hostiles – leur lot quotidien depuis toujours. Ils ne pensaient qu'à leur mission, à leur objectif et aux anges du Paradis qui les attendaient après la mort.

« Je vais te dire un truc, Youssouf, commença Borz en tournant vers Bourne son visage ruisselant de pluie. Un truc que Faraj est incapable de piger. En fait, je crois même qu'il se fâcherait. J'aime l'Amérique. Oui, oui, c'est la vérité. Tu sais pourquoi, Youssouf ? Parce que l'Amérique a créé la plus grande machine de guerre de tous les temps. Les hommes d'affaires américains ont transformé l'art de la guerre en une industrie planétaire générant des milliards de dollars. » Il sourit. « Pourquoi j'aime ça ? Eh bien, parce que cette machine de guerre n'est pas exclusivement américaine. Les gens comme moi y contribuent. » Ses yeux scintillaient entre les gouttes. « Dès qu'un conflit éclate, mes coffres se remplissent comme par magie. Et ça représente un gros paquet de fric, tu peux me croire, Youssouf. »

Il aurait bien continué sur sa lancée mais soudain, l'un des Waziris fit demi-tour et s'approcha de Bourne pour lui dire un mot dans son curieux langage. Bourne écouta, puis hocha la tête.

« Qu'est-ce qu'il raconte ? demanda Borz.

— Au prochain tournant, c'est l'Afghanistan. Après la frontière, on sera en territoire ennemi. Il veut que tu dises à tes hommes d'ouvrir l'œil. »

L'avertissement passa de bouche à oreille. Les armes furent vérifiées en prévision d'une éventuelle attaque. Puis, sous la pluie battante et le ciel qui pesait sur eux comme un couvercle, ils s'attaquèrent aux derniers mètres en dérapant parfois sur les rochers abrupts, aussi glissants que des savonnettes.

Et enfin, au détour d'un bloc de roches déchiquetées, ils se retrouvèrent en Afghanistan.

Le paysage ne différait en rien de celui qu'ils avaient traversé des heures durant. Pourquoi en aurait-il été autrement ? Le Waziristan occidental se déversait dans l'Afghanistan oriental comme un fleuve se jette dans la mer.

Peu après, les Waziris empruntèrent un passage creusé dans la falaise. Malgré l'étroitesse de ce boyau, la pluie parvenait non seulement à y pénétrer mais elle en frappait les parois abruptes, si bien que les hommes marchant en file indienne se faisaient arroser par le haut mais aussi par les côtés. En plus de cela, ils devaient patauger dans l'eau qui ruisselait le long du goulet, transformé en torrent de montagne.

À présent, le sol toujours aussi instable descendait en pente raide. En émergeant de la fissure, ils découvrirent sous leurs pieds un panorama hallucinant. Une vallée blanchie par les premières lueurs de l'aube, comme découpée au couteau, et bordée sur un côté de cavernes susceptibles de leur offrir un abri contre la pluie.

Ils s'y réfugièrent. Mais il n'était pas question de faire du feu, même pour sécher les vêtements trempés. Épuisés, affamés, ils n'en demeuraient pas moins impatients d'en découdre. Après qu'ils eurent englouti leurs rations de survie comme des oisillons voraces, les Arabes – Bourne avec eux – s'agenouillèrent face à la Mecque et se mirent à psalmodier sous le regard des Waziris et des Tchétchènes assis dans un coin, dos contre la paroi.

« Quand je vois ces gars prier, confia Borz à Bourne, lorsque ce dernier se releva, j'imagine non pas les centaines de millions de musulmans qui vivent sur cette planète – dont les Tchétchènes – mais les gros bonnets de Washington dont les décisions affectent l'ensemble de l'humanité. Nous sommes en train de revivre l'époque où l'Église catholique régnait sur la Terre, où ses papes corrompus obligeaient des peuples entiers à combattre et à mourir au nom de Dieu. »

Ses yeux lançaient des éclairs. « Imagine ce monde débarrassé de la religion. » Il éclata de rire. « Toi et moi, Youssouf, n'aurions plus rien à faire. Il faudrait qu'on change de métier. »

Le jour se levait. La lumière du soleil se frayait un chemin entre les nuages épars. L'ondée s'était transformée en bruine.

« Va donc interroger les Waziris, ordonna Borz. J'ai besoin d'en savoir davantage sur notre prochaine étape. »

Les deux guerriers ascétiques étaient assis à l'entrée d'une caverne. Bourne allait les rejoindre quand la fusillade éclata. Le fracas des armes automatiques se répercuta à travers la vallée. L'ennemi attaquait de toutes parts. Bourne vit plusieurs de ses compagnons tchétchènes et arabes tomber en tournoyant sous les impacts, couverts de sang, le crâne ouvert.

TROISIÈME PARTIE

36

« NOREEN ? TU TE FICHES DE MOI ? »
Camilla examinait d'un œil incrédule les photos que Hunter avait sorties d'une enveloppe kraft.

« Noreen ?

— Bien sûr, Noreen, répondit Hunter en gloussant. Pourquoi crois-tu qu'Anselm change d'assistante tous les quatre matins ?

— Je ne travaille pas à la Maison-Blanche depuis assez longtemps pour… » Camilla ne finit pas sa phrase. Elle venait de tomber sur un cliché plus surprenant encore. On y voyait Bill enlaçant la fameuse Noreen – William Magnus ! Le président des États-Unis ! – drapée dans la bannière étoilée. « Celle-ci a été prise dans le Bureau ovale ? » demanda-t-elle d'une voix trop aiguë à son goût. Une voix qui trahissait son désarroi et se teintait d'une pointe d'hystérie.

« Je n'en sais rien. Ce n'est pas précisé. »

En bonne professionnelle, Hunter s'exprimait sur un ton mitigé, entre l'ironie et la pitié. Elle aurait pu lui dire : Je t'avais prévenue, mais elle s'en abstint, ce dont Camilla lui sut gré.

Les deux femmes étaient dans la grange. Elles brossaient leurs montures après une énième séance d'entraînement. Comme c'était l'heure du dîner, il n'y avait personne avec elles. Décidément, Hunter était la reine du timing.

« La partie honteuse du poste d'Anselm.

— Il racole pour Potus.

— Le terme est cru mais exact. »

Serait-ce un accent de triomphe que je perçois dans sa voix ? se demanda Camilla. Elle comprenait ce qui était en train de se passer. Ces photos étaient censées lui fournir la preuve matérielle dont elle avait besoin pour se ranger une fois pour toutes du côté de Hunter – et de Terrier. Puisque son histoire personnelle n'y avait pas suffi, il ne leur restait plus que la bonne vieille méthode. Lui instiller le poison de la jalousie. Car, ainsi que chacun le sait, de la jalousie naît le désir de vengeance. Du moins était-ce leur raisonnement.

Ces gens-là ne reculent donc devant aucune bassesse ? s'interrogea Camilla pour la forme, puisqu'elle connaissait déjà la réponse. Non, ces gens-là – dont Potus et Anselm faisaient partie – étaient capables de tout, car ils n'avaient aucun principe, aucune morale. Elle s'était souvent demandé comment des personnages haut placés tels que Anthony Weiner ou Eliot Spitzer, sans parler des agents secrets qu'elle avait virés dernièrement parce qu'ils fréquentaient de trop près des prostituées sud-américaines, pouvaient non seulement se comporter de la sorte, mais en plus récidiver chaque fois qu'ils en avaient l'occasion. Était-ce parce qu'ils pensaient ne jamais se faire prendre ? Oui, c'était exactement cela. Elle le comprenait à présent. Comme Potus, ces individus s'estimaient intouchables, au-dessus de tout jugement, au-dessus de toute loi.

Dans un flash, elle se vit telle qu'elle avait été – chef du Secret Service, maîtresse du Président, victime désignée. En même temps, elle mesurait ce qu'elle était devenue en l'espace de quelques jours – une femme rebelle, réaliste, mais avec un côté cynique. De la même manière, elle vit Hunter sous ses deux aspects : la formatrice, la protectrice, mais aussi l'hypocrite tenant un double langage pour mieux la manipuler.

Elle me croit plus vulnérable parce qu'elle m'a mise en colère, pensa Camilla. Logiquement, elle ne devrait pas tarder à dévoiler son jeu. Je vais peut-être enfin savoir quelle sale besogne elle et son copain Terrier comptent me refiler.

Mais ce n'était qu'une hypothèse. Pour qu'elle se transforme en certitude, il fallait attendre que Hunter enfonce un dernier clou dans son propre cercueil. En effet, contrairement aux personnes de son entourage, Camilla n'accusait jamais sans preuves.

« Que vont devenir ces clichés ?

— Rien, répondit Hunter d'un air faussement désinvolte. Je les brûlerai. Les fichiers numériques seront effacés. Il ne restera aucune trace. »

Et voilà le dernier clou enfoncé, songea Camilla. Ces photos n'avaient été prises que pour l'inciter à coopérer. De là à se demander si elles n'étaient pas truquées, il n'y avait qu'un pas. N'étant pas spécialiste en la matière, Camilla se garda de conclure hâtivement. Cela dit, quelque chose plaidait en faveur de leur authenticité : le fait que Noreen ait été photographiée drapée dans la bannière, le fantasme présidentiel auquel Camilla avait refusé de se plier. Non, cette image reflétait bien la réalité. Aucun doute n'était permis.

« Faisons quelques pas dehors », proposa Hunter, interrompant le fil de ses pensées.

Elles avaient fini de bouchonner, nourrir et abreuver leurs chevaux. Hunter alla chercher une lampe à pétrole et un panier d'osier, comme pour un pique-nique. Elles sortirent de la grange, dépassèrent la piste d'entraînement, franchirent une barrière basse et descendirent la pente d'un ravin. La grande prairie où les vaches paissaient dans la journée s'étendait à l'infini sous leurs yeux. Un océan de verdure d'où émergeait parfois un arbre solitaire.

Tout en marchant, Camilla tentait d'analyser sa réaction face aux photos. Elle n'avait en elle ni colère ni regret. Juste de la honte. Elle avait honte d'avoir participé à ce pitoyable défilé de jeunes écervelées fascinées par Potus, son charisme, son pouvoir. Elle se sentait sale comme un vieux torchon. Le genre de souillure qui vous colle à la peau et vous donne envie de prendre une longue douche bien chaude.

Le sol descendait en pente douce, avant de s'incliner plus fortement, de manière impromptue. Camilla n'avait jamais exploré cette partie de la Laiterie. Elle vit le soleil passer rapidement derrière les collines à l'ouest. Leurs ombres immenses virèrent au bleu, puis se fondirent dans le crépuscule. Il leur restait quelques mètres à parcourir avant d'atteindre le fond du ravin.

Une petite rivière apparut sous leurs yeux. Elle ondulait lascivement entre les herbes, faisait un coude et disparaissait au loin. Hunter s'arrêta au sommet d'une butte. Son panier d'osier ne contenait pas seulement de la nourriture, mais aussi des assiettes, des verres, des couverts et une bouteille de vin munie d'un bouchon à dévisser.

« Je n'ai pas encore faim. Et toi ? demanda Hunter sur un ton qui n'appelait pas de réponse.

— Qu'est-ce que tu fais ? » s'étonna Camilla. Hunter avait retiré sa veste et commençait à déboutonner sa chemise.

« Je vais piquer une tête. » Elle se débarrassa de son jean. « J'ai trop chaud. Pas toi ? »

Elle ne portait pas de sous-vêtements. Son corps était mince et musclé comme celui d'un adolescent. Elle avait les hanches étroites, la taille fine, une myriade de taches de rousseur au niveau du décolleté, des petits seins durs et des cuisses d'athlète.

Elle s'élança, s'arrêta à mi-pente et se retourna. « Qu'est-ce qui te fait peur ? La nudité ? »

Le bruit de son corps crevant la surface de l'eau fut aussi net et précis que ses dernières paroles.

Camilla réfléchit. Elle s'était attendue à tout sauf à cela. Mais, visiblement, elle n'avait pas le choix. Rester sur la rive signifiait renoncer à la protection de Hunter. Elle quitterait la Laiterie aussi désarmée qu'elle y était entrée. Quoi qu'elle décide de faire par la suite à Singapour, ce n'était pas dans son intérêt.

Elle se déshabilla et empila ses vêtements près de ceux de Hunter. Ce faisant, elle déplaça machinalement son jean. Il y avait quelque chose dans la poche arrière. Camilla y plongea la main et trouva une photo qu'elle orienta vers le soleil couchant.

C'était une photo d'elle, prise le jour de son arrivée. Le papier était fripé, moulé par les fesses de Hunter, mais pas déchiré. D'un air pensif, Camilla la remit là où elle l'avait prise.

Elle sursauta en entendant Hunter l'appeler : « Tu viens ou quoi ? »

Se laissant glisser au bas de la butte, elle sauta dans la rivière. L'eau était peu profonde mais si glacée qu'elle lui arracha un cri. Elle s'immergea entièrement et se redressa aussitôt en écartant ses cheveux mouillés. Elle avait la chair de poule, la pointe des seins dressée. Mais quand elle vit Hunter s'approcher d'elle, une vague de chaleur se répandit dans sa gorge et sur ses joues.

« J'ai cru que tu te dégonflais. »

Joignant ses mains en coupe, Hunter se mit à l'éclabousser. Camilla lui rendit la pareille et bientôt, le ravin retentit de leurs cris de joie. Elles s'amusaient comme deux gamines en colonie de vacances. Camilla avait oublié sa méfiance. Hunter l'attirait indiciblement, malgré tout ce qu'elle savait sur son compte. Chose encore plus inquiétante, au plus fort de leurs jeux innocents, Camilla ressentit une violente bouffée de désir.

Qu'est-ce qui m'arrive ? se dit-elle. Un instant plus tard, Hunter l'attrapait pour l'embrasser à pleine bouche. Mais pas comme l'autre jour, dans le petit bois. Ce baiser-là était plus langoureux, plus passionné. Camilla n'eut pas la force d'y résister. Ou plutôt la volonté. Les lèvres, la langue de Hunter avaient le goût de la cannelle, de la noix de muscade (la noix de muscade n'avait-elle pas des propriétés hallucinogènes ?). Elle aimait le contact de son corps nu, à la fois tendre et ferme, contre le sien.

Camilla était sur le point de succomber. Elle s'en rendait parfaitement compte et ne demandait pas mieux. Quand Hunter baissa la tête pour lui mordiller les seins de ses belles dents blanches, Camilla perdit ses dernières défenses. Elle désirait cette femme de tout son être.

Elles basculèrent sur la berge, se roulèrent dans la boue en riant, membres entremêlés. Camilla prit la nuque de Hunter entre ses deux mains pour l'obliger à lever la tête, puis elle lui donna un long baiser vorace. Au même rythme que le plaisir, elle sentait la colère enfler en elle, une colère qu'elle gardait tapie au fond d'elle-même depuis très longtemps. Dans son ventre, colère et plaisir montaient et descendaient comme un ressac. Ombre et lumière. Yin et yang.

Alpha et oméga.

*

Quand un reptile détecte un danger, il se laisse pénétrer par les vibrations du sol. Ce qui lui permet de déterminer le nombre et la position de ses prédateurs. Pour tenter de localiser les Talibans, Bourne faisait de même, allongé sur le ventre à l'entrée de la caverne. Mais le crépitement des armes automatiques ne lui facilitait guère la tâche.

Il finit tout de même par réaliser que l'ennemi n'était pas posté à l'extérieur mais au cœur même de la caverne. Il existait donc un deuxième accès à l'autre bout. Mais comment les Talibans étaient-ils au courant de leur présence ? Ils les avaient repérés, mais à quel moment ? Peut-être au sortir du col marquant la frontière.

Faraj était d'un autre avis. Bourne le vit passer près de lui en courant. Il s'arrêta près des hommes de Khan Abdali, qui s'étaient accroupis pour riposter aux tirs des Talibans. Il les interpella et quand ils se retournèrent, vida sur eux le chargeur de son AR-15.

Borz bondit. « Pauvre imbécile. Qu'est-ce que tu as fait ? »

Faraj pivota vers lui. « Ce que tu aurais dû faire dès le départ.

— Vraiment ? » Borz s'avança et lui tira deux balles dans le cœur.

Faraj s'écroula comme un sac. Sa tête atterrit sur les cuisses inertes d'un Waziri. Étonnant raccourci vers le Paradis.

Bourne considérait la scène avec intérêt. « Si tu ne veux pas que les hommes de Faraj se vengent sur les tiens, tu vas devoir les tuer », cria-t-il à Borz.

Le Tchétchène ne se le fit pas dire deux fois. Il tourna son arme vers les Arabes et descendit ceux qui étaient à sa portée, comme des pigeons d'argile dans une baraque de fête foraine.

Par précaution, Bourne fit passer Aachir derrière lui. Puis il reporta son attention sur les trois Talibans qui étaient encore en vie mais invisibles, cachés quelque part dans la grotte. « Je te couvre », hurla-t-il à Borz. Et il s'élança, déterminé à respecter la promesse faite à Khan Abdali.

Soudain, Aachir apparut à ses côtés. Il abattit un Taliban qui avait surgi à la gauche de Borz. Bourne en descendit un deuxième. Le troisième disparut dans l'obscurité. Du fond de la grotte, leur parvinrent les échos d'une fusillade ; les hommes de Faraj et ceux de Borz étaient en train de s'entre-tuer. Mais les Arabes souffraient d'un double handicap : ils étaient en territoire hostile et n'avaient plus de chef. Les Tchétchènes les éliminèrent les uns après les autres sans encaisser trop de pertes dans leurs rangs déjà clairsemés après l'attaque surprise des Talibans.

Sautant par-dessus les cadavres, Aachir se lança à la poursuite du fuyard. Bourne lui intima de revenir et obtint en réponse : « Laisse-moi faire, Youssouf. Je vais l'avoir. »

Par ce geste fou, le jeune homme sacrifiait au rituel ancestral du passage à l'âge adulte. Mais à trop chercher la gloire, il risquait de se faire tuer. Bourne courut derrière lui, passa entre les hommes de Borz, descendit un djihadiste à gauche, un autre à droite et repartit de plus belle. Les Tchétchènes hilares lui administrèrent des tapes d'encouragement comme ils l'avaient fait dix secondes avant pour Aachir, visiblement impressionnés par le courage du jeune homme. Après tout, il venait de sauver la vie de leur chef.

Bourne s'arrêta au bout de quelques mètres. Aachir et l'homme qu'il poursuivait semblaient avoir disparu, avalés par la roche. Il faisait tellement noir que la minitorche de Borz n'aurait servi à rien, sauf à signaler sa présence comme le point rouge d'un viseur au laser. Il décida de ne pas l'allumer.

Il avançait à tâtons en suivant la paroi. Parfois les ténèbres se dissipaient légèrement, le noir devenait gris foncé, voire gris clair par moments. Bourne leva la tête. Des fissures dans le plafond laissaient entrer la lumière du jour, créant une ambiance mystérieuse. Bourne reprit confiance en son pas. Peu après, il entendit un léger frottement, comme si quelqu'un marchait sur un sol en pierre ponce.

La pente était de plus en plus raide, la galerie de plus en plus étroite. Bientôt, il y eut juste assez de place pour un homme avançant de face. Bourne fit halte, tendit l'oreille. Derrière lui, les fusils s'étaient tus, remplacés par un silence assourdissant, parfois entrecoupé d'éclats de voix.

Quelque part devant lui, un homme parlait – c'était Aachir – mais à qui ? Il n'avait entendu ni coups de feu ni cris de douleur.

Il repartit, mais plus lentement, pour éviter de trébucher et de révéler sa présence. À plusieurs reprises, entendant des petits cailloux rebondir sur le sol inégal, il s'immobilisa un instant puis se remit en route, s'enfonçant toujours plus loin au cœur de la grotte.

« Youssouf. »

Bourne s'arrêta, mais ne répondit pas.

« Youssouf, c'est toi ?

— Oui. » Bourne fit un pas.

« Youssouf, aide-moi, je suis blessé.

— Que s'est-il passé ? demanda Bourne en avançant encore d'un pas.

— C'est ma jambe. Mais je l'ai eu. Il est mort. »

Ce n'était pas la voix d'Aachir ; il en était sûr à présent. Le Taliban l'avait-il tué ? Regardant autour de lui, Bourne repéra un creux dans la roche. Il y déposa la minitorche. « Dis-moi où tu es, Aachir, que je vienne te chercher. » Il alluma la torche et s'en écarta prestement.

Une grêle de balles percuta la paroi. Des éclats volèrent en tous sens. La torche explosa en menus morceaux. Une fraction de seconde avant que l'arme automatique se taise, Bourne discerna un bout de tissu blanc, puis une manche. Il percuta le Taliban avec son épaule gauche, le renversa et lui tomba dessus. L'homme qui avait lâché son AR-15 le saisit à la gorge et serra.

Pour se dégager, Bourne lui balança un crochet à l'abdomen puis un autre au sternum. L'os craqua mais le Taliban tenait bon. Bourne commençait à étouffer, des étoiles dansaient sur le pourtour de son champ visuel. Bien que proche de l'asphyxie, il lui porta un troisième coup. Le sternum céda, perçant le poumon droit qui se gorgea de sang.

Bourne rejeta les mains toujours nouées autour de son cou. L'homme agonisait. Bourne se releva en regrettant de ne pouvoir lui trancher la tête pour l'offrir à Khan Abdali.

Se bornant à récupérer l'AR-15, il partit à la recherche d'Aachir. Mais il eut beau crier son nom, le jeune homme ne donnait pas signe de vie. Bourne commençait à craindre qu'il n'ait été torturé.

Bourne le retrouva enfin, ligoté, un chiffon sale enfoncé dans la bouche. Il avait reçu un méchant coup derrière la tête, ses cheveux étaient pleins de sang mais en dehors de cela, il allait bien.

« Je suis désolé, dit-il dès qu'il put parler. Il m'a eu par surprise.

— Il faudra qu'on travaille ça. » Bourne trancha les liens qui entravaient ses poignets.

« Merci, Youssouf, dit Aachir en se levant. Personne ne m'a jamais traité… »

Bourne acquiesça silencieusement.

Aachir changea de sujet. « Je crois qu'il est temps de rejoindre les autres.

— Pas encore. » Bourne avait remarqué devant eux une fissure plus large que la moyenne. La lumière qui passait au travers était aussi aveuglante qu'un éclair dans un ciel de nuit. « Il faut d'abord qu'on sache par où sont entrés les Talibans, d'où ils venaient et s'il en reste là-dehors. »

Aachir le regarda d'un air interrogateur.

« Tu ne veux pas savoir comment ils nous ont trouvés ?

— Je te suis », dit le jeune homme en passant la lanière du fusil autour de son épaule.

37

ELLES DÉVORÈRENT LEURS PROVISIONS à la lumière de la lampe à pétrole. Camilla avait trop faim pour apprécier le goût des aliments. En revanche, elle trouva le vin excellent. À elles deux, elles vidèrent la bouteille. Camilla avait été prise de vertiges en sortant de l'eau. Après avoir rincé la boue qui maculait son corps, elle s'était assise pour regarder, frémissante, le ciel perdre ses dernières couleurs.

Quand Hunter se mit à lui frictionner le dos avec sa chemise, Camilla crut qu'elles allaient remettre ça. Elle fut donc étonnée de constater qu'il ne se passait rien, puis franchement surprise d'entendre Hunter se lancer dans un curieux monologue sur les Rolling Stones – comparant le groupe des origines à celui des années 1980. Une fois vêtues, elles mangèrent, burent comme si elles avaient quelque chose à oublier et continuèrent à discuter musique, cinéma, jusqu'à ce qu'il fût temps de remballer.

Puis elles repartirent à travers champs, Camilla portant la lanterne, Hunter le panier. En d'autres circonstances, Camilla aurait apprécié cette promenade romantique, mais pas ce soir. Elle était à cran, assaillie par des émotions trop confuses pour être analysées. Elle attendait toujours que Hunter crache le morceau. Que voulaient-ils d'elle ? Quelle mission espéraient-ils lui confier ? Il ne lui restait que deux jours avant de partir pour Singapour. Le suspense était à son comble.

Mais elle en fut pour ses frais. Lorsqu'elles passèrent devant la grange, les chevaux dormaient. Camilla n'avait aucune idée de l'heure mais la lune était à son zénith au moment où, voyant les vélos alignés, elle se souvint du soir où elle avait suivi Hunter jusqu'au Jake's World.

Elles entrèrent dans le bâtiment principal, se souhaitèrent bonne nuit et regagnèrent leurs chambres respectives comme si de rien n'était. Camilla nageait en pleine confusion. Elle n'avait pas encore réalisé ce qu'il s'était passé au bord de la rivière et comprenait encore moins ce qu'il se passait maintenant.

Elle se brossa les dents et alla se coucher avec un roman de John Le Carré, *Une amitié absolue*. Les personnages, l'intrigue elle-même présentaient de troublantes similitudes avec la situation qu'elle vivait en ce moment.

Sa chambre était plongée dans l'obscurité, si l'on exceptait le rond de lumière projeté sur son livre par la lampe de chevet. Au bout de cinq ou six pages, elle sentit ses yeux se fermer.

En fait, elle relisait sans cesse le même paragraphe. À peine eut-elle marqué la page qu'elle entendit frapper. Deux petits coups discrets. La porte s'ouvrit et, sans attendre qu'on l'y invite, Hunter entra sur la pointe des pieds.

« Je te dérange ? » fit-elle dans un souffle.

Camilla ne savait que répondre. Pourquoi cette visite en pleine nuit ? Venait-elle se glisser dans son lit pour la serrer tendrement contre elle, comme tout à l'heure, au bord de la rivière, après l'amour ?

Se méprenant sur la raison de son silence, Hunter enchaîna : « J'ai quelque chose à te dire. » Sa silhouette s'encadrait sur le seuil éclairé par les appliques du couloir. Ses yeux brillaient dans le contrejour. On aurait dit le regard d'un fauve guettant sa proie au milieu de la savane.

Camilla tapota la couverture. « Viens donc t'asseoir. »

Hunter traversa la pièce comme si elle volait. Elle portait une chemise de nuit légère mais pas de chaussons. Elle avait de beaux pieds quasiment sans défauts, hormis un orteil plus court que les autres.

« Je ne veux pas que tu partes, dit-elle en s'arrêtant près du lit.

— Quoi ? » Camilla n'en revenait pas.

« À Singapour. » Hunter s'assit. Son corps semblait produire de la chaleur. « Ne pars pas.

— Il le faut. On m'a confié une mission. Mon devoir…

— Ton devoir ? Grands Dieux ! » Hunter lui prit la main. « Écoute, ces gens ne sont pas réglos avec toi. Tu ne leur dois rien.

— On ne se refait pas.

— Mais si tu vas à Singapour, tu ne reviendras pas.

— Qu'est-ce que tu en sais ? J'arriverai peut-être à descendre Bourne avant qu'il ne tue Bill. Je dois y croire. Il y a toujours une possibilité…

— Mais non, tu ne comprends pas, l'interrompit Hunter en criant presque. Tu n'es pas censée revenir de Singapour. La mission Black Queen – celle qu'on t'a confiée, comme tu dis – se soldera par un échec. Tout est réglé d'avance. Bourne sera tué et toi aussi. Finnerman a recruté un dinger…

— Un quoi ?

— Un tireur d'élite doublé d'un assassin, répliqua Hunter, agacée. Qu'est-ce qu'ils t'ont appris au Secret Service ?

— Chez nous, on dit sniper.

— Dinger, sniper, peu importe. Je te répète qu'ils ont engagé un tueur et qu'ils vont l'envoyer sur place pour faire le sale boulot. Ta présence au Thoroughbred Club n'est qu'un leurre. » Hunter se pencha vers elle. « Ne sois pas fâchée, Cam.

— Je ne suis pas fâchée, mentit Camilla. Pour la bonne raison que je n'en crois pas un mot.

— Je t'ai déjà menti ?

— Je dois vraiment répondre à cela ? »

Hunter eut l'air sincèrement peinée. « Allume ton portable.

— Pourquoi ? Il n'y a pas de réseau. La Laiterie est coupée du monde.

— Fais-le, je t'en prie. »

Camilla soupira, prit son portable dans le tiroir de la table de nuit et l'alluma. Comme prévu, l'icône indiquant l'absence de réseau s'afficha au sommet de l'écran. Et pourtant, une seconde plus tard, elle recevait un message.

« Mais comment… ? bredouilla-t-elle.

— Ouvre-le, murmura Hunter. Fais-moi confiance. »

Fais-moi confiance. Ces mots ricochèrent comme des boules de flipper dans l'esprit de Camilla, réveillant des blessures encore fraîches. Pourtant, elle ouvrit le message. Il n'avait pas d'objet, pas de texte non plus. Juste deux pièces jointes qui s'étaient téléchargées d'elles-mêmes. Non sans une certaine anxiété, elle afficha la première et découvrit avec horreur un fichier PDF hautement confidentiel estampillé ministère de la Défense. Le tampon figurant en travers de la couverture ne laissait aucun doute sur sa provenance : Service de Martin Finnerman.

Son cœur battait jusque dans sa gorge. Sur la première page, elle reconnut le filigrane non reproductible authentifiant le document. Il s'agissait d'un ordre de mission – ou plus exactement d'un ordre d'exécution – destiné à un certain Benjamin Landis, nom de code Kettle. Où vont-ils chercher ces pseudos ? se demanda-t-elle, trop fébrile pour continuer à lire. La photo de Kettle la fascinait littéralement. Ce type aurait pu travailler derrière un guichet tant il ressemblait à M. Tout-le-Monde. Un frisson grimpa le long de sa colonne vertébrale.

Comme doué d'une volonté propre, son index balaya l'écran. Et le contenu de la mission apparut devant ses yeux. Une seule phrase, nette, précise, explicite. *Par la présente, vous avez ordre d'exécuter Jason Bourne avant qu'il n'achève ses ultimes préparatifs en vue de l'assassinat de Potus.*

« Et maintenant, le deuxième document », dit Hunter sur un ton sans appel.

L'autre pièce jointe était un fichier MP3. À peine ouvert, l'enregistrement se mit à défiler. Elle reconnut les voix de Finnerman et d'Howard Anselm. Ils parlaient d'ajouter quelque chose au contrat de Kettle. Le tueur devrait liquider Camilla et faire croire qu'elle était morte dans l'exercice de ses fonctions.

Camilla lâcha le portable comme s'il brûlait. Prise de nausées, elle mit une main devant sa bouche, repoussa Hunter de l'autre et se précipita dans la salle de bains. Elle eut juste le temps de se pencher sur les toilettes. Ce qu'il restait de leur pique-nique au bord de la rivière finit au fond de la cuvette.

38

« L'INFO A ÉTÉ VÉRIFIÉE. » El Ghadan lui remit l'autre moitié de la somme.

« J'en ai encore une autre, dit Sara.

— Vous êtes une vraie mine d'or. »

Elle lui tendit une petite enveloppe kraft. « Celle-ci vaut le double.

— Est-ce justifié ? » demanda-t-il. Son regard de convoitise démentait ses paroles.

« C'est une carte montrant le déploiement des missiles israéliens sur la frontière syrienne.

— Marché conclu. » Il prit l'enveloppe, la décacheta et lut en diagonale. « Ça vous dirait de toucher davantage ?

— Combien ?

— Plus que cette obole, en tout cas.

— Ça dépend, dit-elle en le fixant. Que devrai-je faire pour cela ? »

Il rit. « Marchons un peu. »

Décidément, songea Sara en longeant avec lui la Corniche de Doha, cette avenue semble être son lieu préféré pour discuter affaires. Certes, elle avait un gros avantage : il pouvait y déambuler à l'air libre sous la protection de ses gorilles sans craindre les micros. Pour mieux tromper l'ennemi, El Ghadan arborait ce soir-là un costume Dior en lin, une cravate Lanvin et une chemise Charvet avec des boutons de manchette en or. La caricature du capitaliste occidental. À sa demande, Sara elle aussi avait renoncé aux habits traditionnels. Elle portait des ballerines et une robe turquoise imprimée de feuilles.

Comme toujours aux abords de midi, la chaleur était insupportable. Le soleil tapait sur les vitres des gratte-ciel plantés le long de la Corniche. Ils étaient quasiment seuls, touristes et habitants s'étant retranchés dans les cafés et les centres commerciaux climatisés.

« Où m'emmenez-vous ? » demanda Sara.

Il éluda la question. « Vous savez, Ellie, je n'aime pas trop cette ville. On y célèbre la culture occidentale avec trop de ferveur.

— Et pourtant, vous y habitez. »

Il haussa les épaules. « Pour des raisons pratiques. Et puis le gouvernement qatari se montre, dirons-nous, favorable à ma cause.

— Une cause idéologique ou purement mercantile ? C'est un point que j'ai du mal à éclaircir. »

Il s'esclaffa. « J'ai rarement entendu compliment si bien tourné, surtout dans la bouche d'une femme.

— Il faut une paire de couilles pour avoir le droit de s'exprimer ? »

Il s'arrêta net et la considéra d'un air sidéré. « Pourquoi une telle vulgarité ?

— Pour avoir enfin votre attention et vous faire comprendre que j'en ai marre de ce ton condescendant.

— Mais les autres femmes…

— Je ne suis pas porte-parole des autres femmes », dit-elle platement.

Il posa sur elle ses yeux sombres de prédateur. « Est-ce un discours idéologique ou bêtement moralisateur ? »

Sara le fusilla du regard. Désormais, elle ne craignait plus d'aller trop loin. « Si vous doutez de moi, restons-en là. Ça nous fera gagner du temps à tous les deux. »

Pendant le long silence qui suivit ses paroles, Sara écouta le bruit du ressac contre la jetée, les mouettes qui s'égosillaient au-dessus de sa tête. Elle songea à Hassim et à Khalifa, dont les os blanchis reposaient à présent au fond de la mer. Elle songea à la mort qu'elle avait frôlée cette nuit-là et se raccrocha mentalement à son étoile de David, le symbole de tout ce qu'elle aimait – sa famille, ses amis, son pays, Jason.

La voix d'El Ghadan la fit presque sursauter. « Vous savez où se trouve la rue 52 ?

— Dans la zone industrielle, non ? »

Il hocha la tête. « C'est là que vous irez demain.

— Que suis-je censée y faire ?

— Me représenter. »

Elle fronça les sourcils. « Je ne comprends pas. »

Il venait de prendre l'avantage, comme le montrait son sourire froid et calculateur. « On vous expliquera tout quand vous y serez. »

*

La fissure dans le plafond de la grotte rappelait ces portes magiques qui peuplent les contes persans. Agrippés à la roche verticale, ils se hissèrent sans trop de difficultés. Bourne émergea le premier et attendit que ses yeux s'habituent à la lumière. Aachir le rejoignit quelques secondes plus tard.

Quand il eut récupéré une vision normale, Bourne murmura : « Regarde à droite. Tu vois ce promontoire ? »

Aachir plissa les paupières.

« C'est un mirador, commenta Bourne. Un vrai nid d'aigle. »

En effet, de là-haut, on avait une vue plongeante sur la vallée menant au Waziristan.

« C'est de là qu'ils nous ont vus arriver, souffla Aachir.

— Il y a deux aiglons dans ce nid, dit Bourne. Des cibles parfaites. »

Aachir fit glisser la sangle de l'AWM le long de son bras. Il s'apprêtait à épauler quand Bourne l'arrêta d'un geste.

« Je t'en prie, laisse-moi faire, supplia le jeune homme.

— Deux cibles, Aachir.

— J'en suis capable, je t'assure. »

Bourne acquiesça tout en empoignant son propre fusil.

Aachir coulissa légèrement sur la gauche, posa le canon sur une pierre qui dépassait, et visa dans l'œilleton.

« Commence par le plus éloigné », lui dit Bourne à l'oreille.

Aachir ajusta sa position. « Prêt », annonça-t-il. Puis il pressa la détente.

Le fracas de la détonation se répercuta dans les montagnes. Mille mètres plus loin, la cible d'Aachir leva les bras au ciel et tomba du nid. Aussitôt, le deuxième Taliban se tourna vers eux en pointant un fusil d'assaut. Aachir fit doucement pivoter son canon, pressa de nouveau la détente et rata son coup. Cet échec lui fit perdre tous ses moyens ; la troisième balle acheva sa course on ne sait où.

Bourne voulut prendre la relève mais le Taliban venait de coller une grenade au bout de son fusil. Le projectile s'éleva dans le ciel en décrivant un arc de cercle et retomba vers eux.

« Attention ! » Bourne saisit Aachir par le col de sa tunique. Ils replongèrent dans le trou. Au même instant, la grenade détruisait le rocher sur lequel Aachir avait posé son AWM moins d'une minute auparavant. Une pluie de petits cailloux pointus dégringola sur leurs têtes.

Aachir recula contre la paroi, les yeux fermés, la gorge en feu. Bourne, lui, remontait déjà, sachant que le Taliban n'allait pas tarder à rappliquer pour vérifier si son tir de grenade avait eu l'effet escompté. En fait, il craignait surtout que l'homme n'appelle des renforts par radio. Il fallait donc espérer que son premier réflexe serait d'achever les meurtriers de son camarade.

Bourne était arrivé à mi-hauteur quand un rocher se détacha sous sa main gauche. Accroché d'un seul bras, il lança l'autre le plus haut possible, trouva une prise plus solide et se remit à grimper. Malheureusement, le problème se reproduisit à l'identique dix secondes plus tard et Bourne se retrouva de nouveau suspendu dans le vide.

Une ombre passa au-dessus de sa tête. Accroupi au bord de la fissure, le soldat taliban pointait sur lui son AK-47 en souriant de toutes ses dents. Une violente détonation retentit. Son grondement amplifié par l'écho grimpa le long des parois jusqu'au plafond.

Le sourire du Taliban se changea en rictus. Ses lèvres se retroussèrent sur ses dents jaunes, son regard prit une expression hallucinée. On aurait dit un animal malade de la rage. Puis du sang gicla de sa poitrine, ses yeux se révulsèrent et il disparut brusquement, comme s'il n'avait été qu'une illusion d'optique.

Bourne regarda en bas. Aachir tenait la crosse de l'AWM calée contre son épaule droite, canon levé, comme pour le saluer.

« Je t'avais bien dit que je les aurais tous les deux », lança-t-il.

39

SONYA S'AMUSAIT AVEC LES JOUETS que Islam lui avait apportés au fil des jours. Il y avait un cheval en caoutchouc, un puzzle représentant un chien, et une tablette pédagogique dont elle se servait pour apprendre les paroles d'une sourate en suivant les indications phonétiques données par sa mère ou Islam lui-même.

Curieusement, c'était la tablette qu'elle préférait, peut-être parce qu'elle lui permettait de communiquer avec leur jeune gardien. Elle l'avait pris en affection et lui aussi semblait l'aimer beaucoup. Quand il apportait les repas, il passait un peu de temps avec elle, à jouer, à rire ou à prier. Soraya ne disait rien, mais cette relation lui faisait horreur ; elle la voyait comme une violation. Après tout, Islam était peut-être l'assassin de son mari. Elle avait toujours autant de mal à se remémorer la scène du meurtre. Chaque fois qu'elle tentait de le faire, la terreur, le choc, l'angoisse brouillaient tout dans sa tête. Bien sûr, elle savait qu'une partie de son cerveau refusait de se rappeler ; c'était parfaitement compréhensible. Mais l'agent de terrain qu'elle demeurait au fond d'elle-même était déterminé à garder en mémoire jusqu'aux moindres détails, même les plus atroces.

D'un autre côté, grâce aux liens qui l'unissaient à Sonya, Islam devenait chaque jour plus proche. Les émotions positives, quelles qu'elles soient, ne peuvent que jouer en notre faveur, songeait-elle. Elles rongeaient peu à peu les chaînes psychologiques qui entravaient Soraya depuis leur enlèvement et le meurtre d'Aaron. Et puis, l'essentiel n'était-il pas que Sonya se distraie, s'amuse, s'occupe ? Elle était trop jeune pour sortir indemne d'une si longue incarcération.

Islam entonna la prière que Sonya avait choisie sur sa tablette. De sa voix flûtée, la petite répétait après lui sans faire de faute, alors que personne, ni sa mère ni leur gardien, ne l'avait corrigée. C'était ainsi que fonctionnait son esprit. Sonya avait pris le meilleur chez ses deux parents. Soraya redoutait toutefois qu'en grandissant elle perde le souvenir de son père, qu'elle oublie combien Aaron était intelligent et sage, combien il l'aimait. Ce serait à elle, Soraya, de faire vivre sa mémoire – à elle et aux nombreux amis d'Aaron qui vivaient à Paris.

À condition qu'elles retournent un jour à Paris. Mais oui, bien sûr qu'elles y retourneraient. Chaque heure de chaque jour, Islam manifestait davantage de compassion pour Soraya et d'affection pour sa fille. Soraya espérait que très bientôt il passerait de leur côté et les aiderait à s'évader.

*

« Tout est prêt pour le départ, monsieur le Président. Vos bagages sont à bord d'Air Force One. »

Assis dans le Bureau ovale, Potus relisait pour la énième fois le programme de sa visite à Singapour, étonné qu'il y ait autant de choses à faire et à voir dans un si petit pays.

« Howard, dit-il en découvrant son chef de cabinet planté sur le seuil. Tu es bien cérémonieux.

— Une surprise pour vous, monsieur le Président. »

Anselm s'effaça pour laisser entrer les deux enfants de William Magnus. Toujours exubérant, Teddy, huit ans, se précipita vers son père en foulant de ses petits pieds le sceau présidentiel au centre du tapis. Plus posée, Charlie, seize ans, s'avança à petits pas comme si elle craignait que les semelles de ses rangers ne tachent ce même tapis.

« Saaalut, p'pa », marmonna Charlie. Elle portait un pantalon en cuir et un pull court qui moulait ses formes adolescentes et laissait paraître deux centimètres de peau nue au niveau de la taille.

« Alors, bande de vauriens, gronda pour rire un Potus rayonnant de joie, que venez-vous faire dans mon auguste tanière ?

— Pour l'amour du ciel, papa, répliqua Charlie, agacée.

— C'est moi qui les ai amenés, Bill. »

À ces mots, entra son épouse Maggie, une femme d'une quarantaine d'années – il avait toujours du mal à se rappeler le chiffre exact – tirée à quatre épingles. Ce jour-là, elle portait un tailleur Chanel gris perle et des escarpins Louboutin noirs vernis. Ses cheveux étaient aussi courts que le pull de Charlie.

Elle traversa la pièce d'un pas de propriétaire, se pencha vers son mari et l'embrassa pudiquement sur la joue. « Ils ne cessent de me harceler pour venir te voir au travail.

— *Moi*, je ne te harcèle pas », fit Charlie, hautaine.

Maggie leva un sourcil. « Vraiment ?

— Du moins, pas pour venir *ici*. » Au grand dam de sa famille, Charlie avait la fâcheuse habitude d'accentuer un mot, voire deux, dans chacune de ses phrases. Comme un personnage de bande dessinée.

« Malheureusement, intervint Anselm, le Président n'a pas une minute à lui, aujourd'hui.

— Pas qu'aujourd'hui, grommela Charlie sans s'adresser à quelqu'un en particulier.

— Allez, en route mauvaise troupe. » Maggie écarta les bras. « On s'en va.

— Tu nous as promis des sundaes, protesta Teddy en descendant des genoux présidentiels pour se réfugier sous l'aile protectrice de sa mère.

— Chose promise chose due, dit Maggie en déposant un baiser sur ses cheveux. Viens, Charlene. » Elle avait déjà fait demi-tour et se dirigeait vers la porte.

« J'arrive dans une *minute*, mère. » Charlie avait contourné le bureau paternel pour regarder par la fenêtre. « Qu'est-ce qu'on *voit*, là-dehors ? »

Le Président fit pivoter son fauteuil. « Pourquoi cette question ? »

Charlie le gratifia d'un sourire aussi artificiel qu'un arôme de synthèse. « Je voudrais savoir si des gens peuvent voir ce qui se passe à *l'intérieur* ?

— Quoi ? Non, bien sûr que non. » Magnus s'agita sur son siège. Elle a drôlement grandi, songea-t-il. C'était une femme, à présent. Il avait dû rater quelque chose. « Qu'est-ce que tu regardes ?

— Je me *demande* si ton *pantalon* est taché. »

Potus cligna les yeux. « Pardon ? » Avait-il bien entendu ? Que voulait-elle dire par là ?

« Je vais te la refaire en plus *simple.* » Elle se pencha comme sa mère l'avait fait deux minutes auparavant mais, au lieu de l'embrasser, lui murmura au creux de l'oreille : « Ton. *Pantalon.* Est-il. Taché. »

Magnus ne voyait toujours pas. « Pourquoi serait-il taché, ma chérie ?

— Pas n'importe quelle *tache*, papa. »

Elle s'exprimait avec un tel mépris qu'il en fut abasourdi. Il la regarda fixement, sans encore comprendre où elle voulait en venir. Sous le coup de la stupeur, son cerveau s'était mis à fonctionner au ralenti.

« Ah, mais *oui*, j'oubliais… » Se tournant vers Anselm toujours planté sur le seuil, elle lui décocha une œillade assassine qui le fit détaler dans le couloir. « Tu as du *personnel* pour gérer *ces choses-là* à ta place », reprit-elle à l'intention de son père.

Magnus ressentit une bouffée d'angoisse dont il ne réussit pas à identifier la cause. « Bon sang, Charlie, essaie d'être plus claire. »

Elle se pencha de nouveau : « Je suis au *courant*, papa. »

Magnus cligna les yeux. « Au courant de quoi ?

— De ta liaison avec Camilla. Et je me demande s'il t'est arrivé de la *baiser* ici, dans ce bureau où tu travailles à rendre le monde *meilleur.* » Voyant son air atterré, la jeune fille se mit à ricaner. « Ne t'inquiète pas. *Maman* ne sait rien. Cela dit, elle se doute peut-être de quelque chose. »

Après quoi, elle tourna les talons et disparut avant même que Magnus, à moitié sonné, ait eu le temps de démentir avec la plus grande fermeté.

*

Au lieu d'accepter la main tendue d'Aachir et de le rejoindre sur le sol de la grotte, Bourne se hissa hors de la fissure. Son jeune compagnon secoua la tête, rajusta la sangle du fusil sur son épaule et entreprit d'escalader la paroi à sa suite. Il trouva Bourne penché sur le deuxième Taliban.

« Il est mort.

— J'ai tout fait pour, répondit Aachir en se rengorgeant.

— Tu as eu tort. » Bourne leva les yeux. « Tu aurais dû le blesser seulement. À cause de ton erreur, impossible de savoir s'il avait appelé des renforts, ou si ces renforts étaient les soldats planqués dans la grotte. Il avait beaucoup de choses à nous apprendre.

— Je pensais que… » Aachir baissa le nez. « Je voulais juste me rattraper… comme je l'avais raté la première fois.

— Certaines choses ne s'acquièrent que par l'expérience. Tu te rappelles ? Je te l'avais dit. »

Aachir hocha la tête et, la seconde d'après, vit Bourne se figer.

« Qu'y a-t-il ?

— Un troisième. À dix heures pour toi.

— Il était caché.

— Oui.

— Ça leur ressemble assez. » Aachir fit lentement glisser la sangle de son AWM. « Laisse-le-moi… »

Bourne l'arrêta d'une pression au bras.

« Attends. Attends. »

Aachir n'eut pas le temps de répondre. Bourne avait déjà bondi vers la droite en faisant un maximum de bruit. Il tente une diversion, comprit le jeune homme. Se jetant à plat ventre, il partit en rampant sur la gauche dans le but de contourner l'ennemi qui regardait vers Bourne.

Il y eut une détonation et, au même instant, un mouvement sur sa droite. Aachir vit passer une barbe noire et un turban gris. Son premier réflexe fut de lever son arme pour tirer mais, se rappelant l'avertissement de Bourne, il se ravisa et attendit, comme l'araignée guettant sa proie, que l'homme se découvre davantage. Puis il visa et le toucha à l'épaule droite. Le Taliban tomba, essaya de braquer son fusil sur la silhouette qui courait vers lui, mais Aachir fut plus rapide. Il tira une deuxième fois et le blessa au même endroit ou presque, lui ôtant toute envie de récidiver.

Aachir et Bourne convergèrent vers l'homme qui saignait abondamment. D'un coup de pied, Bourne éloigna le fusil tombé près de lui et, avec des gestes rapides et méthodiques, entreprit de le fouiller. Dans les plis de sa tunique, il trouva une arme à feu et un couteau.

« Bien, dit Bourne en s'accroupissant. Maintenant, on discute. »

Le Taliban détourna la tête et découvrit Aachir de l'autre côté.

« Où est ton groupe ? demanda Bourne. Ils sont combien ? » Pour le faire réagir, il appuya la crosse du fusil contre la plaie. Le Taliban serra les dents mais ne dit rien.

Bourne se leva et entraîna Aachir dans un coin. « On n'a pas le temps de l'interroger dans les règles, dit-il quand ils furent hors de portée de voix. Je veux que tu restes ici. »

Aachir regarda le Taliban par-dessus son épaule. « Non, je veux voir.

— Je t'assure, il ne vaut mieux pas. »

Bourne rebroussa chemin. Le Taliban le fixait de ses yeux injectés de sang, le visage impassible. Bourne se pencha sur lui. Au bout d'une minute, Aachir fut obligé de détourner les yeux. Ils étaient pleins de larmes, peut-être à cause du vent. Le temps qu'ils sèchent, le Taliban se mettait à table.

« Mon groupe était caché dans la caverne. » Il s'humecta les lèvres avec sa langue. « Nous, on est des éclaireurs. J'ai rien d'autre à dire. »

Ses paroles piquèrent la curiosité d'Aachir qui s'accroupit à son tour.

« À quelle distance sont les autres ? poursuivit Bourne sans lui prêter attention.

— Soixante-dix bornes. Peut-être plus. Impossible à dire. » Tout en parlant, l'homme saisit une pierre et l'écrasa sur la tempe d'Aachir.

Aachir bascula en arrière. Bourne se releva et d'un coup de talon écrasa la gorge du Taliban. L'homme commença par étouffer, puis ses yeux se troublèrent et sa poitrine se souleva pour la dernière fois.

Aachir était évanoui. Du sang coulait de la plaie qu'il avait à la tête. De temps à autre, il ouvrait les yeux, battait des paupières et replongeait aussitôt. Bourne le hissa en travers de son épaule et redescendit dans la caverne. Il était temps de retrouver le commando tchétchène, ou du moins ce qu'il en restait.

40

« POURQUOI M'AVOIR CHOISIE COMME ÉMISSAIRE ? demanda Sara. Vous me faites confiance à ce point ?

— Ma chère Ellie, répondit El Ghadan, je ne vous fais absolument pas confiance. »

La salle du restaurant où ils se trouvaient étincelait de mille feux. Murs, sol, plafond, toutes les surfaces étaient tapissées d'or. Et comme elles se reflétaient à l'infini les unes dans les autres, on avait l'impression de tremper dans une cuve de métal en fusion. Bien qu'il fût l'heure du déjeuner, il n'y avait personne à part Sara, El Ghadan et trois de ses hommes. N'ayant rien d'autre à faire, des bataillons de serveurs s'affairaient autour d'eux. El Ghadan avait choisi le menu par avance.

« Pas en l'état actuel des choses, du moins, compléta-t-il en versant une cuillerée de miel dans son thé. Je vais vous mettre à l'épreuve, Ellie. Et cette épreuve se déroulera rue 52 et nulle part ailleurs. » Il porta la tasse à ses lèvres d'un geste particulièrement délicat. « Dites-moi, vous avez déjà mis les pieds dans la zone industrielle ?

— Oui.

— Pour quoi faire ?

— J'étais chargée d'enquêter sur la compagnie Arabian Switchgears. On la soupçonnait de convoyer des armes en Somalie pour le compte d'Al-Qaïda. »

Les plats arrivèrent. Leur table se retrouva couverte d'un assortiment de nourritures dignes d'un monarque. El Ghadan attendit que le personnel se retranche au fond de la salle. Dehors, le soleil dessinait sur la mer une myriade de prismes multicolores.

« Allez, mangez, dit-il en remplissant l'assiette de Sara, comme une bonne âme ayant recueilli un enfant affamé dans la rue. Ils font la meilleure cuisine de tout le pays.

— Meilleure que la pitance réservée à vos troupes terrées dans les montagnes.

— Qu'avez-vous découvert chez Arabian Switchgears ? »

Elle le regarda droit dans les yeux. « Vous le savez.

— C'était une incursion du Mossad.

— À ce qu'on prétend. »

Il esquissa un sourire aigre. « Donc, vous travaillez pour le Mossad. »

Prends garde, ma fille, se dit-elle. Tu navigues trop près du vent. Maintenant, lance-toi. « Je connais du monde au sein du FSB, d'Al-Mukhabarat al Ammah, du CIB, du MI6, du BAIS, du ministère de la Sécurité chinois, du Mossad. Dois-je poursuivre ? » Puis elle relâcha la pression en égrenant un rire. « D'après vous, comment ai-je obtenu l'info que vous désiriez ? »

Il hocha la tête d'un air pensif. « Il ne faut vraiment pas se fier aux apparences. »

Sara se dit qu'il était temps de changer de sujet et d'atmosphère. Elle désigna la table servie d'un grand geste du bras. « Un tel luxe pour un homme qui prétend haïr Doha et son mode de vie décadent. »

El Ghadan posa sa fourchette et se cala au fond de son siège. « Mais pourquoi tenez-vous tellement à me provoquer ?

— Soyons honnêtes. Vous et moi on se déteste – et pourtant, on est mystérieusement attirés l'un vers l'autre.

— Je ne vous déteste pas.

— Je vous ai parlé avec sincérité. »

El Ghadan se remit à manger.

« Oui, je vois, dit Sara. La sincérité n'est pas dans vos cordes. »

Il resta un moment à contempler le plafond doré. « La sincérité… Voyons voir, vous dites que nous sommes attirés l'un vers l'autre. Certes, mais ce n'est pas un mystère à mes yeux. Nous vivons en marge, vous et moi, même si nous refusons d'être marginalisés. Les systèmes de gouvernement, les religions, les idéologies qui régissent le monde ont tous leurs failles. Et c'est par ces failles que s'infiltre la corruption. Nous sommes humains, après tout, donc corruptibles.

— Je suis en total désaccord avec vous.

— Vraiment ? »

Quand El Ghadan souriait franchement – comme à présent – il devenait presque séduisant. La beauté du diable, songea Sara.

« Pourtant, la corruption est dans la nature humaine, vous ne pouvez pas le nier, reprit-il. Il suffit d'étudier un tant soit peu l'histoire des civilisations. Allons, Ellie, vous vous obstinez pour de mauvaises raisons.

— Lesquelles ?

— Vous voulez avoir le dernier mot. » De nouveau, il eut ce sourire désarmant. « Mais vous n'avez rien à me prouver, je sais que vous êtes forte. »

Elle prit une bouchée, mastiqua, avala. C'était peut-être de la grande cuisine mais, dans sa bouche, elle avait un goût de cendre. Cet homme était comme un trou noir, quand on l'approchait trop, on devait déployer toute son énergie pour éviter d'être aspiré. D'où cette immense fatigue qu'elle ressentait, une fatigue aussi bien morale qu'intellectuelle. Mais la chose qui l'effrayait le plus, en cet instant, c'était que Jason lui manquait terriblement.

Il arrive parfois que l'inspiration surgisse du trente-sixième dessous ; Sara en fit l'heureuse expérience. « J'aimerais bien savoir quelles sont les idées que vous défendez, demanda-t-elle, ayant repris du poil de la bête. À un moment ou à un autre, il faut prendre position, surtout quand on se prétend marginal. Vous ne faites pas exception à la règle. » Sentant qu'elle dominait son sujet, elle lui jeta un regard en coin. « Vous disiez que les religions avaient leurs failles comme tous les autres systèmes de pensée. J'en conclus que vous n'êtes pas un fondamentaliste. Alors quoi ? » Puis elle sortit sa carte maîtresse. « Tout compte fait, vous n'êtes pas si différent de votre associé, Ivan Borz. »

El Ghadan demeura impassible, mais pour une professionnelle ayant l'habitude de percer à jour toutes sortes d'individus allant du récalcitrant à l'hostile, certains détails ne trompaient pas. La peau de son visage subissait d'infimes modifications dues à la tension nerveuse, à l'accélération du rythme cardiaque. Touché ! se dit-elle.

« Borz est juste un homme d'affaires, reprit-elle. Ses objectifs n'ont rien d'alambiqué. Il ne s'intéresse qu'à l'argent et au pouvoir. C'est pareil pour vous, n'est-ce pas ? »

El Ghadan se remit à manger, mais avec des gestes mécaniques. « Vous n'avez aucune idée de ce qui m'intéresse.

— Vous avez peur d'en parler ? »

Cette fois, il était vexé. « Écoutez-moi bien, Ellie. » Il posa ses mains à plat sur la table, doigts écartés, et se pencha vers elle. « C'est vrai, nous vivons dans la marge, vous et moi. Mais il y a une chose qui nous sépare. Vous savez laquelle ? Vous possédez tout et mon peuple rien. Vous nous traitez en parias depuis si longtemps que nous avons fini par le devenir. Donc, dans un certain sens, vous êtes responsables de ce que nous sommes. »

Son regard méfiant luisait d'un éclat sombre. Quelque chose avait changé en lui. L'émotion avait eu raison des artifices, il montrait son vrai visage. « Cette situation perdure depuis si longtemps que la coupe a fini par déborder. Quoi d'étonnant à ce qu'aujourd'hui, les nantis soient en but à la haine et à la violence de ceux qui n'ont rien ? Et ce d'autant plus que vous cherchez aussi à nous imposer votre mode de vie et vos valeurs. »

Il parut se ressaisir. Sa fureur disparut derrière un calme de façade. « Quant à ma présence à Doha, sachez que je ne suis pas là pour le plaisir de circuler en limousine et de manger des repas gastronomiques. Si je m'habille à l'occidentale, c'est par nécessité. Ce déguisement fait partie de mon travail, comme le fait de m'entretenir avec vous. »

Il glissa deux doigts dans la pochette de son veston et en sortit un minuscule porte-cartes. « Regardez cet objet. Il est en peau de crocodile et coûte cinq cents dollars. Vous vous rendez compte ! Dans la culture occidentale, c'est un accessoire très convoité. » Il secoua la tête. « Une telle barbarie est tout bonnement inconcevable ! »

Son accès de rage l'avait transformé en héros tragique, en prophète tempétueux. Sa tenue élégante semblait le gêner à présent, d'ailleurs elle ne convenait plus à son nouveau personnage.

Mais au lieu d'arracher sa belle chemise Charvet et son costume Dior, il marmonna d'une voix menaçante : « Mon but consiste à détruire ceux dont la vie tient à l'intérieur de cette chose. » Il secoua le porte-cartes. « Ceux qui habitent des appartements luxueux, portent des habits luxueux, mangent de la nourriture luxueuse – pendant que les déshérités de ce monde les regardent avec leurs yeux creusés par la faim. »

Sara avait retrouvé l'appétit et le moral. Son objectif était atteint. Elle l'avait poussé à se montrer tel qu'il était, enfin, alors que personne jusqu'alors n'avait même réussi à l'approcher.

« Maintenant, rebondit-elle, j'imagine que vous allez me ressortir la vieille rengaine : C'est la guerre, tous les coups sont permis. Pas vrai ? »

Un nuage passa sur le front d'El Ghadan. « Aucune femme ne m'a jamais parlé ainsi.

— Tout le monde tremble devant vous, El Ghadan, et les femmes encore plus. » Elle haussa les épaules. « Cela dit, la peur est votre fonds de commerce – encore un point commun avec Ivan Borz.

— Vous recommencez à me provoquer. » Il plissa les yeux. « Pourquoi, Ellie ? Franchement, qu'est-ce que vous attendez de moi ? »

Ayant déjà obtenu ce qu'elle attendait de lui, Sara s'accorda un petit plaisir personnel. « J'attends ce qu'attendent toutes les femmes, El Ghadan : du respect. »

Il s'épongea les lèvres et prit une olive huileuse entre le pouce et l'index. On le sentait plus détendu, comme s'il se retrouvait en terrain connu. « Quand vous aurez accompli votre mission rue 52, dit-il en savourant son olive de la même manière qu'il savourait ses propres paroles, vous aurez droit à mon respect. »

*

« Tu vois comment vont les choses, de nos jours », dit Hunter en essuyant la sueur qui perlait sur la nuque de Camilla. Elles étaient assises côté à côte au bord du lit. Les couvertures froissées faisaient penser à de l'écume solidifiée. « C'est le monde dans lequel on vit. La réalité.

— Non, fit Camilla d'une voix étranglée par l'émotion. C'est du mensonge, de l'hypocrisie. C'est de la trahison au plus haut degré.

— Pauvre Cam. »

Hunter posa une main caressante sur le dos de Camilla qui la repoussa. « Laisse-moi. Je ne veux plus rien avoir à faire avec toi. »

Hunter poussa un soupir un peu trop théâtral, de l'avis de Camilla, se leva et traversa la chambre. La main posée sur la poignée, elle déclara : « Tu dis ça parce que tu es en colère, Cam, mais sache que je suis la seule à pouvoir te sortir de ce merdier. »

Avec un admirable sens du rythme, elle ouvrit la porte et disparut dans le couloir, comme une comédienne sortant de scène. Après tout, se dit Camilla, le monde où elle se trouvait piégée n'était-il pas une vaste salle de spectacle peuplée de comédiens particulièrement talentueux ? Et elle, dans tout cela ? Une chose était sûre, elle ne tenait pas le premier rôle. Elle n'était qu'une misérable figurante, un bouche-trou. De la chair à canon, en langage militaire.

Elle se recroquevilla, se prit la tête dans les mains et fondit en larmes. Qu'est-ce qui l'affligeait ainsi ? La trahison dont elle venait de découvrir l'ampleur ? Oui, mais pas seulement. Elle pleurait son enfance brisée, sa mère trop autoritaire, son père coureur de jupons, sa sœur distante. En choisissant d'entrer dans le Secret Service, elle avait cru dresser une barrière face à eux, prendre un nouveau départ, s'inventer une vie bien à elle.

Et voilà le résultat. Seule et abandonnée de tous, elle naviguait à l'aveuglette dans les coulisses de ce théâtre d'ombres.

Camilla se traîna vers la salle de bains et s'aspergea le visage jusqu'à en perdre le souffle. C'est alors qu'une idée lui vint. Elle leva la tête, se regarda dans le miroir, et n'apprécia pas ce qu'elle vit. Mais pas du tout.

« Je t'emmerde, dit-elle à mi-voix, puis, avec plus de conviction. Je t'emmerde ! »

Elle s'adressait à elle-même, mais aussi à chacun des soi-disant amis qui s'agitaient autour d'elle. Fini les faux-semblants ; elle voyait clair dans leur jeu.

« Je t'emmerde ! » hurla-t-elle une dernière fois. Après quoi, elle fit demi-tour pour aller enfiler un jean et son sweat-shirt préféré, celui où était imprimé le personnage de Stewie Griffin tiré du dessin animé *Family Guy*. Stewie portait un sceptre et une couronne au-dessus de laquelle s'inscrivait la devise "né pour régner". Elle sortit pieds nus dans le couloir et descendit les escaliers, bien déterminée à ne plus jamais se prendre en pitié.

Elle trouva Hunter dans la cuisine, un immense espace en acier inoxydable équipé de trois réfrigérateurs, de quatre lave-vaisselle, de deux éviers, d'un garde-manger et d'un énorme congélateur. Hunter était perchée sur un tabouret en bois, derrière l'îlot central, un genre de billot de boucher portant des marques d'usure. Devant elle, un bol rempli de glace à la vanille. Dans sa main droite, une monumentale bouteille en plastique contenant du chocolat liquide.

« La chantilly est dans le frigo de droite », annonça-t-elle en la voyant entrer.

Camilla remarqua les deux cuillères posées près du bol. Elle rapporta la chantilly, tira un tabouret de sous l'îlot et s'installa.

« Stewie, s'écria Hunter. C'est ton tee-shirt magique ?

— Peut-être bien. » Camilla avait envie de sourire mais elle se retint. La rage qui avait failli l'étouffer quelques minutes plus tôt n'était plus qu'un lointain souvenir. Elle se sentait nettement mieux.

Quand Hunter voulut attraper la chantilly, elle lui saisit le poignet.

« Plus de sexe, dit-elle.

— Qui cherches-tu à punir ? Moi ou toi ?

— Et plus de mensonges. »

Hunter hocha la tête. « D'accord. »

Camilla retira sa main. L'autre se servit une bonne dose de crème.

« Je t'ai vue l'autre soir avec cette ordure de Terrier au Jake's World », avoua Camilla.

Hunter lui tendit la deuxième cuillère. « Pioche.

— C'est tout ce que tu trouves à répondre ? "Pioche" ? »

Hunter plongea sa cuillère et ramena une énorme quantité de glace qu'elle engloutit les yeux fermés en râlant d'extase. Camilla manqua tomber de son tabouret. C'était le bruit de gorge qu'elle produisait au moment de l'orgasme.

Camilla s'énerva. « Hunter, réponds-moi !

— Que veux-tu que je te dise ? "Je plaide coupable" ?

— Ce serait déjà pas mal, oui.

— Tu ne veux pas goûter ce sundae ? Tu as tort, il est délicieux.

— Je ne suis pas venue pour manger.

— Alors, pourquoi es-tu là ?

— Comment savais-tu que je descendrais ? » Une bonne enquêtrice répondait toujours par une question.

« Je te connais.

— Oui, c'est ce que tu crois. »

Hunter se tourna vers elle. « Bon, d'accord. De quoi m'accuses-tu, exactement ?

— De me mentir, pour commencer.

— Et toi, tu ne m'as jamais menti ?

— Quoi ? Quand ça ?

— Tu m'as dit que tu n'avais jamais couché avec une femme. »

Camilla se souvint brusquement de Helena et de leur flirt à l'université.

« Seigneur, comment as-tu…

— Oh, on s'en contrefiche. Et moi la première. Justement. » Hunter prit l'autre cuillère et la colla dans la main de Camilla. « Bon, si nous puisions de concert dans ce bol enchanté ? Je ne connais rien de meilleur en ce bas monde qu'un sundae au chocolat. »

41

POUR REJOINDRE BORZ ET SES HOMMES, Bourne dut marcher un temps infini à travers les méandres de la caverne afghane. Quand il arriva, épuisé, les survivants du commando étaient sur le point de lever le camp. Bourne posa Aachir encore évanoui.

« Que s'est-il passé ? s'écria Borz. Je vous croyais perdus… ou morts. »

Après que Bourne eut narré leur mésaventure, Borz demanda : « Vous les avez eus… tous les trois. C'est sûr ? »

Bourne regarda autour de lui. « Où est le médecin ?

— En enfer, lui aussi, répliqua Borz. Comme une bonne moitié de mes hommes. »

Effectivement, il y avait plus de cadavres par terre que de guerriers valides. Dans l'équipe de Faraj, personne n'avait survécu. Bourne dénombra cinq Tchétchènes en plus de Borz.

Il s'agenouilla auprès d'Aachir et, s'adressant à l'un d'entre eux, ordonna : « Va me chercher la trousse, tu veux ? »

L'homme attendit que son chef confirme, puis courut jusqu'à l'endroit où le médecin était tombé, ramassa son sac à dos et revint aussi vite.

« Il est gravement touché ? fit Borz d'un air inquiet, rare chez lui.

— Un Taliban l'a frappé avec une pierre. » En ouvrant la trousse, Bourne trouva du liquide antiseptique et des compresses stériles. Il tourna délicatement la tête du jeune homme pour examiner sa blessure à la tempe. Elle saignait toujours. Après l'avoir nettoyée, il put juger de sa gravité. Pas besoin de points de suture, décida-t-il. Quant à l'hémorragie, elle s'arrêterait d'elle-même. Tout en finissant de poser le bandage, il leva les yeux vers Borz.

« Il est possible que les Talibans aient donné l'alerte par radio. Je n'y crois pas trop mais on ne sait jamais. Je te conseille de poster des hommes en sentinelle sur les hauteurs. Nous ne partirons qu'après avoir eu leur rapport. »

Borz aboya des ordres puis s'agenouilla face à Bourne. « Le garçon ne va pas mourir, hein ?

— La blessure en elle-même n'est pas bien méchante. Ce qui me fait peur c'est la commotion. Il n'arrête pas de s'évanouir. » Il aida Aachir à s'asseoir et cria son nom. Le jeune homme cligna les yeux. « Très bien, dit Bourne. Aachir, tu sais où tu es ?

— Oui.

— Tu te rappelles ce qui t'est arrivé ? »

Ses paupières retombèrent.

« Aachir ! Tu te rappelles… ?

— Ce qui m'est arrivé ? Oui. Le Taliban m'a frappé.

— Exact. »

À ces mots, il ouvrit carrément les yeux et regarda Bourne en souriant. « Content de te revoir, Youssouf. »

Bourne se tourna vers Borz. « Il va guérir.

— Très bien. » Le Tchétchène se donna une grande claque sur les cuisses. « J'ai hâte de quitter ce trou maudit, ajouta-t-il en se relevant.

— C'est l'affaire de quinze minutes. Vingt à tout casser.

— Le plus tôt sera le mieux, Youssouf. Tant qu'à faire, j'aimerais éviter de retomber sur ces types. » Il s'éloigna.

« Comment vas-tu, Youssouf ? chuchota Aachir.

— Moi ? répondit Bourne en riant. Je vais bien. Et toi, dans un jour ou deux, tu auras récupéré.

— Je ne sais pas. Ma tête me fait très mal.

— Essaie de ne pas trop la bouger. » Bourne chercha dans le sac du médecin, trouva une boîte d'antalgiques et lui tendit deux comprimés. « Prends ça. »

Aachir s'exécuta en grimaçant de douleur. Le simple fait de pencher la tête pour avaler semblait lui causer des vertiges ; il se retint au bras de Bourne qui lui servit d'appui, jusqu'à ce que ses joues reprennent des couleurs.

« Pas terrible, grinça-t-il.

— Ça va s'arranger. »

Aachir respira plusieurs fois à fond. « J'ai merdé, pas vrai ?

— Mais tu as rattrapé le coup, répondit Bourne avec un sourire rassurant. Tu as fait mieux que la plupart. »

Aachir le regarda longuement. « Youssouf.

— Qu'y a-t-il ?

— Je peux te faire confiance ?

— Bien sûr que tu peux. »

Le garçon se lécha les lèvres. Une lueur de panique passa dans son regard. « Je vais te dire un secret. » Par précaution, il vérifia autour de lui que personne ne les écoutait, puis il inspira, expira et se jeta à l'eau : « Cette fille dont je t'ai parlé... Celle avec laquelle je voulais m'enfuir ? Eh bien, ce n'était pas une fille. C'était un garçon de mon âge. » Il plongea ses yeux dans ceux de Bourne pour guetter sa réaction. Puis il partit d'un rire qui se mua en sanglot. « Tu vois, je suis vraiment un drôle de mec. »

Voilà donc ce qu'Aachir tentait de lui avouer depuis le début, songea Bourne. Il avait essayé à deux reprises au moins, mais s'était ravisé soit par manque de courage soit parce qu'il n'avait pas assez confiance en lui. Les situations périlleuses qu'ils avaient vécues ensemble depuis semblaient avoir résolu les deux problèmes.

Bourne le soutenait toujours et n'avait pas l'intention de le brusquer, même si Borz piaffait dans son coin.

« Qu'est devenu ton ami ?

— Il est mort. » Aachir se mordit la lèvre. Visiblement, il n'avait pas l'intention d'en dire plus pour l'instant, peut-être pour toujours.

« Aachir, regarde-moi. Je suis désolé de ce qui t'est arrivé. C'est horrible de devoir porter un tel fardeau. »

Le jeune homme le remercia d'un sourire triste. « C'est bizarre. Maintenant que quelqu'un d'autre est au courant, ça me paraît moins horrible. »

Et Aachir laissa enfin couler ses larmes.

*

Vitres baissées, la Chrysler Imperial bleu nuit fonçait en direction de l'aéroport international Dulles. Hunter roulait pied au plancher sans s'inquiéter des radars.

Assise bien droite à la place du mort, Camilla regardait son avenir se précipiter vers elle à la vitesse de la lumière.

« À quoi tu penses ? demanda Hunter.

— Je pense à Kettle, le dinger.

— J'espérais que tu étais en train de changer d'avis. Que tu me dirais “je reste”.

— Rester ? Pour quoi faire ? » Camilla s'agita sur son siège. « Anselm et Finnerman ne me lâcheront jamais.

— Dommage. Bon, au moins, tu connais le vrai nom de Kettle et tu sais la tête qu'il a. Avec un peu de chance, tu pourras l'identifier avant… » Elle s'arrêta et se mordit la lèvre.

Camilla lui jeta un coup d'œil appuyé. Mais Hunter soutint son regard.

Le trafic devenait plus dense. Pendant un moment, Hunter s'occupa uniquement de sa conduite. Dès qu'elle rencontrait un obstacle, elle changeait de voie sans prendre garde aux coups de klaxon ni aux regards éberlués des autres automobilistes. On ne voyait pas tous les jours une Imperial de 1972 foncer à plus de 130 sur une route de campagne, même en Virginie.

« Puisque tu es vraiment décidée à prendre cet avion, veux-tu que je te dise ce que Terrier et moi comptions te proposer ? »

Camilla fit non de la tête.

« Qu'est-ce que ça signifie ?

— Que votre conversation au Jack's World fait partie d'une autre vie. »

Hunter se tourna vers elle. « Tu ne veux pas savoir ?

— C'est tout à fait cela. »

Hunter doubla un camion. « Je ne te comprends pas.

— On se connaît depuis une semaine seulement mais depuis qu'on s'est rencontrées chacune de nous a beaucoup changé. Ne dis pas le contraire. J'ignore ce que vous prévoyez de faire à Singapour mais sache que je n'y participerai pas.

— Ne dis jamais fontaine… » Hunter ouvrit son sac à main, sortit une enveloppe couleur chamois et la jeta sur les genoux de Camilla.

Cette dernière la contempla en fronçant les sourcils. « Qu'est-ce que c'est ?

— Tu l'ouvriras dans l'avion. Si tu décides de le faire, bien sûr. Sinon, quand tu seras à l'aéroport de Singapour, va aux toilettes, brûle-la, jette les cendres dans la cuvette et tire la chasse. C'est d'accord ? Oui ? Bon. » Hunter appuya sur le champignon. « Accroche-toi, on décolle. »

42

« TU PUES, DIT ISLAM EN ENTRANT DANS LA PIÈCE. Et je n'y suis pour rien. »

Soraya regarda Sonya courir vers lui. Il la prit dans ses bras et la souleva au-dessus de sa tête, jusqu'à ce qu'elle rie aux éclats.

« Que dirais-tu d'une douche ? proposa-t-il après avoir calé Sonya au creux de son bras.

— Je veux bien, répondit Soraya. On en a besoin toutes les deux. »

Il les fit sortir de la pièce et les escorta dans le couloir où les hommes d'El Ghadan montaient la garde, le visage caché sous des foulards, le regard vide. Ces jeunes gens silencieux, inexpressifs, accrochés à leur fusil d'assaut parfaitement graissé, la glaçaient toujours autant. Ce n'étaient que des gosses.

Islam ouvrit la deuxième porte à droite. Elle donnait sur une salle de bains tout en largeur, plus vaste que celle de la fois précédente, et plus lumineuse. Au fond, s'alignaient plusieurs cabines de douche. Propres, carrelées. Des serviettes-éponges étaient empilées sur un tabouret, des vêtements neufs sur un autre.

« J'espère que je ne me suis pas trompé de taille, dit Islam en posant Sonya.

— Merci. » Soraya se tourna vers lui. « Puis-je avoir un peu d'intimité ?

— Désolé, il faut que je reste », répondit-il. Chose inattendue, ses yeux se plissèrent entre les bandes de tissu. Il souriait. « Je veux bien me tourner à condition que tu promettes de ne plus me frapper. »

Soraya l'examina un long moment. « C'est promis. Je ne vous frapperai pas et Sonya non plus. »

Son sourire s'épanouit. « Il y a du savon, du shampooing et des litres d'eau chaude. » Puis il se tourna face à la porte.

Avec un peu de méfiance au début, puis plus rapidement, Soraya déshabilla sa fille, et ensuite elle-même. Prenant l'enfant par la main, elle la guida vers une cabine où trois adultes auraient tenu à l'aise. L'eau chaude sur sa peau était un vrai délice auquel elle s'abandonna un bref instant. Puis elle se mit à frictionner le petit corps de sa fille. Après quoi, Sonya lui demanda de s'accroupir et lui fit un shampooing.

« Vous ne devriez pas être ici avec nous, dit Soraya à l'intention d'Islam.

— Il y a des tas de choses que je ne devrais pas faire, répliqua Islam, mais c'est la vie qui décide. Je n'ai pas de femme, pas d'enfant. Mon travail c'est la guerre, l'injustice mon lot quotidien.

— J'ai l'impression que vous vous prenez en pitié.

— Pas du tout, répliqua-t-il. C'est de la colère que tu entends dans ma voix. »

Pour jouer, Soraya déposa une bulle de savon au bout du nez de Sonya. « Vous avez grandi avec la colère.

— Oui, j'en ai trop vu. Les infidèles ont attaqué notre pays, occupé nos terres, répandu leur idéologie de malheur, et après ils nous ont repoussés vers le désert et les montagnes. Imagine Sonya à ma place. Comment réagirait-elle face à une telle agression ? Comment supporterait-elle de vivre opprimée ? Allez, ne te fatigue pas. Tu n'as pas la moindre idée de ce que ça représente. »

Soraya préféra se taire. Il avait raison.

*

Bourne, Ivan Borz, Aachir et les cinq derniers soldats tchétchènes regagnèrent la plaine sans autre incident. Les deux hommes que Borz avait envoyés en éclaireurs n'avaient signalé aucune activité suspecte. Derrière eux, les cavernes percées à flanc de montagne faisaient penser à des trous dans une mâchoire. De ces abris temporaires se dégageait une impression de tristesse et d'abandon, comme si les esprits des morts oubliés y avaient élu domicile.

Ils marchèrent jusqu'au soir. De temps à autre, ils s'accordaient une courte pause. Les Tchétchènes eux-mêmes montraient des signes de fatigue. Voir périr tant de leurs compatriotes leur avait miné le moral. Ils déprimaient. Seul Borz semblait garder la forme. Il était gai comme un pinson. Dès qu'il pouvait, il sortait une carte de la région et la comparait au paysage alentour.

« Tu sais où nous sommes, je suppose, lui dit Bourne lors d'une halte.

— Absolument, confirma Borz en montrant la carte. Dès qu'on a passé la frontière, on s'est retrouvés sur le bon chemin. Ces Waziris connaissaient leur affaire.

— Ils ne nous ont pas trahis.

— Je sais. Et je regrette que Faraj les ait tués. » Son ton démentait ses paroles. Il ne regrettait rien du tout.

« Où allons-nous ? renchérit Bourne.

— Par ici. » Borz planta son index sur un point précis. « On n'est plus très loin », ajouta-t-il en levant les yeux vers le ciel qui s'assombrissait. Le soleil semblait fâché avec cette région d'Afghanistan. Le paysage baignait dans une ambiance crépusculaire, presque irréelle, quelle que soit l'heure de la journée.

« Pas question d'arriver de nuit. » Borz replia sa carte et la rangea. « On va camper ici et repartir à l'aube. »

Ils s'installèrent dos aux rochers. Les Tchétchènes se répartirent les tours de garde. Bourne vit qu'ils utilisaient des lunettes à vision nocturne, un matériel conçu et fabriqué par les Américains. Borz disait vrai quand il affirmait tirer profit des guerres menées par les États-Unis.

Leurs rations de campagne furent vite englouties ; ils étaient trop épuisés pour apprécier ce qu'ils avalaient. Elles leur redonnèrent toutefois un peu d'énergie, et c'était l'essentiel. Puis ils se couchèrent et dormirent d'un sommeil superficiel, sauf Bourne qui passa la nuit à ruminer. Les heures, les minutes défilant avec une lenteur accablante, entraînaient avec elles des pensées pareilles à des comètes filant à travers la voûte céleste. S'il avait eu le choix, il aurait continué à marcher. Il restait si peu de temps.

Cette immobilité forcée le mettait au supplice. Le sommet pour la paix allait démarrer dans vingt-quatre heures et il était toujours là, coincé au milieu de nulle part, avec un commando terroriste qui se rendait au même sommet, mais pour des raisons différentes. Cette situation, il l'avait voulue, c'était même la base du projet qu'il avait conçu à l'instant où il avait vu les plans étalés sur le bureau de Borz. Malheureusement, au cours de leur périple, ce dernier n'avait rien laissé filtrer de ses intentions. Et Bourne avait choisi de ne pas l'interroger, craignant d'éveiller ses soupçons, ce qui aurait été la pire des catastrophes.

Depuis le début de la mission qu'El Ghadan lui avait imposée, son ennemi le plus implacable était le temps, celui qu'il restait à Soraya et à Sonya avant leur exécution. Pour la première fois, il se prit à douter. Parviendrait-il à les sauver ? Avait-il opté pour la bonne méthode ? Pourtant, il avait beau réfléchir, aucune autre solution ne se présentait à lui. Il fallait juste croire à la chance, se dire que Borz avait bien calculé son affaire et qu'ils atteindraient Singapour le lendemain.

Le leader tchétchène interrompit le fil de ses pensées en venant s'asseoir près de lui. « Youssouf, j'ai une question qui me turlupine. Quand as-tu tué un homme pour la première fois ? »

Bourne regarda le ciel piqué d'étoiles innombrables. Cette vision avait le don de l'apaiser, d'effacer ses pensées négatives. « J'essaye de ne pas y songer.

— Mais tu t'en souviens.

— Je me souviens de tout, répondit Bourne. Raison de plus pour éviter d'y penser.

— Quand quelqu'un meurt, il y a toujours un silence. C'est un moment que j'adore. »

Bourne dressa l'oreille. « Pourquoi ?

— Parce que c'est le seul où je me sens vraiment vivant. »

*

Ils devaient arriver au point de rendez-vous un peu avant midi. Le ciel était dégagé, la chaleur torride. D'après les hommes envoyés en éclaireurs, la voie était dégagée. Autour d'eux, s'étendait une zone aride, sans aucune trace de vie. La face cachée de la lune devait ressembler à cela.

La poussière était omniprésente : sur les vêtements, la peau, dans la bouche, dans le nez. Elle avait un goût amer comme un médicament qu'on prend par force. Les Tchétchènes avaient encore changé d'humeur, leur léthargie de la veille ayant laissé place à une agressivité permanente. Au moindre prétexte, ils explosaient, vitupéraient, provoquaient des disputes. Comme si cet environnement hostile détruisait en eux toute discipline, comme si l'air qu'ils respiraient contenait le poison de la colère. Une fois, Aachir mit fin à une bagarre déclenchée sous un prétexte imaginaire. Une autre fois, Borz le retint en disant que ses hommes avaient juste besoin de se défouler et qu'ensuite tout irait mieux. Il avait tort. La violence et l'animosité continuèrent à proliférer parmi ses troupes comme une épidémie. Bourne s'inquiétait encore pour la santé d'Aachir, mais ce dernier semblait guéri. Mieux que cela, il s'employait à maintenir le calme entre les Tchétchènes en leur racontant des histoires merveilleuses où il était question de djinns, de démons surgis des sables et de serpents doués de la parole. Bourne était impressionné non seulement par son courage mais par son talent à capter l'attention des plus rétifs. Il n'était pas tchétchène, et pourtant il réussissait à se faire aimer d'eux.

Le groupe franchit une crête puis traversa un plateau si désolé que l'ennemi aurait pu fondre sur eux sans problème. Borz ordonna de presser le pas. Le plateau s'interrompait au bord d'une large cuvette. En contrebas, on reconnaissait la forme d'un avion caché sous un filet de camouflage.

« On y est ! » cria Borz, assez fort pour que ses hommes l'entendent.

Deux Tchétchènes se postèrent en sentinelle à quelques mètres de l'appareil pendant que les trois autres détachaient le filet. L'avion était un Antonov An-140 équipé de deux moteurs à turbine, pouvant embarquer cinquante-deux passagers et parcourir trois mille kilomètres d'une traite. Il devait valoir dans les neuf millions de dollars. Un appareil bas de gamme selon les critères de Borz, se dit Bourne qui connaissait les prix du marché. Pour acquérir un Alenia, par exemple, il fallait débourser douze millions et pour un ATR, vingt-six. Cela dit, l'Antonov paraissait en bon état. Mais comment Borz l'avait-il fait venir jusqu'ici ? Mystère.

Pas trop tôt ! pensa Bourne. Le soulagement faisait battre son cœur, fuser le sang vers sa tête.

Borz déverrouilla la porte de l'avion et pénétra dans la carlingue, suivi de ses hommes. Bourne fut le dernier à monter. En dégageant d'un coup de pied les cales qui bloquaient les roues, il avait eu une étrange prémonition. Une fois embarqué, il rejoignit Borz qui procédait aux ultimes vérifications et s'assit sur le siège du copilote.

« J'ai un mauvais pressentiment. »

Borz grommela. « Les bons pressentiments n'existent pas. » Ses doigts passaient d'une manette à l'autre. Aucun voyant rouge ne s'allumait, signe qu'ils pouvaient décoller. Borz fit tourner les moteurs, le cockpit se mit à vibrer. « Tu vois, tout est OK. »

Bourne tapota un cadran. « L'altimètre est naze.

— Pas étonnant, c'est un Antonov. Putain de Ruskofs.

— Quand je vole, je tiens à ce que tout soit en état de fonctionnement. »

Borz se tourna vers lui. « Tu sais, Youssouf, t'es plutôt marrant pour un Arabe. »

Quelques instants plus tard, l'appareil roulait vers une rangée d'arbres poussiéreux aux branches tordues poussant à l'extrémité de la cuvette. Il décolla juste à temps. Son ventre frôla les feuillages.

« Temps de vol : environ cinquante-cinq minutes », claironna Borz pour couvrir le grondement des moteurs.

Bourne sortit son fusil, le démonta, inspecta chacune des pièces, le remonta. Borz le regardait faire sans rien dire.

Cinquante minutes plus tard, l'Antonov entamait sa descente. À travers le pare-brise, Bourne repéra une autre cuvette – assez vaste pour mériter le nom de vallée. Au centre, le terrain avait été aplani pour créer une piste d'atterrissage. Un jet long-courrier dont le fuselage étincelait sous le soleil se tenait prêt à décoller. Bourne aperçut six hommes armés, dont l'un surveillait le ciel avec des jumelles. Les voyant, il leva son fusil et l'abaissa à trois reprises.

« Tout va bien », commenta Borz. En réponse, il alluma trois fois ses feux d'atterrissage.

La piste était assez large pour accueillir l'Antonov et le jet en même temps. Borz entama les préparatifs en vue de l'atterrissage. Il était en phase d'approche finale quand l'altimètre chuta brusquement.

L'un et l'autre remarquèrent l'anomalie.

« C'est rien, t'inquiète pas, Youssouf. »

Ce n'était pas rien, évidemment. Bourne se souvint de son mauvais pressentiment.

Sans un mot, il se détacha, alla s'agenouiller à l'arrière du cockpit, déverrouilla la trappe aménagée dans le sol et passa en revue le système électronique et les câbles entremêlés.

« Remonte ! hurla-t-il. Borz, remonte tout de suite ! »

43

BENJAMIN LANDIS, NOM DE CODE KETTLE, possédait certaines qualités qui le distinguaient de ses semblables. La plus importante était qu'il ressemblait en tout point au personnage qu'il était censé incarner. Le DOD l'avait envoyé à Singapour sous l'identité de Jack Binder, directeur commercial de la société Inverhalt Fabrications, branche d'Extrême-Orient. Inverhalt avait des bureaux à Washington, Paris et Bombay, comme indiqué sur sa carte de visite. Si quelqu'un avait eu l'idée de téléphoner à l'un d'entre eux, il serait tombé sur un agent du ministère, département des Opérations à l'étranger. Mais personne n'avait jamais appelé. Kettle s'en serait souvenu.

C'était un homme entre deux âges, très grand, mince, blafard et bientôt chauve. Il était aussi légèrement voûté, comme le sont souvent les personnes de sa taille, et marchait en canard, bien qu'il n'eût pas les pieds plats. Dans sa mallette, il transportait un tas de dépliants publicitaires Inverhalt mais aucun effet personnel, préférant acheter sur place ce dont il avait besoin.

Ayant franchi sans encombre les services d'immigration, il se rendit au comptoir de la compagnie aérienne sur laquelle il avait voyagé, reçut une enveloppe fermée des mains d'un employé, chercha les toilettes, entra dans une cabine et referma derrière lui.

L'enveloppe contenait des clés de voiture, un bon de chargement et une feuille de papier avec un texte de trois lignes imprimé dessus. La première ligne indiquait l'emplacement d'un véhicule, la deuxième une adresse, la troisième un code alphanumérique.

Kettle mémorisa l'ensemble, brûla le support, jeta les cendres dans la cuvette et tira la chasse.

Un van Mitsubishi l'attendait sur l'aire de stationnement longue durée. Dans la boîte à gants, il trouva le ticket de parking et assez d'argent local pour régler la note et acheter pas mal de choses. Il s'installa au volant, passa au guichet et prit la direction du terminal de fret. Un garde vérifia son bon de chargement, le tamponna et lui indiqua l'entrepôt où étaient stockées les marchandises importées, après qu'elles avaient passé la douane. Deux hommes en combinaison de travail chargèrent trois grands rouleaux enveloppés dans du papier kraft à l'arrière du van.

Ayant quitté la zone de l'aéroport, il roula jusqu'à l'adresse qu'il avait mémorisée. Ce n'était pas son premier contrat à Singapour, il n'eut donc pas besoin de consulter Google Maps sur son portable.

L'adresse correspondait à un hangar – un parmi tant d'autres – au sud-ouest de la ville. Kettle composa le code alphanumérique sur un pavé de touches placé à gauche de la porte en acier galvanisé, laquelle s'ouvrit en basculant. Kettle se remit au volant et fit entrer le van dans le hangar qui ne contenait rien à part une berline noire de marque BMW.

Il ouvrit l'arrière du van et retira le papier kraft protégeant les trois rouleaux – des mètres et des mètres de tissu de soie importé d'Inde, enroulés sur des tubes en carton épais. À l'intérieur des tubes, il récupéra plusieurs objets : un fusil en pièces détachées, une lunette de visée et plusieurs boîtes de munitions, des balles très spéciales fabriquées selon ses indications.

Après avoir vérifié que tout y était, il remonta le fusil, le chargea puis le déchargea et le démonta. À la suite de quoi, laissant le van là où il était, il s'installa au volant de la BMW, trouva la clé de contact cachée sous le tapis de sol et sortit en marche arrière. Une fois dehors, il referma la porte métallique grâce à un bouton placé derrière le pare-soleil, puis effectua un demi-tour et s'éloigna dans la lumière du soir.

*

« Le Président ne donnera plus d'interview aujourd'hui », annonça Howard Anselm en prenant le correspondant de *Reuters* par le coude pour le guider vers un steward d'Air Force One.

Même à 30 000 pieds d'altitude, Potus ne connaissait pas de répit. La journée avait été longue et le Président semblait à bout de forces. À tel point qu'Anselm, qui avait pourtant bien d'autres chats à fouetter en ce moment – les questions de protocole à respecter entre les quatre nations présentes au sommet étaient un vrai casse-tête –, en fut frappé. Il entra dans la spacieuse cabine présidentielle et referma derrière lui.

« Ils vont finir par avoir ma peau, geignit Magnus en se frottant le visage. J'aurais bien besoin d'un sauna, d'un massage et d'une douche. Dans cet ordre.

— Désolé, Bill, mais ces petits plaisirs devront attendre que nous ayons atterri. Singapour est réputée pour ses experts en médecine douce.

— La douceur, c'est ce qui me manque le plus en ce moment. » Magnus leva les yeux vers son chef de cabinet. « Elle est au courant, Howard. Charlie est au courant.

— Au courant de quoi, Bill ? » Anselm essayait de donner le change mais son cœur battait la chamade.

« Pour Camilla ! » Potus recommença à se frotter le visage, comme si ce geste pouvait effacer l'incident qui s'était déroulé la veille dans le Bureau ovale. « Il ne manquait plus que ça ! Seigneur, qu'allons-nous faire ? »

Anselm s'assit face à son patron. « Calmez-vous, Bill.

— Me calmer ? Tu aurais dû voir l'expression sur son visage.

— J'ai vu le regard assassin qu'elle m'a décoché.

— Et tu t'es lâchement défilé.

— Pour vous laisser en tête-à-tête.

— Arrête un peu tes conneries. Tu savais pertinemment ce qui allait se passer. Mais tu ne voulais pas assister au massacre. » Potus joignit les mains comme pour prier, ce qui n'était pas son intention. « Tu n'imagines pas ce qu'elle m'a balancé. » Puis il explosa. « Elle n'a plus aucun respect pour moi, Howard ! Ma fille unique ! » La suite resta coincée au fond de sa gorge. « Elle ne me pardonnera jamais, Howard, reprit-il, la voix brisée par l'émotion. Jamais. Notre relation est foutue. »

Anselm aurait pu lui rétorquer que sa relation avec sa fille était foutue depuis des années, de même que sa relation avec sa femme, mais il jugea le moment mal choisi. L'expérience lui avait appris que l'être humain possédait des réserves presque inépuisables de déni et d'aveuglement.

Donc il se contenta de proférer quelques onomatopées et paroles rassurantes de base. « Tout va s'arranger, Bill. On va trouver un moyen.

— Lequel ? Dis-moi lequel ?

— En premier lieu, on laisse passer un peu de temps. Quand Charlie sera descendue de ses grands chevaux, on s'occupera du problème. Elle changera d'avis, vous verrez.

— Je pourrais lui faire un cadeau, proposa Magnus. Un truc qui en jette. Je sais qu'elle veut passer son permis, avoir une voiture. Qu'en dis-tu ? J'ai pensé à une Fiat. Elles sont sympas, ces petites bagnoles. »

Intérieurement, Anselm leva les yeux au ciel. « Achetez américain, Bill. Bon, de toute façon, avant toute décision, je vous conseille d'attendre que la poussière retombe. » Maintenant, le sujet qui fâche, songea-t-il en respirant à fond. « Et pour l'instant, je vous recommande d'éviter les galipettes. »

Le visage de Magnus était couvert de plaques rouges, comme s'il avait pleuré. Mais bien sûr, ce n'était pas le cas. Les présidents ne pleurent pas, sauf lors des tragédies nationales et autres catastrophes de grande ampleur. Et encore… le commandant-en-chef des forces armées américaines ne peut pas chialer comme un gosse, nom d'un chien !

Il fit pivoter son fauteuil vers Anselm. « Mais, Howard, elle me manque tellement.

— Qui ça, Bill ? Qui vous manque ? Charlie ?

— Ne dis pas de bêtises, répliqua Potus. Quand nous serons à Singapour, je veux voir Camilla. »

Anselm gémit en lui-même. La bite présidentielle ne prenait-elle donc jamais de vacances ! « Après la discussion que nous venons d'avoir… ?

— Je sais ce que tu vas dire, l'interrompit Potus. Je ne veux pas l'entendre.

— Bill, écoutez la voix de la raison. Camilla est en mission officielle.

— Je m'en fiche. Putain, je serai comme une chiffe molle pendant le sommet. C'est couru d'avance, Howard. Je serai incapable de tenir mon rôle, d'être le Président. Ce n'est pas ce que tu veux, hein ? »

Anselm sentit monter une bouffée de chaleur. Il s'essuya le front avant que la sueur ne coule dans ses yeux. Seigneur, pensa-t-il, des moments comme celui-là vous donnaient envie de tout envoyer promener. « Non, Monsieur, répondit-il en ravalant son angoisse. Personne ne le veut.

— Alors, bouge-toi, Howard. » Potus se cacha la tête entre les mains, comme s'il était en proie à une atroce douleur. « Fais ce qu'il faut, merde. »

*

Borz tira sur le manche à balai. « Qu'est-ce qui se passe là-derrière, bordel ?

— Il y a un engin explosif relié à l'altimètre, cria Bourne. Si le cadran ne marche pas correctement, c'est parce qu'on l'a trafiqué.

— En clair ?

— Ça reste à confirmer mais je crois que la bombe explosera dès que nous toucherons terre. »

Pendant les trente secondes suivantes, Borz débita une série de jurons plus obscènes les uns que les autres. « Tu peux la désamorcer ? demanda-t-il quand il eut terminé.

— J'ai besoin d'une pince à bec effilé et d'un coupe-câble.

— La trousse à outils est dans la cloison, au-dessus de toi », annonça Borz sans se retourner.

Bourne tourna la poignée du caisson, trouva ce qu'il cherchait et se mit au travail.

« Qu'est-ce que c'est ? demanda Borz.

— Du semtex. En quantité suffisante pour nous envoyer tous au Paradis.

— Nom de Dieu ! marmonna Borz en tirant sur la manette des gaz. Fais vite, Youssouf, hurla-t-il. On va bientôt manquer de carburant.

— Comment est-ce possible ? Le vol n'a duré qu'une heure.

— Le réservoir n'était pas plein. On a mis juste ce qu'il fallait. »

Bien sûr, se dit Bourne, pour transporter les rares survivants des échauffourées dans les cavernes afghanes, pas besoin de faire le plein.

Bourne comptait sectionner le fil rouge mais, au dernier moment, alors même que les mâchoires du coupe-câble se resserraient, il vit le piège. L'artificier avait installé un double aveugle. Couper ce fil ne désamorcerait pas la bombe. Au contraire, interrompre la connexion électrique déclencherait un mécanisme d'alerte et, en réponse à cette alerte, l'engin exploserait.

Bourne éloigna tout doucement le coupe-câble du fil rouge.

« Youssouf, t'en es où ? Je vais être obligé d'atterrir. Il nous reste quatre minutes. »

44

EL GHADAN AVAIT TENU À ACCOMPAGNER SARA jusqu'au lieu du rendez-vous, dans la zone industrielle. Il enclencha le panneau de discrétion pour couper en deux l'habitacle de son énorme SUV américain.

« Avec moi, vous n'aurez jamais rien à craindre de la police. » Sara savait déjà qu'El Ghadan avait le bras long, mais elle n'avait pas fini d'en apprendre.

« Où allons-nous ? demanda-t-elle.

— Au coin de la rue 52 et d'Al Manajer. Dans les locaux d'une société nommée Omega + Gulf Agencies. » Il se tourna vers elle. « Je vous pousse dans le grand bain.

— Cette épreuve est-elle vraiment nécessaire ? Je vous ai transmis des renseignements, j'ai tué Blum sur votre ordre. Que vous faut-il de plus ?

— C'est à prendre ou à laisser, Ellie. Pas de seconde chance. »

Le SUV bifurqua et s'engagea sur la route d'accès au quartier des entrepôts, dans le sud-ouest de la ville, un secteur que les touristes ne connaissaient pas et fréquentaient encore moins. Personne ne les arrêta pour leur demander ce qu'ils cherchaient. Les vigiles postés devant les bâtiments détournaient le regard quand ils passaient devant eux. Bizarre, décidément, se dit Sara, consternée. Encore une preuve du pouvoir que cet homme exerçait au Qatar. Comme s'il était posé sur des rails, le SUV se dirigeait à faible allure vers la limite sud de la zone.

Le véhicule se rangea au bord du trottoir devant un édifice bas, tout en longueur et presque dépourvu d'ouvertures. Sur l'enseigne fixée au-dessus des portes blindées, on lisait OMEGA + GULF AGENCIES. Sara ne voyait pas âme qui vive, pas même de véhicule garé alentour, juste la route qui cuisait sous le soleil.

« Et maintenant ? dit-elle.

— Maintenant, on attend. »

Assis tout près d'elle, El Ghadan lui faisait l'effet d'un serpent enroulé sur lui-même.

« On attend quoi ? Je n'ai pas le droit de savoir en quoi consiste ma mission ?

El Ghadan regardait fixement les portes d'Oméga + Gulf. « Ce n'est pas à moi de le dire. »

Sara plissa le front. « Alors, comment vais-je…

— Ce sera à vous de décider, Ellie. »

Décider ? De quoi ? Quelle est cette mauvaise blague ? songea-t-elle avec un frisson. Une goutte de sueur froide roula le long de son dos.

Elle tourna autrement sa question. « Que se passe-t-il là-dedans ? Elles s'occupent de quoi, ces agences ?

— Je vous ai dit tout ce que vous deviez savoir. »

Sara frémit malgré elle devant le ton cinglant qu'il venait d'adopter.

Les portes d'Omega + Gulf s'ouvrirent sur un homme jeune et mince. Il fit un pas dans la lumière, pivota pour se placer face au SUV et ne bougea plus. Sara vit qu'il portait un jean, un T-shirt blanc immaculé, des Nike et une paire de lunettes de soleil très couvrantes. Sa bouche fendue n'exprimait rien.

« C'est Islam, dit El Ghadan avec un sourire énigmatique. Allez-y, ne le faites pas attendre. »

Lentement, presque craintivement, elle sortit du refuge ombragé de l'habitacle. La violente clarté du dehors la heurta comme une masse.

Elle commençait à se demander si elle avait eu raison d'accepter. Après tout, elle ignorait tout de l'épreuve à laquelle El Ghadan désirait la soumettre. L'avait-il conduite dans ce no man's land parce qu'il la soupçonnait d'avoir menti, de ne pas être ce qu'elle prétendait être – une espionne free-lance, amie de la prétendue diamantaire Martine Heur ?

La soupçonnait-il d'être américaine, ou israélienne ? Pire encore, était-il au courant de sa relation avec Jason ? Mais non, comment aurait-il pu l'apprendre ? se dit-elle pour se rassurer. Mais l'instant d'après, la peur de l'inconnu la saisissait derechef. Et s'il l'avait démasquée ? Et surtout, qu'y avait-il dans ce hangar, coincé entre la rue 52 et Al Manajer ?

Soudain, elle sentit le sol s'enfoncer sous ses pieds comme des sables mouvants.

Elle avait perdu ses repères.

*

Les fils de couleur se mélangeaient devant les yeux de Bourne. Une image ancienne s'afficha dans sa tête. Ça se passait en Bosnie, un matin très tôt. En marchant, Soraya avait trébuché sur un câble relié à un engin explosif caché sous la croûte glacée recouvrant le sol. Étendue de tout son long dans la neige, elle n'osait faire un geste. Bourne n'oublierait jamais les odeurs de résine et d'humus qui flottaient dans l'air ce jour-là.

« Ne bouge pas, lui avait-il ordonné. Détends-toi. Je suis là. »

Du bout des doigts, il avait dégagé les explosifs – trois paquets de C4, reliés entre eux par du ruban adhésif noir. Chose rare pour ce genre de bombe, il y avait un minuteur. Le compte à rebours s'était enclenché à l'instant même où la cheville de Soraya avait touché le piège.

Parmi les quatre fils – un blanc, un noir, un jaune et un rouge – qui sortaient du minuteur, deux étaient des leurres. En règle générale, le fil rouge était le bon, c'était lui qu'il fallait couper. Bourne ouvrit son cran d'arrêt, écarta le fil noir et le fil blanc pour pouvoir accéder au rouge, mais resta interdit. En dessous, se trouvaient quatre autres fils identiques.

Les secondes défilaient à rebours sur le cadran numérique. Deux minutes, une minute et demie.

« Jason ?

— C'est bon, Soraya. J'ai presque fini. »

Sauf que c'était faux. Comment choisir entre ces huit fils en l'espace d'une minute ? Moins d'une minute. Le temps de les examiner l'un après l'autre pour savoir à quoi chacun était relié, l'écran ne marquait plus que trente secondes. Vingt-cinq secondes avant que Soraya et lui ne soient réduits en poussière.

C'était irréalisable. Aucun indice ne permettait de savoir quel était le fil à trancher. Celui qui avait conçu cet engin était un être diabolique.

Quinze secondes. Dix.

Quand le nombre 10 s'afficha, Bourne vit bouger une minuscule gâchette au cœur de la bombe. De cette gâchette sortait un fil. Ne restait plus que trois secondes. Bourne sectionna le fil blanc du niveau inférieur.

*

« Youssouf ! hurla Borz. Le réservoir est vide. Il faut que je pose cet avion. »

Aachir apparut sur le seuil du cockpit. « Qu'y a-t-il, Youssouf ?

— Approche, dit Bourne en guise de réponse. Écarte ces fils, reprit-il quand Aachir s'agenouilla près de lui. Tout doux ! Là, très bien ! »

Comme en Bosnie, il y avait deux niveaux. Le même artificier, sans doute. Mais cette fois-ci, pas de minuteur. La bombe était reliée à l'altimètre.

« Borz, on est à quelle altitude ? cria Bourne.

— Deux mille pieds. Mille cinq cents. »

Bourne avait beau chercher, la gâchette demeurait invisible. Pourtant, elle était forcément là. C'était comme une marque de fabrique.

« Mille pieds. On descend vite. Il faut que j'atterrisse. »

Encore une fois, Bourne examina les quatre fils du dessous. Rien.

« Cinq cents ! hurla Borz. Quatre cents. Trois cents ! Le train est sorti ! »

À deux cents pieds, Bourne comprit son erreur. L'artificier avait inversé le système. Les fils du haut étaient les vrais, ceux du bas des leurres. Avec le coupe-câble, il les écarta les uns des autres. Toujours pas de gâchette.

« Cent pieds ! Youssouf, dis-moi que tu l'as ! »

Il avait une chance sur quatre de couper le bon. C'était bien peu mais, de toute façon, s'il ne faisait rien, ils mourraient à coup sûr.

« Cinquante pieds ! Les roues toucheront la piste dans dix, neuf, huit… »

Quelque chose bougea. Un mouvement presque imperceptible mais qui rappelait celui de la gâchette équipant la bombe bosniaque.

« Six, cinq, quatre… »

Il sectionna le fil noir. L'avion se posa brutalement sur le tarmac.

« Bordel, clama Borz. Je suis trempé comme une soupe ! »

*

À présent, l'Antonov était stationné en bout de piste, très loin derrière ses passagers regroupés à cent mètres du Bombardier Challenger 890 CS dont la carlingue, étincelant sous le soleil, avait été adroitement repeinte aux couleurs de la compagnie de fret régionale, Balinese Air Transport.

Son pilote fut peut-être étonné de constater leur petit nombre mais il n'en laissa rien paraître lorsqu'il se porta à la rencontre de Borz. Les deux hommes échangèrent quelques mots, puis la troupe embarqua. Dès qu'il fut à bord, Borz ordonna que tout le monde se rase et change de vêtements. Il leur désigna un tas de combinaisons portant le logo d'une société de sécurité singapourienne cousu sur la poitrine et la manche droite. Une fois vêtus, ils enfilèrent de grosses chaussures coquées et allèrent se ranger en file devant les toilettes où les attendait tout ce qu'il fallait pour se raser.

Bourne s'avoua bluffé. Borz avait pensé à tout jusque dans les moindres détails. Un travail de professionnel.

Quand Bourne eut rasé sa barbe, il resta un moment à se contempler dans le miroir. Puis il sortit le morceau de plan qu'il avait récupéré dans le bureau de Borz après l'attaque des drones.

Ce qu'il avait d'abord pris pour un réseau d'égouts se révélait être un système de drainage dont une partie formait un ovale parfait. La forme d'un stade. Or il savait que le nouveau stade national était encore en travaux. Certes, il y en avait une bonne dizaine d'autres dans la ville et sa périphérie, mais lequel parmi eux le Président était-il censé visiter pendant la semaine que durait le sommet pour la paix ? Il en était là de ses réflexions quand son regard se posa sur un dessin imprimé en filigrane au bord de la déchirure. Il en manquait un morceau, mais c'était bien une tête de cheval.

C'est ainsi qu'il comprit où l'attaque terroriste devait avoir lieu.

QUATRIÈME PARTIE

45

Jimmie Ohrent disposait d'une fortune personnelle. Il n'était donc pas obligé d'entraîner des chevaux pour vivre – ni d'exercer un quelconque métier, d'ailleurs. Et pourtant, en Asie du Sud-Est, il était connu comme le meilleur dans sa partie. Sa passion pour les sports équestres remontait à son enfance ; il l'avait contractée dans la ferme de son oncle Mike, près de Melbourne. Une ville qu'il avait retrouvée à l'âge adulte, après avoir passé dix années mouvementées mais excitantes au Moyen-Orient. Mais entre-temps, Melbourne avait changé. Ohrent s'y ennuyait. Alors, il décida de traverser le détroit de Malacca avec son oncle et d'aller tenter sa chance à Singapour. L'oncle Mike lui prêta de quoi se lancer. Avec la somme, il s'acheta un lopin de terre sur lequel il monta un élevage de pur-sang anglais et arabes. Une fois dressés, les chevaux étaient vendus à de riches propriétaires. Plusieurs gagnèrent des courses au Thoroughbred Club de Singapour. Sa réputation grandit peu à peu et, un beau jour, il décrocha le jackpot. Il vendit un cheval arabe à un membre influent de la famille dirigeante, puis un autre. Tous les deux remportèrent la célèbre coupe Raffles. Il fut invité à dîner au palais présidentiel ; de fil en aiguille, il devint un familier des lieux, se mit à côtoyer des personnes richissimes, à fréquenter le casino de Macao en leur compagnie et à perdre des sommes folles. Quand il eut dilapidé toute sa fortune, il tomba dans l'alcool, comme l'avait fait son grand-père avant lui.

Mais contrairement à son grand-père, après avoir touché le fond, il remonta en surface. Au bout d'un moment, il recommença même à gagner de l'argent, mais pas dans les mêmes proportions. Ohrent n'était plus le même homme désormais ; il ne courait plus après la richesse. Fatigué de la vie mondaine, il ne supportait plus le milieu des courses hippiques, ni la clique de snobinards avec lesquels il frayait autrefois, par obligation la plupart du temps. Bien qu'il aimât les chevaux plus que les gens, le métier d'éleveur avait fini de l'intéresser. Ayant laissé péricliter son affaire, il la revendit pour une bouchée de pain, mais tant pis. Encore une fois, l'argent n'avait plus d'importance pour lui. C'est ainsi qu'il s'installa comme entraîneur. S'occuper des chevaux, former les jockeys lui rapportait cent fois moins que son ancien métier, mais il adorait ce qu'il faisait et son talent était reconnu par tous.

Ohrent travaillait pour les Américains depuis un peu plus d'une décennie. Une collaboration qui lui permettait de s'offrir des petits extras de temps en temps, tout en lui rappelant sa folle jeunesse au Moyen-Orient, quand il se prenait pour un grand aventurier. Elle revêtait un caractère officieux, clandestin et sporadique, ce qui convenait parfaitement aux deux parties en présence. Lorsque Camilla entra dans les locaux réservés aux entraîneurs du Thoroughbred Club, Ohrent lui avait déjà choisi un cheval – une pouliche au sang chaud, magnifiquement proportionnée, répondant au doux nom de Jessuetta. Son jockey habituel était un certain Gruen. Ohrent ne l'appréciait guère. Il était en train de lui chercher un remplaçant quand son officier traitant, basé sur place, lui avait transmis les ordres.

Au premier coup d'œil, Ohrent éprouva quelques doutes sur les capacités de Camilla. Elle avait la bonne taille, le bon poids, mais c'était quand même une débutante. Pourtant, dès qu'il la vit monter, toutes ses craintes s'envolèrent. Bien sûr, elle avait encore des choses à apprendre, mais elle était douée et elle comprenait vite. Cerise sur le gâteau, elle avait comme lui un rapport instinctif aux chevaux. Jessuetta aimait Camilla de tout son cœur. Comme lui, peut-être plus.

« Je vous préviens, ne lui donnez jamais de tape sur le flanc, dit-il. Quand on lui fait ça, elle se met à ruer sauvagement, peu importe qui passe derrière elle. »

Camilla éclata de rire. « Je me garderais bien de la taper là ou ailleurs. Je sais qu'elle n'apprécierait pas. »

Ce commentaire lui plut tellement qu'il l'en aima encore davantage. Il en vint même à regretter que sa course doive se terminer par une chute. C'était un vrai gâchis. À voir la façon dont elle s'y prenait pour amadouer Jessuetta et l'inciter à fournir son maximum – en cela, Gruen ne lui arrivait pas à la cheville –, il n'était pas loin de penser qu'elle pouvait remporter la victoire. À condition bien sûr qu'on lui donne sa chance. Mais hélas, cela n'arriverait pas. Les directives de Washington étaient claires : il devait faire en sorte qu'elle perde. Ohrent avait touché beaucoup d'argent et c'était un homme de parole. Il avait pour principe d'aller jusqu'au bout de ses missions, même quand il n'en comprenait pas les motifs ou qu'il les désapprouvait. On ne discute pas les ordres, se disait-il obstinément les jours où, rattrapé par la déprime, il devait se faire violence pour ne pas se jeter sur une bouteille de whisky.

Cela dit, ces moments de cafard n'étaient pas très fréquents. Et il finissait toujours par se consoler en pensant à ses chevaux. Eux au moins, ils l'aimaient, ils lui étaient fidèles et ne feraient jamais de mal à personne. Ohrent songeait parfois qu'il aurait dû naître dans la peau d'un animal. Son existence aurait été tellement plus simple – plus propre. Sans magouilles, sans médisances, sans jalousie, ni cupidité ni peur. Et par-dessus tout, il aurait vécu dans l'ignorance de son inévitable trépas.

*

Pour sa part, Camilla fut immédiatement séduite par l'atmosphère régnant au sein du Thoroughbred Club, et par la ville de Singapour en général. Le premier jour, après qu'elle eut rencontré Jessuetta et fait avec elle un enivrant tour de piste au grand galop, Ohrent l'avait emmenée visiter le National Orchid Garden. Elle y passa deux heures encore plus enivrantes à découvrir aux côtés de son guide les centaines d'espèces d'orchidées – chacune plus extraordinaire que la précédente – rassemblées en ces lieux.

Après quoi, elle voulut se rendre dans une boutique de téléphonie où elle s'acheta un portable bon marché avec une carte SIM locale et un forfait d'une demi-heure, appels et accès internet compris.

Ensuite, Ohrent l'invita à déjeuner dans un restaurant du quartier musulman. La salle située au premier étage donnait sur un magasin vendant des parfums sans alcool, à une clientèle locale mais aussi aux touristes intrigués par une telle curiosité. Les plats se succédèrent. Camilla en compta sept, tous plus épicés les uns que les autres. Tout en mangeant, ils se mirent d'accord sur la manière d'exécuter leur mission, tous deux estimant que pour bien faire son travail, on devait d'abord apprendre à connaître ses collègues.

« Vous n'avez pas de famille ? demanda-t-elle.

— Oh, la famille… » Il prit une bouchée de poulet au curry. « Personnellement, je trouve que la vie de famille n'a que des inconvénients. Et je parle d'expérience. Je crois même qu'elle me rendrait dingue. Dans une famille, il y a toujours quelqu'un pour vous faire des reproches, vous expliquer ce qui est bien, ce qui est mal. Au moins, avec mes chevaux, je n'ai jamais de critiques, ils apprécient tout ce que je fais et ne trouvent rien à redire.

— Pourtant, vous devez vous sentir seul, parfois », répondit Camilla en pensant aussi à elle-même.

Ohrent haussa les épaules. « C'est la vie que j'ai choisie. » Il lui lança un regard rusé. « Mais vous, vous êtes encore jeune. Pourquoi rester célibataire à votre âge ?

— Qui a dit que je l'étais ? » répliqua-t-elle.

Quand il souriait, sa peau très tannée formait des plis au coin de ses yeux. « Ça se voit.

— Vraiment ? »

Il hocha la tête. « Comme le nez au milieu de la figure.

— C'est décourageant.

— Si je peux me permettre, il n'y a aucune honte à avoir. Si vous préférez la vie clandestine, pourquoi pas ? »

Pourquoi pas ? En fait, elle avait choisi ce mode de vie pour un certain nombre de raisons. Au lieu de les énumérer, elle mit un bout de poulet dans sa bouche. La sauce piquante avait déjà engourdi ses lèvres, et maintenant, son estomac criait à l'incendie. Quel pied !

« Pourtant j'ai l'impression, reprit-il, que la clandestinité n'est pas votre biotope.

— Mon quoi ?

— Votre environnement naturel.

— Et alors ? dit-elle un peu trop sèchement. Je m'y suis faite.

— Comme on régule l'hypertension ? »

À présent, c'était à elle de sourire. Cet homme lui plaisait avec son allure dégingandée, son corps solide que ni l'âge ni les désillusions n'avaient fait ployer. Sa simplicité, son franc-parler lui mettaient du baume au cœur, de même que son humour légèrement décalé.

« L'hypertension, ce serait mauvais pour moi.

— La vie que vous menez peut l'être aussi. Et contrairement à la tension, aucun médicament n'est susceptible de la normaliser. Dans notre monde, rien n'est jamais normal, et rien ne le sera jamais. »

Entre la cuisine épicée et la chaleur ambiante, Camilla finit par se détendre. « Tous les gens de mon entourage aiment ça.

— Peut-être. Mais vous ? »

Elle réfléchit tout en mastiquant. « Oui, ça me plaît. Enfin, c'est ce que je me répète jour après jour. »

Il posa sa fourchette. « Ce qui est plutôt inquiétant en soi. »

Elle se rencogna au fond de sa chaise, soudainement assaillie par une terrible appréhension.

« Qu'avez-vous ? demanda-t-il comme s'il lisait dans ses pensées.

— Rien. » Elle en avait déjà trop dit. Il ne manquerait plus que mon contact sur la zone cible me signale comme un élément à risque, songea-t-elle.

« Hummm. »

Ce bruit de gorge était censé signifier qu'il n'était pas dupe. Mais il n'insista pas, ce dont elle lui fut reconnaissante. Le serveur s'adressa à lui dans une langue qu'elle ne comprenait pas.

« Un jour, il y a bien longtemps, dit-il quand l'homme s'éloigna, je me trouvais au milieu du désert, dans un pays aussi éloigné de celui-ci que de la ville où je suis né. Je m'étais joint à une caravane de bédouins en partance pour le Néguev. J'ai entendu trois *pop* ! Comme ça… » Il mit un doigt dans sa bouche pour imiter le son d'un bouchon qui saute. « Et j'ai vu les têtes de mes compagnons exploser comme des melons trop mûrs. »

Il resta un long moment à fixer son assiette. Sans doute revivait-il la scène.

« Un, deux, trois. Il y avait du sang et des bouts de cervelle partout, sur moi, sur les chameaux, partout. » Il leva les yeux et la regarda avec une expression sinistre. « Des Palestiniens : le Hamas, les brigades Izz ad-Din al-Qassam… Allez savoir. Le résultat est le même. J'en ai tué un, j'ai poursuivi les deux autres et je les ai abattus à bout portant. Que pouvais-je faire d'autre ? C'était moi qu'ils visaient et, comme ces ordures ne savaient pas tirer, trois de mes hôtes étaient morts à ma place. » Il s'essuya les mains comme si du sang les salissait encore. « *Voilà* le monde dans lequel on vit, vous et moi. Le monde que vous avez choisi d'intégrer.

— Ou que d'autres m'ont contrainte à intégrer, marmonna-t-elle.

— C'est fini ? » demanda-t-il en parlant du repas, mais pas seulement.

Comme elle ne répondait pas, Ohrent se tourna vers le serveur qui s'approcha pour débarrasser. Il empila les différentes assiettes en une haute tour branlante.

Ohrent ne la quittait pas des yeux. « Et maintenant vous êtes ici, en face de moi. »

Camilla le regarda longuement. Puis elle sortit l'enveloppe que Hunter lui avait remise. Elle ne l'avait pas ouverte, elle ne s'était même pas demandé ce qu'elle contenait. Elle la fit glisser sur la table et garda la main posée dessus, jusqu'à ce qu'il lève le bras pour la saisir.

« Lisez », dit Camilla.

Son regard empreint d'une étrange sérénité se posa sur elle. Camilla savait qu'elle avait raison de lui donner cette enveloppe, même si elle n'aurait su dire pourquoi. Elle avait agi sans réfléchir, comme si c'était la seule chose à faire.

Ohrent resta un temps fou sans bouger. Puis, avec une lenteur voulue, peut-être pour montrer qu'il mesurait la valeur de son geste, il retourna l'enveloppe, la décacheta, et prit connaissance de la mission que Hunter et Terrier lui avaient concoctée.

Il ne broncha pas. Camilla comprit qu'il relisait. Quand il eut terminé, il leva les yeux.

« Vraiment ?

— Comment cela ? » Un instant, elle crut avoir mal saisi.

Il lâcha le papier qui tomba sur la table. « Eh ben, ma petite dame, je comprends que vous ayez de l'hypertension ! »

Quelque chose dans l'expression de Camilla lui mit la puce à l'oreille. « Vous ne savez pas ce qu'il y a dedans, c'est cela ? Vous n'êtes pas au courant. »

Le cœur battant, elle souleva la feuille et la retourna. À peine eut-elle posé les yeux dessus qu'elle devint blême, comme si elle se trouvait dans un ascenseur dont les câbles venaient de céder.

46

SARA FUT INTRODUITE DANS LES LOCAUX D'OMEGA + GULF sans un mot de bienvenue. Tout en marchant, elle observait du coin de l'œil celui qu'El Ghadan avait appelé Islam. Il avait les hanches étroites, la poitrine creuse et les bras noueux d'un jeune homme élevé à la dure et soumis dès l'enfance à des travaux de force. Mais avant tout, il avait l'air affamé.

Sara en avait vu des dizaines comme lui ; mais elle n'éprouvait aucune sympathie envers les gens dont la devise était « je tue pour me savoir en vie ». Néanmoins, jusqu'à ce qu'elle connaisse la nature de l'épreuve à laquelle El Ghadan souhaitait la soumettre, elle devait garder la tête froide et observer avec la plus grande attention tout ce qui l'entourait.

Islam lui montra trois grandes salles aménagées en open space, où des personnes assises derrière des bureaux travaillaient sur… quoi exactement ?

À sa question, Islam répondit d'une voix neutre : « Planification de trafic, essentiellement. La société organise le transport de marchandises par route et par mer pour le compte d'entreprises d'import-export basées partout dans le monde. Doha est la plaque tournante.

— Des marchandises de quelle sorte ?

— De toutes sortes », répondit-il, volontairement évasif.

Ces trois pièces et d'autres plus petites, réservées au personnel d'encadrement, semblaient occuper la majeure partie des locaux.

« Et le reste du bâtiment ?

— Des entrepôts. »

À l'aide d'une carte magnétique, il ouvrit une porte épaisse comme celle d'un coffre de banque, derrière laquelle s'étirait un couloir moquetté et bien éclairé. Sur les murs étaient accrochées des gravures de belle qualité, représentant des trains, des cargos, des avions de fret. On se serait cru dans un hôtel de luxe.

Parvenu à la moitié du couloir, Islam s'arrêta et, de l'épaule, poussa une porte à droite. Au-delà, Sara découvrit une cour à ciel ouvert, cernée de murs en béton couverts d'une profusion de bougainvillées. Au centre, un immense figuier, noueux comme le poing d'un vieux pêcheur. Une table et des chaises en bois brut étaient disposées à l'ombre de son feuillage. En s'approchant, Sara aperçut un service à thé et plusieurs petites assiettes en céramique contenant des figues fraîches, des pistaches, des dattes, des abricots secs, ainsi que des petits gâteaux au miel. Un assortiment qui n'aurait pas déparé dans le salon d'une vieille dame anglaise.

Islam lui désigna une chaise, s'assit à sa gauche et versa du thé à la menthe dans deux petits verres. Un parfum de citron frais flottait dans l'air. Quelque part au faîte du figuier, un oiseau lança une trille, puis tout redevint silencieux.

« Servez-vous, je vous prie, dit le jeune homme avec un geste d'invite.

— Cet endroit est très agréable, fit-elle en regardant autour d'elle. C'est là que vous travaillez ?

— Vous n'avez pas faim ? Je vous assure que tout est parfaitement frais. »

Sara prit une gorgée de thé, posa son verre et sourit. « Islam, qu'est-ce que je fais ici ?

— Vous êtes aussi directe qu'un homme.

— Et c'est mal ? »

Il secoua la tête. « Ce n'était qu'une observation. La chose n'est pas courante.

— Êtes-vous gêné d'être assis là, avec moi ?

— Je devrais l'être ? »

Elle le regarda longuement, d'un air énigmatique.

« Vous êtes l'émissaire d'El Ghadan, reprit-il enfin.

— Encore une chose peu courante.

— Sans précédent, dirons-nous.

— Hélas, j'ignore ce qu'implique d'être l'émissaire d'El Ghadan.

— Cela signifie que vous êtes son bras droit. Vous ordonnez, j'obéis. »

Elle le dévisagea quelques secondes. « Serais-je tombée dans le terrier du lapin blanc ? »

Il fronça les sourcils. « Je vous demande pardon ? »

Sara changea de sujet. « Je vois que vous n'avez pas d'armes.

— Ici, pas besoin. » Il écarta les bras. « Nous sommes au cœur d'une forteresse. »

Enfin un truc concret, songea-t-elle. « Donc, je suis censée prendre une décision, c'est cela ? »

Il découvrit ses dents. « Exactement. » Puis il enfourna une datte dont le goût parut lui plaire énormément.

« Une décision à votre sujet ? Dois-je vous interroger ?

— Oh, non. » Il éclata de rire. « Pourtant, j'avoue que cela ne me déplairait pas. »

Tu me connais mal, songea Sara. « Alors qui ? »

Islam choisit un minuscule gâteau au miel. « "Interroger" n'est pas forcément le terme exact.

— Éclairez-moi.

— Tout dépendra de votre opinion sur nos invitées. »

Elle fut légèrement décontenancée. « Des invitées ? Ici ?

— Oui.

— Ces personnes sont dans l'entrepôt, je suppose. »

Il acquiesça d'un signe de tête.

« Vous pouvez m'en dire plus ? »

Il mit le gâteau dans sa bouche et lécha ses doigts collants de miel. « Imaginez que vous ayez un ennemi. Un ennemi impitoyable. Et maintenant, imaginez qu'on vous confie une mission extrêmement importante. Seulement voilà, ni vous ni les gens qui travaillent pour vous n'êtes en mesure de la mener à bien. »

Il choisit un abricot sec en forme de lobe d'oreille et en détacha la moitié d'un coup de dents. « Une situation très désagréable, n'est-ce pas ? » Il n'attendit pas la réponse. « Cette mission, une seule personne peut l'accomplir. Mais elle n'acceptera jamais.

Pourquoi ? Parce qu'il s'agit de votre ennemi, bien sûr. Et c'est bien embêtant. »

Islam engloutit le reste de l'abricot. « Soudain, une idée vous vient. Et si vous lui forciez la main ? Vous savez qu'il ne cédera ni devant la force ni sous la torture et qu'il vous rira au nez si jamais vous lui offrez de l'argent. Mais il a un point faible. Qui n'en a pas ? Donc vous cherchez la faille, vous la trouvez et vous l'exploitez de telle sorte qu'il n'ait d'autre choix que vous obéir. »

Il leva l'index. « Enfin, c'est ce que vous croyez au début mais, quelque temps plus tard, vous apprenez qu'il vous a grugé. Pour le suivre à la trace, vous lui aviez donné un portable avec un transpondeur GPS impossible à désactiver. Or, vos hommes s'aperçoivent tout à coup que le GPS envoie des signaux doubles. L'un s'est dissocié de l'autre et se dégrade rapidement, laissant paraître le vrai signal.

« Au lieu d'être, mettons, à Singapour où il était censé se préparer pour la fameuse mission, votre ennemi se balade quelque part en Afghanistan. Pourquoi ? Vous n'en savez rien. En tout cas, ce n'est bon ni pour vous ni pour la mission. Votre ennemi a trahi votre confiance. »

Tandis qu'il déroulait ce scénario « hypothétique », sa voix devenait de plus en plus tendue. Bientôt, la colère s'en mêla, donnant à ses paroles des accents menaçants. Sara voyait précisément où il voulait en venir et cela ne faisait qu'accroître son inquiétude vis-à-vis de Bourne.

Se gardant de manifester la moindre émotion, elle demanda : « Quel rapport avec vos invitées ?

— Elles sont le point faible. L'élément de pression.

— Qui est-ce ?

— Une femme et sa fille de deux ans. »

Un cri se forma dans les entrailles de Sara. Elle l'étouffa comme on éteint sous sa botte les flammèches d'un incendie.

D'une voix rauque et légèrement tremblante, elle dit : « Quel genre de décision suis-je censée prendre ? »

Islam s'étala paresseusement sur son siège, un petit gâteau au miel pincé entre deux doigts. « C'est à vous de décider si elles doivent vivre, articula-t-il en la fixant intensément. Ou mourir. »

47

Connaître la cible de Borz était une chose, savoir comment il comptait s'y prendre pour l'atteindre en était une autre. Si l'attaque devait avoir lieu au Singapour Thoroughbred Club, pourquoi El Ghadan avait-il organisé une telle mise en scène, pris autant de risques pour forcer Bourne à tuer le Président ? Qu'allait-il réellement se passer dans l'hippodrome et quel était le but de l'opération ? Borz visait-il une personne en particulier ou voulait-il s'en prendre au bâtiment lui-même en tant que symbole du consumérisme asiatique ? Toutes les versions étaient possibles.

Assis dans l'avion derrière le leader tchétchène, Bourne était plongé dans ses pensées, imaginant un scénario-catastrophe dans lequel le processus de paix engagé par le président Magnus était définitivement compromis, et le Proche-Orient encore une fois plongé dans la tourmente de la guerre. Il ne se rappelait que trop bien les suites désastreuses de l'assassinat d'Itzhak Rabin. Cet attentat avait tué dans l'œuf le seul espoir de rapprochement entre Israéliens et Palestiniens. Ensuite, le conflit avait repris de plus belle, avec son lot d'amertume, de vengeances et de haine, aucune des deux parties ne pouvant ni ne souhaitant dépasser les vieilles querelles. Résultat, la colonisation des territoires palestiniens s'était poursuivie, et l'OLP avait été supplantée par le Hamas, voire pire, les extrémistes tirant profit de chaque confiscation, de chaque meurtre perpétré par l'armée israélienne.

Borz était en grande conversation avec le pilote, un homme brun encore jeune avec un visage triangulaire, des yeux bleu vif et un collier de barbe. Borz le présenta sous le nom de Moussa Kadyrov. Bourne observa les mains de Moussa sur les commandes et, voyant qu'il connaissait son affaire, se leva pour rejoindre Aachir allongé à l'arrière, en travers de trois sièges.

« Comment te sens-tu ? »

Le jeune homme leva les yeux. « Je ne serais pas là sans toi.

— Je te retourne le compliment. »

Aachir sourit. « Le toubib m'a donné des cachets pour la migraine. Ne fais pas cette tête-là ! Je n'ai plus mal au crâne. À part ma bosse, tout va bien. » Il se releva et montra la place à côté de lui. « Viens t'asseoir, Youssouf.

— D'où tiens-tu ces histoires que les Tchétchènes écoutaient religieusement ?

— De mon père. Il nous les racontait quand on était petits. Plus c'était fantastique, plus j'aimais ça. » Il esquissa un sourire timide. « Je m'imaginais là-bas, dans ces contrées légendaires. J'aurais tellement voulu être un djinn et parler avec un serpent. Je me disais qu'un animal, fût-il un reptile, comprendrait peut-être ce que je ressentais. Mieux que les humains, en tout cas.

— Tu n'avais pas d'amis.

— Tu plaisantes ? La première fois que je suis tombé amoureux, j'ai su que je ne pourrais plus jamais m'approcher d'un garçon, même si j'en avais très envie. Mon secret devait rester *mon* secret.

— Jusqu'à ce que tu rencontres ton ami.

— Oui, de nombreuses années plus tard. Et même, à ce moment-là… » Il détourna les yeux. « Finalement, c'était une erreur. » Son regard revint sur Bourne. « Il est mort par ma faute.

— Tu as tourné la page. C'est comme ça qu'on devient adulte. »

Aachir prit un air pensif. « Je ne serai adulte que lorsque je rentrerai chez moi et que je reverrai mon père.

— Il a hâte de te retrouver, j'en suis sûr.

— Oui, c'est ce qu'on m'a dit. Mais il ignore qui je suis.

— En revanche, toi tu le connais bien, renchérit Bourne pour l'inciter à parler. Qu'est devenu l'homme qui racontait des histoires à ses enfants ?

— Le sionisme international, ce chien enragé, est passé par là. Et l'impérialisme américain aussi. »

L'expression "chien enragé" était connotée. Bourne reconnut la rhétorique du gouvernement de Téhéran. Ainsi donc Aachir et son père étaient iraniens. Cela expliquait pas mal de choses, en particulier pourquoi Aachir se distinguait tellement des troupes arabes de Faraj. En tant que minorité religieuse, les chiites perses adoptaient constamment une attitude défensive dans l'éternel conflit qui les opposait aux sunnites. Ce déséquilibre attisait leur combativité ; ils n'avaient de cesse que d'affronter leurs ennemis, et leurs ennemis étaient légion.

« Tu parles bien l'arabe yéménite pour un Perse, fit remarquer Bourne.

— Je sais m'adapter. Une qualité indispensable dans ma situation. Je connais plusieurs langues régionales. Laquelle veux-tu entendre ? Le tunisien, l'irakien, le saoudien, l'omanais – je sais même imiter le parler égyptien, il suffit de mettre un 'chhh' à la fin de chaque mot. »

Pendant quelques minutes, les deux hommes comparèrent leurs connaissances linguistiques en passant rapidement d'un dialecte à l'autre. Un échange qui laissa Aachir légèrement essoufflé. Il partit d'un petit rire.

« Tu vois, Youssouf, nous sommes comme deux grains de sable issus du même désert. Semblables et en même temps différents.

— Quand tu rentreras chez toi, ton père sera fier de tes victoires.

— Tant qu'il ne saura pas qui je suis vraiment.

— Je suppose qu'il ignore où tu te trouves.

— Il m'a longtemps cherché. » Aachir jeta un regard méfiant autour de lui. « Personne ici ne connaît mon vrai nom.

— Pas même Borz ? »

Aachir soupira. « *Surtout* pas lui. Il est si vénal qu'il me vendrait aussitôt à mon père. » Il regarda Bourne. « Tu ne veux pas savoir ? »

Bourne haussa les épaules. « Soit tu me le dis, soit tu t'abstiens. » Au fond de lui, Bourne criait victoire. Dès que le jeune homme avait commencé à lui faire ses confidences, il avait formé des soupçons sur sa véritable identité. À présent, plus aucun doute n'était permis : le chemin qu'il avait choisi d'emprunter le mènerait tout droit vers Soraya et Sonya dont il voyait luire le visage dans le lointain.

« Je sais que tu n'en parleras à personne, Youssouf. Je te fais confiance.

— Et je t'en remercie, Aachir. »

Le jeune homme se pencha et lui dit dans un murmure : « Mon nom de famille est Sefavid. Mes ancêtres ont régné sur l'Iran durant des siècles, à l'époque où la Perse figurait parmi les trois plus grandes puissances du monde musulman, après les Ottomans et les Moghols. Venus d'Azerbaïdjan, les fondateurs de notre dynastie étaient issus d'un ordre religieux sunnite soufi mais se sont convertis au chiisme duodécimain. Notre territoire s'étendait depuis l'Iran jusqu'à la Turquie en passant par l'Irak, l'Azerbaïdjan bien sûr, la Géorgie et l'Afghanistan. » Il ouvrit les mains dans un geste d'impuissance. « Et maintenant, regarde à quoi nous sommes réduits. Mon père étanche sa soif à ce puits d'amertume. C'est là qu'il puise sa foi, sa colère et sa cause. Il sème la mort et périra sans doute comme il aura vécu. C'est son destin.

— Mais ce n'est pas le tien, répondit Bourne.

— Je n'ai pas de destin. Je vais à la dérive, comme une feuille dans le courant.

— Tu ne peux pas continuer à vivre ainsi.

— Pourtant, toi, Youssouf, c'est ton lot quotidien.

— Fais ce que je dis, pas ce que je fais.

— Quel mal y a-t-il à cela ? Tu es un homme bien. Ton âme est pure, je le vois bien. Tu perçois des choses que nul autre ne comprend. Je pourrais faire pire que suivre ton exemple.

— Peut-être. Mais à un moment, chacun de nous doit trouver son propre chemin.

— Mais enfin, Youssouf, tu sais parfaitement que mon chemin ne mène nulle part. »

Avec ces derniers mots, Aachir finit de percer l'armure de Bourne et toucha l'endroit secret que personne n'avait encore réussi à atteindre.

*

Le soir tombait sur les rues animées de Singapour. Dès qu'il mit le pied sur le trottoir, Howard Anselm prit une profonde inspiration, ce qu'il n'avait pas fait une seule fois depuis Washington. Durant ce vol épuisant, il avait passé tout son temps à programmer les incontournables entretiens en tête-à-tête, les déjeuners avec la presse, à discuter au téléphone avec le personnel déjà sur place, dont les membres du Secret Service, à remanier l'agenda du sommet, répondre aux requêtes et autres récriminations des journalistes embarqués. Après une telle série d'épreuves, quoi d'étonnant à ce que le peu d'humanité qu'il possédait encore se retrouve enfoui six pieds sous terre ?

Quand Potus fut installé dans sa suite du Golden Palace Hotel, dont les fenêtres donnaient sur le fleuve qui serpentait au cœur de la cité, Anselm se dit qu'il était temps de souffler, ne serait-ce que quelques minutes. S'il ne s'extrayait pas immédiatement de cette montagne de responsabilités, il risquait de mourir étouffé.

Il prit l'une des limousines mises à la disposition de l'équipe présidentielle et roula en direction du quartier chinois. Il se gara juste avant d'y pénétrer et, muni du bout de papier qu'un agent du Secret Service lui avait remis à sa demande, fit le reste du chemin à pied.

Une foule compacte se pressait dans les rues de Chinatown. Anselm se fraya un chemin entre les étals aux couleurs criardes, les odeurs de nourriture et les cris fusant de toutes parts. L'échoppe qu'il recherchait se trouvait du côté des commerces alimentaires ouverts la nuit. Les confiseries présentées sur ses éventaires constituaient une couverture particulièrement bien choisie pour les activités qui se déroulaient dans sa discrète arrière-boutique.

Anselm avait besoin de lâcher prise, physiquement autant que moralement – mais les deux allaient de pair. C'est dans ce but qu'il avait demandé conseil à cet agent secret, lequel n'en était pas à son premier séjour ici. Dans la cité-État de Singapour, le service qu'il recherchait était compliqué à obtenir. Compliqué et dangereux. Notoirement drastique, leur législation punissait d'emprisonnement des infractions mineures comme le fait de jurer ou de cracher en public. Quant aux relations sexuelles tarifées, elles étaient strictement interdites. Mais il en fallait davantage pour effrayer Anselm quand il était la proie de ce type de démangeaison. Il n'avait rien à battre de Singapour et de ses lois débiles. Plus exactement, il n'avait rien à battre de tout ce qui n'était pas américain.

Il en était là de ses ruminations, oscillant entre rancœur et concupiscence, lorsqu'il tomba sur la fameuse échoppe. Il eut une seconde d'hésitation. Des sucreries de toutes formes et toutes couleurs étaient exposées sur plusieurs niveaux. Jamais il n'aurait imaginé pareille débauche. Anselm commençait à se demander ce qui l'attendait à l'intérieur.

L'agent avait inscrit Old Numby sur le bout de papier. En réalité, le propriétaire des lieux se nommait Nem-Pang mais personne ne l'avait jamais appelé ainsi. Anselm s'apprêtait à demander Old Numby quand son portable vibra. Ce n'était franchement pas le moment. Il l'aurait bien laissé au fond de sa poche mais cette vibration était associée à quelqu'un en particulier. C'était Finnerman qui cherchait à le joindre.

« Potus a un problème, démarra-t-il aussitôt. Autrement dit, nous avons un problème. »

La voix du sous-secrétaire à la Défense rendait un son creux, caractéristique des appels cryptés.

Anselm ferma les yeux, pris d'un léger vertige qu'il mit sur le compte du décalage horaire et du manque de sommeil. Il ne voulait pas entendre parler d'un nouveau problème, surtout pas maintenant. Mais avait-il le choix ?

« Quoi ? répondit-il.

— L'opposition a demandé l'ouverture d'une commission d'enquête au Sénat sur la viabilité du programme drone. »

Les paupières d'Anselm s'écartèrent, comme mues par un ressort ; il se mit aussitôt en état d'alerte. « Ils ont fait ça dans la nuit ? Mais pourquoi, bordel ?

— Les familles des gamins tués au cours de la frappe ont fait pression sur leurs représentants. Et bien sûr, ils ont bénéficié du soutien des gauchos, toujours les mêmes. Ça a fait l'effet d'une boule puante, Howard. L'odeur s'est répandue en quelques heures. Le Congrès a agi dans la précipitation. Et le pire c'est que les deux partis se sont mis d'accord pour exiger le démantèlement du programme.

— Potus a été lâché par son propre parti ? » C'était un cri du cœur, un hurlement de douleur et de rage.

« Certains éléments, oui.

— Quelle bande d'enfoirés. Potus leur fera payer...

— Ils paieront, Howard. D'où l'importance vitale de notre projet. La tenue du sommet doit être empêchée par un incident majeur, c'est notre unique porte de sortie. Potus rentrera au pays auréolé de gloire et cette ridicule histoire de drones tombera dans les oubliettes. Comme tu es sur place, c'est à toi de faire en sorte que personne ne nous mette des bâtons dans les roues. Kettle doit atteindre sa cible.

— Il l'atteindra, Marty. Compte sur moi. » Anselm fit un pas vers la terre promise. « Demain, tout se passera comme sur des roulettes, je te le garantis.

— Y a intérêt, répondit Finnerman. Sinon, Potus encaissera la plus humiliante des défaites et la guerre dont nous avons besoin n'aura pas lieu. »

Anselm coupa la communication et pénétra dans la confiserie où il fut accueilli par une violente bouffée de sucre, de miel et de ce truc que les Chinois mettent dans leurs bonbons. De la mélamine, sans doute, pensa-t-il amèrement.

Lorsqu'il se retrouva face au dénommé Old Numby, Anselm essaya de se ressaisir. Certes, les dernières nouvelles étaient affreusement inquiétantes, mais elles n'allaient quand même pas gâcher sa petite récréation. Old Numby avait un corps trapu, des yeux exorbités et des jambes tellement arquées qu'elles lui donnaient une démarche plus que chaloupée. En fait, il ressemblait à ces figurines qu'on trouve sur les tableaux de bord des voitures, en Amérique centrale, et qui branlent du chef à chaque cahot.

Pourtant, Old Numby n'avait rien d'un rigolo. C'était un homme d'affaires on ne peut plus rigoureux. Anselm prononça le mot de passe inscrit sur le papier. Old Numby évalua rapidement son nouveau client et dit : « Argent. Je veux voir argent. »

Anselm le lui montra.

Old Numby hocha la tête et le guida entre les montagnes de bonbons jusque dans un couloir obscur.

Quand ils s'arrêtèrent devant une porte cadenassée, Anselm demanda : « Vous avez quels genres d'articles, là-dedans ? »

Le sourire d'Old Numby dévoila une rangée de chicots couleur thé. « Tu veux quoi ? »

*

Borz remonta l'allée centrale de l'appareil. « On s'amuse bien, les mecs ? » Sans attendre de réponse, il fit signe à Bourne. « Allons-y, Youssouf. »

Bourne échangea un bref regard avec Aachir, se leva et suivit le Tchétchène qui repartait vers l'avant. Ils s'assirent côte à côte.

« Moins d'une heure avant l'atterrissage, dit Borz. Comment tu te sens ?

— Bien.

— Pas de séquelles de ta rencontre avec les Talibans ?

— Aucune.

— Et Aachir ? Il est en forme ? Je peux compter sur lui ?

— Absolument. Il a envie de se faire un nom. C'est sa manière à lui de devenir un homme.

— Une manière qui me plaît, dit Borz sur un ton approbateur. Et ses aptitudes ?

— Il apprend vite. »

Apparemment satisfait, Borz s'abîma dans la contemplation du siège devant lui. « Tu es déjà venu à Singapour ? demanda-t-il subitement.

— Plusieurs fois, oui. »

Borz hocha la tête. « On manque gravement de personnel. Du coup, j'ai embauché Moussa. Et comme c'est parti, ton aide me sera plus nécessaire que jamais.

— Je ferai ce que tu voudras, à condition que la paie soit correcte. »

Un sourire entendu s'étala sur le visage de Borz. « Que dirais-tu de 50 000 ?

— Livres, euros, francs suisses, dollars, yens ? Je ne prends ni les devises russes ni les chinoises. »

Borz ouvrit la main droite. Cinq diamants reposaient au creux de sa paume.

« Facile à transporter », dit Borz en regardant Bourne saisir l'une des pierres et la lever vers la lumière. « Tu t'y connais ?

— Celui-ci a trop de défauts. » Bourne lâcha le diamant et en prit un autre. « Et celui-là, c'est un zircon cubique. »

Borz le dévisagea. « Tu sais, Youssouf, je crois que tu as raté ta vocation. Avec tous tes talents tu aurais pu choisir un autre métier que sniper. C'est du gâchis.

— Je ne suis qu'un homme comme les autres.

— Ouais, et moi je suis un touriste. » Borz éclata de rire. « Des dollars américains, ça t'irait ?

— Va pour les dollars. »

Borz déplia un plan. « Même si tu connais Singapour comme ta poche, je suis sûr que tu n'as jamais mis les pieds ici. »

Le plan était en mauvais état mais il semblait complet. Ce n'était donc pas le système de drainage du Thoroughbred Club. À mieux y regarder, Bourne vit qu'il s'agissait d'un relevé architectural du club lui-même.

« Qu'est-ce que ça représente ? dit Bourne en jouant l'ignorance.

— Les tribunes du Singapore Thoroughbred Club, annonça Borz en pointant le doigt. Regarde ça. Sur le toit, tu vois les projecteurs qui servent durant les nocturnes. Des lampes au sodium toutes neuves. Ce qui se fait de mieux. Mais c'est du matériel fragile, il faut le vérifier sans arrêt. Voilà où nous intervenons. On va bricoler leur système d'éclairage… à notre façon. » Il se remit à rire.

« On ne restera que quatre minutes sur place. Ça suffira pour éliminer les vigiles, installer les explosifs et disparaître. Après quoi, je sors mon portable, j'appuie sur une touche et boum. »

Il donna une grande claque sur l'accoudoir de son siège. « On va faire péter le Thoroughbred Club au milieu d'une course, avec dans les tribunes le président des États-Unis, le Premier ministre israélien et le président de l'Autorité palestinienne. »

48

« MAIS D'ABORD, dit Islam, réglons un petit détail. »

Sara ne remarqua rien mais le jeune homme dut envoyer un signal quelconque car, soudain, la porte donnant sur le jardin intérieur s'ouvrit. Le djihadiste qui s'avança vers eux était aussi mince qu'Islam mais plus petit et coiffé d'un foulard qui ne laissait paraître que ses yeux. Au bout de son bras, une mallette en plastique qu'il déposa sur le sol, avant de faire demi-tour sans avoir prononcé un mot.

Islam ouvrit la mallette, retira l'ordinateur portable qu'elle contenait, l'alluma et y brancha un genre de clé USB légèrement creusée dans sa partie supérieure.

« Votre index droit, je vous prie. » Sara s'exécuta, Islam prit son doigt et le posa dans le creux. Des données biométriques étaient censées s'afficher à l'écran. « Eh bien, vous êtes vraiment une femme mystérieuse, dit-il en se redressant sur sa chaise. Vos empreintes ne sont répertoriées dans aucune base. »

Tu m'en diras tant, songea Sara en remerciant encore une fois le Mossad pour son ingéniosité. « Donc, tout repose sur la confiance.

— Nous ignorons qui vous êtes, si Ellie Thorson est ou pas votre vrai nom. Les deux éléments d'information que vous nous avez donnés sur le Mossad ont été confirmés l'un comme l'autre. Mais ça ne prouve rien. C'était peut-être des leurres, pour vous faire admettre au sein de l'équipe. »

Sara ne répondit pas. Elle savait qu'à partir de cet instant, tout ce qu'elle dirait serait mal interprété. Face à leurs soupçons grandissants, mieux valait ne rien faire à part respirer calmement et se détendre.

Il la regarda d'un air intrigué, puis ajouta : « Nous avons besoin d'une assurance. Quelque chose de concret, d'infalsifiable. »

Le moment était venu de se jeter à l'eau et d'obtenir de lui ce qu'elle voulait savoir. « Une chose que vous pourrez voir de vos propres yeux, je suppose.

— Oui.

— Je comprends. Je ferais pareil à votre place.

— Donc on est d'accord. »

Il allait pour se lever quand elle l'arrêta. « Pas tout à fait, Islam. » Elle attendit qu'il se rassoie. « Moi aussi j'ai besoin d'une assurance. »

Il se raidit. « Vous n'êtes pas en position de…

— Dites-moi, Islam. Suis-je une prisonnière potentielle ou une alliée potentielle ? Suis-je bête ? Je ne peux pas être une prisonnière puisque El Ghadan m'a désignée comme son émissaire. »

Islam fronça les sourcils. « Oui, en effet.

— Eh bien alors, j'attends votre assurance. »

Pour la première fois depuis qu'elle l'avait vu apparaître à la porte de l'agence, Islam se troubla. Il doutait. Comme s'il avait soudainement perdu le contrôle de la situation. Il n'aimait pas cela, de toute évidence, mais ne savait comment remédier au problème.

« Vous pourriez appeler El Ghadan », proposa-t-elle sur un ton assez aimable pour compenser l'affront contenu dans ses paroles. Elle devait à tout prix éviter qu'il s'énerve. « Mais c'est inutile, n'est-ce pas ? » En lui permettant de sauver la face, elle venait de modifier leur relation. À quel point ? Cela restait à déterminer.

Sans la quitter des yeux, il glissa une main dans la mallette et sortit un Sig Sauer qu'il posa sur la table. « C'est à vous de décider. »

Bien qu'elle l'attirât comme un aimant, Sara s'interdit de regarder l'arme.

« C'est pour moi ? demanda-t-elle.

— Oui, comme je le disais, la valeur de nos invitées a fortement diminué. »

Sara reçut un coup au cœur. Au prix d'un terrible effort, elle évacua Soraya et Sonya de ses pensées. « La femme et sa fille n'ont donc plus d'intérêt pour El Ghadan ?

— Il va falloir en décider.

— Et c'est donc à moi qu'il revient de le faire. »

Les yeux sombres d'Islam ne cillaient pas. « Prenez cette arme, Ellie. » Il se leva. « Prenez-la et je vous conduis vers elles. »

*

Bourne boucla sa ceinture. « Pourquoi tu fais ça ? »

Borz s'attacha lui aussi et se tourna vers Bourne en le regardant d'un air légèrement méprisant. « C'est pas tes oignons.

— Je suis un homme rationnel, pas un fanatique ni un idéologue. J'ai été clair là-dessus depuis le départ. Alors, je te repose la question. Pourquoi ?

— C'est du théâtre, Youssouf. Les actes de terrorisme ne sont rien d'autre. » Le train d'atterrissage hydraulique se déplia en gémissant. Les volets latéraux s'étendirent et s'inclinèrent.

« Cette réponse ne me suffit pas.

— Tu devras t'en contenter, Youssouf.

— Je suis en total désaccord. »

Borz le fixa intensément. Puis il sortit un pistolet. « Je pourrais te tuer sur-le-champ.

— Voilà que tu parles comme un fou, dit Bourne. Or, je sais que tu ne l'es pas. C'est l'argent ta raison de vivre. Tous tes actes sont motivés par l'appât du gain.

— La ferme ! »

L'avion toucha la piste, rebondit et se mit rouler. Il allait trop vite. Moussa freina à fond.

« Pour qui tu bosses ? Qui te paie pour organiser ce massacre ?

— La ferme, j'ai dit ! »

L'appareil qui avait fortement ralenti se dirigeait à présent vers le terminal de fret. Un employé portant une combinaison et un casque anti-bruit agitait en rythme son bâton lumineux pour le guider sur les derniers mètres.

Borz se tourna vers Bourne. « Qu'est-ce que ça peut te faire ?

— Quand je tue quelqu'un, j'ai besoin de savoir pourquoi.

— Incroyable ! Un sniper doté d'une conscience. Tu as vraiment besoin d'une raison pour tirer sur des mecs qui se trouvent à des centaines de mètres de toi ?

— D'habitude, je travaille pour mon propre compte. Et c'est comme ça que je fonctionne. Je ne gagne peut-être pas autant d'argent que toi mais au moins, je dors la nuit.

— Moi aussi, je dors.

— Écoute, Borz, si tu ne veux rien me dire, libre à toi. Mais ne compte pas sur moi. Je vais descendre de cet avion et m'en aller. »

Borz lui saisit le poignet. « Tu n'iras nulle part.

— Si tu veux absolument qu'on discute, range ce flingue. »

L'avion venait de s'arrêter. Moussa coupa les moteurs, le personnel au sol coinça des cales sous les roues et approcha la passerelle. La porte de l'appareil était ouverte mais personne ne bougeait. Les hommes n'avaient même pas débouclé leur ceinture, comme s'ils attendaient que le chef donne le signal. Or, le chef ne se levait pas. Il avait une autre préoccupation : le bras de fer mental qui l'opposait à Youssouf.

Jugeant qu'il avait résisté assez longtemps pour sauver les apparences, Borz remit le pistolet dans son étui. Comment espérait-il passer les contrôles avec ? C'était une autre histoire.

« Si tu veux que je reste, reprit Bourne d'une voix posée mais lourde de menaces, c'est que tu as besoin de moi. Et si tu as besoin de moi, tu dois négocier. »

Borz haussa les épaules, comme si cette discussion le lassait. « Qu'y a-t-il à négocier ?

— Je veux 100 000.

— Tu peux toujours rêver.

— Alors, je pars.

— Je vais te dénoncer aux autorités de Singapour.

— Au risque de griller ta couverture ? Je ne crois pas. » Bourne regardait par le hublot. « La nuit est magnifique, Borz. On pourrait descendre de cet avion et en profiter un peu, non ? »

*

À peine Anselm eut-il regagné sa chambre d'hôtel, après avoir soulagé sa démangeaison de toutes les manières possibles et imaginables – dont une ou deux totalement inédites pour lui – qu'il entendit frapper. Perché sur son petit nuage post-coïtal, il avait réussi à décrocher son téléphone pour appeler le service d'étage, mais se sentait trop bien pour aller ouvrir. Il avait l'impression de faire un de ces rêves érotiques dont on ne veut pas émerger. Sauf que ce n'est pas un rêve, pensa-t-il.

On frappa de nouveau, avec plus d'insistance. Anselm finit par se lever.

« Potus, dit laconiquement l'agent du Secret Service posté sur le seuil. Maintenant. »

Anselm étouffa un juron, traversa le couloir en chaussettes et entra sans frapper dans l'immense suite présidentielle.

Potus se retourna. « Ah, te voilà, Howard. » Il avait passé de longues minutes à contempler les lumières de la ville, faute de pouvoir admirer les étoiles effacées par les néons multicolores.

« Où est Camilla ? demanda Potus. Je t'ai dit que je voulais la voir. »

Anselm constata non sans inquiétude qu'un petit filet de sueur coulait le long de ses côtes. « Camilla est ici sous couverture, Bill. Je croyais avoir été clair.

— Et moi je t'ai dit que je m'en fichais. » Il agita les bras. « Nous sommes à l'autre bout du monde, pour l'amour du ciel, Howard. Qu'est-ce qui pourrait arriver ?

— Bill, dois-je vous rappeler que le président des États-Unis transporte le monde avec lui où qu'il aille ? »

Comme chaque fois que Potus devait affronter la réalité loin des projecteurs, il devint tout gris et la peau de son visage se rida instantanément. En bref, il prit cinq ans d'un coup. S'éloignant de la fenêtre, il s'avachit dans un fauteuil en velours et entreprit de se frotter les joues.

« Seigneur, Howard, que dois-je faire ? » Il leva les yeux vers son chef de cabinet. « J'ai besoin de la voir, de la toucher, de… » Il secoua la tête. « Elle m'obsède. »

Le calvaire que semblait vivre son ami acheva de dissiper le nuage rose sur lequel Anselm flottait encore cinq minutes auparavant. « Très bien. » Il s'assit face à Potus et, chose exceptionnelle, passa au tutoiement. « Tu veux que je te dise ? Demain, il y a une heure de battement entre les épreuves. Tu disposeras de la moitié de ce temps avant d'apparaître dans la loge présidentielle. Je te conduirai jusqu'à elle. » Anselm leva un doigt impérieux. « Maintenant, tu vas m'écouter, Bill. Camilla sera en plein travail ; tu ne devras pas interférer. Sinon, elle perdra sa couverture et ça, on ne peut pas se le permettre. »

Magnus cligna les yeux. « Trente minutes, c'est insuffisant.

— Il faudra t'en contenter. Le président de Singapour ne tolérera aucun retard.

— Au fait, il s'appelle comment, ce type ? »

Cette question leur déclencha un fou rire. Anselm se leva pour aller se verser deux doigts de bourbon – le préféré de Magnus – et vida son verre d'un seul trait. Avant que le feu de l'alcool n'atteigne son estomac, il se retourna.

« Bill…

— Non, non. » Magnus l'arrêta d'un geste. « J'ai lu l'ordre de mission. Je sais précisément ce qui attend Camilla demain. » Il soupira. « Fais de ton mieux, Howard. » Il se leva, marcha vers son chef de cabinet et lui serra l'épaule. « Mais je ne m'inquiète pas. Tu fais toujours de ton mieux. »

49

« ISLAM, dit Sara, depuis combien de temps êtes-vous cloîtré ici, avec les invitées d'El Ghadan ?
— Des jours et des jours », répondit évasivement le jeune djihadiste.

Sara pencha la tête. « Ce doit être dur pour vous qui êtes un homme d'action. »

Le silence régnait dans la cour. Le soleil avait baissé, l'oiseau s'était envolé ; aucun vent n'agitait plus les feuilles du figuier. Le sol qui cuisait sous les derniers rayons semblait absorber tous les bruits. Seule la poussière demeurait, formant des motifs paresseux dans l'air du soir.

« Tout est dur pour les gens comme nous, répliqua Islam.

— Bien sûr. Sinon, vous n'auriez pas de raison d'être. »

Il lui lança un regard cinglant, mais c'était peut-être à cause du soleil qui l'éblouissait. Puis il tapota le pistolet posé entre les assiettes.

« Le moment est venu. »

Sara laissa passer deux secondes, prit le SIG et retira le chargeur. Il était vide. La chambre également.

Le sourire d'Islam évoquait une ligne tracée dans le sable. « Vous saviez qu'il n'était pas chargé.

— Je ne suis pas stupide.

— Vous allez quand même devoir prendre une décision au sujet de nos invitées. »

Elle hocha la tête. « Allons-y. »

Ils rentrèrent dans le bâtiment et longèrent le couloir moquetté jusqu'à une porte métallique munie d'un lecteur où Islam glissa une carte magnétique. La porte s'ouvrit dans un soupir, comme si l'espace au-delà avait été hermétiquement scellé. Ils s'engagèrent dans un autre couloir, beaucoup moins luxueux que le précédent, et passèrent devant des portes marquées TOILETTES et DOUCHES en arabe et en anglais.

Ils s'arrêtèrent au bout, devant une porte verrouillée. « C'est là », dit-il en tournant la clef. Quand il voulut entrer, elle le retint par le bras.

« J'entre seule, Islam, dit-elle en soutenant son regard. C'est comme ça et pas autrement. »

Il ne chercha pas à discuter, ce qui signifiait que la pièce était surveillée par des caméras ou des micros ou les deux.

« Quand vous aurez fini, cognez, on vous ouvrira. »

Elle entra, la porte se referma derrière elle, et se rouvrit dix minutes plus tard, après qu'elle eut cogné dessus pour sortir.

Islam lui posa aussitôt la question. « Alors ? Qu'avez-vous décidé ? »

Elle sentait son regard inquisiteur posé sur elle, aussi se garda-t-elle d'exprimer la moindre émotion. Pourtant, le moment qu'elle venait de passer avec Soraya, et surtout Sonya qu'elle ne connaissait pas, l'avait profondément bouleversée. Le mot courage lui semblait trop faible pour elles. Juste avant de ressortir, elle avait été prise d'un accès de haine contre El Ghadan et Islam. Elle en aurait presque oublié qu'elle était en mission. Par bonheur, elle s'était ressaisie à temps.

« Vous n'aurez qu'à demander à El Ghadan, lâcha-t-elle. C'est à lui d'abord que je dois parler. » Puis elle fit volte-face et s'éloigna à grands pas, Islam trottinant derrière elle.

*

Camilla consulta l'écran de son portable. C'était un appel de Hunter. Elle se trouvait au beau milieu des écuries, entre Ohrent et les chevaux qui martelaient le sol de leurs sabots, et elle n'avait aucune envie de décrocher. Partir au bout du monde permettait de clarifier les choses bien mieux qu'en restant le nez collé dessus.

« Les chevaux sont agités, dit-elle.

— Toujours avant une course. » Ohrent posa la main sur la crinière de Jessuetta. « Ils sont impatients d'entrer en piste. » Il tordit la bouche. « Tant mieux. C'est le contraire qui serait inquiétant. »

Il s'éloigna pour rejoindre Camilla qui contemplait le ciel de nuit depuis le seuil du bâtiment. Des lumières diffuses diapraient l'horizon comme une aurore boréale.

« C'est magnifique, dit-elle à mi-voix.

— Un soir comme un autre, à Singapour. » Derrière eux, un cheval se manifesta en reniflant ; d'autres lui firent écho. On entendit une croupe cogner contre la cloison d'une stalle.

« Qu'allez-vous faire ? » ajouta-t-il dans un murmure.

Camilla sortit son portable. « J'ai décidé de vous faire confiance. »

Au lieu de répondre aussitôt, il attendit qu'elle développe. C'était cette patience, cette décontraction qu'elle admirait chez lui depuis le départ.

Elle fit monter à l'écran l'ordre d'exécution émanant du bureau de Finnerman, ainsi que la photo de Kettle.

« Tiens, tiens, une gâchette du DOD, commenta Ohrent.

— Il y a mieux », dit-elle en lançant l'enregistrement de la conversation secrète entre Finnerman et Anselm.

Ohrent mit ses mains dans les poches arrière de son jean. « Je pense que vous venez de répondre à ma question. » Il passa d'un pied sur l'autre. « Venez chez moi, je pense que ça vaut mieux. » Quand elle se tourna vers lui, il ajouta : « Vous ne serez en sécurité nulle part ailleurs.

— Je n'irai ni chez vous ni à mon hôtel. » Elle secoua la tête. « Vous croyez qu'avec vous, tout s'arrangera ? Détrompez-vous. Je suis radioactive et je le resterai jusqu'à ce que cette histoire se termine. Il n'est pas question que je vous implique dans…

— Camilla, je suis déjà impliqué. Et sachez qu'un vieux bonhomme grincheux comme moi ne se laissera pas dicter sa conduite par une jeune pouliche comme vous. » Ses yeux se plissèrent. « Je vous emmène.

— J'ai dit…

— Tout doux. Je suis d'accord, vous êtes radioactive, et pas qu'un peu. Donc, on n'ira pas chez moi. Je connais un meilleur endroit. C'est à cinquante lieues au sud de nulle part.

— C'est-à-dire ?

— C'est-à-dire qu'ils n'iront jamais fourrer leur nez là-bas. » Son sourire était incroyablement rassurant. « Vous pourrez dormir sur vos deux oreilles, ce qui ne sera pas un luxe étant donné que vous avez l'air exténuée. »

En effet, elle n'en pouvait plus. Elle marchait à l'adrénaline depuis pas mal de temps, et maintenant elle en subissait les conséquences. « Entendu, dit-elle en lui rendant son sourire. Je me remets entre vos mains providentielles.

— J'aime mieux cela. Bon, je vous conduis, et après, je vous laisse. »

Elle fronça les sourcils. « Pour aller où ?

— Moi ? » Ohrent la guida vers le parking, derrière des écuries. « Je vais trouver ce tueur et lui régler son compte. »

*

Entre le départ de Rebeka et le retour d'Islam, Soraya eut le temps d'estimer la situation et de conclure que tout n'était pas perdu pour elle et sa fille. C'était un genre de scénario qu'elle connaissait par cœur pour y avoir été trop souvent confrontée du temps où elle travaillait pour la Compagnie, et Treadstone en particulier. Plus les jours passaient, plus leurs chances de survie diminuaient. D'un autre côté, elle savait que Jason remuait ciel et terre pour les libérer mais, bien qu'elle eût fréquemment assisté à ses exploits dans le passé, Soraya n'était pas du tout sûre qu'il puisse réussir cette fois-ci.

On ne peut pas gagner à tous les coups, se disait-elle. Il y a toujours quelqu'un de plus fort, de mieux préparé, et surtout de plus malin que soi. Jason n'avait jamais rencontré un tel adversaire mais, d'après la loi des probabilités, ce n'était qu'une question de temps. El Ghadan était le djihadiste le plus redoutable du moment ; il disposait de troupes innombrables postées dans les endroits les plus reculés de la planète. Il avait donc toutes les cartes en main.

Les idées noires qui s'accumulaient en elle depuis des jours au risque de l'étouffer s'étaient dissipées en un clin d'œil dès qu'elle avait vu Rebeka apparaître sur le seuil de leur cellule. Si le pape en personne s'était présenté en soutane blanche, avec crucifix et encensoirs, Soraya n'aurait pas été plus stupéfaite.

Elle avait croisé Rebeka à plusieurs reprises, au fil des ans – c'était Aaron qui les avait présentées. Soraya s'était doutée qu'elle utilisait une fausse identité mais elle s'en fichait. Un agent de renseignement avait tout intérêt à rester incognito, ne serait-ce que pour le bien des personnes qu'il ou elle fréquentait. Soraya l'avait immédiatement perçue comme quelqu'un de bien. Et voilà qu'à présent, sans qu'on sache pourquoi ni comment, cette femme se proposait de l'aider. Était-elle envoyée par Jason ? Peut-être. C'était un point de détail ; l'essentiel tenait dans la question : Rebeka avait-elle le pouvoir de les libérer ? En l'état actuel des choses, Soraya lui aurait volontiers confié Sonya, quitte à sacrifier sa propre liberté.

Sentant monter une crise d'angoisse, elle ferma les yeux et se força à respirer lentement. Quand elle eut suffisamment travaillé son souffle pour accéder au *prana*, elle entendit une clé tourner dans la serrure. Islam entra, muni de l'habituelle caméra et du journal du jour. D'un geste mécanique, Soraya prit Sonya sur ses genoux.

Durant la prise de vue, son esprit continua d'errer dans les limbes. Pour elle, ces séances quotidiennes constituaient une violation réitérée de son intimité.

Quand ce fut terminé, Islam glissa le journal sous son bras et, sans prévenir, retira son foulard. Il avait un beau visage anguleux, un nez proéminent, bien dessiné. Soraya sursauta. Les bienfaits de la méditation s'envolèrent aussitôt. Elle était passée en une seconde de la sérénité à la panique pure et simple.

Ce brusque dévoilement présageait le pire. Leurs ravisseurs avaient décidé de se débarrasser d'elles. Sinon, pourquoi Islam prendrait-il le risque d'être identifié ?

Jamais elles ne sortiraient de cette prison. On allait les tuer.

50

BOURNE PASSA LA NUIT QUELQUE PART à l'extérieur de Singapour. Borz avait conduit son équipe dans un entrepôt désaffecté mais qui servait encore de temps à autre, d'où la présence de caisses en bois stockées au rez-de-chaussée. Sous les combles, auxquels on accédait par un escalier en colimaçon, des dortoirs étaient aménagés, pouvant accueillir une cinquantaine de personnes. Un espace bien trop vaste pour le peu qu'ils étaient. Mais pourquoi Borz a-t-il recruté tant de monde en Syrie ? se demanda Bourne. Il avait beau réfléchir, rien n'expliquait un tel sureffectif. D'autant plus que, dans une ville comme Singapour où tout était si étroitement réglementé, un petit contingent valait mieux qu'un grand. Cela dit, rien n'était clair dans le plan imaginé par El Ghadan – et que l'équipe de Borz était censée exécuter.

Bourne n'arrivait pas à dormir. Il se leva sur la pointe des pieds et passa d'une pièce à l'autre. Quand il fut assez loin, il sortit le portable d'El Ghadan et fit monter les vidéos qu'il avait ratées pendant son séjour au Waziristan et en Afghanistan. Soraya et Sonya sont vivantes, constata-t-il avec soulagement. Et bien traitées, visiblement, encore que Soraya semblait avoir maigri. Les cernes qui soulignaient ses yeux en disaient long sur son état psychologique. Mais ç'aurait pu être pire.

Il trouva également un message codé envoyé par Sara. Son cœur s'affola. Elle le prévenait qu'El Ghadan avait trouvé le faux signal GPS que Deron avait greffé sur le vrai. Il savait donc que Bourne l'avait trahi.

« Tu cherches quelque chose ? » Moussa, le pilote, sortit de la pénombre, clope au bec. Il ne la retirait jamais, même pour parler.

« De l'air, répondit Bourne.

— Tu n'en trouveras pas ici, dit-il en crachant un nuage de fumée. Il paraît que tu as sauvé la vie du patron – deux fois.

— Une question de chance. J'étais au bon endroit au bon moment.

— Quand même… » Moussa prit une bouffée, aspira et souffla. « On te doit tous une fière chandelle, Youssouf. »

Bourne le remercia d'un signe de tête. « Tu connais Singapour ? »

Moussa haussa les épaules. Il avait une carrure de déménageur et, malgré sa désinvolture, on le sentait sûr de lui. C'était un homme tranquille, se sachant capable de régler tous les problèmes, mécaniques comme électroniques, susceptibles d'affecter son avion. « Pas aussi bien que la Tchétchénie. Mais un peu, oui. Suffisamment.

— Suffisamment pour quoi ? insista Bourne.

— Pour faire le boulot. »

Il n'en dira pas plus, pensa Bourne en lui souhaitant bonne nuit.

Un peu plus tard, il sortit de l'entrepôt et resta sur le seuil, à contempler la rue. Il n'y avait pas grand-chose à voir. Juste d'autres hangars dont les formes massives s'imprimaient en noir sur le ciel multicolore de Singapour.

Bourne était parvenu au centre de la toile tissée par El Ghadan et Borz, mais il errait encore dans les ténèbres. Les choses qu'il avait vues et celles qu'on lui avait racontées ne s'ajustaient pas entre elles. Un élément avait dû lui échapper – et un élément essentiel, connaissant ces deux individus. En fait, personne ne disait la vérité dans cette histoire, et lui encore moins que les autres.

Il entendit la porte s'ouvrir derrière lui, mais ne se retourna pas, même quand Aachir le rejoignit.

« Tu devrais dormir, dit Bourne.

— Et toi, Youssouf, tu n'as pas besoin de sommeil ?

— Moins que toi. »

Il était minuit. Le portable d'El Ghadan bourdonna. Bourne leva le doigt et s'éloigna. Après qu'il eut visionné la nouvelle preuve de vie, une voix retentit dans l'appareil.

« Où êtes-vous ? demanda El Ghadan.

— Vous savez où je suis. Il est minuit à Singapour.

— Oui, je sais. »

El Ghadan garda le silence assez longtemps pour que Bourne s'affole. Il n'allait quand même pas arriver malheur à Soraya et à sa fille, alors même qu'il touchait au but.

« Vous avez trouvé votre expert en explosifs ? reprit enfin El Ghadan.

— Non. Enfin, aucun qui me convienne.

— À Damas ? C'est bizarre.

— Vous ignorez mes critères.

— Comment allez-vous remplir votre part du marché ?

— Je n'ai pas dit que je renonçais. Je suis allé jusqu'en Afghanistan pour obtenir la réponse.

— Et vous l'avez obtenue.

— Oui. Mais à présent je suis à Singapour, El Ghadan. Et ici, il faut savoir se montrer discret.

— Dites-moi comment… ?

— Le comment, j'en fais mon affaire. La chose se passera au Thoroughbred Club, demain, pendant les courses. Il y sera.

— Vous avez repéré les lieux ?

— Je le ferai dans la matinée, c'est prévu. La sécurité investira les tribunes quelques heures avant le début des épreuves. À ce moment-là, je saurai où il sera assis.

— Et pour entrer, comment ferez-vous ?

— Je serai avec les électriciens de la société de maintenance.

— Vous avez pensé à tout. »

Bourne jeta un coup d'œil discret vers l'endroit où il avait laissé Aachir. « Comment vont-elles ?

— Vous avez vu la vidéo.

— Oui, mais je veux savoir si… »

Il parlait dans le vide. El Ghadan avait raccroché. Bourne rangea le téléphone et alla retrouver Aachir. La sécurité de Soraya et de sa fille le préoccupait toujours autant. El Ghadan l'avait-il cru quand il avait prétendu que son détour par l'Afghanistan avait servi à mettre au point l'assassinat du Président américain ? Comment le savoir ? En tout cas, grâce au message de Sara, il avait eu le temps d'inventer une histoire qui tenait debout. L'essentiel étant qu'El Ghadan le croie déterminé à remplir sa part du marché ; dans le cas contraire, il ordonnerait l'exécution des deux otages.

« Au cas où ça t'intéresserait, je vais bien », lui lança Aachir.

Bourne l'examina d'un œil critique. « Je ne te crois pas.

— Écoute, Youssouf, je ne veux pas rester sur la touche. »

Bourne nota une tension dans la voix du jeune homme. « C'est peu probable, sachant qui est ton père. »

Il semblait nerveux, comme un animal reniflant la trace d'un prédateur. « Tu ne vas pas le contacter, n'est-ce pas ? Tu ne vas pas lui dire où je suis.

— Pourquoi ferais-je une chose pareille ? »

Ses yeux écarquillés rappelèrent à Bourne l'expression hallucinée qu'il avait déjà remarquée sur certains cadavres, comme s'ils étaient morts de stupeur.

« Mon père s'est lancé à mes trousses dès l'instant où j'ai quitté le foyer familial. Comme tu peux l'imaginer, échapper à ses hommes n'a pas été chose facile.

— En te cachant à la vue de tous, tu as fait preuve d'intelligence. Ton père n'aurait jamais pensé à te chercher dans l'équipe d'Ivan Borz. »

C'était un compliment, et pourtant, Aachir poursuivit sur un ton montrant qu'il se méfiait encore. « Il te paierait une fortune si tu me livrais.

— Qu'ai-je à faire d'une fortune ? De toute façon, certaines choses ne sont pas à vendre. »

Aachir se pencha vers lui, comme attiré par une force magnétique. « Vraiment ?

— Vraiment. Trop de gens ont déjà abusé de toi. »

Aachir ouvrit la bouche pour répondre, mais s'en découvrit incapable. Juste avant qu'il se détourne, Bourne lut sur son visage qu'il était soulagé d'un énorme fardeau.

La nuit était calme, le vent avait renoncé à sa course folle. L'air humide et chaud pesait comme un édredon sur la ville. Sans répit.

« Parle-moi de lui, reprit Bourne.

— De mon père ?

— Oui.

— Je déteste le prénom qu'il s'est choisi étant jeune : Mohamed. » Un faible sourire joua sur les lèvres d'Aachir. « Ses parents l'avaient prénommé Samir. Samir Sefavid. » En soupirant, Aachir s'adossa contre le mur de l'entrepôt. « De lui, je n'ai que des bribes de souvenirs – en fait, je le voyais peu. Les rares fois où il venait à la maison, il était terriblement sévère. J'imagine qu'il se sentait coupable à cause de ses absences.

— Que faisait-il quand il n'était pas avec vous ?

— À ton avis ? Il se faisait bourrer le crâne par les djihadistes, et après, il allait s'entraîner au maniement des armes et des explosifs. Il prétendait que son maître était Al Mourad – Aachir haussa les épaules – mais ça reste à confirmer. J'ai l'impression que mon père est allergique à la vérité. Comme Al Mourad, il entretient une aura de mystère autour de lui ; il se drape dans les mythes et les légendes pour impressionner le commun des mortels. "De la frayeur vient l'obéissance", rabâchait-il jusqu'à l'écœurement.

— Je suppose qu'il était comme ça avec toi aussi. »

Aachir hocha la tête. « Quand j'étais tout petit et qu'il nous faisait encore la grâce de sa présence, je me rappelle qu'il me racontait des histoires. Il disait qu'il était un djinn et qu'il lui suffisait d'ouvrir les bras pour s'envoler au-dessus du désert. Bien sûr, je le suppliais de m'emmener avec lui. Mais il me répondait "Il faut d'abord que tu grandisses un peu". Et le lendemain matin, il était parti.

« À l'adolescence, bien sûr, j'ai découvert la vérité. Contrairement aux djinns qui sont de bons génies, mon père était un assassin mû par la haine. Il avait appris à tuer et ne cessait d'affûter ses talents. La mort et lui ne faisaient qu'un, il était son homme-lige. Crois-moi, je l'ai vu de mes propres yeux.

« Souvent, je le suivais au lieu d'aller en cours. J'ai assisté à son changement, j'ai entendu les discours de propagande, les paroles odieuses, pleines de fiel : les Juifs étaient des démons nourris, vêtus et armés par le Grand Diable américain. Mais je sentais bien que sous cette rhétorique, sous ce galimatias pseudo religieux, se cachait une peur atroce. Pas la peur des Israéliens ou des Américains. Non, la peur que l'Islam ne résiste pas au temps qui passe. Notre religion a du mal à s'adapter à la modernité. Quand ils voient que la tradition se délite un peu partout, les musulmans qui partagent les opinions de mon père se sentent agressés dans leur foi. Pour eux, c'est intolérable, et leur seule solution consiste à tuer les infidèles. Mais on ne tue pas le temps aussi facilement que les gens. Le temps continue à s'écouler inexorablement. »

Aachir secoua la tête comme pour s'extraire de son passé. « Toujours est-il qu'à chaque nouveau meurtre, la réputation de mon père grandissait un peu plus. Et puis, un jour, il est passé à la vitesse supérieure en éliminant tous ceux qui lui barraient la route. C'est à cette période qu'il a pris son nom de guerre : El Ghadan. »

51

« ELLES SONT TOUJOURS EN VIE, DIT EL GHADAN. Vous ne les avez pas tuées.

— Je ne suis pas une meurtrière, répondit Sara. Je ne suis pas une djihadiste. Donner la mort n'entre pas dans mon domaine de compétence. Pour cela, vous avez Islam et ses semblables. »

Le SUV d'El Ghadan glissait comme un requin le long de la Corniche de Doha. Le gris sombre de la bande de bitume incurvée formait un puissant contraste avec le bleu scintillant de l'eau. Sara trouvait curieux qu'un homme du désert recherche autant la proximité de la mer.

El Ghadan s'empara du portable posé sur la banquette. « Donc, il faut que je l'appelle. »

Sara savait que la suite des événements dépendait de sa capacité à rester calme et à suivre la tactique qu'elle s'était fixée. « Vous m'avez envoyée là-bas en tant qu'émissaire. Je devais effectuer une évaluation.

— Prendre une décision, corrigea-t-il d'un ton sévère.

— Une décision se base sur des certitudes. »

Il leva la main, pouce en l'air, comme un empereur romain face à un gladiateur. « Vivre. » Puis il inversa son geste. « Ou mourir.

— En l'occurrence, je n'en avais aucune. »

Il pinça les lèvres. « Expliquez-vous.

— Soraya Moore est une vieille amie de Jason Bourne. Ils étaient très proches, elle a sans doute des choses à raconter. »

Il grommela. « Les personnes qui forment l'entourage de Bourne – et il en reste fort peu – sont d'une absolue loyauté envers lui. Elle ne le trahira jamais. »

Sara se doutait qu'il répondrait ainsi. « Vous oubliez la petite fille. Soraya ferait n'importe quoi pour sauver son enfant. »

Le visage d'El Ghadan s'assombrit. « C'est ce que vous lui avez promis ?

— Je ne lui ai rien promis. J'ai simplement évoqué la possibilité d'un marché.

— Vous n'auriez pas dû. »

Sara se pencha et dit au chauffeur : « Arrêtez-moi là, s'il vous plaît. »

El Ghadan eut un geste d'agacement. « Qu'est-ce que ça veut dire ?

— Je veux descendre de cette voiture. Je viens de réaliser que nous ne sommes absolument pas sur la même longueur d'onde. »

Elle ouvrit la portière alors même que le véhicule roulait encore. El Ghadan se pencha de côté pour saisir la poignée et la tirer violemment vers lui.

« Décidément, vous ne comprenez rien, s'énerva-t-elle. Ce n'est pas juste une question d'argent.

— C'est une question de quoi, alors ? De philosophie ?

— Vous n'accordez aucune valeur à la vie, El Ghadan. Pour vous, donner la mort est un acte anodin. Un enfant de deux ans… c'est inconcevable !

— Un enfant ? J'en ai vu mourir des centaines, sous les balles, sous les coups, déchiquetés par des missiles lâchés par des drones. En Syrie, on tire dans le ventre des femmes enceintes.

— Et vous trouvez que c'est un exemple à suivre. Vous ne valez pas mieux.

— Il y a beaucoup de gens qui…

— Peu importe. Moi, ce qui m'intéresse, c'est la femme et l'enfant que vous détenez.

— Elles ne me sont plus utiles. Je vous l'ai déjà dit.

— Et je vous réponds qu'elles le sont encore. Je me fiche de ce que Bourne a pu faire ou pas faire. En revanche, j'aimerais bien savoir ce que cette femme est prête à donner pour sauver son enfant. »

El Ghadan regarda droit devant lui. « Vous essayez de m'embrouiller. »

Sara touchait au but mais, à la moindre erreur, tout pouvait encore capoter, par exemple si elle laissait transparaître une quelconque émotion. Elle s'efforça donc de garder un ton neutre, presque administratif. « Vous êtes un marchand d'armes mais vous faites aussi dans le trafic de renseignements, n'est-ce pas ?

— Certes », admit-il non sans réticence. Il n'aimait pas le tour que prenait cette conversation.

« Alors, dites-moi, qu'y a-t-il de mieux que des renseignements sur l'homme le plus énigmatique au monde ? »

Sara s'interrompit un instant, ne voulant pas survendre son raisonnement. « Écoutez, personne ne sait rien sur Jason Bourne, ou si peu. Or, vous avez à votre disposition une femme qui le connaît très bien et que vous pouvez contraindre à parler. » Elle laissa passer encore quelques secondes, le temps que sa proposition s'ancre dans la tête d'El Ghadan. « Ça ne vaudrait pas le coup de surseoir à leur exécution ? »

*

Bourne avait perçu un léger trémolo dans la voix d'Aachir. « Mais ton père n'est pas le problème principal, n'est-ce pas ?

— Eh bien, oui et non. »

Bourne attendit patiemment.

Le vent s'était levé. Une brise qui soufflait de l'est et apportait avec elle des milliers d'odeurs. Certaines venaient des quartiers modernes, d'autres de la Singapour d'autrefois, la ville où Sir Stamford Raffles avait planté l'Union Jack en 1819, faisant d'elle la plaque tournante du commerce entre l'Orient et l'Occident. Il fallait fouiner un peu mais il arrivait qu'on en retrouve certains vestiges, par-ci par-là. Et pourtant, la métropole de verre et d'acier progressait inexorablement, recouvrant tout sur son passage et à une vitesse affolante.

« J'avais un frère, reprit Aachir, sur un ton proche du murmure. Le fils d'une des maîtresses de mon père. Et il en avait beaucoup, tu peux me croire. C'était un besoin chez lui. Il ignore ce qu'est l'amour.

— Et ta mère ?

— Il fallait bien qu'il ait une épouse légitime, non ? »

On le sentait assailli par des sentiments tels que l'amertume, la colère ou la culpabilité, mais au fond de lui, il y avait encore autre chose. Son père lui faisait horreur, et pourtant, il cherchait sa reconnaissance. Bourne était pleinement conscient du terrible conflit qu'Aachir avait à résoudre, et il espérait pouvoir l'aider à trouver la clé.

« Je ne comprenais pas qu'elle ait accepté ce mariage. Je la détestais à cause de cela. Mais s'il l'avait choisie, c'était justement pour sa soumission. Elle avait été élevée dans la tradition, ne connaissait rien du monde moderne, contrairement aux Iraniennes d'aujourd'hui qui sont de plus en plus nombreuses à vouloir s'émanciper.

— Et cet enfant – ton demi-frère.

— *Lui.* » Aachir prit une voix lugubre comme s'il parlait d'un être diabolique. « Mon père l'aimait tendrement. Il le couvrait d'attentions… » Il s'interrompit, gagné par l'émotion. Une larme tremblait à la pointe de son menton. « Je ne veux pas en parler.

— Est-il encore de ce monde ? demanda Bourne pour l'inciter à se confier davantage.

— Il a été tué à l'âge de huit ans. » Aachir s'essuya les joues d'un geste rageur comme s'il avait honte de ce qu'il prenait pour de la faiblesse. « Une frappe aérienne. Les Américains. Ils sont tous morts, mon frère, sa mère, sa famille. Mon père était anéanti. Il a passé des semaines enfermé dans son bureau. Il ne sortait même pas pour manger. Ma mère déposait un plateau devant sa porte trois fois par jour. Parfois il le prenait mais, le plus souvent, il restait à la même place jusqu'à ce que ma mère l'enlève en pleurant toutes les larmes de son corps. Et moi, pour ne pas gâcher, je mangeais ce qu'elle avait préparé pour lui. »

Aachir respirait vite, comme s'il venait de courir un cent mètres. Bourne le prit par l'épaule et le ramena à l'intérieur.

« Allez, on va dormir. Il est grand temps. »

*

En attendant qu'El Ghadan se décide, Sara regardait au-delà des vitres fumées du SUV. Elle pensait à Soraya et à sa fille.

Quand elle était entrée dans la cellule, Soraya lui racontait une histoire. Sara s'était bien gardée de l'interrompre et Soraya de manifester sa surprise de la voir apparaître comme une créature mythique sortie d'un conte persan.

Sachant que Sara connaissait une dizaine de langues dont le farsi, l'arabe, le français et l'hébreu, Soraya choisit de la saluer en français. Sara en conclut qu'aucun des djihadistes ne le parlait.

« L'histoire de Dinarzade m'a tout de suite inspirée[1] *»*, avait ajouté Sara en guise de préambule. Une idée venait de surgir dans son cerveau enfiévré. Rien ne garantissait qu'elle fonctionnerait mais, en cet instant, c'était la seule dont elle disposait.

Soraya s'étant coulée dans le personnage de Dinarzade, Sara allait devenir sa sœur Shéhérazade. Et lorsqu'elle retrouverait El Ghadan, soi-disant pour lui transmettre les révélations de son otage, elle lui servirait une histoire assez longue et passionnante pour le tenir en haleine quelques jours, le temps que Jason mette en œuvre son propre plan. Mais quel était ce plan ? Elle n'en savait rien et cette ignorance la minait plus que tout. Si la segmentation n'avait pas été sa seconde nature, elle n'aurait sans doute pas su maîtriser son angoisse. Elle choisit donc de se concentrer sur le rôle qu'elle s'était attribué. Sous le coup d'une sentence de mort prononcée par le roi Shahryar, Shéhérazade avait si bien charmé le monarque de ses contes fantastiques qu'il avait reporté son exécution d'un jour sur l'autre, jusqu'à ce que, mille et une nuits plus tard, il tombe amoureux d'elle et renonce à ses funestes desseins.

Maintenant, à l'instar de la rusée Shéhérazade qui faisait monter le suspense juste avant l'aube pour que Shahryar lui demande de reprendre son récit le lendemain soir, il lui restait à inventer une histoire assez passionnante pour le tenir en haleine le temps qu'il faudrait.

---

1. En français dans le texte.

Tout reposait sur sa capacité à le convaincre de jouer le jeu. Pour cela, elle devrait lui fournir au compte-goutte des infos suffisamment alléchantes. Mais, à supposer qu'elle y parvienne, le sursis ne durerait pas éternellement. Il fallait juste espérer que Jason trouve rapidement une solution définitive à la situation dans laquelle il se débattait actuellement. Car lui seul était en mesure de les sauver.

*

« Très bien, dit El Ghadan. Je vous écoute.

— Non », répliqua Sara. Elle devait se montrer ferme. S'il détectait en elle la moindre faiblesse, il risquait de mettre un terme à la conversation. « J'ai besoin d'entendre de votre bouche qu'elles vivront si mes renseignements vous satisfont.

— Je leur accorderai vingt-quatre heures supplémentaires. Bon, allez-y.

— Premièrement, Jason Bourne est un nom d'emprunt. »

El Ghadan parut surpris. « Mais alors, comment s'appelle-t-il ?

— Soraya l'ignore. Et, d'après elle, personne ne le sait.

— Si, il y a forcément quelqu'un qui…

— Peut-être, mais elle n'a jamais croisé cet oiseau rare. » Elle le regarda d'un air interrogateur. « Dois-je poursuivre ? »

Il acquiesça d'un geste de la main.

« Le vrai Jason Bourne travaillait pour les renseignements militaires américains – c'était un traître qui a payé son crime de sa vie. Quand l'actuel Bourne a été recruté par le programme Treadstone, on lui a donné son identité.

— Pourquoi ?

— Pour brouiller les pistes. Vous vous souvenez de Carlos ?

— Le célèbre terroriste ? grommela El Ghadan. Qui ne s'en souvient pas ?

— La première mission de Bourne consistait à débusquer Carlos et à le tuer.

— Il a réussi ? Je n'ai jamais vraiment su comment Carlos était mort.

— Bourne a rempli ses engagements. C'était le seul à pouvoir le faire. »

Les yeux d'El Ghadan se perdirent un instant dans le vague. « J'ai entendu des choses épouvantables sur le programme d'endoctrinement Treadstone, dit-il en revenant brusquement vers elle. Dites-m'en davantage.

— Ce programme était tellement hors normes qu'il a fini par être interdit.

— Je veux des détails, Ellie. Je veux savoir ce dont Bourne est capable.

— Demain. »

El Ghadan la fusilla du regard. Puis il se fendit d'un grand sourire. « C'est donc ainsi que les choses vont se passer. » Il agita un doigt accusateur. « Je vois ce que vous avez en tête. Et j'accepte de jouer le jeu, mais ne poussez pas trop loin le bouchon. » Il se rembrunit. « Suis-je clair ?

— Parfaitement. »

Le SUV s'arrêta. Sans ajouter un mot, Sara ouvrit la portière et sortit sous le ciel étoilé de Doha.

*

Peu après avoir déposé Camilla dans la maison sûre dont il lui avait parlé, Ohrent se rendit dans le quartier Kampong Glam, à la périphérie duquel se dressait une petite mosquée peu engageante, parmi les plus anciennes de Singapour. Son entrée principale était condamnée, ce qui ne sembla pas l'étonner. Il passa sur le côté gauche de l'édifice et s'arrêta devant une petite porte à peine visible depuis la rue. Elle était en bois sculpté de motifs aussi travaillés que le mur lui-même.

Il frappa quatre coups, attendit, et frappa encore deux coups. Le battant pivota sur ses gonds, laissant apparaître une silhouette encapuchonnée noyée dans la pénombre du vestibule.

Ohrent se déchaussa, plongea ses mains dans un bol en terre posé au creux d'une niche, le mystérieux portier lui tendit une fine serviette et s'éclipsa aussitôt après.

Le couloir partait vers la gauche et longeait la salle principale où six ou sept fidèles étaient en train de prier, le front posé sur des tapis. Ohrent jeta un coup d'œil sur eux en passant.

Ensuite, il bifurqua vers la droite et entra dans une pièce située dans le prolongement de la salle. Il vit un lit étroit, deux lampes posées de chaque côté, et une petite table en bois où un homme grand, mince et légèrement voûté se tenait penché, absorbé par son travail. Sur la table, une loupe montée sur pied et une lampe de joaillier projetant un rectangle de lumière sur ses mains habiles.

L'homme se retourna en entendant son pas.

« Salut Kettle, dit Ohrent. Bien installé ? »

52

La mission Black Queen m'a au moins appris une chose, songeait Camilla. Ne jamais faire confiance à personne. Pour cela, elle n'avait pas eu besoin des conseils de Hunter – envers qui elle éprouvait des sentiments divers et confus. Donc, même si Ohrent lui avait fait bonne impression, elle était trop échaudée par ses récentes expériences pour lui accorder un blanc-seing.

Immédiatement après son départ, elle sortit son portable, transféra les deux pièces jointes sur le téléphone qu'elle avait acheté quelques heures auparavant, et les envoya depuis ce même appareil sur le numéro privé de Potus.

Un instant plus tard, comme un rémora derrière un requin, elle suivait Ohrent à travers les ruelles de la vieille ville. En chemin, elle balança son portable neuf au fond d'une poubelle. Elle ignorait où cette filature la mènerait et pourquoi elle l'avait entreprise – elle avait juste besoin de savoir si Ohrent était sincère ou pas, ne serait-ce que pour sa propre tranquillité d'esprit.

La réponse ne se fit guère attendre. Soudain, elle vit Ohrent entrer dans une mosquée par une porte latérale. Elle nota le nombre et le rythme des coups sur la porte. Mais avant de lui emboîter le pas, elle devait régler quelques détails vestimentaires. Elle portait son jean préféré et, par chance, au lieu d'un débardeur, une fine chemise en lin dont elle avait retroussé les manches.

Pour compléter sa tenue, elle sortit un foulard de son sac. Elle l'avait joint à ses bagages dans l'intention de visiter certaines mosquées singapouriennes qui, disait-on, valaient le détour. Elle s'en couvrit la tête et frappa à la porte comme Ohrent l'avait fait deux minutes avant elle.

On lui ouvrit. En entrant, elle commença par ôter ses chaussures et se laver les mains. Puis elle s'engagea au hasard dans le couloir jouxtant la salle de prière.

Un ton au-dessus des psalmodies, elle perçut rapidement deux voix masculines dont l'une ressemblait beaucoup à celle d'Ohrent. Prenant sur la droite, elle s'approcha sur la pointe de ses pieds nus. En effet, c'était bien Ohrent et son accent inimitable. L'autre voix ne lui disait rien.

« J'ai reçu des ordres et je les exécuterai. C'est pourtant simple. »

La voix d'Ohrent s'éleva. « On est à Singapour, Kettle. Ici, rien n'est simple.

— Ne tourne pas autour du pot, Jimmy. On se connaît depuis trop longtemps pour s'amuser à ça.

— Je me fiche de ta cible principale. Mais la fille...

— C'est pas vrai ! Elle t'a déjà mis dans sa poche ? » Kettle ricana. « Bon sang, Jimmy, tu pourrais être son père – voire son grand-père dans certains pays.

— Elle est spéciale, Kettle, s'obstina Ohrent. N'y touche pas, je t'en prie.

— Tu sais que ça m'est impossible.

— Je te le demande comme à un ami.

— Et comme à un ami je te réponds qu'une mission est une chose sacrée. Nul ne peut y déroger.

— Bien sûr que si. Dans certaines situations...

— Jimmy, si tu veux vraiment m'arrêter il faudra me tuer. Mais tu ne le feras pas. Tu es trop vieux et on se connaît trop bien. Laisse tomber, Jimmy. Suis mon conseil. Rentre chez toi et oublie que je suis ici. »

Camilla sentit une main glacée lui broyer les entrailles. Elle avait bien fait de le suivre, collée au mur du couloir. Comme un personnage de Kafka, elle se savait condamnée, quoi qu'elle fît pour échapper à la sentence.

Trempée de sueur, elle tentait de s'approcher un peu plus quand elle sentit un regard braqué sur son dos. Elle tourna la tête si vivement que ses vertèbres craquèrent.

Cachée dans un coin sombre, une fillette de quatre ou cinq ans l'observait avec curiosité. D'abord, Camilla s'étonna de voir une enfant de cet âge éveillée à une heure aussi tardive, puis elle se rappela que les imams et leurs familles logeaient souvent à l'intérieur des mosquées.

Craignant qu'elle ne trahisse sa présence, Camilla lui intima le silence en posant un doigt sur ses lèvres. Un signe universel auquel l'enfant répondit par un petit sourire ; après quoi, elle imita son geste et son sourire devint radieux.

Malgré la peur, Camilla sentit ses lèvres s'ourler d'elles-mêmes. Comment aurait-elle pu résister à ce charmant visage, à ces grands yeux sombres qui la regardaient avec une telle candeur ? Un ange tombé du ciel, une incarnation de la pureté, de l'amour. Camilla fut touchée au cœur. Un afflux d'énergie la traversa de part en part. C'était comme si une ampoule s'était allumée dans sa tête, comme si cette enfant à elle seule avait réussi à dissiper les nuées d'orage qui l'aveuglaient depuis une bonne semaine. Tout à coup, elle voyait clairement qui elle était, ce qu'elle aimait et ce qu'elle détestait.

Depuis quand était-elle ainsi, embourbée dans l'hypocrisie, la vénalité, le cynisme ? Avait-elle été infectée une nuit pendant son sommeil ou le mal avait-il progressé lentement si bien qu'elle n'avait rien remarqué – ou rien voulu remarquer – jusqu'à ce jour ? Quelle que fût la réponse, elle devait à tout prix chasser ce démon au risque de succomber à ses ruses, ou pire, d'en devenir l'un des suppôts. C'était une question de vie ou de mort.

Le surgissement de l'innocence au milieu du cloaque de son existence ne pouvait être qu'un signe du destin. Elle en était certaine. Comme elle était certaine de ce qu'elle voulait à présent. Elle voulait retrouver sa propre innocence à travers l'enfant qu'elle aurait un jour et à qui elle donnerait tout ce qui lui avait été refusé.

Camilla remit un doigt sur ses lèvres. La gamine l'imita. Puis elle éclata de rire. Camilla fit volte-face, courut vers la sortie, renfila ses chaussures et s'enfuit à toutes jambes dans la touffeur de la nuit.

*

Le président Magnus se leva dès l'aube. En fait, il n'avait pas fermé l'œil. Ce n'était pas faute d'avoir essayé mais, chaque fois, il s'était retrouvé face à la pendule lumineuse posée sur sa table de chevet, le regard braqué sur les chiffres qui défilaient avec une lenteur exaspérante.

C'était Camilla qui l'empêchait de dormir – Camilla à califourchon sur lui, Camilla prenant sa grosse queue entre ses lèvres, Camilla nue sous les plis du drapeau américain. Admettant sa défaite, il avait fini par quitter son lit, enfiler une robe de chambre et passer dans le salon. Après quoi, il s'était affalé dans le canapé pour lire. D'abord, il avait ouvert une biographie de Lyndon Johnson, puis le dernier numéro de *Foreign Affairs*. Mais les lettres dansaient devant ses yeux. Il ne comprenait rien. Alors, il s'était remis à gamberger. Il aurait pu penser à quelqu'un d'autre. À Charlie par exemple. Elle aussi posait problème. Mais non. Charlie était Charlie. C'était encore une enfant. Dans quelques années, voire quelques mois, elle changerait d'opinion, par elle-même ou par l'entremise d'autrui. Ainsi va le monde. En revanche, Camilla…

Magnus faisait partie de ces gens qui, ayant jeté leur dévolu sur une personne ou une idée, s'y accrochent bec et ongles, quoi qu'on fasse pour les en dissuader. Camilla par exemple. Il l'avait voulue à ses côtés dès que son regard s'était posé sur elle. En lui offrant le poste qu'elle convoitait, il s'était donc fait plaisir tout en préservant les apparences. Ensuite, ayant entendu dire qu'elle restait au bureau jusqu'à deux ou trois heures du matin, il avait décidé de passer à l'étape suivante. Son attirance pour elle était donc antérieure au fameux déjeuner en tête à tête qui, selon Anselm et Finnerman, avait tout déclenché.

Mais non, c'est archi-faux, se corrigea Magnus, planté à côté d'une fenêtre tendue de lourds rideaux. Il n'avait pas eu envie de la baiser dès leur premier entretien. C'était venu plus tard. En plus, le terme baiser était totalement inapproprié. Il ressentait de l'amour pour elle. Le vrai, le grand amour. Jamais dans sa vie il n'avait aimé une femme à ce point. Il était prêt à tuer pour la protéger. De cela, il était sûr à présent, aussi sûr que le sommeil était indispensable à la santé.

Du même coup, il mesurait la bêtise qu'il avait faite en acceptant de lui confier l'opération Black Queen. Il lui avait fallu du temps mais, à présent, il comprenait pourquoi Anselm et Finnerman tenaient tellement à l'envoyer sur le terrain. Ils la considéraient comme un danger. Ils s'étaient concertés dans le but de l'éloigner de Washington. Mais dans ce cas, pourquoi l'avoir expédiée dans une ville où lui-même devait se rendre ? Ça n'avait aucun sens. Quelque chose lui échappait. Mais quoi ?

La clarté rose de l'aurore semblait jaillir des valves entrouvertes d'un coquillage. Le Président se passa une main tremblante dans les cheveux et constata non sans effroi qu'ils étaient gluants de sueur. Une idée lui vint, mais cette idée était tellement insoutenable qu'il eut du mal à la regarder en face. Et pourtant, elle tombait sous le sens. Mieux encore, elle cadrait parfaitement avec le scénario. Un politicien de sa trempe ne pouvait qu'admirer une telle audace. Mais non, c'était trop choquant.

Il s'éloigna de la fenêtre et retourna s'asseoir dans le canapé où il avait passé la dernière partie de la nuit à feuilleter les rapports de renseignement ultrasecrets qu'on lui délivrait chaque jour. À cause de la distance et du décalage horaire, il ne les avait reçus qu'à minuit. D'habitude, Anselm se chargeait du premier tri pour lui épargner une lecture parfois fastidieuse, et lui dégager le temps nécessaire aux tâches purement présidentielles.

Cette organisation du travail n'était pas totalement dépourvue d'intérêt pratique. En revanche, il désapprouvait absolument qu'elle ait servi à lui cacher les diverses rumeurs concernant le sommet pour la paix et son échec attendu. Il s'agissait là d'un acte malveillant doublé d'un camouflet personnel. Et pour couronner le tout, il avait lu dans un autre document que son propre parti s'élevait contre le programme drone. Dieu Tout-Puissant, se dit Potus, quelle autre catastrophe Anselm lui avait-il tue ?

La réponse ne fut pas longue à arriver. Quelques minutes plus tard, reconnaissant la tonalité indiquant l'arrivée d'un mail sur son téléphone privé, il traversa la pièce jusqu'au buffet où l'appareil était posé. Le message provenait d'un correspondant anonyme. Magnus s'apprêtait à le supprimer quand il eut une étrange intuition. Après tout, son compte de messagerie était muni d'un pare-feu extrêmement efficace qui ne laissait jamais passer aucun pourriel.

Le mail ne contenait pas de texte, mais son mystérieux expéditeur y avait joint deux fichiers. Le premier, un document estampillé département de la Défense, service du sous-secrétaire Finnerman, était un ordre de mission destiné à un dénommé Kettle. L'homme, un tueur à la solde de Finnerman, était chargé de se rendre à Singapour pour procéder à l'élimination de Jason Bourne.

Piqué par la curiosité, Magnus ouvrit la deuxième pièce attachée, un fichier audio, et fut extrêmement surpris d'entendre Anselm et Finnerman discuter d'un ajout officieux à la mission clandestine dévolue à Kettle. Quand Anselm prononça le nom de Camilla en tant que deuxième cible du tueur, il faillit péter un câble. En quelques secondes, sa fureur retomba à un niveau acceptable. Mais sous le calme apparent brûlait un feu vengeur qui ne s'éteindrait pas de sitôt. Le Président avait beaucoup de choses à faire et en très peu de temps.

Pour commencer, il passa une série d'appels et distribua ses ordres à qui de droit. Après quoi, incapable d'attendre un instant de plus, il traversa le salon en serrant les poings et ouvrit la porte.

« Dans une heure, vous réveillerez mon chef de cabinet, ordonna-t-il à l'agent du Secret Service qui faisait le poireau dans le couloir. Allez chercher ma porte-parole. Et commandez un petit déjeuner pour trois. »

53

La première chose que fit Camilla en regagnant la maison où Ohrent l'abritait fut de composer le numéro de Hunter sur son portable. Comme si elle attendait son appel, Hunter répondit aussitôt.

« C'est toi », dit-elle, légèrement essoufflée.

La connaissant, Camilla devina qu'elle était sous le coup d'une vive émotion.

« J'avais peur que tu ne rappelles pas, ajouta-t-elle, fébrile.

— J'ai besoin de toute ton attention, Hunter. Il s'est passé une chose à laquelle tu ne t'attendais pas.

— Quoi donc ? articula Hunter, la gorge nouée.

— J'ai lu l'ordre de mission que vous avez rédigé, Terrier et toi. »

Il y eut un bref silence durant lequel Camilla eut le temps d'imaginer les pensées qui traversaient l'esprit de son interlocutrice.

« Et alors ? finit par lâcher Hunter.

— Il faut que tu quittes la Laiterie.

— Mais bon Dieu, Cam.

— Quitte la Laiterie, quitte Washington, quitte le pays.

— Tu ne vas pas nous trahir, n'est-ce pas ? Tu ne peux pas… Tout ce qu'on te demande c'est de ne rien faire, de ne pas t'en mêler, de laisser s'accomplir ce qui doit s'accomplir. Est-ce si terrible ?

— Tu entends ce que tu dis, Hunter ? Bon, maintenant, écoute-moi bien. Je suis ici pour protéger le Président et je n'ai pas l'intention de me défiler. Je ne tuerai personne pour toi. Je ne laisserai rien s'accomplir, comme tu le dis si bien. » Sa voix grimpa dans les aigus. « Hunter, je te demande de t'en aller, tout de suite.

— Et puis quoi ? Tu veux que je balance Terrier sous un bus ?

— C'est précisément ce qu'il te fera dès l'instant où il se retrouvera en garde à vue.

— Tu ne peux pas…

— C'est ta seule chance. Saisis-la. »

Il y eut encore un silence, aussi tendu que la corde d'un arc.

« Cam, je ne peux pas. Je suis convaincue que notre action va dans le bon sens. Que c'est la seule façon d'arrêter…

— Je suis désolée, Hunter. Vraiment. »

Elle raccrocha avant que la conversation vire au sentimental et lui échappe. Pour l'instant, elle ne se sentait pas la force de gérer ses problèmes de cœur en plus du reste. Elle devait agir en fonction d'un événement grave dont elle avait été témoin et en tirer les conséquences : Hunter et Terrier étaient des fanatiques conspirant contre le Président. À cette fin, elle appela Tony Levinson, un cadre du Secret Service qu'elle avait elle-même recruté et en qui elle plaçait sa confiance. Elle lui exposa le problème, répondit à ses questions du mieux qu'elle put, et conclut en ces termes : « Arrêtez-les sur-le-champ. » Puis elle raccrocha.

Dans un premier temps, Camilla ressentit juste un grand vide, comme si un gouffre venait de s'ouvrir en elle. Puis, brusquement, la tempête éclata. Elle se mit à pleurer, à sangloter comme lorsqu'elle était bébé, dans les bras de sa mère. Mais dès qu'elle avait commencé à grandir, sa mère lui avait appris à ne jamais montrer ses émotions. « Pleurer rend faible, disait-elle. Et dans un monde d'hommes, une femme ne doit pas paraître faible. » Pourtant, même le barrage le plus solide finit un jour par se fissurer. Camilla versa d'un coup toutes les larmes qu'elle avait si longtemps retenues, et ne s'arrêta qu'une fois le réservoir vide.

Elle était morte de fatigue. Une partie d'elle-même rêvait d'aller s'étendre sous les couvertures et de dormir en continu pendant une semaine. Mais bien sûr, elle ne pouvait pas ; ce n'était pas son genre. Alors, elle se versa un verre d'alcool qu'elle contempla sans le boire. Ça non plus, ce n'était pas son genre. L'arôme du whisky, le poids du cristal entre ses doigts suffirent à la réconforter. Ils lui rappelèrent des temps meilleurs, plus sereins.

Quand le ciel se teinta de gris et de rose, elle entendit une clef tourner dans la serrure de la porte d'entrée. Le whisky finit au fond de l'évier. Ohrent referma doucement derrière lui. « Vous avez bien dormi ? demanda-t-il en pénétrant dans la cuisine.

— Comme un bébé, répondit-elle en imitant le sourire qu'elle avait vu un jour fendre la gueule d'un crocodile.

— Je suis prêt à parier que vous mourez de faim. » Ohrent ne semblait pas remarquer son visage bouffi. « Mais attention, ne mangez pas trop ; il ne faut pas prendre de poids, d'accord ? »

Camilla hésita. « Et Kettle ? Vous l'avez trouvé ?

— Ne vous inquiétez pas pour cela. » Ohrent frappa dans ses mains. « Allez, dépêchons. On nous attend au club dans deux heures. Pas question d'être en retard pour la course. »

*

« Entre, Howard, lança gaiement Potus en voyant Anselm s'encadrer sur le pas de sa porte. Quel plaisir de te voir au saut du lit. »

Les cheveux en bataille, Anselm s'évertuait à nouer la ceinture du peignoir fourni par le Golden Palace, comme l'attestait l'écusson bleu outremer brodé sur la poche de poitrine. « C'est un grand jour pour nous, Bill. »

Anselm s'arrêta net en apercevant Marie Engle, la porte-parole de la Maison-Blanche, lui sourire depuis le canapé placé face à celui de Potus. Une desserte sur roulettes était garée à la gauche de Magnus.

Anselm salua Engle, puis se tourna vers son patron. « Nous retrouvons le président palestinien et le Premier ministre israélien au Thoroughbred Club dans deux heures.

— Oh, c'est vrai. Mais que cela ne nous empêche pas de manger un morceau. Viens donc t'asseoir, Howard. » Magnus tapota le coussin près de lui. « Mets-toi à ton aise et rompons le pain comme de bons amis. »

Anselm s'exécuta. Sur la table basse, étaient disposées des assiettes chargées de fruits frais, de toasts, d'œufs durs, mais aussi des tasses et des verres de jus d'orange. Le tout pour trois personnes.

Potus lui versa du café. Engle était déjà servie ; elle tenait sa tasse à deux mains. Anselm nota qu'ils étaient seuls tous les trois ; le personnel de service et les agents de sécurité brillaient par leur absence. Bizarre, décidément.

« Crois-le ou pas, ce café est tout bonnement délicieux, s'exclama Potus sur le ton jovial qu'il réservait aux journalistes. Il vient de Bali, paraît-il. J'ignorais que les Balinais cultivaient le café. Tu vas voir, il réveillerait un mort. Tiens. »

Potus lui tendit sa tasse, et pendant qu'Anselm la portait à ses lèvres, lui demanda : « Tu savais que j'adorais les romans de John Le Carré ?

— Non, monsieur, je n'étais pas au courant. » Anselm leva les sourcils. « Wouah, il est fort. »

Anselm voulut prendre le pot à lait mais Potus l'arrêta d'un geste. « Fais-moi confiance, il est bien meilleur noir. » Et, dans un clin d'œil, il ajouta : « Ça fait de vous un homme. »

Anselm obtempéra, prit une autre gorgée et fit la grimace.

Potus se cala au fond de son canapé et croisa une jambe sur l'autre, comme s'il déjeunait entre amis après avoir fait la fête toute la nuit avec eux. Il sirota encore un peu de café et renchérit : « Tu savais que Le Carré était un nom de plume ?

— Je pense avoir lu ça quelque part.

— C'est marrant, non ? » Potus regarda Anselm par-dessus le bord de sa tasse. « En réalité, il s'appelle Cornwell. David Cornwell. » Encore une gorgée. Les deux hommes ne se quittaient pas des yeux. « Il se trouve que son père était un escroc. Eh oui. Incroyable, non ? Ce qui a incité le fils à changer de nom, j'imagine. Il semble que Cornwell père ait été arrêté, jugé, condamné et jeté au fond d'une geôle. C'est bien le terme qu'on employait autrefois pour dire prison, n'est-ce pas Howard ? »

Anselm, dont le teint cireux attestait le désarroi, réfléchit deux secondes avant de répondre. « Oui. » Et de s'éclaircir la gorge. « Oui, je crois que oui.

— Je le savais ! » brailla Potus comme un enfant découvrant ses cadeaux sous le sapin, au matin de Noël. L'instant d'après, son ton changea du tout au tout. « Quand avais-tu l'intention de me dire que le programme drone était remis en question ?

— La situation est sous contrôle, Bill. Je m'en occupe.

— Euh, euh. Comme tu t'es occupé de ça ? » Il souleva le couvercle d'un plat posé sur la desserte et saisit la feuille de papier cachée dessous. C'était une copie de l'ordre de mission de Kettle. Il la lança avec une telle précision qu'elle décrivit un arc de cercle et atterrit sur les genoux d'Anselm.

Ce dernier y jeta un œil, puis détourna la tête comme s'il s'agissait d'un serpent venimeux.

« Lis, Howard, dit Potus sur un ton tranchant comme un sabre de marine. Lis jusqu'au bout.

— Monsieur, je...

— Howard, appelle Finnerman. Cette tâche te revient puisque vous êtes copains comme cochons. Dis-lui de désactiver son dingo, enfin tu vois ce que je veux dire. Je ne sais pas comment ces couillons de la Défense appellent les snipers, de nos jours.

— Dinger, monsieur, articula Anselm d'une voix aussi blême que son teint. Un dingo c'est un chien sauvage.

— Dans ce cas, je préfère dingo. » Il montra les dents. « Exécution, Howard. Mais tu veux peut-être que je m'en charge ?

— Bill...

— Je te retire le droit de m'appeler par mon prénom.

— Monsieur, vous commettez une grave erreur. Si le dinger n'élimine pas Bourne...

— Ma sécurité rapprochée est en alerte rouge. Ils s'occuperont de Bourne.

— Eh bien, tant mieux. Cependant, à mon humble avis, ils n'arrivent pas à la cheville de Kettle.

— Arrête tes conneries, Howard. » Magnus le menaça d'un index rageur. « Tu me caches encore quelque chose. Cette clause additionnelle que Finnerman et toi avez jointe au contrat de Kettle... »

Anselm déglutit. « Je... je ne vois pas de quoi il s'agit, monsieur. »

Potus appuya sur une touche de son portable et, à sa grande horreur, Anselm entendit sa propre voix répondre à celle de Finnerman.

Anselm ne maîtrisait plus ses yeux. Ils roulaient dans leurs orbites comme des boules de flipper. « Monsieur, je vous en supplie, laissez-moi vous expliquer. Nous tentions de vous protéger contre...

— Toutes tes explications ont dépassé la date de péremption, dit Potus sur un ton mielleux. Maintenant, tu vas faire exactement ce que je t'ai demandé. Rien ne plus, rien de moins. »

Anselm opina du bonnet, puis il plongea la main dans la poche de son peignoir, sortit son portable et pressa une touche de raccourci.

Potus l'observait entre ses paupières mi-closes. « Quoi ? Pas de réponse, Howard ? » Il claqua des doigts. « Oh, c'est vrai, j'oubliais. Le portable de Marty Finnerman a été confisqué, de même que ses ordinateurs, celui du boulot et celui qu'il a chez lui. » Aussi lentement que le soleil s'élève à l'horizon, un sourire apparut sur le visage de Potus. « Ton complice est actuellement en garde à vue, quelque part dans une cellule de confinement, et il répond aux questions de la Sécurité intérieure. Des gens que je ne connais pas. » Son sourire continuait de s'étaler comme du miel sur une tartine. « Cela dit, de toi à moi... en vrai, je les connais, mais tu sais ce que c'est... »

Il se frappa les cuisses du plat de la main et se leva. « À ton tour maintenant, Howard. »

Anselm haletait comme s'il ne restait plus une goutte d'oxygène dans la pièce. « Bon, d'accord, c'est moi qui ai eu l'idée de cette formation équestre. Pourquoi ? Pour qu'elle parte en stage à la Laiterie et suive les cours de Hunter Worth. Nous avions Hunter dans le collimateur et…

— Quand tu dis "nous", de qui tu parles exactement, Howard ? »

Anselm respira profondément et cracha : « De Gravenhurst. »

Potus hocha la tête. « Les Veilleurs. Mais dis-moi, Howard, qui veille sur les Veilleurs ? »

Préférant éluder la question, Anselm poursuivit sur sa lancée. « Hunter est une ennemie de l'intérieur. Elle travaillait avec quelqu'un et nous voulions savoir qui c'était. J'ai donc envoyé Camilla…

— C'est Terrier. »

Anselm eut un hoquet de surprise. « Quoi ?

— Camilla vient de me donner son nom. Le contact de Hunter c'est Vincent Terrier. » Magnus était à deux doigts d'exploser. « Le chouchou de Finnerman, pour l'amour du ciel ! »

Anselm était vert. « Je ne…

— La ferme, Howard. » Pour la première fois depuis de nombreux mois, le visage de Potus exprimait autre chose que l'indécision ou l'anxiété. Sans quitter des yeux son chef de cabinet, il leva la main. « Marie ? »

La porte-parole de la Maison-Blanche lui tendit une feuille frappée du sceau présidentiel. « C'est un communiqué de presse, Howard. On y explique avec moult détails que Marty Finnerman était l'unique promoteur du programme drone. Tu vois, je lui colle tout sur le dos. Et il ne dira pas le contraire. Pourquoi ? Parce que tu vas le convaincre que c'est dans son intérêt. Et toi, pourquoi tu ferais ça pour moi, Howard ? Parce que c'est aussi dans ton intérêt.

— Camilla a fait son devoir… Je veux dire, sans moi…

— Tu t'es servi d'elle. Tu l'as mise en danger, espèce d'ordure. » Magnus lui tendit une autre feuille. « Si tu signes cet aveu de complicité, tu t'épargneras la prison. Mais n'espère rien d'autre. Me suis-je bien fait comprendre ? »

Incapable de prononcer un mot de plus, Anselm hocha vigoureusement la tête.

« Maintenant, sors d'ici. »

Magnus traversa le salon pour ouvrir aux deux agents du Secret Service qui attendaient dans le couloir. « Il est à vous, les gars. Traitez-le comme si ce type était le salopard qui vient de baiser votre fille de seize ans. »

54

BORZ PRIT AACHIR PAR LE COUDE. « Viens avec moi. » L'espace d'habitation aménagé dans les combles de l'entrepôt débouchait sur une passerelle longue et étroite, du haut de laquelle autrefois les contremaîtres surveillaient le chargement et le déchargement des marchandises. Aujourd'hui, elle ne servait presque plus. La fine cloison en contre-plaqué qui la séparait du dortoir était percée d'une porte si branlante qu'un rat aurait pu la défoncer.

C'est là que Borz emmena Aachir pour lui parler en toute discrétion. « Youssouf t'a enseigné le maniement du fusil de précision. »

Aachir hocha la tête. « Oui.

— Tu te sens capable de t'en servir ?

— Oui.

— Pour tuer des gens ?

— Je l'ai déjà fait pour vous, Borz, non ? »

Le Tchétchène hocha la tête. « C'est vrai, et tu te débrouilles très bien, je dois dire. Tu as descendu les Talibans sans hésiter. Aujourd'hui, tu auras besoin de tout ton courage, Aachir, parce que, dès que nous serons entrés dans le Thoroughbred Club, tu te retrouveras seul. J'ai une mission spéciale à te confier, une mission qui doit rester entre nous. »

Il étudia le visage du jeune homme comme si c'était un spécimen rare baignant dans un bocal de formol. « C'est une preuve de confiance, Aachir. » Borz s'avança jusqu'à le toucher. « Ai-je raison de te faire confiance ?

— Vous savez bien que oui. »

Borz l'observa encore un moment puis, apparemment satisfait, entra dans le vif du sujet. « Les bombes sont des machines. Et comme toutes les machines, elles peuvent tomber en panne. Si jamais ça arrive, ce sera à toi de jouer. On a tout prévu. Nous savons de source sûre que les chefs d'État assisteront à la deuxième course depuis la loge présidentielle. » Un rictus déforma son visage l'espace d'un instant. « Le cheval du dirigeant singapourien participera à l'épreuve et gagnera très certainement, si l'on se fie à son palmarès. » Il se pencha à l'oreille d'Aachir et murmura : « Et comme ce monsieur est un maniaque de la ponctualité, je peux te garantir que chaque course démarrera pile à l'heure. Sachant cela, nous avons tout programmé à la minute près. Je te montrerai où tu devras te placer. On te donnera le fusil et tu iras te percher juste en face de la loge présidentielle, assez loin pour ne pas être touché par la déflagration. Ton rôle est essentiel, tu comprends ? »

Aachir hocha la tête. « Pourquoi tu ne demandes pas à Youssouf ? C'est lui le tireur d'élite. Tu ne lui fais pas confiance ? »

Borz soupira. « Bien sûr que si. Il m'a sauvé la vie au Waziristan. Mais je ne le connais pas aussi bien que je connaissais Furuque. Toi, en revanche, tu es avec moi depuis longtemps. Et tu es aussi bon tireur que lui. »

Il ajouta, comme en confidence : « Aucun des occupants de la loge présidentielle ne doit en réchapper, Aachir. S'il reste des survivants après l'explosion – ou si jamais la bombe n'explose pas – tu t'occuperas d'eux. Tu descendras le président américain en priorité, puis le palestinien, puis celui de Singapour.

— Et l'Israélien ? demanda Aachir, étonné.

— L'Israélien ?

— Tu as oublié, Borz ? Le Premier ministre israélien.

— Non. Je ne l'ai pas oublié. Peu avant l'instant fatidique, il recevra un appel urgent et devra quitter la tribune. »

*

Tel était donc le plan concocté par El Ghadan, songea Bourne. Assassiner les chefs d'État, anéantir le processus de paix et faire porter le chapeau aux Israéliens. Le tollé mondial qui résulterait d'un tel attentat sonnerait le glas de l'État sioniste. L'oreille collée contre la cloison en contre-plaqué, Bourne entendait la conversation entre Borz et Aachir aussi nettement que s'il était avec eux. Dans son exposé, Borz avait juste omis un détail. Et pour cause.

Bourne ouvrit la porte donnant sur la passerelle.

Borz pivota vers lui. « Youssouf, que veux-tu ? C'est une conversation privée.

— Eh bien, ça ne l'est plus, dit Bourne en s'avançant à grands pas vers les deux hommes. Pourquoi ne pas lui dire quel est son véritable rôle dans cette opération ?

— Tu as entendu ?

— Cette cloison est si fine qu'elle n'arrêterait pas une balle en caoutchouc. »

Les yeux de Borz n'étaient plus que deux fentes. Il tremblait de rage. « Non, non, tu nous espionnais.

— Pour le bien d'Aachir.

— J'en ai assez que tu fourres ton nez partout. Aachir m'appartient. »

Bourne le laissa parler. « Aachir, dit-il, écoute-moi... »

Le Tchétchène sortit un couteau et se jeta sur lui. Bourne dévia son coup en le frappant au poignet mais ne put éviter complètement la lame. La pointe lui déchira l'intérieur du bras. Du sang jaillit.

Bourne recula et, du coin de l'œil, vit Aachir se précipiter sur Borz et lui administrer un crochet à la mâchoire, certes un peu maladroit, mais qui projeta sa tête sur le côté. Fou furieux, Borz repoussa Bourne d'un coup d'épaule, saisit Aachir par le revers de son uniforme et lui donna un violent coup de tête. Après quoi, il le projeta contre la rambarde avec une force telle que le jeune homme rebondit. Avant qu'il ne retombe, il lui balança un direct à l'abdomen qui le plia en deux. Borz s'apprêtait à lui fracasser le crâne contre la rambarde quand Bourne l'arrêta d'un crochet au niveau des reins.

Borz grimaça, s'arc-bouta et lâcha prise. Aachir s'écroula comme une poupée de chiffon. Sans attendre que Borz se ressaisisse, Bourne enchaîna avec un coup dans les côtes. Borz grogna mais répliqua aussitôt en lui écrasant le pied puis en lui portant deux coups au ventre qui le firent reculer jusqu'à la rambarde.

Le couteau sanglant refit son apparition, s'approchant dangereusement de la gorge de Bourne. Les deux hommes se tenaient collés l'un à l'autre, la bouche de Borz contre l'oreille de Bourne. « T'es foutu, Youssouf, murmura-t-il en lui écrasant la trachée avec le coude. Toi qui entres ici, abandonne tout espoir. »

Sous la poussée de son adversaire, Bourne se retrouva cassé en arrière au-dessus du vide. Borz tenta encore une fois de lui planter sa lame dans le corps. Mais Bourne avait prévu son geste et faufilé ses deux mains dans l'espace entre leurs torses. Il empoigna le Tchétchène par le ceinturon et le souleva, le faisant passer par-dessus lui. Le coude de Borz resta coincé ; il avait beau se démener, Bourne tenait bon. Si bien qu'au bout de quelques secondes, l'articulation céda. Un craquement si puissant qu'on crut entendre un coup de feu.

Avec le coude déboîté, Borz ne pouvait plus contrôler sa lame. Il tenta encore de se libérer mais ses pieds ne touchaient pas le sol et son centre de gravité était trop élevé. Dans un ultime effort, il transféra le couteau dans son autre main. Mais trop tard. Il n'avait plus ni équilibre ni appui.

Bourne le projeta en l'air. Il bascula tête la première dans le vide en battant l'air de ses bras comme pour se raccrocher à quelque chose. Mais à quoi ? Puis ce fut la chute.

Son crâne heurta en premier le sol en béton. Il explosa comme un melon trop mûr. Puis son corps s'écrasa dans un terrible craquement de vertèbres.

*

Bourne s'agenouilla devant Aachir qui saignait du nez et perdait connaissance toutes les dix secondes. Une gifle l'aida à émerger pour de bon.

« Tu vas bien ? » demanda Aachir aussitôt qu'il eut rouvert les yeux.

Bourne éclata de rire. « C'est plutôt à moi de te poser la question. » Il le hissa sur ses jambes en l'attrapant sous les aisselles. « Allez, debout. »

Aachir dut se tenir à la rambarde pour recouvrer son équilibre. Puis il regarda autour de lui. « Où est Borz ?

— Tombé. Mort.

— Tu te trompes, Youssouf. »

Les deux hommes se retournèrent en même temps. Moussa venait d'apparaître sur la passerelle. Ses yeux noirs étaient braqués sur Bourne. « L'homme que tu as tué c'était Nazyr, l'un de mes lieutenants. Je lui avais confié le commandement de mes troupes au Waziristan.

— L'un de tes lieutenants ? bredouilla Aachir.

— Moussa est le vrai Borz, lui dit Bourne avant de demander à l'ex-Moussa : Pourquoi tu te cachais ?

— Par mesure de sécurité. » Borz sourit. « Les Massoud sont comme tous les Waziris. Je n'avais aucune raison de leur faire confiance. Si jamais ils rompaient l'accord passé avec nous, je ne voulais pas leur servir de cible. »

Il haussa les épaules. « De toute façon, ça n'a plus aucune espèce d'importance. Furuque devait participer à l'attentat du Thoroughbred Club. Tu l'as remplacé, parfait. Mais en tuant Nazyr, tu nous as trahis, moi et mes hommes. »

Aachir leva les mains comme pour demander une pause. « Attends ! Qu'est-ce que tu dis ? »

Un petit calibre .25 se matérialisa dans la main droite de Borz. Bourne n'eut pas le temps de réagir. Il reçut deux balles en pleine poitrine.

Borz rangea le pistolet dans son holster et se tourna vers Aachir. « Ça répond à ta question ? »

55

LORSQUE CAMILLA ARRIVA AU THOROUGHBRED CLUB de Singapour en compagnie d'Ohrent, elle reconnut à peine les lieux. D'abord à cause des fleurs disposées à profusion un peu partout, et ensuite, parce qu'une sculpture colossale avait été érigée au centre de la piste. L'œuvre représentait un merlion – tête de lion, queue de poisson –, l'animal hybride emblème de Singapour. La troisième raison était qu'une foule compacte avait investi les moindres recoins de l'hippodrome. Une foule essentiellement composée d'agents de sécurité au service des trois nations participant au sommet. Sans parler des vigiles singapouriens dont le nombre avait été multiplié par trois pour l'occasion.

Autrement dit, il y avait sur place des centaines de visages inconnus et une incessante agitation, y compris du côté des écuries. Ce qui rendait les chevaux excessivement nerveux.

Camilla entra dans la stalle de Jessuetta et fit de son mieux pour la calmer. Cela dit, elle-même accusait une grande fatigue depuis les événements de la veille au soir. Elle avait l'impression de se regarder agir à travers les yeux d'une autre. Alors même qu'elle réconfortait son cheval, elle s'aperçut avec effarement que ses mains tremblaient. Et moi, qui me réconfortera ? se demanda-t-elle. Personne, bien sûr. Elle devrait se débrouiller seule.

« Je l'emmène se dégourdir les jambes sur la piste, dit-elle quand Ohrent la rejoignit.

— On n'a plus beaucoup de temps avant la pesée. La famille dirigeante participe à l'événement, donc tout est réglé à la minute près.

— Juste un tour de paddock, alors. Il faut qu'elle s'aère, elle est trop tendue. »

Elle mit le mors dans la bouche de sa jument, passa la bride par-dessus son encolure. « Suivez-moi, j'ai un truc à vous montrer », dit Ohrent à voix basse.

Il affichait un air grave auquel Camilla n'était pas habituée.

L'entraînant dans un coin de l'écurie, il sortit de sa poche un couteau à lancer rangé dans une étroite gaine de cuir. « Vous savez vous en servir ? »

Elle acquiesça.

Ohrent passa derrière elle et glissa l'arme au creux de ses reins, entre la ceinture de son jean et sa peau. Puis il revint face à elle en souriant tristement.

« Que s'est-il réellement passé la nuit dernière ? demanda Camilla en étudiant son visage.

— Ne me posez pas de questions », fit-il d'une voix si ténue qu'elle dut se pencher pour l'entendre.

Camilla se remémora la parabole de l'homme qui dit toujours la vérité et de l'homme qui ment toujours. Comment les différencier ? songea-t-elle.

*

Après que Borz lui avait tiré dans la poitrine, Bourne était resté un moment couché sur le ventre en travers de la passerelle. Estimant avoir assez attendu, il se redressa et s'assit, le dos contre la rambarde. Il y avait du sang par terre. Bourne l'observa un instant. C'était le sang qui avait coulé de sa blessure au bras, celle que Nazyr lui avait infligée peu avant de mourir. Attiré par la sonnerie d'un portable, Borz avait disparu aussitôt son forfait accompli. Aachir l'avait suivi en jetant un dernier regard sur Bourne par-dessus son épaule. Un quart d'heure s'était écoulé depuis et tout le monde était parti.

À chacun de ses mouvements, il ressentait de vives douleurs dans la cage thoracique. Mieux valait rester sans bouger pendant quelques minutes encore, se dit-il en respirant profondément, le temps que son organisme récupère du choc qu'il avait reçu.

Il profita de son immobilité forcée pour étudier l'espace autour de lui, à la recherche d'une arme. Malheureusement, le couteau de Nazyr n'était plus là. Borz l'avait sans doute emporté avec lui. Les balles avaient percé deux trous dans l'étoffe de sa vareuse. Il passa ses doigts au travers puis défit les boutons pour inspecter le gilet pare-balles ultraléger qu'il portait depuis le jour où Zizzy avait rapatrié ses affaires de la chambre d'hôtel à Damas.

Bourne récupéra les deux balles de calibre .25 aplaties dans l'épaisseur des fibres d'aramide, les jeta sur le sol et se releva en grimaçant. S'il avait disputé un match en quinze rounds face à un boxeur poids-lourd, il n'aurait pas été plus mal en point.

D'un pas chancelant, il regagna le dortoir et chercha une vareuse en bon état pour éviter de se faire refouler au portail du Thoroughbred Club.

*

Le petit matin clair et limpide était devenu une véritable fournaise lorsque Borz et ses hommes se présentèrent devant l'entrée de service à bord du véhicule qu'on leur avait fourni. À la base, le leader tchétchène avait prévu de placer des hommes armés à chaque sortie de l'hippodrome pour abattre les spectateurs quand ils s'enfuiraient. Il avait dû y renoncer, faute de personnel. Mais ce n'était qu'un simple détail. Son objectif principal demeurait inchangé et c'était l'essentiel. L'attentat qu'il s'apprêtait à commettre serait le plus audacieux de tous les temps.

C'était du moins ce qu'avait affirmé le véritable Ivan Borz le jour où Moussa l'avait rencontré dans son quartier général de Makhachkala, un château médiéval bâti sur les rives de la mer Caspienne. Quand il n'était pas sur son yacht de quatre-vingt-dix-huit pieds, c'était depuis ce repaire fortifié que le marchand d'armes menait ses affaires. Le trafiquant menait une vie d'ermite, certains le disaient même agoraphobe. Tout comme feu Nazyr, Moussa le pilote faisait partie de ses fidèles lieutenants. Depuis dix ans qu'il était à son service, il avait maintes fois trempé son épée – façon de parler – dans le sang de ses ennemis.

Malgré le visible durcissement des mesures de sécurité, grâce à leurs badges, les membres du commando franchirent aisément les postes de contrôle. Après qu'ils eurent pénétré dans le bâtiment principal, Moussa rassembla cinq hommes, leur distribua ses dernières instructions, un plan des lieux, et les envoya rejoindre leurs positions.

Puis il emmena Aachir dans la direction opposée, de l'autre côté de la piste. Quand ils eurent la loge présidentielle en ligne de mire, ils s'arrêtèrent pour observer ce qu'il se passait dans la tribune. La zone cible n'était encore occupée que par les agents chargés d'assurer la sécurité des trois délégations. En revanche, le reste des gradins était plein à craquer. Ce qui n'avait rien d'étonnant puisque les chevaux allaient bientôt s'élancer pour la première course. Les parieurs s'en étaient donné à cœur joie, comme chaque fois que la famille dirigeante assistait à l'événement.

Les deux hommes allaient atteindre l'escalier de service au sommet duquel Aachir devait se placer pour tirer, quand Moussa s'arrêta brusquement. « Tu es vraiment décidé à le faire ? demanda-t-il au jeune homme.

— Bien sûr. Pourquoi cette question ?

— Tu étais proche de Youssouf ces derniers temps. Crois-moi, ce type n'était pas franc du collier. Heureusement, il est mort. Ça vaut mieux pour tout le monde. »

Aachir hocha la tête. Sa main se crispa sur la poignée de la valise contenant le fusil démonté.

Ils étaient au pied des marches. « Quand tu seras là-haut…

— J'ai le plan bien en tête.

— Quand tu seras là-haut, reprit Moussa, imperturbable, de quel côté dois-tu aller ? À gauche ou à droite ?

— À gauche. Je repère l'échelle, je grimpe et je trouve le perchoir à trois mètres sur ma droite. »

Le regard sombre de Moussa le transperça de part en part. « Très bien, dit-il en lui donnant une tape sur l'épaule. Qu'Allah t'accorde la réussite. »

Il attendit qu'Aachir disparaisse de sa vue, puis il fit demi-tour pour rejoindre le seul endroit qui comptait dans le déroulement de l'opération.

À l'extérieur, les chevaux de la première course venaient de prendre le départ.

*

Pour Kettle, Singapour n'était qu'une étape parmi tant d'autres. Ses activités professionnelles l'avaient mené un peu partout sur la planète. Et comme un voyageur de commerce en vient à confondre les chambres d'hôtel, il avait du mal à distinguer l'une de l'autre les villes où il avait fait escale. Pourtant, il devait admettre que celle-ci avait quelque chose de différent. Plutôt que d'y vivre, il aurait préféré se tirer une balle dans la tête. À Singapour, les lois, les règlements, les interdits étaient appliqués avec une sévérité draconienne, et même aux touristes. En plus, ces mesures n'avaient aucun sens, la plupart du temps. Par exemple, pourquoi interdire aux gens de mâcher du chewing-gum en public ? Il fallait avoir l'esprit dérangé pour décréter une chose pareille. On n'avait pas le droit de jurer non plus. C'était dingue. Non, franchement, plus vite il en aurait terminé avec ce contrat, mieux ce serait.

Il avait reçu un appel l'informant d'un ajout à son ordre de mission. Une seconde cible. Ce matin-là, il s'était levé en pleine forme après une nuit reposante, sans rêves. Son premier geste avait été de prendre son fusil, juste pour le plaisir de le tenir entre les mains. Il l'aimait comme un être cher. Kettle n'avait pas d'amis. Il possédait d'autres armes auxquelles il tenait, mais pas à ce point. Pour le ranger une fois démonté, il avait fait fabriquer une sacoche sur mesure. Le genre de sacoche qu'utilisaient les médecins autrefois.

Et maintenant, il avançait, invisible, parmi la foule tourbillonnante. Un jeu d'enfant pour un homme comme lui. Il trouva sans peine la porte métallique peinte en rouge vif marquée ZONE SÉCURISÉE–ACCÈS RÉSERVÉ. Elle était verrouillée mais il en fallait davantage pour l'arrêter. Kettle était doué pour forcer les serrures, même les numériques.

Quinze secondes plus tard, il pénétrait dans les écuries. Une minute et demie plus tard, Camilla le repérait.

*

Kettle se prépara mentalement. C'était toujours la même histoire, avant de passer à l'action, il fallait qu'il se concentre. Dans son texto, Finnerman lui avait indiqué que Camilla Stowe était inscrite dans la troisième épreuve – elle devait monter l'un des chevaux de Jimmy.

Ce brave Jimmy devient vieux, songea-t-il. Voire sénile. Sinon, cette fille ne l'aurait pas manipulé de la sorte. Il était même venu le voir à la mosquée pour le supplier. Une démarche à la fois pathétique et totalement contraire au protocole. Kettle n'était pas comme ça. On lui avait confié une mission et rien ni personne ne l'empêcherait de la mener à bien. C'est ainsi qu'il concevait son métier, depuis toujours. Jimmy aurait dû le savoir. Mais cette fille lui avait fait perdre tout bon sens. De là à penser qu'il n'était plus capable de remplir ses obligations professionnelles, il n'y avait qu'un pas. En tout cas, il devrait en référer à Finnerman qui procéderait à son remplacement.

Il se dirigeait vers les stalles quand son portable vibra. Sacré Finnerman, il suffisait de penser à lui pour qu'il appelle. Kettle décrocha. Mais ce n'était pas Finnerman au bout du fil.

« Ici Robert Lonan, département de la Justice, dit la voix profonde qui résonna dans son oreille. Je vous informe que Marty Finnerman a été placé en garde à vue. En conséquence, votre mission est annulée, de même que votre position au sein du DOD. Je vous ordonne de vous rendre aux autorités locales, lesquelles ont connaissance de votre nom et de votre statut.

— Sinon ?

— Vous serez considéré comme un criminel en fuite. Et le gouvernement américain usera de tout son pouvoir et de toute son influence pour vous retrouver. Est-ce clair ? Vous avez une heure.

— Je t'emmerde ! » hurla Kettle. Mais Robert Lonan du département de la Justice avait déjà raccroché.

Kettle sentit un mouvement sur sa droite. Il se retourna. « Êtes-vous Camilla Stowe ? » demanda-t-il à la silhouette qui sortait de l'ombre en tenant un cheval par la bride. La femme et l'animal semblaient le regarder avec la même attention.

« Puis-je vous aider ? » dit Camilla.

Kettle sourit par habitude, mais il avait du mal à entrer dans la peau de son personnage. « Je m'appelle Binder, Jack Binder, Jacky pour les amis, et je bosse pour Inverhalt Fabrications, la boîte qui fabrique les tenues de jockey. » Il avait tout débité sans respirer. Résultat, son discours sonnait faux. Lui qui tentait d'incarner un représentant de commerce affable risquait fort de passer pour un hurluberlu carburant à la caféine. C'était à cause de ce Logan. Son appel l'avait contrarié. D'habitude, en mission, il faisait très attention à ne jamais s'énerver, sachant que la colère était mère de précipitation. Et quand il se précipitait, sa légendaire discipline prenait du plomb dans l'aile. N'ayant pas d'autre choix, Kettle poursuivit sur sa lancée. « Jimmy m'a dit qu'il avait embauché un nouveau jockey. C'est vous, n'est-ce pas ? » Il se rapprocha sensiblement. « Je le cherche. » Il montra l'espace autour d'eux. « Mais avec tout ce monde… Je suis déjà venu des tas de fois, mais je me perds toujours. » Il s'était adroitement rattrapé, songea-t-il.

« Oui, en effet, répondit Camilla d'une voix mélodieuse. Je monte le cheval que Jimmy entraîne en ce moment. Si vous voulez, je vais vous conduire jusqu'à lui.

— Vous êtes bien aimable. »

Sans lui laisser le temps de s'approcher, Camilla fit tourner sa jument et la plaça entre elle et lui. Kettle fut bien obligé de suivre le mouvement, mais on le sentait mal à l'aise. De toute évidence, les chevaux le rendaient nerveux, sans doute parce qu'il n'y connaissait rien.

Jessuetta fit un pas de côté pour s'écarter de Kettle dont elle semblait redouter le contact tout autant que sa cavalière. Hélas, par ce mouvement, elle coinça Camilla contre le mur, lui coupant toute issue hormis celle qui débouchait vers Kettle. Camilla glissa une main dans son dos et saisit le couteau d'Ohrent par le manche.

Kettle s'appuya contre le cheval qui lui faisait obstacle. « Écoutez. En réalité... je suis venu prendre vos mesures, voyez-vous. On m'a demandé de confectionner plusieurs tenues Inverhalt à votre taille.

— Désolée. Je n'ai pas le temps. Peut-être plus tard.

— Mais, enfin, c'est impossible ! Attendez un peu. » Tout en parlant, il continuait à peser sur le flanc de Jessuetta. « La tenue que vous portez, on vous l'a prêtée, n'est-ce pas ? Jimmy n'appréciera pas. Il vous en faut une neuve, bien ajustée, non ? Et le plus vite possible. » La voix ne correspondait plus du tout au personnage. Au lieu de se montrer efficace et zélé, il devenait hystérique, voire menaçant. « Allez, venez, ça ne prendra que deux minutes, promis. » Plus il s'excitait, plus il poussait Jessuetta, et plus cette dernière donnait des signes de panique. À présent, elle martelait le sol avec ses sabots, dilatait ses narines en reniflant bruyamment.

Camilla hésita encore un instant. « D'accord. C'est bon », dit-elle en esquissant un pas vers la gauche, comme pour contourner Jessuetta par la croupe. Kettle s'élança pour la rejoindre. Au même instant, Camilla fit un pas en arrière.

Elle attendit que le tueur soit dans l'axe et donna une bonne tape sur le flanc de sa jument. Un geste que Ohrent lui avait formellement déconseillé. Le résultat fut instantané autant que décisif. Jessuetta rua ; l'un de ses sabots atteignit Kettle à la tempe gauche ; il s'écroula, comme frappé par la foudre.

Camilla mit un bon moment à retrouver ses esprits, tant elle était choquée par la violence de la scène. Puis elle caressa la crinière de Jessuetta en lui disant tout bas qu'elle s'excusait, qu'elle ne la frapperait plus jamais. Quand sa jument fut calmée, elle se faufila prudemment le long du mur en gardant une main posée sur le flanc de l'animal pour qu'il repère ses déplacements.

Kettle était couché sur le sol, dans la position où il était tombé. On voyait en creux sur son crâne la marque laissée par le sabot de Jessuetta. Est-il, est-il... ? Oh mon Dieu, pensa-t-elle, il est vraiment mort. Trop hébétée pour réagir, Camilla resta un moment à contempler le cadavre, en évitant de trop réfléchir à l'acte qu'elle venait de commettre.

Elle vit des gens accourir. Son instinct de survie reprit le dessus et lui intima de cacher très vite le couteau qu'elle tenait encore. Elle le fit disparaître dans la ceinture de son jean.

56

« KETTLE EST MORT, annonça Camilla en ramenant Jessuetta par la bride dans l'écurie où Ohrent les attendait.

— Kettle ? articula-t-il, les joues rougies par le choc. Vous, ça va ? »

Elle fit une grimace. « Bien sûr que ça va. »

Il s'adossa à la porte de la stalle, bras croisés. « Eh bien, on ne dirait pas.

— Vous vous prenez pour qui ? Mon père ? »

Cet accès de colère était une réaction compréhensible après la scène d'horreur qu'elle venait de vivre. Tout s'était déroulé si vite. Les pensées, les émotions qui la traversaient étaient aussi confuses qu'épuisantes. Camilla n'avait jamais tué personne, bien qu'elle ait été formée pour cela. Elle s'y était préparée mentalement mais n'aurait jamais imaginé les effets d'un tel acte sur sa psyché. Pour calmer son angoisse, elle se répétait que si elle n'avait pas pris les devants, Kettle l'aurait tuée sans l'ombre d'un regret.

Ohrent opta pour une approche différente. « Que s'est-il passé ? demanda-t-il sur le ton sévère de l'officier débriefant un agent de terrain. Ne me dites pas que c'est l'homme que Jessuetta a assommé. »

Elle acquiesça en silence.

« Putain de merde ! lâcha-t-il avant de reprendre plus sèchement. Des détails, je vous prie. »

Camilla lui donna ce qu'il voulait. Kettle avait surgi de nulle part, la prenant par surprise. Des gens étaient intervenus très vite après ; ils avaient appelé les secours. Mais le médecin n'avait pu que confirmer ce qu'elle savait déjà. Peu après, une équipe de sécurité avait débarqué, lui posant des questions auxquelles elle avait répondu sans s'affoler. Non, elle ne connaissait pas cet homme. Oui, il l'avait importunée. Oui, elle avait essayé de fuir mais n'avait pas voulu abandonner son cheval. À un certain moment, l'homme avait eu la mauvaise idée de passer derrière l'animal, lequel avait pris peur et lancé une terrible ruade. Point barre. Les témoins avaient corroboré sa déposition. Aucun d'entre eux ne l'avait vue frapper Jessuetta. Les agents de sécurité avaient regardé son passeport et, après avoir noté son adresse à Singapour, l'avaient remerciée pour sa collaboration.

« Je me suis excusée auprès de Jessuetta », dit-elle en conclusion.

Ohrent la contemplait d'un air accablé.

« Quoi ? s'étonna-t-elle. Ça ne suffit pas ? Je crois qu'elle m'a pardonné. »

Ohrent s'était toujours demandé si on pouvait rire et pleurer en même temps. « Cam, c'est ma faute, je vous ai trahie. »

Elle lui rendit son couteau d'un geste presque cérémonieux. « Vous étiez entre le marteau et l'enclume. » Elle fit un pas vers lui et l'embrassa sur la joue. « Pas d'inquiétude, Jimmy, vous avez fait de votre mieux pour me protéger.

— Avec un résultat plus que mitigé, malheureusement. » Un sourire timide éclaira son visage. « Cela dit, vous vous débrouillez très bien toute seule.

— Ce couteau m'a beaucoup aidée, Jimmy, croyez-moi. Il m'a donné du courage au moment où j'en avais le plus besoin. »

À cet instant, deux hommes entrèrent dans l'écurie. À leur allure, on voyait clairement qu'ils n'étaient ni jockeys, ni soigneurs, ni même propriétaires de chevaux. En outre, ils se ressemblaient comme deux gouttes d'eau.

L'espace d'un instant, le cœur de Camilla cessa de battre. Venait-on l'arrêter ?

« Que puis-je pour vous, messieurs ? demanda-t-elle.

— Veuillez nous suivre », dit l'individu sur la gauche en sortant sa carte du Secret Service.

Camilla ne connaissait ni l'un ni l'autre. C'est bizarre, se dit-elle. Mais peut-être avaient-ils été embauchés récemment.

Ohrent monta sur ses ergots. « Attendez un peu. De quoi est-il question ?

— Vous n'êtes pas concerné », articula l'individu sur la droite. Il avait une voix totalement plate.

« Bien sûr que si ! » Ohrent fit un pas vers eux. Les deux agents se raidirent.

« Jimmy, ça suffit », ordonna Camilla. Elle était leur supérieure, après tout. Du moins l'était-elle jusqu'à ce qu'elle accepte la mission Black Queen.

« Veuillez nous suivre, madame Stowe, répéta le premier. Le temps presse. Potus vous réclame. » Ils l'avaient appelée madame Stowe. Elle n'était donc plus sous couverture. Une vague de soulagement l'envahit.

« Potus la réclame ? répliqua Ohrent en singeant l'intonation monocorde de l'agent. Sait-il seulement qu'elle doit monter mon cheval dans la prochaine course ? »

L'homme le considéra d'un œil torve. « Arrête ton char, papy.

— Agent..., s'écria Camilla, quel est votre nom ?

— Morris, madame.

— Morris, fermez-la.

— Bien, madame. » Morris prit un air embarrassé. « Le problème c'est que... madame, il y a une heure de pause entre les épreuves. On a encore du temps devant nous, mais pas beaucoup. Plus vite vous irez rejoindre Potus, plus tôt vous reviendrez.

— Ben alors, dans ce cas ! fit Ohrent en levant les bras. Faut y aller, ma chère. Ce que Potus veut... » Il ne termina pas sa phrase.

« J'ai largement le temps de faire l'aller et retour, Jimmy », lui dit-elle en rejoignant les deux agents. Comme de braves petits soldats, ils prirent position de chaque côté de leur patronne.

Mais Ohrent n'avait pas dit son dernier mot. Avec un regard assassin, il lança au dénommé Morris : « Je te préviens, fiston. T'as foutrement intérêt à la ramener dans les temps sinon papy te bottera le cul. » Puis il pivota d'un quart de tour et prit à témoin

Jessuetta qui lui répondit d'un hochement de tête en soufflant par les naseaux.

« Je suis bien d'accord avec toi ! dit-il au cheval. Moi aussi, ils me sortent par les trous de nez. » Et il mit le couteau dans sa poche.

*

Nerveux comme un renard invité à un colloque d'épagneuls, Potus attendait Camilla en faisant les cent pas dans une salle de style bunker, aménagée au sous-sol du Thoroughbred Club. Le Secret Service n'avait pas trouvé lieu plus sécurisé dans le secteur et le Président n'avait pas le temps de se rendre ailleurs.

Quand il la vit apparaître, son cœur chavira. Il se sentait comme un adolescent face à son premier grand amour. Rien au monde ne comptait davantage que cette jeune femme rayonnante de beauté et de sex-appeal. Il bandait et se fichait éperdument qu'on le remarque.

De toute façon, il n'y avait personne avec eux. Quelque part dans les entrailles du bâtiment, des tuyaux glougloutaient. Ça sentait la poussière de béton, le désinfectant.

« Camilla », murmura-t-il.

Il voulut la prendre dans ses bras, mais elle se déroba.

« Bill, qu'est-ce qui te prend ? Je t'ai dit non. En quelle langue faut-il que je parle ?

— Je sais bien que lorsque tu dis non, tu penses oui. »

Elle tressaillit comme s'il l'avait giflée. « Je n'en crois pas mes oreilles ! »

Il tendit la main pour la toucher. De lui émanait encore cette étrange vibration, cette puissance qui l'avait enivrée la première fois, dans sa chambre d'hôtel. Il voulait tout, et sur-le-champ. Cela dit, il aurait eu tort de se gêner. N'était-il pas l'homme le plus puissant du monde ?

Il se pencha pour l'embrasser. Camilla détourna la tête. « Bill, tu ne peux pas…

— Je suis le Président, Cam, dit-il en l'attirant contre lui malgré sa résistance. Je fais ce que je veux.

— Et moi, je n'ai pas mon mot à dire ?

— Bien sûr que si. » Elle se débattait, il la tenait. « Mais je te connais mieux que tu ne te connais toi-même. » Il pressa son sexe durci contre le ventre de Camilla. « C'est ça que tu veux. Je le sais bien. » Il posa ses lèvres sur sa gorge, sur son cou. « Tu as peur, c'est tout.

— Tu te trompes, Bill, répliqua-t-elle en essayant toujours d'échapper à son étreinte. Je l'admets, quand j'étais à la Maison-Blanche, j'avais peur. » Elle avait l'impression de se battre avec une pieuvre. « Mais cette époque est révolue. Je ne suis plus la même aujourd'hui.

— Je n'en crois rien. » Il lui lécha l'oreille. « On ne change pas aussi radicalement en l'espace d'une semaine.

— Pas toi, Bill. » Elle jeta sa tête en arrière. « Toi, tu es aussi immuable qu'un roc. Mais d'autres en sont capables. C'est ce qui m'est arrivé. Et je te dis que tout est fini entre nous.

— Mais je t'aime, Cam. Tu es la seule femme au monde. »

Elle se figea. On aurait dit qu'il cherchait à l'avaler. Elle sentait son sexe gonflé, énorme. Dans un frisson, elle l'imagina en train de la pénétrer.

Deux secondes après, elle vit qu'il lui avait déboutonné son jean. Il le rabattit sur ses hanches.

« Non, Bill, cria-t-elle en se tortillant pour le remonter. Non, non, non ! »

57

AYANT FRANCHI LES BARRIÈRES DE SÉCURITÉ, Bourne entra dans le Thoroughbred Club à temps pour admirer un magnifique pur-sang que son propriétaire menait par la bride vers un espace garni d'orchidées. Le cercle du vainqueur. Juché sur sa monture, le jockey en casaque à rayures rouges et beiges brandissait sa courte cravache dans un geste triomphal.

Dans les tribunes, les conversations allaient bon train. Déjà, les parieurs s'agglutinaient devant les guichets en vue de la deuxième épreuve dont, apparemment, Percolate, le cheval de la famille dirigeante, était le grand favori.

Bourne grimpa sur le toit où se trouvaient les projecteurs. Mais il n'y avait personne dans le coin. Peu après, il repéra un garde – un agent du Secret Service – puis un deuxième et un troisième. Leur présence signifiait une seule chose : la zone était dégagée et les terroristes n'avaient jamais mis les pieds sur ce toit.

Borz l'avait mené en bateau. Mais pourquoi ? Nazyr avait-il remarqué l'intérêt excessif de Bourne pour le Thoroughbred Club ? En avait-il parlé à Borz ? À moins que les Tchétchènes ne l'aient soupçonné dès le départ, contrairement à ce qu'il s'imaginait. Dans un cas comme dans l'autre, le résultat était le même. Des terroristes étaient en train de poser une bombe quelque part dans cet hippodrome, là où elle causerait un maximum de pertes parmi les dignitaires siégeant dans la loge présidentielle.

Bourne projeta son regard au loin, sur le côté opposé de la piste. Il n'aperçut Aachir que parce qu'il savait où le chercher. Le jeune homme regardait dans sa direction.

En descendant de son perchoir, Bourne se remémora le plan des lieux. À part le dispositif d'éclairage, quel serait le meilleur endroit pour faire exploser une bombe ? se demanda-t-il. Une explosion qui tuerait le plus grand nombre de spectateurs dans les tribunes. Les tribunes. Bien sûr ! L'engin serait placé *sous* les tribunes.

Bourne s'enfonça dans les tunnels réservés au personnel de sécurité et de maintenance. À trois reprises, il entendit venir des gardes et dut se retrancher dans un coin sombre. Puis il trouva le chemin qu'il cherchait. Au-dessus de lui, les turfistes déchaînés encourageaient à grands cris le cheval sur lequel ils avaient parié. À intervalles réguliers, pendant les phases de bousculade, de mini-tremblements de terre secouaient la structure.

Bourne franchit une porte et tomba nez à nez avec le Tchétchène balafré, lequel fut tellement surpris de le voir qu'il s'immobilisa un quart de seconde, juste assez pour que Bourne tente de l'assommer en lui portant un coup du tranchant de la main. L'autre esquiva, le repoussa contre un mur en lui barrant le torse avec son fusil d'assaut. Bourne écrasa ses deux poings à la base de son cou. L'homme s'écroula, les yeux révulsés. Bourne l'enjamba, poursuivit sa route, plié en deux. Il faillit trébucher sur deux corps allongés en travers du passage. Des vigiles. Constatant qu'ils n'avaient plus de pouls, Bourne se remit en marche.

Sur les murs du couloir étaient fixées des ampoules fluorescentes protégées par des grilles. En levant la tête, il vit la forme en négatif des gradins reposant sur un grand nombre de poutrelles d'acier entrecroisées servant à renforcer la structure en béton. Là-haut, noyée dans la pénombre, une silhouette se tenait penchée sur un objet ayant la taille et la forme d'une petite caisse à outils. La caisse devait être en métal ou en plastique noir car elle brillait. Quand l'individu la déplaça pour la jucher sur un montant horizontal, Bourne nota qu'elle semblait lourde. Un frisson lui grimpa le long du dos. La bombe devait contenir assez d'explosifs pour défoncer la couche de béton armé servant de base aux gradins.

Bourne savait où se situait la loge présidentielle. L'emplacement idéal pour la bombe était juste en dessous. Il leva les bras, sauta, s'accrocha à une poutre latérale puis transféra son poids sur le montant supérieur et continua de grimper ainsi, en espérant arriver à temps. Plus il prenait de la hauteur, plus la lumière se teintait de sépia, plus les ombres devenaient profondes.

À présent, il voyait mieux les mains du poseur de bombe. Il avait des doigts longs, osseux, agiles comme des pattes d'araignée. Bourne s'élevait de poutre en poutre, aussi discret qu'un hibou. Pourtant, l'homme dut sentir sa présence car il sortit de sa poche un couteau à cran d'arrêt et le lança avec une redoutable précision.

Bourne pivota vers la gauche. La lame frôla son bras droit, déchira sa manche, perdit de la vitesse et plongea dans les ténèbres.

D'un seul bond, Bourne atteignit la poutrelle où le Tchétchène était perché. L'homme se leva mais sans déplier entièrement les genoux, les bras fléchis en position défensive. Quand il fut à moins d'un mètre de son adversaire, Bourne s'arrêta brusquement. L'autre, surpris, réagit à contretemps mais lui porta un coup qui aurait très bien pu lui briser deux côtes, s'il avait été plus adroit et si Bourne n'avait pas eu de cuirasse. Le poing de son adversaire atterrit lourdement à la limite du gilet pare-balles. Sentant une ouverture, le Tchétchène refit une tentative mais Bourne lui bloqua l'avant-bras et, retournant son élan contre lui, exerça un mouvement circulaire comme pour une prise d'aïkido.

Le Tchétchène tomba sur le dos, le bas du corps dans le vide. Bourne le frappa deux fois au niveau du sternum. L'homme contre-attaqua sur-le-champ. Levant les genoux, il donna un coup de reins et se retrouva debout sur la poutre. Déstabilisé, Bourne dut reculer pour éviter la pluie de coups de poing et de bottes à bouts ferrés qui s'abattait sur lui. Son pied glissa. Il resta deux secondes en équilibre sur une jambe. Le Tchétchène voulut saisir sa chance mais Bourne esquiva en se plaçant de profil. Il lui attrapa le poignet au passage et, de nouveau, le fit pivoter tout en se servant de lui comme d'un contrepoids pour se remettre d'aplomb.

À présent, les deux hommes se faisaient face. Le Tchétchène n'était pas grand mais il avait un torse large, musclé, des bras en acier et surtout, sachant à quoi s'en tenir, il ne se laisserait pas surprendre une nouvelle fois par une prise d'aïkido.

L'homme feinta sur la droite et frappa Bourne à gauche. S'ensuivit une série de coups aussi rapides que puissants, donnés et reçus. Puis il y eut comme un arrêt sur image. De force égale, les deux combattants étaient figés dans un corps à corps où chacun tentait vainement de faire plier l'autre.

Le Tchétchène se dégagea le premier ; il repartit à l'assaut. Bourne n'attendait que cela. Il se mit de profil, l'autre frappa dans le vide, perdit l'équilibre et s'étala à plat ventre sur la poutrelle. Bourne se pencha, voulut l'empoigner mais l'homme se retourna et enroula son pied derrière le genou de Bourne qui bascula en arrière.

Par réflexe, il tendit les bras devant lui. Le Tchétchène les balaya d'un revers de main. Bourne tomba. Par chance, il parvint à saisir la poutrelle du dessous où il resta un moment suspendu à regarder son adversaire remonter vers la bombe.

Bourne entama un mouvement de balancier en s'aidant de ses jambes. Quand il eut assez d'élan pour atteindre le pilier sur sa gauche, il lâcha la poutrelle, serra les genoux et, à la force des cuisses, se propulsa jusqu'au Tchétchène penché sur son ouvrage. Il le déstabilisa mais, en même temps, effleura la bombe du talon de sa botte. L'homme recouvra son équilibre ; en revanche, l'engin poursuivit sa chute en rebondissant d'une poutrelle à l'autre.

*

Désespérant d'échapper à l'étreinte de Potus, Camilla fit la première chose qui lui vint à l'esprit. Elle lui flanqua un coup de genou dans les parties. Le Président grogna de douleur, ouvrit les bras et s'écroula à genoux. Il resta un moment dans cette position, à se tenir le bas-ventre en se balançant d'avant en arrière.

« Pourquoi es-tu aussi méchante ? » bredouilla-t-il en levant les yeux vers elle. Il y avait quelque chose de pitoyable aussi bien dans l'expression de son visage que dans le ton de sa voix. Il semblait avoir brusquement oublié les attitudes photogéniques et les puissants vibratos dont Howard Anselm et les mandarins de Gravenhurst lui avaient enseigné l'usage durant leurs séances d'endoctrinement. Comme à la fin d'une tragédie grecque, le masque présidentiel venait de tomber, révélant l'homme profondément malheureux qui se cachait dessous. Pour la première fois, il se mettait à nu devant elle.

« Cam, je t'aime », gémit-il, tel Roméo transi d'amour.

Elle s'accroupit face lui. « Bill, tu es le président des États-Unis. Tu es marié. Tu as deux beaux enfants.

— Dont l'un connaît ton existence, pleurnicha-t-il.

— Quoi ? s'écria Camilla Capulet. Lequel ?

— À ton avis ? Charlie, ma fille prodige. » Et avec un regard implorant : « Elle a compris que j'étais un mauvais cheval, Cam. Elle ne misera plus sur moi. »

Camilla secoua la tête. « Ne dis pas ça, Bill. Elle est jeune, tu peux encore tout arranger.

— Mais c'est toi que je veux, Cam. Toi et seulement toi.

— Et ta femme… »

Il écarta le sujet d'un revers de main. « Maggie et moi, on n'a pas échangé deux mots sincères depuis dix mois. Quant au sexe…

— Arrête, Bill. »

C'était plus que Camilla pouvait en supporter, plus qu'elle voulait en entendre. Elle refusait de se retrouver impliquée dans les problèmes sexuels de Magnus. Et ce, pour deux raisons. D'abord parce qu'il ne guérirait jamais de son addiction. Elle le savait parfaitement ; dans une semaine, un mois, voire deux, il s'amouracherait d'une autre femme et la tromperait comme il trompait son épouse. Ensuite parce qu'elle avait décidé de prendre ses distances vis-à-vis de Washington. Cette mission serait sa dernière ; elle préférerait se pendre plutôt que tomber à nouveau dans le même genre de piège.

Elle se leva pour échapper à ses bras tendus vers elle, à ses doigts qui cherchaient à l'agripper.

« Enfin, Cam, suppliait-il. Tu ne vas pas me laisser comme ça. »

Machinalement, elle baissa les yeux sur lui. On pouvait difficilement ignorer l'érection présidentielle tant elle était visible sous le tissu du pantalon. Pour atteindre la porte, Camilla était obligée de passer près de lui. Comme elle s'y attendait, il essaya de lui saisir la cheville. Ayant déjà vécu la scène, elle bondit par-dessus l'obstacle en levant haut les genoux, comme un cheval au dressage. Les doigts de Potus se refermèrent sur le vide ; il poussa un cri de désespoir.

« Cam, où vas-tu ? Ne me quitte pas. J'ai besoin de toi. Je ne peux plus dormir, je ne peux plus penser. Tu es ma vie.

— Bill, tu ne sais même pas ce que tu dis.

— Vraiment ? » On le sentait vexé comme un enfant gâté quand il s'aperçoit qu'il n'obtiendra pas le jouet convoité. « Je te donnerai tout ce que tu veux. Tout, tu n'as qu'à demander. Je suis le Président, j'ai ce pouvoir. »

La main sur la poignée de la porte, Camilla se retourna à moitié vers lui. « Tu ne le croiras sans doute pas, Bill, mais rien de ce que tu possèdes ne m'intéresse. »

C'était une réplique magistrale, idéale pour une sortie de scène. Seulement voilà, la tragédie ne devait pas s'arrêter là. Quand elle ouvrit la porte, Camilla renifla d'abord une odeur familière, puis elle vit les trois gardes du corps étendus sur le sol. Au même instant, elle reçut un coup dans la poitrine.

Elle partit en arrière, perdit l'équilibre et tomba sur le dos. Des tambours de guerre se mirent à battre dans son corps et dans sa tête. Ensuite, tout devint noir.

58

Ce n'était plus le poseur de bombe qui l'inquiétait, à présent, mais la bombe elle-même, coincée dix mètres en contrebas entre deux poutres formant un V. Qu'elle n'ait pas encore explosé tenait du miracle, mais si elle tombait à nouveau, Bourne craignait que le mécanisme de mise à feu s'enclenche et fasse tout péter. Contre cela, il ne pouvait rien.

Un tonnerre d'acclamations fit ondoyer la structure comme des vagues d'équinoxe se fracassant contre une digue. Garder son équilibre sur la poutrelle devenait toujours plus hasardeux. Handicap supplémentaire : les copeaux métalliques semés tout du long et qui rendaient sa surface encore plus glissante.

Ayant sans doute compris que son adversaire portait une cuirasse, le Tchétchène visait à présent la tête et le cou. Tout à l'heure, quand Bourne avait tenté de rattraper la bombe, l'homme avait repris l'avantage. Maintenant, il se tenait à califourchon sur lui et le menaçait avec une dague à pousser. Comme le pendule d'Edgar Poe, la lame étincelante oscillait devant son visage et s'en rapprochait un peu plus à chaque passage. Elle lui fendit la peau du nez, deux filets de sang roulèrent vers ses joues. Bientôt, elle lui crèverait les yeux.

De la main gauche, Bourne ramassa une pincée de copeaux métalliques qu'il jeta à la figure du Tchétchène. Certains atterrirent sur ses yeux. L'homme eut un mouvement de recul et par réflexe se frotta les paupières, ce qui ne fit qu'aggraver le problème. Quand ses cornées commencèrent à saigner, il oublia totalement la présence de Bourne, lequel se releva et d'une simple poussée le précipita dans le vide.

Le terroriste fit sans doute du bruit en s'écrasant sur le ciment mais Bourne n'entendit quasiment rien à cause des clameurs enthousiastes provenant des tribunes. Un ou plusieurs dignitaires venaient vraisemblablement d'apparaître dans la loge présidentielle.

Agile comme un singe, Bourne descendit en passant d'une poutre à l'autre jusqu'à la bombe toujours coincée entre deux montants obliques. Alors qu'il se penchait sur elle, il aperçut le corps disloqué du terroriste quelques mètres plus bas. Il ouvrit le boîtier et dénombra douze fils de couleur. L'engin ne ressemblait en rien à celui qu'il avait désamorcé à bord de l'Antonov.

Ayant séparé les rouges des noirs, il se pencha pour voir ce qu'il avait dans le ventre. Rien. Pas de charge. Une coquille vide. Un leurre. Pourquoi ?

Faire diversion.

Bourne s'accorda quelques secondes de réflexion. Puisqu'il n'y avait de bombe ni sur le toit ni sous les tribunes, de quelle manière Borz et El Ghadan allaient-ils procéder pour commettre leur attentat ? Et pourquoi El Ghadan avait-il fermé les yeux en apprenant qu'il s'était rendu à Damas, et même en Afghanistan, pour rechercher un bon artificier ? Toute cette histoire serait-elle une mise en scène destinée à le mettre en danger ?

Possible.

Mais une telle version supposait qu'El Ghadan ne soit qu'un salaud doublé d'un tricheur, englobant dans une même détestation Bourne et le président des États-Unis.

Ça ne collait pas avec le personnage. Bourne sortit de sa poche le morceau de plan qui ne l'avait pas quitté depuis le Waziristan. Le système de drainage aménagé sous la piste comprenait un vaste réseau de canalisations, bien sûr, mais pas seulement. En y regardant de plus près, Bourne repéra plusieurs petites pièces aveugles. Des locaux de maintenance, sans doute. L'endroit rêvé pour enfermer quelqu'un et le garder au frais un bout de temps.

*

Sonya avait résisté plus longtemps que sa mère l'aurait cru possible. Rester cloîtrée nuit et jour dans une pièce sinistre pendant plus d'une semaine et n'en sortir que pour faire ses besoins et se doucher représentait une épreuve terrible pour une enfant de cet âge. Bien sûr, Soraya avait fait de son mieux pour la divertir. Comme une fenêtre ouverte sur le monde, les contes persans et leurs personnages merveilleux avaient nourri son imaginaire durant quelque temps. Mais à présent, la méthode ne fonctionnait plus. Un cap avait été franchi. Désormais, toutes les histoires, tous les câlins du monde restaient impuissants à la sortir de sa détresse.

Contrairement à toute attente, l'apparition de Rebeka avait accéléré le processus.

« Elle peut aller où elle veut, gémit Sonya après le départ de leur visiteuse. Pourquoi pas nous ? »

Il y avait une bonne raison à cela, évidemment. Mais comment une enfant de deux ans aurait-elle pu comprendre et surtout accepter ce qu'elle voyait avant tout comme une injustice ?

Soraya avait beau la prendre sur ses genoux, lui caresser les cheveux, lui murmurer des paroles apaisantes, la petite demeurait inconsolable. Bientôt, ses sanglots se transformèrent en plaintes déchirantes qui gagnaient en volume après chaque inspiration.

Alarmé, Islam fit irruption dans la cellule, s'agenouilla devant elle et tenta de lui faire entendre raison. C'est perdu d'avance, songea Soraya. Sonya n'était plus l'enfant raisonnable qu'il avait connue, elle s'était retranchée à l'intérieur d'elle-même, dans cet espace fermé à double tour que tous les parents redoutent.

« Il faut qu'elle sorte », dit-elle en se levant.

Islam lui barra le chemin. « Tu sais que c'est impossible.

— Alors, faites l'impossible. Pas pour moi, pour Sonya. Vous voyez dans quel état elle est ? Si elle ne sort pas, elle va se rendre malade. C'est urgent. »

Chose positive, Islam ne quittait pas des yeux l'enfant qui hurlait de plus en plus fort.

« Si ça continue, je serai obligé de la bâillonner.

— Pas question, rétorqua Soraya d'une voix qui couvrit les cris de sa fille. Elle deviendrait folle. Et ce serait à cause de vous. Vous voulez avoir ça sur la conscience, Islam ? »

Islam s'essuya le front. Puis il sortit un pistolet, mais sans le pointer sur quiconque. « Tu vois ce truc ?

— Oui.

— Tu sais les dégâts que ça fait.

— Bien sûr.

— Alors, prends garde. » Il désigna la porte d'un coup de menton. « Vas-y. Dix minutes. » Il écarta l'arme de sa cuisse, la leva. « Pas une seconde de plus. »

*

Bourne se dirigeait à l'odeur. Le passage souterrain dans lequel il s'était engagé avait dû être aspergé de gaz peu de temps auparavant. Il passa un coude et tomba sur les agents du Secret Service étendus par terre. Plus loin, au bout du couloir, se trouvait l'une des petites pièces qu'il avait repérées sur le plan.

Bourne se pencha sur les corps sans vie. Ces hommes étaient morts d'asphyxie mais on les avait également égorgés, comme si leur assassin avait voulu leur infliger la pire des blessures. Il examinait le troisième cadavre quand un objet contondant s'abattit sur sa tête, derrière l'oreille droite, une zone fortement innervée. Il vit le sol se rapprocher, et s'évanouit avant de le toucher.

59

QUAND IL REPRIT CONNAISSANCE, il était ligoté sur une chaise, dans une pièce aménagée comme un plateau de tournage, avec des projecteurs, une toile de fond et, trois mètres devant lui, une caméra vidéo haut de gamme assortie d'un micro. Dans le champ de la caméra, deux acteurs : Bourne lui-même et un individu assis à côté de lui. Le président des États-Unis.

On leur avait attaché les poignets dans le dos avec des menottes en plastique. Le décor derrière eux représentait une caverne, peinte avec une telle minutie que sur la vidéo elle aurait l'air plus vraie que nature. On se serait crus dans un pays montagneux à des milliers de kilomètres de Singapour – l'Afghanistan peut-être, ou le Pakistan occidental. Bourne vit son gilet pare-balles qui traînait par terre.

Il y avait trois hommes avec eux : celui qui avait prétendu être Borz mais que Bourne considérait toujours comme Moussa, le pilote, et les deux Tchétchènes qui auraient dû rester en faction devant l'hippodrome. Enfin, d'après ce que le premier Borz avait dit, Bourne commençait à réaliser à quel point il s'était laissé berner. Tout ce qu'on lui avait raconté depuis le début était archifaux, jusqu'à la bombe censée détruire les tribunes mais qui ne servait en réalité qu'à l'éloigner du théâtre des opérations. L'attentat qui allait se produire était d'une audace, d'une ampleur sans précédent. Le manuel du parfait terroriste recommandait des attaques à grande échelle mais, pour s'assurer d'une visibilité aux dimensions de la planète, quoi de mieux que l'exécution en direct du président des États-Unis ?

Il ne s'en était pas aperçu tout de suite, mais il y avait une femme évanouie dans un coin du pseudo-studio. Qui était-elle ? Et que faisait-elle avec Potus ? Était-ce l'une de ses collaboratrices ? La porte-parole de la Maison-Blanche ? Les terroristes s'étaient-ils servis d'elle pour piéger le Président ? Une autre pièce du puzzle se mit en place.

« Dis-moi, tu as combien de vies ? » Moussa se pencha pour mieux observer son visage. « Je crois qu'on va bientôt le savoir. Tu vas mourir – pour de bon – au service d'une grande cause. »

La tête de Potus dodelinait sur sa poitrine. Il n'avait pas repris connaissance. Bourne savait que les terroristes ne feraient rien avant qu'il se réveille et comprenne ce qui lui arrivait. Moussa ouvrit un coffret en cuir épais, comme une boîte à cigares. À l'intérieur, étaient rangées plusieurs petites seringues. Il en retira une, enfonça l'aiguille dans le bras de Potus et pressa sur le piston. Dix secondes plus tard, le Président ouvrait les yeux.

« Qu'est-ce qui se passe ici ? fit-il de sa voix la plus impérieuse.

— Devine ! répondit Moussa sur un ton négligent, comme s'il était en train de se curer les ongles. Tu es sur le point d'entrer dans l'Histoire, Magnus. Toi et ton super-tueur à gages serez bientôt décapités devant la caméra. Poser des bombes, se faire exploser au milieu d'une foule c'est à la portée de n'importe qui. Ce qui va se passer ici est d'un tout autre niveau. Des milliards de téléspectateurs vont assister en direct au juste châtiment du soi-disant leader du monde libre. La population étasunienne mettra de longues années à récupérer d'un tel traumatisme.

— Nom de Dieu ! s'écria Potus en roulant des yeux fous. Vous ne pouvez pas faire ça ! » Il semblait au bord de la crise cardiaque. « Cet homme est un imposteur, poursuivit-il en se tournant vers Bourne. Je ne le connais pas. Mais je peux vous certifier qu'il n'est pas au service des États-Unis. »

L'autre éclata de rire. « Allons, allons, Magnus, tu ne vas pas mourir sur un mensonge. Ce n'est pas bien.

— Mais je dis la vérité. » La sueur qui trempait le visage de Potus dégoulinait sur le col de sa chemise blanche. « Croyez-moi.

— Te croire ? Alors que tu mens comme tu respires ? » s'esclaffa Moussa. Puis il fit un signe au Tchétchène qui était derrière la caméra. « Allez, on enregistre. L'hégémonie américaine est sur le point de s'achever.

— Je te demande juste une ou deux minutes, le temps de me connecter au réseau d'Al-Jazeera », indiqua l'opérateur.

À cet instant, la jeune femme évanouie se mit à bouger.

« Cam, lui cria Potus. Camilla ! Tu vas bien ? » Comme elle ne répondait pas, il soupira : « Oh mon Dieu ! » Était-ce une prière ? Une imprécation ? Impossible à dire.

« On y est presque, reprit le caméraman. Mais qu'est-ce qu'il fait, l'autre ? »

Bourne était plié en deux sur sa chaise.

« Redresse-le, ordonna Moussa à son deuxième acolyte, plus proche de lui. Je veux qu'on voie bien son visage au moment ultime. » Le Tchétchène s'approcha de Bourne et l'empoigna par les cheveux. L'entendant marmonner quelque chose en russe, il se pencha pour saisir ce qu'il disait. Bourne lui fracassa l'os du nez avec le front. L'homme recula en titubant, le bas du visage ruisselant de sang, les yeux révulsés. Il s'écroula près de Camilla.

Scandalisé, Moussa se rua sur Bourne en l'insultant. Le caméraman sortit le calibre .45 qu'il portait à la ceinture et le braqua sur les deux otages, mais sans prêter la moindre attention à Camilla. Celle-ci en profita pour saisir le pistolet du Tchétchène tombé à côté d'elle. Les coudes plantés dans le sol pour éviter de trembler, elle le pointa tant bien que mal sur l'ennemi. Le narcotique qu'on lui avait administré courait encore dans ses veines. Elle voyait trouble, ses oreilles bourdonnaient. Deux secondes plus tard, elle réalisa que ce qu'elle prenait pour des bourdonnements étaient des cris.

Fort heureusement, ses réflexes professionnels reprirent le dessus. Elle expira, inspira à fond, recracha lentement l'air et pressa la détente. La première balle se ficha dans le flanc du caméraman, la deuxième le précipita sur le sol dans une mare de sang.

*

Bourne se tenait prêt à accueillir Moussa. Au moment voulu, il poussa sur ses pieds de manière à projeter violemment sa chaise en arrière. En heurtant le mur, le dossier se brisa, libérant ses bras. Il ne lui restait plus qu'à lever les genoux et glisser vers l'avant ses deux mains menottées. Voyant Moussa dégainer un pistolet, il lui jeta au visage l'un des montants du dossier. Le bout de bois l'atteignit sous le menton. Déstabilisé, Moussa recula d'un pas, mais sans lâcher son arme.

Quand il finit par tirer, Bourne n'était plus dans sa ligne de mire. Moussa eut à peine le temps de l'apercevoir à côté de lui, les bras levés. De ses deux poings serrés l'un contre l'autre, Bourne lui assena un coup sur le haut du crâne, au point de jonction entre les os – les fontanelles, chez les bébés. N'importe qui se serait écroulé, mais pas lui. Il lâcha son arme mais resta bien campé sur ses jambes.

Moussa disposait à présent de ses deux mains et donc d'un net avantage sur Bourne toujours menotté.

« Voyons comment tu te débrouilles sans ta cuirasse », dit-il en plantant ses doigts tendus sous le sternum de Bourne tandis que, du tranchant de la main gauche, il le frappait sous l'oreille.

Étourdi par le choc, Bourne dut reculer d'un pas. Quand Moussa repartit à l'assaut, il l'accueillit avec un coup de coude suivi d'un uppercut que l'autre n'eut aucun mal à parer avant de répliquer d'un direct à la poitrine, juste au-dessus du cœur. C'était une technique employée jadis par les agents du KGB pour perturber l'influx électrique alimentant le muscle cardiaque et provoquer une attaque.

Bourne sentit son pouls s'arrêter, comme s'il se mettait sur pause, puis repartir en palpitant selon un rythme anarchique. L'air qui sortait de ses poumons brûlait comme un gaz toxique.

Au prix d'un effort surhumain, il leva les bras, les passa autour du cou de son adversaire puis, exerçant un mouvement tournant, l'obligea à pivoter sur lui-même. Quand la gorge de Moussa toucha les menottes et que le plastique lui mordit la peau, Bourne rassembla ses dernières forces et plia les coudes.

La nuque de Moussa basculait irrésistiblement vers l'arrière. Lorsqu'elle fut presque à angle droit, Bourne la maintint contre sa poitrine et serra. Le visage du Tchétchène vira au violet.

Sa bouche s'ouvrait, se refermait spasmodiquement comme pour happer l'air qui refusait de se laisser aspirer. Puis un rictus déforma ses lèvres.

« Tu ne sauras jamais », marmonna-t-il en russe.

Bourne sentit le corps de son adversaire s'avachir contre lui. Il leva les bras. Le cadavre s'écroula sur le sol.

60

CHOSE RARE, MAGNUS NE DISAIT MOT. Vissé sur sa chaise, il respirait comme un poisson hors de l'eau. Son aspect laissait à désirer, lui qui était toujours impeccable, même après l'amour – le sexe appartenant pour lui au même registre que le pouvoir, la domination et la destruction. Il regardait la mort faucher les gens autour de lui, mais son esprit s'était réfugié quelque part ailleurs, dans un lieu idéal où il était encore le président des États-Unis, l'homme qui menait le monde à la baguette.

*

Soudain, Aachir s'encadra sur le seuil. Découvrant le cadavre de Moussa au milieu de la pièce, puis ceux des deux autres terroristes, il resta figé de stupeur. Toujours couchée sur le ventre, Camilla tourna vers lui son .45 en visant le cœur. Bourne eut juste le temps de lui crier : « Non, ne tirez pas ! »

Elle leva son arme et, brisée par l'effort qu'elle venait de fournir, s'écroula sans force. Elle tremblait, respirait difficilement.

Dans la poche de Moussa, Bourne trouva la boîte à seringues. Il releva la manche de la jeune femme et lui injecta une dose de sérum.

« Qu'est-ce que tu fais ici ? » demanda-t-il au jeune homme sans quitter des yeux Camilla qui reprenait connaissance.

Aachir comprit que cette question s'adressait à lui.

« Je devais faire un carton dans la loge présidentielle, murmura-t-il après avoir tranché les menottes de Bourne. Mais je n'ai pas pu.

— Tu n'étais censé tirer sur personne, répondit Bourne en aidant Camilla à s'asseoir. Tu t'es fait avoir, toi aussi. En fait, Moussa t'avait placé là pour faire diversion. Il aurait appelé la police pour leur signaler la présence d'un homme armé. Et au moment où les flics seraient venus t'arrêter, le véritable attentat se serait déroulé ici même, dans cette pièce. »

Aachir colla son dos contre le mur et se laissa glisser jusqu'à terre. « Il y a toujours autre chose derrière les apparences, souffla-t-il comme s'il se parlait à lui-même.

— Détache le Président », ordonna Bourne.

Magnus se crispa. « Je refuse que ce terroriste me touche. Il est quoi, iranien comme El Ghadan ?

— Jordanien, répliqua Bourne en posant discrètement un doigt sur ses lèvres à l'intention d'Aachir.

— Iranien, jordanien, quelle différence ? aboya Magnus.

— J'en vois au moins une. Les Jordaniens sont des Arabes et les Iraniens des Perses.

— Un djihadiste en vaut un autre. Ils ne veulent qu'une chose : nous anéantir.

— Non, pas tous, intervint Aachir.

— Tu es bien sûr de toi, jeune homme. »

S'abstenant de tout commentaire, Aachir contourna la chaise et trancha les menottes du Président qui gémit de soulagement, puis se massa les poignets pour rétablir la circulation.

Craignant de recevoir un mauvais coup, Aachir s'esquiva prestement. « Je n'en reviens pas, dit-il. Quand je pense à ce que Borz s'apprêtait à faire ! »

Bourne désigna l'homme qu'il avait étranglé. « Tu penses vraiment que c'était Borz ?

— Que veux-tu dire ? »

Bourne le regarda dans les yeux. « Tu crois qu'un si haut personnage – le plus grand trafiquant d'armes au monde – risquerait sa peau sur le terrain ? » Bourne secoua la tête, puis se tourna vers Camilla pour l'aider à se relever. « Non, j'ignore qui était réellement ce type mais je mettrais ma main au feu qu'à l'instant où nous parlons, le véritable Ivan Borz est en sécurité quelque part en Russie ou en Tchétchénie ou au diable. »

Aachir contempla le cadavre, alla éteindre la caméra vidéo, revint sur ses pas, s'accroupit auprès du pseudo-Borz et fouilla ses vêtements.

« Tu ne trouveras rien », dit Bourne.

Comme il était jeune et encore naïf malgré les épreuves qu'il avait traversées, Aachir s'obstina, allant jusqu'à vérifier les ourlets et les doublures. Il en fut pour ses frais. « Il n'y a rien, conclut-il en s'asseyant sur les talons. Rien du tout. »

Renonçant enfin à sa paralysie volontaire, Potus se leva et rejoignit Camilla d'un pas chancelant. « Tu vas bien ? » Comprenant qu'elle ne répondrait pas, il changea de registre comme font tous les politiciens confrontés à un problème embarrassant. « Tu connais cet homme ? »

Elle eut un mouvement de recul. « Je t'en prie, Bill, ne m'approche pas. »

Il la fixa d'un air lugubre. « J'ai tout gâché.

— Allez, il est temps de partir, ordonna Bourne. On se dépêche.

— Je n'irai nulle part avant qu'elle m'ait répondu », s'entêta Magnus.

Camilla posa les yeux sur Bourne et l'examina avec curiosité. Au bout de quelques secondes, elle dit : « Non, je ne le connais pas, mais je l'ai vu en photo. Je crois que c'est Jason Bourne.

— Impossible ! » explosa Magnus.

Mais personne ne l'écoutait.

« Je devais assurer la protection de Potus, reprit Camilla en s'adressant directement à Bourne. Pour cela, j'étais censée vous tuer. Avant de m'envoyer ici, on m'a fait suivre un entraînement de jockey. Le fait de participer à une course me permettait de circuler librement dans les locaux de l'hippodrome où vous étiez supposé vous cacher.

— C'est aussi absurde que de confondre ce type avec Ivan Borz, répliqua Bourne en désignant le cadavre de Moussa. Non, il s'agit encore d'une manœuvre de diversion. Mais venant de la partie adverse, cette fois, autrement dit de Washington. Je pense qu'en réalité, vos supérieurs vous ont envoyée sur le terrain pour qu'on vous tue en même temps que moi.

— Oui, je suis au courant. J'ai vu l'ordre de mission. Et j'ai entendu l'enregistrement d'une conversation entre Marty Finnerman et Howard Anselm. Leur dinger était chargé de nous assassiner tous les deux. Un certain Kettle.

— J'ai réglé le problème », intervint Magnus.

Pas du tout, songea-t-elle, c'est moi qui l'ai réglé. Mais elle préféra se taire pour lui laisser l'illusion d'avoir réussi au moins une chose.

« Anselm et Finnerman vont croupir dans une prison fédérale », précisa Potus.

Bourne enjamba le cadavre du pseudo-Borz et alla ouvrir la porte. « Il y a une autre pièce plus loin. » Et comme Magnus lui emboîtait le pas, il ajouta à son intention : « Préparez-vous à un triste spectacle. Vos hommes sont tous morts. »

Ils longèrent le couloir en slalomant entre les corps. À mi-chemin, Magnus saisit Bourne par le bras.

« Je ne veux pas me retrouver dans un espace clos avec ce… cet Arabe.

— Je vous conseille de discuter avec lui, Magnus. Vous apprendrez peut-être quelque chose. »

L'autre pièce, plus petite que la précédente, ressemblait à un local administratif. Elle renfermait un bureau métallique, quatre chaises et trois armoires de classement poussées contre un mur. Quand Bourne alluma, l'un des néons fixés au plafond se mit à grésiller.

« Peut-être, reprit Magnus. Vous avez peut-être raison. Mais le fait est que rien ni personne ne doit entraver le processus de paix. On a dû constater mon absence, donner l'alerte. Imaginez la panique, autant ici qu'à Washington. Déjà qu'Israël et les Palestiniens sont à couteaux tirés… je n'ose penser à ce qui arrivera si je ne suis pas là pour…

— J'ai une ou deux choses à te dire, l'interrompit Camilla.

— Je crains que le moment soit mal choisi, Cam.

— Au contraire. » Elle lui parla de la conversation qu'elle avait surprise entre Hunter Worth et Vincent Terrier. « Tu sais que j'ai une excellente mémoire, Bill. Alors, écoute, je vais te rapporter au mot près ce que Terrier a dit ce soir-là : "Grâce à mon métier, je connais la véritable Amérique, celle dont les civils ne soupçonnent pas l'existence. Ce pays repose sur un système militaro-bureaucratique tellement enraciné dans nos institutions qu'aucun président, aucun parti politique n'a le pouvoir de l'éradiquer. C'est une réalité permanente, désormais. Et je sais que ce système est centré autour d'une entité nommée Gravenhurst."

— Pour l'amour du ciel ! » s'écria Magnus.

Bourne connaissait Gravenhurst. Magnus et son chef de cabinet, Howard Anselm, faisaient partie de ses anciens membres les plus illustres.

« Bill, renchérit Camilla, ce que tu crois savoir sur Gravenhurst n'est qu'une illusion savamment entretenue.

— Allons, Cam. C'est un mensonge. Comment peux-tu ajouter foi… ? »

Camilla lui coupa la parole. « Selon Terrier, Gravenhurst est bien plus que ce qu'il prétend être, à savoir un *think tank* conservateur rassemblant des diplômés de Yale partageant une même idéologie. Quand on est coopté, c'est pour la vie. Et on n'y trouve que le gratin : des politiciens de haut rang, de puissants industriels, sans oublier les grands dirigeants de notre infernale machine de guerre – dont le fanatisme n'a rien à envier à celui des djihadistes comme El Ghadan.

— C'est absurde, tonna Magnus. Une monstrueuse calomnie. » Malgré ses cris indignés, on le sentait déjà moins sûr de lui, comme s'il commençait à additionner deux et deux.

« Et ça ne fait qu'empirer, reprit Camilla. Terrier estime que ton initiative en faveur de la paix est vouée à l'échec. Tu sais pourquoi ? Parce que la machine de guerre est bien trop lucrative pour les membres de Gravenhurst. À leurs yeux, la paix n'est qu'une hérésie.

— Je n'en crois pas un mot, répliqua Magnus. Terrier et ses semblables sont des menteurs invétérés.

— Contrairement à votre chef de cabinet et à votre sous-secrétaire à la Défense, lança Bourne.

— D'après Cam, ce type-là, Terrier, était assez fou pour fomenter mon assassinat.

— Et Anselm et Finnerman, ils n'ont rien fomenté contre toi ? » rétorqua Camilla.

Bien que fortement ébranlé, Potus tira sa dernière cartouche. « Gravenhurst est mon alma mater. C'est une institution remarquable dont les travaux sont internationalement reconnus. » Il trancha l'air du plat de la main. « En plus, je connais tous ses membres.

— Peut-être pas assez, dit Bourne. Personnellement, j'ai l'impression que toute la structure est pourrie. »

Le regard de Magnus se fixa sur Bourne. Il avait le souffle court, les jambes en coton. « Seigneur ! Si c'est vrai... », bredouilla-t-il en se rasseyant. Il passa une main tremblante dans ses cheveux. « Que dois-je faire ?

— Arrangez-vous pour que les Palestiniens et les Israéliens trouvent au moins un point d'entente qui pourra servir de base à de futures négociations, lui conseilla Bourne. Ensuite, quand vous serez de retour à Washington, rassemblez des personnes de confiance et demandez-leur de vous aider à faire le ménage. »

Magnus leva les yeux. « Camilla, tu m'aideras ? »

Elle secoua négativement la tête. « Non, Bill. J'ai tiré un trait sur cette vie. Tu devras te débrouiller seul. »

Le Président était pâle comme un linge. Certes, il était passé à deux doigts de la mort, mais ce qui le terrifiait le plus c'était la découverte de sa propre vulnérabilité. L'afflux d'énergie qu'il avait ressenti peu de temps auparavant dans sa chambre d'hôtel avait été totalement aspiré par les derniers événements. Et voilà qu'à présent Camilla paraissait plus lointaine que jamais : glaciale, intouchable.

« C'est à cause de ce qui s'est passé tout à l'heure, coassa-t-il.

— Non, Bill. Tu peux choisir de me croire ou pas, mais sache que ma décision n'a rien à voir avec toi. »

Elle parlait sur un ton si déterminé qu'il ne put s'empêcher de frémir. « Cam, j'ai commis des erreurs. Je n'avais plus ma tête... j'ai mal agi. Très mal.

— Garde tes excuses pour ta femme et tes enfants.

— Est-ce la fin, Cam ? Ou le début ? demanda-t-il comme une âme en peine.

— À toi de décider, Bill. »

Oui en effet, c'était à lui de décider, songea-t-il. Il le voyait aussi clairement qu'un phare au milieu de la tempête. Un espoir auquel on s'accroche pour éviter de sombrer. « Bon, très bien. » Au prix d'un gigantesque effort, Magnus se ressaisit. Il était le Président, après tout ; il devait agir comme tel, même si la peur lui dévorait les entrailles. « J'ai passé trop de temps à fuir mes responsabilités, à laisser les autres choisir à ma place.

— D'où l'intérêt que vous portaient vos copains multimilliardaires de Gravenhurst », lança Bourne.

Magnus le scruta durant un temps infini. Il était en train de mesurer sa propre bêtise. « Je tremble à l'idée que vous ayez raison, Camilla et vous. » Après quoi, il se frappa les cuisses et se leva de sa chaise. « Enfin bref, le moment est venu d'apparaître au grand jour. J'ai un processus de paix à négocier. »

Mais Bourne restait planté devant la porte, lui bloquant le passage. « Magnus, il est trop tôt pour vous montrer en public. Vous devez attendre encore un peu. C'est une question de vie ou de mort.

— Je ne partage absolument pas votre point de vue. » Le Président semblait avoir récupéré sa morgue et son complexe de supériorité. « Et je n'apprécie pas que vous m'appeliez Magnus. Je suis le président des États-Unis.

— Et sans moi, vous seriez mort, rétorqua Bourne. Tant que vous êtes ici, vous faites ce que je dis. »

Sur le visage de Magnus passèrent des sentiments contradictoires. Visiblement, cette situation l'horripilait, mais avait-il le choix ?

« Vous vouliez connaître la raison de ma présence, Magnus, poursuivit Bourne. Eh bien, vous allez tout savoir. El Ghadan a kidnappé une famille de trois personnes à Paris. L'homme était un agent du Quai d'Orsay, il s'appelait Aaron Lipkin-Resnais. Sa femme a travaillé pour vous. C'est Soraya Moore, l'ancienne codirectrice de Treadstone. Leur fille de deux ans se prénomme Sonya. Il se trouve que Soraya est une vieille amie à moi. Elle et la petite sont toujours retenues en otages. El Ghadan s'est servi d'elles pour me pousser à vous tuer. Enfin, c'est ce qu'il m'a dit, mais en réalité il voulait juste m'attirer ici pour que je participe avec vous à cette mise en scène macabre. Son but ultime étant de nous exécuter tous les deux et de diffuser les images dans le monde entier. »

Un silence tendu s'abattit sur leur petit groupe. Soudain, Bourne prit conscience que le jeune Aachir, l'étranger, l'homme venu d'ailleurs, venait d'assister à un condensé des pires travers de l'Occident. Mais au lieu de ricaner devant cet odieux étalage de cupidité et de duplicité, Aachir les observait d'un air empreint de gravité.

« Et maintenant, Magnus, nous voilà réunis dans cette petite pièce, poursuivit Bourne. Je vous ai sauvé la vie, je vous ai conseillé, à aucun moment je n'ai tenté de vous tuer. »

Magnus chercha le regard de Camilla. Celle-ci haussa les épaules comme pour dire : C'est vrai, inutile de nier.

Magnus se retourna vers Bourne. « Vous dites qu'El Ghadan a aussi enlevé leur enfant ?

— Absolument. Elles ont besoin de votre aide. Si vous apparaissez maintenant…

— Elles mourront, compléta Magnus. Oui, je vois. » Il secoua la tête. « Vous ne correspondez guère au profil décrit dans votre dossier. On vous dépeint comme un traître, un psychotique et j'en passe. »

Bourne éclata de rire. « Les fichiers de renseignement sont un peu comme les livres d'histoire. Leur contenu change en fonction des régimes et des idéologies. Je m'en méfierais si j'étais vous.

— Quand même, je devrais me signaler. Mon absence n'a que trop duré. »

Camilla le regarda d'un air réprobateur. « Et tu sacrifierais les otages ? Une femme et sa fille de deux ans ?

— Tout dépend d'Aachir, dit Bourne.

— Ce Jordanien ? » Magnus secoua la tête. « Je ne comprends pas. »

Mais Bourne ne faisait plus attention à lui. « Mais toi tu comprends, n'est-ce pas, Aachir ? »

Le jeune homme acquiesça. « J'ai réfléchi. Ma place n'est pas ici. Elle ne l'a jamais été. Il est temps pour moi de rentrer à la maison et de retrouver mon père.

— Tu es sûr ?»

Aachir confirma d'un signe de tête. « Absolument. Soit les choses changent, soit elles se terminent. Tel est le secret de l'existence, non ? »

Le Président écarquilla les yeux. « Mais de quoi parle-t-il ? »

Bourne posa la main sur l'épaule de son jeune ami. « C'est une longue histoire, Magnus. »

61

UNE VIE CONTRE UNE VIE.

Le lendemain, Bourne et Aachir atterrissaient à Doha. Ils étaient partis très vite du Thoroughbred Club, laissant derrière eux Camilla qui tenait absolument à monter Jessuetta dans l'épreuve pour laquelle elle s'était entraînée. La jument et sa cavalière s'étaient maintenues à la hauteur du cheval présidentiel jusqu'au tout dernier moment et n'avaient été battues que d'une courte tête. Une course époustouflante. Camilla avait-elle retenu sa monture sur la ligne d'arrivée pour ne pas défriser le Président déjà énervé par le retard pris dans le déroulement des festivités ? Elle n'en dit rien. Quant à Jimmy Ohrent, il respecta son silence bien qu'il eût sans doute son idée sur la question.

« Je me suis bien amusée », s'était-elle écriée en descendant de cheval. Elle avait les joues rouges, son pouls battait à cent à l'heure. « Je ne regrette pas.

— Alors, restez encore un peu », avait-il répondu.

*

Le soleil brillait sur Doha, ce qui n'avait rien d'inhabituel, même en début de soirée. La chaleur était infernale, mais ni Bourne ni Aachir n'y prêtait attention.

L'échange devait avoir lieu à minuit, sur le pont-jetée menant aux îles artificielles de Pearl-Qatar. Bourne avait fixé l'heure, El Ghadan le lieu. Le projet Pearl-Qatar était presque achevé.

Inauguré en 2010, il prévoyait la construction sur presque quatre kilomètres carrés d'un ensemble immobilier comprenant des hôtels, des marinas, des centres commerciaux et des tours d'habitation. Un petit paradis entièrement bâti par l'homme, comme on n'en trouve qu'au Moyen-Orient.

Le pont-jetée était ouvert à la circulation mais, à bientôt minuit, personne n'y roulait. Deux véhicules étaient arrêtés de part et d'autre de sa large chaussée incurvée. Une Opel gris métallisé de location avec Bourne au volant et Aachir assis à côté de lui. Et en face, un gros SUV de couleur noire.

« Tu as bien réfléchi ? insista Bourne.

— Tu m'as déjà posé la question, répondit Aachir. Rien n'a changé depuis.

— Si, tout a changé. C'était juste une idée et maintenant, c'est la réalité. Nous sommes à la croisée des chemins. Tu ne pourras plus revenir en arrière.

— Je ne veux pas revenir en arrière. L'occasion m'est donnée de me rendre utile. En libérant cette femme et sa fille, j'accomplirai une chose dont je pourrai être fier. C'est insuffisant pour réparer le mal commis par mon père, mais…

— C'est suffisant, l'interrompit Bourne. Plus que suffisant. » Il se tourna vers Aachir. « Je te dois énormément.

— Non, c'est moi qui suis ton débiteur. »

Derrière le SUV, les lumières qui brillaient aux fenêtres des immeubles perçaient la nuit comme des comètes. On apercevait çà et là les formes sombres des yachts qui semblaient surgir des flots, tels des monstres marins.

Minuit sonna.

Une portière s'ouvrit. Quand Sara sortit du SUV, Bourne eut l'impression qu'il ne l'avait pas vue depuis des siècles. Il la trouva merveilleusement belle et courageuse. À la voir ainsi auréolée de tous ces points lumineux, il se crut un bref instant transporté sur le Bifröst, l'arc-en-ciel de la mythologie scandinave reliant la Terre à Asgard.

« Ne bouge pas. Attends que je t'appelle », dit-il à Aachir.

Il descendit de l'Opel et resta quelques secondes à fixer Sara, de l'autre côté de la chaussée. Puis son regard coulissa vers le SUV et il se mit en marche.

« Je veux les voir », cria-t-il en s'interdisant de l'appeler par son prénom. El Ghadan ne devait surtout pas soupçonner qu'ils se connaissaient.

« Elles sont assises à l'arrière, dit-elle. Elles vont bien.

— Je préférerais le constater par moi-même. » La voix de Bourne résonna bizarrement sur la mer sombre et lisse comme une dalle d'obsidienne.

« Il veut voir son fils. »

Bourne se retourna et fit un signe à Aachir qui descendit de voiture.

El Ghadan avait dû interpeller Sara depuis l'habitable du SUV car elle se retourna, et aida Soraya à sortir en tenant sa fille endormie dans ses bras. En voyant Bourne, Soraya se mit à pleurer. Il la trouva plus pâle et plus maigre que dans son souvenir. Mais elle n'avait pas vieilli ; elle avait seulement l'air plus sage.

« Maintenant, approchez avec le garçon, cria Sara.

— Qu'il se montre d'abord », répondit Bourne.

Elle le regarda sans rien dire. Au bout d'un moment, la portière côté chauffeur pivota sur ses gonds et El Ghadan apparut. Bourne avait posé comme condition qu'il vienne seul, sans chauffeur ni garde du corps.

Il avait troqué son costume occidental contre une tenue traditionnelle iranienne. En voyant son visage blafard, fripé, ses traits tendus, Bourne comprit qu'il était sous le coup d'une intense émotion. Le fils qu'il avait cru perdu allait bientôt lui être rendu.

« Vous devriez être mort, Bourne, dit-il d'une voix plate comme un galet ricochant à la surface de l'eau. Mais je ne vous en veux pas. Vous avez retrouvé mon fils, vous me l'avez ramené. Soyez remercié.

— Approche », souffla Bourne. Aachir s'avança.

« Tout va bien, ajouta Bourne en le sentant arriver près de lui. Vous serez bientôt réunis. C'est le début d'une nouvelle vie pour vous deux. »

Puis, à l'intention d'El Ghadan : « Envoyez les otages. »

El Ghadan esquissa un signe de la main. Sara se dépêcha de guider Soraya et sa fille loin du SUV. Au même instant, Bourne, le bras posé sur les épaules d'Aachir, entama la courte marche qui devait les mener au point fixé pour l'échange.

Tout en avançant vers le sommet de la courbe, Bourne prit soin d'étudier l'attitude d'El Ghadan. Il doutait que le chef terroriste tente quoi que ce soit pendant que son fils était dans les parages, mais son entraînement lui dictait de se tenir sur ses gardes tant que Soraya ne serait pas en sécurité.

Quand celle-ci fut à portée de voix, il lui demanda : « Ça va ?

— Maintenant oui. »

Elle parlait avec assurance, ce qui le tranquillisa. Les ayant peut-être entendus dans son sommeil, Sonya s'accrocha plus fermement au cou de sa mère en écrasant sa joue contre sa poitrine. « Puisque tu es là, ajouta-t-elle.

— Bourne », lança El Ghadan. Il y avait quelque chose d'étrange dans son cri, comme s'il avait la gorge enflammée. « Mon fils, je vous prie. Ça fait tellement longtemps. »

Bourne et Aachir se placèrent face à face en joignant leurs avant-bras. Après quoi, Aachir embrassa Bourne sur les deux joues et s'en alla sans prononcer un mot. Ils s'étaient déjà dit l'essentiel. Aachir devait à présent retrouver sa famille et tenter de prendre un nouveau départ. Peut-être aurait-il une bonne influence sur son fanatique de père, pensa Bourne en le regardant s'éloigner. Peut-être à son contact El Ghadan réviserait-il son jugement sur le monde moderne auquel l'Islam, comme toutes les autres religions, avait besoin de s'adapter.

Sachant qu'El Ghadan s'attendait à ce qu'il se focalise sur les deux personnes qu'il connaissait, Bourne n'avait toujours pas adressé la parole à Sara. Il évitait même de tourner la tête vers elle.

« Quel bonheur de te revoir », dit-il à Soraya.

Celle-ci leva vers lui ses grands yeux pleins de larmes. « Merci, Jason. Personne d'autre que toi n'aurait pu nous sauver. » Puis elle tendit la main et saisit le bras de Sara. « Mais sans Rebeka, j'ignore ce qu'on aurait fait. »

Bourne s'autorisa enfin à regarder Sara dans les yeux. « Tu as fait du bon boulot », murmura-t-il.

Surprise, Soraya les considéra l'un après l'autre. « Vous vous connaissez ? » Elle rit discrètement. « J'aurais dû m'en douter. »

Ce rire – et peut-être aussi la joie qui transparaissait dans la voix de sa mère – eut pour effet de réveiller Sonya. L'enfant remua, tourna la tête vers Bourne et dit avec un grand sourire : « Maman, le djinn ! Il est là ! »

Au même instant, une détonation déchira le silence de la nuit.

D'instinct, Bourne se mit à courir vers le SUV à côté duquel se tenait El Ghadan armé d'un pistolet. À ses pieds gisait Aachir, face contre terre, bras écartés. Une mare de sang, noire comme le ciel, grandissait autour de son crâne.

« Qu'avez-vous fait ? hurla Bourne.

— Ce que je devais faire », lâcha El Ghadan en se dirigeant vers la portière ouverte du véhicule.

Par un étrange phénomène acoustique, l'eau qui les entourait agissait comme une caisse de résonance. Bourne aurait aimé avancer plus vite mais c'était comme si quelque chose l'en empêchait.

« C'était votre fils.

— Non, Bourne. C'était un homosexuel. Mon fils ne peut pas être homosexuel. Aachir a jeté la honte sur ma famille. Je devais venger l'honneur des miens.

— Et redorer votre blason, par la même occasion. »

Bourne avait toujours l'impression de faire du surplace, comme dans les rêves. Il essaya d'accélérer mais El Ghadan était déjà au volant.

« Je vous le laisse, Bourne. Vous aviez de l'affection pour lui. Moi, je n'en ai jamais eu. »

Comme le moteur n'avait pas cessé de tourner, El Ghadan n'eut qu'à enclencher une vitesse pour démarrer. Il fit demi-tour et s'éloigna rapidement, laissant Bourne agenouillé sur le sol, devant le corps sans vie d'Aachir.

Trois mois plus tard

ABDUL AZIZ PRIAIT SIX FOIS PAR JOUR. Agenouillé face à la Mecque, le front posé sur son tapis de prière, il se laissait envahir par la beauté complexe de l'Islam. Et en retour, Allah lui faisait don de sa miséricorde.

Mais ce jour-là, Abdul avait dû renoncer à ses dévotions. Il n'était ni dans ses luxueux bureaux de Doha ni dans sa vaste demeure familiale entourée de jardins agrémentés de fontaines mauresques et de petits ruisseaux qui bruissaient parmi des kiosques ajourés construits en cèdre du Liban. Il était dans un hammam au cœur de la médina de Marrakech. Dehors, une rumeur entêtante se dégageait de la foule qui serpentait entre les étals. À l'intérieur régnait un calme absolu.

El Ghadan était assis en face de lui, dans le bain de vapeur. Toujours au service du leader djihadiste, Sara avait négocié une rencontre entre les deux hommes. Cette rencontre devait aboutir à la signature d'un contrat de fret maritime. Pour les besoins de son commerce, El Ghadan changeait de transporteur tous les six mois environ. Bien qu'il possédât sa propre compagnie – Omega + Gulf Agencies –, ses exportations d'armes atteignaient un volume tel qu'il devait recourir à d'autres sociétés, au risque d'attirer l'attention sur son trafic.

Cette fois-ci, son choix s'était porté sur Abdul Aziz. Il le connaissait de réputation mais lorsque Sara lui avait suggéré cette association, il avait commencé par prendre des renseignements. Au bout de six semaines d'enquête, s'estimant satisfait,

El Ghadan avait consenti à le rejoindre en terrain neutre. Aziz avait proposé Marrakech où il connaissait un hammam peu fréquenté.

Ainsi qu'on pouvait s'y attendre, El Ghadan avait débarqué escorté de trois gorilles à la mine patibulaire. Il en fallait davantage pour impressionner Aziz. « Tant que nos tractations restent confidentielles, peu m'importe le nombre de vos gardes du corps.

— Et vous ? avait répondu El Ghadan. Qui assure votre sécurité, Abdul Aziz ?

— Je ne suis qu'un modeste homme d'affaires. Je me protège tout seul. »

À présent, ils étaient seuls dans la pièce chaude, assis sur des banquettes carrelées, une serviette nouée autour des reins. Les flammes des bougies, piquées dans les photophores disposés au creux des niches murales, projetaient des ombres tremblantes sur leurs visages.

Les trois gardes s'étaient réparti la tâche. Pendant que deux d'entre eux arpentaient les salles comme des dobermans chassant les rats, le troisième faisait le planton à l'entrée du bain de vapeur, les bras ballants mais prêt à intervenir au moindre danger.

Ces gens-là se tiennent sur le qui-vive en permanence, songea Aziz. Toujours prêts à se jeter dans le vide.

« Je vous propose un contrat sur une durée de trois ans, dit Aziz sans tourner autour du pot, au terme desquels il sera prorogé. Avec le consentement des deux parties, bien sûr. »

El Ghadan sourit. « Mon cher Abdul Aziz, je ne suis pas venu pour signer un contrat de service. Mais pour racheter votre compagnie. »

Aziz accusa le choc. « C'est impossible ! s'écria-t-il. Elle est dans ma famille depuis trois générations. Je la tiens de mon père qui la tenait du sien. Mes trois fils y travaillent et me succéderont quand je prendrai ma retraite. Je n'ai jamais songé à vendre.

— Jusqu'à ce jour, dit El Ghadan d'un air satisfait. Je suis prêt à vous faire une offre très généreuse. » Il annonça un chiffre astronomique. « Cela dépasse largement la somme qu'elle vous rapporte chaque année. Mais je n'ai aucune crainte, sous mon contrôle, les bénéfices seront multipliés par deux, voire trois, en l'espace de trois ou cinq ans. Voilà mon souhait.

— Avec tout le respect que je vous dois, fit Abdul Aziz d'une voix blanche, je ne peux pas accepter.

— Je vois. Bon, je rajoute deux cent cinquante millions de dollars.

— J'ai dû mal m'exprimer. Ce n'est pas négociable. Si l'arrangement dont j'ai parlé ne vous sied pas, restons-en là. »

Aziz allait se lever, mais El Ghadan lui ordonna de se rasseoir sur un ton qui, malgré la température de la pièce, lui donna la chair de poule.

« Oh, pardonnez-moi », s'excusa l'Iranien avec un sourire glacial. De la main, il dissipa les nuages de vapeur qui flottaient devant ses yeux. « Je vous en prie, ne partez pas si vite. Bien, reprit-il en se frottant les mains. Vous parliez de vos trois fils. Vous désirez qu'ils vivent jusqu'à un âge avancé, j'imagine, et, en attendant, qu'ils se marient – j'oubliais, Ahmad est déjà marié, mais il n'a toujours pas d'enfants, n'est-ce pas ? – et, si Allah le permet, vous donnent de nombreux descendants mâles qui prendront soin de vous quand vous serez vieux. »

Abdul Aziz répondit sèchement. « Vous menacez ma famille ?

— Je ne menace personne, mon ami. » Son sourire mielleux brillait comme un fanal dans la nuit. « Je vous présente l'avenir radieux qui pourrait être le vôtre. À moins que vous ne choisissiez une autre voie, celle-ci pavée d'embûches, de chagrins et de désillusions.

— Mon avenir dépend de mes bonnes ou de mes mauvaises actions. Il est entre les mains d'Allah le Bienveillant. »

El Ghadan resta de marbre quelques instants, puis le masque se fendilla. « Vous n'avez pas peur de moi.

— Non.

— Ni de la mort.

— Quand mon heure viendra, je passerai des bras aimants de ma famille aux bras aimants d'Allah.

— Et vos trois fils ? S'ils n'étaient plus là pour vous déposer entre les bras aimants d'Allah ? »

Le discours d'El Ghadan lui faisait horreur, et son ton sardonique encore plus. Mais après tout, se disait-il, c'était ainsi que s'expriment tous les grands despotes qui se croient invulnérables.

Il est temps, songea-t-il.

« Et votre fils à vous, El Ghadan – ou devrais-je dire Samir Sefavid ? Oui, ça sonne mieux. Qu'est devenu Aachir, mon cher Samir ? On dit que vous lui avez tiré une balle dans la tête. À votre propre fils. »

Frappé de stupeur, El Ghadan ouvrit la bouche sans parvenir à émettre un son.

« Vous ne connaissez rien à la vie – et vous êtes incapable de diriger ma compagnie. »

El Ghadan se leva d'un bond. Il appela son garde du corps. La porte s'ouvrit, l'homme entra, fit un pas et tomba sur le ventre. L'arrière de son crâne n'était qu'une bouillie sanguinolente.

Bourne s'encadra sur le seuil. « Personne ne viendra vous aider, Samir, dit-il. Vous êtes seul. »

Le regard d'El Ghadan passa de Bourne à Aziz, avant de revenir sur Bourne. « C'était une mise en scène… depuis le début.

— Oui, et maintenant la représentation est terminée, confirma Bourne.

— Pas question ! » hurla El Ghadan en sortant le poignard à lame courte qu'il tenait caché sous sa serviette de bain. Il se rua sur Bourne mais ce dernier l'arrêta en lui bloquant le poignet et en le tordant jusqu'à ce qu'il lâche. De son autre main, il le frappa à la nuque. Puis il l'empoigna et l'attira contre lui.

« Terminé, j'ai dit », lui souffla-t-il sous le nez.

El Ghadan grimaça. « Qu'est-ce que… ? » Il s'écroula raide mort avant de pouvoir finir sa phrase.

Bourne baissa les yeux sur le *mangèr*, autrement dit la petite lame, le « serpent » caché dans le bracelet que Khan Abdali lui avait offert pour l'aider à combattre les ténèbres extrêmes, selon l'expression qu'il avait employée. Il avait suffi que sa pointe perce la peau d'El Ghadan pour que le poison mortel se répande dans son organisme.

Abdul Aziz se tourna vers Bourne. « Tu avais raison, c'était le seul moyen de l'attirer hors de sa forteresse.

— Tu en doutais.

— Oui, jusqu'à ce qu'on se mette à parler affaires. » Il sourit en exposant sa magnifique dentition. « La discussion s'est déroulée exactement comme tu l'avais prédit.

— Certaines réactions sont faciles à prévoir. » Bourne aida Aziz à se lever. « Je crois qu'on a suffisamment transpiré pour aujourd'hui. »

Une semaine plus tard

« ÇA N'A PAS ÉTÉ SIMPLE de lui trouver un lieu de sépulture, dit Sara. Vu qu'il n'était ni arabe ni juif.

— Il n'était pas non plus citoyen iranien, répondit Bourne, du moins pas selon les critères en vigueur dans son pays d'origine. C'était un apatride. Je connais le problème. »

Ils se tenaient devant la tombe d'Aachir, dans l'antique cimetière musulman de Mamilla, à l'ouest de la vieille ville de Jérusalem. Il faisait beau malgré les nuages qui parcouraient le ciel, poussés par le vent du désert. La poussière qui s'élevait du sol laissait un goût sur la langue. Un goût venu du fond des âges, évoquant l'histoire de ce pays, des civilisations qui s'y étaient succédé mais aussi le sang de ceux qui étaient morts en combattant.

« Non seulement cela, reprit Sara en suivant son idée, mais Aachir était un Sefavid. Ses ancêtres ont institué le chiisme religion d'État en Iran et ils ont expulsé les juifs après les avoir déclarés *najis*, impurs.

— Tu as entendu ce que j'ai dit ? »

Sara acquiesça. « Bien sûr que j'ai entendu. »

Au-dessus d'eux, se dressait le Mont du Temple et ses deux édifices sacrés construits au VIIe siècle. Le Dôme du Rocher symbolisait à lui seul l'étroite imbrication des religions musulmane et juive puisqu'il abritait la pierre où Abraham avait couché son fils Isaac pour le sacrifier à Dieu et celle d'où le prophète Mahomet s'était élevé vers les cieux. Ces deux pierres n'en faisaient qu'une.

« Ce n'est pas un problème religieux, trancha Bourne.

— À Jérusalem, tous les problèmes sont religieux. »

Il s'abîma dans le silence.

« Mais je comprends ce que tu veux dire », renchérit-elle.

Bourne ne bougeait pas un cil ; c'était à peine s'il respirait. On aurait dit qu'il avait pris racine. Un vieil arbre de la Sagesse.

« Tu n'aurais rien pu faire, de toute façon, dit-elle d'une voix plus grave, douce comme une brise. Tu as sauvé Sonya et Soraya. N'est-ce pas suffisant ?

— Ce n'est jamais suffisant. »

Elle vit la tristesse sur son visage. « Oui, je crois que tu as raison. »

Durant un long moment, on n'entendit que les feuillages agités par le vent. Soudain, un son étrange les fit sursauter. Une voix fluette, venue de nulle part, chantant l'une de ces comptines absurdes qu'égrènent les petits enfants du monde entier.

« Je comprends ce qui s'est passé, articula Bourne, et en même temps, je ne comprends pas. »

Sara passa un bras autour de sa taille et le fit pivoter vers elle. « Étant donné ce qu'il était, il n'avait aucune chance de s'en sortir.

— C'est ça que je ne comprends pas.

— Alors dis-toi que tu lui as offert un magnifique cadeau, une chose dont il se croyait indigne. Tu l'as accepté tel qu'il était, tu es devenu son ami, tu l'as aidé à grandir.

— Et je l'ai précipité dans la gueule du loup.

— Non, Jason, il avait pris sa décision. En toute connaissance de cause. Il avait fini par tirer un trait sur les choses de l'enfance. Il voulait retrouver son père.

— Il essayait de s'adapter mais ne se sentait chez lui nulle part.

— Oui, c'est vrai. » Elle prit sa main et la garda entre les siennes. « Il n'y a rien à dire de plus. » Elle lui donna un baiser langoureux. « C'est fini maintenant. »

La voix enfantine s'éleva de nouveau, résonnant contre la muraille millénaire. Peu après, d'autres la rejoignirent.

Cet ouvrage a été imprimé par
CPI BRODARD ET TAUPIN
pour le compte des éditions Grasset
en octobre 2018.

Composition réalisée par Belle Page

PAPIER À BASE DE
FIBRES CERTIFIÉES

Grasset s'engage pour
l'environnement en réduisant
l'empreinte carbone de ses livres.
Celle de cet exemplaire est de :
600g éq. CO_2
Rendez-vous sur
www grasset-durable fr

N° d'édition : 20672 – N° d'impression : 3030240
Dépôt légal : novembre 2018
Impression en France